BASTEI
LÜBBE

GERALDINE McCAUGHREAN

Der Sänger

HISTORISCHER ROMAN
AUS DER ZEIT DER TROUBADOURE

Aus dem Englischen
von Rainer Schmidt

BASTEI
LÜBBE

BASTEI LÜBBE TASCHENBUCH
Band 14 497

1. Auflage: März 2001

Vollständige Taschenbuchausgabe

Bastei Lübbe Taschenbücher ist ein Imprint
der Verlagsgruppe Lübbe

Titel der englischen Originalausgabe: LOVESONG

Lizenzausgabe: Verlagsgruppe Lübbe GmbH & Co. KG,
Bergisch Gladbach
Titelillustration: Hauptmann & Kampa
Umschlaggestaltung: Manfred Peters
Satz: hanseatenSatz-bremen, Bremen
Druck und Verarbeitung: Elsnerdruck, Berlin
Printed in Germany
ISBN 3-404-14497-X

Für John
in Liebe

Erster Teil

Zwei Herren

Ich liebe, weil ich lebe; ich lebe, um zu lieben.
St. Bernhard

EINS

ZWEI RITTER

Amaury von Herm kam wie das Ende der Welt: eine Sache, über die viel gesprochen und die am Ende alle Erwartungen übertreffen wird. Er und sein Gefolge rauschten in der gleißenden Pracht getriebener Rüstungen in die Burg der Lilien. Ein Dutzend Turnierlanzen standen in den Steigbügeln seiner Knappen, und weiße Wimpel wehten daran, in die mit Draht ein Vogel, ein Kreuz, ein liegender Löwe gestickt waren. Seine Spielleute folgten zu Fuß und spielten Harfe, Trompete, Zimbeln, Sackpfeife und Rebec. Zithern und Geigen, eine Drehleier und ein spanisches Penola, Fiedeln und Gamben, Psalter und Harfen, das alles wurde auf einer Sänfte getragen von zwei Pagen, um vor Stößen geschützt zu sein.
»Seid ihr traurig? Seid ihr krank an Leib oder Seele? Dann macht Platz für einen *sobiran trobar* – den Doktor der Fröhlichen Wissenschaft! Macht Platz für Herrn Amaury von Herm, Ritter und Troubadour und Überbringer eines tröstlichen Trunkes! Trinkt in vollen Zügen, liebe Leute, und laßt euch von euren Leiden heilen! Sein Elixier heißt Musik, sein Becher ist das Lied! Macht Platz für Herrn Amaury von Herm!«
Aus einer trostlosen Landschaft mit reglosen Bäumen und monotoner Stille brach dieser Schwall von Farbe und Lärm und Überschwang wie ein Flächenblitz hervor. Er hatte staunende Bauern angelockt, die ihm jetzt folgten. Er ließ Hunde bellen und Pferde auf den Weiden traben. Alles war hell – in weißem Metall spiegelten sich weiße Fahnen; weiße Pferde

trugen austernfarbene Satteldecken, mit Wellenstickereien gesäumt, weiße Staubwolken wehten über die Straße. Zudem erschien Amaury um vier Uhr aus der tiefstehenden Sonne: ein Mann, der es verstand, den Kosmos zu seiner Bühnenkulisse zu machen.

Über die vernachlässigten Gärten mit ihrem Meer aus braunen Blumen hinweg drang der Lärm bis zu Pirol, dem jungen Spielmann. Und er drang zu seinem Herrn, der wispernd, mit geschlossenen Augen, kniete. Herr Jocelyn zuckte wie ein schlafender Hund.

Seit vier Monaten knieten er und Pirol, der Knabe, der seine Verse sang, im Garten der Burg der Lilien, und sie beteten und sangen am Grab einer Dame. Die Dame war Jocelyns verlorene Liebe, seine vollkommene, keusche, unersetzliche Inspiration, seine Geliebte. Und sein Ziel war es, sie durch die blanke Beharrlichkeit des Gebets wieder zum Leben zu erwecken.

Ein erregender Plan, aber höchst monoton in der Durchführung. Gebet folgte auf *plahn*, tagein, tagaus, bei Regen und bei Sonnenschein, bei Erschöpfung und bei Langeweile hatten Herr Jocelyn und Pirol gebetet. Und jetzt: Lärm von der Straße.

Der neuangekommene Ritter wurde von der Mutter des toten Mädchens durch das Haus in den Garten geführt, wo der Ritter-Troubadour, der sich dort niedergelassen hatte, vor einem bemalten Holzsarkophag kniete. Als Amaury dort ankam, fiel er auf die Knie und küßte das Abbild der toten Lily. Jocelyn, der sich eben erhoben hatte, mußte warten – einen Augenblick, noch einen –, bevor der Neuankömmling aufstand und ihn umarmte. Schließlich hielt Amaury seinen Troubadour-Bruder auf Armeslänge von sich ab und suchte in seinem Antlitz nach Spuren der Verwandlung. »Teurer Heiliger«, flüsterte er und drückte Amaury von neuem an seine metallene Brust.

Diese Männer haben größere Seelen als ich, dachte Pirol.
»Und war sie sehr schön, deine Dame?«
»Niemals war eine schöner«, sagte Jocelyn.
»Und du hast wirklich vor, sie mit einer Million Gebeten von den Toten zu erwecken?«
»Wenn Gott sie erhören will.« Aber Jocelyn wirkte verwirrt und als ob er sich unbehaglich fühlte. Amaurys Gaukler waren ausgeschwärmt und umzingelten das Grab, und sie rempelten ihn und den Jungen an. Einer war ein Riese, mehr als sechs Fuß groß. Bei einem endete der linke Arm unter dem Ellenbogen, und ein anderer hatte kein Auge in der rechten Augenhöhle. Einer hatte eine Hasenscharte, und eine – furchterregender als alle andern – war ein spanisches Weibsbild, so schwarz wie der Unglaube. Neben ihnen war Herr Amaury natürlich schön.
»Freund, ich bitte dich«, sagte Amaury, »laß mich hören, wie du ein Klagelied an deine teure, tote *domna* singst!«
Jocelyns Gesicht leuchtete in kindlichem Glück auf, und er dankte Amaury mehrmals und ließ sich ins Haus führen.
Das Haus war ein Geschenk von Jocelyn an Lily und ihre Familie gewesen – ein Unterpfand seiner Liebe. Aber seit dem Tode des Mädchens hatte Lilys Mutter es ziemlich satt, daß Jocelyn hinten im Garten weiter wimmerte. Sie selbst hatte ihren Vorrat an Trauer schon vor Wochen aufgebraucht, und sie fand das jammervolle Tableau am Grabe des Mädchens übertrieben und ein bißchen peinlich. Man brauchte ja nur den prachtvollen Herrn Amaury anzuschauen, um zu sehen, daß der einst makellose Herr Jocelyn sich gehenließ. Im Laufe seiner Grabwache war sein Aussehen schäbig geworden. Seine Kleider hatten Flecken; Schnüre und Schnallen hingen nur noch an Fäden. Seine Knie waren schlammbeschmiert, und seine Haare mußten geschnitten werden. Im Gegensatz dazu war Amaury ohne Fehl. Sein kupferrotes Haar entsprang zwei ausgeprägten Wirbeln, so daß es seinen mächtigen Schädel

nicht wie eine Cäsarenkrone umwallte, sondern wie zwei, und er hatte seinen Mantel so über die Schultern zurückgeworfen, daß er hinten wie zusammengefaltete Flügel herabhing.
Der Knabe Pirol wollte den beiden Rittern ins Haus folgen, als einer von Herms Leuten ihn von hinten festhielt. »War sie es wert?« fragte er. Zwei weitere drängten heran und klemmten ihn zwischen sich. »Na, war sie's?« fragte Einauge.
»War sie was?«
»Du weißt schon! Freigiebig! Hat sie ihm die Letzte Gunst geschenkt?«
Das klang höflich genug; Pirol hätte die Frage gerne so gut verstanden, daß er sie hätte beantworten können. »Ich *glaube* nicht«, sagte er hilfsbereit. »Viel Glück hat sie ihm nicht geschenkt. Nun ja, das konnte sie wohl auch nicht – sie war ja so schnell tot.«
»Hat nicht nachgegeben? Spricht aber nicht besonders für deinen Mann, was? ... Gut anzusehen wenigstens? War sie das?«
»So schön wie der Halbmond voller Sterne«, sagte Pirol reflexhaft. Tatsächlich beunruhigte es ihn, daß sich ihm mit Lily keine Erinnerung an Schönheit verband – nur an ein dürres, braunes, hohläugiges Kind mit abfallenden Schlüsselbeinen und ohne Brüste.
»Ist er gut, dein Mann? Wirklich?« fragte das schwarze Mädchen.
Pirol schloß die Augen und sagte die Wahrheit, wie er sie kannte. »Er ist ein Heiliger. Wie euer Herr gesagt hat.«
Einauge musterte ihn von Kopf bis Fuß. »Ein Heiliger, he? Da muß doch ein Haar in der Suppe sein.«
»Er betet und fastet, und er kann nackt durch den Schnee gehen und trägt den ganzen Sommer über Pelze! Und er gibt und gibt und gibt ...«
»Nicht uns und unseresgleichen, da wette ich«, sagte Einauge.
»Er hat mir diesen Mantel und ein Pferd und eine Leier geschenkt, nur fürs Singen.«

Ungläubig starrten sie ihn an. Für einen Augenblick waren sie zum Schweigen gebracht.
»Dann wird er es also schaffen, ja? Sie auferwecken? Sie wieder lebendig machen?« Höhnisch verzogen sie die Gesichter, als sie es sagten.
»Natürlich wird er es schaffen! Mein Herr kann alles!« Pirol rannte voraus, schwindlig vor Stolz, und gern hätte er ihren johlenden Unglauben hinter sich gelassen, gern hätte er die wunderbare Schlichtheit seines Alltags wiedererlangt.

An diesem Abend war die Große Halle im Schloß der Lilien von Gauklern und Spielleuten überflutet und von Musikinstrumenten und Requisitenkisten verstopft. Man hatte einen Topf mit Blumen auf Lilys leeren Stuhl gestellt, die im Laufe der nächsten Stunden in der Hitze der nahen Öllampe braun wurden und dahinwelkten. Während das Mahl seinen Gang nahm, führten Amaurys Gaukler ihre Kunststücke vor; sie balancierten und jonglierten mit Tellern, sie purzelten übereinander und zauberten. Für Pirol war das alles ein Wunder, das er mit großen, runden Augen anstarrte.
Von frommen und unsentimentalen Eltern der Kirche anheimgegeben, hatte seine Kindheit ganz Gott gehört. Jocelyn de Foicelles, der ihn eines Tages in der Kirche hatte singen hören, hatte ihn aus der braunwollenen Herde gestohlen und in die elysischen Gefilde von Musik, Rittertum und Minne versetzt. Sogar sein Name war ein Geschenk von Jocelyn: Pirol. Der Singvogel. Ihr gemeinsames Leben seitdem war so gesund gewesen, so beispielhaft, daß Pirol nie begriffen hatte, weshalb Spielleute einen so schlechten Ruf hatten. Warum betrachtete man sie als Abschaum auf den Wassern der Welt? Als er an diesem Abend Herms Bande von Possenreißern und Betrunkenen sah, wußte er es plötzlich. Der heilige Bernhard von Clairvaux bezeichnete die Spielleute als Sünder und Dirnen, als sittenloses, verzweifeltes Lottervolk, als seelenlose

Köter aus der Hölle, als Gestank in der Nase von Christenmenschen. Und Herms Leute entsprachen dieser Beschreibung.
Es war die Mohrin, die Pirols Phantasie am stärksten ergriff: eine Heidin, schwarzverbrannt von einer Sonne, die größer und heißer glühte als die, welche Gott über die Köpfe ehrlicher Franzosen gehängt hatte. Da waren die großen, weißen Zähne und die Füße mit den rosigen Sohlen. An diesem Abend trug das Mädchen ein Gewand, das einer Nonnentracht glich, aber ihr wildes, wolliges, üppiges Haar war offen und ihre Lippen wirkten wie geschwollen. Nicht, was sie tat, sondern das, was sie ihn empfinden ließ, machte ihm soviel angst.
Offensichtlich gab es zweierlei Arten von Spielleuten: solche, die wie er von einem tugendhaften, frommen Ritter herangebildet worden waren, und diese anderen – Hunde, die von einem Mann ganz anderer Art in Schach gehalten wurden. Allmählich spürte Pirol den Geschmack der Sünde in der Luft, ölig wie der schwarze Rauch von Lampen und Kerzen, und er preßte die Lippen fest zusammen, so daß er prüde und weibisch aussah. Nach dem Essen begann Jocelyn mit bleichem Gesicht einen *plahn* an die tote Lily zu singen, den er selbst gedichtet hatte. Es war sehr lange her, daß er ihn zuletzt gesungen hatte. Er hatte gefastet, um die Wirksamkeit seiner Gebete zu verstärken, und die Schärfe seines Geistes war beeinträchtigt von der Ernährung mit Wasser und zerstoßenen Bohnen. Er stockte ein- oder zweimal, fand dann eine Erbse, die sich beim Essen in seinem Mund verkrochen hatte, und als er sich ihrer entledigen wollte, bekam er einen Hustenanfall. Und so, wie König David nach seiner Harfe griff, streckte er die Hand nach Pirol aus, seinem Spielmann, seinem Singvogel. »Du kennst meinen *plahn*, nicht wahr, mein Junge?«
»Ja, Herr.«
»Dann singe ihn zum Ruhme meiner Dame.«
Pirol sang. Er war stolz darauf, zu singen. Eine Mischung aus

Angst und Stolz spannte seine Stimmbänder und ließ die Musik in sahnigen Wirbeln von sinnlicher Reinheit hervorklingen. Er hielt Foicelles Klagelied für wunderbar, für das Werk eines Genius.
Amaury lauschte; sein Ellenbogen ruhte auf der Armlehne seines Stuhls, und seine Hand bedeckte das Gesicht. Einmal schaute der Junge hinüber zu ihm und sah, daß die Finger gespreizt und die Augen geöffnet waren und ihn beobachteten, beobachteten, beobachteten, hervorspähten. Pirols Magen zog sich zusammen. Die Halle war so voll von Leuten, daß ihm war, als werde seine Musik von ihrer Masse aufgesaugt und erstickt. Als er endete, schmerzte seine Kehle von der Anspannung.
Jetzt stand Amaury auf und kam langsam durch den Saal. Seine reichen Gewänder wogten wie das Heu auf einem großen Erntekarren. Seine Augen waren ein weiches, schwellendes Grün, das seine Lider nie ganz bedeckten, und sein Bart verbarg den Mund völlig. Er kam und hob Pirol in die Höhe, hielt ihn so hoch, wie seine Arme nur reichten. So ließ er ihn schweben wie ein Bauer, der ein neugeborenes Lamm in die Höhe hebt, um sein Gewicht zu prüfen, sein Fleisch, seine Keulen. Dann setzte er ihn wortlos wieder ab und beugte das Knie vor Herrn Jocelyn.
»Herr, heute hast du durch bloße Darstellung bewirkt, daß ein Mann sich verliebt – in eine Frau, die er noch nie gesehen hat.« Amaury hatte keine Mühe, seine Stimme weithin tönen zu lassen.
Jocelyn bemühte sich nicht, sein Entzücken zu verbergen. »Mein Knabe Pirol schmeichelt einem kläglichen Lied«, begann er selbstverleugnerisch, und die ganze Zeit verteilte er Goldmünzen unter allen Dienern und Gauklern in der Halle. »Doch jetzt mußt du der Versammlung von deiner Dichtkunst zu kosten geben, Herr. Sie ist weit besser als meine, da bin ich sicher.«

Amaury warf seinen großen Kopf auf dem kurzen, muskulösen Hals zurück, lachte, wehrte ab. »Gott behüte, daß ich das Andenken an diese Dame mit meinen bescheidenen Versuchen beleidige, wenn sie – weiß Gott! – jederzeit durch diese Tür hereinkommen kann, erweckt in ihrer ganzen Vollkommenheit ... Doch schön, wenn ihr denn drauf besteht ... Ein Lied also! Auf unsere geliebte Dame! Auf die göttliche Lily!«
Amaurys Truppe nahm ihre Plätze ein, als spürten sie alle, was von ihnen verlangt war. Oder als hätten sie es geprobt.
Er wird irgendein altes Ding abspulen, das er schon öfter vorgetragen hat, dachte Pirol und fühlte sich erwachsen in seinem Zynismus. Aber Amaurys *plahn* war kein abgedroschener Grabgesang für sämtliche Gelegenheiten.
Er begann im Dunkeln – klein und wenig vielversprechend, wie das Saatkorn eines Senfbaumes, doch dann wuchs er zum Licht, verdoppelte sich und verdoppelte sich wieder, reckte sich fragend empor und glich die Fragen mit Antworten aus. Und die ganze Zeit scharten sich Bilder auf seinen Zweigen, vielfältig und bunt wie die Vögel der Luft. Dann wichen die Bilder aus freier Natur einem Bett und einem dunklen Ort unter den Decken ... und Brüste und Hände und Zungen und Knie stiegen zart wie Rauch aus dem eckigen Skelett eines großen Feuers. Lanzen erhoben sich in einem Kreuzzug für die Sache der Liebe, Heer um Heer, bis Gott, zum Mitleid bewogen, nicht eine, sondern alle Toten zum Leben erweckte. Da waren Sterne und Planeten, wie Schweißtropfen funkelnd auf der Vereinigung von Himmel und Erde, von Lebenden und Toten.
Seine Stimme war nichts – so rauh und braun wie ungehobeltes Holz –, und er versuchte auch gar nicht weiter, zu singen, sondern sprach im Takt der Musik. Und während er sprach, vollführten seine Gaukler eine Pantomime, anmutig und mit tänzerischen Bewegungen, die sich beschleunigten, wenn die Verse es taten, und strebend wurden, erregend, unschicklich. Der Anachronismus der üppigen Mohrin mit ihren großen

Brüsten und der dichten, glänzenden Haarfülle, die hier die dünne, kränkliche Lily darstellte, wirkte erschreckend und faszinierend auf Pirol. Er konnte nicht wegschauen.
Daß ein Mann solche Bilder im Kopf haben konnte! dachte Pirol. Daß er seinen ritterlichen Kameraden so klein und unbegabt aussehen lassen konnte – und dabei noch lächelte! Es war erstaunlich. Es war monströs.
Aber Herr Jocelyn zeigte keinen Groll. Undenkbar, daß ein Mann von Ehre eine so niedere Empfindung hegte. Statt dessen umtanzte er Herrn Amaury und dankte ihm. Er schwor, daß Lily sich dank Amaurys Lied desto eher von den Toten erheben werde. Er zog die Mutter des Mädchens heran, damit sie ihm helfe, Herrn Amaury mit Lob zu überhäufen. Er erklärte, diese Schuld sei unbezahlbar. »Ja, du mußt mir erlauben, dir ein klägliches Unterpfand meiner Bewunderung zu schenken. Du mußt meine Schlösser zu Pontdoux und zu Toit-Tourtelle annehmen ... Nein, nein, widersprich mir nicht! Zudem, was will denn ein fahrender Ritter wie ich mit mehr als einem Haus? Ich brauche doch nur ein Dach, um den Regen abzuhalten, während ich meine Kunst neu erlerne. Wenn ich bedenke, daß die Fröhliche Wissenschaft so weit fortgeschritten ist, während ich hier in Andacht versunken war!«
Und die ganze Zeit über sackte er in sich zusammen wie eine angestochene Schweinsblase. Welcher Gott würde Sein Ohr den Gesängen eines Jocelyn de Foicelles öffnen, wenn Er einem wie Amaury von Herm lauschen konnte? Pirol sah zu, wie sein Herr einer verblühten Osterglocke gleich verwelkte: noch immer bunt in seiner gelben Troubadourpracht, aber geschrumpft und glanzlos und tot.
»Dein Lied war ein Fest für die Sinne«, sagte Amaury und tat sein eigenes als Nichtigkeit ab, als Glasperle. »Und welch ein Sänger! So ein Sopran! Was für ein Wert! Was würde ich dafür geben, wenn meine Lieder von einer solchen Stimme gesungen werden dürften!«

»Mein Pirol, ja. Er ist ein guter Junge. Mein Pirol. Gott hat ihm eine gute Stimme gegeben.« So schlicht. So schmucklos. So sachlich. Foicelles zählte die Worte ab, als wären es die letzten Münzen aus seinem Beutel, klein und wertlos. »Du mußt ihn auch noch bekommen. Natürlich. Es leuchtet ein.«
Ihn bekommen? Wie einen Mantel, einc Katze, eine kleine Gefälligkeit?

Pirol hörte die Worte, aber er glaubte sie nicht. Verschenkt werden? Wie ein Ball in diese Meute von furchterregenden Fremden geworfen werden? Besser, er kehrte zu Kreuzgang und Chorgestühl zurück – doch dazu war es zu spät: Er war ein Gaukler geworden, und für seinesgleichen waren die Tore der Mutter Kirche verschlossen.
»Er wird doch nicht annehmen, was du ihm da angeboten hast, oder doch, Herr?« Er hielt eine Ecke von Herrn Jocelyns Umhang umklammert, als sie nun dastanden und zu der bemalten Hütte im Garten hinausschauten. Pirol hätte bis in alle Ewigkeit neben einem solchen Mann stehen mögen, die Leier in der Hand, mit wehenden Bändern. »Du hast es ihm nur aus Höflichkeit angeboten, nicht wahr? Ich meine, es war nur ein Angebot aus Ritterlichkeit? Herr Amaury wird doch nichts davon annehmen! Deine Schlösser. Mich.«
Jocelyn war wie ohnmächtig; er konnte nicht aufhören, das Grab anzustarren, konnte den Blick nicht abwenden, hatte nicht die Kraft, sein Leben von diesem einen Fleck wegzureißen. »Siehst du, mein Junge, der Kern der Sache ist: Ich bin wahnsinnig. Nun, das kommt vor, oft. Sind genug Fälle dokumentiert. Die Dame eines Ritters stirbt, und er wird wahnsinnig. Sein Verstand hält nicht mehr zusammen, verstehst du?«
»Aber du bist doch nicht wahnsinnig, Herr! Ich dachte es wohl manchmal, wenn du wilde Dinge tatest. Wenn du beim Turnier die Rüstung abnahmst. Halbnackt im Schnee umherrittest. Aber jetzt verstehe ich es besser. Und was ist denn mit

deiner Dame? Ich meine, was wird Frau Lily sagen, wenn sie aufersteht und du keinen Sopran hast, der für sie singt? Und wer soll dir die Hand verbinden?«

Foicelles schaute auf den Überrest seiner Hand, eine *fleur-de-lys*, die ihm nach seiner größten Liebesgeste geblieben war. Drei Finger hatte er sich abgeschnitten, um sie auf das Grab zu werfen. Jetzt fragte er sich zum ersten Mal, welche Frau, die in Vollkommenheit wiederauferstand, die Liebkosungen eines Mannes mit einer verkrüppelten Hand willkommen heißen würde.

»Ich werde einfach ein Paternoster singen, ja?« fragte Pirol, erpicht darauf, die Ereignisse während des Banketts zu ignorieren. »Oder ein Ave?«

»Nein, danke, mein Kind, du kannst all das vergessen. Geh, suche deinen neuen Herrn und erlerne deine Pflichten. Du willst ihn doch nicht schon an deinem ersten Tag verärgern. Du willst doch nicht verschwunden sein, wenn er dich sucht ... Und hör zu, Pirol ...«

»Ja, Herr?«

»Liebe ihn für mich; sei ein gutes Kind. Ich weiß nicht, warum, aber ich stelle fest, daß es mir nicht leicht fällt. Ihn zu lieben, meine ich. Warum mag das so sein? Dir wird es sicher besser gelingen. Du bist von Natur aus großzügiger. Ja. Wahrlich. Und du würdest mir einen Dienst erweisen. Indem du ihn ins Herz schlössest.«

Am nächsten Tag wandte Jocelyn de Foicelles sich an Herrn Amaury und bat ihn, ihm dabei zu helfen, in der Nähe eine Höhle oder eine Ruine zu suchen. Er erklärte seine Absicht, fortan als Eremit zu leben und allem Luxus zu entsagen, damit seine Gebete für Lily trotz seiner mangelhaften Begabung bei Gott Aufnahme fänden.

Zum Glück konnte Herr Amaury von Herm sich erinnern, gerade einen Tag zuvor den idealen Platz entdeckt zu haben. Es war der gewaltige Stamm einer hohlen Eiche, einer von sechsen, die sich um den Gipfel eines prähistorischen Erdhaufens gruppierten. Ein Einsiedler hatte hier gehaust, hatte die Behausung aber frei gemacht, da er kürzlich sein Ziel erreicht hatte und zeitig in den Himmel aufgefahren war.

Ob Amaury die Absicht hatte, Jocelyn sterben zu lassen, oder ob er ihn nur aus dem Kreise der Troubadoure entfernen wollte, ließ er nie erkennen. Er machte sich auch nicht die Mühe, zurückzukehren und nachzusehen, was aus seinem Rivalen geworden war. Schließlich hatte er jetzt zwei weitere Burgen auf seiner sommerlichen Rundreise zu berücksichtigen, und sei es nur, um die Pachten zu kassieren.
Tatsächlich mußte Herr Jocelyn de Foicelles feststellen, daß er nicht über eine einzige der Begabungen verfügte, die dazu nötig waren, in einem Baumstamm zu leben. Er wußte nicht, wie man nach Eßbarem stöberte. Er wußte nicht, wie man die Holzläuse von seinen Kleidern fernhielt. Er wußte nicht, wie man einen Verband wickelte – ja, er konnte sich nicht einmal allein die Stiefel anziehen. Das hatten immer andere für ihn getan. Und Gott wandelte nicht in der Kühle des Tages durch den Garten. Ja, Foicelles bezweifelte nach einer Weile, ob Gott sich überhaupt je den Erdhaufen heraufbemühen würde, um die pilzige Feuchte zu riechen, die Entzündungen, den ungewaschenen Sünder, oder um meilenweit über ödes Heideland hinauszublicken.
Also begab er sich in die kleinste seiner Burgen und schloß sich dort in eine trostlose Zelle ein, wo nur zwei Diener und ein Koch für ihn sorgen durften. Und er verachtete sich selbst mit einem Abscheu, der alle Geringschätzung weit in den Schatten stellte, die Herm, sofern er sich der Mühe unterzog, für ihn aufbrachte.

Und so gelangte Pirol, der Sänger, in den Besitz Herrn Amaurys von Herm, Ritter und Troubadour. Der Ritter war ein Goliath, dazu gebaut, den Pfeilen von Krankheit, Entbehrung oder Gewalt zu widerstehen. Seine Erschaffung mußte zweimal soviel Lehm erfordert haben, wie Gott ihn für Jocelyn de Foicelles benötigt hatte. Falls Gott bei der Erschaffung Amaurys überhaupt die Hand im Spiel gehabt hatte.

Zwei

Languedoc

Und das ist alles, was du in summa beherrschst? Singen und Leier spielen?«
»Gaukelei und Mummenschanz war der Beruf meines Herrn nicht«, sagte Pirol.
»Nein. Das habe ich gesehen. Woher kommst du?«
»Vom Orden der Zisterzienser«, sagte Pirol; bis zu seinem Geburtsort oder zu seinen Eltern konnte er nicht zurückdenken.
»Ist das wahr? Ist aber kein Grund, Jammer und Trübsinn zu verbreiten, oder?«
Trotz aller Verachtung für diesen miesepetrigen Chorknaben fiel es Amaury schwer, der Unschuld, der Offenheit und Ahnungslosigkeit des Jungen zu widerstehen. Schnell hatte er bemerkt, daß die Frauen sich von Pirol bezaubern ließen – von seiner Stimme und seinem Aussehen –, und Amaury von Herm bewegte sich viel unter Frauen und wußte ihre Meinung zu schätzen.
Nachdem Jocelyns Pachten kassiert waren, reisten sie nach Süden, zielstrebig wie Zugvögel. Nachts schliefen sie in einem Zelt, mit viereckigem Gerüst, mit Fransen und Wimpeln. Eine einzelne Leinwand teilte das Innere in zwei Räume; in dem einen schliefen Amaury und die Mohrin, in dem anderen sein Hofstaat, übereinandergetürmt wie schwitzende Hunde. Ihre Kostüme hingen ordentlich am Gestänge des Zelts: Fiedler gab es im Dutzend billiger, aber eine purpurne Livree mit Zinnknöpfen war teuer.

Viele Nächte hindurch lag Pirol wach, von den baumelnden Purpurgewändern verfolgt. Er fürchtete auch die anderen Jungen, auch wenn er sich sagte, daß das töricht sei. Einauge oder Einarm hatten ihm Pferd und Mantel bereits weggenommen; sie hatten also keinen Grund mehr, ihm die Kehle durchzuschneiden, während er schlief.
Er hatte mehr Angst vor dem, was sie *sagten*: vor ihren unehrfürchtigen Bemerkungen über Frauen, vor ihren unverständlichen Andeutungen, die sie alle zum Lachen brachten. Am Ende richtete ihr Gelächter sich immer auf Pirol, weil er nicht verstand, wovon sie redeten. Die Mönche, bei denen er aufgewachsen war, hatten die gleiche aggressive Verachtung für Frauen gehegt. Er war froh, daß die Mohrin auf der anderen Seite des Vorhangs bei Herrn Amaury schlief. Dennoch verwahrte er nachts seinen Rosenkranz unter dem Kopfkissen, und in allen seinen Gebeten bat er die Jungfrau Maria ernsthaft, sie möge eine Krankheit oder einen Unfall senden, um das Mädchen, das Kadija hieß, zu töten.
Am Tage lernte Pirol, mit Bechern zu jonglieren, auf den Schultern des Riesen zu balancieren, aus seinem Wams eine silberne Fahne hervorzuzaubern, sich als Frau zu verkleiden und in Pantomimen all die Artus-Sagen zu spielen. Und natürlich lernte er Amaurys Gedichte auswendig.
Amaurys Gedichte. Er verfaßte sie laut während des Reitens. Die ihm folgten, hatten genau aufzupassen und sich Verse und Refrain schon nach zweimaligem Hören einzuprägen. Pirol mit seinen kurzen Beinen war gezwungen, alle paar Schritte zu rennen, um mitzukommen, und dabei mußte er über den Kot hinwegspringen, den Amaurys Pferd fallen ließ. Aber zum Ausgleich überströmte ihn dieser magische Wortregen.
»Wie machst du das? Wie fällt dir das alles nur ein?« fragte er in einem unbewachten Augenblick atemloser Bewunderung, als Amaury haltmachte, um aus einer Lederflasche zu trinken. Zu Pirols Erschrecken schlug Amaury sich die Flasche hart

gegen die Stirn. »Schau in deine Bibel. Als Moses in der Wüste an den Felsen schlug, strömte heiliges Wasser hervor, nicht wahr? Eine Kostprobe des Göttlichen. Nun? Mir haben die Propheten auf den Kopf geschlagen, nicht wahr, und jetzt strömt es hervor. Der Stoff des Göttlichen rinnt hervor und verschwendet sich an Knechte und Sünder.« Und er goß Pirol Wein aus seiner Flasche über den Kopf, so daß die Livree Flecken bekam und die Pfauenfeder an seiner Mütze an der Seide festklebte. Pirol versuchte, das feuchte, fleckige Rot aus seiner Kleidung zu saugen, und schon bald war er ein wenig betrunken. Aber er wußte, daß es die Verse waren und nicht der Wein, was ihm Schwindel verursachte. Nach ihnen dürstete es ihn, und mit offenem Mund lauschte er den Versen, die von Amaury zu ihm herniederflossen.

»Dies, Singvogel, ist das wahre Land der Troubadoure«, sagte Amaury. Er hatte seinen Zug auf dem Kamm eines Hügels anhalten lassen und betrachtete die Aussicht. »Siehst du's? Siehst du die Farbe der Erde?«
Selbst unter den Ähren, unter den Weinstöcken war das Land so rot wie Blut – ein leuchtendes Rostrot. Hätte man ihm nicht erzählt, daß Herms Reich weit, weit im Westen lag, so hätte Pirol angenommen, daß Amaury aus diesem Land geboren sei. Der Ritter war von gleicher Farbe in Haar und lockigem Bart.
»Weißt du, wie die Erde so rot wurde, Junge?«
»Ist es der Wein, Herr? Die roten Trauben?«
»Sie sind ja nur die Frucht dieser Erde; deshalb rinnt der Saft so rot. Nein! Dies ist das Land, in das ein Troubadour kam, um zu werben, und hier gewann er die Liebe einer Dame. Ihr törichter Gatte war von eifersüchtigem Sinn. Nach und nach wurden die Liebenden unvorsichtig, und der Stand der Dinge konnte dem Gatten nicht länger verborgen bleiben. Da stach er dem Sänger das Schwert in den Leib, tief und oft, und er

hackte ihm den Kopf ab und schnitt ihm das Herz heraus. Dann röstete er es, bestreute es mit Pfeffer und setzte es seiner Gemahlin vor, ohne ihr zu sagen, was es war, und sie verzehrte es mit gutem Appetit. Und als es gegessen war und der Mann sie fragte, wie es ihr geschmeckt habe, da war sie des Lobes voll. ›Meine Dame, du hast soeben das Herz deines Liebsten verspeist‹, sagte er da, ›und die übrigen Eingeweide liegen unten im Hof.‹ Nun, als sie die Augen aufschlug, die Sprache wiederfand und sich aus den Binsen erhob, da schwor sie, dieses Gericht sei das köstlichste gewesen, das sie je gegessen habe, und das letzte, das sie je essen werde. Zur Antwort zückte er gleich sein Schwert. Die Dame aber gedachte ihn dieser Freude zu berauben, wie sie ihn schon jener anderen beraubt hatte, und sie stürzte sich von der Burgmauer auf die Ebene hinunter. Da zerbarst ihr Herz, und ihr Herzblut färbte die Erde von hier bis da, und seitdem ist sie blutig rot.«

Amaury stieß seinem Pferd die Fersen in die Flanken und zerrte es vom Weg herunter auf einen Streifen Ackerland. Kohlköpfe wuchsen dort in geordneten Reihen; die Hufe seines Pferdes ließen sie durcheinanderrollen, als er es im Galopp auf und ab und auf und ab trieb und sie das Gemüse in die rote Erde stampften. Als er anhielt, lag der Boden da wie eine leuchtende, zerrissene Wunde, offen für die Fliegen.

Pirol brannte vor Neugier. »Wer war der Troubadour? Kanntest du ihn? Ist das die Burg dort drüben?«

Keuchend und schwitzend vor Erregung starrte Amaury Pirol an; sein Mund stand offen, hart umrandet, und er wischte sich den roten Wein mit dem Handrücken von den Lippen. Dann grinste er plötzlich. »Ja! Oder die dort.« Er deutete nach Osten. »Oder die!« Er deutete nach Westen. »Oder die! Oder die! Oder die! Oder eine in der Bretagne, oder eine in Spanien!«

Seine Gaukler begannen nervös zu lachen. Einhand versetzte

Pirol mit seinem Stumpf einen Stoß. »Glaubst du diese alte Schote, dann glaubst du auch, daß Maria eine Jungfrau war!«
»Dies«, sagte Amaury, und er beugte sich herab und zog den Jungen in seine Armbeuge herauf, damit er die Aussicht besser sehen könne, »dies«, erklärte er, »ist das Land, das man ›Langue d'Oc‹ nennt. Und weißt du, warum?«
Pirols Rippen rieben sich knirschend aneinander; er bekam keine Luft. »Weil die Leute hier ›oc‹ statt ›ja‹ sagen, Herr. ›Oc‹, nicht ›Öl‹, Herr!«
Amaury zog ihn halb über den Sattel und ließ ihn auf der anderen Seite kopfüber hinunterfallen. »Ganz gleich, *wie* sie es sagen. Es genügt, *daß* sie es sagen. Dies, Singvogel, ist das Land, wo die Frauen ›ja‹ sagen!«

Pirol kannte keine Spiegel; die Mönche hatten keine Verwendung dafür gehabt. In der Burg Poussarou zeigten ihm große Glasscheiben, von goldbemalten Klauen umfaßt, zum ersten Mal deutlich sein Gesicht: rötlich blondes Haar, eine kindlich zarte Haut, von Sommersprossen übersät, als sei eine Mohnkapsel vor seinem Gesicht explodiert, eckige Falten zu beiden Seiten seines Mundes, die seine Lieder in Klammern setzten. Er hatte große Ohren, die ein bißchen abstanden, und runde blaue Augen, die sich ob ihres eigenen Anblicks verblüfft weiteten.
Für die Frauen der Burg Poussarou waren die Spiegel nichts Neues. Immer wieder trieb es sie dort vorüber, und sie schauten sich an, um sich des Glücks zu vergewissern, das sie verdienten.
Vier Ritter teilten sich die Burg. Denn dies war ein Land, in dem die Erstgeburt nichts galt, und jede der aufeinanderfolgenden Sohnesscharen verteilte ihr Erbe in kleineren und immer kleineren Stücken. Inzwischen lebten fast vierzig Familien – Neffen, Schwiegereltern, Vettern, Knappen und Mitläufer – zusammengedrängt im Innern der Doppelmauern. Die Über-

füllung führte zu aufflatternden Feindseligkeiten auf den Treppen, bei den Waschbottichen und unter den Apfelbäumen. Und die abgeschiedene Lage verstärkte die Reaktion auf Fremde. Die Tatsache, daß die Männer in der Ferne kämpften und die Bewohnerschaft fast nur aus Frauen und Kindern bestand, sorgte dafür, daß eine Atmosphäre herrschte wie an einem schwülen Sommerabend kurz vor dem Ausbruch eines Gewitters.

Als Amaury von Herm kam, blies er die Langeweile von den Frauen wie Staub von den Möbeln.

Er erzählte ihnen, er trauere um eine tote Dame und beschnitt Ohren und Schwanz seines Pferdes, um zu zeigen, wie tief seine Trauer reichte. Sie weinten gefühlvolle Tränen des Mitleids für ihn – aber sie schlossen die Augen nicht, um die Tränen wegzublinzeln, da sie fürchteten, dann das rote Haar und die weiße Rüstung nicht zu sehen. Und als Amaury sich erbot, ihnen eine Vorstellung zu geben – eine Schlacht der Rosen –, waren sie auf der Stelle einverstanden; es war ja niemand um Erlaubnis zu fragen als sie selbst.

Sie schickten ihre kleinen Söhne und Pagen aus, damit sie liefen und Leinwand und Farbe beschafften. Sie holten die Knechte von den Feldern und ließen sie eine künstliche Burg errichten. Sie ernteten Blumen aus Gärten und Hecken und füllten damit Faß um Faß – ein ganzes Magazin von Blütenmunition. Zum Takt von Trommel und Tabor und Zimbel erhöhte Amaury nach und nach das Tempo ihres langweiligen, langsamen Lebens, bis er sie begierig hin und her laufen ließ, wobei sie kurz und rauh kreischend auflachten, hin und her, die Belagerung vorbereitend. Was für ein Spektakel sie abgaben, diese Scharen von Frauen.

Die Belagerer waren Amaurys Gaukler. Aber Amaury selbst beteiligte sich nicht daran. Er saß auf einer Bank im Schatten eines Baumes und schaute zu.

Schneller und schneller schlugen die Tamburins, und die Belagerer der Burg stürmten gegen den wackligen Turm und gaben sich große Mühe, ihn nicht umzustürzen. Sie wurden mit einem Hagel von Rosen und Gänseblümchen empfangen, von oben aufgespießt mit Fingerhut und Purpurlilien, übergossen mit glitzerndem Goldregen.

Und gerade wie Kinder sich vor ihren eigenen Spielen erschrecken, so färbten die Frauen sich hitzig rot und weiß und bissen sich auf die Lippen und warfen wild und mit vollen Armen ihre Geschosse um sich und hüpften und sprangen, bis die Planken unter ihren Füßen sich bogen. Aber die ganze Zeit schauten sie zu dem Troubadour hinüber, der erhaben über dem Spiel saß, das er begonnen hatte; kurze Blicke, scheues Lächeln, hin und wieder eine aufmunternde Neigung des Kopfes, die ihn einlud mitzuspielen. Seine Anwesenheit im Schatten des Baumes war eine quälende Verlockung für sie.

Was für Kreaturen sie waren! All die Worte, welche die Mönche benutzt hatten, füllten sich für Pirol endlich mit Sinn. Frauen waren wirklich wie Schlangen – diese langen, anschmiegsamen Kleider zogen sich hinter ihnen her wie gleitende, raschelnde Schleppen. Und sie waren wirklich bemalt wie die Gipsfiguren in einer Kirche. Sie waren wirklich bestienhaft, denn ihre extravaganten Hüte verformten ihre Köpfe zu gewaltigen Hörnern wie von Kühen oder Einhörnern. Sie waren wirklich ausgelassen; das Haar sprang unter den Kopfbedeckungen hervor, und verrutschende Kleider offenbarten wirbelnde Unterröcke und unvertraute Rosigkeit. Ans Spielen nicht gewöhnt, geriet Pirol in wilde Übererregung, und seine Füße tänzelten auf der Stelle, als Gänseblümchenschauer auf seinen Kopf herniederregneten.

Eine Ecke des Zelttuchs hob sich, und ein Trupp Mädchen mit schiefen Hüten brach hervor ins Wiesengras. Plötzlich waren sie überall um Pirol: ihr Geruch, ihr Geflatter, ihre starren Hüte und zarten Schleierbänder, ihre Hände mit den langen Nägeln, ihre geblähten Röcke. Sie packten ihn und nahmen ihn gefangen, führten ihn zurück in die Stadt der Frauen. Ihr Lachen war so schrill und so nah bei seinem Kopf, daß Pirol glaubte, es werde seine Trommelfelle durchdringen und die Frauen in sein Gehirn lassen. Große Schatten tanzten auf der Zelttuchwand. Ihr Atem roch nach Wein. Über ihm bog sich eine Planke unter dem Gewicht allzu vieler Frauen, die halsbrecherisch oben am Rand entlangschlurften, um die Geisel zu besichtigen. Er rechnete jeden Augenblick damit, daß die Planke brechen und er von einer Flut von Weibern erdrückt werden würde.

»Wann ist seine Geliebte gestorben?« Das war alles, was sie wissen wollten. Der Wein ließ sie gröber sein, als es ihre Absicht war; als sie ihn in Wange und Schenkel zwickten, hinterließen ihre Finger Male. »Du mußt es wissen! Er muß doch von ihr singen! *Wie lang ist es her?*« Er konnte nicht begreifen, weshalb die Länge der Zeit so wichtig sein sollte.

In diesem Augenblick erfüllte der Schatten eines Reiters das Segeltuchgeviert von einem Rand zum andern. Die Frauen über ihm zerstreuten sich kreischend. Ein Schwertstreich schlug einen Riß in die Festungswand, und der grausig verstümmelte Kopf von Amaurys ohrenlosem Pferd schob die Nase durch die Öffnung.

»Ich habe eure Burg erobert!« erklärte Amaury von Herm. »Indem ihr die Geisel nahmt, habt ihr mich gezwungen, zu den Waffen zu greifen. Gebt mir meinen Knappen zurück, oder ich bin genötigt, eure Festung dem Erdboden gleichzumachen.« Er war in voller Rüstung. Der untere Teil seines Gesichtes war mit einem Visier maskiert, und als Busch auf seinem Eisenhelm prangte der lange schwarze Schwanz seines coupierten Pferdes. Die Augen der Damen funkelten vor Entzücken. Pirol kroch unbemerkt davon.

Zwar war ein Spiel jetzt vorüber, aber Amaury ließ nicht zu, daß nach dem Höhepunkt nun triste Langeweile eintrat. Schon hatte einer seiner Burschen angefangen, mit hölzernen Keulen zu jonglieren, und das schwarze Mohrenmädchen ließ lange Bänder an den Enden zweier Stöcke wirbeln. Die Frauen hoch droben legten die Ellenbogen auf die leichtgefügte Brüstung und schauten dieser nächsten Darbietung zu. Und schlau behielten sie auch Herrn Amaury im Auge.

»Mein Fürstentum?« sagte Amaury, als sie ihn mit Fragen bedrängten. »Nur eine Insel, von Klippen umgrenzt.« Und als er sie beschrieb, sahen sie Kreta oder Zypern oder die Azoren. An seinem Reichtum war nicht zu zweifeln, denn er sprach niemals davon – wie er an Schließen aus Jaspis gekommen war, an einen Mantel, mit Otterfell gefüttert, an einen Gürtel aus walisischem Golddraht und an einen Sattel aus rotem Leder. Sein Harnisch war verbeult, aber niemals sprach er von seinen Abenteuern, ebensowenig wie er von seiner toten *domna* erzählte.

Das bedeutete aber nicht, daß er schweigsam gewesen wäre. Seine Stimme erfüllte den Palas jeden Abend, alles durchdringend wie der Rauch aus dem Herd. Doch selbst der Rauch schien das Ende einer Anekdote abzuwarten, den letzten Vers eines Gedichtes, bevor er durch die geschwärzten Lamellen der Fensterläden hinauskroch. Amaury erzählte von den großen Lieben anderer Ritter. Er erzählte, wie sein eigener Vater den Kodex der Liebe entdeckt hatte; auf Pergament geschrieben, hatte er an einer goldenen Kette am Halse eines Einhorns gehangen. Er erzählte von einem Baum, dessen Früchte nach Tränen schmeckten, weil ein enttäuschter Troubadour sich an ihm erhängt hatte. Amaury war weit gereist und konnte die dunklen Sünden beschreiben, die in den Betten außerhalb der Christenwelt verübt wurden.

Sie lauschten mit hingerissenen Mienen: Maude, die dasaß und das Vlies ihres Schoßlämmchens bürstete, ihre Tochter Eudoxia, die ihre bloßen Füße an ihrem Stuhl scheuerte, Béatrix, die weise nickte. Joanna schickte ihre Leibzofe mit kleinen gefüllten Pastetchen hin und her, um Amaury zwischen seinen Liedern zu erfrischen. Guillaumette hob einen Finger, wann immer sie wünschte, daß ihr Schreiber etwas notierte, was Amaury sagte.

Draußen sangen die Nachtigallen erregende *fézélés,* und Fledermäuse flirrten durch einen purpurnen Himmel, verwirrt von der Musik.

Die Fische im fernen Meer, erzählte Amaury, waren in diesem Augenblick dabei, sich Flügel sprießen zu lassen und zu den Columba-Tauben zu fliegen, um sich mit ihnen zu paaren in Türmen von Distelflaum. In Spanien streiften die *succubae* umher, raunten in die Ohren der Ritter und glitten unter die Decken des Schlafes, um zwischen ihren Schenkeln Liebe und Blut herauszusaugen. Und Liebespaare trafen sich unter dem Laken des Mondlichts, einander zu liebkosen.

Auch Pirol lauschte und sammelte so Weisheit wie Ruth inmitten fremden Korns. Liebe. Er verstand nicht, was da beschrieben wurde, ebensowenig wie er sich die Kuppeln von Byzanz vorstellen konnte. Und doch war offensichtlich, daß jeder im Saal es sich ersehnte, mehr noch als Reichtum oder Glück.

Er nahm liebevoll an, daß diese weichherzigen Frauen, die seinen Herrn alle so inbrünstig anschauten, ihn wegen seines traurigen Verlustes – über den er niemals sprach – bemitleiden und sich um sein Wohlergehen sorgen mußten. Aber zu seinem Entsetzen und ganz ohne vorherige Warnung erhoben sie plötzlich Anklage gegen ihn! Sie beriefen einen Gerichtshof ein und forderten Herm mit wütend gerunzelten Stirnen auf, davor zu erscheinen und sich zu rechtfertigen!

Wogegen? »Was hast du getan, Herr? Was sollst du denn getan haben?« Pirol fragte, aber er bekam keine Antwort. Herm wirkte nicht besorgt, aber dieser Knabe hatte schreckliche Angst. Er gehörte zu Herms Haushalt, und so war auch er an dem Verbrechen beteiligt. Aber an welchem Verbrechen?

An diesem Abend waren die Wangen der Damen röter als sonst, gefleckt von ziegelrotem Glanz. Ihre Augen waren zu hell, und oft steckten sie die Köpfe zusammen, so daß die Hörner ihrer Hauben sich ineinanderverhakten. Wie Kühe, die das Gewitter beunruhigte.
Herr Amaury nahm in voller Rüstung seinen Platz auf einem niedrigen Flechtschemel ein, dessen lederne Bespannung bei jeder Verlagerung seines Gewichts knarrte. Sein Helm stand zu seinen Füßen; der Helmbusch aus Roßhaaren wirbelte um seinen Stuhl. Seine Gaukler scharten sich um ihn. Als Béatrix aufstand, bebte sie; die Glöckchen an ihrer Haube klingelten. Aus der Tiefe ihres Ärmels zog sie ein gerolltes Dokument hervor, hob es vor die Augen und machte eine dramatische Pause.
»So lies doch«, kreischte Eudoxia.
Den ganzen Nachmittag hatten sie über der Abfassung dieses Dokuments gebrütet, aber sie wollten es doch noch einmal hören.
»›Der Gerichtshof der Damen von Poussarou hat beschlossen, Herrn Amaury von Herm unter Anklage zu stellen: da er Unrecht tut, das Feld der Liebe unter dem Banner der Trauer zu verlassen. Dieser Gerichtshof erklärt, daß er die ritterliche Suche nach Glück wieder solle aufnehmen, wie es sich für einen von seinem Beruf geziemt. Oder aber er soll fortan als Feigling gelten, der sich fürchtet vor den Mühen der Liebe.‹«
Amaury verzog das Gesicht in vorwurfsvollem Schmerz. Er schaute nacheinander jede Dame an und verweilte gleich lange bei jedem Gesicht, damit keine nachher sagen konnte: »Er meinte mich«, oder »Er meinte dich«. Und dann brach es gefühlvoll aus ihm hervor, daß Joannas Lamm erschrocken durch die Halle flüchtete, und er schrie sie an: »Bei Gott, ihr hättet besser daran getan, das Gesetz der Liebe selbst vor Gericht zu stellen! Denn das ist es, was mich daran hindert, mein Herz wieder zu verschenken! Es gibt ja eine hier im Saal, bei

deren Anblick meine Seele sich an ihren Ketten wund zerrt ... Doch nein! Mein Gelübde! Ich muß schweigen!« Und eine Hand flog zu seinem Gesicht und bedeckte es. »Ich bitte das Gericht um die Erlaubnis, mich für einen Augenblick zurückzuziehen. Sonst, fürchte ich, seht ihr einen Mann von seinen eigenen Tränen beschämt.«
Der Lärm, der entstand, als er die Tür hinter sich schloß, war nicht so groß wie das Klappen der Münder, die sich darauf gleichzeitig schlossen.

Pirol folgte ihm hinaus und erwartete, ihn vom Leid niedergestreckt zu sehen, wie er sich Asche ins Haar rieb. Statt dessen aber fand er Herm an die Stalltür gelehnt; er kaute auf einem Strohhalm und grinste so breit, daß seine Zähne durch den Bart schimmerten. »Geile Huren«, sagte er. Pirol verstand es nicht.

DREI

JUEC D'AMOUR

Es war ein Spiel – ihr Spiel diesmal, aber sie hatten es nicht erfunden. Es war ein regelmäßiges Ereignis auf der Reise eines Troubadours. Der *juec d'amour.* Das Gericht der Liebe, vor dem ein Troubadour wegen irgendeines Verstoßes gegen das ritterliche Gesetz der Liebe angeklagt wird. Frauen, die taten, als hätten sie Macht über den Mann. Ein Mann, der tat, als ob er sich unterwerfe. Dieser Prozeß würde in der Geschichte der Burg bewahrt werden, als etwas Prachtvolles und Romantisches, schwungvoll, prunkvoll aufgeführt. Ihre Männer durften es niemals erfahren, aber diese Damen würden es wissen – daß sie einmal einen Gerichtshof der Liebe einberufen hatten, um einem Ritter-*trobar* den Prozeß zu machen. Herm verteidigte sich, aber nicht nachdrücklicher, als das Spiel es verlangte.

»Und wer war deine Geliebte, Monsieur?«

»Ah, Madame! Ich habe geschworen, dieses Geheimnis zu wahren. Ihr werdet mich doch gewiß nicht zwingen, ihren Namen preiszugeben?«

»Und du wirst uns sicher nicht verschweigen, wann sie starb.« Béatrix, die Anklägerin, schritt auf dem schlüpfrigen Steinboden auf und ab, auf und ab, und bahnte einen Pfad durch das Gedränge. Sie trug eine Gelehrtenrobe, deren hoher Kragen sich unter ihr Ohr drückte und Haar und Haube mit jedem Schritt hin und her schob.

»Vor zwei Jahren. Zwei Jahre ist es her, daß meine Herrin mich verließ, um in den Himmel einzugehen«, sagte Herm.

Ein Keil, der Tischplatte und Bock miteinander verband, fiel mit lautem Klappern heraus, als elf Paar Füße aufgeregt auf dem Fußholm herumrutschten. Der Tisch schwankte gefühlvoll.

»Zwei Jahre? Aber das ist die Frist! Gemäß den Regeln der Liebe!«

»Aber seht ihr es denn nicht, ihr Damen?« fragte er flehentlich. »Wenn zwei Jahre im gewöhnlichen Fall genügen – wieviel mehr als zwei Jahre sollte ich ihr dann geben, der Dame über allen Damen, der herrlichsten der Welt?«

Einen Augenblick lang schien es, als wolle das Gericht ihm da nicht widersprechen. Aber dann sprang Eudoxia mit bloßen Füßen auf, und polternd fielen ihre leeren Schuhe vorn von der Richterestrade. »O nein! So geht es aber nicht!« protestierte sie. »Zwei Jahre sind zwei Jahre, ganz gleich, für wen. So steht es im Gesetz.« Den anderen Frauen war es peinlich, daß sie es an Stil gebrechen ließ, doch sie beeilten sich, ihr zuzustimmen.

»Das Gesetz der Liebe, junger Mann«, intonierte Constance, »wurde als Leitfaden für die vorzüglichsten Ritter und Damen geschrieben. Du schmähst diese Ritter und Damen, wenn du versuchst, über das Maß hinaus ...«

»Ganz recht«, unterbrach Béatrix. »Man kann nicht vollkommener sein als die Vollkommenheit.«

»Oh, ihr könnt doch gewiß nicht erwarten, daß ich euch da zustimme«, sagte Amaury. »Ich selbst habe schon Damen gesehen, die mit jedem Atemzug die Vollkommenheit übertreffen. Ja, allein hier im Saal ...«

Eine Pause erfüllte den Raum, so bedeutungsschwer, daß jede Richterin am Gerichtshof von Poussarou sich die Hand auf den Leib legte und ein wenig schneller atmete. Amaury aber ließ sich wieder auf seinen Schemel sinken und starrte zu Boden. Maude stellte ihr Schoßlämmchen auf den Tisch, wo es fröstelnd taumelte und blökte. Alle zischten das Tier an, da sie fürchteten, ein Wort zu verpassen.

»Ich bin ein Gefolgsmann der Liebe, und was die Liebe mich zu tun heißt, kann ich nicht verweigern, ohne Verrat an meinem Beruf zu üben. Und an Gott. Ist Gott nicht der Quell aller Liebe?«
»Natürlich!«
»Ohne Frage!«
»Nun, dann muß ich mich doch Gottes Willen fügen.«
Sie lachten. Sie lachten und lachten, bis keine von ihnen sich mehr erinnerte, warum sie lachten. Er ernüchterte sie mit einer Bewegung seiner Hand. »Ich habe meine Verteidigung beendet«, sagte er. »Mehr kann ich nicht vorbringen. Wenn ihr mich für schuldig befindet, werde ich mein Urteil demütigen Geistes annehmen. Ich habe gelobt zu trauern, doch schon hat mein Herz in meiner Schlechtigkeit ... ich bin ja ein Mann aus Fleisch und Blut ... durch die Gitter seines Kerkers gespäht und in der Ferne eine Dame gesehen ...«
»Wie weit entfernt?« japste Eudoxia.
Amaury lächelte bei sich und seufzte. »Nicht so sehr weit.«
»Wir müssen über unser Urteil beraten«, rief Béatrix, und die Richterinnen von Poussarou drängten sich dichter zusammen auf ihrer Bank, dem Richterthron.
Und während sie sich berieten, betrachtete Pirol nacheinander jedes Gesicht. Welches hatte wohl die Zuneigung seines Herrn gewonnen? Maudes Antlitz, mit Schminke beschmiert? Joannas, mit roten Streifen auf safrangelben Wangen, blaugeschminkt unter den Augen? Eudoxia hob wie geistesabwesend den Saum ihres Kleides und entblößte eine bleiche Wade, fleckig von Fett. Béatrix merkte, daß Pirol sie anstarrte, und warf mit einer ihrer Schriftrollen nach ihm. Das Siegel brach, und das Papier entrollte sich zu seinen Füßen. Es stand nichts darauf geschrieben.
Als das Gericht zu seinem Urteil gelangt war, erhob Herr Amaury sich inmitten der Wirbel seines schwarzen Helmbuschs und senkte den Kopf.

Constance räusperte sich. »Das Gericht hat entschieden, daß der Kläger ...«
»Der Beklagte, du Gans. Der Beklagte«, zischte Béatrix.
»... der Beklagte gegen das Gesetz der Liebe verstoßen hat, indem er verstockt auf seiner Trauer beharrte.« Sie schaute ihn an und erwartete eine Bemerkung. Die andern drängten sie, mit dem Urteil fortzufahren, wie Neugierige vor einem Galgen. »Das Urteil des Gerichts aber lautet, daß du mit der Dame deiner Zuneigung in einen Garten sollst gesperrt werden, wo du dich üben und wieder zu Gewandtheit gelangen magst in der Kunst und Wissenschaft der Liebe, welche du hast vernachlässigt in diesen letzten beiden Jahren.«
»Ihr Damen«, sagte Herr Amaury, und seine Stimme klang brüchig vor lauter Ergriffenheit, »ich beuge mich eurem Urteil. Ich muß mich der Glückseligkeit fügen. Zeigt mir den Garten. Ich werde mein Zelt dort aufschlagen und meine Geliebte erwarten mit der Leidenschaft des Schmerzes und dem Schmerz der Leidenschaft.«
»Wenn es regnet, kannst du hereinkommen«, sagte Maude, sich nachträglich besinnend.

Die Damen von Poussarou empfanden ganz ungerechtfertigten Stolz auf ihren Garten. Das ummauerte Gelände war grün, aber überwiegend von Moos und Schimmel. Es gelang ihm nicht, in allegorischer Pracht den Gärten der Liebe zu entsprechen, die in der Literatur beschrieben wurden. Seine Bäume brachten nur harte, kleine Äpfel hervor, und die Rosen waren welk. Der Boden war ausgelaugt, gebleicht und anämisch im Vergleich zu der blutvollen Landschaft draußen. In einer Ecke wuchs Kohl für die Küche, häßlich und prosaisch. Wicken gab es auch.
Im Zelt roch es nach Weihrauch – ein übler, süßer Kopfschmerzgeruch, der Pirol an Kirchen erinnerte. »Wer kommt denn, Herr? Welche der Damen? Und woher wissen sie, welche es sein soll?«

Amaury pflückte einen Grashalm, spannte ihn zwischen die Daumen und blies quäkend darauf: ein greller, rauher Klang. Er steckte den Halm in den Mund, faltete ihn mit der Zunge, spuckte ihn aus. »Sie werden alle kommen.«

»Aber welche liebst du?« Pirol brannte darauf, es zu verstehen.

»Ich werde sie alle lieben. Liebe sie platt wie die Flundern. Ich bin ein Kavalier, nicht wahr? Wenn ich von hier fortgehe, werden sie alle glauben, sie seien der Docht meiner Kerze, der Inhalt meines Liedes. Und wenn nicht – nun, dann habe ich sie ein paar Dinge gelehrt, die ihre Männer sie nicht lehren konnten. Darauf haben sie schließlich gewartet, nicht wahr? Jeden Morgen. An ihren Fenstern. Seit sie zum ersten Mal gehört haben, daß es Männer gibt. Auf einen Troubadour, der sich in sie verliebt und sie in die Reihen der Seligen erhebt. Ihre Eitelkeit ist's, die mich ernährt. Ihre Geilheit schafft Futter für mein Pferd – und für dich, vergiß das nicht.« Als er jetzt sprach, hörte der ritterliche Vorkämpfer des Minnesangs – Doktor der Wissenschaft der Liebe – sich an wie einer seiner schmutzigen Taschenspieler, und sein Französisch war erfüllt von Verknotungen und Verrenkungen der Zunge. »Gib gut acht, mein Junge, und ich werde dich lehren, wie man heutzutage über Festungsmauern springt. Zieh den Vorhang zu, ja?«

Pirol versuchte es. Er bemühte sich, den beringten Teppich zuzuziehen, der das Zelt immer geteilt hatte: Gaukler von Troubadour, Diener von Ritter. Aber die Ringe waren vom Regen verrostet, und der Vorhang wollte sich nicht schließen lassen.

»Wirst du ihnen allen Geschenke geben müssen?« fragte Pirol und klammerte sich an das rein Praktische.

Amaury brüllte vor Lachen. »Glaubst du, jeder ist so dumm wie dein Ritter? Gott hat mir meine Hände zum Aufheben gegeben, nicht zum Niederlegen ... Halt! Angestimmt, mein Junge. Ich höre jemanden kommen.«

Die Zeltklappe hob sich. Ein Lamm stand voller Unbehagen in der Öffnung; es wollte zurückweichen, wurde aber von hinten vorangeschoben. Ein Tritt ins Hinterteil ließ es schließlich vorwärtsstolpern, und einen Augenblick später schlug Frau Maude die Klappe ganz beiseite und entschuldigte sich fieberhaft. Ihr ungezogenes Lämmchen habe sich verirrt, sei gelaufen, wohin sein Gelüsten es getrieben habe. Schändlich, mutwillig. Gelockt von den Wünschen seines Herzens.
»Nein, ganz sicher nicht. Gelockt von meinen Wünschen – denn hat es nicht die schönste aller Schäferinnen mitgebracht?« widersprach Amaury. Dann erhob er sich von seinem Lager und umarmte die Dame, drückte sie an sich mit beiden Armen und einem gekrümmten Bein. Sie welkte dahin wie eine müde Ringelblume.
Als sie Pirol erblickte, schob Maude Herrn Amaury hastig von sich, tänzelte verlegen und wedelte mit einem Taschentuch. Aber Amaury schob Pirol einfach vor sie hin, um ihn vorzustellen. »Das ist mein Singvogel. Er möchte zu gern für dich singen. Bitte schicke ihn nicht fort.«
»Ich gehe schon, Herr. Es macht mir nichts«, sagte Pirol. Amaurys Faust traf ihn in die Nieren, und sprachlos klappte er auf einem Kissen zusammen und starrte auf die Saiten seines Instruments, die lautlos vor seinen Augen vibrierten.
»Pirol wird für uns spielen, und die Engel, die vom Himmel herabschauen, werden den Takt schlagen«, sagte Amaury und löste die Schließe an ihrem Mantel. Und nach und nach enthüllte er, indem er das Hemd darunter hob, die dunklen Adern an ihren Waden und Kniekehlen, blau wie die Flüsse auf einer Landkarte, und Ovale von langen Haaren mitten auf ihren Oberschenkeln.
»Er hat solche Augen ...«, sagte Maude und sah sich nach Pirol um.
»Er soll blind sein wie die Liebe selbst.« Und mit einer kaum merklichen Andeutung von Ärger nahm Amaury einen ihrer

Strümpfe und verband seinem Gaukler die Augen. Ihre Bedenken waren zerstreut. Sie ergab sich der Phantasie der Liebe, zu der sie und die anderen Frauen sich verschworen hatten. Ihr strahlender Ritter war erschienen.
Pirol verschob die Augenbinde mit dem Daumen und gestattete sich, ein Auge auf sein Instrument zu werfen, damit er spielen konnte. So sah er, wie die Wicken knickten unter der machtvoll wogenden Flanke der Wahren Liebe. Er sah, wie der Saft weiß aus den kleinen, abgebrochenen Stielen quoll. Er sah die Geheimnisse der Fröhlichen Wissenschaft zu Dutzenden. Er sah die Flöhe, die sich anklammerten wie Seeleute an ein kenterndes Schiff; trotz nasser Decks und jäher Stöße verloren sie nicht den Halt, und unablässig saugten sie sich voll. Pirol zog seine Augenbinde wieder herunter. Ein Esel schrie auf dem Feld hinter der Mauer – ein unaufhörliches, monotones Geschrei.
Das also war der Berggipfel der Vollkommenheit, nach dem die Ritter-Poeten strebten – die Glückseligkeit, die ihre Kunst befeuerte. War es das, worum Herr Jocelyn gebetet hatte, schwitzend und frierend, in der Hoffnung darauf, daß Lily seine Liebe erwidern möge? Unmöglich. Pirol merkte, daß er beinahe Angst um Amaury hatte. Es war furchtbar anzusehen, wie ein Mann derart verschlungen und verzehrt wurde. Er war erleichtert, als endlich jede Frau ausgeweidet, unterworfen, besiegt, gespalten war. Es war gerade so furchtbar, wie die Mönche es immer angedeutet hatten. Dampfend und stinkend wie ein Misthaufen. Es vergiftete den Garten.
Sie ließen einen Wust von Herabgefallenem zurück – Broschen, Schließen, Schnallen, Schnüre, Bänder, Schweiß und Haare und den Geruch von Hasenlab, das sie zur Empfängnisverhütung benutzten. Und Versprechungen ließen sie auch da: daß Amaury sich ihrer Treue an Leib und Seele erfreuen könne, wenn er seine Lieder nur ihnen allein weihe und ihren Ruhm laut durch die ganze Welt trage. Und er ver-

sprach es jeder Dame nacheinander: elf geflüsterte Versprechungen.

Und bei mehr als einer Gelegenheit wies Amaury ihn darauf hin: »Ich stehe, was den gesellschaftliche Rang betrifft, über jeder von ihnen – ich bin ein Herzog. Sie verlieren also nicht ihre Ehre dadurch, nicht wahr?«

Und da hatte er natürlich recht. Im Rahmen der ritterlichen Ethik.

Vier

Die Bekehrung der Heidin

Die Unruhe, die Amaury von Herm in den Herzen der Damen von Poussarou anrichtete, kam derjenigen gleich, die seine Gaukler in die Küche trugen. Jeden Abend fraßen sie bis zur Besinnungslosigkeit, oder sie tranken, bis sie einen kriegerischen Zustand erreichten. Es gab Prügeleien und Verwüstungen, Angriffe auf Speisekammern und Mägde. Das gackernde Gelächter, die obszönen Reden, die nackte Häßlichkeit, wenn vom Wein verstümmelte Narren sich ihre Kleider vom Leibe schälten – Pirol sah das alles mit an wie Gott, als er am Karfreitag in die Hölle hinabstieg. Es umgab ihn zu allen Seiten. Er konnte wieder hinauslaufen in das fransengeschmückte Zelt im Garten, aber er wußte, daß die Dämonen auch dort sein würden, getreulich, abscheulich. Die Hölle umfaßte das Languedoc. Zu weit der Weg, ihr zu entrinnen.

Und doch, er selbst war nicht besudelt, sagte er sich. Es war abstoßend, aber er war kein Teil davon. Pirol umklammerte seinen Rosenkranz so fest, daß die Holzperlen tiefe, rot unterlaufene Kerben in seine Handfläche drückten. Er war kein Teil von dem, was er hier sah – fettige Mäuler, ein blaugeschlagenes Auge, orgasmisches Fluchen, pechdunstiger Atem, zerknickte Wicken, talgbeschmierte Scheiden, Rülpsen, Knüppel, Grausamkeit. Das alles sah er, wie ein Mann einen Traum sieht: aus der Ferne und von erhöhter Warte. Er würde seiner eigenen *domna* treu bleiben – der Jungfrau Maria, Königin des Himmels, und ihr würde er Loblieder schreiben.

Eines Nachts nahm er ein Strickhalfter herunter, das im Stall beim Zaumzeug hing, und ging damit ans hinterste Ende des Stalles. Da alle Ritter fort waren, waren auch die Stallungen fast leer. Eine säugende Stute stampfte mit dem Huf, als das Fohlen ihr seine spitze Nase in den Bauch bohrte. Pirol legte seinen kurzen Mantel ab, die absurden Schnabelschuhe, das purpurne Hemd, die purpurnen Strümpfe.

Aus dem Herd in der Küche hatte er ein Stück verbranntes Holz genommen. Es sah aus wie Holzkohle, aber es war keine. Er hatte große Mühe, damit eine Spur an der Wand zu hinterlassen, bevor nach und nach immer mehr Stücke abbrachen und nur verwischte Flecken malten. Aber schließlich gelang es ihm doch, mit Speichel und Ruß eine Figur an die mistbeschmierte Wand zu zeichnen, gedrungen und mit kleinem Kopf, wie ein Kegel. Dann zog er sich das Halfter über den Kopf und stellte sich vor seinem Marienbild auf. Er würde seiner *domna* lebenslange Keuschheit zum Geschenk machen.

»Heilige Maria, Mutter unseres Herrn und unsere Fürsprecherin im Himmel, hier stehe ich, Peter Pirol, um dich zu ehren und anzubeten. Nimm mich zu deinem Knecht, auf daß ich dir diene in gehorsamer Sklaverei. Ich schwöre dir mit heiligem Eid, daß ich niemals, niemals, niemals ...«

»Was machst du da?«

Sie erhob sich aus der Krippe wie der weibliche Antichrist. Die rosigen Spitzen ihrer Finger zogen einen langen Strohhalm aus ihren Kleidern. Sein erster Gedanke war, daß sie seine Seele beim Halmeziehen gewonnen hatte.

»Ich biete mich der Jungfrau Maria als Knecht.«

»Ist sie das?« Halb kletterte, halb rollte Kadija aus der Krippe, kam zur Wand und hockte sich vor der Rußkritzelei ins Stroh. Mit dem schwarzen Zeigefinger der einen Hand verfolgte sie die groben Umrisse, während sie sich mit dem Handrücken der anderen über die Wangen wischte, als habe sie geweint. »Warum du Pferd? Du aussehen wie Pferd. Oder Mann für

Galgen.« Als sie auf das Halfter deutete, sah sie, daß sie Ruß am Finger hatte, und suchte etwas, um ihn abzuputzen. Ihre Berührung hatte seinen Altar entweiht, aber sie hielt ihre schwarzen Finger für beschmutzt.

»Du hast Worte. Viele Worte. Wie er«, sagte sie, und wieder berührte der Finger die Umrisse der Jungfrau. »Sie dich gern? Sie dir schenkt Ding, was du willst?«

»Natürlich. Ja! Sie ist die Mutter Christi.« Pirol betete darum, daß es ihm nicht zugedacht sein möge, ihre Seele für den wahren Christenglauben zu gewinnen. Er wollte sie in seiner Religion nicht haben. Höchstwahrscheinlich würde sie den Engeln die Kehle durchschneiden, sobald sie im Himmel wäre. Viel lieber wäre es ihm, sie würde bei ihren falschen Götzen bleiben, statt ein solches Interesse für seine rußige Madonna aufzubringen.

»Sie Kinder so gern. Du sagen. Du sie fragen für mich. Sie nehmen. Sie nehmen weg Kind.«

»Kind? Welches Kind?«

»Mein Kind! Mein das!« Sie umfaßte ihren Bauch und reckte ihn betreten vor. Sie war (so hätten die Mönche es gesagt, bei denen Pirol aufgezogen worden war) geschwollen von den Früchten der Sünde, fallsüchtig vom Lohn der Wollust. »Er merken, er mich töten. Er mich zurücklassen. Du deiner Herrin sagen. Sie kann haben. Nicht ich.«

Man hatte Kadija in einem Orangenhain gefangen, sie unter einem Orangenbaum hervorgezerrt und nach Norden verschleppt in ein Land voll weißer Gesichter und Gottlosigkeit. Noch bevor ihr Entführer sein Gepäck abgeladen hatte, hatte er sie – mit schwungvoll ritterlicher Gebärde – für ein gutes Lied an einen fahrenden Troubadour verschenkt. Zudem hatte seine Gemahlin den Gedanken abscheulich gefunden, daß er eine Schwarze besteige, ehe er in ihr Bett kletterte.

Und so war Kadija zu Amaury von Herm gekommen, welcher ungeachtet irgendeiner *domna* jede Nacht eine Frau brauchte,

wenn er gut schlafen wollte. Ihre Angst vor ihm war absolut; schon, was den nächsten Bissen Brot anging, war sie ganz und gar auf ihn angewiesen. Sie konnte sowenig weglaufen wie das schwarze Schaf, das mit fünfhundert weißen in einen Pferch gesperrt war. Und sie zog es vor, jede Nacht am Fußende von Herrn Amaurys Bett zu schlafen, denn auf der anderen Seite des Zeltvorhangs erwartete sie Vergewaltigung in dutzendfacher Zahl.
Sie war fünfzehn, und das Zitherspielen hatte sie auf dem sonnigen Dach einer weißen Villa gelernt, wo man den Duft des Meeres riechen konnte. Jetzt bemühte sie sich, hinter den Saiten ihrer Zither zu leben, beschränkte ihren Geist auf das winzige Gefängnis ihres Resonanzkörpers, wo alle anderen Bilder, Töne, Gefühle keinen Zugang hatten – und vor allem nicht die Zukunft, die ein Gegenstand von unfaßlichen Proportionen war.
Aber jetzt begann das Kind zu strampeln; es versetzte ihr Fußtritte, wie es Kartenspieler, Bettler, Huren, Gaukler und Knechte mit Vergnügen jeden Tag taten, und forderte, daß die tagtägliche Routine ihrer Hölle nun geändert werde, und das ohne Zweifel zum Schlimmeren. Gern wäre sie tot gewesen, aber sie fürchtete den Weg dorthin. Ohnmächtig und ohne Freunde fand sie, daß der Schlaf sie umhüllte wie eine Decke und jene Teile ihres Verstandes erstickte, die ihr hätten sagen müssen, was sie tun sollte. Sie wollte schlafen, mehr als alles andere wollte sie schlafen – in die Krippe klettern, das Stroh über sich ziehen und nichts mehr sehen, weil man sie nicht mehr sehen konnte. Als sie so dagelegen hatte, im starren rechten Winkel in der Krippe, da hätte sie beinahe beschlossen, dort zu bleiben und nie wieder hervorzukommen, sondern den Rest ihres Lebens zu verschlafen.
Dann war der Junge gekommen mit seinem kratzenden Zweig und seiner Höhlenmalerei, mit einem Pferdehalfter um den Hals. Er haßte sie mehr als alle andern; das wußte sie. Er

wandte den Blick immer ab von ihr wie einer, den es vor Kriechtieren ekelt, wenn er weiß, daß eine Spinne im Raum ist. Jetzt sah sie, daß er zweimal soviel Angst hatte wie zuvor, weil sie jetzt nicht mehr eine, sondern zwei war.

Tatsächlich aber war es nicht das, was Pirol angst machte. Ohnehin beschädigt und gespalten wie eine hölzerne Ikone, zerfiel sein Bild von Amaury nun vollends. Herm hatte die letzte Illusion der Minne verraten, die letzte Möglichkeit zerstört, daß er von ritterlichen, christlichen, keuschen Idealen bewogen sein könnte. Herr Amaury hatte diese schwarze *succuba* in sein Bett gelassen.

Und Pirol hatte geschworen, ihn zu lieben. Er hatte Herrn Jocelyn gelobt, diesem Ritter treu zu dienen. Als er Amaurys Verse gehört hatte, war ihm gewesen, als erhebe die Vortrefflichkeit seines Herrn ihn auf eine höhere Ebene. Jetzt sah er, daß er zum Dienst am verkommensten aller Sünder verpflichtet war. Und wenn ein Ritter in die Hölle fuhr, dann würde er ganz sicher seinen Haushalt und seine Gaukler mitnehmen. So dachte sich der rechtschaffene Pirol die Sache, erfüllt von prüdem Abscheu und göttlicher Logik.

Und da stand dieses Mädchen, das er immer gefürchtet hatte – einen Fuß größer als er, erzählte sie ihm eine so furchtbare Lebensgeschichte, daß ihm der Kopf davon dröhnte wie von Kopfschmerzen, und sie weinte so verzweifelt, daß ihr die eigenen Tränen nicht mehr bewußt waren. Etwas mußte geschehen. Er war an Amaury gebunden, und Amaury war an dieses Stück Unglauben gebunden: Sie war es, die sie allesamt kopfüber in diesem schwarzen Morast festhielt. Etwas mußte geschehen.

Die Lösung fiel ihm ganz plötzlich ein, als er in dieser Nacht starr und wach in seinem Bett lag.

Glühwürmchen krochen über die Zeltplane, bewegliche Sterne in einem winzigen Kosmos. Die Mohrin war nicht auf ihrer

Seite der trennenden Plane; er hatte eine Ecke angehoben, um hindurchzuspähen und sich zu vergewissern. Die große, saumlose Stille der Nacht lastete auf der Burg wie eine Wolldecke, die man zum Löschen eines Feuers benutzte. Sie erstickte jedes Geräusch; sie erstickte die hellen Fenster eines nach dem andern. Aber die Stimme eines Kindes, das irgendwo hoch oben unbehütet weinte, hallte mit vollkommener Klarheit durch das dichte Schwarz.

Kinder. In seiner frühesten Erinnerung hielt er ein neugeborenes Kind – seine Schwester – in den Armen, ein armes Ding, das nicht lange danach gestorben war. Er erinnerte sich, wie er ihm vorgesungen hatte, und an einen Priester mit kaninchenfellgesäumter Kapuze, der ihm zugeschaut und seinen Gesang gelobt hatte. Das war der Tag gewesen, an dem seine Eltern beschlossen hatten, ihn fortzugeben, vermutete er.

Säuglinge und Kinder – wie wenig hatte er davon gesehen. Sie waren ein Geräusch im Nachbarzimmer, ein Weinen in stiller Nacht, eine sehr frühe Erinnerung, ein schwellender Bauch.

Diese Damen von Poussarou versteckten ihre Säuglinge und die Tatsache, daß sie Kinder hatten, weil dies ihr Alter hätte verraten können: als schämten sie sich, Mütter zu sein. Säuglinge. So klein. So verloren in der endlosen Dunkelheit der Vorhölle ...

»Sie muß getauft werden!« rief er plötzlich bei sich, während er zu den Glühwürmchen hinaufschaute.

Die anderen Gaukler schliefen jetzt oben im Haus, im Stroh in der Küche. Aber Amaury behielt Pirol bei sich; er mußte auf einem Strohsack auf der anderen Seite des Vorhangs schlafen – für den Fall, daß der Ritter musikalische Begleitung für ein Stelldichein benötigte. Gemeinhin war es Pirol ganz recht, von dieser furchterregenden Meute getrennt zu sein. Aber an diesem Abend kehrte Amaury betrunken ins Zelt zurück und zerrte die Mohrin am Handgelenk hinter sich her. Kadija war gestolpert, als sie auf Stelzen getanzt hatte. Eine der Damen hatte voller Abscheu gefragt, ob es nicht »der Zustand ihres Bauches war, der sie aus dem Gleichgewicht gebracht hatte«. Und Amaury hatte seine Überraschung über die Neuigkeit, daß sie schwanger war, verbergen müssen.

Jetzt prügelte er mit Fäusten und Füßen auf sie ein, beschimpfte sie mit den Namen aller Ungeheuer im Bestiarium und fragte sie, mit welchem Tier auf dem Bauernhof sie es getrieben habe, um in diesen Zustand zu geraten. Er stieß und schleuderte sie hierhin und dorthin, und ihre Gestalt wölbte sich durch die trennende Leinwand und taumelte Pirol entgegen: eine Hand, eine Schulter, ein Knie. Ein Gesicht, flachgedrückt vom straff gespannten Segeltuch. Sie sagte nichts. Sie schrie kaum einmal. Unter ihrer Verzweiflung bäumte das ganze Zelt sich auf.

Und Peter Pirol erfüllte Mitleid. Es erfüllte ihn, bis sein Herz darin versank. Ein körperlicher Schmerz war damit verbunden und eine Art Ratlosigkeit, zumal da er dem, was er da empfand, keinen Namen zuordnen konnte. Es fuhr einfach krachend in ihn hinein, geradeso wie Kadija und Amaury es hinter der Zeltwand taten. Die Stange, an der die Trennwand hing, donnerte unter dem Geklirr der Vorhangringe herunter, und Mädchen und Ritter kamen zu Pirol hereingetaumelt, traten ihm auf die Hände, zersplitterten seine Leier. Amaury war verblüfft, als er Pirol erblickte. Er blieb stehen und starrte den Jungen an, und das herabhängende Zeltdach drapierte seinen Kopf und seine Schultern.

»Es ist schon gut«, sagte Pirol. »Du kannst es in Ordnung bringen. Es macht nichts.«

»Du wußtest es? Du wußtest, daß sie heckt?« Es verstärkte Amaurys trunkene Wut nur, jetzt zu erfahren, daß es noch mehr Leute gab, die es vor ihm gewußt hatten.

»Aber es ist in Ordnung!« rief Pirol. »Wirklich! Ich habe mir eine Möglichkeit ausgedacht, alles ins Lot zu bringen! Man kann sie taufen! Du kannst sie zur Christin machen!«

Dieser Vorschlag war so absurd, daß er Amaurys Wut zerbersten ließ; sie wurde zu Gelächter und entwich aus ihm. »Es ist also dein Werk, dieses Kind, wie? Du lernst schneller, als ich dachte.«
»O nein, Herr! Es ist deins, Herr, es ist deins, das hat sie mir selbst gesagt«, versicherte Pirol ihm hastig, weil er glaubte, damit gefällig zu sein. »Und wenn sie getauft wäre, so würde dein Kind als Christenmensch zur Welt kommen.«
Kadija kauerte zwischen den Knien des Ritters, still wie ein Hund auf einem Kirchengrab.
»Was soll denn das? Was soll das Gerede vom Taufen? Was kümmert es mich, in welcher Religion sie kalbt?«
»Nein, Herr, gar nicht, Herr – aber dein Kind, Herr. Dein Sohn, Herr!« Pirol war zornig auf den Wein, weil er Herrn benebelte. Die Sache lag doch auf der Hand; wie konnte der Mann es mißverstehen?
»Mein *Sohn.* Mein *Sohn*? Von *der hier*?« Er zog Kadija bei den Haaren hoch. »Wasch dir das Maul aus, Bengel. Wofür hältst du mich? Ich soll von *der* ein Kind bekommen? Wofür hältst du mich?«
Und in seinem männlichen, vom Trinken aufgeweichten Verstand verwarf er jegliche Möglichkeit, daß er der Vater von Kadijas Kind sein könnte. Nie hatte er mit ihr geschlafen, nie ihr Platz in seinem Zelt gemacht. »Hier. *Du* kannst sie haben. Du hast sie ja offenbar schon öfter gehabt.« Das Lachen brachte den Wein in seinem Magen in Wallung, und er übergab sich. »Blut und Haare!« keuchte er. »Ist das nicht ein besseres Geschenk, als Foicelles es dir je gemacht hat? Hat dir mal ein Pferd geschenkt, nicht wahr? Nun, ich schenke dir eine Hure! *Und* sie wird kalben!«
Er stieß Kadija mit dem Fuß von sich, so daß sie gegen Pirol fiel. Dann warf er sich auf sein Lager und war auf der Stelle eingeschlafen.
Kadija drängte sich an Pirol, ihren Beschützer. Entsetzt von

ihrem Schluchzen und der Heftigkeit, mit der sie zitterte, umspannte er ihre ganze kauernde Gestalt mit seinen Armen. Er merkte, daß er sie tätschelte wie ein Pferd, vielleicht weil sie um soviel größer war als er. Dann begann das Blut in seinen gebeugten Kniekehlen zu prickeln. Deshalb schubste er sie, so daß sie auf seinen Strohsack fiel, wo sie, immer noch zusammengekrümmt, einschlief. Pirol blieb sitzen und rieb sich die Kniekehlen – teils um das Blut wieder in Gang zu bringen, teils um seine Hände von Verunreinigungen zu säubern. Der Säugling in der Burg weinte immer noch.

Nachdem Amaury sich am nächsten Tag das Erbrochene aus dem Bart gewischt und die Zähne mit einem Haselzweig geputzt hatte, war seine gute Laune wiederhergestellt. Als die Damen sich am Mittag aus ihren Betten erhoben, hatte er eine Unterhaltung für sie ersonnen, die sie den ganzen Tag mächtig erheitern würde.

Herrn Amaurys Gaukler saßen angespannt in einer Reihe auf Melkschemeln auf dem großen Tisch. Die Mohrin hockte am äußersten Ende der Reihe; Pirol hatte zwar versucht, einen Schemel am anderen Ende zu ergattern, aber er war nicht schnell genug gewesen. Unversehens saß er jetzt neben ihr.

Draußen im Hof – Pirol konnte es durch die Fenster gerade noch sehen – stand die untere Hälfte eines großen Weinfasses aus der Kelter. Amaury hatte es in die Halle bringen lassen wollen, aber es hatte nicht durch die Tür gepaßt.

Das Damenpublikum, darauf bedacht, Herrn Amaury zu gefallen, grinste schon bei dem Gedanken an die bevorstehende Aufführung. Jetzt sprang er auf den Tisch und schlängelte sich deklamierend zwischen seinen Gauklern hindurch.

»Meine Gaukler sind, das werdet ihr zugeben, die prächtigste Hundemeute, die je mit einem Mann durch die Wiesen der Welt gestöbert ist!« rief Amaury mit spöttischem Näseln. »Aber ich habe jenes Verbrechen begangen, das der Kirche heutzutage so verhaßt ist ... Ich habe sie *Arithmetik* gelehrt.«

Frau Maude war so sehr auf Lachen eingerichtet, daß sie bereits ein vorzeitiges Kichern von sich gab.
»Und wie recht hat der Klerus, wenn er ihr abschwört! Denn seht! Zwei meiner Gaukler haben gelernt zu *multiplizieren*!«
Amaurys schlängelnde Schritte führten ihn zwischen Pirol und Kadija. Er legte beiden eine Hand auf die Schulter. »Ah, seht doch, meine Damen, in welche Gefahr ich euch gebracht habe! Denn habt ihr mir nicht tausendmal die bezaubernde Stimme des jungen Pirol hier gepriesen, den Liebreiz seines Engelsgesichts? Welch wundersamer Trug: Seine Stimme hält er so hoch, und dabei ist er so altklug ... *weiter unten.* Seht euch vor, ihr Damen! Laßt keinen solchen Schoßhund an euren Schoß!«
Die Damen kicherten hysterisch, aber sie waren noch nicht sicher, ob er vorhatte, die Gaukler zu vernichten, oder ob er sich nur einen Spaß mit ihrer Sündhaftigkeit machen wollte.
»Ich verstehe dich nicht, Herr«, flüsterte Pirol; er hatte in Erwartung der Katastrophe den Kopf ein wenig zwischen die Schultern gezogen.
»Ah, aber es findet sich etwas Gutes – selbst bei Arithmetikern! Hier haben wir einen Knaben, der auch Theologie studiert hat – der einst dem Kloster zugedacht war. Ist es nicht so, Knabe?« Sofort redete er weiter, ohne Pirol Gelegenheit zur Antwort zu geben. »Dieser Singvogel kam letzte Nacht zu mir, um Barmherzigkeit für die Dame seines Herzens zu erbitten! Um eine Gunst von mir zu erflehen! Um seine *petite amante* der ritterlichen Gnade anheimzugeben!«
Eine oder zwei Frauen beugten sich vor und stützten das Kinn auf beide Hände. Der Witz ließ zu lange auf sich warten; ihr Lächeln wurde fadenscheinig. »›Laß sie taufen‹, sagte er, ›damit das Kind ein Christenmensch werde.‹«
»Aah«, seufzte Maude gefühlvoll; es war offensichtlich, daß sie Pirol immer noch auf den Schoß genommen, ihn an den Ohren gezupft und ihm Milch zu trinken gegeben hätte.

»Nun, ich durchforschte mein Herz und schaute tief in mein Gewissen. Und ich sagte mir: Nein, diese Entscheidung obliegt nicht mir! Meine Gastgeberinnen müssen gefragt werden. Und so habe ich diesen Gerichtshof der staubigen Füße einberufen – diesen Gerichtshof der *petits-amours*! Was sagt ihr, meine Damen? Fällt euer Urteil! Soll die Mohrin getauft werden? Soll man sie reinwaschen in den Wassern der Taufe?«

»O ja! Hussa! Ja!« rief Maude, aber die anderen Frauen hielten sich an ihre Rolle, und sie steckten die Köpfe zusammen und erörterten die Feinheiten des Falles.

»Bereut sie?« fragte Béatrix.

»Sosehr, wie es eine Frau in ihrer Lage nur tun kann.«

»Ich finde, der Junge sollte sprechen«, sagte Constance. »Kann er sprechen? Für sich selbst?«

Pirols Stuhlbeine wackelten – oder waren es seine eigenen Beine, als er sich erhob? »Ich kann sprechen, jawohl.« Amaury wandte sich zu ihm um, die Fäuste drohend geballt, aber er konnte Pirol kaum vor den Augen der Frauen schlagen. Der Junge konnte sagen, was er wollte. Zittrig holte er Luft.

Er hätte die bösartige Lüge bestreiten, hätte versuchen können, den Frauen klarzumachen, daß Herm der Vater war, damit sie wüßten, was für ein Mann Herm in Wirklichkeit war. Aber Pirol wußte, daß jede Kritik an ihrem gemeinschaftlichen Liebhaber auf taube Ohren stoßen würde. Statt dessen also stieß er stammelnd hervor: »*Bitte* – laßt sie taufen. Laßt das Kind nicht in der Vorhölle schmachten.« Amaury ließ höchst befriedigt die Fäuste sinken.

Bevor Pirol sich wieder setzen konnte, waren die Frauen unter schrillem Hühnergegacker auf den Tisch geflattert. Sie bedrängten die Mohrin, zerrten an ihren Kleidern, streiften ihr die Schuhe von den Füßen. Sie wollten sie nicht anfassen, aber sie mußte vom Tisch herunter und in den Hof hinaus. Sie riefen nach einem Kapellan, riefen nach Chrisam, aber Amau-

ry hatte keine der Requisiten dem Zufall überlassen. Alles wartete: das Wasser und die rechten Worte.
Nachdem die Damen von Poussarou beschlossen hatten, die Seele der Mohrin zu erretten, rissen sie ihre purpurne Livree in Fetzen und beförderten sie nackt in den zugigen Hof. Eine Gans hatte sich auf dem Wasser im Faß niedergelassen, und es erforderte Besen und flatternde Ärmel und unwürdiges Getöse, den Vogel zu verjagen. Als er schließlich aufflatterte, bespritzten seine großen Füße sie alle mit Wasser, so daß ihnen die Mohrin entglitt und von neuem eingefangen werden mußte.
»Ist sie denn nicht willig? Ist sie denn nicht zerknirscht?« wollte der Kapellan wissen. Aber die Frauen, ganz erfaßt von dem Vergnügen, das der Troubadour ihnen für diesen Nachmittag verschafft hatte, versicherten ihm: »Sie ist nur wild. Sie glaubt, wir wollen sie kochen und fressen.«
Schließlich packte ein Stallknecht das nackte, verängstigte Mädchen und warf es kopfüber in das kalte Wasser im Weinfaß, daß es über die Schuhe der Damen schwappte und ihre Kleider durchnäßte. »Man sieht, daß ihre Fußsohlen rosig sind«, bemerkte Maude.
Niemand konnte es übersehen, denn ihre Füße waren alles, was von Kadija noch aus dem Wasser ragte. Wie eine umgekippte Schildkröte hatte sie die größte Mühe, sich zu wenden, und sie bekam den Kopf erst über Wasser, nachdem es ihr in Mund und Nase gedrungen war. Würgend und kreischend tauchte sie auf und streckte die Arme über den Kopf wie ein Kind, das aufgehoben werden will. Aber das Faß war so tief, daß sie nicht auf dem Grund stehen konnte, und so mußte sie sich am Rand festklammern und die Knie anziehen, während ihre Füße nach einem Halt tasteten, und ihr Haar glänzte in der Sonne wie bei einem nassen schwarzen Schaf.
Eudoxia schickte einen Küchenjungen in die Halle, damit er einen der Melkschemel vom Tisch holte; sie war zu klein, um

alles sehen zu können. Die oberen Fenster füllten sich mit Gesichtern; lärmende Jungen streckten die Zeigefinger aus. Gänsefedern schwammen im Wasser wie weiße Fische. Kadijas glänzende eichenholzbraune Haut runzelte sich zu stumpfem Grau; seltsam, dachte Pirol, daß weiße Haut glänzte, wenn sie naß war, während diese hier rauher und trockener aussah. Ihre Brustwarzen waren purpurn, als müsse sie selbst zur Taufe das Abzeichen von Herms Livree tragen.
Selbst in einer überfüllten Burg, selbst angesichts des engen Beieinanderseins, war eine nackte Frau doch ein ungewöhnlicher Anblick. Die meisten hatten keine mehr gesehen, seit die Frau des Schankwirts wegen Betrugs durch ein Eisloch in den gefrorenen See getaucht worden war. Die Zuschauermenge, die jetzt zusammengeströmt war, erwartete hier das gleiche Vergnügen – eine Mischung aus rechtschaffenem Entzücken und voyeuristischer Lust.
Mit einschüchterndem Blöken stellte der Kapellan Kadijas Seele seine Fragen. Er schmetterte den Dämonen in ihr Schmähungen entgegen. Er begann mit einer Predigt über die Enge eines Nadelöhrs und das Himmelstor, als müsse es allen Anwesenden klar sein, daß Kadijas birnenförmiger Leib sich niemals durch Gottes Schlüsselloch werde zwängen können.
Aber an den Mauern des Hauses bildete sich ein kalt wirbelnder Luftzug, und es begann die Damen zu frösteln. Eudoxias Mutter befahl ihrer Tochter, dem Priester den Schemel zu überlassen, damit er sich daraufstellen könne, und mit einer Kelle bewaffnet kletterte der Kapellan hinauf, wackelnd und mit geraffter Soutane. Er schleuderte Kadijas Dämonen noch ein paar Beschimpfungen entgegen und sprach dabei ihren Namen falsch aus, und dabei schlug er ihr mit seiner Kelle auf die Fingerknöchel, bis sie den Rand losließ und im tiefen Wasser unterging. Nur dadurch, daß sie sich bis auf den splittrigen Grund sinken ließ und sich wieder hochstieß, konnte sie verhindern, daß sie ertrank, und als sie heraufkam, löffelte der

Pfaffe ihr das Wasser der Erlösung über den Kopf und schrie: »Hände falten! Hände falten!«

Das Wasser lief ihr in die Augen und seitwärts in den offenen Mund. »Bitte«, sagte sie. »Bitte.«

Danach wußte niemand, wie man sie herausholen sollte. Man schickte nach zwei Leitern. Es dauerte eine Viertelstunde, bis sie kamen. Als sie mit zitternden Knien und keuchendem Brustkorb heraufkletterte und rittlings auf der Kante des Fasses saß, erinnerte Amaury alle an das ungeborene Kind. Der Kapellan vertrat die Ansicht, ein ungeborenes Kind könne nicht getauft werden, worauf man ihn aufforderte, es »einfach zu segnen«, und so balancierte er tollkühn auf seinem Schemel und legte der Mohrin eine Hand auf den Leib. Die Jungen an den Fenstern johlten und pfiffen – in diesem Teil der Welt genoß der Klerus kein besonders hohes Ansehen.

Peter Pirol nahm seinen kurzen, purpurnen Überwurf ab und streckte ihn zu einem Bündel zusammengeknüllt Kadija entgegen. Sie nahm ihn nur und hielt ihn in der nassen Hand wie mit einer starren Klaue; er war viel zu klein, um etwas Nennenswertes zu verhüllen.

Jetzt beglückwünschte Amaury von Herm die Damen, da sie alles in gebührender Form und Feierlichkeit zu Ende gebracht hätten. Und sie nickten einander zu und fühlten sich ein wenig reiner, obwohl nicht sie es waren, die man eine Stunde lang in kaltes Wasser getaucht hatte.

»Und jetzt, da die Maid eine Christin ist«, verkündete Amaury, kletterte die äußere Leiter halb hinauf und wies mit einer schwungvollen Armbewegung auf Kadija, »laßt sie auch noch Braut sein! Eine Hochzeit, ihr Damen! *Das* ist die Unterhaltung, die ich mir für heute nachmittag für euch ausgedacht habe. Sehet die Braut, und packt den Bräutigam!« Der Riese hatte vorher schon seine Anweisungen erhalten; er umschlang Pirol von hinten und drückte dem Jungen den Unterarm an den Hals. »Gab es jemals ein so hübsches Paar?«

Man holte ein Kleid für die Braut. Ihre außergewöhnliche Großzügigkeit gegen diese Wilde durchrieselte süß den Busen der Damen. Und sie schmückten sie wie einen Maibaum mit verschiedenen Blumen. Derweilen begann Amaury aus dem Stegreif zu deklamieren: eine Hymne an Hymen.
Pirol preßte die Hände an die Ohren und fing an, sich schwankend hin und her zu wiegen, elend vor sprachlosem Entsetzen. Kein Wort wollte ihm zu Hilfe kommen. Täppisch tastend bewegte er sich der Demütigung entgegen, während Amaury seine Verse wie glühende Kohlen auf sein Haupt häufte. Er konnte nicht verhindern, daß die Damen von Poussarou ihn mit Blumen besteckten, wie man ein Spanferkel mit Nelken besteckt. Er konnte nicht anders, als sich ihren boshaften Launen zu fügen. Man würde ihn wie einen Matrosen unter den pechbestrichenen Kiel dieses großen, schwarzen Schiffes binden und ins tiefe Wasser hinabdrücken, wo er ertrinken würde. Und er konnte nichts dagegen tun, denn er war nur ein Musikinstrument, eine ausgestopfte purpurne Livree. Kadija klammerte sich an seinen Ellenbogen – eine junge Frau, die sich an einen Knaben klammerte. Herr Amaury führte ein Stück auf, und auch wenn ihr im voraus niemand etwas gesagt hatte, war sie doch, solange sie noch eine Rolle dabei spielte, eine Gauklerin und keine Ausgestoßene. Sie war zu allem bereit, wenn sie nur nicht mitten in der feindseligen Fremde zurückgelassen würde. Also sog sie die dicken Lippen zwischen die weißen Zähne und bemühte sich mit aller Kraft, zu tun, was von ihr erwartet wurde. In der vergangenen Nacht hatte sie gewußt, daß Herm sie umbringen wollte. Heute morgen hatte sie geglaubt, sie müsse öffentlich ertrinken. Und jetzt redete man von Versen und Liedern.
Alle gingen wieder ins Haus. Die Küche wurde davon in Kenntnis gesetzt, daß man einen Festbraten benötigen würde, und irgendwo in einem obskuren Hof wurde in aller Hast ein Schaf oder eine Ziege zum Tode befördert.

Der Kapellan billigte den Einfall mit der Hochzeit nicht; ihm wäre eine Steinigung lieber gewesen. Man befahl ihm, die Trauungsgebete zu sprechen, aber insgeheim betete er um die Rückkehr der Vernunft – um die Rückkehr der männlichen Burgbewohner aus Spanien und um ein Ende der chaotischen Herrschaft durch Weiber und possenreißende Barden.
Die Damen trieben ihn an, die einleitenden Worte hinter sich zu bringen – »Ja, ja! Komm schon zum Gelübde!« Die Mohrin umklammerte Pirols Arm fester und immer fester. Niemand bemerkte, daß er den Mund nicht öffnete; irgendwann inmitten all des Geschnatters und Gekichers, nahm der Kapellan an, mußte der Junge sein Jawort gegeben haben, und so wandte er sich dem Mädchen zu. Kadijas Ja war nicht zu überhören; es tönte schrill wie der Schrei des Muezzins vom Minarett. Wellen von Applaus und das Klingeln kleiner Handglocken übertönten den Priester, als er die beiden für vermählt erklärte.
»Jetzt wollen wir tanzen!« rief Eudoxia, bevor der Priester auch nur seine Stola zusammengefaltet hatte. Alle Damen schauten auf ihren Zeremonienmeister, aber Amaury sprach erst, als der ganze Raum von ehrfürchtigem Schweigen erfüllt war.
»Wollen wir Braut und Bräutigam nicht erst zu Bett bringen?« fragte er.

Prozessionen erforderten keine Organisation. Der Rang entschied über die Position eines jeden, und nur Amaurys Musik war nötig, um zu bestimmen, wie schnell die Schar von Edelfrauen, Hausbeamten und Domestiken sich durch die Korridore der Burg bewegte. Der heitere Schwung geriet nur am Fuße der Treppe ins Stocken, wo die Festgesellschaft sich zum Gänsemarsch formieren mußte, um die engen Windungen zu erklimmen, ohne dabei auf die serpentinischen Schleppen der vorausgehenden Frauen zu treten.

Pirol und Kadija wurden mit Lorbeerzweigen, die man im Garten abgerissen hatte, die Treppe hinaufgetrieben. Und als das Paar das erste Schlafgemach erreichte, waren dort die Bettdecken bereits zurückgeschlagen.
Es kam zu einer Unterbrechung. Frau Constance, deren Kammer es war, flüsterte: »Nicht mein Bett, bitte.« Sie wurde gescholten und getadelt, weil sie Schwierigkeiten mache, aber die Prozession formte sich neu und wälzte sich blindlings weiter durch Schlafkammern und Vorzimmer, bis man Maudes Gemach erreicht hatte.
Hauptsächlich, um Frau Constance zu ärgern, erklärte sie, es reizend und bezaubernd zu finden, wenn das Paar seine Liebe in ihrem Bett vollziehen wollte. Sie band sogar die Bettvorhänge fester um die Pfosten, damit alle besser sehen könnten. Man hörte, wie die Gaukler mit obszönen Späßen hereinbarsten, ganz wie Hagebutten, die so reif sind, daß sie ihren Samen nicht mehr halten können. Die Damen beschränkten sich darauf, würdevoll Anweisungen zu erteilen. »Komm jetzt, Junge. Entkleide deine Braut.«
»Komm schon, meine Dame. Sei deinem Bräutigam ein hellstrahlendes Beispiel.«
»Wie kann sie denn ein *hell*strahlendes Beispiel sein?« zirpte Eudoxia; ihre Mutter gab ihr einen Klaps auf den Unterarm, aber auch sie mußte lachen. Die Damen drängten sich im Halbkreis um das Bett, so daß Braut und Bräutigam gezwungen waren, hinaufzuklettern und einander zugewandt niederzuknien. Aber ihre Arme hingen schlaff herab und gehorchten keinem Befehl, als wären sie Marionetten mit durchschnittenen Schnüren. Pirols Blick war starr auf die Vorhangschiene des Bettes gerichtet, und er flüsterte mit zusammengebissenen Zähnen: »Ich hasse sie. Ich hasse sie. Ich hasse sie. Ich hasse sie.«
Kadija schaute gleichermaßen über den Kopf ihres Bräutigams hinweg in die Schar der Zuschauer, und sie sah, wie

Herr Amaury beiläufig sein Messer zog und die Klinge zwischen Daumen und Zeigefinger hielt. Ihre Hand schoß vor, und sie griff nach den Schließen an Pirols Wams und begann, sie mit flinken, sicheren Fingern zu öffnen.
Der Ausbruch von Gelächter, den dies hervorrief, machte die zahmen Zicklein scheu, die in Maudes Gelaß gesperrt waren, und sie kamen unvermittelt in die Kammer gesprungen und ließen Musikanten und Damen und Bediente auseinanderstieben. Eine Lerche flatterte so panisch gegen die Gitterstäbe, daß der ganze Käfig ins Schaukeln geriet. Dann konnten Einauge, Einarm und der Riese sich keinen Augenblick mehr halten, und sie begannen zu singen: »Heirate sie! Heirate sie! Heirate sie! Heirate sie!«
Der Rhythmus spornte Eudoxia an einzustimmen, und die älteren Frauen, die in Herrn Amaurys Augen nicht zu gesetzt erscheinen mochten, fielen auch mit ein: »Heirate sie! Heirate sie! Heirate sie!«
Da entstand eine Unruhe, die jedermann zunächst den Zicklein zuschrieb, aber es war ein Bote, der hereingestürzt war und nun hierhin und dahin sprang und ein aufmerksames Ohr suchte. Er tuschelte Frau Constance seine Neuigkeiten zu, und sie schlug nach ihm wie nach einer Mücke. Doch als er, die Hand auf Nase und Lippe gedrückt, zurückwich, begriff sie die Bedeutung dessen, was er gesagt hatte, und dann faßte sie nach jedem Rock, den sie erreichen konnte. »Die Männer sind zu Hause!« sagte sie, und gleich darauf sagten es alle: »Die Männer sind zu Hause!« »Sie sind wieder da!«
Die Hochzeit war vergessen. Sie waren voller Angst, voller Fragen. War jemand gefallen? Waren welche verstümmelt? Gab es Trophäen, Beute – Geschenke oder Ritterwürden? Warum kein Brief im voraus, der sie ankündigte? War dies eine Probe? Sie bei ehelicher Untreue zu überraschen? Waren genug Hühner im Hof, genug Karpfen im Teich, um ein gebührendes Willkommensmahl aufzutischen? Als sie Amaury

anschauten, machten sie Augen wie Kinder, die von einem wunderbaren Spiel weggerufen werden und nicht hoffen können, noch einmal zurückzukehren – als habe der erste Regen des Herbstes den Heuschobern des Sommers ein Ende gemacht. Endlich zerrten sie ihn mit sich hinaus: die letzte Gelegenheit für sie, seine Hand zu berühren und sich dicht an ihn zu drängen.

Nur Braut und Bräutigam blieben zurück; sie knieten einander zugewandt auf dem Bett, und die Zicklein kauten an den Hanffransen einer Matte.

Der Lärm der Panik sickerte durch das Gebäude nach unten. Dann hallten Stimmen nicht länger die Treppe herauf zu ihnen, sondern kletterten außen an den Mauern empor, als die Dienerschaft Fahnen und Wandbehänge aus den Fenstern hängte wie zum Waschtag am Mittelmeer. Ein Stück entglitt ihnen und flatterte in den Burggraben hinunter; gleich hörte man Fußgetrappel auf der Wendeltreppe.

Pirol schüttelte nur immer den Kopf und hielt sein Wams mit geballten Fäusten fest vor der Brust zusammen. »Verheiratet«, sagte er, und die Tränen rollten ihm über die Wangen, so grenzenlos grauenhaft war das alles.

Kadija kletterte vom Bett, hob das sauberste der Lämmer auf – schwarz, straff gelockt und liebreizend – und brachte es ihm fast wie eine Friedensgabe. Er drückte es an sich, und das Maul des Zickleins fand seinen Finger und begann daran zu saugen. Nach einer Weile überredete Kadija ihn, aus dem Gemach zu verschwinden, ehe Maudes Gemahl käme und sie hier fände.

Fünf

Gaukler mit leeren Händen

Die Ritter von Poussarou kehrten in einer geschwinden, kriegerischen Attacke an den Ort ihres Geburtsrechts zurück wie in eine der Städte, die sie überfallen und ausgeplündert hatten. Ihre Kettenhemden baumelten um Hüften und Knie, daß es klang wie rieselnde Drachenschuppen, und sie schlugen nach Knechten und warfen Panzerhandschuhe oder Brotbrocken nach allem, was in ihrer Abwesenheit neu angeschafft worden war. Die bedrückende Enge und Unbequemlichkeit ihres gemeinsamen Erbes umfing sie von neuem, und ihr Groll zeigte sich in der Verachtung gegen alles, was ihre Frauen womöglich erworben hatten, während sie fort waren.

Sie nahmen sich diese Frauen in umstandsloser, strafender Hast und bei erster Gelegenheit. Frau Constances Gemahl übte seine ehelichen Rechte oben an der östlichen Treppe auf dem Weg zur Kapelle aus. Sie gingen auch zur Kommunion, wie man während einer Ruhepause in der Schlacht einen Schluck Wein und einen Bissen Brot hinunterschlingt. Und als sie Amaurys Zelt im Garten entdeckten, waren sie auf der Stelle entschlossen, seinen Besitzer vom Scheitel bis zum Hintern zu spalten, mochten ihre Weiber auch schreien: »Herr Amaury ist sehr reich, Gemahl! Herr Amaury ist sehr kultiviert!«

Herm versammelte seine Gaukler in den Überresten der Rosenfestung und trug zur Begrüßung einen preisenden *sirventes* vor, der die Taten Karls des Großen zu Nichtigkeiten verblassen ließ. Er erzählte, die Damen hätten ihn gebeten, ihn zu verfassen – hätten ihn bedrängt, dazubleiben und ihn zu singen, obwohl er doch eigentlich seine Fahrt fortsetzen und das Loblied seiner *domna* singen müsse. Die Ritter sagten nichts, als er fertig war. Sie spalteten ihn nicht, aber ihre sauren Mienen wurden kaum milder.

»Oh, aber jetzt müßt ihr den Knaben Sopran singen hören!« rief Joanna und wirbelte hastig mit ihren Röcken, daß ihre Schleppe hinter ihr peitschte. »Er hat die Stimme eines Engels, Gemahl! Wahrlich, die Stimme eines Cherub!«

Und so holte man Pirol herbei und ließ ihn halsbrecherisch auf dem verrotteten hölzernen Faßlager hocken und ein Ave Maria singen – »Das Allerneueste an modischen Liedern!« bedrängte Joanna ihren Gemahl.

Pirols Stimme erhob sich sanft ansteigend und durchscheinend schön wie ein Regenbogen.

Und wie ein Regenbogen kam sie nicht wieder herunter, sondern versackte in einem tonlosen Grollen. Sein Gesicht wurde aschfahl. Nach der vierten gekrächzten Zeile hörte er auf zu singen.

Gott hat mir meine Stimme weggenommen, dachte er, und er sah, daß es nur gerecht war. Die Stimme war einem Knaben verliehen worden, der für die Kirche bestimmt war, damit er dort zum Ruhme Gottes singe. Seine Vermählung mit der Maurin war das letzte Vergehen gewesen, allzu schwerwiegend, als daß Gott darüber hätte hinwegsehen können. Er sah sogar die mächtige Zange aus Licht, die sich zu beiden Seiten einer Wolke über ihm herabkrümmte, herniederfaßte, die Musik aus seiner Kehle schnitt und jegliches Talent aus ihm herauszog. Er faßte sich mit beiden Händen an den Hals. Unter ihm brachen die Ritter in Gelächter aus.

»Aus eurem Singvogel ist eine Krähe geworden!« johlte Joannas Gemahl.

»Man wird ihn loswerden müssen«, sagte Amaury mit langem Gesicht. »Er taugt zu nichts, wenn er keine Freude bereitet.«
»Und wer bitte sehr *ist* die Dame deines Herzens?« wollte Maudes Mann, noch nicht beschwichtigt, wissen.
»Nun, was glaubst du, Herr? Natürlich Königin Eleanor.«
Beinahe hätten die Frauen Beifall geklatscht. So eine geniale Lüge, noch dazu aus dem Stegreif!
Amaury brach sein Zelt ab.
Pirol mußte all die leeren Phiolen, die Hasenlab enthalten hatten, einsammeln und unter einem viereckigen Grassoden vergraben. Amaury ließ alle Geschenke, die er von den Damen bekommen hatte, in den Instrumenten seiner Gaukler verstecken; sollte man dann eines entdecken, so würde man es als Diebstahl deuten, und der Täter wäre entbehrlich. Und während er packte, gewährte er einer Reihe von Damen Audienz, und sie alle erglühten bei dem Gedanken an bevorstehenden Ruhm.
Denn auch wenn es ihnen eine Träne ins Auge steigen ließ, es zuzugeben: Alles andere war Vorbereitung auf diesen Moment gewesen – auf den Moment, da Herm seine Fahrt durch die Welt fortsetzte. Er würde die *Idee* von ihnen mit sich fortnehmen, würde sie wie den Namen Gottes in die entlegensten Gegenden der Welt tragen. Auf seine Anwesenheit konnten sie verzichten, mochte er ihnen die langweilige Einsamkeit noch sosehr versüßt haben. Die wahre Speise, die sie den Winter wie den Sommer hindurch ernähren würde, war das Wissen, daß ein fahrender Ritter und Troubadour ihren Ruhm durch Frankreich und durch England tragen und ihre Schönheit unsterblich machen würde. Er würde von seiner Liebe zu ihnen singen und sie aus der Obskurität erheben. Er würde sie den Höflingen in den Palästen von Angers, Paris, ja, sogar von Italien beschreiben. Wahrscheinlich würde er ins Heilige Land reisen und die Heiligen Tempel mit Lippen küssen, mit denen er die ihren geküßt hatte. Wozu war schließlich ein fahrender Ritter gut, der sich zur Ruhe setzte?

So trösteten sie sich: Constance und Guillaumette, Eudoxia und Joanna, Maude, Béatrix und die andern, und eine jede glaubte so fest an die Wahrheit, wie sie an die Erlösung glaubte: daß sie allein die Leidenschaft in Amaurys Herzen entfacht habe.

Sie drängten ihm Geschenke auf: Schmuck, Kleider, Geld, Bänder, ein Pferd mit Sattel, Wein und Bettlinnen. Solche Triumphe waren der Grund für Herms außergewöhnlichen Reichtum.

Auch Stoffstreifen gaben sie ihm, auf die ihre Namen gestickt waren oder anrührende Verse. Er verstreute sie in den Zweigen der Silberbirken und ließ sie dort hängen, als er und sein Reiterzug aus dem Défilé de l'Ilouvre hinauskletterten, fort von Poussarou, und bergauf in die Richtung von Saint Pons ritten.

Pirol und Kadija verhielten sich sehr still, wie zwei Frösche an einem Teich. Wenn sie sich überhaupt nicht rührten, würden sie Amaury vielleicht nicht auf ihre anstößige Existenz aufmerksam machen: sie im sechsten Monat schwanger, und er im Stimmbruch. Sie waren von keinem denkbaren Nutzen für ihn. Dennoch wagte keiner von beiden zu glauben, daß er sie wirklich verstoßen würde.

Sie waren nicht ohne Verbündete. Die anderen Gaukler schlossen die Reihen um sie. Auch sie konnten sich noch erinnern, wie sie ihre Kinderstimme verloren hatten. Auch sie hatten nachts wachgelegen und sich gefragt, wie ein Leben ohne den Schutz eines Herrn sein würde. Immer wenn die Truppe das Lager aufschlug, zogen Pirol und Kadija sich in die Dunkelheit zurück und kauerten sich irgendwo nieder, um Herrn Amaury aus den Augen und aus dem Sinn zu gehen. Einauge und Einarm brachten ihnen Happen zum Essen. Sie hatten die Monts de Lacaune überquert und lagerten im Bois de la Peyre-Blanque, bevor die Wochen der Ungewißheit endeten.

Mitten in Lacaune stand ein Junge und sang eine Ballade von Merlin. Mit Beinen, so dünn wie bei einem Vogel, und hängender Hose sah er aus, als sei er unter die Spatzen geraten. Aber seine Stimme klang gesund.
Sein kleines Publikum aber vergaß ihn, kaum daß Amaurys Parade in die Stadt einzog. Die Leute wandten sich ab und liefen davon, um die purpurnen Livreen zu sehen, die wogenden Federn, das rote, mit Glocken verzierte Zaumzeug und die menschlichen Absonderlichkeiten, aus denen Amaurys Gefolge bestand. Christus auf seiner Eselin hätte keine so prächtige Begrüßung erfahren. Der magere Junge folgte den Leuten.
Im Gasthof erblickte Herr Amaury ihn und rief zwischen zwei Bissen Käse und Knoblauch: »Spielst Laute, ja?«
Die Augen des Kindes glänzten. »Und Rebec und Leier! Und ich singe, Herr. Ich singe.«
»Das habe ich gehört. Ich brauche einen Sopran.«
»Oh, aber ich ...«, begann Pirol. Er war unsichtbar, unhörbar.
»Meiner hat soeben geheiratet. Deshalb muß er das Wanderleben zugunsten seines häuslichen Glücks aufgeben. Judenbrot und Bottichwasser. Mit dieser Schlehentorte hier als Eheweib. Wie, glaubst du, werden sie zurechtkommen?«
»Ebensogut wie ich bisher, Herr«, sagte der kleine Bettler.
Und so bekam er Pirols Strohsack und huschte unter Herms Fittiche. Der Kreis schloß sich vor Pirol und Kadija. Jetzt, da das Interdikt endlich doch gefallen war, hatte es keinen Sinn mehr, die Verfemten abzuschirmen.
»Wenn deine Stimme wieder heil ist«, sagte Amaury zu Pirol, »dann suche mich unter denen, die von königlichem Blut sind. Aber bring mir keine schwarzen Katzen mit.« Er gab jedem von beiden einen goldenen Ècu – aber es war ja auch das Publikum im Gasthof zugegen, das ihn beobachtete, bereit, ihn für seine Menschenfreundlichkeit zu bewundern. Die Trinker im Wirtshaus sahen mit Erstaunen, wie er zwei Goldmünzen an entlassene Diener verschwendete. Das war, als las-

se man Geld in den Absätzen eines alten, weggeworfenen Stiefelpaars.

Sie waren allein.

Am Straßenrand zurückgelassen wie zwei Gäule, die keine Luft mehr bekamen, zogen sie nicht gleich weiter, sondern ließen die Köpfe hängen und suchten nach Gras.

»Keine große Sache«, sagte Kadija und richtete sich zu ihrer ganzen Größe auf, als wolle sie damit eine Würde zum Ausdruck bringen, die ihr nie zuvor gestattet gewesen war. Sie hatte einen kleinen Jungen bei sich, und sie war dafür verantwortlich, daß er nicht verzagte. »Wir Sänger jetzt. Wir umherfahrende Sänger.«

»Ja. Das sind wir wohl, nicht wahr?« sagte Pirol. Die Unterdrückung durch Herm hatte nun doch noch ein Ende genommen, sich zum fernen Horizont verzogen wie eine Gewitterwolke. Außerdem hatte er jetzt eine Frau und war dafür verantwortlich, daß sie nicht verzagte. »Wir können Musik machen und jonglieren. Und schauspielern. Und ich kenne noch alle Lieder, die ich je gesungen habe. Und dem Kind können wir beibringen, Purzelbäume zu schlagen und allerlei Musik zu machen und mit Schwertern zu tanzen und zu zaubern und ...« Kadija nickte. Schließlich würden sie Eltern werden, und Eltern hatten die Pflicht, immer das Beste zu hoffen.

Aber sie waren Musikanten ohne Instrumente. Er war ein Sänger ohne Stimme. Sie war eine Akrobatin ohne Gleichgewichtssinn. Sie waren Schauspieler ohne Kostüme, Livreen ohne Herrn. Sie waren Jongleure mit leeren Händen.

»Wir suchen Herrn Jocelyn de Foicelles!« rief Pirol, für einen Augenblick wie geblendet von dieser Inspiration. »Vielleicht hat er Lily inzwischen schon wieder zum Leben erweckt. Er wird so glücklich sein – höchstwahrscheinlich schenkt er uns eine Burg, in der wir wohnen können!« Aber obwohl sie überall nach dem Weg fragten, blieb die Burg der Lilien so fern wie der Himmel. Die Leute, die sie fragten, lebten und starben in einem Umkreis von zwanzig Meilen. Die Leute, die sie fragten, schauten Kadija an und bekreuzigten sich, und in den meisten Fällen antworteten sie überhaupt nicht. Die Leute, die sie anriefen, gingen auf die andere Straßenseite. Die Leute, die sie um Herberge baten, schlugen ihnen die Tür vor der Nase zu, hetzten die Hunde auf sie, überschütteten sie mit dem Inhalt ihrer Nachtgeschirre und mit ebenso üblen Beschimpfungen.

Sie ließen Lacaune hinter sich. Mit den beiden goldenen Écus kaufte Pirol eine Flöte für sich und ein Tamburin für Kadija, und sie spielten zusammen am Straßenrand. Kleine Kinder kamen und starrten sie an: Dann holten sie ihre Mütter, damit sie auch die schöne Musik hörten. Zuschauer strömten zusammen und funkelten sie an, ließen sich von der Musik berauschen und fingen an zu tanzen; gern ließen sie sich durch buntflackerndes Purpur von der Arbeit ablenken – wie man auf einer Brücke haltmacht, um einen Eisvogel zu betrachten. Dann warfen sie ihnen ein Lächeln zu. Oder einen Kieselstein. Und die Wolken am Himmel ließen Regen herabfallen und trieben die kleinen Kinder in die Häuser und an den warmen Herd, und ihre Mütter, die noch immer summten, schalten ihre Gören, weil sie sich so nah an Hexen und Sünder herangewagt hatten. Tropfen, so groß wie Münzen, klatschten auf die von der Sommersonne hartgebackene Straße, an der Pirol und Kadija standen, und zerschmolzen zu Pfützen. Die Wagengleise füllten sich mit Strängen von silbernem Wasser. Die Stränge versanken im Matsch. Und die wandernde Landschaft erstarrte für die Dauer des Winters.

Die pupurnen Livreen waren aus sommerlicher Seide. Kadija mußte ihre an den Seiten auftrennen, um Platz für das wachsende Kind zu schaffen. Sie verkauften die Seide für Hemden aus Hopfensäcken, das Tamburin für eine Woche Unterkunft.

Die Erde, auf der sie gingen, war jetzt nicht mehr blutrot. Sie war schwarz wie Pech, ohne Leidenschaft, ohne Mitleid.
Es gelang ihnen nicht, die Burg der Lilien oder Foicelles Einsiedlerklause rechtzeitig vor der Niederkunft zu finden. Da führte Pirol sie statt dessen zu einem älteren Zufluchtsort – zum Refugium seiner Kindheit, wo man ihnen Barmherzigkeit nicht verwehren konnte. Nicht, daß das Zisterzienserkloster tatsächlich dasjenige war, in dem er großgezogen worden war, aber es unterschied sich kaum davon: Es war das gleiche Dorf von Außengebäuden, darunter auch ein Hospital. Er meldete sich an der Armenpforte, ganz wie Josef, der am Weihnachtsabend mit der schwangeren Maria umhergezogen war.
Dann setzte er sich auf die Schwelle unter dem baumelnden Glockenstrang und dem Echo der Glocke und erklärte Kadija das Prinzip der Mildtätigkeit. Sie sei eine Christenpflicht, sagte er. Kadija saß neben ihm und erkannte in seinen Worten einen leisen Widerhall aus der Religion ihrer eigenen Kindheit. Die Eisenbänder, die sich um Rippen, Bauch und Becken gespannt hatten, lockerten sich unerklärlicherweise – die Fessel des Hungers, die ihren Magen wochenlang umschlossen hatte, der Reifen der Kälte, der ihren Körper so starr umspannt hatte, daß es schmerzte.
»Jetzt kommt das Kind«, sagte sie.
Ihre Worte zerrissen all die Lügen, mit denen Pirol versucht hatte, sich zu schützen. Es war dieses eine kleine Stück von Amaury von Herm, das sie überallhin mitnehmen mußten – eine Kette, die sie noch immer an die Vergangenheit fesselte.
Ein Gesicht erschien hinter dem Gitter in der Tür. Nur Pirol stand auf. »Gott schütze dich, Herr. Mein Weib bekommt ein Kind und hat nichts, wo sie sich niederlegen könnte.« Er merkte, wie seine Züge jene jungenhafte Aufrichtigkeit annahmen, die die Herzen der Damen von Poussarou zuverlässig hatte schmelzen lassen, und er fragte sich, ob er unter Herms

Anleitung nicht zu einem Heuchler geworden war. Seine Stimme schlug nicht um in den Falsett; der Winter hatte auch ihn altern lassen. Der Mönch öffnete die Tür, um ihnen den Weg zum Hospital zu zeigen. Als er Kadija erblickte, bekreuzigte er sich und machte einen Satz rückwärts, da er fürchtete, seine Kutte könnte die Frau auf der Schwelle berühren.
»Was seid ihr?«
»Zwei Christen, Herr, die Taufe, Absolution und Ehesakrament empfangen haben.«
»Woher kommt ihr?«
»Von der Burg der Lilien, Herr, im Norden«, sagte Pirol. »Aber wir sind Pilger, Herr. Auf einer Wallfahrt.«
Der Schreck saß dem Mönch in den Knochen. Er zeigte ihnen das Hospital – das entfernteste von acht durch einen Bogengang miteinander verbundenen Gebäuden –, und dann ging er wieder hinein und schloß die Pforte.
Sie warteten nicht an der Hospitaltür, sondern gingen gleich hinein, als kämen sie auf Anordnung des Papstes selbst. Drinnen war es warm und roch nach Kampfer. Die Alten, die Verletzten, die Kranken murmelten die Gebete, die ihnen der Apotheker gegeben hatte, und zogen ihre Decken höher hinauf, als sie Kadija gewahrten.
Der Mönch, der die Aufsicht führte, war es nicht gewöhnt, eine Geburt als Krankheit zu betrachten, und überhaupt nicht dafür, Frauen in dieses Hospital zu lassen, von einer schwarzen Mohrin ganz zu schweigen. So blieb er in einigem Abstand mit verschränkten Armen stehen. Eine Pilgerin. Ja, das ließe sich gerade noch machen. Aber Pirol schickte er wieder in den Regen hinaus, und Kadija forderte er auf, sich mit einer Wolldecke zu bedecken, weniger Lärm zu machen und dafür zu sorgen, daß sich Gott nicht ob ihres unappetitlichen Anblicks der Magen umdrehe.
Eine Handvoll unordentlicher Frauen, die großenteils hier waren, um das Essen für ihre kranken Ehemänner oder Kinder zu

kochen und sie mit ihrem Genörgel am Sterben zu hindern, versammelten sich bei Kadija und starrten sie an. Sie hoben die Wolldecke hoch, um zu sehen, ob ihre Füße nicht gespaltene Hufe seien, und berührten ihr Haar, um sich zu vergewissern, daß es kein Lammfell war, und dann wichen sie ein paar Schritte zurück, als Kadija sie in arabischem Spanisch anschrie.
Und dann konnten sie ihre Erfahrungen irgendwie doch nicht für sich behalten; der Drang, sie mitzuteilen, war stärker als ihr Mißtrauen, ihr Aberglaube und die Beschwörungen ihrer Ehemänner, sich »fernzuhalten«. Sie überschütteten Kadija lautstark mit Ermutigungen, Ratschlägen, Sprichwörtern und Erinnerungen an ihre eigenen Wehen. Der Kreis um den Strohsack auf dem Boden schloß sich, und Pirol, der von der Tür aus zuschaute, verlor seine Frau aus den Augen.

»Ist das dein Junge da draußen? Sollen wir deinem Jungen das Kind zeigen?« fragte eine Frau, die ganz vergessen hatte, daß Kadija schwarz war. Und sie ließen Pirol einen Blick auf das Neugeborene werfen – eine fleckige, leprös aussehende Kreatur mit üppigem Haarwuchs und hilflos ausgestreckten Händen.
»Er ist nicht ihr Sohn, du Närrin! Er ist der *Vater*!« rief eine andere Frau lachend.
Pirol wollte das Kind nicht auf den Arm nehmen; er wich zurück, hinaus in den Bogengang. Aber die Frauen waren durch den Triumph der Entbindung in solche Höhen der Begeisterung geschnellt worden, daß sie seinen Widerwillen nicht sahen. Also drückten sie ihm das Kind in die Arme, diesen Sprößling Amaurys, diese Insel vor dem Festland von Herm. Eines der Weiber schrie ihn an, es sei ein prächtiges, starkes Kind, eine andere flüsterte, er solle es »schleunigst« taufen lassen. Eine dritte lachte und meinte, es sei »wie Jakobs Schafe – ganz braun« – und wieder eine andere bemerkte am Ran-

de, es sei zu hungrig geboren, um auch noch weinen zu können.

Dann ließen sie ihn stehen; sie waren erpicht darauf, zu ihrer Kameradin zurückzukehren und Kadija in ihre Gilde der Mutterschaft aufzunehmen, um sie in ihre Geheimnisse einzuweihen. Sie schwirrten davon wie ein Schwarm geschäftiger Bienen, die sich untereinander in einem verschlungenen Tanz bewegten, während sie das Bett umwimmelten.

Das Kind begann zu maulen, aber es weinte nicht sosehr, krächzte vielmehr wie eine gefleckte Kröte. Die hauchzarten Lider teilten sich über den vorquellenden Augen, und es starrte ihn vorwurfsvoll an, weil er zugelassen hatte, daß man es aus jenem warmen Ort exhumierte, damit es Hunger und Kälte mit ihm teilte. Er sang ihm etwas vor, weil ihm einfiel, daß man Kindern etwas vorsang.

Aber während er sang, waren die Augen, die ihn anschauten, nicht Amaurys, sondern ihre, dunkel schon und ratlos. Seine Stimme erklang rein und flüssig. Sie erfüllte seinen Kopf wie ein starker Wein; sie stieg aus seiner Brust herauf wie die Wärme aus einem offenen Herd. Er war Zacharias, dem die Stimme genommen war, bis sich die Prophezeiung des Engels in der Geburt eines Kindes erfüllte.

Pirol empfand jähe Dankbarkeit gegen die Mönche – für das Obdach, für ihre Toleranz und dafür, daß sie ihr Haus und Hospiz am Wege seines Lebens gebaut hatten. Er lief, um ihnen das Kind zu zeigen, um ihnen zu zeigen, daß die, welcher Unrecht getan ward, doch Liebreiz hervorbrachte. Sie sollten sehen, daß es jemanden auf der Welt gab, der noch hilfloser war als er selbst, zumal jetzt, da ihm seine Stimme zurückgegeben war. Es war eine Prüfung gewesen, und ohne zu wissen, wie oder wann, hatte er sie bestanden, und Gott hatte ihn mit der Tenorstimme eines Mannes belohnt, wie es bis dahin keine bessere gegeben hatte.

»Ich danke euch. Danke, daß ihr uns aufgenommen habt«,

keuchte er, ohne zu merken, daß seine Stimme zwischen hohen und tiefen Tönen hin und her kippte. »Wir werden sie Maria nennen, weil wir eine lange Reise gemacht und erst im letzten Augenblick eine Unterkunft gefunden haben. Außerdem ist Maria meine *domna*, und jetzt kann ich wieder für sie singen ... Darf ich auch für dich singen, Herr? Zum Zeichen meiner Dankbarkeit – und vielleicht für einen Bissen zu essen, für sie und für mich?«
Aus all diesen Worten zog der Mönch die Neuigkeiten. »Du bist ein fahrender Sänger«, sagte er wie einer, der ein Stück Fleisch zum Munde hebt und unverhofft die Maden darin vor sich sieht.
»Ja, Herr, und ich habe einige lateinische Verse auswendig gelernt, dank Herrn Jocelyn de Foicelles, Herr, der ein wunderbarer Gelehrter war, Herr, und ein wundervoller Lehrer!«
»Dreck!« sagte der Mönch. »Wie kannst du es wagen, über die Schwelle eines heiligen Hauses zu treten! Du, der du den Geschmack des Heils noch nicht gekostet hast! Du Teufelsbraten!«
Pirol war zu verblüfft, um bußfertig auszusehen. »Ich werde mit Freuden zur Kommunion gehen, Herr. Ich hätte es gern öfter getan, aber mein letzter Herr ...«
»Möchtest du das? Möchtest du das, du kleiner Diener Luzifers? Nun – hinaus mit dir, mit dir und deiner schwarzen Hure! Kotfladen seid ihr, alle beide! Kotfladen vom Grunde der Hölle! Zur Kommunion gehen, wenn der Papst es euch verwehrt? Das möchtest du wohl; ich sehe es dir an. Die Hostie vom heiligen Altartisch stehlen, ja? Du Elender. Verkommener. Was muß geschehen, damit einer wie du bereut?«
Er stürzte sich auf Pirol, den mächtigen Bauch vorgestreckt, als fürchte er, sich die Hände schmutzig zu machen. Und Pirol, der das Kind in den Armen hielt, duckte sich bald hierhin, bald dahin, um nicht niedergewalzt zu werden. Der Mönch jagte ihn zurück zum Hospital; die Weiber zerstoben wie Flie-

gen an einem Kadaver, und wütend beschimpfte er die Frau auf dem Boden. Mit leeren, abwesenden Augen starrte sie zu ihm herauf – und zur Antwort auf seine Tirade gebar sie die Nachgeburt in blutigem, respektlosem Schwall.

Nur die Übelkeit hinderte den Mönch daran, sie vom Strohsack zu werfen und hinauszujagen, diese Eva, die sein Eden beschmiert hatte, indem sie eine *Gauklerin* war. Nicht bloß eine Mohrin, nicht bloß ein Weib, nicht bloß eine Jahrmarktsattraktion mit einem Knaben, der für sie sorgte, sondern eine *Gauklerin* – ein Mitglied jenes exkommunizierten Gesindels, das es wagte, in diesem Tal der Tränen seinen Unterhalt mit Liedern und Tänzen zu bestreiten, und mit jener anderen abscheulichen, ansteckenden Krankheit: dem Lachen.

SECHS

EIN EHEMANN

Sie verdienten ihren Lebensunterhalt mit dem Verkauf von wirkungslosen Arzneien. Elixiere aller Art, Tränke, Zaubermittel. Als Pirol die Vorstellung, ein Mann müsse sein Brot auf ehrbare Weise verdienen, einmal abgelegt hatte, stellte er fest, daß der Hungertod nicht unausweichlich war. Er entdeckte ein annehmbares Sims über dem Abgrund, auf dem er mit Frau und Tochter hocken und sein Dasein fristen konnte.

Das Kind zeigte sich fügsam. Die mangelhafte Ernährung der Mutter während der Schwangerschaft hatte ihm eine lächelnde Leere eingetragen. Es weinte selten, rührte sich selten in der Wiege.

Und wie die Bauern Gewänder für eine hölzerne Madonna nähen, so webte Pirol einen groben Lügenmantel um Kadija. Er erinnerte sich, wie Herm vor allem für seine Lügen geliebt worden war, und so präsentierte er Kadija auf den Märkten als Tochter eines Sklavenmädchens, das für den englischen Zauberer Merlin gearbeitet und ihm seine Zutaten in goldenen Mörsern unter dem Boden von Camelot zerstoßen habe, in Kellergewölben, von Löwen ausgehöhlt. Er merkte, daß die Erfindung ihm Spaß machte – und dann, daß sie ihn infizierte wie den Alchimisten seine Besessenheit. In seinem Kopf waren Worte gehortet, Worte aus der Zeit mit Foicelles und mit Herm. Er wollte sie verstreuen, verstreuen, verstreuen. Für jemanden in seiner gesellschaftlichen Stellung hätte es keinen

Sinn gehabt, *aubades* zu schreiben, *serenades* oder *sirventes* ... Aber er hätte es gekonnt. Manchmal lag er nachts wach und stellte sich vor, er sei ein Ritter und *trobar.* Deshalb verstand er auch, weshalb die Leute seine Lügen nicht durchschauten, weshalb sie *wollten,* daß Merlins Zauber am billigen Musselin von Kadijas Kleidersaum klebte. Sie wollten vor ihrem geistigen Auge sehen, wie ihre Mutter die heidnischen Hüften zwischen Retorten und Flaschen, zwischen Mörsern und verschließbaren Phiolen schwenkte. Das ließ sie glauben, daß sie durch ihre Mixturen aus Erde, Kräutern und Wasser geheilt werden würden.

Seine Lügen machten sie glücklich. Glücklicher.

Dann kam der Frühling, und nachdem sie den Winter überlebt hatten, schienen die Leute zugänglicher für Musik und Lieder zu sein. Wenn Pirol am Straßenrand stand und Volkslieder spielte, fühlte er sich weniger wie ein Pranger und mehr wie ein Wegkreuz. Fuhrleute bewirteten ihn mit einem Schluck Wein für einen Gassenhauer. Bräute und Bräutigame boten ihm an, auf ihrer Hochzeit aufzuspielen. Und Strohwitwen boten ihm mehr an, als sie sollten, wenngleich er sie stets abwies und die Flucht ergriff.

Er kaufte sich von neuem die Instrumente seines wahren Gewerbes und Stoff, den Kadija für ihn färbte – in sonnigem Orange mit gelbaufstrahlenden Sonnen, wo sie vor dem Färben Kieselsteine ins Gewebe geknotet hatte. Sie nähte wehende Bänder an die Schultern, und auf die Brust Rosetten aus verschiedenfarbigen Schnüren. Keine Tarnkleidung, wie sie die Männer ringsum trugen, die mit dem Grün und Braun der Landschaft, die sie beackerten, zu verschmelzen schienen. Bunt kam er aus dem Winter hervor wie ein Schmetterling aus einer grauen Larve.

Das Kind hatte jetzt eine Rassel und ein Lammfell und sogar ein Wägelchen, in dem man es umherfahren konnte. Die Familie besaß einen Streifen Tuch, eine hölzerne Pfeife, eine

zerbrochene Gambe, ein Paar Schuhe. Pirol fand das nötige Holz, um Stelzen zu machen, und er kaufte Kadija eine Orange – eine Orange aus Spanien! Er frischte sein Talent als Jongleur auf, und dann aßen sie die Orange mit Schale und Kernen, Wölfen gleich, die den Mond verschlangen.
Der Winter verwehte sie; im Frühling und im Sommer fanden sie sich wieder zusammen: Etwas kam von nichts, und Gutes von Schlechtem. Und eigentlich waren sie die ganze Zeit auf der Suche nach der Burg der Lilien.

Von der Hand ihresgleichen hätte sie beinahe die Vernichtung ereilt. Sie gerieten zufällig auf das Land eines Patrons der Künste. Pirol meinte, ein solcher Mann müsse ganz sicher von Jocelyn de Foicelles gehört haben, dem besten Troubadour in Frankreich. Und so begaben sie sich zur Burg.
Leider gab es in dieser Burg mehr Talente als Ratten in einem Heuschober. Und wie Ratten, die sich bedroht sehen, verteidigten die Sänger ihr Territorium. Sie fürchteten jede Konkurrenz. Sie kannten das Leben auf der Straße, und sie wollten nie wieder dorthin zurückkehren. So kam es, daß Pirol nicht einmal bis zum Tor des Herrenhauses gelangte. Man drängte ihn in einen Stall und zertrümmerte mit Fußtritten seinen Handwagen, daß all das weiche Bettzeug herausquoll. Zum Glück hatte Kadija das Kind auf dem Arm, und nur Pirols Instrumente wurden zu Kienholz, Draht und geplatzten Schweinsblasen zerschlagen. Selbst seine Stimme, so schien es, war ein Gegenstand, den sie aus ihm hinausprügeln wollten.
Kadija floh mit dem Kind; Pirol schlängelte sich zwischen den Beinen seiner Peiniger hinaus und rannte ihr nach, und die Meute verfolgte sie wie Rasseln, die man an einen Hund gebunden hat. »Sagt mir doch den Weg! Nur ein Wort! Den Weg!« schrie er über die Schulter zurück. Aber in dem Lärm, den sie machten, konnten sie ihn nicht hören.

Über den Rand des trockenen Burggrabens gehetzt, rutschten Kadija und Pirol seitwärts über Disteln und Steine hinunter, fielen unten in den Müll der Burg – Fleischknochen, Exkremente, Gemüseabfälle – und wurden von oben mit Steinen beworfen. Sie suchten Schutz im großen Rund eines Entwässerungsrohrs, das man durch die Fundamente der Burg getrieben hatte, und krochen bis zur Öffnung am anderen Ende hindurch, und die ganze Zeit beschworen sie das Kind, nur ja still zu sein. Mit Köpfen, Händen und Füßen schoben sie Vogelnester, tote Mäuse und Spinnweben vor sich her. Das Geschrei der Verfolger verhallte allmählich in gleichgültigen Obszönitäten.

»Schweine. Alle«, sagte Kadija aus der Dunkelheit.

»Wenn ich mit dem richtigen Mann hätte sprechen können ...«, sagte Pirol. »Mit dem Edelmann. Der hätte von Herrn Jocelyn gewußt.«

Sie berührte ihn mit einer Hand, nicht schwärzer als die schmutzige Dunkelheit. Aber sie erwischte einen Augenblick, da Erniedrigung und Wut ihn überwältigt hatten. Er klemmte Kadijas Hand zwischen seine Beine und faßte so wild nach ihr, daß sie erschrocken das Kind fallen ließ.

Als das Kind sich unversehens freigelassen sah, kroch es aus seiner Decke zum Rande des Rohrs, einem möglichen Tod in hundert Fuß Tiefe entgegen. Beide stürzten ihr nach, um sie zu packen, und dann lagen sie einander gegenüber, die Tochter zwischen sich geklemmt.

»Du bist mein Weib«, flüsterte er streitbar.

»Ja. Schon lange«, sagte sie liebenswürdig.

Und als er drohte: »Nun, dann könnte ich, wenn ich wollte, nicht wahr?«, da pflichtete sie ihm schlicht bei: »Natürlich.«

Und als seine Hand im Dunkeln mit der ihren zusammenstieß, da schüttelte sie sie, als ermutige sie ein kleines Kind. »Trotzdem. Schlechte Stelle hier. Sehr schmutzig.«

»Ja. Ja. Sehr schmutzig. Ja. Sehr.« Plötzlich lief ihm die Galle in den Magen zurück und gurgelte dort, unbehaglich, unverdaulich. Das Kind trat ihm in den Unterleib. Flüsternd bat er die Jungfrau und sein Weib um Verzeihung.

Am nächsten Morgen stellten sie fest, daß der steile Abgrund ein kleines Stück weit hinter dem Ende der Entwässerungsröhre lag. Tatsächlich gab es draußen vor der Mauer noch ein annehmbares Plateau mit Gras und Blumen, wo sie sitzen und sich in der Sonne wärmen konnten. Kadija hockte sich mit gekreuzten Beinen hin und begann ihn zu lausen – ein angenehmer und geselliger Zeitvertreib für einen sonnigen Morgen. Nur Vogelgezwitscher störte die Stille. Zwar würden die Sänger ihnen sicher immer noch grollend nachpirschen, aber hier draußen vor den Befestigungen des Städtchens hörte man nichts als Rotschwänzchen, Schwalben und irgendwo eine Schwarzdrossel, die sich nüchtern sang.

Kadija baute eine Mauer aus Steinen, um das Kind zurückzuhalten. Dann verwandelte sie sich sorgsam selbst in eine Mauer – einen Pferch, einen Koben, einen Windschutz. Eine Hand, eine Brust, ein Kuß – sie schlang sich um ihn, ergriff die Initiative, nachdem sie täglich befürchtet hatte, daß er sie ergreifen werde. Schließlich gab es weit Schlimmeres, als mit einem hübschen französischen Knaben verheiratet zu sein. Je älter er würde, desto weniger erniedrigend würde es sein.

Pirol ließ sich von der Morgensonne auf den Hang spießen, ließ seine geschlossenen Lider vom hellen Licht röten, ließ zu, daß die angenehme Läusesuche ihrer Finger zu einer anderen, durchdringenderen Glückseligkeit überging. Sie senkte sich auf ihn, wie es die besten Träume tun, kurz vor dem Morgen, so daß er wußte, er mußte die Augen geschlossen halten, oder die Freude wäre vorüber.

Er ließ zu, daß sie die Initiative ergriff, nachdem er sich seit Monaten im Stillen herausforderte, sie selbst zu ergreifen.

Schließlich gab es weit Schlimmeres, als mit der Tochter von Merlins Sklavenmädchen verheiratet zu sein, mit der Prinzessin der Amazonen, mit König Salomons Königin von Saba ... Und sie kamen hereingeströmt, alle Damen, die ihm einfallen wollten, so zahlreich und so unterschiedlich wie die Damen von Poussarou, ins fransengeschmückte Zelt seiner Phantasie. Kadija spielte sie alle.

Es hätte der Anfang einer Art Glück sein können. Aber als sie schließlich durch das Entwässerungsrohr zurück in den von Fliegen und Katzen verseuchten Graben krochen, sich den distelbewachsenen Hang hinaufplagten und in den Hof schlichen, da fanden sie die Trümmer seines Wagens. Noch die Trümmer seiner Instrumente waren auf Saiten, Rohrstücke und Zapfen durchwühlt worden. Sein Reichtum war dahin, als wäre es nur ein täuschender Lichtreflex gewesen, ein gelber Fleck Sonnenlicht auf seiner Handfläche. Selbst die kribbelnde, beschwingende Erregung über die neuentdeckte Männlichkeit verließ ihn. Noch eine Stunde zuvor hatte er geglaubt, er werde ewig glücklich sein, und sein Körper war vollgestopft wie Salomons Schatzkammer mit Empfindungen. Aber irgendwie konnte er dieses Entzücken nicht festhalten. Es versickerte durch die Löcher in seinen Kleidern und ließ nur die großen, schweren Stücke der Trauer zurück. Sie waren es, die er unerklärlich in seinem Magen spürte, während er mit einem Stock den Kot des Grabens von seinen Schuhen kratzte.

Sie schrien auf und fuhren zurück, als eine dunkle, gedrungene Gestalt ihren Schatten über sie warf. Dann aber fiel die Gestalt auf alle viere, und sie sahen, welcher der Unterhaltungskünstler der Burg es war. Ein Bär kam auf sie zu getappt, älter schon, mit zottigen Ohren, leicht ergraut. Instinktiv erstarrten sie vor Angst, aber das Tier war harmlos: ein Tänzer, kein Kämpfer – einer der Spaßmacher des Kunstliebhabers.

»Nimm den Bären mit«, sagte Kadija und griff nach Pirols Hand.
»Was soll ich mit einem Bären?« fragte er verachtungsvoll, aber er schob sich bereits vorwärts und hielt Frau und Kind schützend hinter sich. Seine Hand griff nach dem Strick, der vom Zaumzeug des Bären baumelte. Als er ihn packte, schwang der Kopf zu ihm herum wie eine mächtige Glocke an ihrem Glockenseil. Die Bestie schaute ihn mit glanzlosen Augen an – eines war milchig vom Star –, und die zuckenden Ohren waren grau und zerfranst. Pirol gelang es, fast so hochfahrend auszusehen wie der Bär. »Nicht mehr als das, was sie mir schuldig sind«, sagte er zu dem Bären, arrogant bei seinem ersten Diebstahl. »Jetzt werden wir gehen und Herrn Jocelyn de Foicelles suchen. Wir alle vier.« Er sagte es mit einem Anflug von Autorität: das Oberhaupt eines wachsenden Haushalts.
Und ganz so, wie Kadija ihren dunklen, magischen Körper in die Obhut eines kleinen Jungen gegeben hatte, vertraute auch der Tanzbär sich ihm an. Er tanzte ein paar schwerfällige Schritte, wobei seine Tatzen einander überlappten, und dann tappte er hinter seinem neuen Besitzer über die Zugbrücke und wedelte sich die Fliegen aus den alten Ohren. Noch eine Verantwortung für Pirol, den Familienvater. Er fühlte, wie die Bürde sich auf seinen Rücken senkte. Überall auf seinen Reisen hatte er gehört, wie Männer über die gleiche Bürde klagten: Ehe, Verantwortung.

Plötzlich aber gab es keine Männer mehr, die klagen konnten. Immer öfter arbeiteten auf den Feldern, an denen sie vorüberkamen, nur Frauen. Und abends standen nur Frauen in den Haustüren und schauten zu, wie die Sonne unterging. Nur Frauen ruhten ihren schmerzenden Rücken aus und lauschten dem Lied eines Sängers. Aber sie hatten kein Geld für Lieder oder Elixiere. Ihre Männer waren fort.

»Wohin?«
»Das Kreuz nehmen, natürlich.«
»Woher nehmen? Welches Kreuz?«
»Das Kreuz nehmen, Junge! Das Kreuz! Alle sind gegangen. Alle. In den heiligen Krieg. Auf Kreuzzug. Den König hat geschworen, an dem Ort zu beten, wo Christus von den Toten auferstand. So was passiert, wenn ein König ein Gelübde ablegt.«

Zwei Jahre lang hatte König Ludwig von seiner Absicht gesprochen, gegen die ungläubigen Feinde Christi Krieg zu führen; Pirol hatte wie jedermann von diesem Gelübde gehört. Und doch hatte es sich wie ein Phantasiegespinst angehört, wie Artus' mythische Suche nach dem Heiligen Gral. Jetzt aber ließ es sich nicht länger ignorieren. Es nahm ihm den Lebensunterhalt.
Als ihm im Augenblick des Einschlafens die Wahrheit dämmerte und ihn jäh wieder hochschrecken ließ, verstand er gar nicht, weshalb er es so lange nicht gesehen hatte. Erschöpfung, Alltag, Sorgen – das alles raubte einem die schlichte Fähigkeit zum vernünftigen Überlegen. »Kadija! Er wird dort sein!« Auch sie taumelte auf der Stelle hoch; sie hatte gewohnheitsmäßig Angst vor lauten Stimmen. »Herr Jocelyn wird dort sein! Bei den Kreuzfahrern!«
»Aber er ist doch jetzt Einsiedler, hast du gesagt. Dein alter Herr.«
»Nicht, wenn der König alle seine Ritter zusammengerufen hat! Verstehst du denn nicht? Ein heiliger Krieg! Da ist alles wieder so wie früher. Herr Jocelyn ist verpflichtet, zu den Waffen zu greifen. Da kann er sich nicht weigern, oder? Warum sollte er auch? Beten am Grabe Christi! Stell dir das doch nur vor! Stell es dir vor!«
»Dann ist er weit weg. Noch weiter weg. Wir finden ihn niemals.«

»Nein! Überhaupt nicht! Ich meine, er wird beim königlichen Heer sein! Er wird nach Paris zum König gehen. Wir brauchen nur das Heer zu finden.« Die Erkenntnis gewann an Schwung. »Ich gehe mit ihm! Das werde ich tun! Ich gehe mit ihm auf den Kreuzzug!«

»Krieg? Nicht Krieg, bitte, Gott!« weinte sie.

Er war sofort zornig – einen Augenblick zuvor war er nicht zornig gewesen, und jetzt kochte er vor Wut. »Und? Was hast du gegen einen Krieg? Wen kümmert überhaupt, was du denkst? Wäre es dir lieber, wenn wir verhungern? Sollen wir verhungern?«

Jetzt, da es ihm klar wurde, graute auch ihm vor dem Gedanken, sie und das Kind zu verlassen und in eine schmutzige Fremde voller Barbaren zu ziehen, die ihr Bestes tun würden, um ihn zu töten. Da sollte sie seine Entschlossenheit nicht untergraben, indem sie ihn zwang, darüber nachzudenken. War ihr denn nicht klar, daß sie ihm mit dem Besitz ihres Körpers auch die Verantwortung dafür aufgelastet hatte, sie zu ernähren und zu kleiden? Als er zum grauen Himmel hinaufschaute, war das nichts, was sein ärmliches Spielmannshaupt schützte: kein Gesetz, keine Gilde, nicht einmal der blaue Mantel der Jungfrau Maria, der er nun wegen einer schwarzen Mohrin untreu geworden war.

Andererseits, ein Teil seines Herzens wollte zu gern dorthin gehen – in sonnenhelle Gegenden, allein, unbelastet, wiedervereint mit dem Helden seiner Jugend, von neuem ausgestattet mit Verheißungen, Hoffnungen und grenzenlosen Möglichkeiten.

Aber wie lange die Reise dann dauerte. In jeder Stadt, in jedem Dorf am Wege herrschte infolge der Kriegsabgaben große Not. Die Männer waren fort, und das Geld ebenfalls – sechs von sieben Männern, sagten die Frauen, die zurückgeblieben waren, Witwen, deren Männer noch lebten.

Als sie den Aufmarschplatz in Metz erreicht hatten, war er einer unter Tausenden, die die Straßen verstopften und zum Zweiten Kreuzzug zusammenströmten. Auf jedes triste Gewand ringsumher waren weiße Kreuze genäht worden – einige davon aus Stoffstreifen, die man aus dem weißen Zisterziensermantel des Heiligen Bernhard selbst gerissen hatte –, aber niemand hatte mehr Sorgfalt darauf verwandt als Kadija, die Pirols Rosetten zu einem verschnörkelten, erhabenen Muster auf seiner Brust geformt hatte. Die anderen Kreuze waren weiß, seines war aus gelbem Band. War es wirklich erst drei Jahre her, daß er ein Chorknabe gewesen war, grau und namenlos, wohlbehütet und geweiht, und sein Leben an Gott verpfändet? Es war, als habe er nur einen Lidschlag getan, und drei Jahre seien von ihm abgefallen. Dreifache Lebenszeit.

Nicht einen Augenblick lang kam Pirol auf den Gedanken, daß sein früherer Herr etwa *nicht* unter der versammelten Ritterschaft sein könnte. Es war gleichgültig, daß er Foicelles zuletzt verstümmelt und verbunden gesehen hatte, entschlossen zu einem Leben als Eremit. Der Heilige Bernhard und der König hatten einen Kreuzzug befohlen. Diesen Aufruf würde jeder christliche Ritter befolgen. Pirol wollte es so, und alle mahnenden, vernünftigen Warnungen seiner Frau konnten seine Entschlossenheit, Herrn Jocelyn zu finden, nicht beeinträchtigen.

Erst beim Anblick der versammelten Armee verzagte er zum ersten Mal. »Wie soll ich ihn unter all denen hier finden?« fragte er leise bei sich.

Eine so riesige Menge von Rüstungen blinkte hier in der Sonne, daß die Erde von Widerspiegelungen des Himmels blau verzinnt war. So weithin zischelten und rauschten die Kettenpanzer, daß man glauben konnte, das Meer sei gleich hinter dem Horizont. Banner in allen Farben und Stoffen verdeckten diesen Horizont, jedes einzelne ein kleines Kräuseln in einem reißenden Fluß von Farben, der den Himmel von der Erde trennte. Und dahinter, so weit das Auge reichte und noch weiter, zersplitterten Wagen die Landschaft zu einem bunten Beet aus Holz und Segeltuch. Die unzähligen Fußsoldaten waren braun und leicht zu übersehen, die Ritter aber und die gewaltigen Kolonnen der Fuhrwerke boten einen unvergeßlichen Anblick.

Er hatte Kadija und das Kind weiter mitnehmen müssen, als er vorgehabt hatte, aber jetzt stellte Pirol fest, daß sie keine so große Rarität war. Die Bauern hatten ihre Frauen wohl daheimgelassen, damit sie für den Unterhalt ackerten und die Haustüren verschlossen hielten, aber Ritter, Grafen, Herzöge und König hatten ihre Gemahlinnen auf diesen Ausflug mitgenommen, und nicht nur ihre Gemahlinnen, sondern auch deren Kammerdienerinnen und Zofen und Planwagen voll mit den unentbehrlichen kleinen Luxusgegenständen der Frauen. Unternehmungslustige Bäuerinnen hatten sich dem Kreuzzug ebenfalls angeschlossen; die Kreuze hatten sie sich vorn tief unten auf die Kittel genäht wie Zeichen auf einer Schatzkarte, um in den Männern den Ehrgeiz zu wecken, hier einmal zu graben. Und Handwerker waren dabei, die der großen Parade zu Diensten sein wollten – Roßknechte und Hufschmiede und Rüstungsschmiede, Schuster, Chronisten, Wagner, Bader und Pfaffen. Der Bär, für den eine Menschenmenge das Zeichen war, eine Vorstellung zu geben, erhob sich auf die Hinterbeine und fing an zu tanzen.

»Und wenn dein Ritter nicht hier ist?« fragte Kadija schon wieder. Aber Pirol war sicherer denn je, daß er hier sein würde. Er mußte hier sein! Ganz Frankreich war hier. Die größte Armee, die von den disparaten kleinen Grafschaften und Herzogtümern Frankreichs je auf die Beine gestellt worden war, hatte sich unter der scharlachroten Oriflamme versammelt, um die Ungläubigen zu vernichten. Hatte es je ein solches Heer gegeben? Einen so eleganten Fürstenschlag? Pirols

Brust wölbte sich von rechtschaffenem Stolz. Die Pracht begeisterte ihn.

Jemand mußte das Signal zum Abmarsch gegeben haben, aber es war eher ein Schmelzen als eine einsetzende Bewegung, ein Bach, der in der Mitte zu fließen begann und nach und nach breiter dahinströmte. Pagen und Knappen wurden dadurch aufgehalten, daß sie die Ankleidepavillons abbrechen mußten, während ihre Herren schon in majestätischer Prozession davontrappelten, unbelastet und frei. Mit ihren häßlichen Helmen nickten sie Gleichrangigen hochnäsig zu.

Pirol nahm Kadija bei der Hand und zog sie zu einem Baumstamm. Er stieg auf ihre verschränkten Hände und von dort auf ihre Schultern, und so konnte er den untersten Ast und schließlich eine Warte erklettern, die hoch genug war, um alle vorüberziehenden Banner zu sehen. Gelb. Er brauchte nur nach gelben Bändern, Wimpeln, Fahnen Ausschau zu halten, die das Wappen Foicelles schmückten. Unter ihm umarmte der Bär den Baum und hob begeistert einen Hinterfuß, als wolle er ihm nachsteigen. Doch dann begnügte er sich damit, sich liebeslustig an der Rinde zu scheuern, daß der ganze Baum erbebte. Das Kind lachte und streckte den Zeigefinger aus; es liebte den Bären.

Unterpfänder der Damengunst wehten wie Girlanden über dem französischen Heer. Ärmel, Bänder, Handschuhe, Taschentücher, sogar Schuhe und Bettlaken sollten bis Outremer hochgehalten werden, um den dauerharten Ruhm von tausend Frauen sicherzustellen. Es erweckte den unglückseligen Eindruck, daß ganze Kompanien unter einer Wäscheleine hindurchgeritten waren und die ganze Wäsche heruntergerissen hatten. Nur die kämpfende Priesterschaft trug Kruzifixe an Stelle solcher Gunstbeweise.

»Siehst du ihn?« rief Kadija in den Baum hinauf.

»Noch nicht.« Nikodemus auf seinem Ahornbaum hatte nicht

mit größerem Staunen als Pirol auf die Werke Gottes hinabgeschaut.
Es gab auch Soldatinnen! Nicht nur Ehefrauen und Zofen in Sänften und Wagen, sondern Damen zu Pferde, die rittlings im Sattel saßen, mit Rüstung und Umhang und Schwert. Wäre nicht der Umstand gewesen, daß diese Rüstungen mit Tüchern besteckt waren und die Helme unter dem Arm getragen wurden, daß die Dolche nur zum Apfelschälen taugten und die Pferde von Pagen umringt waren, so wäre Pirol nie auf den Gedanken gekommen, daß diese Amazonen Damen des Reiches sein könnten.
Zuerst hielt Pirol ihn versehentlich für eine dieser Damen – langes, goldenes Haar, ein streifenbesetzter Mantel, rosarote Bänder, die hinter beiden Ohren herabwallten. Dann aber wandte sich der bändergeschmückte Kopf dem Baum zu.
»Herr Jocelyn! Herr Jocelyn de Foicelles! Warte! Bitte warte, Herr!« Pirol fiel wie ein Apfel vom Baum und rannte los, mitten hinein in die Parade, duckte sich unter Pferdehälsen hindurch und wich den dornbewehrten Schilden aus, mußte vor einem langsamen Wagenzug warten, wurde von gereizten Maultieren getreten. Ein Hund hängte sich an ihn und schnappte kläffend nach seinen Fersen; vielleicht roch Pirol nach dem Bären. *»Herr Jocelyn, warte! Ich bin's, Pirol! Ich bin es! Geh nicht ohne mich!«*
Herr Jocelyn hatte sich nicht nur eine neue, rosarote Livree, sondern eigens für sich auch Handschuhe machen lassen; der linke hatte nur drei Finger, aber die waren mit Golddraht und rosaroter Seide bestickt, und die Handschuhe reichten mit mächtigen, gerieften Stulpen bis zu seinen Ellenbogen hinauf. Er zügelte seine graue Stute mit einer übertriebenen Eleganz, die seine Stulpen bis zu seinem bartlosen Kinn hob. Hinter ihm geriet die Kolonne in Verwirrung; sie spaltete sich nach links und rechts und umfloß ihn wie Wasser eine Flußinsel.
Pirol war so sehr damit beschäftigt gewesen, ihn einzuholen,

daß er sich gar nicht überlegt hatte, was er denn sagen wollte. »Herr, Herr! Nimm mich wieder zurück, Herr! Ich bin ein guter Gaukler, oder nicht? Ich war doch immer gut, nicht wahr? Jetzt bin ich sogar noch besser als früher! Ich kann viele Instrumente spielen! Ach, um Himmels willen, nimm mich wieder zu dir, Herr!«

Foicelles' Gauklertruppe hob verachtungsvoll die Köpfe. Neue Knaben, junge Knaben. Sie hatten die gleichen steifen Schafsgesichter, wie Pirol es gehabt haben mußte, als Amaury in sein Leben geplatzt war. Voller Abscheu starrten sie Pirol an: schlammbespritzt bis zum Schenkel, mit zerrissenen Nähten im fadenscheinigen Hemd und mit seinem unverschämten: »Nimm mich zurück, Herr! Ich bitte dich auf den Knien! Im Namen der Dame Lily!«

»Von Herzen gern, Herr«, sagte der Ritter unbestimmt; der Lärm der marschierenden Armee war ohrenbetäubend. »Wenn du zum Großen Abenteuer bereit bist. Ich habe gelobt, das Unterpfand meiner Dame auf den Altar der Geburt Christi zu legen. Schließe dich nur an. Schließe dich an, wenn du willst. Singe uns ein Lied, wenn das dein Gewerbe ist.« Er drückte seinem Pferd die Fersen in die Weichen, und Pirol mußte vorspringen und nach dem Zaumzeug greifen, oder es hätte ihn fortgerissen.

»Ich habe jetzt eine Frau, Herr. Eine Frau und eine kleine Tochter, und ich kann sie nicht am Leben erhalten, bis der Krieg vorbei ist – obwohl sie selbst eine gute Gauklerin ist und auf Stelzen laufen und Pantomimen vorführen kann ... Sie wird dir nützlich sein, Herr, wenn wir wieder nach Hause kommen.« Er deutete drängend zu dem Baum hinüber. Wenn Foicelles Kadija nicht sehen konnte, so sah Pirol sie doch, wie sie durch das Gedränge spähte. Sie stand auf Zehenspitzen, um die Gruppe im Auge zu behalten, und der Bär hatte sich ebenfalls aufgerichtet und schwenkte den mächtigen Schädel hin und her wie eine besorgte Schwiegermutter. Die Gaukler

in der rosaroten Livree rissen die Augen vor lauter Bestürzung noch weiter auf.
Wie ein Zauberer förderte Foicelles einen Geldbeutel aus seiner Satteltasche zutage. Aus welchem Grund er ihn auch immer eingepackt, welchen Notfall, welche Mildtätigkeit er dabei im Sinn gehabt hatte, jetzt jedenfalls warf er ihn Pirol in hohem Bogen zu und sah mit nachsichtigem Lächeln, wieviel Freude er damit bereitete. Obwohl er sich im Augenblick nicht an den Jungen erinnern konnte.
Pirol rannte durch den Heerzug zurück und schaute sich immer wieder um, damit er das kleine rosarote Schiff, das auf dem Strom der Kreuzfahrer davongetragen wurde, nicht aus den Augen verlor. Er wagte nicht, es zu weit davonschwimmen zu lassen, denn er fürchtete, es könnte sonst schmelzen und sich auflösen, ein wundersames Trugbild, geboren aus seinen eigenen Wünschen. »Hier«, sagte er und drückte Kadija das Geld in die Hand. »Suche dir eine Unterkunft in Vitry, wo wir durchgezogen sind. Mach keine Geschäfte. Nichts Riskantes. Ich meine, mach überhaupt keine Geschäfte. Leben könnt ihr hiervon. Es gibt noch mehr; ich werde reich zurückkommen, und dann gehören wir zum Haushalt – zu Foicelles' Haushalt. Wenn man dich fragt, sagst du, du gehörst zu Foicelles' Haushalt. Stehst unter seinem Schutz – hörst du? Dann werden sie nicht wagen, dich anzurühren. Habe ich nicht gesagt, er ist ein guter Mann? Habe ich nicht gesagt, er hat mich gern? Habe ich nicht gesagt, er nimmt mich zurück?« Seine Finger kratzten aufgeregt im Brustfell des Bären, und die andere Hand wölbte er um den Kopf des Säuglings. »Laß keinen Dreckskerl bei dir liegen, und laß dich nicht zu Mummenschanz und Tanz verlokken. Du gehörst jetzt zum Haushalt.« Das Kind fing an zu weinen, denn seine Stimme klang so schneidend und sein Griff spannte sich so fest um seinen Kopf. Er spürte hinter sich den Sog des Menschenflusses, und er ließ sich davon mitreißen, weg von Weib und Kind.

Sie hatte nur eine Antwort auf seine endlos plappernden Anweisungen. »Lebe, bitte.«

Und er vergaß, was sie nicht vergessen hatte: daß auch Amaury von Herm den Ruf des Königs befolgen und nach Outremer reisen würde.

Sieben

Ida

»Und ist sie von den Toten auferstanden? Ja?« fragte Pirol, und er bereute es auf der Stelle.

Das begeisterte Gesicht mit dem schlaffen Kinn verhärtete sich ein wenig. Dann strich Herr Jocelyn sich das herabhängende Haar aus den Schläfen und sagte: »Ja! Ja! Gewissermaßen ist sie das! Gott erhört alle unsere Gebete. Ja, natürlich ist sie das. Ja!« Er streckte eine väterlich beschwichtigende Hand aus. Einen Augenblick lang glaubte Pirol, Jocelyn werde ihn anlügen. »Gott hat mein gebrochenes Herz verbunden und die Liebe auferstehen lassen wie den Phönix aus der Asche. Er hat mir eine neue Liebe geschickt.«

Pirol verfluchte seine eigene Dummheit. Die rosarote Farbe hätte es ihm verraten müssen. Eine neue Livree, eine neue Liebe. Also lag Lily noch immer verloren unter dem hohen Gras, unter regennassen, gemalten Engeln, die ihre bunten Gewänder inzwischen gegen Schimmel und Vogeldreck eingetauscht haben mußten.

»Sie ist der Gipfel aller Wunder«, sagte Herr Jocelyn.

»Natürlich. Aber wie heißt sie?« fragte Pirol – nicht zum ersten Mal.

Wieder faßte Foicelles nach dem schütteren Blond seiner Stirnlocke und ließ sie wehmütig wieder fallen. »Ich habe mich ihr noch nicht erklärt. Ich werde nicht vorpreschen, solange ich ihr keinen Grund gegeben habe, eine gute Meinung von mir zu haben.«

»Ja, aber hat sie denn überhaupt einen Namen?« fragte Pirol.
»Ida. Ihr Name ist Ida.«
Pirol wartete. »Aber sie hat doch sicher auch einen Titel.« Er kannte die Namen verschiedener großer Damen, die das Beispiel der Königin Eleanor nachgeahmt und sich dem Kreuzzug angeschlossen hatten: Torqueri von Bouillon, Faydide von Toulouse. Aber Ida ...?
»Ida von Bamberg«, flüsterte Jocelyn plötzlich, und seine Augen flackerten irre. »Sie heißt Frau Ida von Bamberg.«
»Es ehrt mich, daß du mir dieses Geheimnis anvertraust, Herr«, flüsterte Pirol. »Ich werde es hüten.« Aber er konnte nur eines denken: *Sie ist eine Deutsche. Nicht mal eine Französin. Eine verdammte Deutsche.*
Das französische Heer marschierte zwei Wochen hinter den Deutschen – durch den Balkan, zur Donau. Die von Kaiser Konrad geführte Vorhut war brennend und plündernd durch das Land gezogen und hatte jeden Bauern, Bürger und Hofhund aufgebracht, was zur Folge hatte, daß die Franzosen, die ihr folgten, sich ihren Weg durch eine feindselige Bevölkerung bahnen und dabei Hunger leiden mußten, weil es nichts mehr zu plündern gab. Eine ganze deutsche Division hatte beschlossen, auf ihren eigenen Kreuzzug zu gehen, und war abgeschwenkt, um östlich der Elbe die Wenden abzuschlachten. Pirol hatte eine schlechte Meinung von den Deutschen.
»Du wirst also erst dann ob ihres Anblicks frohlocken, wenn wir die Truppen des Kaisers eingeholt haben, Herr.«
»Keineswegs. Aber du! Du wirst sie sehen.«
»Wie bitte?«
»Du wirst die Freude haben, sie an meiner Statt zu sehen! Du sollst zwischen uns hin und her gehen – hin und her mit Versen und Liedern und Geschenken und ...«
»Hin und her, Herr? Zwischen den Armeen? Durch feindliches Gelände?« Pirol bekam jäh einen klaren Kopf. »Um meine Gedichte abzuliefern, jawohl. Und das hier.« Er zog einen

spärlichen Lorbeerkranz aus seinem Feldbett hervor, wie ihn vielleicht ein fadenscheiniger Cäsar getragen hätte. »Er ist bloß noch nicht fertig. Ich werde dir die losen Blätter reichen, und du kannst sie hineinflechten. Mir fehlen die Finger, weißt du. Und während du das tust, werde ich dich die Worte meiner Grußbotschaft lehren ...«

Pirol rechnete damit, bis zum Morgen zu erblinden. Im Schein der Kerzen war die Dunkelheit nicht vom dunklen Grün der Lorbeerblätter zu unterscheiden. Als er nachher Foicelles' Lied einübte und auswendig lernte, roch er immer noch den Duft der zerdrückten Lorbeerblätter, und seine Pupillen zogen sich unwillkürlich zusammen und weiteten sich wieder.

Von den großen Schlachtrössern war für Pirols Auftrag keines übrig, und er hätte auch gar nicht darauf reiten können, wenn es eines gegeben hätte. Aber Foicelles hatte ein Postpferd aufgetrieben, und mit einem Lorbeerkranz bewaffnet und einem einzigen Gedicht in seinem Herzen wurde Pirol der französischen Armee vorausgesandt, damit er der Frau Ida die Komplimente seines Herrn überbrachte.

»Macht sie diese Reise denn wirklich ganz allein? Ohne Schutz?« Pirol war beeindruckt.

»Unbedingt! Ganz allein stellt diese Frau sich gegen ein Meer von Sarazenen und vertraut nur auf ihren Erlöser ... und natürlich auf ihren Gemahl.«

Pirol stieß seinem Pferd die Fersen in die Flanken und klammerte sich fest, als es einen Pfad durch das fluchende Fußvolk pflügte und Sänften und nickende Ritter, die im Sattel dösten, zum Schwanken brachte.

Es dauerte eine ganze Weile, bis er sich darauf besann, normal zu atmen, denn das Herz klemmte ihm unter der Lunge, und das Holpern des Sattels brachte sein Luftholen durcheinander. Er fühlte sich prachtvoll, wie ein Instrument des Rittertums auf seinem einsamen Ritt ins unbekannte Byzanz, aber es rüttelte ihm die Eingeweide durch.

Viele Chevaliers hatten das gemächliche Fortkommen des französischen Heeres ermüdend und hinderlich gefunden und waren auf eigene Faust vorausgeritten. Ein paar Tage lang überholte Pirol Truppen und Trüppchen von Franzosen und konnte mit ihnen zusammen das Nachtlager beziehen, ja, sich sogar ein Abendbrot verdienen, indem er sang und Flöte spielte.

Die Donau überquerte er indessen bei Branitschewo als einziger Passagier des Fährbootes, und von hier bis Sofia verbrachte er die Tage mit der Durchquerung einer Landschaft, die nur von Zedern und Olivenbäumen bevölkert war. Und dann plötzlich fanden sich Spuren von Beschädigung wie im Kielwasser eines Gewitters, bei dem der Blitz mit irrationaler Treffsicherheit bald hier, bald da eingeschlagen hatte. Ein Akker war schwarz verkohlt. Ein Haus war ausgebrannt, aber es rauchte noch. Kurz danach fand er einen toten deutschen Kerl unbestattet am Straßenrand; er hielt noch immer einen Weinschlauch umklammert, obwohl der ganze Wein ausgeblutet war. Nach dem Gesichtsausdruck des Mannes zu schließen, war er zu betrunken gewesen, um dagegen zu protestieren, daß man ihm die Kehle durchschnitt.

Sogleich fühlte Pirol sich verwundbar und isoliert, und ihm war, als beobachteten ihn fremde Augen. Er trieb sein Pferd zum Trab, und bald galoppierte es von selbst. Zusammen jagten sie durch die Spur der Verwüstung, hinterlassen von zwanzigtausend Deutschen. Und obwohl einmal ein Pfeil zwischen Zügel und Sattel hindurchschwirrte und seine Federn in seinem Mantel zurückließ, war er zu erschöpft, um das Entsetzen heraufzubeschwören, das hier angebracht wäre. Später, sagte er sich. Später würde er Angst haben, wenn er Zeit für solchen Luxus hätte. Er richtete seine Gedanken auf Byzanz.

Byzanz! Das Wort allein klang wie Geheimnis, Schönheit und Mythos. Der Hellespont. Die thrakische Ebene.
Aber als Pirol die thrakische Ebene erreicht hatte, war der Himmel darüber schwarz vom Regen. Ein alles durchweichender Nieselregen überkritzelte alle Spuren von zwanzigtausend Mann und ließ nur die Umrisse der Bäume stehen, blinde, schwerfällige Riesen, in Bauernkittel gehüllt. Der Boden war glitschig-glasig vom Schlamm; manchmal war es, als bewege er sich sogar, oder als rutsche sein Pferd seitwärts darin. Was ihm an gutem Mut geblieben war, tröpfelte in Rinnsalen an ihm herunter und rieselte von den Ecken seiner Steigbügel. Aber er durfte nicht umkehren. Er vertrat seinen Herrn, und er mußte die Haltung eines Ritters nachahmen.
Er wußte, er sollte sich mit seinen Gedanken auf Ida von Bamberg oder auf die Jungfrau Maria konzentrieren. Doch immer wenn er sich zum Schlafen in seinen Mantel wickelte, immer wenn er naß bis auf die Haut wieder erwachte, dachte er statt dessen an Kadija. Er konnte nichts dazu. Er dachte daran, wie er unter den gemeinsamen Berg ihrer Kleider und Wolldecken zu ihr kroch, wie er unter den verschiedenen Schichten den Weg zu ihr fand ganz wie die Kälte. Und je länger er an sie dachte, desto größer wurde seine Angst, sie nie wiederzusehen, seine Angst zu sterben.
Diese Ebene zum Beispiel – ein wirbelnder Morast von Schlamm, der es nur darauf abgesehen hatte, seinem Pferd den Boden unter den Hufen zu nehmen und ihn in einen gelben Ertrinkungstod stürzen zu lassen. Schon hatte er Gefangene gemacht: Gras, Sträucher, Zweige, faule Früchte, ertrunkene Karnickel, Zeltstangen, Planen, Kochtöpfe ...
Ein Soldatenhelm kam kreiselnd durch die Fluten geschwommen wie ein winziges Weidenboot, und dahinter kam sein Eigentümer, langsamer, das Gesicht im Wasser, den ausrasierten Nacken zum Himmel gewandt.
Anfangs nahm Pirol an, der Regen habe einen Friedhof aufge-

pflügt und die Toten ins Freie gespült. Aber dann kam es immer öfter vor, daß die Leichen nach ihm riefen – sich taumelnd aufrafften, wieder hinfielen, von neuem hochkamen und durch platzende Blasen aus braunem Schleim »Hilfe! Hilfe!« schrien. Einer kam auf Händen und Knien den Hang heruntergerutscht wie ein angstvoller Frosch auf einem Seerosenblatt aus schmierigem braunen Schleim. Er wollte nach Pirols baumelnden Zügeln greifen, aber das Pferd scheute, und er fiel flach vornüber, hingestreckt in einem Sumpf aus Erschöpfung und Schlamm.

Das Hochwasser war in der Nacht über sie hereingebrochen – eine Überschwemmung, unverhofft wie die Strafe Gottes. Kaiser Konrad, der in Gottes Ansehen auf höherem Gelände stand, war ungeschoren geblieben, aber er hatte hilflos hinunterschauen müssen, während Sturzbäche von Schlamm die thrakische Ebene von Deutschen gesäubert hatte, wie Herkules den Augiasstall gereinigt hatte. Rüstungsteile waren von Kochgeschirren nicht zu unterscheiden, Ritter nicht von ihren Knappen, Fußsoldaten nicht von ihren Huren. Hier und dort ragte eine einzelne Hand aus dem Boden, als erbitte da jemand einen letzten Sold, um ihn in der Hölle zu verpulvern.

Als Pirol versuchte, einem gestürzten Mann auf die Beine zu helfen, wurde er selbst aus dem Sattel gerissen, und als er wieder aufsteigen wollte, waren seine Füße so dick mit Schlammklumpen verklebt, daß sie nicht mehr in die Steigbügel paßten. Also watete er unter den Hals seines Pferdes geduckt weiter, halb am Zaumzeug hängend. Mit Gesichtern, von flüssigem Lehm unkenntlich gemacht, mit Händen so glitschig, daß sie nichts mehr hielten, würgten und schnauften und spuckten die Männer den Schlamm aus Nasen und Mündern, Mägen und Lungen – Blinde, die ihre Augen auszugraben suchten. Und jedem einzelnen rief Pirol zu: »Wo ist Frau Ida von Bamberg? Hast du Frau Ida von Bamberg gesehen?« Er brüllte es ihnen ins Gesicht, schüttelte sie wie tote Otter und bekam so viel Antwort, als wären es wirklich tote Otter.

»O bitte, Heilige Maria, mach, daß sie nicht tot ist!« keuchte Pirol, und er hakte die Finger in das Backenstück des Zaumzeugs, um sich im Morast aufrechtzuhalten. Er fühlte, wie die Brühe unter seiner Kleidung hinunterfloß und sich im Schritt sammelte, die Hosenbeine ausfüllte und wurmartig durch die Stricknähte quoll. »Nicht so, Maria! Nicht so! Um der Lieder willen, die ich für dich gesungen habe, Mutter Maria: Mach, daß die Frau Ida nicht ertrunken ist!«

Der doppelte Rock einer Frau erblühte wie die grünen Blätter einer riesigen Schlingpflanze, die aus dem Morast heraufstieg. Er hatte schon angefangen, mit gewölbten Händen den Matsch aus ihrem Gesicht zu schaben, als es ihm einfiel: Nicht nach Röcken suchte er, sondern nach Rüstung und Schwert. Das hier war keine Kreuzfahrerin, sondern eine Troßhure mit einem leinenen Kreuz auf dem Brusttuch. Als er sich von ihr befreite, blieben seine Schuhe im Lehm stecken, und er mußte barfuß weiterziehen.

Natürlich fand er sie nicht. Durch die Gnade Gottes, genaugenommen aber vor allem kraft ihres Geburtsrechts, hatte Frau Ida auf höherem Gelände in der Nähe des Kaisers gelagert, als der Regen gekommen war.

Er fand sie schließlich in Konstantinopel als Gast im Blachernae-Palast am Ufer des Hellespont. Hauchzarte Vorhänge wehten in der warmen Abendluft. Kuppeln glänzten von Gold und den Farbtönen des Sonnenuntergangs. Auch Neuigkeiten von der Schlammlawine konnten Idas Entzücken über die exotische Pracht ihrer Umgebung nicht beeinträchtigen.

Frau Idas Gesicht war wie ein länglicher Silberlöffel, oxidiert von dunklen Schatten an Stirn und Kiefer. Ihre Unterlippe stand unwesentlich weiter vor als die Oberlippe, was sie ein wenig streitsüchtig aussehen ließ, und beim Sprechen sah man deshalb ihre unteren Zähne. Der Anblick hypnotisierte Pirol: diese scharfen kleinen Zähne, die jedes Wort zerbissen, bevor sie es aussprach.

Der Mode treu ergeben, trug sie bereits die byzantinischen Kleider, wie sie am Hofe Kaiser Manuels üblich waren: einen birnenförmigen Männerturban und Schuhe mit langen, bösartigen Schnäbeln, deren Golddrahtstickereien auf dem Boden knirschten. Nachdem Pirol für sie gesungen hatte, forderte sie ihn auf, sich neben ihr auf die Marmorbank zu setzen und die Aussicht zu genießen. Sie zog ihn auf mütterliche Art zu sich und wippte mit zusammengedrückten Knien auf und ab, als lasse sie ein Kind auf dem Schoß reiten.

»Und wann hat dein Herr mich gesehen?« fragte sie in ihrem deutsch gefärbten Französisch.

»Oh, das weiß ich nicht. In Frankreich, ganz sicher in Frankreich. Auf jeden Fall in Frankreich.«

»In Deutschland bin ich auch nicht oft«, sagte sie, und man merkte ihr die Verachtung für ihren Geburtsort an.

»Erinnerst du dich nicht an deine Begegnung mit ihm? Er trägt einen deiner Stiefel als Abzeichen bei sich. Ich dachte mir, da mußt du doch ...«

»Ah! Also das war der Dieb! Sehr ärgerlich, das! Einen Stiefel zu verlieren. Er muß mir einen neuen kaufen. Sag ihm das.« Dann tätschelte sie aufmunternd seine Brust. »Wie lange schon? Wie lange liebt dein Herr mich?«

»Oh, es tut mir leid. Das weiß ich nicht.«

»Haben wir denn gemeinsame Freunde? Weißt du das?«

»Nein. Es tut mir leid.«

»Es gibt aber viel, was du über deinen Herrn nicht weißt.«

»Das bedaure ich ... Er hält seine Liebe natürlich so geheim wie möglich.«

»Macht nichts. Aber eins kannst du mir sagen: Hat er ein gutes Gesicht?«

»O ja, Madame! So schön wie die Ritterlichkeit und so bleich wie die Liebe!« Sie zog die Brauen hoch.
»Wie nett. Du bist durch viele Gefahren gegangen, um für mich zu singen.«
»Ich ...« Pirol schwang sich von der Marmorbank herunter, als jemand anderes das hallende Atrium des Blachernae-Palastes betrat.
Uc von Bamberg, prachtvoll anzusehen mit seinem Gewand in Rot und Gold, brüllte schon vom hinteren Ende der Promenade herüber. Er war von seinem Gastgeber eingekleidet worden und war es nicht gewohnt, daß Linnen seine Beine umfloß. Infolgedessen tänzelte er nur langsam auf sie zu. Pirol verwandte die Zeit darauf, sich zu überlegen, was er wohl als Grund für seine Anwesenheit angebe könnte. Aber Frau Ida befreite ihn aus seinem Dilemma. »Gemahl«, verkündete sie, »dies ist der Gaukler eines französischen Troubadours, der mich liebt. Obwohl ich ihn noch nie gesehen habe. Möchtest du, daß der Junge sein Lied noch einmal singt? Er ist sehr gut.«
Die Oberlippe ihres Gemahls war dick, und ihre Breite wurde durch einen wilden Schnurrbart noch verstärkt; es war unmöglich, seinen Gesichtsausdruck zu deuten. Aus seinen Ärmel zog Herr Uc eine der zahlreichen Kuriositäten, die er im Kaiserlichen Palast »gesammelt« hatte. Pirol konnte nicht genau erkennen, wozu es diente, wenngleich es aussah wie ein Tafelmesser mit Zinken an Stelle einer Klinge. Zum Glück war es keine gute Arbeit, oder es war aus einem weichen Edelmetall geschmiedet, denn als Uc ihn damit in den Arm stach, verbog es sich sofort.
»Er kann singen, was er will«, sagte Uc zu seiner Frau, »solange er es der Gemahlin eines anderen vorsingt. Andernfalls werde ich ihn spalten, vom Scheitel bis zu den Eiern.« Er warf einen Blick auf seine verbogene Gabel und warf sie über die Brüstung ins abendliche Violett über dem Hellespont. Dann

ging er wieder, und ein eigentümlich weibischer Geruch von orientalischem Parfüm wehte hinter ihm her.
»Kümmere dich nicht darum!« rief Frau Ida laut, als Uc gegangen war. »Ich mache, was ich will. Komm.«
Sie umfaßte seinen Bizeps, und er wollte nicht gern zusammenfahren oder ihre Aufmerksamkeit auf die Löcher lenken, die Ucs Gabel hinterlassen hatte. Sie küßte ihn mit trockenen, ziemlich rauhen Lippen, die sich über seinen Mund schlossen und erst die Unter-, dann die Oberlippe berührten. »Dein Herr, er soll kommen, wenn er will.«

Die Deutschen, die im Phillopatium-Palast einquartiert waren, räuberten ihn dermaßen aus, daß er hinterher nicht mehr bewohnbar war. Dann fingen sie an, die Bewohner der Umgebung zu beschimpfen, auszuplündern und totzuschlagen. Daher forderte Kaiser Manuel die deutschen Kreuzritter auf, weiterzumarschieren und auf ihrer heiligen Mission so schnell wie möglich vorzudringen, und als sie weg waren, entrang sich ihm ein Seufzer der Erleichterung. Pirol blieb da, um Herrn Jocelyn zu erwarten.
Der Ritter lauschte eifrig, als ihm berichtet wurde, wie gut seine Verse aufgenommen worden waren, aber weniger aufmerksam, als die Rede auf Herrn Uc und seine Drohungen kam. (Von der Gabel sagte Pirol nichts; es erschien ihm kaum heldenhaft, sie zu erwähnen.) Als er von dem Kuß hörte, schnappte Herr Jocelyn nach Luft, schob seine blonde Stirnlocke zurück, schloß die Augen und reckte das Gesicht nach vorn. Nach kurzer Verwirrung begriff Pirol, daß nun die Weitergabe des Geschenks von ihm erwartet wurde, wie er ja auch schon Idas Worte weitergegeben hatte.
Bang, verlegen und voller Sorge, daß sein Atem sauer riechen könnte, beugte er sich vor und schloß den Mund über Foicelles' Lippen; ungeschickt und täppisch bemühte er sich, den Kuß wenigstens mit einem Teil der Zuneigung und Bewunde-

rung zu erfüllen, die das Original seiner Meinung nach hätte enthalten müssen. Noch Jahre danach erinnerte sich das Rund seiner Lippen an Geschmack und Beschaffenheit von Jocelyns Haut, so salzig vom Schweiß des Frohlockens. Als ihre Münder sich wieder trennten, riß Foicelles die blauen Augen jählings weit auf und starrte ihn an, kaum zwei Fingerbreit entfernt. Ekstatisch stöhnte der Verliebte.
»Du wirst gleich wieder zu ihr gehen! Schon brütet mein Gehirn die Verse aus!«

Einem Vogel, unsichtbar und fern, gehört meine Liebe,
und das süße Trillern ihrer Stimme,
Vernommen übers weite Grün des Tales,
Läßt meine reine Seele frohlocken.
Mein Herz schlägt schneller, ein Träumer der sich regt,
Oder ein Reisender am Kreuzweg ...

Ida war entzückt von dem Lied, und noch mehr von seinem Vortrag. Sie rief Pirol zu sich und gab ihm einen Schluck Wasser aus einem kleinen Silberbecher, den sie in Konstantinopel entwendet hatte. Sie aß ein süßes Brötchen, das sie ins Wasser tunkte und aussaugte, und dabei schaute sie ihm tief in die Augen.
Daneben saß ihr Gemahl.
Die Reise zwischen den Heeren hatte diesmal nach Sand geschmeckt, von Fliegen durchsetzt wie von Korinthen. Nach Staub und dem Pferdemist der großen Rösser. Pirol war durstig und wie zerschlagen nach der Durchquerung der Wüste. Die Versuchung, umzukehren, war in der Wüste überall gewesen. Er wollte nicht hier sein. Aber Foicelles' Verse mußten überbracht werden, koste es, was es wolle, und wenn auch seine Beine vor Angst zitterten und sein Mund zum Singen zu trocken war.
Rings um Idas Zelt herrschte die Kakophonie einer Armee, die ihr Lager abbrach, um den Zehntageritt durch turkmeni-

sches Territorium anzutreten. »Du solltest Gold bekommen«, sagte sie. »Aber dieser griechische Schrott – pah! Keinen Pfifferling wert, dieser Dreck!« Sie warf eine Handvoll Münzen in die Luft und schlug danach wie nach einem Fliegenschwarm. Noch hatte sie die Arme nicht in ihr Kettenhemd geschoben; es hing um ihre Hüften herunter, so daß der weiße, gepolsterte Unterrock wie ein Baumwollbausch aus einem gepanzerten Stiel hervorzubersten schien. Ihre großen Brüste, von Halbmonden aus Schweiß getragen, spannten die Polsterumhüllung. »Jeden Abend kannst du uns vorsingen! Keiner kann hier singen. Keiner.« Unvermittelt drückte sie Pirol das nasse süße Brötchen an den Mund; er biß unbeholfen hinein, und seine Zähne erfaßten ihren Finger. Sie zog den Finger zurück und lutschte daran, lächelnd und ohne zu klagen. Unglücklicherweise aber war Herr Uc von Bamberg kein Mann, der ein Gespür für die Nuancen eines fein abgestimmten Gedichtes besaß. Er wußte nur, daß Pirol sich über ihn hinweggesetzt hatte. Während des ganzen Liedes saß er tief eingesunken auf einem segeltuchbespannten Feldhocker; das Segeltuch umschloß seine Schenkel so weit, daß es aussah, als sitze er in einer Hängematte. Er grunzte wie ein Schwein mit Magenbeschwerden. Dann stand er auf und klappte den Hokker mit ohrenbetäubendem Knall zusammen. »Warum ist er nicht selbst gekommen, dein Mann?«
»Er ist ein *entfernter Bewunderer*, Herr, ohne unreine Absichten!«
Uc trat sein Feldbett in Stücke und verhedderte sich mit einem Bein in einer Wolldecke.
»Ich bin nur eine Stimme, Herr. Ein Lied und eine Flöte, mehr bin ich nicht!« Pirol hielt seine Flöte in die Höhe, als sei sie ein Zeichen für die Nichtigkeit seiner Anwesenheit.
Uc entriß sie ihm und brach sie entzwei; dann stieß er Pirol zu Boden und stellte ihm einen Fuß auf den Leib. Er beugte sich tief über den Jungen und tat mit großem Theater so, als erken-

ne er ihn jetzt erst wieder. »Habe ich dir nicht verboten, noch einmal in unsere Nähe zu kommen?«
»Ach, laß ihn doch«, sagte Ida halbherzig.
»Ich bin nur ein Diener der Wünsche meines Herrn. Er dachte nicht, daß du, wenn du sein Lied gehört hast ...«
Uc versetzte ihm einen Tritt in die Rippen, der ihm den Atem und die Sprache verschlug.
»Du verstehst nicht, Herr! Mein Meister will doch nicht ...«
Uc versetzte ihm einen Tritt in den Bauch, daß ihm Wasser und süßes Brötchen entfuhr. »Willst du immer noch bleiben und meiner Gemahlin Lieder vorsingen?«
Pirol richtete sich auf Händen und Knien auf und schaute schutzsuchend zu der Dame hinüber. Sie hatte die Fingerspitzen zwischen die Zähne geschoben, aber als er zu ihr herüberschaute, schenkte sie ihm ein strahlendes, freundliches Lächeln. Alle ihre Hoffnungen hatten sich erfüllt. Sie hatte gewonnen.
»Ich wußte, daß du kommst. Uc und ich, wir haben gewettet, siehst du? Er sagt, du wagst es nicht. Aber ich sage: ›Der Junge kommt! Die Franzosen sind zivilisiert. Die Franzosen sind romantisch.‹ Und da kommst du! Braver Junge. Reizender Junge.« Ein Diener kam, um ihren Stuhl einzupacken. Eilig schob sie die Arme in den Kettenpanzer und warf sich den Burnus über die Schultern, wobei sich ihr Haar darin verhedderte. Die Zeltwände fielen ringsherum zusammen, und das Sonnenlicht strömte herein wie ein schneidender Schmerz. Ein Knappe stand da und hielt Ucs Pferd am Zügel, bereit für den Tagesritt. Die Zweige einer Weide hingen über den Fluß Bathys. Es war ein angenehmer Ort, eine Tränke.
Uc gab Pirol einen Tritt in den Hintern, daß er mit dem Gesicht voran in einen Haufen Zeltstangen rutschte. »Jetzt werde ich deinem Herrn zeigen, was ich von ihm halte.«
Pirol sah jetzt, daß er Herrn Jocelyns Person vollständig vertrat, auch wenn ihm diese Ehre schon fast das Rückgrat gebro-

chen hatte. Er rollte auf die Seite und krümmte sich zusammen, um sich vor Schlägen zu schützen. Und der Boden bebte vom Treiben des Heeres – achttausend Mann, die sich in Bewegung setzten, Esel, Pferde und Karren. Gern hätte er gesagt: »Ich bin kein Ritter, ich bin ein Sänger – nur ein Mittler.« Aber das war er nicht. Solange er die Worte des Mannes in sich hatte, war er die Verkörperung des Mannes. Jocelyns Verse klapperten in seinem Kopf wie Steine in einem Kasten.
Uc raffte ein Stück Seil an sich und band es zu einer Schlinge, die er über Pirols Hände stülpte, bevor er sein mächtiges Schlachtroß bestieg. »Wenn ich mit dir fertig bin«, sagte Uc, »wird es eine Botschaft geben, die so großgeschrieben ist, daß dein geiler Dichter sie lesen kann. Ich schreibe meine Verse in gutem roten Blut. Und du brauchst nicht zu glauben, daß du dich losreißen kannst. Ich binde einen guten Knoten.« Und er gab seinem Pferd die Sporen, daß Blut durch das Fell schimmerte.
Frau Ida schaute mit strahlenden Augen zu, nicht weil sie die Grausamkeit liebte, sondern weil sie ihre Wette gewonnen hatte. Und weil ein französischer Ritter bereit gewesen war, das Leben seines besten Sängers für sie zu opfern, um ihr ein Kompliment zu machen.
Pirol sah den Boden, über den er geschleift werden sollte – die gelben Steine, die Kakteen, die verstreut liegenden Waffen. Und sofort dachte er an den Languedoc und seine blutrote Erde, und er wollte sein Blut dort vergießen, nicht hier. Mit sentimentaler Zuneigung dachte er an Amaury – das war ein Ritter, der die Frauen, denen er nachstellte, wirklich *wollte* und sie nicht bloß von fern verehrte. Er machte den Mund auf und rief Gott zu Hilfe. Aber statt dessen kamen die Ungläubigen.

ACHT

DIE LÜGE

Ganz plötzlich, wie eine Blüte sich im Hagel schließt, zog die deutsche Armee sich am Fluß zusammen. Die Fußsoldaten drängten sich mit unvorstellbarer Vertraulichkeit um die Reiterei, und ihr vereinter Geruch überlagerte den süßen Dunst der Pferde. Ritter schauten sich erklärungheischend nach ihren Knappen um und fanden nur schmutzige Gesichter und stinkende Münder, die schrien: »Sie sind da! Rasch! Sie sind da! Tausende!«

Die Türken kamen auf kleinen Pferden, neben denen die Schlachtrösser elefantenhaft und ausgestopft wirkten. Sie waren wieder fort, ehe die Bogenschützen ihre Pfeile ausgepackt hatten. Sie waren wieder fort, bevor die Herolde Alarm blasen konnten. Und als sie fort waren, lagen Herolde und Bogenschützen tot auf der Erde, zu Tode erschrocken vom Blitzen der Sonne auf buntbefiederten Pfeilen.

Als sie das nächste Mal kamen, hatte man Zeit, die Stärke ihrer Zahlen zu erfassen. Wie hatten sie in der spärlichen Dekkung der Wüste unbemerkt so viele Reiter zusammenziehen können? Wie hatten derart flache Hügel so gewaltige Zahlen verbergen können? Wie konnten aus dieser Wildnis Tausende von Männern und Pferden entspringen, während die Deutschen dürsteten und schmachteten? Ritter, die noch nicht hatten aufsitzen können, zertrampelten das Flußufer zu Schlamm und versanken dann bis zu den Knien darin. Unterdessen mähte sich die türkische Kavallerie durch das Fußvolk wie ein Heer von Heckenschneidern – erst die Nesseln, dann die Hecke.

Uc war endlich in den Sattel gekommen, aber sein Brustpanzer war abgefallen, sein Kopf war entblößt, und er hatte weder Lanze noch Schwert. Aber er entriß einem Soldaten den Spieß und packte die Axt, die mit einer Lederschlaufe an seinem Sattel hing. Seine Sporen rissen Haarbüschel aus den Flanken seines Pferdes.

»Uc! Uc! Heb mich auf!« schrie Ida und kletterte behende die Böschung hinauf. Die große Gefahr lag darin, auf ebener Erde erwischt zu werden: Nur ein Pferd kann da einem Pferd entkommen. Aber in dem Getöse einer überraschten Armee, bei dem Lärm der schrillen Trompeten, der schreienden Pferde und Befehle, von denen niemand wußte, wie sie zu befolgen waren oder aus welcher Richtung sie kamen – in dem Getöse konnte Uc sie nicht hören. Jedesmal wenn die Türken heranstürmten, zog sich die Schar am Flußufer zusammen wie ein Paar Lungenflügel. Und immer schlechter bekam sie danach wieder Luft.

Im Handumdrehen war der Boden, über den der Ritter Pirol hatte schleifen wollen, voller Leute; der Spielmann war nur eine Gestalt unter vielen und bedeutete nichts mehr. Uc vergaß die vorzüglichen Knoten, mit denen er das Seil an seinem Sattelknauf befestigt hatte, und dachte nur noch daran, Rüstung und Waffen zu ergattern.

Aber die ganze Zeit drängte er voran, trieb sein Pferd durch die Scharen flüchtender Fußsoldaten und stellte sich dem Strom der Männer zum Fluß entgegen. In geordneter Feldschlacht ging es so niemals zu – das Fußvolk behinderte die Reiterei. Stets bildeten die Schlachtrösser die Front, und das Fußvolk trottete eine Meile weit dahinter heran. Aber hier fuchtelten ihm Spieße und Standarten, Langbögen und Keulen vor dem Gesicht herum, und ein Meer der Panik war zu durchwaten.

Was Pirol angeht, so rannte er wie ein Hase durch ein Kornfeld, taumelte durch die Reihen und schwenkte herum, die Arme weit ausgebreitet, den Blick starr auf den mächtigen Hintern des Ritterpferdes gerichtet. Es gelang ihm mit knapper Not, das Seil nicht durchhängen zu lassen. Wie ein Schiffslog, das man übers Heck geworfen hat, wurde er in Herrn Ucs Kielwasser mitgeschleppt, und die vorzüglichen Knoten hielten immer noch. Und zu seinem Erstaunen sah er, wie Blut den Strick um seine Handgelenke rötete, denn er fühlte nichts als Entsetzen.

Das gesamte türkische Heer kam zum Bathys herunter und schnitt mit scharfer Klinge die deutsche Seele aus dem gemeinschaftlichen deutschen Leibe. Die pferdlosen Ritter steckten bis über die Knie im Flußschlamm, und irgendwie gelang es ihnen sogar stehenzubleiben, aber ihre Köpfe lagen ihnen zu Füßen, und ihre Seelen schwebten irgendwo zwischen den Staren in den Baumwipfeln.

Zwei Reiter drangen von verschiedenen Seiten auf Uc ein, und obwohl er einen aus dem Sattel stach und auf den anderen mit der Axt losging, merkte er doch, daß er beim Ausholen durch einen Strick behindert wurde, der unerklärlicherweise straff gespannt an seinen Sattelknauf geknotet war. Die Knoten aber waren viel zu gut, als daß er sie einfach hätte abstreifen können. Während Uc noch fluchte, schoß der zweite Reiter aus nächster Nähe einen Pfeil auf ihn ab. Endlich bekam Uc die Axt frei und brachte den Reiter zur Strecke, aber da waren schon mehrere eiserne Kettenglieder, die auf sein Hemd genäht waren, zusammen mit der Pfeilspitze tief in seinen Brustkorb eingedrungen.

Als Uc herunterfiel, war sein Schlachtroß sowohl von seinem Gewicht befreit als auch ob dieser Freiheit von Panik befallen. Es fand die nötigen Kräfte, um durchzugehen, und Pirol, gebannt vom Anblick des Todes, den er soeben erlebt hatte, wurde endlich doch von den Beinen gerissen und hinter dem Pferd hergeschleift.

Wie einen Schiffsanker schleppte ihn das Tier über einen Meeresgrund, der von Wracks und ertrunkenen Seelen übersät war. Erst rutschte er auf dem Gesicht dahin, dann schnellte es ihn wie eine Peitschenschnur auf den Rücken, und so schoß er kanonenkugelgleich in den Leichnam des Herrn Uc, der seinerseits einen Spießträger zu Fall brachte, dessen niederkrachender Körper wiederum zwei und dann noch einmal drei Gefallene einfing. Und das alles hielten Ucs vorzügliche Knoten aus. Die gesammelte Last riß das durchgehende Pferd auf die Hinterbeine und ließ es dann rückwärts umkippen. Der Sattelknauf brach ab und kam mit solcher Wucht zurückgesaust, daß er Pirol umgebracht hätte, wenn er ihn getroffen hätte. Der aber war wohlbehalten begraben unter einem zermalmenden Haufen von Leichen und Schlachtfeldschrott. Als er sich schließlich hervorgewunden und seine Hände befreit hatte, war es auch dem Pferd gelungen, sich von der Seite auf den Bauch zu wälzen, und jetzt strampelte es mit allen vieren über dem schiefrigen, schlüpfrigen Boden.

Halb rannte, halb stürzte er zu dem schwerfälligen Tier; er warf sich in ganzer Länge über den gebrochenen Sattel und grub Finger und Zähne in die Mähne. Als das Pferd endlich wieder auf die Beine kam, saß Pirol rittlings oben. Das erschien kaum vorteilhaft, aber sein einziger Gedanke war, von diesem Boden wegzukommen, weg von den Toten und der klumpigen Erde. Jetzt waren es nicht mehr nur grüne Kakteen, die da hervorwuchsen, sondern auch Hände voller Finger und Gesichter voller Augen. Das Magma der Hölle wallte rot durch das Erdreich herauf.

Das Gelände erstreckte sich sofort in unermeßliche Ferne. Das Pferd war zwanzig Spannen hoch – so hoch, daß die Illusion entstand, er sei von den Ereignissen unter ihm getrennt, ihnen überlegen. Aber der breite Rücken renkte seine Beine bis zum Zerbrechen auseinander, und der schwerfällige Gang des Pferdes rüttelte sein Gehirn im Kopf herum, und so hatte er keine Gewalt über sein Reittier. Es trug ihn dahin zurück, wo er hergekommen war, trottete blindlings durch Dickichte von herrenlosen Lanzen, zerschnitt gordische Knoten aus Fußsoldaten und tänzelte seitwärts, ohne im mindesten darauf zu achten, was ihm unter die Hufe geriet. Der Kopf nickte wie eine Säge auf und ab, auf und ab, so daß die Zügel ebenso an Pirols Armen rissen, wie es zuvor das Seil getan hatte. Voller Dummheit, nur noch auf seine Sicherheit bedacht, stürzte es sich in den Fluß und ließ einen Vorhang von alles durchnässender Gischt aufsprühen, und seine Bugwelle ließ die Leichen im Wasser umeinander rollen.

Kaum hatte das Pferd den Boden unter den Füßen verloren, besann es sich wieder auf seine Ehre. Denn es schien, als wolle es lieber zum Ufer zurückkehren, als ziellos mit der Strömung zu treiben. Das Licht auf dem Wasser zerschnitt Pirols Gesichtsfeld wie lauter Messer, als er sich nach einer Fluchtmöglichkeit umschaute. Er konnte die Weide sehen, die neben Idas Zelt gestanden hatte. Aber vielleicht war es auch eine andere, denn nur die Bäume blieben an ihrem Platz, während die beiden Heere darunter hin und her wogten.

Bogenschützen begannen auf ihn zu schießen. Was denn? Glaubten sie, bloß weil er zu Pferde saß, lohnte es sich, teure Pfeile mit Federn von bunten Vögeln an ihn zu verschwenden? Sie schwirrten durch die Luft wie seltene Insekten, sie flirrten durch das Wasser wie Neunaugen. Am liebsten hätte er sich auf den Sattel gestellt und ihnen gezeigt, was er war – und daß er nicht einmal den Einsatz eines rostigen Federmessers verlohnte. Aber er konnte die Schützen nicht sehen, die ihn im Visier hatten; der Fluß funkelte zu hell. Er sah nur die grüne Weide, die sich dort übers Wasser beugte, vielleicht auch über Frau Ida.

Er sollte zu ihr zurückkehren. *In loco Foicelles* sollte er ihr zu Hilfe eilen. Aber eigentlich war es der Gedanke, sich dort unter dem dichten grünen Laub zu verbergen, was ihn veranlaßte, sein Roß im Stich zu lassen und durch das Wasser, das ihm bis an den Hals reichte, ans Ufer zu planschen, spuckend und keuchend und schluchzend um Atem ringend. Allein seine Zehen berührten den Grund, und er hielt sich nur aufrecht, indem er verzweifelt Händevoll Wasser erhaschte. Auf Zehenspitzen durchquerte er den schleimigen Fluß. Was für Kreaturen mochten dort im Wasser sein? Was für unheilige Egel, Krankheiten, Ungeheuer? Was für giftige Schlangen und Schlingpflanzen, die nach Christenblut lechzten? Als er endlich das seichte Ufergewässer erreicht hatte, waren sogar die Weidenblätter im Wasser grüne Finger, die auf seiner Haut gerannen. Er wäre auf die Uferböschung geklettert und hätte sich geschüttelt wie ein nasser Hund, hätte an der Uferböschung nicht noch das rege Treiben des Kriegsverkehrs geherrscht. Statt dessen hockte er sich also ins hüfttiefe Wasser, die fingernden Weidenzweige baumelten ihm um die Schultern, und er hielt den Kopf völlig still.

Frau Ida stand eine kleines Stück weit abseits am Stamm des Baumes. Auch sie war dort hingekrochen, weil sie hoffte, das Zelt aus Schatten und Blättern werde sie vor den Türken verbergen. Aber jede neuerliche Zuckung der Schlacht ließ Männer vorüberrennen, denen dann Pferde folgten, und alle rissen Blätter ab. Sonne blinkte auf Metall, und ein Seldschuk wandte sich zur Seite, um den Todesstreich zu führen. Pirol sah alles mit an.

So dicht stand sie an der Weide – ihr langes, nasses Haar klebte an der Rinde, und ihre Unterarme und Waden waren dunkelbraun vom Schlamm –, daß sie aussah wie eine Nymphe, die sich halb in einen Baum verwandelt hatte. Der Reiter hielt inne, um seine Augen an den Schatten und seinen Verstand an diese neuartige Erfahrung zu gewöhnen. Er trug weder Kettenpanzer noch Harnisch, sondern nur weite, schmutzige Kleider und Sandalen. Um seinen Kopf war ein Turban gewickelt,

und zwei viereckige Lederstücke, die darangebunden waren, sollten ein wenig Schutz bieten.
»Ich bin eine Frau!« kreischte Ida ihm auf deutsch entgegen. Und sie zog ihr Schwert – jene alberne Imitation eines Schwertes mit seiner hohlen Blechklinge – und warf es seitwärts in den Fluß. Obwohl das Wasser ihm in die Augen spritzte, rührte Pirol sich nicht. »Ich bin eine Frau!« kreischte sie und riß ihr wattiertes Wams auf, um ihm ihre Brüste zu zeigen.
Der Seldschuk langte hinter sich und zog einen kräftigen kurzen Wurfspeer aus dem Sattel. Er nahm ihn unter den Arm und trieb ihn dicht unter dem Brustbein in ihren Leib; dabei drängte er sein Pferd voran, bis es mit seinem wippenden Maul Idas Gesicht berührte. Bis dahin hatte das nasse Haar, das an der Rinde klebte, ihren Kopf aufrecht gehalten, aber jetzt rollte er nach vorn, als wolle er die Wunde in ihrem Bauch inspizieren.
Der Türke konnte seinen Speer nicht zurückziehen; er war zu tief in den Stamm der Weide eingedrungen. Aber er stieg lieber ab, als ihn aufzugeben. Außerdem war ein Kettenburnus eine viel zu kostbare Beute. Leise grunzend mühte er sich, der toten Frau die Rüstung über die Hüften herunterzuschälen.
»Sie war eine Frau! Sie hat dir gesagt, daß sie eine Frau war!« schrie Pirol und stieß dem Seldschuken das Blechschwert in den Nacken, wieder und wieder. Zuerst verbog es sich, dann brach es ab, aber er hörte nicht auf, mit dem abgebrochenen Ende hineinzustoßen, immer zwischen Leder und Turban, bis er ganz außer Atem war. Das Flußwasser in seinen Kleidern rann herunter, tropfte herunter, durchnäßte seinen Körper von Kopf bis Fuß und machte seine Stiefel so schwer, daß er sie nicht mehr heben konnte. Er wußte, daß er so braun war wie ein Ungläubiger, vom Schlick geschwärzt und nach Schleim stinkend.
Als die Flutwelle der Schlacht vorübergerauscht war, die

Hälfte des deutschen Heeres ertränkt und sich dann verzogen hatte, kletterte Pirol von seinem Versteck in den obersten Ästen der Weide herunter. Er zog dem Seldschuken, den er umgebracht hatte, die Stiefel aus und stellte sie neben Frau Ida. Er wußte nicht, welchen Tribut er ihr sonst erweisen sollte. Er hätte eines von Jocelyns Liebesliedern singen können, aber als er nachsann, waren die Verse restlos aus seinem Kopf verschwunden.

Die Pest oder ein Lagerfieber hätte das gleiche erreichen können wie die Türken. Es gab keine wütende Trauer, keine Verwunderung ob des Gemetzels. Es gab vielleicht einen winzigen Anflug von Überraschung ob der Tatsache, daß Gott sich erst die Mühe gemacht hatte, so viele Menschen zum Kreuz zu rufen, und sie dann nicht einmal bis ins Heilige Land kommen ließ. Erst die Schlammlawine, dann das Massaker. Und sie waren kaum in Outremer. Vielleicht empfand Gott wie die Franzosen und haßte die Deutschen.
Die beiden Heere vereinten sich in Nicäa und brachen erneut auf; größere Vorsicht ließ sie diesmal den Weg an der Küste entlang nehmen. Die Überreste der Deutschen (neun Zehntel waren tot) bildeten den Schluß. Franken und Elsässer überschütteten sie mit Hohn und verweigerten ihnen ihren Proviant; statt dessen machten sie obszöne Gebärden und schrien »Fickt die Deutschen!«, bis sie in Ephesus waren.
Daher wurde der französische Ritter, der sein Pferd gegen den Strom durch die hinkenden Reihen der Deutschen trieb, beschimpft und angegriffen, und man spuckte ihm auf die Stiefel. Aber Herr Jocelyn war von Sinnen vor Panik. Er fragte nach Herrn Uc, aber niemand konnte ihm eine höfliche Antwort geben. Er fragte nach seinem Spielmann, aber was war ein Spielmann unter siebentausend Toten? Jocelyns unrasiertes Haupt, seine rosarote Livree, sein unblutiges Schwert – das alles forderte den Spott heraus, aber er drängte sich ein-

fach zwischen ihnen hindurch, und nur sein Apfelschimmel rächte sich mit seinen großen, zottigen Hufen.
Pirol sah ihn kommen, lange bevor er selbst zu sehen war. Er sah den Apfelschimmel, der sich stoßend und schiebend seinen Weg bahnte. Aber Pirol schwenkte nicht sofort seine Livree über dem Kopf und fing auch nicht an zu schreien.
Welche Nachrichten hatte er denn, die Jocelyn womöglich würde hören wollen? Idas Tod, und wie es dazu gekommen war? Jetzt war Pirol ein Mittler von jenseits des Grabes, und er wußte genau, welche Dankbarkeit ihm die Übermittlung solcher Nachrichten eintragen würde.
»Und was hast du getan? Welche Rolle hast du beim Tode meiner Dame gespielt?«
»Ich stand bis zum Hals im Wasser und sah zu, wie sie abgestochen wurde wie ein Schwein.«
So würde es nicht gehen. So würde es keinesfalls gehen. Nachdem er sich darüber klar geworden war, zog Pirol seinen Wappenrock aus und hielt ihn an einer geborgten Lanze in die Höhe. Das schmutzige Wappen war gerade noch zu erkennen, und es winkte seinen Eigentümer heran.
Herr Jocelyn de Foicelles streifte seine Steigbügel ab, sprang vom Pferd und nahm seinen Sänger in die Arme. Zuschauer nahmen an, die zwei seien Vater und Sohn; hätten sie genug Interesse aufgebracht, um näher hinzuschauen, so hätten sie wohl gesehen, daß zwischen den beiden kaum sechs Jahre lagen. »Berichte! Berichte mir, Junge! Berichte mir! Ist sie hier? Ist sie in Sicherheit? Hast du sie gesehen? Ist sie durchgekommen?«
»Nein, Herr.«
»Du meinst, du hast sie nicht gesehen! Ist sie mit den Pilgern abgebogen? Hat sie mit Freisingen den sicheren Weg genommen?« Was für eine Versuchung! Jetzt zu sagen, sie sei in Sicherheit, und die Trauer zu verschieben.
»Nein, Herr. Sie ist nicht mit den Pilgern gegangen.«

Sie standen auf der stromabwärts gewandten Seite der Stute; der Fluß der Überlebenden teilte sich und schob sich rechts und links vorbei. Sie wurden nicht gestoßen oder angerempelt. Es herrschte seltsame Stille im ruhigen Wasser hinter dem Pferd.

»Was dann? Ist sie fort? Habe ich sie verloren? Hat Gott sie zu sich genommen?« Der harte Rand seines Mundes zitterte, als er die schüttere Stirnlocke anhob und wegschob und anhob und wegschob. Er hob das Gesicht zum Himmel, als wäre er unter Wasser, ein Ertrinkender, der nicht darauf hoffen konnte, noch einmal zum Luftholen hinaufzuschwimmen. Die Tränen rannen ihm über die Wangen – ein Phänomen, denn es waren Tränen, die so plötzlich und ungehemmt flossen, daß man sich an wundersame Quellen erinnert sah. Mit beispielloser Anmaßung nahm Pirol das Gesicht seines Herrn in beide Hände und schaute ihm in die Augen.

»Ja, Herr. Sie ist fort. Du hast sie verloren ... Aber auf welche Weise! Die Engel werden herabstoßen wie Aasgeier, um ein Souvenir von ihr zu ergattern!« Seine Entscheidung über die Natur seiner Lüge war gefallen.

»Als ich sie zuletzt sah, war sie ohne Pferd: Zwölf Lanzen hatte sie zerbrochen, und das Herz ihrer Stute war in der Wut des Kampfes geborsten. Aber sie hatte eine Anhöhe für sich gefunden – einen Felsen – einen Hügel. Sie hatte niemanden hinter sich und ihren Rundschild vor sich, und so bot sie kein Ziel für Bogenschützen oder Reiter. Aber ein Entkommen gab es auch nicht. Ein Meer von Säbeln rings um sie her zerhackte die Sonnenstrahlen, bis es dort dunkel war wie in der Nacht. Und sie allein war der Mond. Ganz weiß. Ihr Schwert war aus einem Stoff gemacht, den ich noch nie gesehen habe, denn obwohl sie damit fünfzig haarige Schädel gespalten und ein halbes Hundert Herzen durchstoßen haben mußte, war kein Tropfen Blut daran zu sehen. Alle glaubten, sie sähen einen Ritter oder den Geist eines Ritters.

Über den Köpfen der Reiterei sah sie einen Reiter, der größer war als der Rest und ganz in Schwarz gehüllt. Wir alle sahen ihn. Nachher hörte ich, sein Königreich, das seien tausend Meilen Wüstensand in Ägypten. Ich hörte seinen Titel – ›Scheich‹ –, doch seinen Namen ... nun, ich war so weit weg ...«

»Weiter«, sagte Herr Jocelyn. Er saß mit gekreuzten Beinen auf dem Boden seines Quartiers in Ephesus, während sein Sänger halsbrecherisch auf dem Fenstersims stand, um den letzten Kampf der Dame von Bamberg zu schildern. Dies war keine Lüge unter vier Augen, keine Lüge, die im Vertrauen zwischen zwei einigen Freunden erzählt wurde. König Ludwigs Ritter drängten sich in einem langen, höhlenartigen Dormitorium; es war ein Ort, den der Heilige Paulus hätte gewählt haben können, um den Kleingläubigen zu predigen. Das große Publikum erfüllte Pirol mit Angst und Schrecken und stachelte ihn zugleich zu immer neuen Extravaganzen an.

»Als sie ihn sahen, diesen Scheich, da senkte sich eine Art Stille herab – wie wenn ein König den Hof betritt. Und als Frau Ida ihn erblickte, war es, als fahre ein Blitz aus ihrem Auge, daß er taumelte in seinem Sattel. Sie reckte ihr Schwert hoch in die Luft, und ich schwöre, jedermanns Blick war starr darauf gerichtet! Sie wirbelte es am Heft im Kreis herum, bis sie nichts mehr war als ein gleißendes Licht – wie Katharina auf ihrem Feuerrad! Dann warf sie es beiseite und sagte, kein Mensch solle es ihr fortnehmen ... Nein! Hab's nicht gehört! Ich sah, wie ihre Lippen sich bewegten. Aber ich schwöre, meine Seele war so sehr in ihrem Bann, daß ich die Worte in ihrem Antlitz lesen konnte.«

Herr Jocelyn nickte. Auch er konnte die Worte auf den Lippen der belagerten Dame lesen, obwohl der Abstand zwischen ihnen so unendlich groß war. Die anderen Ritter, die da auf ihren Mänteln saßen und zuweilen die Gesichter abwandten, hatten vielleicht nicht ganz die gleiche Vision, aber sie hörten nichtsdestoweniger zu.

»Als er ihre Waffenkunst sah, da war der Scheich, ich schwöre es, so sehr erfüllt von leidenschaftlichem Neid, daß er schwor, niemand außer ihm dürfe den Ritter auf der Anhöhe zur Strekke bringen. Und die Reihen teilten sich für ihn, wie das Rote Meer sich für Moses teilte, und er legte die Lanze ein und trieb sein Pferd zum Angriff!«

Herr Jocelyn warf sich der Länge nach auf den Boden und drückte die Stirn auf die Fliesen.

»Und in diesem Augenblick tat sie es. Entmannte eintausend Männer. Denn sie öffnete ihr Wams und zeigte ihnen ihre Brüste – weiß wie die Milch darin, und mit Brustwarzen, so rosig wie ihre Livree. Und eintausend Männern verschlug es den Atem, und sie schrien auf – denn sie hatten es nicht gewußt –: ›Es ist eine Frau!‹«

Pirol ließ sich auf die Kante des Fenstersimses sinken. Da hockte er dann mit den Knien an den Ohren und streckte die Hände aus. Foicelles' Gesicht hob sich aus dem Gewühl. Die andern im Raum waren völlig still.

»Da zerschmetterte die schwarze Lanze an dem Felsen zu ihren Füßen und zersplitterte in tausend Stücke. Und der Scheich sagte: ›Wer diese Frau tötet, der verbrennt Babylons Gärten! Der zerstört die Alhambra! Diese Frau muß ich haben, damit sie mir ein Volk von Helden gebiert und meinen Körper versengt wie der Sand zur Mittagsstunde. Diese Brüste sollen mir Kissen sein, und mein Schwert gebe ich in ihre Obhut!‹ Dann zog er sie herunter, ließ sie mit einem Schleier bedecken und schwor einen heiligen Eid, daß niemand außer ihm und den Eunuchen seines Harems sie je wieder zu Gesicht bekommen solle.«

Pirol zählte bis zehn. Dann zählte er noch einmal bis zehn. Er war schließlich Musiker, und der Instinkt sagte ihm, wie viele Ruhetakte das Crescendo von der Coda trennen sollten.

»Also. Die Dame ist im Harem des Schwarzen Scheichs verschwunden. Für immer nackt, für immer gezwungen, die Geheimnisse ihres Leibes einem blutgetränkten Ungläubigen preiszugeben«, sagte Pirol.
Foicelles begann sich zu übergeben, ruhig und zurückhaltend zuerst, so daß ein Knabe Zeit hatte, nach einer Schüssel zu laufen, doch dann mit zunehmendem Schwung, wobei er den Knaben und die Schüssel ignorierte, weil er den Blick nicht von Pirol wenden wollte.
»Ah, doch die Geheimnisse ihres Herzens – damit verhält es sich anders. Das nämlich ist von Gitterstäben umgeben, die der Scheich niemals niederbrechen wird, und würde er auch so alt wie Abraham, und zeugte er ganze Völkerstämme mit ihr!«
Der Knabe brachte ein heißes, nasses Tuch, und Foicelles vergrub sein Gesicht darin und wischte und wischte, bis es so aussah, als wolle er sich die Gesichtszüge abwaschen. Als er schließlich aufblickte, waren seine Wangen rosig rot, und er sah so gesund aus wie seit Jahren nicht mehr. Auch seine Stimme klang gleichmütig und ruhig. »Welches waren die Geheimnisse in ihrem Herzen, Pirol? Hat sie dir etwas anvertraut? War ich darunter? Oder kam ich zu spät?«
Pirol zählte bis zehn, bis zwanzig und diesmal auch bis dreißig, und er hielt sich an den Takt seines eigenen Herzschlags. »Oh, du warst dabei, Herr. Zwischen ihrer Ehre und ihrem Herrgott. Wie Christus auf dem Berghang. Verwandelt von der Liebe.« Er ließ sich vom Fenstersims gleiten und empfing Foicelles' Umarmung wie Thomas, der den auferstandenen Christus umarmt, nachdem die letzte Spur des Zweifels von ihm abgefallen ist. Das Unerträgliche war erträglich gemacht worden. Sie, die tot war, lebte nun wieder. Pirol hatte das gebrochene Herz verbunden.
Und was schadete das der Frau Ida?

Da begann am Ende des Raumes ein Paar Hände zu klatschen – und es knallte so explosiv und hallend, daß Pirol von dem Geräusch zusammenfuhr, bevor seine Bedeutung ihn zusammenfahren ließ: ein sarkastischer, spöttischer, höhnischer Applaus, Axthiebe an den Grundfesten seiner Geschichte.
Köpfe wandten sich nach dem Klatschen um. Pirol suchte es, überflog, durchforschte ein Meer von Gesichtern. Als er das rote Haar, den gesträubten Bart, die grünen Augen schließlich entdeckt hatte, da hatte Pirol bereits erraten, daß es Amaury von Herm sein mußte. Amaury zwinkerte ihm zu, grinste breit und rief: »Gut erzählt, deine Geschichte. Bravo. Bravissimo! Jetzt wünschte ich, ich hätte dich bei mir behalten, damit du mir an den Winterabenden Geschichten erzählst.«
Pirol schaute zwischen den beiden Rittern hin und her. Jocelyn saß an die Wand gelehnt und weinte in seine Hemdärmel. Amaury, selbstgefällig, behaglich, gnadenlos. Es bestand die leise Hoffnung, daß Foicelles zu sehr in seinem Schmerz versunken war, um wahrzunehmen, daß Pirol unausgesprochen der Lüge bezichtigt wurde.
»Mir scheint, ich habe da einen begabten Geschichtenerzähler verloren, als ich dich gehen ließ, mein Singvogel. Ob ich ihn wohl zurückkaufen könnte, Foicelles? Ich weiß schon, ich würde mein Glück auf eine arge Probe stellen, wenn ich hoffte, dasselbe Geschenk zweimal zu erhalten – oder finden alle deine Geschenke wieder nach Hause wie die Brieftauben?«
»Du hast mich verstoßen, Herr!« protestierte Pirol, auch wenn es ihm vergeblich erschien: die Wahrheit zu verteidigen, nachdem er sie gerade verdreht hatte.
»Was sagst du da, Herr?« Jocelyn erwachte langsam aus seiner Versunkenheit. »Erhebst du Ansprüche auf meinen Sänger?«
»Hör nicht auf ihn, Herr. Hör nicht zu! Er scherzt. Er scherzt immer!«
Amaury schien mit dem Gedanken zu spielen, Anspruch auf

den Gaukler zu erheben, verwarf ihn dann aber mit übertriebenem Verdruß. »Nein, nein. Pirol und ich sind als gute Freunde auseinandergegangen, nicht wahr, Singvogel? Ja, ich habe ihm sogar ein munteres kleines schwarzes Weib aus meinem Haushalt mitgegeben, damit es ihm ... Gesellschaft leistet. Wie geht's ihr denn inzwischen? Karima. Kardoma.«
»Kadija, Herr. Eine gute Christin, Herr, mit vielfältigen Talenten. Und sparsam.«
Amaury schluckte herunter, was er gerade sagen wollte, und schaute Peter Pirol mit echtem Erstaunen an. Nicht einen Augenblick lang hatte er sich vorgestellt, daß sie Bestand haben könnte, diese gespielte Trauung, die er um eines lustigen Nachmittags willen inszeniert hatte. Es schien eine Art von Bewunderung in ihm zu entfachen ... und erinnerte ihn zugleich von neuem an den Grund für seinen Applaus. »Nun, Singvogel, wenn du diese Flamingolivree jemals satt haben solltest – ich habe immer Platz für einen Mann, der eine gute Geschichte zu erzählen weiß. Du hast ein Stück Blech ordentlich zum Glänzen gebracht, das muß man wirklich sagen!«
Jocelyns gepanzerte Faust schoß vor und klopfte auf seinen Brustpanzer. Amaury schaute nach unten und ließ mit ungläubiger Miene seine Augen feststellen, daß ein Zusammenhang zwischen dem Schlag und dieser dreifingrigen Hand bestand. »Herein?« sagte er herablassend.
»Sieh dich vor, Herr. Du bewegst dich auf gefährlichem Eis.«
»Tatsächlich?« sagte Amaury freundlich. »Oh, dann muß ich mir wohl eine Kreuzritterin suchen, die meinen Feind vertreibt, indem sie ihre Brüste entblößt.«
»Ich warne dich, Herr!« Jocelyn zeigte die reflexhafte Wut eines Mannes, der bereits am Rande der Hysterie stand. Aber Pirol empfand nur heulendes, fassungsloses Erstaunen darüber, daß einer so bösartig, so mitleidslos, so unbrüderlich gegen einen unglücklichen Ritter sein konnte! Daß jemand im-

stande war, eine so harmlose, aber notwendige Lüge zu zerschlagen! Wie verhaßt waren ihm diese weit offenen grünen Augen, dieses Ohr, das mit gespielter Aufmerksamkeit hören wollte, wie kränkend seine Worte gewesen waren!
»Was denn – willst du mir sagen, es war die *Wahrheit*, dieses ausgezeichnete Prosastück?« fragte Amaury im Tonfall der Verwunderung. »Ein Augenzeugenbericht? Aber nein! Gott soll mich strafen! Daß die Historie der Sache der Dichtung so weit entgegenkommen sollte! Es sind doch wirklich wundersame Zeiten, in denen wir leben, nicht wahr?«
Jocelyn zog sein Schwert, und der überfüllte Schlafsaal geriet jäh in großes Durcheinander, als die Ritter aufsprangen, um Platz zu machen und aus dem Weg zu gehen. »Nennst du meinen Jungen einen Lügner? Willst du behaupten, es habe sich irgendwie anders zugetragen? Warst du denn *dort*?« Unschuldsvoll hob Amaury beide Hände und nutzte die Gelegenheit, mit all seinen zehn Fingern zu wackeln. »Darf man einem meisterlichen Geschichtenerzähler kein Kompliment machen? Einem geschickten Bildermaler? Ist unsere Wissenschaft denn nicht das Malen mit Worten? Der Gaukler hat wirklich Talent – mehr will ich gar nicht sagen.«
Unversehens betete Pirol, sich in Luft auflösen zu dürfen, verdunsten, in Fetzen gehen wie das lächerliche Gewebe seiner Geschichte. Sie durften sich nicht schlagen. Über den Wahrheitsgehalt seiner Geschichte? Über den Mut und das Schicksal der Frau Ida? Auf keinen Fall durften sie sich schlagen! Denn Gott stand auf der Seite der Wahrheit, mochte sie noch so banal sein. Gott gewährte keinen Spielraum für Ausschmückungen, für Zierat, für gut erdachte Lügen, für den wohlmeinenden Lügner. Wenn sie sich schlügen, würde der Sieg an Herm gehen, der eine Lüge erkannte, wenn er sie hörte, weil er selbst auch ein Lügner war.
»Willst du bestreiten, daß meine Dame auf diese Weise in Gefangenschaft geriet?« rief Foicelles mit hysterischem Auf-

trumpfen herausfordernd aus. »Nennst du meinen Knaben einen Lügner?«

Pirol hätte sich am liebsten auf den Boden gehockt, die Arme um den Kopf geschlungen, die Schwärme von Worten beiseitegewedelt. »Nicht, Herr! Nicht um meinetwillen!«

Das veranlaßte Foicelles, sich nach ihm umzudrehen. »So? Du willst mitansehen, wie man sich darüber lustig macht? Was ist denn geschehen? Dort? Am Bathys?«

Pirol schloß die Augen und sah alles noch einmal, wie er es jedesmal sah, wenn er die Augen schloß. Das Gemetzel am Bathys. »Nein, Herr. Niemals ...«

»Dann zieh dein Schwert, Ritter – wenn du einen Namen hast ...«

»Amaury von Herm, mein Herr. Ist es dein Augenlicht oder dein Gedächtnis, was dir hilft, es zu vergessen?«

»Zieh dein Schwert, oder ich töte dich, wo du stehst. Findest Erheiterung im Tode einer Dame? Verzeih mir, aber seit wann ist die Trauer guter Stoff für einen Witz?«

Zum ersten Mal wich jetzt das zuckende, selbstgefällige Grinsen aus Herms Gesicht. Sein Mund verschwand hinter dem Bartgestrüpp, und es klang völlig ernst, als er sagte: »Ah, die Trauer. Das ist etwas anderes. Selten ein Grund zum Lachen, da stimme ich dir zu. Aber auch nicht für poetische Erzählungen.« Er zog ebenfalls sein Schwert.

»Bitte, Herr!« Pirol trat zwischen die beiden und wandte Herm den Rücken zu. »Der weite Weg, Herr! Hast du diesen weiten Weg gemacht, Herr, bist du auf einen Kreuzzug gegangen, Herr, nur um am Ende mit einem anderen Franzosen zu kämpfen?«

Und wieder war Herm da und pflichtete ihm bei. »Der Singvogel hat recht. Dies ist nicht die Zeit für persönliche Streitigkeiten. Wir wollen noch etwas von der Welt sehen, ehe wir die Klingen kreuzen, Foicelles. Hat doch keine Eile, eh? Ich habe keinen anderen Weg als du. Wir sind alle auf der gleichen Reise. Ein paar von uns werden vielleicht sogar wieder nach Hause kommen. Ist es nicht so, Pirol?«

Amaury hatte Tränen in den Augen.

Die versammelte Ritterschaft begann auf Foicelles einzureden, ihm zu sagen, jawohl, er müsse warten, der Krieg überwiege persönliche Feindseligkeiten. Da stürmte er zur Tür hinaus.

Aber Pirol lief ihm nicht gleich nach. Er blieb wie gebannt stehen. Treulos zu sein, war nicht seine Absicht. Und doch ging er nicht.

»Dein Herr hat etwas übrig für ein gutes Märchen, wie ich sehe.«

»Hatte, Herr. Hatte«, sagte er unversehens.

»Und du hast ihm eins gegeben. Wirklich gutgemacht. Ganz meisterhaft.«

Warum lief Pirol nicht hinaus? Warum spuckte er Amaury nicht auf die Stiefel und lief hinaus? Und warum hatte Amaury Tränen in den Augen?

»Hab's zuweilen auch lieber. Eine gute, anrührende Geschichte neben der Wahrheit. Heute zum Beispiel. Jaufré Rudel ist heute gestorben, wie ich höre. Rudel? Der Troubadour? Weiter keine besondere Geschichte. Nur ein Pfeil im Bauch und dann Blutvergiftung. Du hast recht. Was ist daran glorreich? Da ist schon noch mehr nötig. Hören Kriege sich deshalb immer so anders an, wenn man sie wiedererzählt? Ganz anders, als sie damals aussahen? Rudel tot. Aus ihm kommt nichts mehr – außer Maden. Ja, ich sollte mir etwas Besseres ausdenken, bevor ich es das nächste Mal erzähle, nicht wahr? Vielleicht sollte ich es ja dir überlassen? Rudel, tot und stumm ...«

Pirol hatte das Gefühl, seine Stiefel klebten am Boden und seine Zunge am Gaumen. »Er war ein großer Dichter.« Mehr brachte er nicht hervor. Gern hätte er eine Beleidigung ausgesprochen, um irgendwie für seinen Herrn einzutreten. »Ein besserer Dichter als du«, hätte er sagen sollen. Und doch, als er den Mund öffnete, kam nur die Wahrheit heraus, und sie klang wie eine zweitklassige Lüge. »Fast so gut wie du, Herr. Es tut mir sehr leid, daß er tot ist.«

Neun

Jerusalem

Herr Jocelyn fuhr fort, die Lüge zu glauben. Er sann nicht weiter über Amaurys Sticheleien nach und fragte sich auch nicht, ob sein Mittler nicht vielleicht doch ein bißchen übertrieben und aus Herzensgüte die Wahrheit geschönt hatte. Nein, Pirol entging allem Zweifel, allen Kreuzverhören, jeder Gelegenheit, seine Lüge zurückzuziehen. Denn Jocelyn hielt an ihr fest und bewahrte sie Wort für Wort.

Hätte es damit sein Bewenden gehabt, so hätte Pirol die Lüge nicht bereut. Vielleicht hätte er sich sogar beglückwünscht, weil er damit alle um soviel glücklicher gemacht hätte, als es mit der Wahrheit gelungen wäre. Aber sie blieb an ihm hängen, diese Lüge.

Kurz nach ihrer Ankunft in Ephesus mobilisierte sich die gesamte türkische Armee gegen sie. Herr Jocelyn frohlockte ob dieser Neuigkeit. Dies werde, so erklärte er, ihm Gelegenheit geben, türkische Köpfe zu zertrampeln wie Weintrauben in der Kelter.

Als im französischen Heer die militärische Disziplin zu verfallen begann, war Herr Jocelyn der erste, der seinem König half, die Ordnung wiederherzustellen. Er folgte dem Beispiel Ludwigs und hackte Plünderern die Hände ab, Säumigen die Füße und Deserteuren den Kopf, derweil er die übrigen zu frischem Mut ermahnte und gelobte, daß jeder christliche Märtyrer mit dem Tod von eintausend Sarazenen gerächt werden würde.

Als die feindlichen Attacken sich zur Feldschlacht auswuchsen, war es Jocelyn de Foicelles, der den wehenden türkischen Gewändern unverzagt entgegenspähte. Höhnische Verachtung lag in seinem Gesicht, und in seinem Glauben übertraf er Moses, denn er ritt geradewegs dem Horizont entgegen, ohne darauf zu warten, daß ein Wunder ihm den Weg frei machte. Vor der blanken Wucht seines Ansturms, vor seiner nackten Gewalt, zerstoben alle Hindernisse. Das Gewicht des Hasses in ihm trieb ihn ins dickste Schlachtgetümmel, wie ein Katapult einen Felsblock geradewegs durch Festungsmauern fliegen läßt. Seine Gaukler und Pagen bekamen ihn nur zu Gesicht, wenn er aus dem Gedränge gestürmt kam und eine neue Lanze, einen neuen Schild verlangte. Türkische Kurzschwerter hatten die Mähne seines Pferdes gestutzt; Schweiß oder Blut ließen seine rosaroten Bänder an der Rüstung kleben, und es sah ganz so aus, als habe er seinen Feinden die Haut in Streifen abgezogen und sich damit beklebt. Die Nasenschiene seines Helms war so verbogen, daß sein Gesicht grotesk verbeult aussah.

Zwar kämpften die meisten Ritter mit einer berufsmäßigen Gleichgültigkeit gegenüber ihrer eigenen Sicherheit und verschwendeten keinen Gedanken an morgen, aber man konnte doch nicht sagen, daß sie den Feind haßten. Es bestand wahrscheinlich mehr Feindseligkeit zwischen Franken und Deutschen, zwischen Kreuzrittern und Byzantinern, als zwischen den Reitern der gegnerischen Armeen. Aber bei Foicelles war es anders. Er hatte eine Rechnung zu begleichen. Er war Gottes Dreschflegel, der auf die Spreu einschlug. Er benutzte sein Roß wie einen Rammbock, um ganze Zuchten arabischer Pferdchen, ganze Volksstämme von Männern niederzuwalzen. Er trug sein Leben zwischen den Zähnen; er verfluchte und beschimpfte jeden, den er tötete, so groß war seine rechtschaffene Empörung. Wegen der Lüge, die Pirol ihm erzählt hatte.

Es war Jocelyn, der eine Feuerschneise durch den Wald von Türken rodete und den Gegenangriff einleitete, der die Türken an den Mauern von Pisidium-Antiochia hätte zerschmettern müssen. Und als der Feind – durch irgendeinen bizarren diplomatischen Handstreich – plötzlich in der Zitadelle verschwand, war es Foicelles, der auf seiner keuchenden Stute saß, den Kopf in den Nacken warf und zum Himmel blökte: *»Feuer und Schwefel! Laß Feuer und Schwefel regnen!«* So groß war sein Haß gegen die Ungläubigen. Wegen der Lüge, die Pirol ihm erzählt hatte.

Und? Hätte die Wahrheit zu etwas anderem geführt? Das fragte Pirol sich zunächst. Der Feind hatte Jocelyns Herzdame ermordet. Hätte das nicht ebensoviel Zorn und Rachsucht geweckt?

Nein. Denn dann wäre Frau Ida im Paradies gewesen, wäre wie Xenokrates auf den Mauern des Himmels gewandelt. Von dort oben hätte sie mit bangem Stolz den Waffenkünsten ihres Ritters zugeschaut. In Sicherheit. Niemand hätte ihr ein Haar krümmen können. Jocelyn hätte weiterhin den Stiefel, den er ihr gestohlen hatte, über sich in die Schlacht tragen können, einen Zauber, der stark genug war, alle Ungläubigen mit einem Fußtritt aus Outremer zu vertreiben. So aber trug Jocelyn ihr Zeichen nicht länger. Denn Pirol hatte sich mit seiner Lüge verrechnet.

Er schlief nachts im selben Zelt und konnte deshalb nicht umhin, es zu wissen. Während die anderen erschöpften Ritter friedlich und traumlos die Nacht durchschnarchten, blieb Foicelles wach und wanderte auf und ab. Er verlangte Musik von seinem Gaukler – etwas, das ihn beruhigen und in den Schlaf wiegen könnte, was es aber niemals tat. Foicelles verlangte, daß Pirol ihm jeden *sirventes* rezitierte, den er jemals auswendig gelernt hatte – etwas, das einen ritterlichen Verstand beschäftigen könnte, während er in seinem Zelt auf und ab und auf und ab schritt, an seinen Fingernägeln kaute und

diese blonde Haarkrone hoch und nach hinten schob, hoch und nach hinten.
Denn Foicelles hatte eine Phantasie, die um keinen Deut weniger sexuell bestimmt war als die Amaurys von Herm. Die Frau, deren Keuschheit für seine Anbetung von so entscheidender Bedeutung gewesen war, lag nun jede Nacht gefesselt im Harem seiner Vorstellungen. Wäre sie tot gewesen, so hätte kein Rivale sie besudeln oder auch nur eine Strähne ihrer goldenen Locken verrücken können. Jetzt aber, dank Pirol, sah Jocelyn sie allnächtlich vor sich, entehrt, entjungfert, gegen ihren Willen gezwungen, sich den wohl bekannten Perversionen eines ölglänzenden Körpers, so schwarz wie die Sünde, zu fügen.
Und wie ein Haremseunuch, der dabei zuschaute, sah er sich entmannt und konnte sie nicht mehr lieben.
Und so schlief Foicelles nicht. Und er rannte gegen den Feind an wie eine Woge gegen die Klippen, ohne daß der Zauber einer *domna* ihn geschützt hätte.
Er wird sterben, weil ich ihn belogen habe, dachte Pirol jede durchwachte Nacht zwischen jenem Weihnachtsfest und dem Neujahrstag. Und so inständig er sich innerlich auch seine guten Absichten beteuerte, die Schuld lastete doch schwer auf ihm.
Er wollte nicht bleiben und mitansehen, wie Herr Jocelyn in der Schlacht niedergemacht wurde – ein Mann, so entsetzlich allein, ein Liebender ohne eine Dame, die er lieben konnte. Doch nicht einen Augenblick lang kam es ihm in den Sinn zu widerrufen – seine Lüge zurückzuziehen. Irgendwo, in irgendeinem Augenblick während der Schlammlawine bei Cheravas oder bei dem Massaker am Ufer des Bathys, hatten sich Saatkörner der Bosheit in Pirols Herz festgesetzt. Vielleicht war es geschehen, als er dort im Fluß gekauert hatte, betastet von Baumwurzeln und unsichtbaren Schlingpflanzen. Er hegte vage Hoffnung darauf, sich in Jerusalem zu läutern, vor dem

Altar der Jungfrau etwa, aber es war eine höchst matte Hoffnung: Er glich einem Mann, der sich einen Splitter ausdrükken möchte, sobald er Zeit dazu hat, und der doch stets weiß, daß die Haut schon darüber hinwegwächst.
Außerdem wollte er am Leben bleiben. Komme, was da wolle – Krieg, Pestilenz, Hungersnot –, Pirol wollte zu Frau und Kind und Bär zurückkehren, und er wollte mehr heimbringen, als er mitgenommen hatte, wollte zeigen, daß der Krieg ihm Gewinn gebracht hatte. Dazu aber mußte er im Dienst seines Ritters bleiben.
Mit jedem seiner selbstmörderischen Sturmritte gegen den Feind erwarb Foicelles sich neue Pensionen, Akkoladen und sonstige Zeichen der Hochachtung und Wertschätzung von König Ludwig. Warum sollte Pirol sie nicht mit ihm teilen, nachdem er doch seinetwegen fast gestorben wäre? Die Geschichte von Idas Eroberung widerrufen? Foicelles würde ihn schneller verstoßen, als er Idas Stiefel weggeworfen hatte. Versuchen, die wahren Umstände zu schildern? Foicelles würde ihm niemals glauben. Während das schlechte Gewissen ihm also ins eine Ohr brüllte, er habe seinem Herrn Glück und Seelenfrieden geraubt, schrie ihm die neu erworbene Bosheit ins andere: *»Er hat dein Leben aufs Spiel gesetzt. Er schuldet dir deinen Lebensunterhalt. Du hast schließlich Verantwortung ...«*
Außerdem war es eine gute Lüge gewesen, eine ausgezeichnete Lüge. Sogar Amaury von Herm hatte sie bewundert – hatte sie als das erkannt, was sie war: die Meisterlüge eines großen Landfahrers. Und als Künstler empfand Pirol daran Genuß.

Die Straße entlang der Karamanischen Küste nach Attalia war von toten Pilgern übersät. Sie wand sich über hohe, winterkalte Berge, von Unwettern gezaust. Kreuzritter, die in ihrer Rüstung geschwitzt und abends beim Auskleiden das Muster der Eisenringe in ihre Haut gebrannt gesehen hatten, entdeckten jetzt rote Rostflecken an ihrem Körper, und sie verfluchten die Kälte. Die Dame mit dem Goldenen Stiefel (wie Ludwigs Königin Eleanor von einem Bewunderer genannt worden war) hatte ebenso wie die anderen Kreuzfahrerinnen die reiterliche Pracht zugunsten des kärglichen Komforts einer zugigen Sänfte aufgegeben, und statt zu geloben, diesen Schrein und jenen Altar zu besuchen, gelobten die Damen nun einfach, niemals wieder auf einen Kreuzzug zu gehen.

Aber obwohl es solche Mühen gekostet hatte, dorthin zu gelangen, erwies sich Attalia bei ihrer Ankunft kaum als Erhörung der Pilgergebete. Es war eine kleine Hafenstadt inmitten von unfruchtbarem Land und infolge türkischer Raubüberfälle jetzt schon knapp an Vorräten. Natürlich kassierten die Händler der Umgebung möglichst viel für was Wenige, was sie zu verkaufen hatten. Natürlich lagen nicht genug Schiffe in diesem winzigen, abgelegenen Hafen, um alle überlebenden Kreuzritter zu den Heiligen Stätten zu transportieren.

Als König Ludwig entschied, den Kreuzzug zur See fortzusetzen, meinte er deshalb natürlich nur die Ritter. Er erklärte, das Fußvolk müsse auf der Pilgerstraße weitermarschieren, und Gott werde sie schon vor Mißgeschick beschützen.

Im Halbkreis aufmarschiert (nicht auf irgendeinen Befehl hin, denn es war niemand mehr da, der ihnen den Befehl hätte geben können, sondern bedingt durch die Geographie des Ortes) standen die erschrockenen, im Stich gelassenen Fußtruppen des Zweiten Kreuzzugs und die paar hundert Pilger, die in ihrem Schutz reisten, am Strand und schauten ihren Anführern und ihrem treulosen König nach, wie sie auf das Meer hinaussegelten und hinter dem Horizont verschwanden.

Pirol lehnte an der Reling und schaute zum Land, bis niemand mehr zu sehen war. »Behandelt so ein Vater seine *enfants*?« fragte er unbedacht; er nahm an, Foicelles müsse seine Bestürzung über das Verhalten des Königs teilen. »Ich denke, du

könntest ihm noch das eine oder andere an Ritterlichkeit beibringen, Herr, auch wenn er ein König ist.«
Foicelles schaute ihn nur einen Augenblick lang schräg an und sagte nichts. Aber zehn Minuten später bekam er einen seiner (nicht mehr so seltenen) Wutanfälle, und während Pirol ihn mit offenem Maul anstarrte, wollte er wissen, wie ein Hanswurst von Sänger es *wagen* könne, die Entscheidung eines Königs zu kritisieren. »Bei Gott, ich sollte dich ins Wasser werfen und nach Hause schwimmen lassen. Wie kannst du es wagen! Wie kannst du es wagen! Wie kannst du es nur *wagen*!«

Die Königin wagte es. Sie stellte die Entscheidung des Königs in Frage. Praktisch stellte sie seine Herkunft und seinen Verstand in Frage. Am Ende erklärte sie, sein gesamtes *corpus regni* sei nicht so viel wert wie eine verfaulte Birne. Die Leute hörten ganz deutlich, wie sie es sagte.
Ihr Streit drehte sich nicht um die Evakuation von Attalia, sondern er begann erst, nachdem die Schiffe in Antiochia angelegt hatten. Ihr rebellischer Geist, erwärmt vom syrischen Frühling, ließ die Ansichten der Königin über diesen Krieg blühen und gedeihen. Ihr Onkel, Prinz Raymond von Antiochia, geleitete die königliche Gesellschaft vom Hafen Saint Symeon in seine Stadt hinauf und bewirtete sie mit Zickleinbraten und Granatäpfeln. Sie tranken Süßwasser aus dem Aquädukt und trugen neue, fremdländische Kleider, während sie Raymond und seiner berühmten taktischen Logik lauschten. Eleanor hatte eine hohe Meinung von Raymond und seiner taktischen Logik.
Aber Ludwig nicht.
Prinz Raymond empfahl, das Zentrum der Macht des Nur ed-Din anzugreifen: Aleppo. Das war nicht so sehr weit weg. Raymond führte sogar eine Abordnung von Rittern auf seine Mauern hinauf wie ein Hausverkäufer, der mit seinen potenti-

ellen Kunden ein leeres Anwesen besichtigt. Nur ed-Din hatte die christlichen Festungen eine nach der anderen abgeräumt, aber die Eroberung Aleppos würde den Mann zu Fall bringen. Königin Eleanor lächelte angesichts der Pläne ihres Onkels; sie lächelte jenes heiter segnende Lächeln, welches da sagt: »Sehr gut. Du hast mich überzeugt. So soll es geschehen.«

Aber König Ludwig sagte: Zum Teufel mit Aleppo, und er werde nach Jerusalem marschieren, denn das sei es, was er gelobt habe. Und je länger seine Frau ihm vorhielt, er sei dumm, undankbar, ignorant in Fragen der lokalen Politik, taub für jeden vernünftigen Ratschlag, desto frommer hielt er an diesem Gelübde fest. Der König würde nach Jerusalem marschieren, nicht nach Aleppo.

Herr Jocelyn de Foicelles und sein Gefolge hörten den Lärm der lauten Stimmen, der in den Gängen von Prinz Raymonds Palast widerhallte. Die ganze Rittschaft Frankreichs konnte ihn hören. In der Ferne verschwammen die Worte ineinander, aber das Gift war nicht zu überhören.

Es war das erste Mal, daß jenes Wort geraunt, das erste Mal, daß das Undenkbare zum Ausdruck gebracht wurde. Gerüchte, so übel riechend wie eine Kloake, wehten umher, angefacht von verschwitzten Weiberfeinden, die gern andeuteten, daß Eleanor mit ihrem Onkel schlafe. Etliche Ritter sprangen ihr galant zur Seite, andere stellten sich auf die Seite des Königs. Die Fakten des Falles hatten wenig zu tun mit der Frage, wer nun wessen Partei ergriff.

Eleanor von Aquitanien war die Herzkönigin, die lebende Schutzheilige aller Troubadoure und Artisten. Sie lockte Dichter an wie eine Kerze die Motten: durch Schönheit, durch Großzügigkeit, durch den Glanz des Neuen, durch den Zauber ihres Geschlechts und durch vorteilhaften Vergleich zu ihrem mönchshaften Gemahl. Ludwig war ein Asket, der sich immer weniger für den Kult der Hohen Minne interessierte. Auch war er anscheinend imstande, aus eigener Kraft den Krieg zu verlieren. Und so begannen die Nähte im Innern des französischen Hofes sich zu spannen, die Fäden sich zu dehnen, das Gewebe nachzugeben, das königliche Gewand insgesamt sich als das zu erweisen, was es war: eine Verbindung von zwei sehr verschiedenen Stoffen. Und die Weitsichtigen begannen sich zu fragen, wo sie wohl lieber stehen würden, wenn es zum Riß käme.

Nicht so Jocelyn. Er sah keinen Riß, spürte keine Spannung. Zu tief war er darin versunken, *sirventes* zu schreiben; tief über die fest zusammengepreßten Knie gebeugt, kratzte er mit der Feder übers Papier wie ein Chirurg, der ein Gehirn seziert. Und auch nicht der König. Eleanors Mangel an weiblichem Gehorsam bereitete Ludwig keinerlei Qualen. Er schickte einfach eines Nachts einen Trupp Bewaffnete in ihr Gemach und ließ sie gewaltsam auf ein Schiff schleppen – fort von Antiochia, hinaus aus dem Einflußbereich ihres Onkels und derer, welche im Namen der »taktischen Logik« die feine Stimme Gottes niederbrüllten.

Jerusalem wimmelte von Tausenden von Kreuzfahrern. Deshalb fand Pirol es außergewöhnlich – bedeutsam – merkwürdig über allen Zufall hinaus –, daß er keine Woche nach seiner Ankunft auf das Quartier Herrn Amaurys und seines Gefolges stieß. Er kam nicht auf den Gedanken, daß er schließlich endlose Stunden lang die Straßen der Stadt durchstreift und mit halbem Auge immer Ausschau nach jenem Rotschopf gehalten hatte, nach der prunkvollen, großspurigen Livree. Erwähnte er zufällig auch den Namen gegenüber einem Ordonanzoffizier? Fand er auf diese Weise in all den engen Straßen und Gäßchen das kleine, weiße Haus mit der gestreiften Markise und der weinbewachsenen Pergola? Sicher nicht. Er erinnerte sich nur an Zufall und Erstaunen, als er draußen auf der Straße stand. Hier also wohnte sein Peiniger Amaury von Herm. Pirol blieb eine Zeitlang vor dem Haus stehen und schaute es an, und

dann kehrte er zum Pilgerspital zurück, in dem Herr Jocelyn sein Quartier genommen hatte.
Foicelles hatte sich im Geiste der Demut dafür entschieden, und Pirol war klar, weshalb seinem Herrn die schattige Kargkeit des langgestreckten, niedrigen Gebäudes lieber war. Davon abgesehen, daß die heiße Sonne ihm die blasse Kopfhaut ablöste wie Fischschuppen, gab es draußen Dinge von so außergewöhnlich verführerischer Schönheit zu sehen, daß man schon erlebt hatte, wie Männer ihr Christentum beiseite warfen, fortan wie Moslems lebten und gar nicht mehr heimkehrten: Gefangene in einem Irrgarten der Sinne. Foicelles wagte sich nur aus seinem Kloster hervor, um die Heiligen Stätten zu besuchen. Auf dem Weg dorthin mieden seine Blicke keusch die Springbrunnen an den Straßenkreuzungen und die weißen Tauben, die wie runde Früchte in den Zweigen von Zedern und großen Lorbeerbäumen umhertollten. Turbane bewegten sich wie tausend Gordische Knoten zwischen den wolligen Köpfen schwarzer Sklaven aus Afrika, die nackt durch die Gassen wanderten. An den Straßenecken standen Araber mit olivfarbenen Gesichtern. Die weiblichen Kreuzfahrer hatten ihre Rüstungen abgelegt. Sie gingen jetzt verschleiert wie Moslemfrauen einher, schminkten sich die Augenlider und schwenkten tänzelnd ihre wuchtigen fränkischen Hinterteile wie bremsengeplagte Pferde. Bei Herrn Jocelyn vermochten sie keinerlei Bewunderung zu entfachen. Nicht einmal die Prostituierten von Outremer brachten ihn dazu, auch nur den Kopf zu wenden, und sie waren märchenhaft.
Die, welche da auf dem Diwan im Hause Herrn Amaurys ruhte, als Pirol das nächste Mal vorbeispazierte, war mit all ihrem weltlichen Reichtum geschmückt. Ketten von Münzen wanden sich um ihre Stirn wie Gedanken der Habgier. Edelsteine und Spiegel, die in ihre Kleidung eingenäht waren, blinkten durch kleine Schlitze. Armbänder umschlangen Hand- und

Fußgelenke wie bei einem Galeerensklaven, aber sie hatte keine Schwielen an den Händen und keinen Sonnenbrand auf den Schultern. Ihre Schultern waren weiß – soviel konnte Pirol erkennen. Auch ihre Beine waren weiß; das sah Pirol durch den schleierzarten Stoff ihres Rockes. Sie aß kandierte Früchte aus einer filigran geschnitzten Elfenbeinschachtel. Als ein Neger mit einem geflochtenen Tablett, auf dem Limonade gestanden hatte, von der Terrasse hereinkam, klagte sie wortlos, ihr sei heiß, und er fächelte ihr mit seinem Tablett Kühlung zu, so daß ihr hennarotes Haar sich leise regte, wie es auch die Fransen an dem persischen Teppich taten, der hinter ihr an der Wand hing. Die Decke über ihr war bemalt, und das große Fenster weiter hinten bot einen Blick über grüne Gärten bis zu grünen Obstbäumen am Ende.

Pirols Herr war dabei gewesen, eine Eloge in Versen auf die Generalversammlung von Akko zu verfassen (die soeben beschlossen hatte, Damaskus anzugreifen, obwohl es ein potentieller Verbündeter war), und so hatte der Spielmann sich aufgemacht, seinen Ehrgeiz zu befriedigen und einmal am geographischen Mittelpunkt der Welt zu stehen ... aber statt dessen hatten seine Füße ihn hierhergetragen.

Amaury saß, umgeben von Bewunderern, in seinem kleinen Hof unter einem purpurrotem Baldachin. In einem Becken neben ihm brannten Weihrauchkörner und aromatische Kräuter, um Krankheiten und Fliegen fernzuhalten, und der Duft mischte sich mit dem von kochendem Öl, Sandelholz und Moschus, Schafen und Ziegen. Nichts sonst wies auf die Schafe und Ziegen hin; man brauchte nicht über Schmutz und Lehm zu gehen, um auf die hübschen Mosaikböden im Haus zu gelangen. Nur senkrechte helle Streifen von Vogelkot unterteilten die Mauer, wo hin und wieder milchweiße Tauben an den reifenden Trauben pickten. Amaury tupfte mit kleinen Bröckchen Weißbrot Mandelpaste aus einer getriebenen Kupferschale. Pirol hatte gar nicht hereinkommen wollen, und

trotzdem stand er plötzlich am Fuße der sonnenweißen Treppe, die zum Dach hinaufführte. Amaury unterbrach sich, als er ihn erblickte.
»Aha. Foicelles' Geschichtenerzähler.«
»Du hattest keine Verwendung mehr für mich, Herr. Da bin ich zu meinem früheren Herrn zurückgekehrt. Ich hoffe, es wird nicht zum Kampf zwischen euch kommen. Nicht meinetwegen. Ich hoffe, du wirst es nicht zulassen. Ich habe ihm nur die Wahrheit erzählt, wie sie hätte sein müssen.«
»Wollte die Dinge schon immer so sehen, wie sie nicht sind«, sagte Herm zu den Leuten zu seinen Füßen. »Idealismus nannte er das. Schwachsinn sage ich.« Amaury saß auf einem Sessel aus intarsienverziertem Zedernholz. »Ist er schon wieder verliebt? Eine neue *amor de logn*?«
»Er hat den Krieg, Herr, um sich in Leidenschaft entbrennen zu lassen. Er schreibt eine Chronik des Krieges in Versen«, sagte Pirol steif, und er hatte das Gefühl, ihr Gelächter zu verdienen. Gott allein mochte wissen, welcher Impuls ihn veranlaßt hatte, sich hier mit einem Fuß ins feindliche Lager zu stellen wie ein Kind, das dem Verbot der Eltern trotzt. Jetzt wäre er verpflichtet, seinen Herrn gegen Hänseleien und Beleidigungen zu verteidigen.
»Sehr passend. Sehr geziemend«, sagte Amaury höhnisch. »Ein Narr schreibt die Chronik einer Narretei. Welchen Reim wird er wohl auf Attalia finden. Fatalia? Fiasko träfe die Sache besser ... Dies, ihr Herren, ist ein ehemaliger Gaukler aus meinem Gefolge. Hat mich verlassen, um sein schwarzes Weib zu heiraten – nicht wahr, Singvogel?«
Pirol erbleichte, als die Knappen ihn anstarrten. Aber in ihren Blicken lag kein Abscheu, sondern Faszination, ja, beinahe Neid. Ein Knoten löste sich in seinem Magen, der dort lange und hart gesessen hatte. »Sie versteht es vorzüglich, aus nichts etwas zu machen, wenn es sein muß. Und ich habe sie noch ein paar Instrumente spielen gelehrt. Sie kann einen Bären

führen – wir haben nämlich einen Bären. Und sie ist eine gute Christin.« Frech fügte er hinzu: »Ich habe es vorhergesagt.« Bei dem Gedanken an Kadija wanderte sein Blick unwillkürlich zu der Frau auf dem Diwan.
»Sie ist keine. Eine gute Christin, meine ich«, sagte Herm, der diesen Blick wohl sah, zu seinen Bewunderern. »Pirol hat eine Vorliebe für sonnenverbrannte Frauen, aber er mag sie gern christlich. Ouzais da drinnen ist aber leider eine Ungläubige, mein Singvogel. Zahlt eine Gebühr, damit sie ihrem Gewerbe hier unter guten christlichen Kunden nachgehen darf. Stimmt's nicht, Ouzais?« Auf die Nennung ihres Namens hin hob die Hure die von Ringen schwere Hand. »Nun, Singvogel? Was führt dich auf meinen Gartenzaun? Bist du etwa hier, um uns noch eine Geschichte in deinem großartigen Stil zu erzählen? Ein begabter Erzähler, der Junge. Nun, Singvogel?« Pirol zögerte noch immer. »Oder bringst du uns etwas von deinem rosaroten Flamingo? Was macht er denn so in letzter Zeit? Dein Herr?«
»Das habe ich schon gesagt, Herr. Er schreibt eine Chronik des Großen Kreuzzugs.«
»Ja, aber taugt es auch etwas? Bringt es das Blut in Wallung? Ist es ordentlich geschrieben? Wird es im Kopf lebendig? Klingt es im Herzen lange nach? Ist es witzig? Wird es ihm gerecht?«
Pirol fühlte sich in die Enge getrieben, drangsaliert. »Ich kann nicht beurteilen ...«
»Das kannst du nicht? Du, der du allein durch die Welt gereist bist und für zwei Herren gesungen hast (von Gott nicht zu reden)? Wie ich mich entsinne, hattest du doch selbst einen ganz passablen Sinn für die Künste.«
Es war das erste Mal in seinem Leben, daß sich jemand an mehr als nur an seinen Namen erinnerte. So viele Monate Zeit. So viele Meilen Raum. Und doch erinnerte Herm sich an alles, was ihn anging. Das war schmeichelhaft, ohne Zweifel.

Und nach seinem Urteil gefragt zu werden, war noch ungewohnter als Schmeichelei.
»Er borgt zu viel.«
Die Knappen japsten und heulten wie Hunde vor lauter Entzücken über diese Beleidigung. »*Willst du damit sagen, er ist ein Plagiator?*«
»Nein! Überhaupt nicht! Nein! Niemals! Nur ... ich wollte nur sagen, daß er in letzter Zeit zu viel von sich selbst borgt, um etwas wirklich Neues zu schreiben.«
Amaury schaute ihn mit halbgeschlossenen Augen an. »Und er blickt nicht mehr genug umher und sieht deshalb nichts Neues mehr, über das er schreiben könnte.« Und ein zweiter Knoten löste sich in seinem Magen, ohne daß er verstanden hätte, warum.
»Und, offen gestanden, du könntest es besser«, sagte Herm.
»O nein, das habe ich nicht gesagt, Herr! Ich habe nie gemeint ...«
Die Mandelpaste war fast aufgegessen. Amaury hob die Schüssel hoch, und seine Finger schlossen sich um ihren Fuß, als wollte er sie Pirol an den Kopf werfen. Die Knappen duckten sich zungenschnalzend. Aber Amaury warf die Schüssel in sanftem Bogen, so daß Pirol sie auffangen konnte. »Das ist dafür, daß du die Wahrheit so gut sagst, wie du Erdichtetes vorträgst – eine vergessene Kunst unter den Fröhlichen Wissenschaftlern heutzutage. Und bist du deshalb hier? Um dich mit Talent zusammenzutun? Willst du zu mir zurückkommen?«
»Selbstverständlich nicht. Ich bin ja nicht hergekommen ... ich meine, ich bin ja nur vorbeigekommen ... ich bin gekommen, weil ich ... Ich sollte jetzt wieder gehen.« Gepeinigt drehte er die Schüssel in den Händen.
»Nun, entscheide dich lieber bald.« Amaury blieb beharrlich. »Es wird bald eine königliche Ehescheidung geben, und ich gedenke bei Eleanor zu bleiben. Nur um sie werden sich Män-

ner mit Seele sammeln. Dein Herr wird vielleicht dem König die Treue halten. Ein Pärchen. Dick und Dünn.«
»Der König und die Königin lassen sich scheiden? Nein, das glaube ich dir nicht. Die Kirche wird es nicht erlauben. Ich meine, wie können sie denn ...? Eine Scheidung? Das ist gegen die Religion!« Erneut nahmen die Gesichter der Knappen den Ausdruck höhnischer Herablassung an: Seit ihrer Ankunft in Jerusalem debattierten sie über die Scheidung. Für sie war es ein *fait accomplis*. Also lachten sie ihn aus.
»Oh, aber gerade die Kirche *will* es ja, Singvogel. Auf Grund von Blutsverwandtschaft. Plötzlich sind sie zu nah miteinander verwandt, Eleanor und Ludwig ... Wundersame Zeiten, nicht wahr?« Pirol stammelte vor Aufregung; er war wieder Foicelles' kleiner Gaukler, schockiert angesichts der Blasphemie. »Der Heilige Bernhard will die Scheidung. Also wird sie stattfinden. Damit hat sich's. Und wo ist Platz für einen Ritter-*trouvère* an einem Hof, der von verdammten Pfaffen regiert wird?«
»*Wer* will ...?«
»Der Heilige Bernhard. Du weißt schon. Dieser verfluchte politisierende Spaßverderber, dessen Seele in eine Schote paßte und immer noch Platz für die Erbsen ließ. Wußtest du das nicht? Er hockt heutzutage wie ein Rabe auf der Schulter des Königs und krächzt ihm ins Ohr: ›Scheidung! Scheidung!‹ Da berät ein Narr den anderen. Erzbischof Suger, der war vernünftig – den konnte ich ertragen. Aber nicht Bernhard! Also stecke ich meine Füße unter Eleanors Tisch, und ich rate dir, das gleiche zu tun, mein Singvogel. Ich nehme dich zurück, wenn du noch singen kannst ... Ich gebe dir eine Livree. Wer weiß, vielleicht lasse ich dich sogar die eine oder andere Zeile schreiben. Was meinst du?«
Pirol starrte die Schüssel in seinen Händen an. Fliegen umsummten die süßen Reste darin, sie fraßen und vermehrten sich. Wie die Blasphemien. Dieser eingeschworene Ritter

empfand nicht die geringste Gefolgschaftstreue gegen seinen König. Und den Heiligen Bernhard mit solchen Verleumdungen zu überhäufen – ihn, der für Pirol in seinen Klosterzeiten Vater und Mutter zugleich gewesen war! Bernhard sollte *wollen*, daß das Ehegelübde aufgehoben wurde? Niemals. Dieser Herm – mit seinen funkelnden Geschenken und der versprochenen Livree – mußte des Teufels Versucher auf Erden sein. Es war ein Wunder, daß überhaupt ein Gaukler bei ihm blieb und sich tagaus, tagein seine Lästereien anhörte.

Pirol wandte sich ab und rannte hinaus, verfolgt von spöttischem Gelächter. Er rannte den ganzen Weg bis zur Straße des Judastors und wiederholte Amaurys Verbrechen bei sich immer wieder. Als er an der Kirche der Heiligen Maria vorbeikam, entsann er sich seiner eigenen vernachläßigten *domna*. Außerdem merkte er, daß er die Kupferschale noch in den Händen hielt. Schuldete er der Mutter Maria keinen Tribut dafür, daß sie ihn wohlbehalten durch Gefahr und Versuchung geführt hatte?

Er trat in das kühle Halbdunkel der Kirche und stellte die Schüssel zu den verschiedenen Münzen und kleinen Votivschnitzereien in das Dickicht der Kerzen, die sich allesamt in der Hitze ihrer Nachbarn krümmten. Er schaute hinauf zu der hölzernen Madonna und bat sie um ein langes, von Ehre besiegeltes Leben im Dienst des Herrn Jocelyn de Foicelles.

Die Madonna ließ sich zu keiner Antwort bewegen.

Zehn

Verrat

Der islamische Halbmond war vom Templum Domini gestoßen worden; als Pirol dort vorüberkam, wurde eben mit einem Flaschenzug ein riesiges goldenes Kreuz emporgezogen, um seinen Platz einzunehmen. Dröhnend und stoßend, dröhnend und stoßend schwebte es inmitten des rohen Holzgerüstes in die Höhe. Eine große Menschenmenge war zusammengeströmt, um dieses spektakuläre Werk zu sehen – zu sehen, ob dieses wunderschön vergoldete Ding erfolgreich den Gipfel seines moslemischen Golgatha erreichen würde. Die Sonne, die darauf funkelte, stach wie Dornen in die Augen. Pirol spazierte in den Tempel hinein, aber dort war es voll von Kreuzrittern, die am Heiligen Felsen herumhämmerten, um Reliquien zu ergattern. Seine Gebete galten nicht dem Sieg in der Schlacht. Sein Ehrgeiz war privater Natur: Heute wollte er auf dem Mittelpunkt der Welt stehen und sein Zeichen in der Kirche des Heiligen Grabes hinterlassen. Er rannte durch die ganze Stadt.

Er galoppierte zwischen den Gemüseständen des großen Basars hindurch und schlängelte sich an den Händlern vorbei, die ihm die Hände entgegenstreckten, um ihn mit aufgeschnittenen Granatäpfeln oder weinenden Orangen zu verlocken, oder sie in großen Körben mit Hirse vergruben wie Geizhälse, die sich an ihrem Gold erfreuten. Der Geruch war süß und erdig, halb faulig, halb verführerisch.

Die Straße der Tuchhändler war überzogen von Seide, Linnen

und silbrigen Stoffen. Vorhänge tanzten vor Pirol, verschlungene Labyrinthe von samtenem Flor in Farben, so kostbar wie die des Goldfasans. Wasser funkelte im Teich des Patriarchen. In der Kirche des Heiligen Grabes, an einer der dunklen Stellen zwischen Bogengängen, Gittern und Alkoven, mühte Pirol sich, mit seinem Messer den Steinboden zu kerben, und er drehte und drehte sich über seinem Werk wie eine Biene beim Tanz im dunklen Korb. Die Klinge wurde schartig und stumpf und schlug Funken, aber er fräste weiter und immer weiter, als könne er niemals ins Goldene Buch Gottes gelangen, wenn er hier scheiterte.

Er mußte sein Zeichen hinterlassen. Er mußte der Welt beweisen, daß er existiert hatte: mußte es der Welt beweisen und sich selbst.

Er ging zum Mittelpunkt der Welt und blieb dort stehen, teilte ihn nur mit einer der Dutzende von streunenden Katzen, die hier im heiligen Schatten umherpirschten. Die Katze schaute mit dämonischen grünen Augen zu ihm auf, und er verscheuchte sie zischend, und blasphemisch landete sein Speichel auf heiligem Boden. Gleich hinter dem Mittelpunkt der Welt lag die von Kerzen beleuchtete Kapelle des Engels, der Vorraum zu einer kleinen dunklen Höhle, so groß wie ein Hundezwinger, in der Christus gelegen hatte, bevor er mit den Worten »Ich bin die Wahrheit« von den Toten auferstanden war.

Amaury hatte die Wahrheit gesagt. König Ludwig war ein Tyrann und ein Narr. Im Umgang mit seiner Gemahlin und mit seinen *enfants* war er keineswegs ein Vorbild des Rittertums. Amaury konnte zwischen der Wahrheit und einer Lüge unterscheiden – konnte eine gute Lüge sogar wegen ihrer Kunstfertigkeit bewundern, ohne deshalb die Notwendigkeit zu empfinden, sie zu glauben und sich täuschen zu lassen.

Der Mittelpunkt der Welt. Pirol schaute auf seine Füße hinunter. Was war es denn, der Mittelpunkt seiner Welt? Die Liebe war von zentraler Bedeutung für das Leben; das hatte Jocelyn ihn gelehrt. Just an dieser Stelle hatte Christus sich aus Liebe in die Hölle gestürzt, und aus Liebe hatte Gott Ihn in die Herrlichkeit erhoben. An dieser Stelle also sprudelten all die Flüsse der Liebe herauf – der Liebe der Eltern zum Kind, des Freundes zum Freund, des Dieners zum Herrn, des Herrn zur Dame.

Aber Jocelyn hatte seine Liebe verloren. Jocelyn hatte die Liebeslyrik zugunsten der Kriegslieder beiseite gelegt und Jocelyn hatte sich vom Krieg mit einer Krankheit infizieren lassen: mit Haß.

Ritter des Ordens vom Heiligen Grab schritten durch die Kirche, ungewandet und daher schweigend wie Geisterkrieger.

Er wollte, er wäre tot. Deshalb stürzt er sich in dieser Weise in die Schlacht. Warum mußte es Jaufré Rudel sein, der gestorben war? Ein Mann, der gelebt hatte, um lebende Frauen zu lieben, ein Mann, der in seiner Dichtung das Leben und die Liebe gefeiert hatte. Warum hatte es nicht Jocelyn sein können, der starb, da er dem Leben doch soviel Verachtung entgegenbrachte? Manchmal schien es, als würden Foicelles' fade Verse in alle Ewigkeit weiterwallen, während die wirklichen *trobars* starben, einer nach dem andern. Es sei denn, Jocelyn könnte in Damaskus ...

Pirol schaute sich nach beiden Seiten um und lauschte mit angehaltenem Atem, ob jemand in der Nähe stand. Ihm war, als habe er seinen Wunsch in der Flüstergalerie der Welt laut ausgesprochen, so daß er nun in immer breiteren konzentrischen Ringen bis zum Rand der Erde hallte. Ein machtvoller Wunsch, ohne Zweifel, geradewegs in Gottes Ohr gewispert. Er hatte sich seine frömmsten Gebete für diesen Ort aufheben wollen, und jetzt war ihm zumute wie dem Mann im Märchen: Ich wünschte, ich hätte das nicht getan.

»Gott weiß, daß ich Herrn Jocelyn liebe!« versicherte er den Katzen in der Ecke, den Engeln in ihrem schmutzigen Käfig.

»Ich kann ja von Glück sagen, im Dienst eines reinen Mannes zu stehen. Und wenn Gott je will, daß ich selbst Gedichte schreibe, so wird er mir den Weg schon ebnen.«
Dennoch – wenn Jocelyn bei der Belagerung von Damaskus sterben könnte ...
Pirol duckte sich unter den niedrigen Bögen und lief mit eingezogenem Kopf hinaus. Das würde nie geschehen. Gott mußte Foicelles wegen seiner Reinheit lieben und beschützen. Es sei denn, natürlich, der Herr liebte Talent mehr als Reinheit.

»Wo bist du gewesen?« fragte Foicelles und bekam einen Wutanfall, als er Pirol sah. »Es kam eine Inspiration, und niemand war da, dem ich diktieren konnte!«
»Ich hole das Pergament, Herr.«
»Jetzt nützt es nichts mehr. Jetzt nützt es nichts mehr. Die Sache ist vorbei. Wo bist du gewesen?«
»Am Heiligen Grab, Herr, um zu beten«, sagte Pirol. Wenn diese blauen Augen ihn anschauten, war ihm, als müßten sie auf den Kern seiner Gebete schauen, die verräterischen Gedanken hinter den Gebeten erkennen können. »Ich habe ein bösartiges Gerücht gehört, Herr. Von einer Scheidung zwischen dem König und der Königin. Da bin ich für den gesegneten Bund beten gegangen, Herr. Und damit Gott die betörende Dame vor unritterlichen Lügen beschütze, Herr. Du hast mir immer aufgetragen, für Damen zu beten, die von üblen Gerüchten geschmäht werden.«
Zwei- oder dreimal mußte er seine Erklärung abgeben, bevor er den Panzer aus Konzentration durchbrechen konnte. Dann schaute der Ritter ihn an, und seine Augen waren so hellblau, daß es aussah, als seien sie von Tränen ausgeschwemmt und verlören ihre Farbe. Und mit gebogenem Arm forderte Jocelyn den Gaukler auf, näher zu kommen. »Nimm das«, sagte er und reichte ihm den kleinen Federkiel. Dabei schien er den

Abstand falsch einzuschätzen, denn er brach den Federkiel an Pirols Handrücken ab. »Schreibe für mich.«
Pirol zog einen Schemel zwischen die Beine und hockte sich ungelenk nieder, um zu schreiben, was Jocelyn diktierte.

Der König ist Gottes gesalbter Stellvertreter.
Der König ist Herr meines Herrn.
Des Königs Wort ist das Wort des Gesetzes.
Der König ist meine Errettung im Krieg, mein Vater im Frieden.

Das hat kein Versmaß, dachte Pirol. Und es reimt sich nicht. Es ist eher ein Psalm als ein Lied. »Ist das eine neue Zeile, Herr? ›Mein Vater im Frieden‹?«
»Von mir aus«, sagte Jocelyn und diktierte weiter.

Der König spricht, und ich lausche.
Des Königs Feinde sprechen, und ich muß mich übergeben ...

»Und jetzt friß es.«
»*... jetzt friß es* ... Wie bitte, Herr?«
»Jawohl, sofern dein Mund sauber genug ist. Friß es.« Er zerknüllte das Werk in seiner unvollständigen linken Hand und schob es Pirol zwischen die Zähne.
Sofort trocknete Pirols Speichel ein. Er glotzte wie ein Spanferkel, vor Erstaunen ebensosehr wie wegen der unausstößlichen Kugel in seinem Mund. Er zog sie mit den Fingern heraus, um sie in kleinere Stücke zu zerreißen, aber seine Hände zitterten, und er konnte es nicht. »Aber Herr ...!«
»Trink!« sagte Foicelles und hielt ihm das stößelförmige Tintenfaß an den Mund.
»Aber Herr! Die Königin!« Er versuchte sich auf all die Epitheta zu besinnen, mit denen die Troubadoure Königin Eleanor überhäuft hatten. »Ich dachte, daß die Ritterlichkeit ...«

»*Was weißt du von Ritterlichkeit?* Was weißt du von irgend etwas außer Huren und Waschweibern, du Stallfliege? Beten für diese Hure? Beten für dieses Teufelsweib? Welches gesandt ward, den Blick des Königs von Jerusalem zu wenden – und du willst sie Gott anempfehlen, ja? Was bist du? Ein Zuhälter, daß du eine Hure empfiehlst?«

»Ich habe doch nur gesagt ...« Zwischen den Unschuldsbeteuerungen füllte die Tinte seinen Mund mit allen schmutzigen Wörtern der Welt, mit Ketzereien und Obszönitäten, mit Abscheulichkeiten und Verirrungen, mit allen Klecksen, die je geschrieben wurden. *»Ich habe es nicht gewußt!«*

»Du hast ein schwarzes Weib, nicht wahr? Ich habe gehört, wie Herm mit seinem Schandmaul es sagte. Er hat dir ein schwarzes Weib gegeben. Du hast dich mit einer Mohrin gepaart, nicht wahr? Aber Schwarz ist klebrig. Schwarz bleibt hängen. Schwarz dringt zum Maul hinein ... und zu den Augen ... und zu den Ohren und sämtlichen Öffnungen eines Mannes!« (Pirol preßte, um sich der Tinte zu erwehren, die Augen fest zu, bis die Äderchen in seinen Augäpfeln tintenschwarz loderten und er sich erblindet wähnte.) »Ist es nicht so, Junge? Ist es nicht so! Deshalb siehst du den Schmutz bei andern nicht. Deshalb bist du zu dumm dazu!«

Pirols Magen revoltierte gegen das schwarze Brechmittel; er wollte sich Foicelles' Griff entwinden, und hinauslaufen, aber der Ritter hielt seinen Arm fest und verdrehte ihn, bis Pirol sich würgend vornüberkrümmte. Foicelles hatte im Krieg wahre Grausamkeit erlernt.

Wie jedermann. Gründlicher als der Durchfall hatte es sich im Heer der Kreuzfahrer ausgebreitet, dieses bösartige Verlangen, anderen Schmerzen zuzufügen. Der Ritter brauchte irgendein Gefäß für seine überfließende Gewalttätigkeit, und Pirol kam ihm gerade recht.

»Was ist aus der Ritterlichkeit geworden?« schrie Pirol – aber nur im Herzen. Die Blasphemien, die sich aus seinem Mund

ergossen, waren schlimm genug; sie bespritzten Herrn Jocelyn, besudelten seine Verschronik und die Brust seiner rosafarbenen Livree: ein unartikuliertes Erbrechen.
Es war Jocelyn, der schließlich zurückwich und hinausstürzte, als wollten ihn die Wände erdrücken. Dabei zerrte er an seinem Kragen und fluchte, er bekomme keine Luft.
Der Türvorhang flatterte noch, als ein anderer von Foicelles' kleinen Pagen rückwärts hereinkam und seinem rasenden Herrn hinterdreinstarrte. Dann schaute er sich im verwüsteten Zimmer um und beglotzte die Tintenflecke, die auf Pirols Livree glitzerten wie frisches Blut. »Was hast du getan, um ihn so wütend zu machen?«
Pirol stieß den Pagen zu Boden, so heftig er konnte, aber er sagte nichts. Kein Wort. Nicht ein Wort. Obwohl er einen Bauch voller Worte hatte. Eine Million tintenschwarze, ungeschriebene, ungesprochene Worte.
Statt dessen ging er noch einmal in die Kirche der Heiligen Maria, um seine Schale zurückzuholen. Ein Aufseher ertappte ihn dabei, warf ihn mit einem Fußtritt zu Boden und entrang ihm das Ding, und in einer fremdländischen Sprache beschimpfte er ihn als Dieb. Pirol mußte das Geschenk liegenlassen. Hoffentlich würde die Jungfrau ihm nun kein Unglück schicken – das Unglück eines langen Lebens in unauflöslicher Bindung an Herrn Jocelyn de Foicelles.

Damaskus lieferte Foicelles neue Feinde, die er töten konnte. Bereitwillig erbot er sich, in die Obstgärten rings um die Stadtmauern einzudringen und die Heckenschützen zu beseitigen, die sich im Geäst der Obstbäume verbargen. Jeden Morgen durchritt er das Gelände, das hypnotisierende Gefleck der Blätter, das Labyrinth der Baumstämme. Er hielt die Axt mit beiden Händen und hackte Orangen von den Zweigen, deren Saft so rot war wie Blut. Früchte und Widersacher – die Glieder der Lauernden, die Köcher der Bogenschützen, die Köpfe versteckter Banditen: Das alles regnete auf ihn hernieder in einem glorreichen Schwall von süßem roten Saft. So jedenfalls sah es durch das eine winzige Fenster seines Helms aus, durch das eine winzige Fenster seines Verstandes, das noch nicht von seiner wütenden Zerstörungslust verdunkelt war. Die Chronisten, die seine Tapferkeit verzeichneten, waren klug genug, sich nicht selbst an solche Orte zu begeben. Sie verließen sich auf Hörensagen.

In der Nacht schlichen sich neue Damaszener in die Obstgärten und kauerten sich zwischen die belaubten Äste über den Köpfen der Kreuzfahrer, die dort lagerten. Foicelles meinte, man müsse alle Obstbäume niederbrennen. Am Ende aber (berichteten die Chronisten) ließ sich der König durch eine Verschwörung aus Lügen und schlechten Ratschlägen dazu bewegen, sein Heer ins offene Gelände hinauszuführen, wo zwei von hinten anrückende Armeen es in Stücke hackten. Zyniker wie Amaury von Herm behaupteten, es sei König Ludwigs eigene Dummheit gewesen, die seine Truppen verraten und zur Schlachtbank geführt hätte.

Jocelyn, Conte de Foicelles, bekam einen Pfeil durch den Oberschenkel, einen Meter lang und mit einer Spitze aus silbernem Metall. Der Schaft war mit einer rotblauen Spirale bemalt. Daß man soviel Mühe auf einen so entbehrlichen Gegenstand wie einen Pfeil verwendete!

Die Wunde war unbedeutend. Der Pfeil hatte die untere Kante der Brünne gestreift und war dadurch gebremst worden; er hatte den Rock des Kettenpanzers getroffen und nur zwei Eisenglieder ins Fleisch des Schenkels getrieben. Aber dann setzte eine Blutvergiftung ein, und man schaffte ihn schleunigst zurück und gab ihn in die Obhut des Ritterlichen Ordens Sankt Johannis vom Spital zu Jerusalem. So besorgt war der dankbare König um seine Gesundheit, wurde gesagt.

Aber als Pirol dort eintraf, wütete bereits der Typhus in dem langgestreckten Spitalsgebäude auf dem Gelände des Salomontempels. Der Qualm aus den Räucherbecken war so beißend, daß ihm schon draußen auf der Straße die Tränen kamen. Die neun Junker, die jedem Spitalbezirk zugewiesen waren, machten mit Kräuterbündeln ihre Runde und sangen religiöse Formeln zur Linderung der Krankheit, und das Kohlenbecken, das in einer Ecke glühte, ließ alle Einzelheiten verschwimmen, so daß Pirol, als er einmal drinnen war, über Matratzenecken stolperte, in halbgeleerte Essensschalen trat und umherspähte, ohne daß er etwas sah oder sehen wollte. Es waren Männer wie Frauen da. Irgendwo kam ein Kind zur Welt in einem der langen, gewölbten Säle.

»Was machst du hier? Du darfst hier nicht sein! Mach, daß du hinauskommst! Willst du die Krankheit verbreiten?« Einer der Junker schlug mit seinem Kräuterstrauß nach ihm.

»Herr Jocelyn de Foicelles. Er ist Patient hier. Bei Damaskus verwundet. Rosarote Livree. Ich bin sein Spielmann.«

»Franzose? In Rosarot? Ich habe dreißig Franken allein in diesem Bezirk«, sagte der Junker. »Aber da wäre ein Ritter... Verwundet, ja. Dann Typhus. Dort.« Er wies auf einen Alkoven, der durch einen Vorhang vom Rest des Saales abgetrennt war, und Pirol lief darauf zu. Er stieß mit dem Kopf gegen ein Räucherbecken, das an einer Kette von der Decke hing. Der Rauch schlang sich um seine Stirn und blendete ihn.

Hinter dem Vorhang war ein Junker soeben dabei, einen Leichnam zu bedecken. Pirol kam zu spät, um das Gesicht zu sehen; die Decke wollte er lieber nicht noch einmal hochheben. Ob die Livree wirklich rosarot gewesen war, konnte man schwer erkennen, denn die Kleider brannten im Kohlenbecken und waren bereits schwarz oder grau geworden. Genau wie damals, als Foicelles Einsiedler geworden war.

Aber Pirol wußte, daß es Foicelles' Kleider waren, die da im Becken schwelten, und daß es Jocelyns Leichnam war, der da unter der Wolldecke stank. Denn Pirol hatte auf dem Mittel-

punkt der Welt gestanden und sich seinen Tod gewünscht. Natürlich war er gestorben.
Aus St. Johannis kam kein weiteres Wort – kein letzter Wille für das Gefolge. Langsame Entropie ließ den Haushalt zerfallen, und die einzelnen fielen aus ihrer Position wie Planeten, die sich nach und nach von der Sonne entfernen. Der Spielmann Pirol war nicht der letzte, der sich auf die Suche nach einer neuen Livree machte.

»Bist du gekommen, um für mich zu singen?« begrüßte Amaury ihn. Er lag auf einem Polster auf dem flachen Dach, von einer purpurroten Markise vor der Sonne geschützt.
»Gewissermaßen«, sagte Pirol.
»Wie kann man denn ›gewissermaßen‹ singen? Das wäre dann wohl eher eine Rezitation?« Die Markise überzog den Mann mit zornigem Rot, was Pirol Angst einflößte, ihn alles Vertrauen auf seinen Erfolg verlieren ließ und ihn zu einem kleinen Bittsteller machte. »Nun? Willst du etwas von mir?«
»Nur deine Livree, Herr.«
Amaury richtete sich auf einem Ellenbogen auf. »Was ist denn das? Ein Sinneswandel? Hast du es endlich satt, *sirventes* abzuschreiben?«
»Mein Herr ist tot, Herr. Nach Damaskus.«
»Nein!« Die Röte des Sonnenlichts durch die Markise überdeckte alles Erbleichen. »Dann hat Gott also doch Geschmack! Wollte nicht zulassen, daß die Welt noch einmal mit zweitklassigen Knittelversen überflutet wird. Ich wußte, daß wir uns auf Ihn verlassen können. Ich werde Ihm ein *Non nobis* darbringen.«
Diesmal war nichts dadurch zu gewinnen, daß er mit schokkierter Prüderie vor diesem teuflisch-roten Mann davonrannte. Pirol blieb also stehen. »Deine Livree, Herr ...«
»Gehört dir.«
»Und mein Bär? Und meine Frau?«

Amaury zuckte die Achseln. »Nur immerzu. Ich hätte allerdings gedacht ...« Pirol wartete. »Manch einer nutzt die Gelegenheit, um als Junggeselle heimzukehren. Wo hast du die sparsame, gewandte, christliche Dame denn gelassen?«
»In Vitry, Herr. Als ich Frankreich verließ.«
»Hmmm. Ein recht angenehmer Ort, um Witwe zu werden. Einmal angenommen, du stürbest – wie es dir im Dienst dieses rosaroten Eiferers leicht hätte widerfahren können ... könnte man nicht aus diesem Lande heimkehren ... beinahe neugeboren – durch diese Pilgerfahrt zu neuem Leben erlöst? Als junger Mann? Ohne jeden Klotz am Bein?«
Wenn einer, der von einer gewaltigen Last niedergedrückt wurde, diese Bürde ablegen kann, hat er das Gefühl, schwerelos in der Luft zu schweben. Pirol wurde es seltsam schwindlig, als er verstand, was Amaury da sagen wollte. Kadija sollte ihn für tot halten? Er sollte wieder Junggeselle werden? Kosten, wie das Leben hätte schmecken können, wenn Kadija niemals seinen Weg gekreuzt hätte?
Amaury hatte ihn mit der Mohrin verheiratet. Daher schien es durchaus in seiner Macht zu stehen, diese Ehe auch wieder aufzulösen. Die Sonne brannte Pirol heiß auf den Scheitel. Oder war es das Auge Gottes, das ihn da versengte?
»Ich werde es mir überlegen«, sagte Pirol. Aber innerlich konnte er sie sehen, all die Mißgeschicke seiner Jugend, abgelegt mitsamt der rosaroten Livree, all die Verantwortung, die er schon so jung hatte übernehmen müssen. »Und du würdest mich von Zeit zu Zeit ein Lied schreiben und singen lassen?«
»Wenn du so kunstfertig bist.«
Pirol nickte. Er wußte, daß er so kunstfertig war. Sein Bauch war schließlich voller Tinte. So viel hatte er von Jocelyn zu schlucken bekommen, daß er nur den Mund aufzumachen brauchte, und die Worte würden sich von selbst in die Luft schreiben, schwarz und kursiv. Die Begabung, die den Ritter vom gemeinen Gaukler trennte, war ihm einst wie eine un-

überwindliche Schranke erschienen. Aber irgendwie war diese Kluft in letzter Zeit schmaler geworden. Er hatte sich den Bauch an einem Meisterdichter vollgeschlagen; jetzt war sein Bauch voll Dichtung für einen anderen, nicht schlechter als vieles und besser als manches.

Elf

Die Herzkönigin

Plötzlich war alles leicht. Es gab keine Entscheidungen zu treffen. Als König Ludwig schließlich – endlich – zugab, daß sein Kreuzzug gescheitert war, und das Schiff in die Heimat bestieg, fuhr seine Königin auf einem anderen. Es war die übliche Vorkehrung zum Schutz gegen Schiffsuntergänge. Oder es war ein Vorgeschmack auf Kommendes.

Herr Amaury und sein Gefolge segelten mit der Königin – auf demselben Schiff wie sie, um sie mit Musik zu versorgen und ihre Trauer über den Abschied von Palästina zu mildern. Pirol verbrachte seine Zeit damit, Verse zu schreiben und sich einzureden, daß er Königin Eleanor tatsächlich anbete. War sie denn nicht der Archetypus der Schönheit: blond und blauäugig, groß und talentiert in jeglicher Hinsicht? Sie hatte eine Schar von Verehrern um sich versammelt, aber sie hielt sich keine Troubadoure, nur aus Selbstgefälligkeit oder um sich schmeicheln zu lassen. Sie bewunderte Talent und schätzte Originalität und belohnte Witz, sei er noch so blasphemisch oder subversiv oder liederlich.

Und sie liebte gutaussehende Männer. Wie andere Fürsten Bäume in die Landschaft pflanzen, um ihre Aussicht zu verbessern, bevölkerte Eleanor ihre Panoramen mit Poeten und Musikern, die sich wie klassische Statuen über ihre Instrumente beugten. Amaury von Herm war unter ihnen. Und in seinem Schatten kauerte Pirol.

Er war ein Anhängsel Herms, und Herm war jetzt ein Anhängsel der Königin. Es war ein leichtes Leben. Pirol brauchte sich nicht den Kopf darüber zu zerbrechen, ob die Scheidung zwischen König und Königin frevelhaft oder unvermeidlich war. Er hielt sich einfach fest und ließ den Mahlstrom der Politik um sich herum brodeln. Der Heilige Bernhard verbürgte sich mittlerweile dafür, daß Ludwig und Eleanor derart blutsverwandt seien, daß man sie praktisch als Bruder und Schwester bezeichnen könne. Der Papst tat noch so, als erwäge er den Fall. Der König zeigte tiefe Trauer. Pirol wußte es besser. Alle verstellten sich. Ihre einzige Sorge war, wie sie Aquitanien behalten könnten, wenn die Ehe erst annulliert wäre. Aquitanien gehörte Eleanor, und wenn sie den Ehebund verließe, würde sie Aquitanien mitnehmen.

Pirol schickte nicht nach seinem Weib. Er wollte abwarten (sagte er sich), wie die politische Lage sich entwickelte, bevor er sie kommen ließe. Und am Hofe waren genug Frauen zu haben, wenn man ein liebenswerter und begabter junger Mann war. Also verbrachte er seine Tage damit, Verse für Eleanor zu schreiben und in den Gärten des Königlichen Palastes hitzige, aber folgenlose Spiele zu spielen. Frauen fanden ihn attraktiv und unterschätzten sein Alter, und er sah keinen Grund, diese Vorteile nicht zu nutzen.

In Mode war der zweistimmige Gesang, wobei kaum mehr als zwei Töne zwischen den beiden Stimmen lagen. Pirol und Amaury waren ein gutes Paar; sie gingen die Töne leicht von unten an, auf eine Weise, die das Herz ins Wanken bringen konnte. Eleanor selbst sagte das. Sie trugen jetzt ihre Livree, genäht aus den kostbaren Stoffen aus Griechenland und Outremer. Eleanors eigenen, lächerlich langschnäbeligen Pantoffeln, die seidenen Turbane und auch ihre arabische Dschellabah mißachteten das Klima der Normandie, und sie schminkte sich die Augen und ging zuweilen sogar verschleiert. Die Gedichte, die sie vor ihr ausbreiteten (wie Tuchhändler ihre Ballen entrollen), waren aus exotischen

Bildern Arabiens gewoben. Und mit jedem Tag meißelten Amaury und Pirol sich eine tiefere Nische im Herzen der Königin.
Als die Annullierung schließlich zustande kam, floh Eleanor aus dem Machtbereich des Königs, ehe er sie strategisch neu vermählen konnte, um Aquitanien zu behalten. Es war Verrat, ihre Flucht zu begünstigen, aber solche Worte hatten für Pirol keine Bedeutung mehr: Er und Amaury flüchteten mit ihr nach Norden. Wo immer Eleanor haltmachte, sagte Pirol, da könnte er nach Kadija und dem Kinde und dem Bären schikken. Könnte.
Vielleicht auch nicht. In nächster Zeit, hatte Amaury ihm versprochen, würde er eine eigene Komposition vor der Königin singen dürfen (oder vor der Herzogin von Aquitanien, die sie jetzt war). Dieses eine Versprechen versetzte Pirol in größere Aufregung als alle Gefahren von Outremer. Er wußte, daß es kindisch war. Alles, was starke Gefühle hervorrief, war kindisch. Das hatte Amaury ihn gelehrt. Den erwachsenen Amaury berührte kein Gefühl tiefer als die Laus unter seinem Hemd. Und so legte auch Pirol sich *ennui* zu – eine Haltung von verschlafener Gleichgültigkeit – und erwarb sich damit große Bewunderung bei den anderen Gauklern. Aber insgeheim brannte er dennoch darauf, eine *aubade* zu schreiben und sie vor der liebreizenden Eleanor zu singen.
Bis dahin aber ließ er es sich angelegen sein, den gelangweilten, den ruhigen, den gesammelten Amaury zu beobachten und nachzuahmen.
»Verdammt! Zur Hölle! Scheiße! Zum Teufel mit dem verfluchten Weib!« Die Zeltwände erbebten, und dann kam Herm herausgestürmt, die Arme wütend erhoben, zitternd von Kopf bis Fuß. Flüche und Schmähungen prasselten von ihm herab wie Äpfel vom Baum und trafen alle, die in der Nähe standen. »Jetzt ist mir klar, was sie im Schilde führt!«
»Was ist denn, Herr?« fragte sein Page mit weißem Gesicht.

Herm raufte sich das feuerrote, gesträubte Haar. »Sie will ihn heiraten!«
»Was ist los, Herr?«
»Will beides haben, Frankreich und England! Gott verderbe sie.« Sein Gebrüll ließ die angebundenen Pferde unruhig tänzeln und die Köpfe hochwerfen. Die anderen Gaukler kamen zu Pirol gelaufen und hängten sich an seinen Arm. »Was hat er denn?« bestürmten sie ihn; sie waren sicher, daß Pirol es wissen würde. Pirol spreizte ratlos die Hände, aber sie ließen nicht locker. »Dann finde es heraus! Finde es heraus!« Inzwischen war Amaury in sein Zelt zurückgekehrt.
»Herr?« Pirol wagte sich vor wie ein Jäger, der vorsichtig einen angeschossenen Bären anstößt. »Herr?« Der Ritter hatte sich mit dem Gesicht nach unten auf sein Reiselager geworfen.
»Siehst du, wo sie hinläuft, Pirol?«
»Die Königin, Herr? Die Herzogin, meine ich? Hinaus aus Frankreich?«
»In die Normandie, du Schwachkopf!«
Pirol drehte sich um und schaute durch die Zeltklappe in die offene nördliche Landschaft hinaus. »Ja, Herr. In die Normandie. Das ist nicht Frankreich, aber ...«
»Die Normandie, du Narr! Zu Heinrich von der Normandie! Sie will Heinrich heiraten! Und der bekommt bald England!«
»Aber er ist sehr jung für sie.« Etwas Besseres fiel Pirol nicht ein. Der Mann schluchzte regelrecht. Pirol beugte neben dem Feldbett das Knie. Seine Hand schwebte nervös über Amaurys Schulter. Konnte es denn sein, daß Amaurys Liebe zu Eleanor echt war? Konnte es sein, daß der arme Narr bei allem äußerlichen Zynismus die Hoffnung gehegt hatte, die erste Frau Frankreichs für sich zu gewinnen?
Amaury fluchte und schimpfte und hämmerte mit den Fäusten auf den Rahmen seines Lagers, daß sein ganzer Körper erbebte. Schließlich konnte Pirol nicht mehr anders, als Amaury

mitleidsvoll die Hand auf den zitternden Rücken zu legen. »Sie kann ihm Aquitanien geben, Herr, ohne gleich ihr Herz zu verschenken.«
Amaury bäumte sich auf wie ein harpunierter Wal. »Steck dir ihr Herz an den Hut!« heulte er. »In England werden sie landen, daß du's weißt! Sie wird ihren verdammten Hof der Troubadoure mit nach *England* nehmen!«
Es war nicht zu bestreiten, daß diese Worte erschreckend waren. England! Das war ein Land von barbarischer Anarchie, regiert von Räuberbaronen – Folter und Erpressung, Verliese, in denen Skelette hingen, Männer, die in Kisten voller Steine zu Tode gequetscht wurden. Im Augenblick war es Zankapfel für ein rundes Dutzend widerstreitender Erben; das Wundersame war, daß es *überhaupt* jemand haben wollte. Aber wieso ließ der Gedanke an England Amaury sosehr verzweifeln? Lag sein Reich nicht dort oben vor der Westküste? Es mußte einen Grund geben, weshalb er niemals dorthin zurückkehrte. Verbannung. Das war der Grund, der einem am ehesten einfiel.
»Und können wir ihr nicht nach England folgen?« fragte Pirol aus sicherer Entfernung. Er hatte es hier mit einem Mann zu tun, der zum Sternenhimmel hatte hinaufklettern wollen und nun vor einer Leiter mit zerbrochenen Sprossen stand.
»Ich habe dort Feinde.« Mehr sagte Amaury nicht. »Jeder hat dort Feinde.«
»Dann wird sie doch sicher nicht dort hingehen wollen, Herr. Vielleicht heiratet sie den von der Normandie ja nicht. Vielleicht heiratet sie überhaupt nicht.«
Amaury drehte sich auf seinem Lager zur Wand und kehrte Pirol den Rücken zu. Es war eine außergewöhnliche Darbietung von kindischem Schmollen, fand Pirol. Die Stimme klang jetzt gedämpft durch die Zeltleinwand. »Warum habe ich es nicht kommen sehen? Das ist es, was mir die Galle hochkommen läßt.«

Am Pfingstsonntag, acht Wochen nach der Annullierung ihrer Ehe mit Ludwig, vermählte Eleanor von Aquitanien sich mit Heinrich, dem Herzog von der Normandie und mutmaßlichen Erben des englischen Throns. Und während sie auf sein Erbe warteten, hielten sie Hof in Poitiers.

Vom selben Tag an suchte Herr Amaury von Herm nach einem anderen Weg zu den Sternen. Dabei trug er die Bitterkeit eines Mannes zur Schau, der unverdiente Unbill erlitten hatte, der seine Dienste nicht belohnt, seine Liebe nicht erwidert sah.

Eine seltsame Atmosphäre herrschte in Poitiers in jenem ersten Jahr dieser Ehe, eine Atmosphäre, die aufgeladen war wie der Himmel vor einem Gewitter. Glühende Bewunderer saßen noch immer vor Eleanors Tür und vervollkommneten ihre Verse, Spielleute stimmten ihre Instrumente. Aber hinter dieser Tür verschlangen sie und ihr Gemahl einander jetzt wie zwei hungrige Löwen. Das Lärmen ihrer Leidenschaft drang tagtäglich in das Vorzimmer, deutlich hörbar. Manche glotzten, wenn sie es vernahmen, an die Decke, und ihre Zungen drehten sich in den Mündern hin und her. Andere saßen völlig vertieft ins Komponieren und zählten Silben an den Fingern ab. Wieder andere gewannen geistesabwesend die Kadenzen ihrer Musik aus dem Takt des Keuchens im Nachbargemach. Aber soweit Pirol es erkennen konnte, glühte keiner in erotischem Neid. Ihre Liebe zu Eleanor war ganz und gar esoterisch.

Viel verlegener waren die Besucher und Bittsteller, die im Vorzimmer auf eine Audienz bei Herzog Heinrich warteten. Oft wurden sie so rot wie die irdenen Bodenfliesen, und dann lockerten sie ihren Kragen und fingen laute Gespräche mit beliebigen Nachbarn an – hilflose Versuche, die Liebesspiele im Nachbarzimmer zu übertönen.

»Mein Weib ist eine große Schönheit«, sagte ein rotgesichtiger Mann zu Pirol. Mit seinem kahlgeschorenen Schädel, dem Stiernacken und dem pelzverbrämten Mantel sah er aus wie ein Hinkelstein, der von unten herauf Moos ansetzte. Sein Mund war voll von minderen Steinen – Halbkreise von Zähnen, die einander alle nicht ganz berührten. Zwischen den Sätzen drückte seine Zunge von hinten daran. Unter seinem Mantel trug er einen Pilgerkittel, was zeigte, das der Mann eine Wallfahrt unterbrochen hatte, um Heinrich in einer dringlichen Sache um Hilfe zu bitten. Eiserne Bußkreuze baumelten klirrend zu beiden Seiten seines mächtigen Bauches. »Sie ist eine reizende Frau. Ganz rcizcnd. Mcin Weib.«

»Das freut mich für dich, Herr.« Es durchzuckte Pirol, denn just in diesem Augenblick hatte er an Kadija gedacht.

»Liest. Näht wie eine Spinne. Und beim Fadenspiel wirkt sie wahre Wunder.«

»Sie ist dir sicher dankbar dafür, daß du ihren Ruhm verbreitest«, sagte Pirol abwesend. Tatsächlich fragte er sich, ob er Kadija nicht Geld schicken sollte. Sie mußte es inzwischen dringend nötig haben. Wahrscheinlich hielt sie ihn für tot. Und ein Geschenk – auch wenn er es anonym schickte – würde sie glauben lassen, daß er es nicht war. Also? Warum sie aufregen? Er konnte sie ja wohl kaum herkommen lassen, oder? Sie wäre kaum eine geeignete Ergänzung für einen Musiker im inneren Zirkel bei Herzog und Herzogin. Was? Eine Sarazenin und ein Bär und ein Halbblutkind? Geschmacklos.

»Sie hat aus drei verschiedenen Ecken edles Blut«, fuhr der Tölpel fort; er faselte noch immer von seinem Weib. »Wird eines Tages gut und gern die halbe Camargue bekommen ...«

Natürlich konnte Kadija auch gestorben sein, dachte Pirol. Es war viel Zeit vergangen. Außerdem haßte sie Amaury; zu seinem Haushalt würde sie jedenfalls nicht wieder gehören wollen – da wäre sie wohl lieber Witwe. Wahrscheinlich würde sie sich hilfesuchend an Jocelyn de Foicelles wenden und feststellen, daß er verschollen war, und dann würde sie auch ihren Mann verloren geben.

»Daß ihr Männer alle hinter derselben Dame herhechelt!«

sagte der Tölpel. »Was würdet ihr bloß sagen, wenn ihr meine Alazais sehen könntet!«
»Ja, was wohl«, sagte Pirol. Er sah sie vor sich: das weibliche Gegenstück zu ihrem Mann (nur, daß sie lesen konnte), mit einem Hintern wie das *massif central* und einem Busen wie die Erdwälle der Wikinger, das Haar zu Schnecken um die Ohren geflochten, auf dem Schoß lauter Katzen.
»*Du* könntest ein Lied für sie schreiben, da bin ich sicher.«
»Oh, ich? Ach ich bin nur ein Spielmann, Herr.« Er hatte es gesagt, ohne nachzudenken.
Die Wut des Mannes bot einen wunderbaren Anblick. Sie füllte ihn aus, wie der Weißwein in ein Faß läuft. »Ein Spielmann? Warum sagst du das nicht?« Er riß Pirol die Tafel aus der Hand und schmetterte sie gegen die Wand. Er hatte ihn für einen ritterlichen Troubadour gehalten. »Ich verschwende meine Zeit nicht an Untergebene! Ich will den Besten! Ich verhandele nur mit dem Besten! Wer ist hier der Beste?«
Er war ein Kaufmann, entschied Pirol, der hier war, um ein Privileg zu ergattern oder einen Auftrag über Wollstrümpfe.
»Er«, sagte Pirol und deutete auf Amaury. »Er ist der Beste, den es gibt.« Das sagte er nur aus Bosheit; hoffentlich würde der fette Rüpel sich mit Amaury anlegen und so kurz abgespeist werden, wie er es verdiente.
Aber in diesem Augenblick öffnete Herzog Heinrichs Leibwache die Tür zum Schlafgemach, und alle im Vorzimmer standen auf und lösten sich voneinander. Diejenigen, die dem Herzog ein Anliegen vorzutragen hatten, drängten mit unziemlichem Gerempel vorwärts, während die Troubadoure geduldig darauf warteten, einen Blick auf Frau Eleanor zu erhaschen. Sie zogen die Füße ein, als Hauswirte, Beklagte, betrogene Erben und Bürger mit Streitfällen lostrampelten wie eine durchgehende Rinderherde.
An Geschwindigkeit und Leibesfülle übertraf niemand den Mann im Pilgerkittel. Er warf sich bäuchlings auf den Boden

und rutschte durch die Tür des Schlafgemachs bis vor die Beine des Herzogs. »Herr! Herr! Vergebung für einen erbärmlichen Sünder!«

»Ach, Barral. Was gibt's jetzt wieder? So steh doch auf.«

Niemand konnte überhören, welche Angelegenheit Barral zum Herzog führte, denn er brüllte aus vollster Lunge. »Verurteile mich nicht, Herr! Verurteile mich nicht, ehe du mich angehört hast! Du entsinnst dich, daß ich auf eine Wallfahrt gegangen bin – um meine Seele von ... von jener anderen Sache zu reinigen. Und das habe ich getan! Auf den Knien bin ich gepilgert. Mit diesem Kreuz – sieh nur, wie schwer das Eisen an meinem Hals hängt, und so bin ich auf den Knien die Via Dollirasa hinaufgepilgert! Habe mein Schwert diesem und jenem geliehen – den Templern und den Hospitalern und solchen Leuten. Wo es gerade gebraucht wurde. Wie dem auch sei, da komme ich also wieder nach Hause. Gedemütigt an Leib und Seele durch Christum, meinen Erlöser, jawohl! In diesem Gewande hier. Und was finde ich?« Barral kletterte jetzt am Herzog hinauf, zog sich, eine Hand über die andere, an ihm empor.

»Was hast du gefunden, Barral?« fragte Heinrich.

»Ay! Da fragst du mich etwas! Da fragst du mich etwas! Ich finde diesen Bankert, diese Pisse saufende Termite, diesen Entenficker, meinen Bruder, der sich sechzig Morgen Weinstöcke und Bohnen unter den Nagel gerissen und abgeerntet und die Ernte für einen halben Sou mehr als einen Scheißdreck verkauft und sich von dem Geld eine Burg gebaut hat – eine gottverdammte Zitadelle, nach den Grundfesten zu urteilen – mit Bergfried! Turm! Kapelle! –, um mich von meinem eigenen Land fernzuhalten, bei Gott! Um mich von meinem eigenen ...«

»War dieses Land denn umstritten, Barral?« Offenbar kannte Heinrich den Mann und die Nebengeschichten, die er bei seinem Bericht ausgelassen hatte.

»Umstritten? Niemals! Ich habe immer gewußt, daß es mir gehört, ganz gleich, was er behauptete!«
»Du willst also nicht, daß ich diesen Streit entscheide?« fragte Heinrich.
»Gütiger Himmel, nein, Herr! Ich würde doch deine Zeit nicht verschwenden ... Nein, Herr! Ich möchte nur, daß du mir ein verständnisvolles Ohr zuneigst und nicht glaubst, was Verleumder und Neider dir erzählen. Oder Brüder.«
»Mein Gott, Barral. Was hast du diesmal gemacht?« Es lag kein wirklicher Vorwurf im Tonfall des Herzogs; Heinrich hatte Verständnis, denn auch er bekam zuweilen abscheuliche, zügellose Wutausbrüche.
»Ich habe den Bastard an seine Haustür genagelt.«
Sogar die Troubadoure und Sänger waren bewegt. Der ganze Saal hielt die Luft an. »Oh, Barral! Du hast doch wohl nicht deinen Bruder umgebracht! Dein eigen Fleisch und Blut!«
»Nicht umgebracht. Bloß angenagelt. Ja, was fängst du sonst mit einem Mann an, der dir hinter deinem Rücken dein Land stiehlt?«
»Mit den Kleidern? Mit den Haaren? Wie hast du ihn ›angenagelt‹?«
Barral wußte, daß ihm alle zuhörten. Er wandte den Kopf hin und her, und ein nervöses Grinsen lag auf seinem Gesicht. »Mit Händen und Füßen, mit weiter nichts. Bloß solange ich seine Drecksfestung niederbrannte.«
Es wurde gelacht. Manche ballten die Fäuste oder scharrten mit den Füßen, aber die meisten lachten. Der Herzog selbst erklärte, Barral sei unverbesserlich, aber auch er lachte dabei. »Ich sollte dir ein Bußgeld wegen Landfriedensbruchs abnehmen.«
»Oh, nimm mir ein Bußgeld ab! Nimm mir ein Bußgeld ab!« flehte Barral ganz ernsthaft. »Mein eigenes Engelsweib hat's mir ja gesagt. ›Tu's nicht, Barral‹, sagte sie.«
»Und du hättest ihr glauben sollen«, sagte Heinrich mit der

herrischen Oberflächlichkeit eines vielbeschäftigten Mannes. Er hatte es eilig, zu den nächsten Angelegenheiten überzugehen. »Aber ich nehme an, die Sache hat sich nicht auf deinen Ländereien in der Normandie zugetragen? Sondern unten an deiner Berberküste, nehme ich an. Eigentlich geht es mich nichts an, was du da auf deinem gekauften Land anstellst. Wirklich. Gar nichts. Zehntausend Écus.« Die anderen Bittsteller drängten heran, mit Schriftrollen, Dokumenten und zerknirschten Gesichtern.

»Ich habe noch nie erlebt, daß ein Mann darum bittet, eine Buße zahlen zu dürfen«, bemerkte Pirol.

»Das, mein Lieber, war eine außergerichtliche Einigung«, sagte Amaury und sah durch das Fenster, wie Herr Barral auf den Knien durch den Hof zur Königlichen Kapelle rutschte, um dort zu beten. Unter jeder Achsel stützte ihn ein Page, damit er seine Kniescheiben nicht allzuhart belasten mußte; ein dritter lief vorneweg und schob Steinchen beiseite. »So kommt Geld in Heinrichs Börse, und der Bruder kann nicht mehr vor Gericht gehen. Ein Bußgeld kann Barral Nerra sich eher leisten als einen Zwist mit seinem Herzog. Außerdem kümmert es Heinrich einen feuchten Kehricht, was in der Camargue passiert.«

»Der Mann ist ein Tier«, gab Pirol vorsichtig zu bedenken.

»Barral? Barral hat den Verstand und die Manieren einer Sau. Er tastet sich mit animalischem Instinkt voran. Letztes Jahr hat er seinen Bischof wie eine Kuh gebrandmarkt, weil der seinen Zins kassieren wollte, bevor er den seinen eingetrieben hatte. Dann hat er sich das Silber der Abtei genommen und eingeschmolzen. Daher die Bußwallfahrt. Er läßt über sich zu Gericht sitzen, bevor ihm irgend jemand zuvorkommen kann. Wenn er kein solches Spatzenhirn hätte, würde ich sagen, er ist schlau – ein Mann, der so gut dafür sorgen kann, daß ihm das Fell nicht über die Ohren gezogen wird.«

»Aber diesmal nicht«, sagte Pirol. »Zehntausend Écus?«
»Pah! Taschengeld. Der könnte sein Vermögen nicht zählen, wenn er alle Finger in Frankreich zur Verfügung hätte.« Amaury spuckte aus. »Was wollte er denn von dir?«
»Wer?«
»Barral. Vorhin. Du hast ihn verärgert.«
»Er hat mich für einen *trobar* gehalten. Er suchte einen, der ihm etwas über seine dicke neue Frau schreibt«, flüsterte Pirol höhnisch. Unbewußt imitierte er die Art, wie Herm dastand – mit verschränkten Armen, den einen Stiefel kreuzweise vor den andern gestellt.
»Er wollte ein Lied geschrieben haben?« Noch entspannter, noch gleichgültiger ob dieser Antwort, und Amaury wäre an der Wand hinuntergeflossen, von *ennui* überwältigt.
»Ich hab's ihm gesagt. Jedermanns Zuneigung hier gehört Frau Eleanor. Ich habe ihm auch gesagt, du seist der Beste hier, aber du hättest dich mit Haut und Haaren ...«
»Schreibe mir etwas.« In seinem *ennui* verlor Pirol das Gleichgewicht und fiel rückwärts gegen das Fenster, als Amaury ihm seinen ganzen Geldbeutel zuwarf. »Nun? Du hast doch immer darum gebettelt, deine Kunst zeigen zu dürfen. Schreib mir eine *serenade*.«
»An die Herzogin Eleanor?«
»An Barrals Frau, du Trottel. Er wird unser neuer Patron.«
Pirol schluckte seine Enttäuschung herunter. »Selbstverständlich, Herr. Aber ich habe sie noch nie gesehen. Wie sieht sie denn aus?«
»Woher soll ich das wissen? Du hast mir doch gerade erst erzählt, daß er sie geheiratet hat. Was macht es überhaupt, wie sie aussieht, um Gottes willen?« Aber Amaury besann sich, ehe er aus der Haut fuhr, und packte seinen Spielmann mit versöhnlicher Faust. »Denke doch nach. Barral Nerra ist so reich, wie einer mit Geld nur werden kann. Was für eine Frau würdest *du* dir kaufen, wenn du soviel Geld hättest? Da hast

du deinen Gegenstand: Das Beste was man für Geld kaufen kann.«

Aber Pirol war Perfektionist. Er wollte den Gegenstand sehen, über den er schreiben sollte. Gelehrte Forschungen anstellen. Und als er erfuhr, daß sie jeden Tag in die Marienkirche ging, um die Messe zu hören, ging Pirol auch hin, bewaffnet mit Schiefertafel und Kreide, um sich gelehrte Notizen zu machen.

Aber die Tafel lag unbeschrieben zu seinen Füßen, und sein Kinn ruhte auf den Händen, als er im Chorgestühl der Marienkirche kniete und so tat, als ob er bete.

Denn Alazais hatte, wie sich herausstellte, eine Haut wie Milch und Honig, und ihr Haar hatte die Farbe von Malzbier, wenn es aus dem Faß fließt, und sie trug es auf altfränkische Art offen unter Batist. Ihre Augen waren blau wie die Buddleia, die Schmetterlinge anlockt. Die Bewegungen ihrer Lippen beim Gebet ließen ihre Ohrläppchen kaum merklich zukken, und ihre Finger schlangen sich lang und zart umeinander wie Hopfenranken an der Stange. Ihr Körper bewohnte ihre Kleider wie ein Schmetterling seine Puppe; sie kleidete sich in Blau wie die Heilige Jungfrau, aber der Name einer einzelnen Farbe genügt nicht, die Vielfalt ihres Liebreizes zu umfassen. Nach so vielen berufsmäßigen Ausflügen in den Irrgarten der Liebe hatte Pirol hier einen Pfad gefunden, den er noch nicht betreten hatte. Bemerkenswert. In seinem Kopf drehte sich alles. Das Blut rauschte in seinen Ohren. Bemerkenswert, sagte er sich mit der flachen Stimme des *ennui*, aber seine Stimme brach zu einem hochfliegenden, zirpenden Falsett. Bemerkenswert! Daß man so viele Vorstöße auf das Feld der Liebe unternehmen konnte, ohne den Pfeil schon einmal gespürt zu haben. Jetzt fühlte er ihn ganz deutlich, irgendwo zwischen Schädel und Nacken.

Nachdem er so lange still gekniet hatte, hätte er die Warnzeichen erkennen müssen: der verzerrte Klang in seinen Ohren, die Farbexplosionen vor seinen Augen. Aber da er noch nie verliebt gewesen war, ergab Pirol sich der Ohnmacht und versuchte nicht einmal, seine Nase vor dem Aufprall am Kamingitter zu bewahren, als er fiel.

Zwölf

Askese

Obgleich Herr Amaury sich dem Haushalt Barral Nerras angeschlossen hatte, schaute er doch immer auf den Hof der Normandie wie auf eine verpaßte Gelegenheit zurück. Er war verbittert und voller Groll; er lechzte unaufhörlich nach Neuigkeiten von der Herzogin und war doch jedesmal erbost, wenn welche kamen. »Inzwischen hätte ich sie alle überholt«, erklärte er mißmutig. Als man berichtete, wie gut es Bernart de Ventadour erging, spuckte Herm bei der Erwähnung des Namens aus und erklärte: »Das hätte ich sein müssen.«

»Warum bist du dann fortgegangen?« fragte Pirol, aber er bekam keine zufriedenstellende Antwort. Am liebsten hätte er sich mit den Schultern gegen Herms Rücken gestemmt und geschrien: *»Dann geh doch wieder hin, um Gottes willen, wieso gehst du denn nicht? Laß mich allein hier bei ihr!«* Aber er blieb stumm und auf seinem Platz. Zumindest durfte er jetzt schreiben.

Auf der Reise nach Süden in Barral Nerras aschgraue Lande schien Herm den Geschmack am Dichten verloren zu haben. Er war durchaus damit zufrieden, die Verse seines Spielmanns vorzutragen, als wären es seine eigenen, und vermutete zuversichtlich, daß Nerra den Unterschied niemals bemerken würde. »Für den ist alles gut genug«, sagte er mit säuerlicher Verachtung.

Es war durchaus zutreffend, daß Barral Nerra in künstlerischen Fragen kein Unterscheidungsvermögen besaß, aber es

war sein größter Wunsch, die Leute glauben zu lassen, er hätte es. Einen edlen Troubadour zu haben, der seiner reizvollen Gemahlin den Hof machte, verlieh ihm einen Status, den er um jeden Preis haben wollte. Die Gemahlin des Königs hatte auch ihre Anhänger. Alle großen Ritter waren *trobars* oder hatten *trobars* in ihrem Haushalt. Und da Barral reicher war als die meisten, folgte daraus, daß seine Gemahlin auch die beste und großartigste Bewunderung genießen mußte: Und man mußte es sehen. Das war einer der Gründe gewesen, weshalb er die weite Reise nach Poitiers unternommen hatte: Er wollte seiner Gemahlin einen Troubadour anhängen, wie er Goldbarren an den massigen Talisman an seinem Hals hängte. Barral trug all seinen Reichtum demonstrativ zur Schau. Man hatte schon erlebt, daß er einen Ochsen über tausend Kerzen briet und kostbares Talg verbrannte: eine großartige Einäscherung von Geld. Das Rindfleisch hatte nach Wachs und Ruß geschmeckt, aber die Erinnerung daran, wie es gebraten worden war, lebte immer weiter. Oder daran, wie er einmal einen Graben ausgehoben und mit Stroh, Pech und fünfzig prächtigen Pferden gefüllt und wie er deren Schwänze dann angezündet hatte. Barrals Reichtum war eine wunderbare Obszönität, der prahlerische Beweis für Gottes Gunst.
Seine Feinde – er hatte viele – achteten aufmerksam auf jedes Anzeichen dafür, daß er die Geduld Gottes überstrapaziert habe. Er hatte nämlich eine Neigung zu so schrecklichen Sünden, daß eine davon ganz sicher eines Tages seinen Untergang bedeuten mußte. Vielleicht würde er kinderlos bleiben, ermunterten sie sich selbst – aber mit der Ankunft der liebreizenden Alazais wich diese Hoffnung in den Hintergrund.
Er stammte aus dem Hause Nerra und war deshalb mit den Grafen von Anjou verwandt – eine sehr entfernte Verwandtschaft, gewiß, aber gleichwohl war er mit Fulk Nerra verwandt. *»Vom Teufel sind sie gekommen, und zum Teufel werden sie gehen«,* hatte der Heilige Bernhard von diesem Hause

gesagt. Denn es hieß, Fulk Nerra habe Melusine geheiratet, einen Dämon aus der Hölle, und mit ihr die Linie der Plantagenets gezeugt, der Heinrich von der Normandie angehörte. Nachdem sie ihre Söhne geboren habe, sei Melusine geradewegs in die Hölle zurückgeflogen.
Einer anderen Version zufolge hatte Fulk Nerra seine Frau auf den Stufen der Kathedrale zu Asche verbrannt, wie er es mit Burgen, Dörfern und Klöstern zu tun pflegte. Im Glanz dieses Erbes konnte Barral Nerra sich sonnen, mochte er von der »königlichen« Linie der Familie auch noch so weit entfernt sein.
Sein eigenes Vermögen war im Grunde aus den stinkenden *étangs,* den Sümpfen der Camargue entstanden, indem er das Salz aus dem Meerwasser gekocht hatte. Sein Königreich bestand aus großen, grauen Salzdünen, einer monochromen Landschaft, die sich endlos weit erstreckte, die Erde unter sich abtötete und die vorüberfließenden Flüsse vergiftete. Aber da sein Vermögen auf dem Salz des Meeres gründete, war es grundlos wie das Meer. Gott hatte die Salzmühle der fränkischen Welt in seine Hände gelegt, und bisher schien er sich nicht anders besonnen zu haben. Barral mochte ein Sünder sein – er bemühte sich gar nicht, es zu leugnen –, aber bereute er nicht immer? Leistete er Gott nicht stets Wiedergutmachung? Er vergoß doch jedesmal Tränen der Zerknirschung und tat Buße. Zwar hatte er seine erste Frau verstoßen, weil die das Verbrechen begangen hatte, unfruchtbar zu sein und alt zu werden, aber hatte er die Rechnung mit Gott nicht dadurch beglichen, daß er den ältesten Sohn seines Bruders ins Kloster geschickt hatte? Einmal, als sein Pferd ein Hufeisen verloren hatte, da hatte er eines seiner Dörfer bis auf die Grundmauern niedergebrannt, weil es frevelhaft genug gewesen war, keine Schmiede zu besitzen. Aber hatte er dann nicht vier goldene Hufeisen und eine Phiole mit Reuetränen an den Papst gesandt?
Barral war ein Mann, der sehr leicht weinte – weinte und wütete und fluchte. Zum Denken sah er nicht so oft Anlaß; er

hielt sich für einen Mann der Tat. Mit seinem Reichtum konnte er sich alles kaufen, was er sich nur wünschen konnte: Ehescheidung, Verzeihung, Rinderbraten, die liebreizende Alazais. Niemals hätte er es verstanden, wenn Herm sein Angebot von Gastfreundschaft und Patronage zurückgewiesen hätte.
Zum Glück aber willigte Herm ein. Er trommelte seinen Haushalt zusammen und machte sich auf die endlose, ermüdende Reise von einer Ecke Frankreichs in die andere, zu einem romanesken Vorposten in einer Landschaft aus Salz, um dort die Gemahlin eines anderen zu verehren.
Pirol konnte zunächst nicht fassen, daß Herm imstande war, Alazais zu sehen, ohne sie innig zu lieben. Aber zu seiner großen Erleichterung hatte Herms privater *ennui* Bestand und war durch Barrals schöne Frau nicht ins Wanken zu bringen.
Oh, er gab eine durchaus großartige Vorstellung, als er die Dame das erste Mal erblickte, er starrte und starrte sie an, fiel auf die Knie, drückte den Stoff ihrer Röcke an sein Gesicht und flehte Barral an, ihm zu verraten, aus welcher Schatzkammer der Schönheit er sie gestohlen habe. Aber für Pirol war die Unaufrichtigkeit so grell, so schlecht verhohlen, daß er glaubte, auch Barral müsse sie durchschauen.
Im Gegenteil. Leichtgläubigkeit und kindliche Genugtuung ließen Barrals Gesicht leuchten. Er hatte ein zweites Gutachten über den Wert einer Neuerwerbung angefordert, und ein Fachmann hatte den Wert bestätigt. Bei all seiner Macht und seinem Reichtum mangelte es Barral an Verstandeskraft. Er tastete sich durch die Welt und tat, was er andere tun sah, und was er hörte, hielt er für die Wahrheit.
»Dürfte ich wohl auch allein für deine Gemahlin singen?«
»Wie meinst du das? Zwischen den Mahlzeiten vielleicht? Aber natürlich! Natürlich! Was meinst du mit ›allein‹? Alazais, hörst du zu?« (Barral hatte Sorge, daß Alazais ihrem ritterlichen *trobar* nicht genügend Aufmerksamkeit zukommen lassen könnte.)

»Nur ich und mein Spielmann – im Garten, wo sie wandelt, oder in der Kammer, wo sie näht. Ich muß der Flamme nah sein, wenn das Feuer mich stählen soll.«

Barral starrte ihn mit halboffenem Mund an. Die Zunge in seinem Mund befeuchtete sich mit frischem Speichel. Nerra war kein Mann, der einer Versuchung widerstehen konnte. Das beeindruckte ihn an diesen poetischen Kerlen: daß sie sich ein Steckenpferd daraus machten.

Anscheinend gefiel es ihnen, sich einer Versuchung bis an die Grenzen des Erträglichen auszusetzen, um so ihren Charakter zu stärken – ihren *pretz.* Er hatte Erkundigungen eingezogen; wenn Nerra etwas unternahm, so tat er es von ganzem Herzen.

»Hast du das gehört, Weib? Hörst du zu? Der vorzügliche Herzog von Herm möchte allein für dich singen. Was sagst du dazu?«

In der Ecke stand Pirol und umklammerte seine Leier so fest, daß sie ihm die Rippen quetschte. Er versuchte sich einzureden, sie sei nur eine Frau – wie alle andern – und werde Schmeicheleien ebenso leicht anheimfallen. Aber er glaubte es nicht; er wollte es nicht glauben.

Plötzlich sprach die Frau. »Ich bin hoffentlich nicht so selbstsüchtig, daß ich die vorzüglichen Lieder des Herzogs ganz für mich allein haben will, versteckt und eingeschlossen. Ich bin durchaus zufrieden, wenn er vor dem ganzen Haushalt singt. Wie er es jetzt tut. Bei den Mahlzeiten.«

»Pferdepisse! Schweinescheiße! Du hast gehört, was der Mann sagt! Wir müssen die Flamme nähren, ha? Die Flamme nähren!«

»Was mich selbst angeht«, sagte Alazais, den Blick auf ihren Schoß gesenkt, während ihre Finger das Kleid zu einer Meereslandschaft aus Falten kneteten, »bin ich zufrieden mit der Liebe meines Gemahls. Ich habe nicht den Ehrgeiz, bei einem anderen Mann Hoffnungen zu erwecken, die ich nicht erfüllen kann.«

Ihre Worte durchströmten Pirol wie ein starker Trunk: Erst wurde es heiß in seinem Magen, und dann war ihm schwindlig. Sie war keusch! Sie war gut! Er hatte es die ganze Zeit gewußt!
Leider war ihr Gemahl bereits betrunken. Sein Jähzorn loderte auf. Warum freute sie sich nicht ein bißchen mehr über das Spielzeug, das er ihr mitgebracht hatte? Sie sah seinen Ärger und versuchte ihn abzuwehren. »Du weißt, wie schüchtern ich vor Fremden bin, Barral. Ich habe so wenige Worte im Kopf – ich brauche dich an meiner Seite, wenn er spielt, damit du seine Musik preist.«
»Nun, ich werde schon da sein! Natürlich werde ich da sein!« Nerra plusterte sich auf. »Ich werde *zusehen*, natürlich!« Es paßte ihm offensichtlich nicht, es auszusprechen. Es klang kleinlich und eigentlich ziemlich bizarr: dabei zuzuschauen, wie die eigene Gemahlin heimlich Komplimente erhält. Aber Moden sind zumeist kleinlich und bizarr. »Morgen früh gehst du mit dem Herzog spazieren, und ich werde da sein und zuschauen«, sagte er zu seiner Frau, und sie senkte gehorsam den Kopf.
Pirol richtete seine Aufmerksamkeit auf Herm. Dieser hatte offenbar *nicht* damit gerechnet, daß Barral überhaupt anwesend sein würde. Zumindest hatte er es nun rechtzeitig erfahren. Jetzt sprang er auf, verneigte sich mit mancherlei schwungvollen Schnörkeln seiner freien Hand vor der Dame und beteuerte ihr sein Entzücken. Pirol konnte er nichts vormachen. Pirol kannte ihn, in- und auswendig.

Nach dem neuerlichen Rückschlag, mit dem Alazais sich als ehrlich keusche Gattin erwiesen hatte, konzentrierte Amaury alle seine Anstrengungen auf den Mann. »Schließlich ist er es, der mich speist«, sagte er zu Pirol. »Er ist es, der es Geschenke regnen läßt. Er ist derjenige, der einen Troubadour an seinem Herd haben will!« Den Umstand, daß Alazais nichts an ihm lag, erwähnte er nicht.

»Ich glaube in der Tat, die Dame hat Angst vor dir, Herr«, sagte Pirol obenhin, beiläufig, und seine Stimme klang singend hoch vor Gleichgültigkeit.
»Ja. Mmmm.« Sie kamen eben ins Troubadoursgemach der Burg, und Amaury ging sogleich zu seinen Körben, die auf einem freien Bett aufgereiht standen. Er holte Spiegel und Kamm hervor und begann geistesabwesend, Gesicht und Bart zu betrachten und zu putzen. Anscheinend stellte das Spiegelbild ihn zufrieden, denn nach einer Weile sagte er: »Sie wird sich bald beruhigen.«
»Vielleicht liebt sie nur ihren Gemahl«, erwog einer der Spielleute. Aber dieser Gedanke war so absurd, so lächerlich, so grotesk, daß Amaury ihn keiner Antwort würdigte, und Pirol versetzte dem Jungen einen verächtlichen Stoß, daß der mit dem Kopf gegen die Wand flog.
Pirol wandte der salzverkrusteten Landschaft vor dem Fenster den Rücken zu und machte sich daran, Herms Kamm und Spiegel wegzuräumen. Als er sein eigenes Antlitz im Glas erblickte, war es grau und blutlos wie die salzige Camargue dort draußen. Das Herz in seiner Brust hatte alles Blut aus den Adern gesogen. Natürlich würde sie sich bald beruhigen. Das taten sie alle. Es würde fast eine Erleichterung sein: einen Fehler an ihr zu finden. Einstweilen begab Pirol sich zum Apotheker und kaufte sich ein Abführmittel, um den Schmerz in seinen Eingeweiden zu lindern.

»Du bist scheu, Herrin«, raunte Amaury. »Aber das ist nicht nötig. Wir sind Adam und Eva, denen der Garten zurückgegeben ward. Ich zumindest bin im Paradies.«
»Dann gebe Gott, daß wir aus früheren Fehlern lernen.«
»Amen, amen«, sagte Amaury. »Großartig ist's, sich daran zu erinnern, daß Liebe Unschuld ist, und daß nichts Böses daraus entspringen kann. Selbst ein Kuß ...«
»Ein Kuß? In einem Garten, Monsieur? Da erinnere ich mich

an eine Geschichte. Eine Geschichte von einem Verrat, wenn ich mich recht entsinne.«

Beiden war bewußt, daß ihr Mann nur schlecht versteckt zwischen den Fliederzweigen stand. Er sah aus wie ein großes Tier, das man in die falsche Umgebung gesetzt hatte. Pirols Musik verhinderte, daß er hörte, was zwischen seiner Frau und dem Troubadour gesprochen wurde.

»Fürchtest du Verrat, Madame? Dann hat dir jemand das Herz gebrochen! Sag mir seinen Namen, und ich werde dein Unglück rächen!«

Sie senkte die Stimme zu einem zornigen Flüstern. »Niemand hat mir das Herz gebrochen, Herr, aber du bist dicht davor, meinen Geduldsfaden reißen zu lassen.« Ein jäher Mißklang der Drehleier lenkte sie für einen Augenblick ab. Pirol schaute zwischen den beiden hin und her und biß sich betreten auf die Lippe.

Dann schien sie sich eines Besseren zu besinnen und zügelte ihren Ausbruch. »Verzeih mir, Herr. Mir scheint, du weißt wohl nicht, daß mein Gemahl dich engagierte, ohne mich zu befragen. Ich bin eine jungvermählte Frau, und ich spüre kein Verlangen nach den Aufmerksamkeiten eines Troubadours. Ja, ich weiß nicht und ich verstehe nicht, weshalb ein Mann wie du auf solcher Werbung beharrt, wenn dadurch nichts, absolut *gar nichts* zu gewinnen ist. Ich will zugeben, daß dein Spielmann eine sehr angenehme Stimme hat und sehr hübsche Musik macht, aber ich wünschte, du wolltest mir weitere Beteuerungen deiner Liebe ersparen. Ich bin eine frisch verputzte Mauer. Deine Werbung rinnt an mir herab wie der Regen. Ich habe keine Wohnung für deine Komplimente.«

»Oh, ein Plätzchen gäbe es.« Herms Hand verschwand pfeilgeschwind in den Falten ihres Mantels.

Sie streckte eine Hand aus, um den Angriff abzuwehren, und stach ihm unabsichtlich mit dem Finger ins Auge. Er fuhr abrupt zurück und stürzte.

»Oh, das tut mir leid. Habe ich dir weh getan, Herr?«
»Dein Herz, Herrin. Ich wollte sagen, daß meine Komplimente in deinem Herzen wohnen könnten.«
»Ich bezweifle nicht, daß du das sagen wolltest.«
In diesem Augenblick kam Barral aus dem Flieder getappt. Ein Schmetterling hatte sich auf sein Ohr gesetzt, und er glaubte, es sei eine Wespe, und schüttelte den Kopf hin und her. Aber weit größer war seine Sorge um Amaury. »Was ist los? Was geht hier vor?«
Herm rappelte sich hoch, noch immer eine Hand auf sein Auge gedrückt, und begann seine Unschuld zu beteuern. »Nichts! Gar nichts ...« Dann merkte er, daß er gar nicht unter Verdacht stand. »Ich fürchte, ich habe in die Sonne geschaut und war einen Augenblick lang geblendet von ihren Strahlen.«
»Mein Finger ist dem Herrn versehentlich ins Auge geraten«, sagte Alazais kühl. »Ich hatte nicht erwartet, daß er mir so nah kommt. Nicht erwartet und auch nicht gewünscht.«
»Dann sollte ich mich wohl lieber entfernen!« deklamierte Amaury. »Der Schmerz der Trennung wird einen besseren Menschen und einen größeren Dichter aus mir machen!« Und er strebte dem Gartentor zu. Die Hand, die Pirols Oberarm umspannte, war starr von unterdrücktem Ärger.
»Nun, es war ein sehr hübsches Lied!« beharrte Barral, der ihnen nacheilte. »War es neu? Ist es eigens für meine Alazais geschrieben?«
Woher soll *er* das wissen?, dachte Pirol mißmutig. Die halbe Nacht hatte er wachgesessen, um es zu komponieren. Aber Herm heimste den Ruhm ein. Natürlich.
Amaury ließ seinen Spielmann los und verließ den Garten Arm in Arm mit Barral. Pirol blieb zurück, starr und regungslos, um sie nur ja nicht auf sich aufmerksam zu machen. Er sah, daß auch Alazais stocksteif dastand. Nur ihr blauer Mantel bewegte sich im Wind wie Wasser, das aus einer Quelle

floß. Sie wartete darauf, daß er ebenfalls ging. Aber vielleicht wollte sie auch mit ihm sprechen. Sie sah aus, als wollte sie mit ihm sprechen. Er brachte sich dazu, es zu glauben.
»Madame ...«
»Junger Mann?«
»Hat dir das Lied gefallen?«
»Was? Oh. Ja. Danke, Spielmann.« Sie tastete unter ihrem Mantel nach ihrer Börse und schnürte sie los. »Ich wußte nicht ...« Sie hielt ihm Geld entgegen.
»Ich wollte nichts. Ich meinte nur ... ich habe das Lied selbstgeschrieben.« Sie schaute durch ihn hindurch zu einer weiter entfernten Besorgnis. »*Er* hat es nicht geschrieben, meinte ich. Hat es dir gefallen?«
»Es tut mir leid. Ich habe nicht sehr aufmerksam zugehört.«
Erst nahm sie irrtümlich an, er wolle um ein Trinkgeld bitten, und jetzt hatte sie zu allem Überfluß nicht einmal zugehört. Ein machtvoller Aufruhr durchwogte Pirol vom Scheitel bis zur Sohle, aber er sagte nur: »O Gott.«
»Was! Muß ich mich jetzt bei dir entschuldigen, weil ich in meinem eigenen Garten nicht zuhöre, wenn man mir Torheiten vorträgt? Aber wenigstens dir kann ich doch sicher befehlen, zu gehen? Du zumindest mußt doch verschwinden, wenn ich es dir sage? Also los! Los! Geh weg! Hinaus!«
Pirol zog den Kopf ein, als sei ein Schwarm Stare über ihn hergefallen. Er rannte zu seiner Laute, hob sie auf und flüchtete im weiten Bogen um Alazais herum zum Gartenzaun; als er sah, daß er zu hoch war, um hinüberzuspringen, schob er sich rückwärts an Alazais vorbei zum Tor. Entschuldigungen purzelten aus seinem Munde wie abgebrochene Zähne nach einem Faustschlag. Ihm war zumute, als habe er sein Herz auf den Zaun gespießt.
»Warte!« Sie rief ihn zurück, als er eben das Tor schließen wollte.
Er mußte sich die Laute auf den Rücken schieben, um durch

das alberne kleine Gartentörchen zu passen. Und als er sie dann endlich wieder erreicht hatte, tat sie, als habe sie vergessen, was sie sagen wollte. Er fiel im Gras auf die Knie. »Darf ich etwas sagen?« fragte er.

»Wenn es sein muß. Was denn? Etwas von ihm?«

»Nein! Nein! Gar nicht! ... Vertraue ihm nicht, das ist alles. Du tust recht, wenn du ihm nicht vertraust. Mehr wollte ich nicht sagen. Glaube nicht, was er sagt! ... Ich meine, es sind nicht einmal seine eigenen Lieder!« Er stammelte unartikuliert.

»Du bist sehr freundlich«, sagte sie und legte ihm eine Hand aufs Haar. »Meine Heimat ist weit, weit weg von hier, weißt du. Manchmal vermisse ich die Ratschläge meines Bruders.«

»Amor purus ...« Amaury von Herm malte mit einem Finger, den er in Wein getaucht hatte, ein Herz auf den Tisch. »Reine Liebe. *Amor purus* ist die süße Disziplin der Seele. Sie bewohnt den Kopf und das Herz, und solange sie darin ist, läutert sie sie.«

Barral strich sich mit den Fingerspitzen senkrecht über die Lippen. Amaury unterrichtete ihn in der Fröhlichen Wissenschaft und hatte soeben die Geschichte vom »Gegessenen Herzen« noch einmal erzählt. Barral war noch immer dabei, sich von der grausigen Faszination zu lösen. »An Weiber *denken*, hm? Nun, das ist ein aufmunternder Zeitvertreib, das muß ich zugeben. An Weiber denken. Und das hat läuternde Wirkung, meinst du?«

»Wie das Fasten für die Seele. Wollen, ohne zu haben. Sehen, ohne zu genießen ... Die Gelehrten sagen, drei Dinge entstehen aus der weiblichen Schönheit: der Wunsch sie zu küssen, der Wunsch, sie zu umarmen, der Wunsch, sie zu besteigen ...«

»Um das herauszufinden, mußten sie studieren?«

»... und da die ersten beiden erlaubt sind, entsteht eine Spannung – eine Spannung, findest du nicht auch?«

Barral verlagerte seine mächtigen Schenkel auf seinem Stuhl. Er war ein Mann voller Gelüste, und die Erwähnung von

Frauen, und daß man mit ihnen ins Bett gehe – ja, selbst daß man nicht mit ihnen ins Bett gehe –, genügte schon, um seine Kniehosen unbehaglich eng werden zu lassen. Nicht in einem Feldlager oder an einem Feuer oder in Gesellschaft von Männern, die ebenso ungehobelt waren wie er selbst. Aber wenn es von diesem höfischen Burschen kam, dem ja der Geruch des Königlichen noch in den dichten roten Haaren hing, dann wirkte das Gerede von den Weibern erregend und anregend. Was wußte Barral schon von Spannungen. Wenn eine Naht spannte, dann öffnete er sie mit dem Messer. Aber er nickte und sagte: »Spannungen, ja«, als hätte er etwas verstanden.

»Die Prüfung der Askese ist der Schmerz, der einen Mann kräftigt. Seine Lust ist gerade der Schmerz der verweigerten Lust. Der Eunuch im Harem. Der Mönch im Bordell. Die köstliche Qual der Zurückhaltung. Das ist der erhöhte Geisteszustand, den man anstreben soll. Aus ihr keimt die Saat der Dichtung. Sie unterweist einen Mann darin, in der Welt an sich zu leiden. *Sie stellt seine Seele auf die Probe.*«

Oh, Amaury hatte seinen Mann studiert. Er wählte seine Worte sorgfältig. »Lust«, »Qual«, »leiden«. Er sah, wie Nerras mächtiger Wanst auf den lederbekleideten Schenkeln über der Stuhlkante wogte. Die Frau mochte sich als schwierig erwiesen haben – ein unerwarteter, ja, ganz ungewohnter Rückschlag. Aber ihre Bockbeinigkeit im Garten hatte Herm nur in seiner Entscheidung bestätigt, den Mann und nicht die Frau zu umhegen.

»Und dieses Küssen ...«, sinnierte Barral.

»Der Erste Wunsch, ja?« sagte Herm. »Was ist damit?«

»Willst du sie denn küssen?«

»Aber von ganzem Herzen, Herr! Natürlich! Ich bin wie eine Motte, die von der Flamme ihrer Lippen angelockt wird! ... Aber was erzähle ich dir da? Gewiß hast du sie doch schon gekostet? Sind es nicht Lippen, die einen Mann dazu bringen können ...«

»Also gut.«
»Was?«
»Ich sage, du sollst sie küssen!«
Amaury erhob sich und stützte sich mit gespreizten Fingern auf den Tisch, um nicht zu schwanken. »Herr, bitte scherze nicht. Ich bin schließlich ein Mann aus Fleisch und Blut genau wie du.«
»Und ich sage, du sollst deinen Kuß bekommen! Guter Gott, Mann! Weit genug bist du doch gereist, um herzukommen! Und wenn es dir dabei hilft, deine Gedichte zu schreiben ... Geht es nicht so?«
»Ganz genau so«, sagte Amaury. Barral schüttelte den großen Kiefernholzkasten, in dem seine Schachfiguren waren; das Geklapper ließ Diener zu sämtlichen Türen hereinstürzen. »Sagt meiner Frau, ich will sie sehen.«
Während sie warteten, beteuerte Amaury seine Unwürdigkeit. Lieber, erklärte er, hätte er eine Woche der Erwartung verbracht, um zu spüren, wie der Augenblick schwoll, dem reifenden Weizenkorn gleich, usw. Aber Nerra, der impulsiv gehandelt hatte (und bereits erste Zweifel verspürte), schloß nur die Augen und schüttelte unablässig seinen Kasten, um Amaurys Worte und seine eigenen Bedenken zu übertönen. Der scharfe Lärm hallte und hallte, bis seine Frau vor ihm stand und ihm den Kasten aus der Hand nahm. Er öffnete die Augen und errötete vor Freude über ihren Anblick. »Herr Amaury will dich küssen«, sagte er.
Ihr Gesicht wurde im Gegensatz zu seinem totenbleich. »Dann wird er seine Enttäuschung hoffentlich ertragen können, Herr«, sagte sie.
»Und ich sage dir, er soll ... Aber zum Teufel mit all dem! Protestieren! Sich zieren! Ich habe meine Erlaubnis gegeben! Küsse den Mann! Er sagt, er braucht's für seine Gedichte ... Worauf wartest du denn noch? Es ist in Ordnung. Er ist ein Troubadour. Die tun so was. Meinen's nicht so.«

»Dann wünschte ich doch, er hätte mich gefragt. Ich hätte ihn so freundlich, wie ich nur kann, abgewiesen.«
»Dich gefragt? Was sagst du? *Dich* gefragt? Wenn ich dem Herzog Amaury mein Pferd leihen möchte, dann soll ich wohl, wenn es nach dir geht, das Pferd fragen! Jetzt gib ihm schon einen Kuß, Weib, und mach keine Schwierigkeiten! Immer machst du Schwierigkeiten. Aber so sind sie, Herm, das kann ich dir sagen.«
»Aber Barral, es wäre doch sicher gegen das Gesetz! Ich bin eine verheiratete Frau!«
»Gegen das Gesetz? Gegen das Gesetz? Wenn Küssen ein Verbrechen wäre, dann müßten die Gefängnisse aber aus allen Nähten platzen, nicht wahr, Amaury? Die Gefängnisse müßten ...«
»In den Augen der Kirche, Gemahl! Ganz bestimmt. Ich weiß, es wäre Sünde.«
»Wo denn, wo steht das in der Bibel? Komme mir nicht mit dem Kirchenrecht, Weib! Ich kenne meine Bibel, jawohl! Ich war in Jerusalem, jawohl, weißt du das nicht mehr? Versuche nicht, mir weiszumachen, daß die Bibel sich mit Küssen abgibt. Wo denn? *›Du sollst nicht küssen‹?* Wo steht das?« Ihre Widerspenstigkeit, zumal vor einem Gast, auf dessen Meinung er Wert legte, befeuerte Barral zu immer größerer Halsstarrigkeit. Jetzt würde das Meersalz zu Ruß werden, bevor er noch einen öffentlichen Widerspruch gestattete.
Nach dem gewaltigen Wortschwall seines Wutanfalls klang ihre leise, süße Stimme klagend. »Ich hatte niemals vor, meine Küsse einem anderen als dir zu schenken, Liebster.«
»Genug! Kein Interesse! Tu, was man dir sagt, Weib! Wieso tut kein Mensch mehr, was man ihm sagt?« Er fuchtelte mit den Armen, und Amaury trat aus reinem Gehorsam gegen diese Geste herzu und nahm den Kuß entgegen.
Dazu stellte er die Füße weit auseinander, ergriff ihre beiden Hände und umfing Alazais so, daß er ihr beide Arme auf den

Rücken preßte und sie nach hinten bog. Sein offener Mund bedeckte den ihren. Wie bei einem Löwen, der ein Aas verschlingt, waren die Falten seiner Wangen zurückgedrängt, und sie alle hörten, wie der Atem in seinen Nasenlöchern pfiff, und sie hörten auch das gedehnte Stöhnen der geschlechtlichen Erregung, das er von sich gab.

Barral Nerra erhob sich halb von seinem Stuhl; sein Mund stand offen, und die Röte in seinem Gesicht war auf zwei Flecken an seinen schweinshaften Wangen geschrumpft. Dann ließ er sich wieder zurücksinken, aber er setzte sich nur auf die vordere Kante seines Stuhls, wo er vor und zurück, vor und zurück wippte, als säße er zu Pferde.

Auch als Amaury sich schließlich bereit fand, Alazais die Verwendung ihres Mundes wieder zu überlassen, ließ er sie nicht gleich los, sondern hielt sie an sich gedrückt. Seine Augen waren fest zusammengepreßt, was sowohl Ekstase als auch die Qual der Enthaltsamkeit zum Ausdruck bringen sollte, den kleinen Tod der Glückseligkeit. Barral studierte dieses Antlitz. Er beobachtete es, wie er einmal das Antlitz einer Hexe beobachtet hatte, die in einem vereisten See mit Astgabeln unter Wasser gedrückt worden und ertrunken war. Amaury hatte wie ein Kenner von seiner Frau gekostet und ihren unbezahlbaren Wert bestätigt. Aber mehr konnte Amaury sich nicht nehmen, während Barral sie ganz und gar in seinem Besitz hatte: Sie gehörte ihm, heute und jeden Tag. Barral Nerra war ein glücklicher Mann, und er war dem Ritter-*trobar* dankbar dafür, daß er ihm sein Glück ganz neu gezeigt hatte.

Alazais' Antlitz war natürlich verborgen. Ihr Kinn ruhte zwangsweise auf Amaurys Schulter, ihrem Gemahl abgewandt. Ein ausschlaghafter Kranz von Nadelstichen umgab ihren Mund, wo Amaurys Bart sich in die Haut gedrückt hatte. Ihre Augen waren nicht geschlossen. Sie blickten starr geradeaus und konnte deshalb nicht umhin, Amaurys Spielmann zu

erfassen. Den jungen Mann, dem es die Sprache verschlagen hatte. Den, der die Lieder schrieb. Ebensogut hätte sie in einen Spiegel schauen können, denn sie sah ihren Abscheu in Pirols Gesicht abgebildet. Er stand auf den Zehen mit geballten Fäusten und gekrümmten Ellenbogen, als wollte er auf sie zustürzen oder sich bäuchlings auf den Boden werfen.
»Nun? Meinst du, daraus kannst du etwas machen, Herm?« platzte Barral heraus, rüpelhart und banal.
»Inspiration für ein ganzes Leben«, sagte Amaury. Er zog sein Gesicht zurück und bewegte den Kopf vor ihr hin und her, um ihren Blick auf sich zu lenken.
»Gut. Gut. Ausgezeichnet. Müssen sehen, ob wir nicht noch ein bißchen mehr helfen können. Ja. Gut. Du. Alazais – hörst du mich, Weib? Komm mit. Ich habe etwas ... habe etwas mit dir zu besprechen. Komm schon. Komm.« Er nahm ihre Hand, ergriff sie fest – ein bißchen strafend vielleicht – und führte sie aus dem trostlosen Audienzgemach mit dem einen Tisch und der Schar der umstehenden Besucher. Mann und Frau stiegen hinauf in ihre Schlafkammer.
»Und wird sie sich beruhigen?« fragte Pirol, und er wußte, daß seine Stimme ausdruckslos aus seinem Mund kommen würde. Der Hohn war ganz in ihm, festgestopft, versteckt.
Amaury wischte sich den Bart, als habe er soeben Fleisch von einem Knochen abgenagt. »Und wenn nicht?« Er grinste. »Warum sich damit plagen, das Weib zu beruhigen, wenn man den Mann in Erregung versetzen kann? Am Ende läuft es auf dasselbe hinaus, über den breiten Weg oder über den schmalen. Ich kriege sie sowieso.«
»Aber der breite Weg führt in den Untergang«, dachte Pirol. Und es war das erste Mal, daß er in Betracht zog, Herrn Amaury von Herm zu töten.

Dreizehn

Die Umarmung

So gut paßte Amaury die neue Patronage, daß nicht einmal die Nachricht aus England – Heinrich und Eleanor waren dort jetzt König und Königin – ihn erschüttern konnte.

»Sie könnte deine Ländereien vergrößern. Wenn du dort wärest«, erwog Pirol.

Amaury schien sich selbst zu beglückwünschen, als er zufrieden antwortete: »Hier ist mehr zu holen.« Und er lehnte sich in seinem bestickten Sessel zurück und legte die Füße auf den bestickten Schemel – wohlig, arrogant, eitel. Das träge, ausschweifende Leben, das er sich verschafft hatte, indem er Barral Nerras Schoßhund geworden war, hatte ihn fett und ungelenk werden lassen. Wenn Barral Turniere veranstaltete, überließ er die Inszenierung gänzlich seinem Troubadour, und die Folge war, daß Herr Amaury vor der liebreizenden Alazais angeberische Waffenparaden vollführte. Aber er ritt selten selbst in die Schranken. Inspiriert durch die Kunde von den prächtigen Höfen der englischen Königin in Bermondsey und Nonesuch, ließ er Wasser-Tjoste stattfinden, Pferdehatzen oder arabisches Polo. Harmlosen Kram. Aber er selbst nahm nicht teil. Es bestätigte Pirols Meinung, daß er ein Feigling sei.

Selbst Amaury konnte die Vernarrtheit seines Spielmanns nicht übersehen. »Hast dich an Höherstehenden angesteckt« – so drückte er sich aus, wenn er sich über Pirol lustig machen wollte. »Das kommt davon, wenn du dich an ihren Beinen reibst und um Sahne bettelst.«

»Ich weiß nicht, was du meinst, Herr«, sagte Pirol und klammerte sich an sein Geheimnis.
Indessen machte die Eitelkeit Amaury blind für die wirkliche kleine Freundschaft, die zwischen Pirol und Frau Alazais entsprossen war. Natürlich wußte er, daß sie in ständiger Angst vor seinen eigenen sexuellen Avancen lebte, aber er nahm einfach nicht zur Kenntnis, wohin sie ging, wenn sie Trost suchte, wen sie in ihrem Blumengarten duldete und auf wessen Arm sie sich stützte, wenn der Geruch von den *étangs* sich erstickend auf die Burg legte und bei den Damen Migräne und Übelkeit hervorrief.
Als Amaury Herrn Barral die nächste quälende Stufe der Askese vorschlug, da setzte er die Saat sanft und geduldig und gab ihr Zeit, an Barrals tiefsten, dunkelsten Orten zu keimen. Sein Wunsch sei es, so sagte er, den Gegenstand seiner Liebe ungebunden, ungeschmückt und unverhüllt in seiner reinsten Essenz zu sehen, frei von der Ungerechtigkeit der Kleider. Er wollte sehen, wie sie sich auszog.
Das Ansinnen war nicht völlig beispiellos, denn sonst hätte Barral es natürlich niemals in Erwägung gezogen. Der Troubadourskult nahm beständig zu. In einer wohlhabenden Burg war nichts so sehr *de rigueur* wie die Gepflogenheit, sich einen Ritter-*trobar* zu halten. Wenn er nicht kämpfen konnte, erklärte Nerra mit immer weiter wachsender Überzeugung, so wolle er ebensogern einem guten Dichter lauschen, der das Loblied seines Weibes sang. Aber diesem Dichter erlauben, sie ausgezogen zu sehen?
Tag für Tag zeigte Herr Amaury ihm seine Frau ganz neu. Das war eigentlich ein Glück, denn es wirkte als Gegenmittel gegen einige neuerdings zutage tretende Mängel an der erhabenen Alazais – wie zum Beispiel ihre Melancholie. Amaury wirkte außerdem gegen die Langeweile, das furchtbarste Zersetzungsmittel für jede Ehe. Amaury hatte den Vorschlag gemacht, sie solle sich als Schäferin verkleiden, und er hatte so-

gar ein paar Schafe als Statisten herbeigeschafft. Amaury hatte ihm sein Weib in einer Rüstung gezeigt; er hatte auch ein Kostüm in Auftrag gegeben, das ganz aus Blumen bestand, und sie dann in Versen als Göttin Flora angeredet. Er hatte sogar veranlaßt, daß man sie als Nonne verkleidete. Amaury konnte sich für jeden Tag des Monats einen neuen Spaß ausdenken. Aber ihr beim Ausziehen zusehen? Das war etwas, das die Phantasie nun wirklich anregte. Das war bis jetzt Amaurys bester Einfall.

»Du mußt dich weigern! Kein Mensch auf der Welt könnte es dir verdenken, wenn du dich weigerst!« sagte Pirol zu Alazais.

»Glaubst du wirklich, meine Stimme gilt etwas gegen Amaury? Nach den Erfahrungen der Vergangenheit zu urteilen?« In ihrer Not hatte sie sich das Haar losgerauft, und es hatte Pirol übergossen wie kochendes Wasser. Was für einen bösartigen Humor Gott doch hatte, daß er das Gute so anziehend sein ließ wie einen Magneten, aber so brennend heiß wie geschmolzenes Blei. »Es ist eine Kleinigkeit«, sagte sie und bemühte sich, die bevorstehende Strapaze damit abzutun. »Meine Zofen können sich abends auch nicht unbeobachtet entkleiden. Warum sollte ich meine Keuschheit höherschätzen als ihre? Das wäre so etwas wie Eitelkeit.«

»Du willst Amaury also in allem gewähren lassen?«

Sie lächelte ihr trauriges, gestrandetes Lächeln. »Oh, es gibt so manche Not, die ich Herrn Amaury wünsche. Ich fürchte, ich verabscheue den Mann zutiefst.«

»Aber die meisten Frauen verweigern ihm nichts.«

Sie nickte. »Das sehe ich. Ich sehe es ihm am Gesicht an. Es ist ihm zu leicht gefallen, an die süßen Dinge heranzukommen. Er fragt sich nicht mehr, ob er Erfolg haben wird. Deshalb ist ihm das Staunen vergangen. Daher sind seine Augen stumpf. Sie schauen nicht. Sie schauen einfach nicht.« Sie richtete ihre Gestalt auf wie eine Kerzenflamme, wenn die Zugluft aufhört. »Ich werde meine Gedanken auf diese Augen konzentrieren. Dann wird es mich nicht stören. Überhaupt nicht. Nur ein bißchen.«

Pirol ärgerte sich. »Du mußt deinen Gemahl sehr lieben, wenn du ihm niemals etwas abschlägst«, befand er verbittert. Als sie nicht antwortete, faßte er ein wenig Mut. »Das tust du doch nicht, oder? Tust du es? Kannst du es? Liebst du ihn?«

»Liebe. All dieses Gerede von Liebe«, erwiderte sie gereizt. »Meine Mutter sagt, das ist eine Phase. Eine Mode. Das geht vorüber, sagt sie. Aber das Heiraten geht nicht vorüber. Das Heiraten ist von Gott gemacht, sagt sie. Um die Grenze zu ziehen, hinter der die Sünde beginnt. Ich will nicht sündigen, Pirol. Ich finde keinen Geschmack daran. Vielleicht bin ich unnatürlich – ich kenne Frauen, bei denen hört es sich an, als würden sie vom Treibsand hinuntergezogen. Aber ich fühle mich nicht einmal davon angezogen. Dein Amaury von Herm hat mir noch nichts angeboten, was ich hätte haben wollen. Ich bin Barrals Ehefrau. Mehr sollte man eigentlich nicht sagen müssen. Warum soll ich nach modernen Gründen für ein uraltes Tun suchen? Vor hundert Jahren gab es nichts anderes, und in hundert Jahren wird es immer noch Bestand haben. Aber diese ›Liebe‹ auch? All diese ›Troubadoure‹?«

Ihre Stimme klang gleichmäßig und sanft. Sie hob und senkte sich in flacher Modulation, als hätte sie ihre Gefühle ganz fest am Zügel. Und doch waren ihre Hände die ganze Zeit ineinander verschlungen und rieben und scheuerten sich gegenseitig wie beim Waschen. Und Tränen erschienen wundersamerweise auf ihren Wangen: kein Verziehen des Mundes, kein Verzerren der Lider, keine laufende Nase, kein Schluchzen, sondern wundersame Tränen wie die, welche er in Jerusalem an kalten Steinsäulen gesehen hatte, die den Tod des Erlösers beweint hatten.

Flüchtig schmiegte sie ihre Wange an die seine, aus Dankbarkeit für sein Mitgefühl. Als sie gegangen war, stand Pirol da und berührte seine Wange. Ob ihr wohl bewußt war, daß sie ihm solche kleinen Belohnungen für seine treue Hingabe zukommen ließ? Vermutlich nicht. Und doch gaben ihm kleine Gesten der Zuneigung – die Berührung ihrer Wange an seiner, ein Drücken des Arms – nachts Anlaß zu allerlei Phantasien, und Pirols Phantasien kamen der Glückseligkeit so nahe wie noch nie.

Herr Barral und seine Dame schliefen nicht im selben Schlafgemach. In einer Zeit, da die fleischliche Liebe selbst in der Ehe etwas war, zu dessen Billigung die Kirche sich nur mit Mühe überwinden konnte, fanden Besuche unter Eheleuten flüchtig statt und wurden nicht dadurch ergänzt, daß Haut und Haut sich die ganze Nacht berühren durfte. Man hielt es für besser, wenn Mann und Frau in getrennten Zimmern schliefen.

Es mag sein, daß dies in gewisser Weise dazu beigetragen hat. Es wäre ja ganz absurd gewesen, wenn Barral sich in seinem eigenen Schlafgemach versteckt hätte, um seine eigene Gattin beim Ausziehen zu bespitzeln; sich in der Kammer seiner Gemahlin zu verbergen, war hingegen recht neuartig. Herm würde sich der Prüfung der Askese unterziehen, und Barral könnte an der Erregung des Mannes teilhaben, ohne sich auch an seiner Abstinenz beteiligen zu müssen. Amaury ließ eine der übergroßen Fahnen holen, die zu den Festtagen an den Zinnen seiner Burg wehten, und ließ sie in Alazais' Kammer vor der Nische einer schmalen Fensterscharte befestigen. Hier wollten sie sich verstecken. Im Winter war die Fensterscharte mit Ölpapier verstopft, um den kalten Wind abzuhalten, aber jetzt war Sommer, und so war die Scharte offen, um ein wenig Licht hereinzulassen; Zugluft war besser als Dunkelheit. Durch die Fahne war es nun aber finster im Zimmer, und so ließ Barral auf jedem Sims und Mauervorsprung Öllampen aufstellen, ein ganzes Dutzend insgesamt, um das verlorene Tageslicht zu ersetzen. Dann nahmen er und Herr Amaury ihren Platz im Versteck ein. Der Ritter-*trobar* an seiner Seite, der demütige Liebende, zitterte wie ein Windhund. Er flüsterte Gebete vor sich hin, experimentierte mit Reimen und schilderte die Symptome der qualvollen Erwartung, die ihn plagten.

Leider hatte Alazais sich eine Stunde später noch immer nicht in ihr Schlafgemach zurückgezogen, und Barral, der genötigt war, entweder aufrecht zu stehen oder sein mächtiges Hinterteil an das schräge Fenstersims zu lehnen, bekam einen Krampf im Bein. Er kämpfte sich hinter dem flatternden Vorhang hervor und brüllte jemandem im Nebenzimmer zu, man solle ihm einen Stuhl bringen. Dann kam er zurück, rieb sich die Schenkel und beklagte sich, daß ihm die Knie höllisch weh täten.

»Aufgepaßt! Ich höre sie!« rief Amaury in ersticktem Flüstern und hielt eine Hand an sein Ohr und die andere ans Herz. »Sie kommt!« Barral zwängte sich wieder hinter den Vorhang, aber er ließ immer noch erkennen, daß der erste Zauber vergangen war.

»Wo ist die Musik?« klagte Amaury. »Warum fängt mein elendiger Spielmann nicht an? Ich habe ihm aufgetragen, sie mit einer Serenade zu empfangen.«

»Ich habe ihn weggeschickt, damit er mir einen Stuhl holt«, murmelte Barral. Er war es nicht gewohnt zu flüstern.

Die Tür öffnete sich, und Alazais kam herein. Sie hielt eine Kerze in der Hand, deren Licht sogleich vom Glanz der Öllampen verschluckt wurde. Ein öliger Geruch hatte angefangen, sich im Raum auszubreiten, aber die Flammen saugten kalte Luft durch das Fenster herein und ließen die Fahne in die Schlafkammer wehen. Alazais blieb stehen und starrte sie an, und ihr Gesicht war voller Trauer. Sie blies ihre Kerze aus und nahm Stirnband und Schleier ab. Langsam und tiefbetrübt faltete sie den Schleier zusammen und legte ihn auf die Kissen wie ein Engel, der Christi Tuch abseits der anderen Grabtücher zusammenfaltet. Dann öffnete sie ihr Überkleid. Dabei

wandte sie dem Banner mit dem Wappen ihres Gemahls den Rücken zu.
Barral hatte den Schmerz in seinen Beinen gerade vergessen, als es an der Tür klopfte.
»Wer ist da?« fragte Alazais ehrlich erstaunt.
»Pirol, der Sänger, Madame. Mit einem Stuhl.« Sie öffnete die Tür, und er kam mit einem aus Eichenholz geschnitzten Stuhl mit hoher Lehne hereingetaumelt. Er brauchte mehrere Anläufe, um den Stuhl zwischen den Türpfosten hindurchzubekommen. »Wo soll ich ihn hinstellen, Herr?«
Hinter dem Vorhang ertönte ein Knurren wie von einem Bären mit Blähungen, und der Stuhl wurde auf der Seite liegend hinter die Fahne gezogen. Als Barral sich hingesetzt hatte, machten seine Knie zwei Beulen ins Tuch, und seine Füße ragten unten hervor. Alazais und Pirol starrten unwillkürlich auf die großen, ledernen Kappen mit den genagelten Rändern. Sie lächelte und schüttelte wehmütig den Kopf. »Willst du nicht ein bißchen Musik machen, Spielmann, damit ich schlafen kann?«
»Ich habe sogar den Befehl«, antwortete er frech. »Meine Laute liegt nebenan.« Er ging rückwärts zur Tür hinaus, ohne den Blick von dem ausgebeulten Banner zu wenden, als könne er durch bloßes Hinschauen die Absurdität dieser Charade noch steigern.
»Nein, spiel nicht da draußen«, sagte sie. »Da kann ich dich nicht hören. Hol dein Instrument hierher.«
»Gewiß, Madame. Wenn du es wünschst.«
Das war ihre Vergeltung: Wenn du jenen Mann zuschauen läßt, dann lasse ich diesen zuschauen, gab sie ihrem Gemahl zu verstehen. Das beiderseitige Theater mit dem Versteck bedeutete, daß Barral nichts dagegen tun konnte.
Entweder hatte sie keine Zeit, sich zu überlegen, wie Pirol die Sache empfinden würde, oder sie betrachtete sie als eine Freundlichkeit, als eine Art Belohnung. Barral Nerra hinter seiner Fahne war völlig ungerührt. Er sah Pirol einfach nicht

als Mann, sondern nur als Instrument in Amaurys Orchester. Jetzt warf er einen Seitenblick auf Herrn Amaury und stellte sich die geschlechtlichen Qualen vor, die der Mann erlitt, und damit begann das Abendvergnügen für ihn wirklich.

Sie hätte vollbekleidet ins Bett klettern und die Vorhänge um sich herum schließen können. Sie hätte binnen weniger Augenblicke ins Bett springen und sich die Decke über den Kopf ziehen können. Aber dann hätte Barral sie verprügelt, weil sie ihm die Unterhaltung verdorben hätte, und Amaury würde ihn überreden, die ganze Travestie noch einmal zu inszenieren. Also bewegte sie sich langsam im Zimmer umher und löste ihr Haar. Sie zog sich die Schuhe aus und stellte sie säuberlich Seite an Seite ans Fußende des Bettes. Sie nahm ihre Ärmel ab und legte sie in die Presse, nahm den Gürtel ab und hängte ihn hinter die Tür. Ihr Kleid hatte keine Verschlüsse. Sie hob den Saum, beugte sich vor, hob die Arme über den Kopf, und die schrägen Bahnen ihres Rockes wandten sich von innen nach außen wie der Blütenkelch einer Lilie, in dem ihr Haar die Staubfäden waren.

Askese. Peter Pirol betrachtete, was er niemals haben konnte, und sein Rüssel füllte sich mit geschmolzener Flüssigkeit. Jeder Nerv in seinen Schenkeln fühlte die Wollfasern seiner Hose, als wäre sie aus Roßhaar. Und schlimmer als der Schmerz in seinen Lenden war der Schmerz in seiner Brust – diese Leere, die größer war als ein schreiend aufgerissener Mund. *»Aufhören! Aufhören! Aufhören!«* schrie er. *»Zwingt mich nicht anzusehen, was ich nicht haben kann!«* Er war Dives, in Ewigkeit dazu verdammt, in einem Feuersee zu stehen, derweil das kühle Wasser unerreichbar war. Seine Finger irrten über die Saiten der Laute. Wie konnte einen so etwas zu einem »besseren« Mann machen – eine solche Folter? Ein Mann, der von der Folterbank gelassen wurde, war hernach immer nur ein gebrochener Mann: invalide und verkrüppelt an Körper und Geist.

Alazais war unterdessen auf dem Höhepunkt ihres Grolls angelangt, wobei die Stupidität ihres Mannes sie weit mehr erzürnte als Amaurys Kupidität. Sie faßte ihr Hemd an den Knien, und ihre Finger begannen es hochzuraffen; Falte um Falte hob es sich vom Boden, offenbarte ihre Knöchel, ihre Waden, ihre Knie ... Sie sah, wie ihr Freund, der Sänger, hastig zwischen ihr und der Fahne hin- und herschaute und darauf wartete, daß Barral ihr Einhalt gebot. Aber sie wußte, sie brauchte nicht darauf zu warten, daß Barral eine Grenze zog. Er war ein Mann, der keine Mäßigung kannte. Mit einem schnellen, trotzigen Strecken der Arme zog sie sich das Hemd über den Kopf und schüttelte dann ihr Haar, so daß es sich in einer einzelnen, fließenden Woge neu ordnete.

Eine fallende Kadenz von Haar, eine Kakophonie der Schönheit, so laut, daß Pirol sich die Ohren zuhielt und beide Arme um seinen Kopf schlang.

Eine außergewöhnlich starke Windbö wirbelte zum Fenster herein und ließ das Banner ins Zimmer wehen; es hob sich in die Waagerechte, so daß die davor und die dahinter einander unverdeckt sehen konnten. Barral hatte eine Hand zwischen die Knie geschoben und hielt die vordere Stuhlkante so fest umklammert, daß seine Knöchel weiß schimmerten. Den anderen Arm hatte er um Amaurys Taille geschlungen; er drückte ihn an sich – aus Dankbarkeit oder Mitgefühl oder beidem. Sein Mund stand halb offen, und seine Unterlippe war naß. Er hatte das entzückte Gesicht eines Mannes beim Hahnenkampf, der zuschaut, wie sein Vogel einem Rivalen die Augen auskratzt.

In seiner Armbeuge lehnte Amaury von Herm; er grinste ungerührt und war beinahe allzusehr in seinen Erfolg mit Barral vertieft, als daß ihm der Anblick der nackten Alazais noch sinnliche Lust bereitet hätte. Der wehende Vorhang senkte sich wieder herab, und man sah nur noch die Augen der Männer durch die Schlitze, die sie hineingeschnitten hatten.

Amaury senkte die Stimme. »Dürfte ich meine *domna* umarmen?« fragte er in ehrfurchtsvollem Flüsterton.

»Jetzt? Jetzt gleich?«

Der Speichel hatte sich im hinteren Bereich von Barrals Mund zu einer Pfütze gesammelt, und er verschluckte sich, als er antworten wollte. Ohne die Erlaubnis abzuwarten, trat Amaury hinter dem Banner hervor, umschlang Alazais mit beiden Armen und küßte ihre Brüste, ihren Bauch, ihre Schenkel.

»O ja!« kam ein orgasmisches Gebrüll hinter dem Vorhang her vor. »O *ja*!«

Und schwerfällig nahm Barral wieder Besitz von seinem Eigentum; er riß sein Banner herunter und trampelte unabsichtlich über sein eigenes Wappen. »Hinaus! Du, er – hinaus!« quiekte er zwischen blökendem, schnaubendem Gelächter. »Oh, was ist diese Minne doch für eine großartige Sache! Eine großartige Sache! Nicht wahr? Ist es nicht die großartigste Sache der Welt?«

Amaury gab seiner *domna* zum Abschied einen leidenschaftlichen Kuß auf den Hals und nutzte die Gelegenheit, ihr ins Ohr zu flüstern: »Wann immer es mir beliebt, Madame.« Die Hartnäckigkeit, mit der die Frau seinem Werben widerstand, ärgerte ihn allmählich. Tatsächlich erfüllte ihn bereits eine starke Abneigung gegen Alazais; im drohenden Ton seiner Stimme war das deutlich zu hören. »Wann immer es mir beliebt, Madame.«

Dann zog er Pirol auf die Beine und schob ihn vor sich zur Tür hinaus, nicht ohne zum Abschied in ein lächerlich theatralisches Klagen auszubrechen. *»Ich habe gelebt und bin gestorben, in einem einzigen Augenblick!«*

Vierzehn

Ehebruch

»Nur ein Wort, Herrin, und ich schneide ihm die Kehle durch«, sagte Pirol.

»Das würde deine Seele und die meine noch tiefer in die Verdammnis stoßen als die seine«, antwortete Alazais. »Bete lieber für mich. Daß mein Gemahl diesen durchsichtigen Mann bald durchschauen möge.«

»Aber das hat er doch sicher schon! Als du ihm erzählt hast, was ich dir erzählt habe! Von den Damen von Poussarou. Wie er dort alle Männer gehörnt ...«

»Ich habe es ihm nicht erzählt.«

»Du hast es nicht ...?«

»Ach, Pirol. Was gäbe es für einen Beweis? Die Damen würden es bis zum letzten Atemzug leugnen.«

»Ich könnte sagen, wo man graben muß! Wo man die leeren Flaschen findet! Die Labflaschen!«

Natürlich hätte er eine Zeugin anführen können. Aber Kadijas Leiden unter Herm war ein Verbrechen, das er vor Alazais nicht ausbreiten wollte. Kadija war wie jemand, den er in einem anderen Leben gekannt hatte – ein Fehltritt aus der Kindheit.

»Und außerdem – woher sollte ich die Geschichte der Damen von Poussarou kennen, wenn du sie mir nicht erzählt hättest?« fügte sie hinzu. »Ich glaube, wenn du ihn bei Barral anschwärzen wolltest, würde Amaury dich umbringen, mein Lieber.« Sie redete, als hätte sie ein Kind zu beschwichtigen, und allmählich geriet sie damit in einen leisen Widerspruch zu Pirols Bild von sich selbst als ihrem Vertrauten und starken Beschützer.

»Dann mußt du fort von hier. Ich helfe dir fliehen. In irgendein Kloster; dort kannst du Zuflucht verlangen, bis dein Gemahl wieder zur Vernunft gekommen ist.«

Dieser Gedanke war ihr auch schon gekommen – ein Lichtschimmer, ein Fluchtweg. »Könnte ich das? Würdest du mir helfen? Heimlich, meine ich? Es gibt ein Haus der Zisterzienser in Floret-des-Étangs. Ich weiß, daß Barral irgendwann wieder zu sich kommen wird. Er liebt mich mehr, als du glauben würdest.«

»Der Mann ist eine Bestie und ein Lüstling«, sagte Pirol mit zuversichtlicher Geringschätzung; es wunderte ihn nur, daß sie ihm nicht auf der Stelle beipflichtete.

Statt dessen sagte sie ziemlich kühl: »Der Quell des Unglücks und der Bedrohung für mich ist allein Herr Amaury, Pirol. Ich könnte es nicht ertragen, noch einmal von ihm kosten zu müssen.«

Pirol spuckte aus. »Ich schwöre, wenn er dich noch einmal anrührt ...«

»Oh, nicht schwören, Pirol. Bitte nicht schwören. Ich habe schon so viele Schwüre gehört, daß man mit ihrem Wind ein großes Schiff bis nach Afrika hätte pusten können. Nichts, was gesagt wurde, war je von Dauer.«

Das war zuviel für Pirol. Er fiel ihr zu Füßen auf die Knie. »Oh, aber das ist nicht wahr, Alazais! Heimlich, nachts, habe ich schon manchen Schwur geleistet, den niemand außer Gott vernahm. Und an sie alle bin ich gebunden bis zum Tage meines Todes! Ich liebe dich, Alazais! Ich schwöre, du bist das Blut in meinen Adern, die Luft, die mich umgibt, die Sonne, die mich bescheint, der Boden, auf dem ich stehe!«

Lange, lange starrte sie ihn an, und ihr Erstaunen war groß. »Weiß Herr Amaury das?« fragte sie schließlich.

»Natürlich nicht! Glaubst du, er würde mich sonst in deine Nähe lassen? Es übersteigt seine Vorstellungskraft. Wahre Liebe würde er nicht erkennen, wenn sie in seinem Bett schliefe. Er ist blind für sie.«

»Ich war es ganz gewiß«, sagte sie mit schiefem, besorgtem Lächeln. »Bitte erhebe dich, Monsieur Pirol.«

»Haben meine Lieder es dir nicht gesagt? Jetzt, da du weißt, daß ich sie geschrieben habe? Machen sie nicht alles klar ersichtlich? Ich bin dein *drut.* Stand jemals etwas sicherer fest als ...?«

»Was ist ein *drut?«* unterbrach sie ihn.

»Du warst voller Zärtlichkeit gegen mich. Ich weiß, daß dir etwas an mir liegt. Du hast es praktisch gesagt. Du willst nicht, daß mir etwas zustößt.«

»Ich will überhaupt nicht, daß irgend jemandem meinetwegen etwas zustößt«, sagte sie. »Und was ist ein *drut?«*

Starr wie Lots Weib stand sie da; ihr Blick ruhte auf dem Fenster und dem Kaleidoskop der Wolken, das sich im steinernen Rechteck zu immer neuen Formen drehte.

»Ich! Sag, daß ich dein *drut* bin, und ich werde dir Amaury vom Leibe halten – bei allem, was mir teuer ist! Bei meinem Leben! Ich werde ihn nicht mehr in deine Nähe lassen! Nie mehr, das schwöre ich. Bei der Jungfrau Maria, ich schwöre es.«

»So *viele* Schwüre«, sagte Alazais und wiederholte dann: »Was ist ein *drut*?« Aber in Wahrheit wußte sie es schon. Wenn sie auf bestimmte Gelegenheiten zurückschaute, sich zu erinnern versuchte, wo Pirol gesessen, was er getan hatte, und wenn sie daran dachte, was er für ein Gesicht gemacht hatte, als sie sich eine Armlänge weit von ihm entfernt ausgezogen hatte, wurde ihr klar, daß dieses Problem schon die ganze Zeit bestanden hatte. »Verzeih mir. Ich bin nicht vertraut mit eurer ›Fröhlichen Wissenschaft‹. So viele Wörter, so viele Ausdrükke.« Sie war um einen oder zwei Schritte zurückgewichen, und indem er ihr auf den Knien gefolgt war, hatten sich seine Strümpfe an den Waden gebeult und dehnten sich, wo sie an seinem Gürtel befestigt waren, bis zum Zerreißen. »Liebhaber. Ist das damit gemeint? *Drut* bedeutet Liebhaber.«

»Ja!« Er sprang auf. Seine Ohren waren gerötet, und seine Sommersprossen fesselten ihre Aufmerksamkeit, so daß ihre Blicke einander nicht begegnen konnten. Endlich sagte sie völlig tonlos und mit einer Müdigkeit, die sie kleiner werden ließ als er: »Muß ich dann auch mit dir schlafen? Gibt es nichts mehr auf dieser ganzen Welt, das den Namen Freund tragen kann?«

Pirol floh. Er floh vor der Herabsetzung in ihrem Blick und vor der Anklage in ihrer Stimme. Und beim Laufen schlug die Phiole mit dem Lab in seinem Beutel immer wieder gegen seine Lenden und strafte alle seine großen Worte Lügen. Jawohl, er hatte vorgehabt, mit ihr zu schlafen, aber nur, um einer Liebe Luft zu machen, die sich nicht einen Augenblick länger im Zaume halten ließ. Jawohl, er hatte geglaubt, diese Ehre werde ihm aus Dankbarkeit für die Rettung gewährt werden. Aber es hatte nicht wie Erpressung geklungen, als er darüber nachgedacht hatte! Nicht so, wie sie es jetzt klingen ließ! Eher wie eine weiße Hafenstadt, von einem heimkehrenden Schiff aus gesehen, die mit jedem Augenblick klarer wurde. Ihr Zueinanderkommen.

»Pirol, du hast Besuch.«

Wie ein Dieb, der vom Ort seines Verbrechens wegläuft, blieb Pirol stehen, drehte sich um und schenkte Amaury sein unschuldigstes Lächeln. »Frau Alazais hat Musik verlangt. Ich wollte eben mein Instrument holen, Herr.«

»Ich gehe für dich«, sagte Amaury mit ebenso breitem Lächeln. »Ich darf dich nicht von deinen Gästen fernhalten. Lauf zu!«

Er hätte es wissen müssen. Ein solches Lächeln verhieß einen

Messerstich zwischen die Rippen. Er hätte es wissen müssen. In letzter Zeit beging er den Fehler, sich einzubilden, er sei seinem Herrn an Verstand überlegen – verschlagener und im Stillen listiger als sein Rivale. Wie absurd.
Es war Kadija. Herm hatte Kadija kommen lassen.
Sie sah aus wie damals, als er sie verlassen hatte. Sie war nicht nur, was das Alter angeht, unverändert, sondern trug auch noch dasselbe Kleid und hatte dasselbe Tuch um ihr Haar gebunden; sie trug das schlafende Kind auf demselben Arm, und ihre Zähne strahlten noch genauso blendend, als sie bei seinem Anblick zu lächeln begann. Sie war noch dieselbe, aber schäbiger als früher. Ihre Farbe war ausgewaschen: aus dem Kleid, aus dem Tuch, auch aus dem Kleid des Kindes. Schäbig und faltig. Ihre Kleider waren natürlich immer schon faltig gewesen, aber jetzt war es auch ihr Gesicht – so, als habe man es zerknüllt zum Trocknen hingelegt, statt es auszubreiten. Und so tiefschwarz. Sie kam Pirol schwärzer vor, als er sie in Erinnerung hatte.
Das Lächeln verblaßte. Sie schauten einander an wie zwei alte Bekannte, denen es peinlich ist zuzugeben, daß sie ihre Namen vergessen haben.
»Dein Herr hat geschrieben. Sagt, du vermißt mich«, berichtete sie. »Hat auch Geld geschickt. Damit ich herkomme.«
Er versuchte sich zu erinnern, wann er Amaury gegenüber den Namen der Stadt erwähnt hatte, wo er Frau und Tochter zurückgelassen hatte. Was für einen Kopf dieser Mann haben mußte, daß er immerfort solche Belanglosigkeiten darin verstauen konnte, um sie später einmal zu verwenden! Unaufhörlich sammelte er Kieselsteine, um damit schließlich einen Mann zu versenken. »Wo ist der Bär?« Eine andere Frage fiel ihm nicht ein; er blieb bei der Küchentür stehen und kam nicht näher. Sie schwankte ihm ein kleines Stück weit entgegen, aber ihre großen, breiten Füße blieben angewurzelt am selben Fleck: starke Füße mit vorstehenden Knochen, wie

Holzbündel, die mit den Riemen der Sandalen zusammengeschnürt waren und über die Sohlenränder quollen. Sie waren vom Staub weiß bis zu den Knöcheln.
»Er ist gestorben«, sagte sie. »Er war sehr alt.« Und dann, nach einer ganzen Weile: »Ich dachte, du wärest auch gestorben.« Ihr Französisch hatte sich natürlich verändert. Sie sprach es jetzt, als wäre es ihre eigene Sprache. Ein bißchen anmaßend, das, fand Pirol: sich freizügig an einer Sprache zu bedienen, die einem nicht gehörte.
»Ich wäre es beinahe. Wir waren kaum wieder da, als der König und die Königin sich trennten; wir sind lieber Eleanor als dem König gefolgt.« Er hörte, wie seine Stimme sich hob und senkte, singend und eindringlich wie bei einem Kind, das sich Lügengeschichten ausdachte. »Dann in Poitiers. Kaum hatten wir uns eingerichtet, da hieß es, auf und hierher. Aber wir werden nicht lange hier bleiben, wage ich zu behaupten.«
Sie hatte die Strapazen der Reise durch Frankreich herunter kaum bemerkt – der Weg war schwierig wie für jeden Aal, der sich über Land bis zu seinem Geburtsort schlängeln muß. Jetzt holte die Erschöpfung sie ein. Die Freude, die sie empfunden hatte, als sie ihn nach so langer Zeit wiedersah, wurde von der Zugluft vertrieben, die durch die Tür hereinwehte; er hielt sie immer noch mit einer Hand offen, als könne er so schneller die Flucht ergreifen. »Du fragst nicht nach dem Mädchen«, stellte sie fest.
Er zuckte die Achseln. Er hatte wichtigere Dinge im Kopf. Amaury hatte Kadija und das Kind kommen lassen, um ihn in Alazais' Augen anzuschwärzen. Jetzt mußte er Schritte unternehmen, Pläne schmieden. Wo konnte man die beiden vor Alazais verstecken? »Sie scheint sich nicht verändert zu haben«, sagte er, und er trat hinzu und zerzauste das lockige schwarze Haar der Kleinen mit pflichtschuldiger Zärtlichkeit. Aber seine Finger blieben in den verfilzten Locken hängen, und sie wachte kurz auf und blinzelte ihn mit schlaftrunkenen

Augen an, bevor sie sich von neuem an die Konturen des mütterlichen Körpers anpaßte. Er war es, der leise aufschrie.
»Nun? Möchtest du nicht annehmen, in vier Jahren hätte sie ein bißchen wachsen können?« fragte Kadija verbittert.
»Ich hatte sie so groß in Erinnerung, wie sie war.«
»Aber du hast dich anscheinend nicht sehr oft an sie erinnert.« Sie ließ sich auf die Bank plumpsen, auf der sonst die Dienerschaft zum Essen saß. Die Strapazen der Reise überwältigten sie, und ihre Augen schienen an Ort und Stelle in den tiefen Höhlen zu versinken. »Die andere ist tot. Ist ungefähr zur gleichen Zeit wie der Bär gestorben. Kurz danach. Ich habe sie bei Nachbarn gelassen. Da ist sie die Treppe hinunter in den Keller gefallen.«
Er war angewidert und entsetzt. »Wieso hast du sie denn dagelassen? Wo warst du denn? Wahrscheinlich haben sie sie hinuntergestoßen. Haben die Gelegenheit genutzt, um sie die Treppe hinunterzustoßen. Wahrscheinlich hast du ihnen die Gelegenheit gegeben, auf die sie gewartet haben.«
»Kann sein«, sagte sie unbeteiligt. »Es war schwer. Als Spanierin in einer französischen Stadt. Ganz allein. Ich hätte sie nicht dagelassen, wenn die Wehen nicht gekommen wären.« Sie schaute das Kind in ihren Armen an: ein abwesender, ungerührter Blick, als sei sie nie zuvor aufgefordert gewesen, den Wert ihrer Kinder zu vergleichen. Sie hatte dieses als Ersatz für das verlorene bekommen. »Die hier ist nicht einfach«, ließ sie ihn wissen, nachdem sie sich besonnen hatte. »Ich hatte reichlich zu essen, während sie kam. Du hast mir so viel dagelassen, daß es das erste Jahr gereicht hat. Ich habe sie Jerusalem genannt, weil du dort warst. Sie haben mir gesagt, das ist kein Name für ein Mädchen, aber da war sie schon getauft. Was konnte ich machen?«
Sie erzählte noch mehr, aber er konnte ihr nicht folgen. Seine Gedanken versackten in dieser Neuigkeit. Er nahm ihr das Kind ab und hielt es mit ausgestreckten Armen hoch. Es

wachte auf und bekam Angst, aber auch das nahm er nicht zur Kenntnis. Er war allzusehr damit beschäftigt, die Ähnlichkeit mit sich selbst in dem runden braunen Gesicht zu sehen, seine Saat in dem seltsam exotischen Blumenstrauß, der ihm da ins Gesicht trompetete. »Sie ist von mir. Die hier ist von mir. Von dir und von mir. Das kann ich sehen. Es ist meine. Meine Tochter. Mein Kind. Jerusalem! Was ist daran auszusetzen? Ein schöner Name!« Er wirbelte das Kind herum, und es verschluckte seine Schreie wie unzerkautes Brot. Es wollte die Arme nach der Mutter ausstrecken, aber da hielt er es nur noch fester, dieser Fremde mit dem weißen Gesicht, dem rötlich blonden Haar und dem fröhlich lärmenden Mund. »Nichts von ihm ist in ihr. Überhaupt nichts von ihm. Seine ist gestorben, nicht wahr? Seine ist tot. Die hier ist meine. Das bist du, nicht wahr? Nicht wahr?«

»Gott gibt und Gott nimmt. Das hat unser Volk gesagt.« Seit dem Tod ihres ersten Kindes hatte sich zwischen Kadija und der katholischen Kirche eine gewisse Distanz aufgetan. Die Priester in Vitry waren nicht barmherzig mit ihr umgegangen, obwohl sie ihnen erzählt hatte, daß ihr Mann als einer von Gottes Soldaten in den Krieg gezogen war, um die Heiligen Stätten zurückzuerobern. Sie hatten sich geweigert, ihr totes Kind in christlicher Erde zu bestatten oder sie selbst nach der Entbindung einzusegnen. Und als das Geld ausgegangen war, das Pirol ihr hinterlassen hatte, und sie, so gut sie konnte, etwas verdienen mußte, da hatten sie sie exkommuniziert und sie als schwarze Hure beschimpft, als Arschwisch des Satans.

So entzückt Pirol auch war, er mußte seine Ehe doch vor Alazais verbergen. Er brachte Kadija und Jerusalem nach Arles und besorgte ihnen dort eine Unterkunft. Aber als er zurückkam, hingen Zettel an jeder Tür – »Dein Herr sucht dich!« –, an jedem Fenster, an jeder Pforte. »Beim Essen hat man dich vermißt. Der Herr Barral hat ein Lied verlangt, und Herr

Amaury mußte ohne dich singen. Er wird dir ganz bestimmt das Fell über die Ohren ziehen.«
Gar nicht. Ein paar Schläge mit dem Zügel seines Pferdes, und Amaurys Zorn war aufgebraucht. Er war viel zu zufrieden mit dem Verlauf des Abendessens.
»Frau Alazais hat dich beim Essen vermißt«, sagte er und trieb sein Pferd seitwärts über den Burghof, so daß Pirol immer weiter zurückgedrängt wurde. »Aber ich habe sie beruhigt. Ich habe ihr die gute Nachricht von dir erzählt. Wo immer du wärest, du würdest ganz sicher dein eigen Weib und Kind zu Bett bringen, habe ich zu ihr gesagt. In kühlerem Klima müsse man diese Mohrenweiber ja warmhalten.« Und gerade als die Lücke zwischen Pferdeleib und Stallmauer sich schließen wollte und Pirol darin eingeklemmt war, da stieß Amaury dem Tier die Steigbügel in die Flanken, daß es durch die niedrige Seitenpforte hinausstürmte. Herr Barral wartete draußen. Die beiden galoppierten davon, jagten durch die Dämmerung zu ihrem allwöchentlichen Besuch im Bordell von Arles.

Er versuchte, Alazais alles zu erklären. Er erzählte ihr, daß diese Ehe nicht von ihm begründet worden war – daß er das schwarze Weib niemals geliebt habe, nein, nicht einen Augenblick lang – daß es ihm nie eingefallen sei, sie zu erwähnen, da die Bindung so lose sei. Und er zitierte Präzedenzfälle, in denen das Gericht der Liebe geurteilt hatte: daß wahre Liebe nur zwischen Unvermählten bestehen könne. Er beschwor die besten seiner Verse herauf, die ihm zu Gebote standen, und bewarf sie damit wie mit Bändern, die sich in ihrem Haar verfangen sollten. Er gelobte Gelübde und schwor Schwüre und erklärte sich zu ihrem einzigen wahren Freund.
Und dann schaute sie ihn mit Fliederaugen an und sagte: »Spielmann. Früher, bevor ich verstanden hatte ...«
»... da hieltest du mich für einen Opportunisten! Du dachtest,

ich wollte Herm nachäffen! Mich auch einmal als Verführer versuchen!«

»Früher«, wiederholte sie, »heute nachmittag – bevor du dich *erklärtest*, da hätte ich dir fast nichts verweigern können außer Liebe. Weil ich niemals welche für dich empfand. Doch jetzt, da du deinen Fall vorgetragen hast ...«

»Jetzt? Ja?«

»Jetzt kann ich mit Freuden deine Gesellschaft zurückweisen, deine Musik, deine Anwesenheit und alles, was du gern Freundschaft nennst. Ich stelle fest, ich mag dich nicht, mein Herr. Mag und schätze dich nicht. Denkst du denn, ich habe es nicht erlitten, wie Herr Amaury mir Pythagoras und Champagner zitierte? Glaubst du, ich habe meine Bibel nicht gelesen, daß ich die Stimme der Schlange nicht erkenne, wie sie Apfel verkauft? Ich bin sehr, sehr froh, daß mein Gemahl nach England gerufen wurde. Vielleicht hat Gott so meine Gebete erhört. Jetzt bete ich darum, daß Barral in seinem Gepäck keinen Platz für Abfall wie dich und deinen Herrn finden möge.«

Ihre Stimme schwoll von einem Flüstern zu Schreien, brandete heran wie eine Woge, die Pirol mit ihrer Eiseskälte überrollte und, als sie sich zurückzog, alle Schätze aus seinen Taschen spülte, allen Reichtum aus seinen Händen. Das Einzige, was sie nicht aus ihm herauswaschen konnte, war die große eiserne Masse seiner Besessenheit, der brennende Phosphor seines Verlangens. Das allein blieb in ihm zurück, groß wie ein Schmerz.

Fünfzehn

Der Prozess der Liebe

»Ich habe heute nichts geschrieben«, sagte Pirol. »Es fehlte mir an Inspiration.«

Amaury lachte laut auf. »Was ist das? Er schmollt? Und ich dachte, du wärest mir dankbar, daß ich dir deine Familie heimgeholt habe. Ja, und warum hast du sie so weit draußen einquartiert, deine köstliche Karima?«

»Kadija.«

»Ich bin sicher, niemand hier würde *weniger* von dir halten, weil du ein solches Weib hast. Es ist eine ganz hübsche Frage – ein interessanter Gegenstand für eine Debatte:

Könnte man *weniger* von einem Manne halten, der sein Dasein so tief unten auf der Leiter des allgemeinen Ansehens begonnen hat?«

»Der ist meinesgleichen, der sich die Mühe macht, mich zu beleidigen«, sagte Pirol.

Tatsächlich waren die beiden zu jener Zeit in ihrer gegenseitigen Abhängigkeit einander so gleichrangig, wie sie es nur je gewesen waren oder je wieder sein würden: Pirol lieferte die Verse, und Amaury hatte den gesellschaftlichen Stand. Der Unterschied lag nur darin, daß Amaury den Weg im voraus geplant hatte, während Pirol so fest auf der Sandbank seiner Besessenheit saß, daß die Flut eines jeden Tages ihn in Stücke zu reißen drohte. Diese Brandung hatte eine eigentümliche Veränderung in ihm bewirkt.

»Du willst mir also kein Lied für den Wassertjost schreiben, he?« Amaury strahlte vor Belustigung. »Und du glaubst, das trifft mich ins Mark, wie? Du glaubst, ich bin ohne deine Hilfe nicht mehr imstande, ein paar Verslein zusammenzuschustern? Nun, *das* ist eine Kränkung. Genug Grund für eine Forderung, würde ich sagen. Wie wär's damit? Ein Prozeß vor dem Gericht der Liebe. Ein Wettstreit in den Schranken der Poesie. Du gegen mich. Ein Preislied auf die unschätzbare Alazais? Und zu Papier gebracht das ganze! Damit die Nachwelt über uns richten kann.«

Pirol tat, als müsse er darüber nachdenken, aber sein Herz tat einen Satz bei diesem Gedanken. Der Adel aus der ganzen Camargue und dem halben Languedoc würde bei dem Wassertjost zugegen sein. Pirol beschloß so hell zu strahlen, daß er Amaury in den Schatten stellen würde. Barral würde feststellen, daß sein kostbares Statussymbol nichts weiter war als ein zahmer Affe, der die Worte nachplapperte, die sein Spielmann für ihn geschrieben hatte. Und vor allem (sagte er sich) konnte Alazais nicht umhin, den Unterschied zwischen Amaurys blecherner Unaufrichtigkeit und einem von wahrer Liebe inspirierten Lied zu vernehmen. Patron, Wertschätzung und *domna*: Alle drei würde er mit einem Lied gewinnen.

»Ich werde mich mit dir messen, Herr Amaury«, sagte er mit schläfrigem *ennui.* »Mit einem Lied zum Lobe der Frau Alazais. In einem Wettstreit vor dem Gericht der Liebe.« Und er begab sich auf der Stelle zu dem Pult im Troubadoursgemach, wo er für gewöhnlich zu schreiben pflegte, und tat, als schreibe er schon, als Herm hinausging. »Noch etwas, Herr!« rief Pirol, während der Türvorhang noch an seinen Ringen flatterte. »Etwas habe ich vergessen zu erwähnen.

Hast du gehört, daß Herr Barral vom König nach *England* gerufen wurde?« Draußen polterte es, als habe jemand einen Holzstoß eingetreten.

Am nächsten Tag leerte sich die Burg, und Dutzende von Fuhrwerken schafften den noch im letzten Augenblick für einen Wassertjost benötigten Kram zum Fluß hinunter: vergoldete Ruder, mit Wappentieren bestickte Lateinsegel, spitzige, zu Spiralen geschnitzte Bugspriete, die aussahen, als wolle man damit die Rümpfe rivalisierender Boote aufschlitzen. Lord und Lady Nerra wollten von Musik bis an den Fluß begleitet werden, und so ward jeder Sänger, jeder Spielmann, jeder Herold mit seinem Horn genötigt, sich der Prozession anzuschließen. Die verkrusteten Kessel unten an der Küste waren kalt; man hatte den Tag zum Feiertag erklärt, und da ungewohnterweise keine Spur von Dampfes in der Luft war, schwärmten die Mücken mit Festtagsappetit aus den Sümpfen hervor.

Zu Fuß unter den Spielleuten anderer Troubadoure zu marschieren, war keine besondere Erniedrigung für Pirol. Es war nur eine vorübergehende Herabsetzung. Als Amaury zu Pferde vorbeikam und den Blick über seinen großartigen Festzug wandern ließ, rief Pirol frech wie ein Hähnchen: »Ist dein Lied schon fertig, Herr?« Und dabei schwenkte er sein eigenes über dem Kopf hin und her. Die Gaukler ringsumher musterten ihn mit zynischen, abschätzigen Blicken und hielten ihn für einen Einfaltspinsel.

Der Fluß oberhalb von Arles war kaum sichtbar, denn die bunten Wänste einer Flotte von Kähnen lagen wie eine Schwimmbrücke nebeneinander von einem Ufer zum andern. Sie stießen und rammten einander dröhnend, unruhig im Strom.

Die Ruderer glitten und drängten aneinander vorbei und tauschten unablässig die Plätze. Die Ritter, die zum Turnier gemeldet waren, balancierten auf den Vorschiffen im Bug einer jeden Barke. Mit weit gespreizten Beinen standen sie – mehr oder weniger zuversichtlich – in den schlingernden Booten.

Die Damen standen aufgereiht auf einem Gerüst, dessen Tuchumhüllung so bemalt war, daß es wie ein Schiff aussah.

Und daneben, so vertäut, daß ihnen die Sicht auf das Spiel nicht verstellt wurde, hatte man noch eine Miniaturgaleone gebaut, indem man einen Landungssteg mit Planken bezimmert hatte. Ein Krähennest mit einer hübschen goldenen Balustrade erhob sich nicht mehr als zwölf Fuß hoch über den Boden, aber es bot doch Platz genug für eine Galerie von Sängern und für einen Bardenthron mit hoher Lehne. Und alles bewegte sich ein wenig in der Strömung.

Der Turnierkämpfer, der stromabwärts fuhr, war entschieden im Vorteil; die Barke, die sich stromauf kämpfen mußte, wurde vom Schub der Ruder stärker durchgeschüttelt, der Ritter im Bug stieß taumelnd nach vorn, und seine Lanze nickte und wippte. Die Rückrunde bot dann den Ausgleich. Außerdem kam es vor allem auf die Geschwindigkeit an, mit der man aufeinander zufuhr; Zusammenstöße und Verletzungen waren von solcher Wucht, daß der Verlierer ins Wasser geschleudert wurde. Kleine Ruderboote umwimmelten jeden Bug wie Wasserflöhe das Maul eines Lachses, um die Gestürzten aus dem Wasser zu retten. Aber gleich zu Beginn wurden zwei Männer vom Gewicht ihrer Rüstung so schnell unter Wasser gezogen, daß selbst Taucher sie nicht mehr finden konnten. Die Bergung der Toten wurde verschoben, bis man den Fluß mit Stangen würde absuchen können, ohne die Festlichkeiten zu stören.

Ausnahmsweise nahm Amaury an seinem eigenen Turnier auch einmal teil.

Es war ein glorreiches, vergoldetes Gepränge, äußerst pittoresk: Die Barken waren viel bunter als jedes wirkliche große Schiff, und man hatte ihnen vorn mit weißer Farbe eine sahnige Bugwelle angemalt, um den Eindruck der Geschwindigkeit zu vergrößern. Aber Pirol hatte keinen Sinn dafür. Seine Blikke wanderten wieder und wieder zu der Gestalt Alazais', deren blaues Gewand den Fluß faulig und grün aussehen ließ.

Amaurys Boot steuerte beinahe geradlinig auf seinen Gegner zu. Es kam flußabwärts geflogen, und ein ängstlicher Jungritter fuchtelte ihm mit wackelnder Lanze entgegen. Aber er hielt stand, dieser Jungritter; seine Lanze verhakte sich in der entgegenkommenden Barke und wurde ihm aus der Hand gerissen und zwischen den beiden Booten zersplittert, als sie zusammenstießen.

Sie verkeilten sich ineinander. Die Männer der Besatzung kippten hierhin und dahin, fielen mit komischen Purzelbäumen über Bord und verschwanden. Die kleinen Boote wurden hin und her bugsiert. Die Zuschauer auf der Tribüne lachten und streckten die Finger aus und kniffen die Augen im Licht zusammen, um besser sehen zu können. (Nur, daß Alazais nicht lächelte; Pirol bemerkte es wohl. Sie lächelte nicht. In letzter Zeit lächelte sie nie mehr.) Beide Ritter waren von ihren Vordecks verschwunden. Heilige Schande! Amaury aus den Schranken gewiesen! Dies war der Tag, da Amaury verlor und verlor und verlor, dachte Pirol. Er würde mit Entengrütze bedeckt aus dem Fluß geklettert kommen.

Die Ruderer schnitten Grimassen und schwitzten. Die Anstrengung war mörderisch. Sie fluchten über den, der sich ein solches Tagesvergnügen ausgedacht hatte. Sie waren Stallburschen und Hufschmiede, Knechte und Rüstknappen – Männer, die an Pferde und trockenen Boden gewöhnt waren.

Nach einer Weile fingen sie an, aus dem Takt zu geraten und sich klappernd mit den Rudern zu verheddern, und sie kamen kaum noch gegen die Strömung an, wenn sie flußaufwärts wenden mußten. So waren sie von Herzen dankbar, als eine Pause eingelegt wurde.

»Musik und Erfrischungen!« verkündete Barral; er stapfte ans Ufer und gab dem Boden erbost einen Tritt, weil er nicht stilllag unter ihm. Er hatte das Turnier überlebt. Sein massiger Ballast hatte den Bug seiner Barke tief ins Wasser beißen lassen. Solide wie ein türkischer Bund hatte er die schwankenden Lanzen minderer Männer von sich abprallen lassen und sie in die Bilgen stürzen lassen. Er war sehr zufrieden mit diesem Tag. Sonst hätte es ihn mehr geärgert, daß sein Ritter-*trobar* (wo steckte der Kerl?) eine so klägliche Vorstellung gege-

ben hatte. Er trat unter das goldene Krähennest. Oben hockte gestrandet Pirol, dem vom Schwanken des Landungsstegs ein bißchen übel war.
Barral wandte sich an seine Gäste und brüllte: »Mein Troubadour – ihr habt mich schon von ihm erzählen hören – hat einen Schützling!« Pirol umklammerte die goldene Brüstung des Krähennests. »Sie haben einander, scheint's, herausgefordert: der Troubadour und sein Spielmann – wer meiner Frau am besten Gerechtigkeit widerfahren lassen könne – dem Schatz meines Hauses – der köstlichen Alazais. Während die Ruderer rasten und die Mägde euch Rosenwasser und Wein bringen, soll das Gericht der Liebe seinen Gang nehmen, der Wettstreit zwischen Amaury von Herm und seinem Spielmann ...« Er hob die Hände über den Kopf und schnalzte mit den Fingern. Pirol war erstaunt, daß der Mann auch nur wußte, wo er zu finden war. »Wie ist dein Name, Junge? Ich hab's vergessen!« Verdutzt. Verdattert. Wo war Amaury, damit er all die Augen abwehrte, die ihn anstarrten? »*Wie ist dein Name, habe ich gefragt*?«
»Pirol, Herr. Pirol.«
»Pirol! So. Und ihr seid die Richter, ihr Herren und Damen. Zuerst der Spielmann Pirol. Pirol von Herm ... Wo hast du deinen Text, Knabe?«
»Ich habe ihn im Kopf, Herr.«
»Herms habe ich hier«, knurrte Barral mehr zu sich selbst. »Wo ist der Mann?« Er hielt eine Pergamentrolle in der Hand, mit Wachs versiegelt. Noch von der Mastspitze aus konnte Pirol Herms Siegel erkennen, eine von Zinnen umgebene Insel. Es machte ihm angst, dieses Siegel. Es lenkte die Aufmerksamkeit auf den Unterschied zwischen ihnen, dem Herrn und dem Spielmann. Er erinnerte sich an jenen Tag in der Burg der Lilien, als Amaury seinen Herrn Jocelyn de Foicelles überwuchert hatte, wie Geißblatt eine Mauer verschwinden läßt. Würde er jetzt mit Pirol genauso verfahren? Und wo war er? Wohin Pirol aus seinem Krähennest auch spähte, überall sah

er Barrals Aufseher, die nach dem Troubadour Ausschau hielten. Sie reckten die Hälse und suchten das Gewimmel ab. Sie riefen die Ruderer, die an der Uferböschung rasteten – das heißt, sie riefen sie mit übertriebenen Gebärden, nicht mit lauter Stimme, da sie fürchteten, den Vortrag zu stören.
Vielleicht bildete er sich in seiner unbekümmerten Verachtung Barrals ein, er brauche nicht leibhaftig zugegen zu sein, um sein Gedicht zu verlesen. Vielleicht aber wußte er auch, daß seine Verse so schlecht waren, daß er nun nicht wagte sein Gesicht zu zeigen. Ja – das war es!
So erweckte Pirol seinen Mut zu neuem Leben. Und er beschwor seine *serenade* herauf und las sie aus der Luft, er wikkelte das vorhersehbare Stück ab wie Wolle von einem Rokken. Er richtete seine Worte an Alazais, sah, wie sie dasaß und die Finger im Schoß ordnete, nicht gebeugt vor Scham – aufrechter noch in ihrem Martyrium, ein Vogel mit gestutzten Flügeln inmitten glotzender Zuschauer. Die Köpfe der Menge wandten sich hin und her zwischen Dichter und Gegenstand, um zu ermessen, wie passend seine Vergleiche waren. Das Rauschen des Flusses dämpfte alle anderen Geräusche. Fast mußte Pirol schreien, um sich Gehör zu verschaffen – als preise er sie an, um sie zu verkaufen.

Was ist dieses köstliche Licht, welches dort
Brennt wie die See vor Troja feurig hell?
Die süße Alazais befeuert solches Wunder,
Vor dem Helenas Glorie verblaßt wie die Nacht vorm Tag.
Sie wappnet das beritt'ne Jahr mit Lanzen zwölf;
Sie schmückt das sprießende Jahr mit lauter Mai.
Sie verwundet das Herz mit Speeren des Glücks,
Die sich bohren tief in die geheimen Kammern des ...

Welch ein Gefasel. Die Worte knirschten zwischen seinen Zähnen wie schwarze Nelken, die in einem faulen Apfel stek-

ken. Ein billiges, dünnes, künstliches Liedchen. So sehr hatte er sich gemüht, Herm zu übertreffen, daß er vergessen hatte, wie man etwas geradeheraus sagte, wie man es bewerkstelligte, daß ein Gedicht sagte: »Ich liebe dich.«
Seine letzte Zeile wurde mit wildem Applaus begrüßt. Sogar die anderen Sänger, die unter dem Krähennest aufgestellt waren, klatschten. Und die Menge warf ihm Lächeln zu in seinem vergoldeten Krähennest, wie man einem angeketteten Bären Orangen zuwirft.
Selbst Barral machte ein Gesicht wie ein zufriedener Kunde. Schließlich hatte er eine Stute gekauft und festgestellt, daß sie ein Fohlen trug: Sein Troubadour hatte ihm ein zweites Talent mitgebracht, mit dem er vor seinen Freunden prahlen konnte. »Gutgemacht, Pirol. Wirklich gutgemacht. Aber wo um alles in der Welt steckt Amaury?«
Weiter unten am Fluß kam Unruhe auf. Die Aufseher waren an Bord einer der Barken gegangen; sie überschütteten die erschöpften Ruderer mit Vorwürfen und forderten sie auf, sich wieder in die Strommitte hinauszubegeben. Die Ruderer begegneten ihnen nur mit Beschimpfungen und Fontänen, die sie mit ihren Ruderblättern vom Wasserspiegel aufsteigen ließen; sie wollten nicht nach Ertrunkenen suchen.
»Er will wohl, daß sein Spielmann sein Lied für ihn singt?« überlegte Barral. »Mmm? Ja. Also, hier, nimm. Aber gib acht, daß du ihm gerecht wirst!«
Jetzt lösten sie sich doch vom Ufer. Die Aufseher standen im Bug, spähten ins Wasser, stachen und stocherten mit Lanzen und Bootshaken und Rudern zwischen den Algen herum.
Pirol brach das Siegel. Da standen die Worte auf dem Papier wie Schilf, das aus einem Fluß ragt. Sosehr war er mit der Suche beschäftigt, die flußabwärts im Gange war, daß er die Lettern erst nicht dazu bringen konnte, Wörter zu bilden, und die Wörter nicht, Sinn zu ergeben. Doch dann sah er, was da stand.

Am besten wäre Amaury tot. Wenn nicht schon ertrunken, dann doch wieder in den Fluß gestoßen, als er ans Ufer kriechen wollte, mit dem Gesicht nach unten in den Uferschlamm getrampelt, von einem Bootskiel entzweigeschnitten oder mit einem Ruder zu Brei geschlagen. »Das kann ich nicht lesen, Herr!« sagte er laut. Aber Barral hatte den Landungssteg verlassen und sich neben Alazais gesetzt. Er hatte bereits beschlossen, Amaury nicht zu beleidigen, indem er seinen Spielmann gewinnen ließ. Ein Lorbeerkranz lag auf seinem Schoß, und er hatte die Absicht, Amaury damit zu krönen.

Die Sänger, die unter dem Krähennest standen, stießen Pirol unter die Fußsohlen, und ihre Ehrfurcht wurde zu Spott. »Ich kann das nicht lesen«, sagte er auch zu ihnen, und sie dachten, er sei nur eifersüchtig.

Er war nicht eifersüchtig. Er war verwaist, verlassen, verzweifelt. Der Fluß fauchte ihn an.

»Oh, nun mach schon!« brüllte Barral.

»Ich kann nicht, Herr. Ich finde keine Melodie ...«

»Ich kann's!« Ein eifriger Sänger, ein Knabe von nicht mehr als elf Jahren, sah seine Gelegenheit, emporzukommen in der Welt. Seine Hand schoß in die Höhe. »Ich könnte eine finden, Herr!«

»Dann mach's. Braver Junge.«

Der Junge kam heraufgeklettert und riß Pirol das Pergament aus der Hand.

»Oh, es ist sehr kurz«, rief der Junge.

Frohlockt mit mir, die ihr je liebtet oder küßtet,
Denn ich ging ein in die Glückseligkeit.
Als ich mein Jagdhorn letzte Nacht erhob, ward's nicht veracht';
Mit drei, vier Küssen hat zum Schweigen sie's gebracht,
Hat mehr mir gegeben, als ich zu erbitten gewagt.

Pirol sah, wie die Worte auf Alazais niederprasselten wie lauter faule Eier; sie stand auf der Tribüne wie eine Hure am Pranger. Die Aufschreie der Menge versiegten plötzlich, als Barral sich erhob – ein Vulkan von einem Mann, dessen Beben die ganze Tribüne erschütterte und dessen Ausbruch sie alle versinken lassen könnte. Einige Leute an den Enden der Reihen wandten sich tatsächlich ab und rannten davon; sie wollten nichts damit zu tun haben, wenn Barral Nerra hier öffentlich zum Hahnrei gemacht wurde.

Aber er fing nicht gleich und auf der Stelle an, alles zu zerschlagen. Er schritt über die Sitzreihen der Tribüne herunter, als wäre es eine Treppe. Er marschierte hinaus auf die Landungsbrücke mit dem imitierten Schiffsmast und dem albernen Krähennest. »Gib mir das«, befahl er dem Sänger, der das Liedblatt mit dem erbrochenen Siegel in der Hand hielt. Als er es bekommen hatte, ließ er den Blick über die tintengeschriebenen Erotika wandern, und dann schwenkte er das Blatt über dem Kopf. Das Pergament bebte, der Mann nicht. Er versuchte sogar zu lachen. »Ist das dein Werk, Pirol?« fragte er. »Ein Scherz? Jetzt komm, Pirol. Nichts Schlimmes, so ein Scherz.«

»Nein, Herr. Ich schwöre. Das ist Herrn Amaurys Handschrift. Seht nur selbst ... Aber es ist nicht wahr, Herr. Es ist nur eine poetische Dichtung. Frau Alazais hat niemals ...«

»Und wo ist er, damit er es mir sagen kann?«

Pirol wußte nichts zu antworten. Hilflos schaute er zum Fluß. Die Aufseher kamen mit einer neuen Katastrophe herangelaufen.

»... er wurde anscheinend hinausgeschleudert, als die Boote zusammenstießen ...«, berichteten sie mit riesigen Gebärden der Ratlosigkeit. »... seitdem nicht mehr gesehen ... Ob die kleinen Boote ihn aufgefischt haben oder nicht ...« Sie versuchten, die Schuld an Amaurys Verschwinden von sich abzulenken, indem die die Merkwürdigkeit des Falles übertrieben darstellten.

Hätte man Amaury finden können, so hätte Barral ihm vielleicht sogar erlaubt, das Verbrechen mit einem Lachen aus der Welt zu schaffen. Er war schließlich ein Schauspieler – ein Meister der Lustbarkeiten. Also hätte er die Chevaliers, den Kleinadel, den Klerus und die Weiber davon überzeugen können, daß sein Lied eine freche Erfindung gewesen war, eine Prahlerei, ein Hahnenkrähen, ein Witz, ein Traum.
Aber Amaury war verschwunden. Amaury war nirgends zu finden. Nichts war da als das Liedblatt mit seinem hübschen Siegel, so irreparabel zerbrochen wie der Ring einer Jungfrau. Ein Blatt Pergament und der hübsche Spielmann des Dichters und eine Menschenmenge, die hier und da von hysterischem Gekicher geschüttelt wurde. Und Barrals Frau war auch da; totenbleich stand sie inmitten wispernder, halb von Händen bedeckter Gesichter.
Barral schlang die Arme um den nachgemachten Schiffsmast und drückte ihn an sich wie ein Bär, der sich an einem Baum scheuert. Ein mächtiges Grunzen der Wut und der Anstrengung brach aus ihm hervor, als er den Mast aus seiner Verankerung im Steg riß und ihn – samt Krähennest und Sängern – in den Fluß kippte. Dann drehte er sich um und schrie den Weibern und Pfaffen und Kindern und alten Edelleuten entgegen, sie sollten »verschwinden und verdammt sein«.
»Alle bis auf *dich.*«
Und er riß eine der brennenden Fackeln an sich, welche die Bühne umgrenzten, und zückte sie gegen seine Frau.
Sie verließen die Bühne, als wäre sie ein Schiff auf See, das schon in Flammen stand, aber bevor noch die letzte Matrone, der letzte arthritische Baron oder Bischof hinuntergeklettert war, hatte Barral seine Fackel schon zwischen die Sitze gerammt und befahl ihnen zu brennen, gebot ihnen, Feuer zu fangen.
Alazais stand immer noch aufrecht und fassungslos inmitten der Stühle, und sie erkannte, daß sie nicht das Recht auf Ver-

teidigung gegen die Behauptungen des Liedes bekommen sollte. Barral glaubte sie alle.
Er, der er seinem Freund ihren Mund zum Küssen gegeben, der seinen Freund ihren nackten Leib hatte sehen und das Allerheiligste berühren lassen – er war betrogen worden. Die Undankbarkeit war so beleidigend wie das Verbrechen selbst. Aber daß Alazais das Eigentum ihres Mannes in die Hand eines Unbefugten gegeben hatte: das war ein so perfider Frevel, daß eigentlich der Fluß selbst sich einer Schlange gleich aus seinem Schleim erheben und sie verschlingen müßte, so daß anständige Menschen sie nicht mehr sähen.
»Barral, ich hasse den Mann!« schrie sie zu ihm herab.
Aber er fuhr nur fort, die Fackel wieder und wieder zwischen die Bänke zu schieben und die bestickten Kissen der Damen in Brand zu setzen, bis Wolken von geschwärzten Gänsedaunen mit unregelmäßigem Puffen in Flammen aufgingen.
Alazais flüchtete sich zum Ende der Tribüne und raffte ihr Gewand an sich. Lasziv langten die Flammen nach ihren Unterröcken. Barral stand jetzt unter ihr. »So! Du mußtest eine Kostprobe haben, ja? Wo ist denn das gezierte Gesicht jetzt? Wo sind deine Proteste jetzt? Wo ist der Mund, der nicht küssen wollte? He? He?«
Nach seinem Sturz aus dem Krähennest tauchte Pirol unter dem Steg wieder auf. Zwischen Wasser und Planken war kaum Platz. Nur indem er den Kopf zur Seite drehte, konnte er den Mund zum Atmen an die Oberfläche bringen, und jede Welle klatschte ihm ins Gesicht und ließ ihn würgen.
Aber er hatte schon einmal in einem Fluß gestanden und zugesehen, wie eine Frau getötet wurde. Das grausig vertraute Gefühl des saugenden Schlicks trug ihn zurück zum Fluß Bathys, zurück zum Massaker an den Deutschen. Er zog sich, mit einer Hand über die andere greifend, unter den Planken hervor und tastete dann auf dem Steg nach einem Halt, um sich herauszuziehen. Der Junge, der Amaurys Lied gesungen hatte,

kämpfte in der Nähe voller Panik gegen das Wasser; seine Hand rutschte vom umgestürzten Mast, und sein Kopf verschwand immer wieder unter Wasser.

Die Damen kreischten und zerrten an ihren Männern, die entschlossen auf dem Treidelpfad davonstrebten; entweder wollten sie, daß ihre Männer einschritten, oder sie wollten das Ende des aufregenden Geschehens nicht versäumen. Aber nur Pirol dümpelte an der Uferböschung und versuchte, sich an Land zu ziehen, um das Lied in Abrede zu stellen, die Verleumdungen und Schmähungen des Liedes zu bestreiten, seine eigene Verbindung mit Amaury und dem Lied zu leugnen. Schließlich war der Mann ja fort, verschwunden, stromabwärts geschwemmt, verheddert in seine eigenen, unerklärlichen Beweggründe, und anscheinend lebte jetzt niemand mehr auf der Welt außer Pirol, der die Wahrheit über Alazais' Tugend kannte.

Barral entledigte sich des großen goldenen Kreuzes mit seinen Pilgermedaillen, als könne er sich damit auch von christlicher Zurückhaltung befreien – von Barmherzigkeit, Toleranz, Nachsicht. Tatsächlich aber wollte er es als Waffe verwenden. Als das Gerüst mit den brennenden Stühlen in der Mitte zusammenzubrechen und einzustürzen begann wie ein Bienenkorb, aus dem sich flammend gelber Honig ergoß, da sprang Alazais. Sie landete zu Füßen ihres Mannes, verfing sich in ihrem Kleid und taumelte gegen seine Beine. Und er schlug nach ihr mit dem Kruzifix, die schwere Kette um die Faust geknotet, daß die Traube der Amulette klirrte. Er schwang es wie einen Dreschflegel, mit systematischem, gleichmäßigem Rhythmus, und die Wucht eines jeden Schlages hob seine Fersen vom Boden, und zufrieden war er erst, als er sah, wie er die Sünde aus ihr herausdrosch: Rote Saatkörner flogen durch die Luft und bespritzten seine Hose.

»Halt! Halt! Halt! Halt! Halt!«

Die Sonne glänzte so grell auf dem Gold, daß es ihm die Au-

gen schmerzte. Einen Augenblick lang zögerte Pirol vor dem ausholenden Bogen des Kreuzes wie ein Kind, das unter einem Springseil hindurchlaufen will. Aber Barral sah und hörte ihn nicht. Seine Ohren waren erfüllt von den Schreien seiner Frau, und seine Augen waren voller Tränen. Amaurys Verse hatten, einer Säge gleich, mehr als nur seinen Stolz zerschnitten. Tief waren die Zähne eingedrungen. Hatte der Ritter-*trobar* nicht auch beträchtlich viel Zeit und Fleiß aufgewandt, um Barral zu lehren, Alazais zu lieben?
»*Es ist nicht wahr! Es ist nicht wahr! Herm hat sie niemals angerührt!* Er ist ein Lügner! Er war immer ein Lügner! Er lügt und lügt!« Pirol packte das Kruzifix, als es an seinem Gesicht vorbeischnitt, und riß es hinter Barral herunter, so daß die Kette sich straff über die massige Schulter und die breite Krümmung seines Rücken spannte. »Er ist der Teufel selbst«, keuchte Pirol, an der Kette schwebend.
Aber Raserei erfüllte den Mann, eine riesenhafte, ererbte Raserei, die zerstören und zerstören konnte, ohne zu sehen, was sie zerstörte – nur mit der blanken Kraft der Wut. Er spürte Pirol dicht an seinem Rücken, kalt, schmächtig und naß; er hörte das Wort »Teufel«, und er erlebte es als klamme Last zwischen seinen Schulterblättern. Also schüttelte er sich voller Abscheu und schüttelte den Teufel ab.
Er war trunken. Die Wut in ihm beeinträchtigte tatsächlich sein Handlungsvermögen, sein Gleichgewicht, seine Rede, seine Vernunft. »Du liebst sie also auch? Du hattest sie auch, ja?« Als er Pirol schließlich von sich gelöst und mit einem Salto ins Gras befördert hatte, stampfte er auf ihn ein wie auf einen Käfer: hob das Bein und stand schwankend auf dem andern, bevor er es niederfahren ließ, wieder und wieder. Ein Troll, ein Oger, von seiner Wut zu einer Riesenhaftigkeit aufgeblasen, vor der die kleine Welt zu einem unbedeutenden Ekel zusammenschrumpfte, zu einem Ameisennest.
Pirol konnte nichts weiter tun, als Alazais mit seinem Körper

bedecken; er wußte, daß sie sonst sterben würde, und war nicht sicher, ob sie nicht schon tot war. Er konnte nichts dafür, daß der Akt des Beschützens soviel Ähnlichkeit mit dem Geschlechtsakt selbst hatte – Mann und Frau, Gesicht an Gesicht, Leib an Leib, und die Frau noch immer zusammengekrümmt unter den Schlägen.

Barral spähte durch den Rauch des Feuers und sah in Fleisch und Blut vor sich, was Amaury nur mit Worten beschrieben hatte: sein Weib von einem Mann bedeckt, und er ein Zuschauer, ausgeschlossen, vor aller Augen zum Hahnrei gemacht. Er brüllte vor Schmerz, wie Gott gebrüllt haben mußte, als er sah, wie der Erste Mann und die Erste Frau sich paarten.

»*Ich verstoße dich!* Ich verstoße dich! In den Augen Gottes und vor diesen meinen Nachbarn verstoße ich dich, Alazais von Florriac. Ich verstoße dich als Hure und werfe dich von mir. Ich beschwöre vor Gott und meinen Nachbarn, daß ich dich *nie wieder mein Weib nennen werde von nun an!*«

Seine Nachbarn hatten sich verdrückt. Niemand war da, die Verstoßung zu bezeugen, außer Pirol und ein paar Sängerknaben, die wie Äpfel im Wasser dümpelten.

»Des bin ich Zeuge, Herr«, sagte Pirol sehr leise. Er flüsterte es wie eine Liebkosung ins Ohr seiner Geliebten. Dann wartete er darauf, daß Barrals Schwert ihn durchbohrte, ihn und Alazais, als sie so verwundbar auf der Erde lagen.

Aber Barral hatte keine Waffe bei sich. Selbst das Kruzifix war schließlich zerbrochen und lag – die Kette hier, die Medaillons da – funkelnd in der Sonne. Barral machte sich nicht die Mühe, das alles aufzusammeln, sondern taumelte davon, immer noch trunken vor Wut und Enttäuschung, immer noch ohne zu ahnen, daß er sein eigenes Glück zerstört hatte.

Sechzehn

Halten und Haben

»Fontevrault«, sagte Pirol und stemmte sich auf den Ellenbogen hoch. Er sagte es ihr ins Gesicht, als gebe er ihr einen neuen Namen, da sie nun ihm gehörte. »Fontevrault. Ich bringe dich in die Abtei Fontevrault. Die Herzogin – ich meine, die Königin Eleanor – sie hat sie für Frauen wie dich gedacht.«

»Für Frauen wie mich? Für Huren, meinst du?«

»Für mißhandelte Ehefrauen wie dich. Damit sie sich vor ihren Männern in Sicherheit bringen können.«

Das Gesicht unter ihm war aufgeplatzt wie ein Fallobstapfel, über den sich die Vögel hergemacht hatten.

Die Platzwunden schwollen und verfärbten sich, noch während er sie anschaute, violett und schwarz. Das verstärkte noch die unnatürliche Blässe ihrer Haut und ließ sie aussehen, als wäre sie bereits tot. Die Augen waren jetzt zwar offen, aber sie blickten leblos glasig. »Aber ich bin keine Ehefrau, nicht wahr?« sagte sie. »Du hast es gehört. Er hat mich verstoßen.«

»Um so besser für dich«, wollte er sagen. »Was hast du verloren?« Aber er wußte, wie es war, wenn man verstoßen wurde. Er wußte, was es bedeutete, ausgestoßen zu sein, abgelegt, der Welt draußen überlassen. Also sagte er statt dessen: »Oh, aber das wird er zurücknehmen. Wenn er die Wahrheit erfährt.«

Sie schloß die Augen vor seiner Dummheit, obwohl sie ihm gern, so gern glauben wollte.

»Komm mit mir. Kannst du aufstehen? Ich bringe dich in mein Haus. Kadija wird für dich sorgen. Das kann sie gut. Salben. Tränke.« Für einen Augenblick hatten seine eigenen Phantasien ihn verschluckt: sein Weib, die heilende Mystikerin. Aber heute war ja alles möglich. Es war Magie am Werke. Amaury war ertrunken, und Pirols Geliebte sollte unter seinem eigenen Dach schlafen. Als Alazais sich nicht rührte, nahm er sie auf den Arm und trug sie zu dem Karren, der die Gerüststangen hergeschafft hatte. Der Fuhrmann klagte auf dem ganzen Weg über seine Verluste, über all das verbrannte Holz. »Wird er bezahlen, was er verbrannt hat? Das möchte ich gern wissen.« Pirol hörte nicht zu; er versicherte Alazais immer wieder flüsternd, daß es sich lohne, am Leben zu bleiben.

Sie sah in der Tat aus, als sei sie dem Tode nahe. Die Verbrennungen an der Rückseite ihrer Beine waren nur leicht, und niemand, sei er noch so hübsch, stirbt an Platzwunden und Prellungen im Gesicht. Aber die großen inneren Gefäße des Körpers, von denen er nichts wußte, konnten unter den Fußtritten zerrissen sein und in diesem Augenblick ausbluten, während sie am Amphitheater vorüberrumpelten. Als er sich seinem Hause näherte, schrie er nach Kadija. »Komm her und hilf, ja?« und »Sei vorsichtig! Behutsam! Zeig einmal im Leben ein bißchen Zartgefühl!«

Als Alazais in dem einen Bett im oberen Stockwerk untergebracht war, erfüllte ihre Anwesenheit das Haus mit einer Mischung aus Ehrfurcht und Angst wie ein heiliger Gegenstand, den man vom Hochaltar gestohlen und unter dem Dach versteckt hatte. Unten wartete man auf den Donnerschlag.

Kadija handelte in völliger Ahnungslosigkeit, aber sie spürte doch, daß etwas Bedeutsames stattgefunden hatte, wodurch ihr Leben sich unwiderruflich verändern würde. Zugleich spürte sie, daß sie besser keine Fragen stellte; ihr Mann war angespannt bis zur Hysterie – mit den Augen eines frommen

Jüngers schaute er abwechselnd frohlockend und aggressiv zur Decke und bekrittelte Kadija wegen des Lärms, den sie machte, wegen des Schmutzes im Haus, wegen des anarchischen Benehmens ihrer Tochter.
»Kannst du denn soviel Zeit bei uns verbringen?« Diese Frage wagte sie nur einmal zu stellen. »Wirst du nicht in der Burg gebraucht?«
»Von wem? Von wem denn?« krähte er mit einer schrillen Stimme, die sie nicht kannte. »Amaury ist weg, und Barral Nerra ist von Dämonen besessen. Wer will an einem solchen Ort sein?« Und ihr blieb nur, sich den Kopf darüber zu zerbrechen, welch furchtbares Ereignis sie da in welche Lage gebracht haben mochte.
Sie ging aus und fragte unter den Nachbarn herum. Die Huren im Bordell konnten ihr erzählen, was sich am Fluß zugetragen hatte; dabei schluchzten und stöhnten und klagten sie laut um Amaury, den ertrunkenen Amaury, ihren besten Kunden. Mit trockenen Augen kehrte Kadija nach Hause zurück und hockte sich in die Tür; sie zog ihr Nähzeug auf den Schoß und schaute es an, Faden um verschlissenen Faden.
Die Reise nach Fontevrault konnte nicht sofort beginnen. Die Verletzungen, die Barral seiner Frau beigebracht hatte, erforderten Ruhe. Noch hinderlicher aber war der Zustand ihres Geistes; der Schreck hatte sie aus dem Gleichgewicht geraten lassen wie ein Haus nach einem Erdbeben.
Pirol mußte überdies in Erfahrung bringen, ob die Verstoßung auf einer vorübergehenden Mißlaune beruhte oder ob Barral die Absicht hatte, dabei zu bleiben, mit kirchlichen Formalitäten und päpstlichen Rechtsvorschriften. Er versuchte herauszufinden, ob Barral irgendwelche Maßnahmen ergriffen hatte, um die Wahrheit über die Frau zu ergründen, die er da angeklagt hatte. Aber was er in Erfahrung brachte, waren nur wieder törichte und überhitzte Gerüchte: Man habe Amaurys Stiefel in Alazais' Schlafgemach gefunden – Samenflecken auf

ihrem Laken, Flitterkram, verborgen zwischen ihren Kleidern. Lächerlich.

Als Jerusalem einen Schemel umwarf und sich dabei den Kopf stieß und weinte, brach Pirols Wut hervor wie zischender Dampf, der dem Druck des Kessels entweicht. »Kannst du dem Kind kein zivilisiertes Benehmen beibringen?

Muß sie immer alles zerschlagen wie eine Wilde?«

Er ging nach oben, vorgeblich um sich bei Alazais für die Störung zu entschuldigen. Aber er blieb lange.

Kadija ließ das Unwetter über sich ergehen und tat, als wäre es eine vorübergehende Sache, und als er wieder herunterkam, fragte sie fröhlich: »Wie geht es der Dame?«

»Sie hat geschlafen«, antwortete er abwesend. Sein Stirnrunzeln gab ihr zu verstehen, daß sie ihre Frage einem Mann mit lähmenden Kopfschmerzen ins Ohr geschrien habe.

»Du bist aber lange fortgeblieben, wenn sie geschlafen hat«, stellte Kadija fest. Sie mußte sich anstrengen, um fröhlich zu klingen.

Das Stirnrunzeln verging. Er brauchte jemanden, dem er sich anvertrauen konnte. Ihr kameradschaftlicher Ton brachte ihn ins Wanken. Sie hatte kein Recht zu hinterfragen, was er tat und was er dachte, aber er brauchte so nötig einen Freund, dem er sich anvertrauen konnte. »Ja. Ich habe sie angeschaut. Habe ihr einfach beim Schlafen zugesehen. Sie ist so schön, nicht wahr? Selbst jetzt. Selbst so zerschlagen, wie sie ist. Sie ist so ... nun ...«

»So schön. Ja. Sie ist sehr hübsch«, sagte Kadija ausdruckslos. Ihr Blick wirkte unbeteiligt. Nur das Kind, das sie in starrer, schützender Umarmung dicht an sich heranzog, begann zu weinen, von intuitiver Angst erfaßt.

Von da an verbrachte Pirol viel Zeit oben und schaute Frau Alazais beim Schlafen zu. Er stand am Fußende des Bettes und beobachtete, wie sich die Bettdecke mit ihrem Atem sanft hob und senkte, er beobachtete, wie ihre Hände sich öffneten und schlossen, wenn sie träumte, und er beobachtete, wie ihre Augäpfel sich unter den purpurngeränderten Lidern zuckend bewegten.

Nach ein paar Tagen erschien es nicht mehr wie ein großer Fortschritt, sich in die Lücke zwischen dem Bett und der Flechtwand, die seinen Bereich unter dem Dach von der Nachbarkammer trennte, zu zwängen und ihr verklebtes Haar etwas hübscher auf dem Kopfkissen zu ordnen, sie vor lästigen Fliegen zu beschützen, die Decke ein klein wenig zu lüften, um zu sehen, wie die gelblichen Blutergüsse auf ihren Brüsten sich purpurn verdunkelten. Er fragte sich nicht, weshalb sie, solange er dastand und sie anschaute, nie aus dem Schlaf aufschrak. Er bemerkte nie, daß ihre Augen manchmal so fest geschlossen waren, daß die Wimpern sich in schrägem Winkel ineinander verhakten und daß die Lider zitterten. Er war so tief in seine Phantasien versunken, daß er ihren Schlaf als etwas Magisches sah – als eine hundertjährige Unterbrechung des Leidens, die ihr von Feen zum Lohn für ihre wunderbare Güte gewährt worden war. Manchmal abends, wenn Kadija ihr Linsensuppe brachte, hörte er murmelnde Stimmen wie Tauben im Kamin. Aber er selbst sah Alazais niemals wach.

Und endlich, als seine Frau eine Schüssel warmes, mit Wein geläutertes Wasser bereitete, riß Pirol ihr diese Schüssel aus den Händen, stürmte die Sprossen der Stiege hinauf und zog den Vorhang vor den Eingang der Dachkammer. Kadija wich zurück und blieb unten an der Stiege stehen, die Finger in ihr Haar verkrallt, wie sie sich in die Mähne eines durchgehenden Pferdes gekrallt hätte. Aber sie wußte, daß sie Pirol nicht zurückhalten würde, mochte sie noch sosehr an ihren Haaren zerren. Die Zügel, die sie vielleicht einmal in der Hand gehabt hatte, waren zerrissen. Pirol lief frei durch das Paradies. Seine Besessenheit hatte von ihm Besitz genommen.

Pirol stellte die Schüssel zur Seite und schlug die Decke zurück wie ein Priester, der am Ostermorgen das Sakrament aufdeckt. Alazais lag auf der Seite; sie rührte sich nicht, aber die Sehnen in ihrem Rücken schienen sich zusammenzuziehen. Er näherte sich ihr; sie roch nach Schweiß und Kampfer, aber dahinter verbarg sich ein Duft, von dem er die ganze Zeit gewußt hatte, daß er da sein würde. Er fand es wundersam, daß er vor der Zeit hatte wissen können, wie sie riechen würde. Er erwähnte dieses Wunder sogar Kadija gegenüber, als er in trancehafter Benommenheit aus der Schlafkammer kam, ein törichtes Grinsen im Gesicht, und sein Hemd zurechtzog, um seinem Herzen mehr Platz zu schaffen.

Sie war das Inbild häuslicher Ruhe, wie sie, weil es dort heller war, in der Haustür hockte und nähte. Ein Garnknäuel rollte über den Lehmboden, aber er machte sich nicht die Mühe, darüber nachzudenken, was es ins Rollen gebracht haben könnte. Das kleine Mädchen schlief ausgestreckt auf einem Strohsack; in der Selbstvergessenheit des Tiefschlafs war ihr Kopf nach hinten gekippt, so daß die Augen halb offen standen, obwohl sie nicht wach war. Die ganze Szene war beruhigend. Er fühlte sich in seinem Glück eingekapselt. Er mußte sich anvertrauen.

»Ich liebe sie so *sehr*«, sagte er und hockte sich ihr gegenüber nieder; seine Augen glänzten wie bei einem Kind an den Knien der Mutter. Er lächelte abwesend, den Kopf auf die Seite gelegt. »Oh! Hast du eine Ahnung, wie sehr ich sie liebe? Sie ist wie ein Drache in mir. Aber ich weiß nicht – nein: Es ist, als könnte sie einen Drachen irgendwo in mir *heraufbeschwören* – tief in meinem Innern.«

»Drachen tun Böses«, sagte Kadija, ohne von ihrem Nähzeug aufzublicken.

»Nein, nein, nein! Sie tun nichts, was nicht in ihrer Natur läge! Vögel und Tiere – sie folgen dem Weg der Natur.« Und gehorsam flog kurz danach eine Schar Enten über ihnen dahin. In Kadijas Ohren allerdings klang ihr Quaken höhnisch.

»Siehst du? Sie folgen dem Weg des Instinkts – das ist es. Wenn wir so hoch droben sein könnten wie sie und den natürlichen Weg sehen könnten, so vorgezeichnet ...«

»Aber statt dessen haben wir nur Gott«, sagte Kadija mit Bedacht. »Der herabschaut.«

Aber Pirol hatte taube Ohren für jegliche Kritik. Er hatte eine Maid vor Gewalttätigkeit und Verleumdung errettet. Er liebte sie mit einer Liebe, die zu prachtvoll war, als daß sie irgend etwas Unwürdiges hätte umfassen können, mit einer Liebe so weißglühend, daß sie jeden Schmutzfleck auf der großen glänzenden Wappenscheibe seines Herzens fortbrennen mußte. Er betrachtete im Geiste, was er dort oben in der Kammer gesehen hatte. Der Schaden, den man ihrem Gesicht zugefügt hatte, war nicht mehr als eine Maske aus Papiermaché, die er in seinem erhöhten, visionären Zustand abnehmen konnte, um die makellose Vollkommenheit darunter zu schauen. Die Wunden des Körpers konnte er gar nicht sehen, als er jetzt hinstarrte und starrte; mit den Augen eines Sehers starrte er auf den Gral seiner Suche.

»Was wirst du tun?« fragte Kadija, obwohl sie es schon wußte. Besser wußte als er.

»Ich werde für sie sorgen.« Pirol stand reflexhaft auf.

»Ich werde sie nach Fontevrault bringen. Da ist sie sicher. Ich werde mich der Aufgabe widmen, ihren Namen reinzuwaschen. Ich werde ihr meine Lieder und meine Fähigkeiten zur Verfügung stellen – sie mag mich schicken, wohin sie will und wann sie es will. Ich werde ...«

»Aber zuerst wirst du sie vergewaltigen.«

Es war, als habe sie es gar nicht gesagt. Ihr Kopf war immer noch tief über ihre Näharbeit gesenkt. Die Nadel fuhr ein und aus, ein und aus. Unter grellem Knistern des Strohs erwachte das Kind, richtete sich auf den Knien auf, lachte.

»Was weißt du von der Liebe?« gellte Pirol, lief zur Leiter und stürmte so eilig hinauf, daß ihre Füße in den ausgetretenen Lehmmulden hüpften. Das Kind rief ihm nach. »Wo geht Papa hin?«

Auch Alazais lag wach in der Dachkammer, auf die Ellenbogen gestützt, das Bettzeug vor die Brust geknüllt.

»Was weiß denn sie?« rief Pirol; er deklamierte wie ein Römer. Alazais sagte nichts. »Ich stelle mein Leben in deinen Dienst, Herrin!«

»Das ist mehr, als ich erbeten habe, und mehr auch, als ich jemals wollte«, sagte sie schließlich. »Vielleicht ein bißchen Hilfe auf dem Weg nach Fontevrault ...« Er hatte angefangen, sich auszuziehen und seine Kleider wie einen Tribut auf das Fußende des Bettes zu legen. Sie zog sich die Decke über den Kopf und begann, sich vor und zurück zu wiegen. »Oh, Christus Jesus, aber ich *liebe* dich nicht! Nicht dich. Nicht ihn. Keinen von euch!« Er schien sie nicht zu hören. »Was ist es mit diesem Wort?« schrie ihre Stimme unter der Decke. »Du glaubst, du brauchst es nur zu sagen, und alles ist erlaubt. ›Liebe!‹ O Gott! O Gott! O Gott! Dann tu's doch! Tu es, tu es, tu es und sei verdammt! Und dann laß mich einfach nach Fontevrault gehen!«

Das Feuer des Drachens in Pirol begann zu blaken. Das war eine Verschwörung. Die beiden Frauen wollten ihn untergraben, sie mißverstanden ihn absichtlich. Vielleicht waren ihre Weibergehirne zu eng, um die ganze Glorie der Liebe zu erfassen. Ein paar Augenblicke lang hegte er durch und durch weiberfeindliche Gefühle gegen sie beide – seine Zuneigung hatte Ebbe –, aber dann kam die Flut der Leidenschaft zurückgerauscht und verschlang Alazais' Unfreundlichkeit. Bittere Empörung würde von nun an immer zwischen ihm und seiner dummen, fühllosen Frau stehen, das wußte er, aber kein Mißverständnis würde zwischen ihm und Alazais Bestand haben, wenn er die Barrieren des Fleisches zwischen ihren beiden Seelen erst niedergerissen hätte. Er sprang auf das Bett, nahm ihren Kopf in beide Hände und küßte sie.

Sie verhärtete ihre Lippen über den Zähnen und spuckte ihn

aus ihrem Mund an. Dann drehte sie den Kopf zur Seite und starrte zu Boden, und Tränen traten in ihre fliederfarbenen Augen. Nicht einmal ihre Augen wollte sie ihm anvertrauen.

Das Drachenfeuer in Pirol erlosch zischend, und er taumelte in Wolken von schwarzem, erstickendem Rauch umher. Er wich zurück, bis zum Hals vollgestopft mit Selbstmitleid und selbst am Rande der Tränen, und er lief hinaus und setzte sich auf eine Leitersprosse, auf halber Höhe – besser gesagt, auf halber Tiefe unter dem Paradies. Es war kalt; er hatte seine Kleider zwar an sich gerafft wie ein Flüchtling sein Gepäck, aber er zog sich nicht an, sondern saß still da und starrte in die Dunkelheit der unteren Stube.

Es war eine dicke, stoffliche Dunkelheit. Das Tageslicht schob einen Keil durch die Tür und sickerte durch die beschädigte Flechtwand, aber es war nur ein Leck im pechschwarzen Rumpf der Dunkelheit, ein örtlich umgrenzter Mangel an Dunkelheit. Nichts durchdrang die Dunkelheit in ihm, wo sein Drachenfeuer gebrannt hatte.

Aber die Silhouette eines Mannes – nein, mehrere Silhouetten – durchdrangen das Sonnenlicht in der Tür. Ein Priester trat ein, mit einer Anmaßung, mit der nur Priester das Haus anderer betreten können. Hinter ihm leuchtete grell ein feuerroter Haarschopf im Gegenlicht – eine Corona um die schwarze Sonne eines Schattengesichts. Überrascht sprang Pirol auf, und seine Kopfhaut berührte die Deckenbalken. Hinter Amaurys Gesicht sah er eine Hure aus dem benachbarten Bordell; ihr Haar war mit Henna purpurn gefärbt. Zwei Berufsritter schoben die Köpfe unter der Tür herein; ihre Füße blieben draußen in der Sonne.

»Ist sie hier?« fragte Amaury.

Nachher konnte Pirol sich nicht erinnern, irgend etwas gesagt, ein einziges Wort geäußert zu haben, während Amaury fröhlich weiterplapperte. Er betrachtete es als einen unübertrefflichen Witz, Pirol im Brustton tiefempfundener Bonhomie zu danken und zu danken und zu danken, ihn lächerlich zu machen, ihn wieder in ein Werkzeug zurückzuverwandeln.

»Wir dachten, du wärest tot«, erklärte Kadija in blanker Überraschung.

»Ganz recht, das solltet ihr auch. Ich habe große Mühe und beträchtliche Gelder aufgewandt, um die Leute in diesen Glauben zu versetzen. Ich mußte mich sogar naß machen und einen Teil meiner Rüstung im Flußbett zurücklassen. Und dank den ausgezeichneten Bemühungen deines Gemahls ist es mir sehr schön gelungen, vielen Dank, meine Dame ... Ach, übrigens, wer hat denn den Wettkampf gewonnen, Pirol? Oder wurde die Veranstaltung vorzeitig abgebrochen? Das wäre mir ein Greuel. Es ist mir immer ein Greuel, wenn ein Spaß verdorben, ein Geschäft nur halbvollendet wird. Deshalb bin ich von Arles zur Burg zurückgegangen. Nachdem ich aus dem Fluß geklettert war.«

»Ist jedermann bereit, so daß wir fortfahren können?« unterbrach der Priester – angespannt, ungeduldig und voller Unbehagen. »Ist das die Dame?«

»Nein!« Kadija hatte keine Ahnung, was der Priester wollte, aber seine Haltung war aggressiv und anklagend – als seien sie gekommen, um sie mit einem Exorzismus zu überziehen. Immer wieder fragte sie Pirol, was denn hier vor sich gehe; der Tag war doch schon schrecklich genug. Aber er war wie vom Donner gerührt angesichts der plötzlichen Wiederauferstehung seines Herrn. Mit nackten Beinen stand er auf der Leiter und glotzte.

»Ist sie da oben?« fragte Amaury. »Hast du sie wohlbehalten und sicher für mich verwahrt? Braver Bursche.« Pirols Antworten erfand er sich selbst. »Muß sich immer noch von Barrals Jähzorn erholen, ja? Der Mann sollte sich wirklich besser im Zaum halten. Zu krank, um Besuch zu empfangen, meinst du? Nun, das macht nichts. Die Mohrin hier wird als Stellvertreterin genügen. Das tust du doch, nicht wahr, Weib? Keine

sehr mühsame Aufgabe, das verspreche ich dir. Oh, und ich kann mich dafür verbürgen, daß diese Frau eine Christin ist, Vater. Ich war selbst dabei, als sie getauft wurde.«
Der Pfaffe steckte offenkundig mit ihm unter einer Decke, ein Komplize, der in Windeseile mit einer Mischung aus Erpressung und Bestechung herbeigezaubert worden war. Bei der Erwähnung einer Vertreterin sträubte er sich jedoch. »Nein!« sagte er. »Ich muß die richtige Frau sehen. Was weiß ich – sie könnte ja tot sein! Oder weggegangen.«
Amaury bewegte nur die Augen, und die beiden Männer in der Tür stürmten in die überfüllte Stube und rissen Pirol von seiner hohen Warte herunter. Der eine stieg die Leiter hinauf, schob oben den Kopf durch den Türvorhang und grunzte befriedigt. Die Kutte hinderte den Pfaffen beim Klettern, und so hob der zweite Ritter ihn die Treppe hinauf, damit er selbst sehen konnte, daß die Frau oben im Bett noch lebte.
»Ich bin zufrieden«, sagte der fromme Mann. Er winkte die beiden Ritter weg, raffte weibisch seine Gewänder zusammen und kam wieder herunter; dabei entblößte er ein Paar weiße, stachlig behaarte Beine, ein feines Leinenuntergewand und teure Schuhe. Er begann mit der Trauzeremonie, noch bevor er die ebene Erde erreicht hatte.
»Du willst sie heiraten?« fragte Pirol, und in seiner Stimme lag deutliches Entsetzen. Der Prälat hielt inne und leierte dann weiter; er sprach die erforderlichen Worte, während sein Blick bang umherhuschte. Es war nichts Neues für ihn, daß man seine Worte nicht beachtete und darüber hinweg redete. Schließlich drehten sie sich zumeist um Sünden und Verbote. »Du wirst sie heiraten?« fragte Pirol.
»Aber natürlich, mein kleiner Freund. Es wundert mich, daß du es nicht selbst getan hast, als du Gelegenheit dazu hattest. Sie ist wieder zwanzigtausend Écus und fünfzehnhundert Morgen wert, nachdem ihr Gemahl sie verstoßen hat. Sie ist Freiwild für jeden, der sie fangen will ...«

»Aber mein Gemahl hat mich nicht verstoßen! Er wird es nicht tun!« Alazais stand im Hemd oben an der Treppe. Ihr blondes Haar war dunkel von Schweiß, und die Ringe um ihre Augen verstärkten den Eindruck, daß sie tief in den Höhlen lagen. Sie hatte ein Gesicht, das einen Monat gefastet hatte. Aber es war ihr gelungen, sich zu überzeugen. »Er wird es nicht tun. Nicht ohne einen Beweis. Was ist ein Gedicht?« Der Luftzug von der offenen Tür blähte ihr Hemd.

Amaury spreizte hilflos die Hände. »Ah, aber die Flecken auf deinem Laken, Herrin! All die kleinen Liebespfänder, die so schlecht versteckt in deiner Kammer lagen! Ich fürchte, wir haben unsere Liebe nicht gut verborgen.«

»Er ist zurückgegangen«, rief Pirol, ein flaches, verzweifeltes Brüllen. »Er ist zurückgegangen. Während ich sang. Während Barral dich halb totprügelte. Er ist zurückgegangen. Zur Burg. Er hat dein Bett besudelt. Er hat kleine Geschenke hinterlassen.«

»Willst du nicht zu uns herunterkommen, Geliebte?« fragte Amaury. »Meine Liebe, das Ausmaß meiner Entschlossenheit muß dir doch bekannt gewesen sein. Wie du auch wissen mußt, daß es sinnlos ist zu protestieren.« Er schwenkte die Hand über die versammelte Gesellschaft, um zu demonstrieren, daß die Flucht unmöglich war. Alazais wich zwei Schritte zurück und zog den Türvorhang vor sich. Pirol hörte, wie sie atmete, wie sie bei jedem Ausatmen ein bißchen weinte. Wie ein Hund, der im Schlaf winselte.

»Nimmst du, Herr Amaury von Herm, diese Frau, Alazais von Florriac, zu deinem Eheweib?« fragte stur der Priester.

»Oh, keine Frage«, sagte Amaury. »Ja, ja, ja.«

»Und nimmst du stellvertretend für Alazais von Florriac diesen Amaury zu deinem Gemahl?« fragte der Priester Kadija.

Sie hockte in der offenen Tür, und ihre Tochter klammerte sich an sie, voller Angst vor diesem Geprassel von Lärm und Gesichtern. Kadija runzelte die Stirn, verwirrt, verärgert ob

dieses Überfalls, verstört und empört über das Leid, das diese Alazais bereits in ihr Haus und ihre Ehe getragen hatte. Als sie zögerte, riß einer der Ritter sie hoch, so daß sie das Kind fallen ließ, und verdrehte ihr den Arm auf den Rücken.
»Ja! Ja! Schon gut!« rief sie. Erschrocken entfuhren ihr die Worte. Und als sie dann begriff, daß diese Worte die Besessenheit ihres Mannes mit einem anderen Mann vermählen würden, rief sie: »Ja, ja. Ich nehme ihn.«
Ein einzelner Schrei erscholl in der oberen Kammer. Er brachte das Verfahren so lange zum Stocken, wie der Schrei einer Eule die Flammen einer brennenden Scheune zum Stocken bringen würden.
»Nun muß die Ehe vollzogen werden«, sagte der Priester, der darauf brannte fortzukommen.
Amaury stieg die Leiter hinauf, ohne die Hände zu benutzen. Er riß den Vorhang zurück und ließ ihn offen. Aber niemandes Blicke versuchten, ihm hinter den flatternden Vorhang und die klingelnden Ringe zu folgen. Der Pfaffe bedauerte, daß es nötig war zu bleiben. Kadija bedauerte, daß sie mitgemacht hatte, da sie nun sah, was es für Alazais bedeutete. Schließlich hatte sie die Frau gepflegt und gefüttert, sie angenehm gefunden, liebenswert, beinahe bemitleidenswert trotz ihres Reichtums; jetzt fühlte sie sich kameradschaftlich verbunden mit ihr. Die Ritter, die Pirol festhielten, warfen sich über seinen Kopf hinweg obszöne, einsilbige Witze zu und schnaubten lärmend.
Und Pirol stand zwischen ihnen wie der gefesselte Samson zwischen den Säulen der Philister. Und wäre er Samson gewesen und nicht ein schmächtiger Mann, der aussah wie eine rötlichblonde Katze und den die Leute oft für einen Knaben hielten, dann hätte er die Säulen umgestoßen und das Haus zerstört, er hätte Flechtwände, Balken, Dielen und Dachsparren einstürzen lassen. Die Wolken hätte er einstürzen lassen und das Firmament darüber, die Sphären und alle Fenster des

Himmels und alles Wasser, das darüber lag. Er hätte die Erde geschüttelt, bis die Planeten wie Früchte herabgefallen wären. Aber da er ein schmächtiger Mann war, der aussah wie eine Katze, stand er nur zwischen seinen Bewachern und weinte.

Er hätte sie erobern können. Er und jeder andere Mann in Frankreich hätte sie erobern können – ihre zwanzigtausend goldenen Écus und ihre fünfzehnhundert Morgen, ihre makellose Gestalt und ihren schmiegsamen Namen. Sie war ein Ball, den Barral Nerra mit der Wucht und der Ungenauigkeit blinder Wut in die Höhe geworfen hatte: Sie wäre jedem Mann in die Hände gefallen, der Lust gehabt hätte, sie aufzufangen. Und statt dessen hatte Pirol ihr geholfen, sie verehrt, sie bewundert, den Weg geebnet, damit der Mann sie vergewaltigen konnte, den sie beide zutiefst verabscheuten.

Sie gab keinen Laut von sich. Es kam überhaupt kein Geräusch aus der oberen Kammer, nur das dumpfe Stoßen des Bettes; der Holzrahmen, in dem die Strohsäcke gefaßt waren, hatte nie ganz eben auf dem Boden gestanden. *Bomm, bomm, bomm.* Zwischen den Dielen der Decke rieselten Strohfasern und kleine Staubwölkchen auf die in der unteren Stube Versammelten herab. Pirol beobachtete diese Spreu, und er beobachtete die Spinnen, die von den dumpfen Stößen der vierten Bettkante aus ihren Ritzen vertrieben wurden.

Seit Poitier hatte Amaury auf diesen Augenblick hingearbeitet. Wie eine Hyäne ihr Opfer durch schiere Hartnäckigkeit zur Strecke bringt, durch die nackte Beharrlichkeit ihrer Grausamkeit, so hatte auch er abgewartet, so war er mit jeder Dunkelheit ein kleines Stück näher herangerückt. Jeder Schritt war ein geduldiger Schritt näher zu Alazais' Verstoßung gewesen, näher heran an die Gelegenheit, unter Barrals ausgestrecktem Arm hindurchzuhuschen und ihm die Beute zu entreißen.

Als Amaury oben an der Treppe erschien, keuchte er wie einer, der zu lange unter Wasser war. Das Grinsen war mit rost-

braunen Klammern von trocknendem Blut auf sein Gesicht geheftet, aber die Kratzer schmerzten ihn offenbar nicht. Er winkte dem Priester, er möge bezeugen, daß alles Erforderliche zum Vollzug der Ehe geschehen sei, aber der Priester murmelte nur, er sei zufrieden, und wartete dann draußen im Sonnenschein auf die verstohlene Übergabe der vereinbarten Summe. Auch die Ritter wurden ausgezahlt und bekamen den Auftrag, die Kunde zu verbreiten: Amaury von Herm habe in die Güter von Florriac eingeheiratet.
In Pirols Haustür blieb Amaury stehen und lachte voller Entzücken über sich selbst. Das brachte auch Jerusalem zum Lachen. Er faßte das kleine Mädchen bei den Händen und schwenkte sie im Kreis herum. Mit den Füßen schlug sie zwei irdene Töpfe vom Tisch, die zersprangen. Aber sie lachte nur immer weiter, teils Amaury nachahmend, teils vor Vergnügen. Pirol versuchte, ihm das Kind zu entreißen, aber er klemmte es sich unter den Arm, wo es baumelte wie ein Ferkel, das er auf dem Jahrmarkt gewonnen hatte. Da sagte Pirol mit aller Bösartigkeit der Welt: *»Das ist nicht deins. Dein* Bastard ist gestorben, weißt du. Ist die Treppe hinuntergefallen und gestorben.« Amaury schaute mit einigem Abscheu auf das Kind unter seinem Arm und ließ es ohne weitere Umstände fallen. Als er gegangen war, hob Pirol seine Tochter auf und hielt sie im Arm; er wußte kaum, wen oder was er da so fest an sich drückte, spürte nur das Bedürfnis, seine Zuneigung auszugießen, sie fortzuschütten, sich ihrer zu entledigen für immer.

Siebzehn

Bräutigame

Natürlich blieb er bei Amaury.
Er sagte sich, es sei die einzige Möglichkeit, in Alazais' Nähe zu bleiben. Er sagte sich, so könne er einer von Bosheit umlagerten Frau wenigstens Trost und Freundschaft spenden. Er sagte sich sogar, eines Tages könne er Amaury umbringen und sich zurückholen, was jener gestohlen hatte.
Das alles war nicht wahr. Amaury hatte sich ihrer Ländereien und ihres Erbes bemächtigt; für die Frau selbst empfand er nichts als eine vage Abneigung, und so hatte er sie in ein Kloster gegeben. Ein strenges, freudloses Gefängnis war es, das hauptsächlich im Dienst von Kriegern stand, pilgernden Rittern und Kaufleuten, die weite Reisen machten und keine Lust hatten, ihre Ehefrauen unbeaufsichtigt zurückzulassen.
Die Frauen bewegten sich in einem grauen Zwischenreich; sie waren nicht dem frommen Leben geweiht (und wurden daher von den Nonnen gemieden), lebten aber auch nicht wie verheiratete Frauen – außer in ihren Gesprächen, die sich unablässig um ihre Ehemänner drehten. Da sie kein eigenes Leben hatten, lebten sie vertreten durch ihre Ehemänner, und deshalb wurde jede neu Eintreffende einer rigorosen Befragung unterzogen, um so ihren Platz auf der gesellschaftlichen Rangleiter zu ermitteln.
Alazais von Herm und Florriac wurde auf die unterste Sprosse verwiesen, da sie sich weigerte, irgend jemandem etwas über ihren Mann zu erzählen. Sie verschwieg ihnen sein klippen-

umsäumtes Inselreich im Westen, sie erzählte nichts von seinen edlen Taten in Outremer, und sie unterließ es, von den gewaltigen Summen Geldes zu sprechen, die allein sie schon in diese Verbindung eingebracht hatte. Einige der Frauen (nachdem sie Bedeutung und Einfluß ihres Mannes klargestellt hatten) klagten untereinander nostalgisch über Mißhandlungen, Gewalttätigkeit, Abartigkeiten und seelische Grausamkeit. Aber auch davon redete Alazais nicht. Die Frauen folgerten, daß sie überhaupt keine Ehefrau sei, sondern eine Geliebte, oder aber, daß sie nicht wegen der großen Gefahren für ihre Schönheit ins Kloster gesperrt worden war (so erklärten sie sich ihre eigene Kerkerhaft gern), sondern wegen irgendeines schändlichen, unaussprechlichen Versagens. Sobald sie ihren Gemahl nämlich gesehen hatten, konnte keine von ihnen glauben, daß irgendeine Schuld bei ihm liege.

Amaury besuchte sie einmal im Monat. Er bat die *mère ancille*, ihn durch einen Boten in Kenntnis zu setzen, wenn der Mond seinen Einfluß auf den Gezeitenstrom seiner Gemahlin ausübe, und dann besuchte er Alazais innerhalb der nächsten vierzehn Tage. Aber nachdem Pirol den Boten darauf abgerichtet hatte, *ihm* diese Kunde zu überbringen, gelang es ihm, den Einfluß des Mondes ein wenig zu verzerren. Er legte eine Kabbelung zwischen Alazais und die Möglichkeit einer Empfängnis. Mehr Schutz konnte er nicht bieten: ein Polster aus Zeit. Natürlich hätte es immer sein können, daß ihr der Trost und die Gesellschaft eines Kindes – und wäre es auch Amaurys Kind – willkommen gewesen wäre, aber ein solcher Gedanke lag außerhalb von Pirols Vorstellungsvermögen. Er war schließlich ein Mann.

Und während er eine Schar von Kindern ansammelte – lauter Töchter –, bekam sein Herr keines, was Amaury in seiner Abneigung gegen Alazais nur bestärkte. Als sie nach einem Jahr noch immer nicht schwanger geworden war, wurde es ihm langweilig, den Kalender so streng im Auge zu behalten, und

er ließ zu, daß seine Reisen ihn immer weiter in die Fremde führten.
Er nahm den Lebensstil des fahrenden Ritters wieder auf, als habe nur ein regnerischer Sommer ihn davon abgehalten. Er machte sich auf die Suche nach einer *domna*, in die er seine Anbetung versenken könnte.
Wie ein Schiff, daß seinen Anker in den weichen Rücken eines ahnungslosen Rochens versenkte.

Natürlich hatte er das Gelände gewechselt. Er verließ die salzgraue Landschaft und den Geruch verfaulender Vegetation und begab sich landeinwärts in die Gegend nördlich von Marseille, um seine neu erworbenen Ländereien zu umkreisen. Dies war nicht das blutrote Languedoc, aber das war gewissermaßen zu seinem Vorteil, denn so bestand nicht die Gefahr, daß er den Damen von Poussarou oder anderen, früheren Eroberungen begegnete.
Alazais' Familie begrüßte ihn als ihren Retter, den Kavalier, der sie den Zähnen der wilden Bestie Nerra entrissen hatte, jenes Mannes, der seine Verwandten an Kirchentüren nagelte und wahrscheinlich ein Abkömmling des Teufels war. Als Alazais nicht selbst erschien, um sie in ihrer guten Meinung zu bestätigen, fanden sie hinreichend Entschädigung in Amaury, diesem bezaubernden und begabten Ausbund des Zeitalters der Begabung und des Zaubers.
Der Stern der Dichtung war stetig im Aufsteigen begriffen. Dichter waren die Lieblinge der Zeit. Amaury von Herm und Florriac setzte seine Füße unter den Tisch der Vorfahren Alazais' und nahm zu an Reichtum und Ansehen. Er blühte und gedieh. Und da Pirol wie ein schmarotzender Mistelzweig an den Ästen des großen Mannes hing, schrumpfte und starb auch er nicht. Äußerlich jedenfalls nicht.

Neue Wassertjoste fanden statt, neue Turniere in tropischen

Gärten voll mediterraner Blumen. Anfangs, als er sah, wie die Lanzen vor jedem Turnier gesegnet wurden, hielt Pirol Ausschau nach der Gerechtigkeit Gottes und wartete darauf, daß Gott Amaury mit geheiligter Holzspitze aus dem Sattel warf. Aber bald war ersichtlich, daß Gott Unternehmungslust, Hitzigkeit und den Mann mit Tatkraft liebt, so wie Ihm Barral Nerra gefallen hatte. Es sei denn natürlich, Er dächte langsamer als der Mensch und handelte nach einem gewichtigeren Zeitplan.

Zu Amaury, dem gesellschaftlich und politisch geschätzten Amaury, schickte der Legat in Paris seine Konsuln, um ihn um Hilfe zu bitten.

Eine Burg in der Kette zwischen Amman und Aqaba hatte ihren fränkischen Herrn verloren: Am Durchfall war er gestorben. Da die Festung in Lehnspacht gegeben war, konnte der König sie nicht zurückfordern; sie fiel an die Witwe, eine kräftige, aber eigensinnige Frau von zweiundzwanzig Jahren.

»Witwen können wieder heiraten«, sagten die Diplomaten zu Amaury. »Diese Frau – sie ist ein Vakuum, das darauf wartet, gefüllt zu werden.« Zu der Zitadelle gehörten die Quellen von Giguel, und sie beherrschte mehrere lukrative Karawanenstraßen; die sandige Halbinsel, die das Transjordanland vom Sinai trennte, durfte den fränkischen Händen um keinen Preis entgleiten. Zypern und Jerusalem empfahlen der Witwe bereits mehrere strategisch ausgewählte Freier – strategisch im Sinne von Zypern und Jerusalem natürlich. Aber es war von entscheidender Bedeutung, daß die Fürstin Ingrid, wie sie sich zu nennen beliebte, jemanden heiratete, der den fränkischen Interessen wohlgesonnen gegenüberstand.

Amaury vermutete zuerst, daß sie vorschlagen wollten, er solle die Frau heiraten, und wies darauf hin, daß seine Gemahlin zwar ein zurückgezogenes, einsames Leben führe, er aber nichtsdestominder ein verheirateter Mann sei. Ihnen war es

indessen nicht um einen Bräutigam zu tun, sondern lediglich um Amaurys Erfahrung. Ein Freiwilliger, der Fürstin Ingrid heiraten würde, war bereits gefunden – ein gewisser Comte Raymon Tirrel. Aber der Comte war fünfundfünfzig, und so war sein Erfolg nicht sicher. »Wir schlagen deshalb vor«, sagte einer der Konsuln, »daß du deine überaus großen Kenntnisse in der Kunst der Liebe auf die empfindsame Unterweisung des Comte Raymon verwendest. Auf daß er seine Brautwerbung desto besser vorantreiben möge.«
»Ich soll die Dame für ihn umwerben, meint ihr«, sagte Amaury, und sie wanden sich auf ihren Stühlen und nickten. »Du wurdest uns in den höchsten Tönen empfohlen.«
Die Dankbarkeit des Königs und der Kirche mit einer einzigen Gefälligkeit erwerben? Diese Gelegenheit war allzu verlockend, als daß Amaury sie hätte ablehnen können. Er hatte nicht damit gerechnet, je wieder in den Osten zu reisen, je wieder Sand zu fressen, je wieder in eine Gegend zu kommen, in der er das Ausmaß seines Schwitzens nicht mehr selbst bestimmen konnte. Aber diese Mission gefiel ihm. Diese stellvertretende Brautwerbung mußte streng geheimgehalten werden. (Der Comte war sehr empfindlich, was seine Unzulänglichkeiten als Liebhaber anging.) Die Reisegesellschaft mußte also auf ein Mindestmaß beschränkt werden. Amaury erklärte, er werde nur einen Spielmann mitnehmen: Das müsse genügen.
In diesem Augenblick überquerte Pirol den Hof; er führte zwei Hunde an der Leine. Als Amaury seinen Namen rief, beschirmte er seine Augen vor der Sonne und spähte herüber. Stirnrunzeln. Bemühte Widerspenstigkeit. In diesen Tagen pflegte er eine verdrossene Schäbigkeit zur Schau zu tragen, einen fransigen rötlichen Schnurrbart, den nachlässigen Gebrauch von Knöpfen, Gleichgültigkeit in der Frage des Kämmens – einen gewissen Mangel an persönlicher Hygiene, obwohl er darin doch einst sehr penibel gewesen war. Die

Diplomaten fanden seinen Anblick beunruhigend. Aber sie konnten Herm nicht ausreden, ausgerechnet diesen Spielmann mit zum Krak Kerak zu nehmen.
Amaury hatte längst den Geschmack daran verloren, nach verschiedenen Möglichkeiten zu suchen, sich zum begrenzten Thema der Liebe zu wiederholen. Er verließ sich inzwischen darauf, daß sein Diener ihm die Lieder schrieb, und ihm war nicht wohl bei dem Gedanken, ihn zurückzulassen. Pirol war in jeder Hinsicht wie ein Hund – ein Hund von der Sorte, die man sich durch Schläge, nicht durch Zuneigung unterwarf. Er war absolut zuverlässig und würde niemals streunen. Aber ließe man ihn zu lange unbeaufsichtigt, argwöhnte Amaury, so würde man bei seiner Rückkehr die Möbel und Vorhänge angekaut und beschmutzt, die Bücher zerfetzt finden. Nein, er zog es vor, Pirol an kurzer Leine zu führen.
Pirol hörte mit Entsetzen, daß er nach Kerak reisen sollte. Der Gedanke erweckte Panik in ihm: das Kloster unbewacht zu lassen, seinen Schatz durch nichts geschützt als durch hohe Mauern und eiserne Gitter. Unheil schwante ihm. Zwar sah er Alazais nie, er besuchte sie nie, hatte keinerlei Verbindung zu ihr, und dennoch hielt er sich für ihren Beschützer und bildete sich im Laufe der Jahre ein, daß er durch das heilige Ritual seiner Anbetung ihre Flamme irgendwie vor dem Verlöschen bewahre. Er hätte Amaury angefleht, nicht mitkommen zu müssen, wenn Flehen etwas genützt hätte.

»Die größte Gefahr droht von den Templern«, sagte Comte Raymon. »Sie sind ihr eigenes Gesetz. Sie glauben, sie können tun, was sie wollen, und brauchen sich vor niemandem zu verantworten.« Die Zähne des Comte glichen in Farbe und Form Pistaziennüssen, die sich alle zusammen ganz vorn in seinem Mund drängten, als würden sie mit seinen Worten herauspurzeln, wenn er allzu aufgeregt würde. Der Lauf der Generationen hatte seinen Unterkiefer verwittern lassen; das Kinn war inzwischen kaum mehr als ein Überhang, der von der Unterlippe geradewegs zum Adamsapfel hinunterbröckelte, und die Nasenspitze wich vor diesem Überhang voller Schrecken zurück. Aber dieses letzte große Abenteuer in seinem Leben hatte seine Phantasie gefangengenommen, und er trug Amaury seinen Feldzugsplan vor, als wäre es ein heißes Gericht und er wäre den ganzen Weg von der Küche hierhergerannt.

»Da sind natürlich die Griechen, aber welches nette Mädchen würde denn einen Griechen heiraten? Oder einen Zyprioten! Sie müßte nicht normal sein, um einen Zyprioten zu nehmen, nicht wahr? Nein, es sind die Templer, die uns Sorgen bereiten müssen. Sie haben einen Kandidaten, da darf man sich nichts vormachen. Sie thronen da in ihren Festungen und herrschen über das ganze Land von Jerusalem bis Aqaba wie ... wie ...«

»Wie die Götter auf dem Olymp.«

»Genau! Ausgezeichnet! Sehr gut! Wie die Götter von Olympia, und immer noch suchen sie nach Wegen, ihren Einfluß anschwellen zu lassen und den Gang der Ereignisse zu verändern. Die sind nicht zu zügeln, verstehst du? Kein Sinn für Gefolgschaftstreue. Kein bißchen. Kein Nationalstolz. Wie eine neue Art von ... wie eine neue Nation von ... wie ein Volk von ...«

»Titanen.«

»Mmmm. Die auch. Aber laß mich nicht anfangen, von den Templern zu reden; seit sie angefangen haben, mit Byzanz und Gott weiß wem noch Verträge zu machen, sind sie mir ein absoluter Graus. Aber keine Sorge! Ich habe dich ja hinter mir, nicht wahr? Ich habe dich, damit du mir den Weg zu der Dame ebnest, in ihr ... ah.« Er schob die Hand durch den Ärmel seines Mantels und rückte ihn mit hochgezogenen Schultern zurecht. Seine Begeisterung für das Vergnügen war durch die Jahre nicht gemindert worden, aber er war fünfundfünfzig, und man mußte ihm auf die Beine helfen – dank der Arthritis in seinen Knien.

Als er Pirol sah, war seine Enttäuschung nicht zu verbergen.

»Und du sagst, die Weiber mögen ihn?« brummte er besorgt. Aber nachdem er den Spielmann hatte singen hören, allein wie auch mit Herm, kehrte seine Zuversicht verdoppelt zurück, und er befahl den Knechten, sie vor dem Morgengrauen zu wecken, damit die Reise zum Krak Kerak so bald wie möglich vollbracht wäre.
»Wie ich höre, ist sie kein fauler Apfel, weißt du. Dürfte dich nicht bis an deine Grenzen beanspruchen.«
(Tirrel verstand selbst nichts von der Dichtung – hatte nie Zeit gehabt, sich hineinzuvertiefen. Aber er setzte sein ganzes Vertrauen in Amaury.) »Was werden wir tun? Wirst du mich darin üben, was ich sagen und wie ich mich verhalten muß? Willst du meine Gewänder sehen? Damit du mir raten kannst, was ich anziehen soll? Und was ich esse? Wie ich höre, kommt es darauf an, was ich esse. Oder eher, *ob* ich esse?«
Amaury wartete, bis sein Schützling ihm seine ganze Aufmerksamkeit zukommen ließ; dann unterwies er ihn im Tonfall höchster Feierlichkeit. »Du wirst ein Zelt mit deinem Banner darüber aufschlagen, eine halbe Meile weit von der Festung entfernt. In Sichtweite der Mauern. Und dort wirst du bleiben und weder Kopf noch Hand herausstrecken, bis du von mir hörst.«
»Was, ich soll nicht einmal hereinkommen, meinst du? Soll ich denn gar nichts tun?«
»Du sollst nicht hereinkommen.«
Raymon war verdattert. »Du meinst, du tust alles? Ich soll gar nichts tun?«
»Du kannst fasten und beten«, sagte Amaury entschlossen, und der Comte war sichtlich aufgemuntert.
»Oh, das kann ich, ja!« Aber er wiederholte die Worte immer wieder bei sich für den Fall, daß er es vergessen sollte. »Fasten und beten. Fasten und beten ... Du mußt aber daran denken, ihr zu erzählen, daß ich einem Kamel mit einem einzigen Schwertstreich den Kopf abschlagen kann.

Vergiß nicht, ihr das zu erzählen!«
Pirol fühlte sich bewogen zu sagen: »Außergewöhnlich.« Der Comte strahlte ihn an.
»Für mich nichts Außergewöhnliches, Mann! Ich habe es in Frankreich an Pferden geübt, und als ich hier heraus kam, mit Kamelen. Oh, ich konnte es von Kindheit an. Es kommt nur darauf an, die Lücke zwischen den Wirbeln zu finden. Und Kraft braucht man natürlich.«
»Kannst du es denn immer noch?« fragte Peter Pirol fasziniert.
»Zeig mir das Kamel, und ich zeige dir seine Luftröhre«, rief Raymon aus und drohte sein Schwert zu ziehen.
»Ich werde es lieber für den passenden Augenblick aufheben«, sagte Amaury.
Ob Amaury sich die Sache mit den Kamelen nun gern notiert hätte oder nicht – seine Wachstafel hatte sich im Rahmen aufgelöst und hielt die Worte nicht mehr. Sie befanden sich inzwischen unter dem Wüstenhimmel, nicht mehr unter dem Himmel Frankreichs. Fliegen waren die einzige Unterbrechung auf der lautlosen Straße zum Krak Kerak. Amaury warf seine Tafel mit der Vorderseite nach oben in den Sand, die Hufe seines Pferdes schleuderten Sand über das weiße Viereck, und eine kleine Eidechse huschte darüber hin und versank im Morast des halbflüssigen Wachses. Sie sträubte sich mit offenem Maul; es sah aus, als schreie sie, aber kein Laut kam aus dem klaffenden Rachen.

Comte Raymon schlug sein Zelt auf und schmückte es mit jedem Stück Tand und Flitter, das er in seinem Gepäck mit sich führte. Wie ein Vogel im Käfig brachte er seine Absichtserklärung zu Papier. Dann duckte er sich ins Zelt und saß, eine Klappe hochgeschlagen, schwitzend auf einem strohgefüllten Kissen und wartete darauf, daß ein blitzender Spiegel auf den Festungsmauern ihn zu seiner Hochzeit rief.

Die Kälte der Nacht war eine solche Plage für seine arthritischen Knie, daß er nicht schlafen konnte. So vertrieb er sich die Zeit mit dem Gedanken an die Freuden der Ehe mit einer jungen verwitweten Fürstin. Er beschloß, den Titel »Fürst« anzunehmen: In diesem Teil der Welt tat das jeder.

»Und hat er ein Wesen, welches seiner liebreizenden Seele entspricht?« fragte die Fürstin Ingrid. Sie hatte sich langsam und kaum merklich bewegt, preßte nicht mehr mit mißtrauischer Miene das aufrechte Rückgrat an die geschnitzte Lehne des Stuhls, sondern hockte jetzt vorn auf der Kante. Wie ein Kanarienvogel auf seiner Stange wiegte sie sich jetzt vor und zurück im Takt von Pirols Musik. Ihre Fäuste, funkelnd von Juwelen, umklammerten die Armlehnen des Stuhls in einer Erregung, deren Anblick Amaury seit langem gewöhnt war. Ihr Blick wanderte voller Entzücken über seine rote Mähne und betrachtete die weich fallenden Falten seines Gewandes, ganz als wäre er der Freier und nicht der Bote.
Fürstin Ingrid kleidete sich nach arabischer Art; sie trug einen kurzen Taftmantel über einem langen, mit Golddraht und Halbedelsteinen überkrusteten Untergewand. Und einen Musselinschleier, »um zu verhindern, daß die Haut dunkel wird«, erklärte sie, wenngleich es unwahrscheinlich erschien, daß selbst der stärkste Sonnenstrahl seinen Weg durch das dicke Glas der Fenster finden könnte.
»Ist er ein besonders guter Freund von dir, daß du ihn mir in derart hohen Tönen anpreist?« fragte Fürstin Ingrid.
»Er ist mir so lieb wie ein Bruder.«
»So daß du auf seine Gesellschaft nicht gut längere Zeit verzichten könntest.« Über den goldenen Rand ihres Schleiers hinweg machte sie große Augen; sie waren so erstaunlich schwarz geschminkt, daß die Augenhöhlen aussahen wie zwei Einschüsse von einer Schleuder – tiefe gezackte Löcher.

»Ich will damit sagen, es könnte sein, daß du ihn oft besuchen kommst.«

»Oh, ich fürchte, dann würde ich seine Freundschaft verlieren«, sagte Amaury, »denn zwischen uns würde Neid entstehen. Dennoch ...« Er ließ den Satz in der Schwebe – wie ein Köder hing er verlockend vor dem Fisch.

Die Fürstin stand auf und tänzelte, pirschte, strich wie eine Katze an einer hohen Wand entlang. Ihre Hüften drehten sich hin und her, und sie setzte die Füße in ihren Pantoffeln kreuzweise voreinander, während die eine Hand auf der Hüfte saß, die andere auf dem Brustbein ruhte. Dieser Gang ließ eher an Harndrang als an Sinnlichkeit denken, aber sie war ja auch erst seit verhältnismäßig wenigen Wochen Witwe und hatte erst vor kurzem daran gedacht, derlei zu üben. »Ich nehme an, du mußt eilends zu deiner Gemahlin zurück.«

»Das stimmt. Sie ist von zarter Gesundheit und sehnt sich nach meiner Gesellschaft.«

Ihr Seufzer war erfüllt von dem, was hätte sein können, und dann sagte sie: »Du magst den Monsieur le Comte sagen, daß ich nicht schlecht von einem Manne denken kann, der einen Freund wie dich hat ... O nein! Geh nicht! Ich meinte nicht, daß du es ihm sofort sagen sollst! Morgen. Sag es ihm morgen.« Schmelzend sank sie gegen ihn und hätte fast das Gleichgewicht verloren, als der Spielmann in der Ecke plötzlich seine Schalmeienmusik losschmettern ließ und sie damit erschreckte: ein blechernes, schrilles Tuten wie das Alarmgeschrei von römischen Gänsen.

Die Fürstin zog sich zu ihrem Sessel zurück, aber dessen Polster – fransengeschmückte längliche Kissen aus braunem Brokat – waren zu einem Haufen zusammengerollt, und für ihr Hinterteil war kein Platz mehr. Sie hob eines der Polster auf und drückte es senkrecht an sich, setzte sich hin und nahm es zwischen die Knie, und ihr Gesicht lugte um das Polster herum zu Amaury. Vielleicht war es Koketterie.

Vielleicht machte es sie auch nur nervös zu sagen, was sie sagen mußte. »Ich nehme an, ich muß noch abwarten und hören, was dieser andere Herr zu sagen hat.«

»Der andere Herr?«

Sie duckte sich hinter das Polster. »Meine Ratgeber empfehlen es mir. Anscheinend bin ich plötzlich eine politisch bedeutsame Person, wenngleich dies nicht gerade das ist, was eine Dame von ihrem Freier gern hören möchte.«

Sie ließ den Mund offen und wartete darauf nun zu hören, daß die strategische Lage des Krak Kerak dem Comte de Tirrel nichts bedeute.

Amaury aber war wütend über sich selbst, weil er zu spät gekommen war; er sprang auf, durchquerte den Raum und schnippte seinem Spielmann mit den Fingerrücken gegen die Brust. »Ich dachte, du hättest gesagt, wir wären die ersten hier am Platze!« zischte er.

»Das sind wir! Das sind wir! Es waren keine anderen Pferde im Stall, als ich nachgeschaut habe!«

Amaury war beunruhigt. »Bleib hier. Sing ihr noch etwas vor, während ich zu Tirrel hinausgehe. Ich muß mir Geld besorgen, um mir diese ›Ratgeber‹ zu kaufen.« Von der Tür rief er herüber: »Ich will meinem Freund ein paar ermutigende Worte überbringen, wenn es auch wenige sind, Fürstin! Was soll ich dem Comte sagen? Wieviel Zeit muß er diesem ›anderen Herrn‹ zugestehen?«

»Oh, nicht viel«, sagte das Polster, ballte die juwelenfunkelnden Fäuste und hob die Füße ein kleines Stück vom Boden. »Nur, daß ich höre, was dieser Templer für sich zu sagen hat. Anscheinend kommt er eben vom Krak des Chevaliers. Um sich mir zu empfehlen.« Das Polster lachte nervös. »Haha! Ein Templer! Tun das nicht für gewöhnlich *alte* Männer? Zu den Templern gehen?«

Amaurys Panik verflog. Selbst Comte Raymon würde auf eine junge Witwe anziehender wirken als ein finsterer Berufs-

mörder mit den Manieren eines Beduinen. Er eilte hinaus, um die Ratgeber der Fürstin zu bestechen. Pirol stimmte ein Lied an. Die Fürstin redete dabei unaufhörlich – sie stellte Pirol Fragen nach Tirrel, Fragen nach Amaury, und plapperte immerfort nervös mit sich selbst und dem Sänger.
Plötzlich spürte Pirol einen scharfen Luftzug im Rücken.
Ein Türvorhang wurde beiseite geschlagen. Außergewöhnlich. Draußen war es so stickig, und dieser Luftzug war so scharf, als verströme der Tempelritter, der da eintrat, selbst Eiseskälte.
Aber es heißt ja, daß Geister die Luft abkühlen. Und dies war ganz sicher ein Geist. Pirol, der sich wieder und wieder bekreuzigte, hatte daran keinen Zweifel. Denn er hatte Jocelyn de Foicelles den Tod gewünscht, und hier war der tote Mann höchstselbst, im Krak Kerak.
Nicht sehr viel weiter unten an derselben Straße war der auferstandene Jesus zu seinen treulosen Jüngern hereingekommen und hatte sie ihre Schuld fühlen lassen.

Achtzehn

Die Kraftprobe

Ist das alles, was du zu sagen hast?« fragte die Fürstin. Aufrecht saß sie auf ihrem Kissenthron und trug selbstbewußt die Juwelen an beiden Händen zur Schau. »Daß der Krak Kerak von strategischer Bedeutung ist?«

»Für den Schutz der Pilger und die Verteidigung der Region«, sagte Jocelyn. »Das ist doch sicher Ehre genug für eine Christenfrau? Die Region für die Verteidiger des Glaubens zu sichern?« Er war kadaverhaft abgemagert, und die Falten, welche die Sonne in sein Gesicht geschnitten hatte, waren so tief und symmetrisch wie das Zeichen, das Pilger zum Dank für ihre unversehrte Heimkehr in die Wand ihrer Heimatkirche schnitzen.

Jocelyn war unversehrt vom Rande des Todes zurückgekehrt – dank den Bemühungen der Hospitalritter.

Erst hatte er daran gedacht, den Hospitalrittern beizutreten, aber sie hatten ihn beleidigt, indem sie sich zur Gebetsstunde versammelt und über seine Aufnahmewürdigkeit debattiert hatten. Also hatte er sich statt dessen für die Tempelritter entschieden – oftmals die letzte Zuflucht für erfahrene Kämpfer, die ihre Leidenschaft für alles außer Gott und Politik und den Tod aufgezehrt hatten. Der Orden war voll von Witwern, Unzufriedenen, zweitgeborenen Söhnen und Berufsrittern, die stolz waren auf ihren Verstand und ihre Kenntnisse vom Heiligen Land. Die Verachtung für den Feind war ihnen gemeinsam, aber noch geringschätziger betrachteten sie die Pilger, die mit ebenso vielen falschen Vorstellungen wie Sünden beladen hierher kamen und beides unbeschädigt wieder mit nach Hause nahmen.

Und sie verachteten die Kreuzritter, die hereingestürmt kamen wie Frettchen in einen Bau, ihre Zähne in die Güter und Segnungen von Outremer schlugen und dann mit ihrem Vierzig-Tage-Ablaß schleunigst wieder heimkehrten. Aus gegenseitigem Respekt (und Haß) nahmen die Sarazenen einen Tempelritter niemals gefangen, sondern töteten sie ausnahmslos auf der Stelle – wenn sie nicht selbst sterben mußten.

»Und wer sagt, daß der Comte de Tirrel die Region nicht ebensogut verteidigen würde wie du?« fragte die Fürstin; jedesmal wenn der Templer sprach, wandte sich ihr Herz ein wenig entschlossener dem Freund Amaurys zu.

»Ich bin offen für die Anweisungen jener Macht, die es am besten weiß.«

»Sogar so weit, daß du heiratest, nur um eine wertvolle Handelsstraße zu sichern«, sagte Amaury keck; soeben kehrte er von einer zufriedenstellenden Verhandlung mit Ingrids Waffenmeister zurück. Jocelyn bedachte ihn mit einem Blick des monumentalen Abscheus. Aber Amaury sah nicht Jocelyn de Foicelles, er sah nur einen Tempelritter, die arabische Kefije über dem Helm, das Gesicht nicht mehr als eine Fortsetzung der Rüstung.

»Und doch erwartest du, daß ich dich heirate, wenn ich einen Mann heirate, der mich liebt?« fragte die Fürstin mit hocherhobener Nase.

»Meine Mittel und mein Reichtum sind den seinen gleich.« Jocelyn sagte dies nicht winselnd, um sie zu locken. Es war einfach die nackte Wahrheit. Selbst wenn die Fürstin für die Verlockungen des Geldes empfänglich gewesen wäre, offerierte er ihr keinen schmeichelhaften Euphemismus, hinter dem sie ihre Gier hätte verbergen können.

Der Mann ist nicht mit dem Herzen bei der Arbeit, dachte Amaury selbstgefällig.
»Glaubst du denn, deine Tugenden berechtigen dich, dir eine Frau zu kaufen?« fragte Ingrid hochfahrend. Sie erlaubte sich, ein Lächeln mit Amaury zu wechseln. Zwar hätte sie sich lieber diesen Ritter-*trobar* gesichert, aber es würde ihr auch gefallen, seinen Freund zu heiraten.
»Ich höre kein Wort von *Liebe* von dir, mein Herr Ritter.
Und ich sehe keine Zärtlichkeit bei dem Mann, der *Herr über meine Burg* werden will. Bin ich deiner Betrachtung in dieser Hinsicht nicht würdig? Oder ist dein Herz schon anderswo vergeben und nur deine Hand noch verfügbar für die Ehe?«
»Der Konvent der Templer hielt die Angelegenheit für zu dringlich, als daß deine Vorlieben hinsichtlich der Männer berücksichtigt werden könnten, Madame. Ich hingegen habe, soweit es die Sicherheit des Krak Kerak angeht, keine bangen Sorgen in ihren Herzen zurückgelassen. Was nun die Liebe betrifft ...«
In diesem ungünstigen Augenblick traf es sich, daß Raymon, der schwitzend in seinem Zelt gehockt hatte und nach Amaurys unverhoffter Geldforderung auf weitere Schicksalsschläge gefaßt war, sich nicht länger beherrschen konnte. Rot wie ein Radieschen stürmte er herein, das Haar vom Schweiß glatt an den Kopf geklebt. Sein Hut flatterte an der Klammer, mit der er an den verbliebenen Haaren befestigt war. Selbst seine Zähne schienen zu schwitzen, denn als er Ingrid erblickte und sie begrüßte – »Fürstin! Endlich!« –, da spritzte die Feuchtigkeit in kleinen Tropfen von seinen Lippen.
Der Blick, den Amaury ihm zuwarf, brachte ihn zum Stehen, als sei er in eine Falle getreten. Eine Stille erfüllte den Raum, in der Raymons Keuchen im Takt mit den kurzen, flachen Atemstößen der Fürstin ertönte, die mit ihrer Enttäuschung kämpfte. Die Pause erschien endlos.
»Was die Liebe angeht«, fuhr der Tempelritter fort und mu-

sterte seinen Rivalen von Kopf bis Fuß, »so sehe ich, daß du diesem *libertine-trobar* erlaubt hast, die Dämonen seines Gewerbes heraufzubeschwören. Liebe. Lieder. Dichtung. Verlangen. *Fleischeslust*. Der Gesang ist der Verderber der Keuschheit. Die Liebe ist der Wundbrand der Seele. Dein Beichtvater wird dir raten, alle Öffnungen deines Körpers vor ihr zu verschließen.«

»Oh!« Die Fürstin sprang auf, die Knie fest zusammengepreßt, die Hände erhoben, als wolle sie sich die Ohren zuhalten. Die Öffnungen ihres Körpers waren im Angesicht Jocelyns von weit größerer Empörung erfüllt, als sie es bei Amaury je gewesen waren. Amaury trat Raymon die Beine weg, so daß dieser in einer Haltung von unterwürfiger Ergebenheit versank. Er spähte aus dem Augenwinkel nach weiteren Bühnenanweisungen, zog den Kopf ein und preßte beide Hände an sein Herz.

Durch den roten Dunst von Ärger und Verlegenheit betrachtete Ingrid den knienden Freier und gab sich allergrößte Mühe, die Eigenschaften seines eleganten Sekundanten auf ihn zu spiegeln. Aber selbst in seiner eigenen, wenig ansprechenden Gestalt machte Raymon sich vorzüglich im Vergleich zu einem arroganten und Anstoß erregenden Tempelritter, der nur von Wundbrand und Körperöffnungen reden konnte. Sie wandte sich an Foicelles.

»Herr Jocelyn, ich *würde* sagen, du seist zu spät gekommen – nur glaube ich nicht, daß du für meinen Geschmack jemals zu spät kommen könntest. Siehst du, ich habe nämlich schon beschlossen, den Comte de Tirrel zu heiraten. Ich fürchte, deine Reise war vergebens.«

Raymon tat einen gewaltigen Jauchzer des Triumphs; noch auf den Knien umarmte er Amaury so, daß es aussah, als ob sie tanzten, zwei Tänzer, die bis zu den Knien im Stein steckten.

Der Tempelritter stand wie angewurzelt da. Sein Gesicht war

so bleich, daß er aussah, als habe man ihn aus einem Felsengrab hervorgeholt, und seine Augen waren so tief eingesunken, daß der gelbe Bogen über jeder Augenhöhle keine Braue war, sondern der Schädelknochen, der sich da hervordrückte. Die tiefsten Falten in seinem Antlitz waren die, die sich senkrecht über die Wangen zogen – als wäre sein Lächeln bei irgendeiner furchtbaren Wüsteninitiation herausgeschnitten worden.

Aber für Pirol war er wirklich jemand, der aus einem Felsengrab zum Leben erweckt worden war. Denn hier war Gott in Person. Gott, der gekommen war, Gerechtigkeit zu üben. Der Herr war in der Trostlosigkeit von Pirols Leben nicht blind oder abwesend gewesen. Der Maßstab seiner Zeit war einfach größer. Er bewegte sich langsam. Langsam und unerbittlich. Hier war der Ritter, den Gott keusch gehalten hatte, um ihn zur Geißel der Unkeuschheit zu machen. Hier war der Ritter, den Gott in der trockenen Luft der Wüste bewahrt hatte, damit Amaury seiner Gerechtigkeit ausgeliefert werden könnte. Pirol schmiegte Rücken und Nacken an die kühle Wand und lächelte das zufriedene Lächeln des Rächers, der sich Zeit läßt. Er würde Jocelyn erzählen, was Herm getan hatte: was er Alazais angetan hatte, der Fröhlichen Wissenschaft, Gott. Er hätte wissen müssen, daß Gott das letzte Aufeinandertreffen hier in dieser Arena von Wüstenfels und Ebene inszenieren würde. Denn das Territorium des Krak Kerak war rot vom getrockneten Blut, übertupft mit den Fettklümpchen gelben Felsgesteins. Blutige Klippen ragten über Ebenen, die mit Steinblökken übersät waren, als wären es die Fleischfetzen, die im Heiligen Kampf aus dem Körper eines Ritters gerissen wurden.

»Eine Waffenparade, Madame!« rief Raymon und rappelte sich hoch. Seine arthritischen Knie heulten protestierend auf, aber Raymon von Tirrel erklärte gleichwohl, seine Verlobung müsse mit einer Waffenparade begangen werden.

Amaury verbot es nicht. Er hätte es vielleicht getan, wenn seine Aufmerksamkeit sich nicht endlich doch noch dem Tempelritter zugewandt hätte: Etwas kam ihm bekannt vor ... Er hatte Jocelyn de Foicelles eben einen Namen zugeordnet, als er hörte, wie Raymon in der Tür nach einem Kamel brüllte.
»Ein Kamel, sage ich! Bringt mir ein Kamel! Sind hier alle gestorben oder was? Holt mir ein Kamel!«

Das Kamel stand im inneren Hof der Burg und ahnte nichts von seiner Rolle. Der Krak Kerak war arabischen Ursprungs, und in den Tiefen seines Körpers war eine Lunge – ein säulenumstandener Hof unter freiem Himmel, beatmet von Springbrunnen. Das Kamel war nicht besonders groß – im Gegenteil, Amaury hatte das kleinste ausgesucht, das er finden konnte. Aber in den Grenzen des kleinen Hofes, zwischen den beiden Springbrunnen, sah es tatsächlich riesig aus. Das Plätschern des Wassers regte es dazu an, selbst einen Quell loszulassen, und ein Urinstrahl prasselte auf den gepflasterten Boden und spritzte wieder bis zu seinen Knien herauf. Seine großen Füße glichen weichen, empfindsamen Fröschen; sie scharrten voller Unbehagen über den ungewohnten Boden.
Eine rotgoldene Satteldecke war über den leicht grotesk wirkenden Buckel – schlaff wie die Zitze eines alten Weibes – geworfen worden, aber man hatte keine Gelegenheit gehabt, das Tier zu striegeln oder es fasten zu lassen. So brachte es seine Fliegen und den gärenden Inhalt seines Wiederkäuermagens mit in die Burg, von unwillkommenen Geheimnissen erfüllt wie das Trojanische Pferd.
Aber der Comte de Tirrel, der sich jetzt auf vertrautem Gelände befand, legte neu erwachte Tatkraft an den Tag, eine Leichtfüßigkeit, die nicht zu seinem Alter passen wollte. Er stellte sich mit gezücktem Schwert vor dem Kamel in Positur und vergewisserte sich, daß die Enge des Hofes ihn beim Ausholen oder Zuschlagen nicht behindern würde. Er trug eine

weißleinene Haube, die sein fehlendes Haar und Kinn verdeckte. Die Scheide seines großen Schwertes, die jetzt zwischen seinen Knien hing, mit Silber beschlagen wie der Gürtel des Orion, verlieh dem Mann eine gewisse theatralische Großartigkeit, die den Blick fesselte.

»... ließ ihr seine unwillkommenen Aufmerksamkeiten zukommen, während er Nerra schröpfte«, erzählte Pirol. »Und als er sie auf die übliche Weise nicht bekommen konnte, schwärzte er sie in aller Öffentlichkeit mit einer Lüge an!« Er umwieselte Jocelyn wie ein Eichhörnchen, das seine Wintervorräte in einem Baum verstaut, klaubte all die harten, abscheulichen Geheimnisse aus dem Beutel seiner Wangen und stopfte sie in Jocelyns Ohr. Der Tempelritter stand auf der oberen Galerie des Hofes, denn das war ein guter Platz, um die Waffenparade zu verfolgen.

»... verschwunden. Er tat, als sei er tot«, berichtete Pirol eben. »Und dann, als Nerra sie verstoßen hatte, kam er zurück, um sich zu holen, was er wollte. Da war sie in meinem Haus! Unter meinem Schutz, Herr! Er kam, und er zwang sie! Heiratete sie – nahm ihr Land – nahm sich alles. Er hat sie vergewaltigt, Herr! Vergewaltigt! Da wirst du ihn doch fordern, nicht wahr? Du wirst ihn zum Zweikampf herausfordern? Du wirst Gottes Henker sein, nicht wahr? Es ist alles wahr! Kein Wort gelogen! Und in dir ist keine Sünde, oder? Das sehe ich schon. Das sieht jeder. Man braucht dich nur anzuschauen, um es zu sehen. Keine Spur von Sünde. Er könnte keinen Augenblick gegen dich bestehen. Ich hätt's ja Barral Nerra erzählt, doch der ist selbst ein schwarzes Schwein – ein Kaufmann nur! Aber du bist ein echter Ritter. Du kannst einen anderen Ritter zum Zweikampf fordern, nicht wahr, Herr?«

Geduckt huschte Pirol um Foicelles herum, vor und zurück, hin und her, immer darauf bedacht, sich hinter der Balustrade zu verbergen, damit Amaury unten im Hof ihn nicht sehen konnte. Der Tempelritter hatte die Bräutigamwahl der Fürstin

nicht kommentiert. Sein frostiges Gesicht war nur noch starrer geworden, und seine Augen lagen noch tiefer in den Höhlen. Er hatte seine Handschuhe wieder angezogen, und jeder Handschuh hatte fünf Finger, als habe Foicelles im Krak des Chevaliers nicht nur geistliche, sondern auch körperliche Vollkommenheit erlangt.
Comte Raymon begann mit einigen Übungsschlägen und ließ sein Schwert wirbeln. Pirol unterbrach seine Erzählung, um sich anzusehen, wie die berühmte Großtat vollbracht wurde. Das Kamel wich vor dem plötzlichen Sausen der Übungsstreiche zurück, stülpte die dicken, wie aufgerollt aussehenden Lippen vor und gurgelte kehlig. Noch oben auf der Galerie hörte man, daß es im großen Faß seines Magens blubberte wie in einer Destille.
»Für die Fürstin dieses Landes! Für die Königin des Herzens meines Freundes! Für Frau Ingrid von Kerak!« deklamierte Amaury von der anderen Seite der Galerie. *»Meisterliche Kraft! Prunkvolle Männlichkeit! Die Enthauptung eines Kamels auf einen einzigen Streich! Damit die Dame weiß, wie stark die Arme sind, die sie fortan vor Gefahr und Enttäuschung beschützen werden: Eine Vorführung der Waffenkunst Raymons, des Comte de Tirrel!«*
Raymon grinste verlegen. Die Fanfare gefiel ihm; er bewunderte es, wie Amaury mit Worten umzugehen wußte. Er empfand tiefe Dankbarkeit für diese Erneuerung seiner Männlichkeit; er hatte nicht erwartet, solche Glorie noch einmal zu erleben. Jetzt hob er das Schwert, bis das Heft auf seiner Schulter ruhte und die Klinge hinten herabhing. Man hörte, wie er – ziemlich banal – sagte: »Hoffentlich kann ich es noch.« Dann führte er, grunzend wie ein Ringkämpfer, einen solchen Hieb, daß der Aufschlag den Hof wie ein feuchter Explosionsknall erfüllte.
Der Kopf des Kamels flog durch die Luft und traf die Wand mit dem Geräusch einer platzenden Melone. Die klebrige Mi-

schung aus Blut und Markknochen ließ ihn für einen Augenblick mit zitternden Ohren an den Keramikfliesen hängenbleiben, bevor er Amaury vor die Füße fiel und die Zunge herausschlenkerte. Der Rest des Kamels blieb stehen, die plattfüßigen Beine an den Knien zusammengedrückt. Sein Darm entleerte sich in zwei Fladen; als sie auf den Boden platschten, klang es in der Stille, als klatsche jemand zweimal in die Hände. Das Händeklatschen wurde oben eifrig aufgenommen, und dann hallte wilder Applaus auf der Galerie hin und her. Jocelyn de Foicelles war der einzige, der seine Bewunderung verweigerte.

Der Schwerthieb befreite mehrere Gallonen Blut – ein dritter Springbrunnen, rot zwischen den beiden weißen Wasserfontänen. Es machte den Boden zu Raymons Füßen glitschig. Der Comte verlor das Gleichgewicht und setzte sich jäh; man hörte ihn fluchen ob dieser Würdelosigkeit. Dann bemühte er sich, wieder auf die Beine zu kommen.

Das Kamel indessen bewog eine noch größere, unausweichlichere Notwendigkeit umzufallen. Es kenterte wie ein Schiff. Raymon hatte sich gerade auf Händen und Knien aufgerichtet, da fiel es auf ihn, verschüttete ihn, zerquetschte ihn unter seinem haarigen Brustbein, so daß nur noch sein Kopf herausschaute. »Verdammt«, sagte der Kopf, aber es war lediglich eine postume Zuckung in der Art der beiden Dungfladen, die auf das Pflaster geklatscht waren.

Die vielen Zeugen standen reglos da, die applaudierenden Hände zusammengeklebt vor der Brust, stumm. Und am oberen Ende der Galerie intonierte Herr Jocelyn de Foicelles:

»*Eitelkeit! Eitelkeit! sprach der Prediger. Alles ist Eitelkeit ...* Vielleicht wirft dies ein neues Licht auf deine Heirat, Fürstin.«

Die Fürstin hielt es protokollarisch für angebracht, salzige Tränen über die Brüstung zu vergießen, statt zu antworten.

»Wir schätzen keine unaufrichtigen Reden. Geschwätz. Doppelzüngig. Also hör zu«, sagte Jocelyn. »Wir haben die Vorsichtsmaßnahme ergriffen, den Krak Kerak zu sichern, ungeachtet der heutigen *comedia.* Eine Abteilung der Tempelritter zieht in diesem Augenblick in die Burg ein, Fürstin. Ich rate dir nachdrücklich, mein Eheangebot ohne weitere Verzögerung anzunehmen. Wir bekommen diese Burg mit dir oder ohne dich.«

Die Templer – überwiegend Turkopolen – traten mit gezücktem Schwert aus jeder Tür und trieben Haushalt, Gäste und Sklaven in die große Wasserzisterne neben den Quellen von Giguel.

Im Winter füllte das ansteigende Grundwasser die Zisterne fast bis zum Rand. Um diese Jahreszeit aber standen die Gefangenen höchstens bis an die Knöchel in den abgestandenen Überresten blutwarmen Wassers, das voll war von toten Fliegen, Heuschrecken und unidentifizierbaren Blättern. Es waren keine Bäume in der Nähe, mit denen man die Blätter hätte erklären können.

Sie sahen aus wie Verdammte, die dem Kessel überantwortet waren, um in Ewigkeit zu Brühe zu verkochen.

»Ich dachte, du wärest tot, Herr. Ich war krank vor Trauer!«

»Und da hast du dich Amaury von Herm angeschlossen«, sagte Jocelyn.

»Habe Lieder für ihn geschrieben, ja! Der Mann hat all seine Kunst verloren. Vor lauter Müßiggang komponiert er nicht mehr – vor lauter Überdruß! Ich aber wollte mich in meinem Gewerbe vervollkommnen, verstehst du? Ich hegte große Hoffnung, eines Tages auszubrechen – aus eigenem Recht, verstehst du, Herr?«

»Und da hast du dem Teufel deine schwarze Kunst geliehen und ihm geholfen, sein Verführungswerk desto besser zu vollbringen. Hast Satan überzeugender gemacht, ja?« Pirols Mund klappte auf. Er konnte nicht glauben, was er da hörte.

Herr Jocelyn hatte sich in die *retraite* der Prinzessin eingeschlossen, hatte seinen Mantel hinter sich knattern lassen wie Donnerschlag und sich in jähes Schweigen versenkt. Es war, als sehe man das Hinterteil Gottes, als Er den Heiligen Berg verläßt: Vor lauter Ehrfurcht hätte Pirol am liebsten die Schuhe ausgezogen. Aber er jagte ihm nach, schlüpfte zwischen den Händen der Turkopolen-Wache hindurch, bestritt entschieden, daß er in irgendeiner ernst zu nehmenden Verbindung zum Gefolge Raymon de Tirrels stehe, und so stürmte er durch den Palmbastvorhang, der vor der kleinen Kammer oben an der Treppe hing, und erwartete den Ritter beim Gebet zu finden, oder wie er gerade einen Bericht an seinen Prior verfaßte.

Jocelyn aber tat weder das eine noch das andere. Die Kammer hatte Fenster – nicht das bunte Glas, das Pirol in den Kirchen in Paris oder Jerusalem gesehen hatte, sondern dicke, blaugrüne Glasfenster, von Luftblasen durchsetzt. Daher war es in dieser Schreibstube kalt und dunkel wie in tiefem Wasser. Pirol tauchte ins Wasser und sah, wie sein eigener angehaltener Atem in Ketten von Bläschen an seegrünen Schilfhalmen entlang nach oben stieg, ohne je die Oberfläche zu erreichen. Der Ritter hatte Kefije, Helm und Handschuhe abgelegt. Sein weißer Wappenrock mit dem großen roten Kreuz lag zusammengefaltet an einem anderen Platz. Und er rauchte Opium.

Seine gelben Locken waren in frommer Weise kurzgeschnitten, zu kurz, um die schroffe Geologie seines Schädels noch zu verdecken. Seine Haut war so straff gespannt, daß die seltsame rosa-weiße Scheckigkeit der Schädelknochen unter durchscheinendem Gewebe hätte sein können. In seinen saugenden Lippen war nichts Rotes mehr, und die Zähne dahinter waren verfärbt, so daß der Mund verschlissen aussah, beschädigt, abgenutzt von zu vielen Worten im Laufe der Jahre.

»Wenn ich gewußt hätte, daß du ebenfalls um die Fürstin werben wolltest, hätte ich natürlich einen Weg gefunden, ihr von dir zu erzählen. Ich hatte ja keine Ahnung, daß du ...«
Foicelles schnitt ihm das Wort ab. »Ich persönlich finde es anstößig, daß Fragen von militärischer und politischer Strategie überhaupt von den Paarungsneigungen eines Weibes abhängig gemacht werden können. Aber ich folge meinen Befehlen. Natürlich. Wir Templer sind gehorsam und diszipliniert – mehr als jeder andere Bund kämpfender Männer. Zum Glück hat sie sich entschieden, wie sie sich entschieden hat. Damit ist es mir möglich, den alternativen Weg einzuschlagen und Kerak mit Gewalt einzunehmen: Dieser Weg ist geradliniger und zufriedenstellender.« Seine Augen waren undurchsichtig wie das dicke Glas in den tiefen Fensternischen. Sie richteten sich nicht auf Pirol, sondern wanderten umher und strebten immer wieder nach oben, wie es etwas Hohles tut, wenn es unter Wasser gehalten wird. Hin und wieder verschwanden sie oben in den Höhlen, und die unteren Lider hoben sich. Dann bebten die geschlossenen Augen, marmoriert von dunkelvioletten Adern. »Meine Gebete wurden erhört. Ich selbst hatte nicht den Wunsch, dieses Weib zu heiraten.«
»Aber trotzdem wirst du Herm zum Zweikampf fordern, nicht wahr, Herr? Weil er das Rittertum entehrt hat! Weil er die Fröhliche Wissenschaft beschädigt hat! Wegen all der Untaten, von denen ich dir erzählt habe!«
Im Wasserbehälter zu Foicelles' Füßen blubberten narkotische Dämpfe; es klang wie der rumorende Magen des Kamels, bevor ihm der Kopf abgeschlagen wurde. Jocelyn schwieg so lange, daß Pirol schon glaubte, die Betäubung müsse den Mann blind und taub gemacht haben. Er holte Luft, um lauter zu sprechen, und sein Kopf füllte sich mit Gerüchen und Empfindungen, von denen ihm übel und schwindlig wurde. Aber in diesem Augenblick klappte das untere Lid wieder herunter, der Augapfel rollte herab, und als Jocelyn sprach, lallte

er nicht. Sein Körper war an die Wirkung des Opiums längst gewöhnt. »Nekromantie«, sagte er. »Die *Fröhliche Wissenschaft?* Nenne sie beim richtigen Namen und sag: Die Wissenschaft des Teufels. Von Lüstlingen betrieben. Von Huren gepriesen. Gedichte. Lieder, mit denen man Dämonen heraufbeschwört und Jungfrauen betört. Der Gesang ist das Ausatmen der Hölle.«
»Aber Herr ...«
»Sänger. Spielleute. Lauter Lotterbuben und Affen.« Pirol erstarrte.
Jocelyns Glieder zuckten von unwillkürlichen Krämpfen. Ein Fuß stieß gegen das Kühlbehältnis seiner Opiumpfeife, und er streckte in einem unbeeinträchtigten Reflex die Hand aus, um die kupferne Gerätschaft zu richten. Teilweise mußte sie kochendheiß sein, aber er richtete sie trotzdem, mit einer Hand, die ebenso fleckig war wie sein Gesicht. Jocelyn wurde zu Schnee. Er hatte nicht nur die Gefühle seines Herzens verloren – das Gefühl für Liebe, für Schönheit, für Kunst –, sondern der Verlust war auch durch seine unzureichende Hautbedeckung gedrungen, so daß er auch keinen körperlichen Schmerz mehr fühlte. Keinen Schmerz im Körper. Keinen Schmerz im Geiste. Pirol dagegen fühlte die Furcht in sich in solchen Mengen, daß sie durch seine Handflächen nach außen drang.
Jocelyn sah, daß der Blick des Spielmanns auf seinen fleckigen Händen ruhte. »O ja. Du hast ganz recht. Ich habe sie. Manche sagen, es ist eine Strafe Gottes. Die Lepra. Für die Sünden meiner Jugend.«
»Aber du hast doch nie ...«
»O doch. Oft. Bitte versuche nicht, mir zu schmeicheln. Das ärgert mich mehr als jede andere Form des Lügens. Ich kenne meine Sünden. Den Frevel der Dichterei zum Beispiel. Und das hier natürlich. Das.« Er schwenkte das Mundstück seiner Opiumpfeife. »Nach Damaskus gaben mir die Hospitalritter

das Opium gegen den Schmerz. Es kam zu mir als eine Gnade, siehst du, und ich habe es als Laster behalten. Mein Leben war voller Laster. Worte, Gedanken. Es gab eine Zeit, da mein Geist ganz mit schmutzigen Überlegungen beschäftigt war. Ganz ausgefüllt davon.« Seine Stimme war endlich doch in den übertriebenen Singsang eines Berauschten verfallen. Plötzlich schrie er: »*Aber ich habe bereut!* Ich habe bereut und mich den Templern geweiht. Der Leibwache Gottes – oh, ganz buchstäblich. Wir bewachen die Orte, wo Jehova einen fleischlichen Leib annahm und wohnte. Ergo: Gottes Leibwache. Sie haben mich nach ihren Bedürfnissen geformt. Ich habe es zugelassen. Habe mich von Gott formen lassen. Es war so offenkundig nach Damaskus. Mein Leben war aus einem bestimmten Grund geschont worden. Und so beugte ich mich. Ich ließ mich formen.« Er saß da und sagte es, unbeweglich wie die Steinwand hinter ihm. Saß da und sagte es. »Ich beugte mich. Ich ließ mich formen. Und jetzt hat Gott mir Lepra geschickt, damit ich keinen Schmerz fühle, wenn ich kämpfe. Nicht als Strafe. Als Geschenk. Siehst du es nicht? Keine Strafe. *Ein Geschenk.*«

»Ich verstehe. Ich verstehe.«

»Wenn ich also gegen ›Amaury von Herm‹ kämpfen wollte, würde ich die Rüstung Gottes tragen.« Er stieg durch irgendeinen befreienden Höhepunkt auf eine Ebene von ruhiger, bedächtiger, transzendenter Großspurigkeit. »Aber warum soll ich mich dazu herablassen, ein Huhn zu bespucken? ›Amaury von Herm.‹ Pfff! ›Amaury der Wurm‹.« Er sog energisch an der Opiumpfeife und sagte: »Du erinnerst dich, Pirol ...«

Es war das erste Mal, daß er den Namen benutzte. Pirol hörte mit Erstaunen, daß der Name noch da war, inmitten der verstümmelten Rekonstruktion von Foicelles' Vergangenheit. Es überlief ihn eisig.

»Du erinnerst dich, Pirol, wie dieser Mann sich in Ephesus

gegen mich stellte? Nun, danach habe ich Erkundigungen eingezogen über ›Amaury von Herm‹. Es hat lange gedauert. Unterlagen über sein Reich waren schwer zu finden. Es ist klein. Sehr klein, mußt du wissen. Und weißt du, Pirol, was der Ort Herm ist?« Jocelyn legte bei dieser Frage eine schlaffe, schwere Hand auf den Sänger.
»Eine Insel, Herr. Eine große Insel. Südwestlich von England.«
»Hmmm. Nun, vielleicht nicht gerade eine *Insel*. Eher eine Klippe. Nun, vielleicht nicht gerade eine Klippe. Eher ein Kieselstein. Ein Pünktchen im Meer. Eine Gefahr für die Schiffahrt, ein Nistplatz für die Möwen, eine Brutstätte für Seehunde. Glaubst du, der Mann ist selbst ein Seehund, daß er über ein Reich von Seehunden herrscht? Der Graf der Lummen. Der Herzog der Möwen. Oh, König ist er über alle Möwen, kein Zweifel. Du mußt wissen, es *gibt* kein Reich namens Herm, Pirol. Kein Lehen. Keine Burg. Du hast dich in all den Jahren als Diener an einen Mistknecht verdingt. An einen Eimerträger. Einen Streukehrer. Was weiß ich – an einen Zigeuner, der unter einer Hecke geboren wurde. Er ist ein Angeber. Ein Lügner. Ein Scharlatan. Ein Schauspieler.
Ein Betrüger. Ein Hochstapler. Ein Großmaul. Und dir hat es gefallen, deine Worte in dieses Großmaul zu legen, ja? Nun, sehr passend. Durchaus berechtigt, wie ich es sehe. Seich in eine Seichgrube. Pisse in einen Hundezwinger. Herausfordern soll ich so etwas? Ich würde nicht *hineintreten*!«
»Deshalb konnte er nie nach England«, sagte Pirol, aber er sagte es zu sich selbst. Bis diese Neuigkeit ganz zu ihm durchgedrungen war, nahm Pirol seine Umgebung nicht mehr wahr. Amaury war nichts. Seine Livree war ein Mummenschanzkostüm. Sein Wappen war ein gemaltes Ding. Sein ganzes Leben war ein Betrug. Sein Haushalt, sein Stab, sein Gefolge, seine Sänger hatten sich einem Jahrmarktgaukler angeschlossen. Vielleicht konnte nur Pirol, der selbst als Jahrmarktgaukler

gearbeitet hatte, die Größe einer solchen Sünde ermessen. Was Pirol selbst anging, so war sein Leben soeben entwertet worden: Alchimistengold hatte sich in Blei verwandelt. Alles war dahin.

»Als du das erfahren hattest«, sagte er ruhig, als wolle er einen Wahnsinnigen befragen, ohne Gewalt zu provozieren, »warum hast du da nicht eine Nachricht heimgeschickt? Ihn diffamiert? Dem König davon erzählt? Ihn verhaften lassen?«

»Ach nein, nein, nein, nein, nein«, sagte Jocelyn, hielt das Mundstück auf Armeslänge vor sich und betrachtete es. »Er ernährt sich von den Schwachen, und die Schwachen bedürfen der Läuterung. Die Schwachen, die Eitlen, die Wollüstigen. Die Huren und bemalten Weiber. Weiber wie diese Nerra-Dirne, von der du mir erzählt hast. Männer wie ihr Gemahl. Abschaum wie du. Herm und seinesgleichen sind auf der Erde, um die Spreu der Verdammten auszusondern. Sie ziehen sie an wie der Magnetstein das Eisen. Er erfüllt seinen Zweck: die Eitlen zu vernichten.«

»Dann wirst du ihn also laufenlassen? Ihn Gott überlassen?« flüsterte Pirol, und er war plötzlich erleichtert, von Herzen erleichtert.

Jocelyn wandte sich ihm zu, und sein Gesicht zeigte mystisches Staunen. Das Opium zerfranste die harten Ränder seiner Wirklichkeit. Er hatte vergessen, daß er durchaus einen Brief an den Legaten in Paris geschrieben hatte, um all dies, was jetzt geschehen war, herbeizuführen. Er hatte vergessen, daß er ihnen nahegelegt hatte, ein gewisser Herr Amaury von Herm könne »die Brautwerbung eines beliebigen fränkischen Freiers mit seinen gewinnenden Versen und seiner bezaubernden Erscheinung befördern«. Obwohl er die Ereignisse präzise im Sinne seiner eigenen Ziele manipuliert hatte, sah er jetzt nur noch Gottes Hand am Werk – ein göttlicher Zufall hatte ihm den Feind in Reichweite gebracht.

»Ich habe nur zugelassen, daß Gottes Gerechtigkeit ihren Lauf nimmt. Und siehe! Gott hat ihn zu mir geführt – hat ihn mir ausgeliefert, damit ich Sein heiliges Urteil vollstrecke. Hole ihn. Hole deinen Herrn her.«
Pirol verneigte sich und verließ das Zimmer. Ein, zwei Augenblicke später marschierten zwei Templer-Ritter an seiner Seite, um sicherzustellen, daß Gottes Wille auch wirklich geschah und daß Amaury geholt wurde. Gott, so lernte Pirol allmählich, überließ nichts dem Zufall.
Links und rechts von Pirol schienen die Mauern des Krak Kerak in der Hitze der Sonne zu schmelzen. Die mächtige Brandung des Sandes hatte seinen Rumpf angefressen, und Sonnenlicht brach in gelben Strömen herein, in Wolken von Gischt. Der Boden war stofflos unter seinen Füßen. Er war Judas, von den Sadduzäern gesandt, Christus zu küssen.
Wenn Judas nun in jenem letzten Augenblick im Garten geschrien hätte: »*Lauf weg!* Um Gottes willen, lauf weg!« Angenommen, er hätte es getan.
Wieviel Haß, wie viele Jahre der neidvollen Rivalität, der eingebildeten Mißhandlungen von der Hand Christi mußte Judas erlitten haben, daß er diesen weiten Weg nach Gethsemane machen konnte, ohne langsamer und langsamer zu werden und schließlich stehenzubleiben. Einer der Templer gab Pirol einen Stoß in den Rücken und fragte, warum er nicht weitergehe.
So ging er weiter durch die Höfe, und der Boden unter seinen Füßen war ausgebrannt vom hellen Sonnenlicht. Und dann verschluckte ihn der moosgrüne Schatten der riesenhaften Wasserzisterne. »Herr Jocelyn will dich sehen!« rief er hinauf. Amaury tappte durch das Wasser, und er sah aus wie eine Figur in einem verfallenen Springbrunnen, durch die Entfernung geschrumpft, kleiner als lebensgroß.

Amaury war als Sohn eines Vavassours auf die Welt gekommen, eines mittellosen Vasallen ohne Aussichten, aber mit einem Ehrgeiz so groß wie Byzanz. Nachdem er alle verkäuflichen Erzeugnisse der Welt betrachtet hatte, war er zu dem Schluß gekommen, daß weder Safran noch Pfeffer ihm so erlesenen Lohn einbringen würde wie die Liebe. Und so hatte er die Liebe zu seiner Ware gemacht. Er hatte sich eine Stellung als Sänger am Hofe von Baux verschafft und es vermocht, das Patronat einer Dame dort zu gewinnen: Sie wollte ihm Livree und Pferd und Equipage geben, wenn er nur die Kunde von seiner Liebe zu ihr hierhin und dorthin trüge und es nah und fern verkündete. Dieses erste Stückchen Eitelkeit hatte ihn in den Stand versetzt, weniger das Loblied seiner Dame zu singen, als vielmehr den Blick eines Dutzends anderer Damen auf sich zu lenken. Sie alle bezahlten ihn dafür, ihr Ritter in der Welt zu sein und sie allein zu lieben.

Ritter und Troubadour zu sein erforderte ungeheuren Reichtum – Land und die Mittel für endlose Geschenke und verschwenderische Extravaganz. Aber ein Rittertroubadour auf seiner alljährlichen Pilgerfahrt der Minne kann nicht unbegrenzt viel bei sich tragen. Nachdem sie also einmal angeschafft waren, konnten die Musikanten in Amaurys Gefolge, die weiße Livree, die purpurne Livree, das wimpel- und fransengeschmückte Zelt recht überzeugend von seinen »fernen« Ländereien künden, von seinem Rang und seinem günstigen Ansehen bei Hofe. Er lernte flüssig von Leben und Besitz der Reichen zu erzählen. Schließlich hatte er sie so lange beneidet, daß er jede Schlingung ihrer Därme kannte, jede Falte ihrer Kleidung, jede Schwäche in ihrer Rüstung. Je mehr er reiste, desto mehr sah er von seinesgleichen – das heißt, von den Leuten, die er zu seinesgleichen machen, die er pflegen, die er melken wollte.

Aber viele, viele Jahre, bevor er zum Krak Kerak gekommen war, hatte Amaury von Herm aufgehört, sich wie ein Scharlatan zu fühlen. Denn er war in seine Rolle hineingewachsen. Wenn er jetzt noch einen Rangunterschied zwischen sich selbst und seinen Gastgebern wahrnahm, dann bestand er in der Überlegenheit seines eigenen Intellekts. Wie sein erfundenes Reich war Amaurys Phantasie ein Inselreich, von Klippen umgeben, durch welche die Wirklichkeit nicht mehr dringen konnte. Er glaubte inzwischen selbst, daß er war, was er zu sein vorgab.

»Herr Jocelyn will dich sehen!« rief sein Spielmann aus dem moosgrünen Schatten, der den Sockel des Wasserturms umspülte, und keinen Augenblick lang kam er auf den Gedanken, er sei ein geringerer Mann als dieser verdammungswürdige Falschspieler von einem Templer, der soeben das Spiel verloren, aber den Gewinn behalten hatte.

»Ich will ihn auch sehen! Und zwar auf der Spitze meiner Lanze! Sag ihm, ich trete ihm von Angesicht zu Angesicht entgegen, wenn ich ein Pferd unter mir und ein Schwert in der Hand habe!«

Was für ein törichtes, übertriebenes Theater, dachte Pirol. Was für eine blasse Imitation eines Chevaliers. Es war ihm unbegreiflich, daß er sich so lange hatte zum Narren halten lassen. Schon vor Jahren hätte er diesen Mummenschanz durchschauen müssen. Er hätte sehen müssen, daß Amaury ebensowenig ein Ritter war wie er selbst. Ein Mann wie er. Ein Imitator der Höherstehenden. »Er will dich sprechen«, sagte Judas, und die Offiziere zu beiden Seiten nickten und schwenkten ihre Knüppel.

Amaury setzte in einer Flanke über den Rand der Zisterne; tief unten lag der Boden darunter, und der Sprung tat seinen Fersen weh, aber er sagte nichts und zeigte auch keinen Schmerz, sondern ging behutsam auf den Zehenballen zur Burg und knurrte sich etwas in den Bart. Er tat immer noch, als sei er empört, wie Jocelyn sich der Burg bemächtigte und wie er seine Standesgenossen behandelte.

Törichte Großmäuligkeit eines feigen Bauern, dachte Pirol. Eines Mannes, der nichts Besseres ist als ich. Ein Mann wie ich.

Vor der Tür zur *retraite* platzte Pirol voll rachsüchtiger Genugtuung mit der Wahrheit heraus. »Foicelles hat sich erkundigt. Er weiß, was du bist.«

Amaury fuhr herum und sah ihn an, und in seinem Blick lag solches Entsetzen, daß Pirols Herz sich in jähem Zweifel zusammenzog. Einen solchen scharfen Blick mußte Jesus dem Verräter Judas zugeworfen haben. Aber Amaury hatte keine Zeit zu fragen, was er damit meinte – »er weiß, was du bist«. Die Turkopolen stießen ihn durch den Eingangsvorhang, und ein wenig von dem Rauch, der in der schlecht belüfteten Kammer gefangen war, entkam in den Korridor, wie es wohl die Schwefeldämpfe taten, wenn ein Neuankömmling in die Hölle befördert wurde.

Pirol mußte draußen stehenbleiben, eine Habseligkeit aus der Tasche eines Missetäters, bei der Verhaftung beschlagnahmt. Man vernahm ein Handgemenge, aber kein Geschrei. Pirol hörte, wie Jocelyn über »Münder« und »unreine Lippen« predigte. Er hörte, wie er seinen Gefangenen ermahnte, *»die Zunge abzuhalten vom Bösen und die Lippen von der Lüge«*; er hörte, wie er Amaury die Sünden der Israeliten vorhielt: *»Sie redeten Schmeicheleien mit ihren Lippen, sie logen mit ihren Zungen.«* Aber obwohl die Stimme des Templers immer lauter wurde, lockte sie keine einzige Antwort hervor. Vielleicht hatte er vorgehabt, einen heiligen Streit zu entfachen: der Heilige gegen den Sünder. Aber Amaury sagte nichts. Nichts. Nichts.

Natürlich sagt er nichts, dachte Pirol, der hinter dem Vorhang lauschte wie ein stummer Vogel in seinem verhangenen Käfig. Ich liefere ihm ja die Worte. Es war, als habe Amaury noch nie einen Satz geknüpft, noch nie ein Lied komponiert, noch nie ein Wort gesprochen – als sei Pirol der Schöpfer gewesen, dessen eigener verschmähter Genius Amaurys Gedanken erst geschaffen habe. Jetzt glaubte Pirol die Wahrheit zu sehen: daß er nämlich mehr Troubadour sei, als Amaury von Herm es je gewesen war. Er schob den Vorhang ein kleines Stück beiseite und erregte die Aufmerksamkeit Herrn Jocelyns, den Opium und heiliger Zorn inzwischen zur Raserei getrieben hatten und der ihn nun hereinwinkte. Amaury wurde von den beiden Offizieren in die Hocke gezwungen; seine Beine knickten ungelenk unter ihm ein. »Halte du seinen Kopf für mich«, befahl Herr Jocelyn Pirol.

Das rote Haar fühlte sich an wie weicher Plüsch. Die langen Ohren waren immer noch ein bißchen körnig vom Sand, der auf der Reise hineingeweht war. Der Nacken war bullenstark, weiß in den Falten, in die die Sonne nicht gedrungen war, und rotverbrannt und sommersprossig da, wo sie ihn beschienen hatte. Nein, braun wurde solche Haut nicht, das wußte Pirol. Seine eigene Haut war die gleiche.

Seine Hand lag an Amaurys Kehle, und er fühlte das Vibrieren der Stimme, wie er das Beben der Lautensaiten am Resonanzkörper gefühlt hatte. »Was denn, willst du mir die Kehle durchschneiden?« fragte Herm, aber er war ohne Reue. Er weigerte sich anzuerkennen, daß Jocelyn kraft seiner Geburt die Richtergewalt über ihn hatte.

»Sprich mir nach: ›Meine Lippen werden nicht mehr Falschheit reden, meine Zunge keine Lügen sprechen.‹«

Er wird ihn nicht töten, dachte Pirol – wird ihn nicht töten, diesen Mann, der genauso ist wie ich! Worte, kein Blut! Er will nur Worte. Nichts als ein paar Worte. Amaurys Lippen bewegten sich nicht, aber Pirol hörte sich selbst den Schwur in seinem Namen hervorschluchzen. *»Meine Lippen werden nicht mehr Falschheit reden, meine Zunge keine Lügen sprechen.«*

Da stemmte Jocelyn mit der Spitze seines Dolches Amaurys Zähne auseinander, und mit der Geschicklichkeit eines Mannes, der schon manchen kleinen Gauner bestraft hatte, schnitt er dem Troubadour die Zunge heraus.

Er gab sie Pirol, als wäre sie etwas, worum dieser gebeten habe. Ein Geschenk von einem Erwachsenen an einen kleinen Jungen. Eine Süßigkeit. Er schonte Amaurys Leben und schnitt ihm nur die Zunge heraus.

Neunzehn

Herr des Mannes

Aus der *retraite* geworfen wie ein Betrunkener aus der Schenke, lief Amaury heulend und kreischend wie ein Dämon auf einknickenden Beinen um die Galerie herum, die Treppe hinunter und hinaus in den Sonnenschein, immer auf der Suche nach einem Weg hinaus aus diesem Alptraum. Sklaven und Knechten und Pilgern gleichermaßen bot er die gewölbten Hände voll Blut, als könne er damit ihre Zusicherung kaufen, daß all dies nicht wahr sei. Mit weit aufgerissenem Mund suchte er treppauf, treppab nach einem Spiegel, nach irgendeiner glänzenden Fläche, die ihm bewiesen hätte, was seine Sinne ihm sagten: daß seine Zunge noch immer in seinem Mund lag. Er versuchte den Strahl des Springbrunnens aufzuhalten, damit er den blanken Wasserspiegel nicht mehr zerbrach. Aber sein eigener blutiger Speichel ließ jegliches Spiegelbild bersten. Dann fiel er plötzlich auf die Knie und schlug mit dem Schädel auf die maurische Keramik am Sockel des Springbrunnens. Besinnungslos blieb er neben dem verendeten Kamel liegen.

Aber dauerhaften Schaden trug er nicht davon. Dafür sorgte Pirol.

Pirol brachte ihm Salzwasser zur Mundspülung und exotische Tinkturen, die adstringierend wirkten und so die Blutung stillen sollten, und ein Brechmittel, um das Blut abzustoßen, daß er geschluckt hatte. Die Pilger wunderten sich über soviel Loyalität gegen einen bloßen Verbrecher.

Anfangs versuchte Amaury wohl zu sprechen – das heißt, er fing unwillkürlich an zu reden, ohne sich an seine Behinderung zu erinnern. Beim ersten unmenschlichen Grunzen aber verstummte er gleich, und dann rötete und blähte sein Gesicht sich, als sei ein Strom von Worten an einen Damm geflutet und türme sich nun dahinter auf. Die Hände hielt er immer vor den Mund.

Dann lernte er zu schweigen, dazusitzen und die Wand anzustarren, einen Sattel, einen Teppich, und Würde zu verkörpern. Es war nicht nötig, daß er um irgend etwas bat. Pirol las ihm jeden Wunsch von den Augen ab.

Als er das erste Mal versuchte zu kommunizieren – mit dem Rest an Sprache zu experimentieren, der ihm noch geblieben war –, lag der Krak Kerak schon mehrere Tagesritte hinter ihnen. Sie lagerten an der Straße nach Jericho in jenem seltsamen Wüstenstreifen, der tiefer liegt als das Meer. Amaury schnalzte mit den Fingern, um Pirol herbeizurufen: Ihm war klar geworden, daß er einigermaßen deutlich »Papier!« verlangen konnte.

Pirol holte ein Stück teures Pergament herbei, legte es glatt auf den Boden und beschwerte es mit vier großen Steinen. Amaury schrieb: »Ich bin immer noch Amaury von Florriac. Wir gehen nach Florriac.« Pirol betrachtete die Worte mit schmalen Augen; sie standen auf dem Kopf, aber er las sie. »Aber Herr ...« Seine Stimme klang verwirrt und leise. »Du bist doch sicher ebensowenig Florriac wie Herm, oder? Eine Heirat unter falschem Namen? Was ist denn das für eine Ehe? Herr! Es gab keinen Amaury von Herm, als die Gelübde gesprochen wurden. Gerade so, wie es jetzt keinen Amaury von Florriac gibt.«

Amaury entblößte in einem ungeduldigen Knurren die Schneidezähne. »Err wei a o?«

»Wer weiß das schon, Herr?« Präzise wie ein Schachspieler hob Pirol die vier Steine auf. »Nun, ich weiß es natürlich. Ich

werde noch heute an Frau Alazais schreiben, daß sie die Annullierung beantragen kann. Ich werde ihr sagen, daß sie frei von dir ist. Ihr erzählen, wie tief du gefallen bist.«
Er zerknüllte das Pergament zu einer Kugel, zerdrückte es mit beiden Händen, dicht vor Amaurys Gesicht. Dann stieß er Amaury rückwärts gegen den Mittelpfosten des Zelts. Amaury war wie vom Donner gerührt. »Was denn? Hast du nichts zu sagen? Nein, wohl nicht, was? Du hast mich ja zu deinem Wort-Mann gemacht, nicht wahr? Hast *meine* Worte all den Damen ins Ohr geraunt. Hast mit *meinen* Gedichten um dich geworfen wie mit Kreditbriefen. Hast meinen Genius aufgesaugt, nachdem deiner eingetrocknet war. Hast mich stumm gehalten wie einen Igel, während du dich mit meinen Liedern in alle Taschen und unter alle Röcke Frankreichs gesungen hast. Ich mußte meine eigenen Verse mit meiner eigenen Musik begleiten, und du nahmst den Beifall und die hübschen Geschenke.« Er stieß Amaury zu Boden und stellte sich mit gespreizten Beinen über ihn; er setzte die Füße auf die Handgelenke des Mannes und ließ ihm dann die Steine, einen nach dem andern, ins Gesicht fallen. »Und jetzt bin ich der einzige Mund, den du noch hast. Jetzt bin ich der Troubadour, und du bist mein Hanswurst, mein Pantomime, mein Tanzbär. Ich werde dich am Halfter zu allen Höfen Frankreichs führen, und du kannst lernen zu tanzen und mit den Augen zu rollen und Weiber und schwarze Mohren nachzumachen und auf den Hintern zu fallen, damit alle lachen. Wohlgemerkt, ein oder zwei Instrumente mußt du auch noch spielen lernen! Und Purzelbaum schlagen, und einen Stuhl auf der Stirn balancieren. Und kriechen natürlich. Zuerst und zuvörderst mußt du wissen, wie man zu Kreuze kriecht, *wie es sich für deinen Rang gehört.*« Er brüllte Amaury die Worte ins Gesicht, und dabei formte er jeden Konsonanten und jeden Vokal mit größter Präzision, als wollte er zeigen, wie bei der Bildung jeder Silbe die Zunge gebraucht wurde.

Er würde nach Florriac reisen und Alazais' Dankbarkeit für die Befreiung von Amaury und aus dem Konvent in Empfang nehmen. Und er würde ihr zeigen, wie es war, wenn man im Namen der Liebe von einem Troubadour statt in kaltblütiger Gier von einem Hochstapler genommen wurde.

»Pirol von Florriac.« Soviel wenigstens war sie ihm schuldig. Soviel hatte er für seine treue Hingabe verdient. Und er kleidete sich in Amaurys Kleider, und er ritt Amaurys Pferd, während Amaury ein Packtier im Troß der Esel bekam. Die Esel waren jetzt so wertvoll wie Amaury, denn sie trugen die Hochzeitsgaben, die Raymon der Fürstin Ingrid zugedacht hatte, und stellten so den einzigen beweglichen Reichtum dar, den sie noch hatten. Weil aber die Esel ihre Heimkehr nach Frankreich verlangsamten, schrieb Pirol einen Brief an Alazais, wie er es gesagt hatte, und sandte ihn voraus, und darin schilderte er in zwingenden Einzelheiten die Wahrheit über Amaury, die Unrechtmäßigkeit ihrer Ehe, die gerechte Strafe, die ihren Peiniger ereilt hatte, und die Tiefe seiner eigenen, unsterblichen Liebe.

In einer Gemeinschaft betrachtet man alles Eigentum als gemeinschaftlich. Folglich stürzten sich die Damen im Konvent natürlich voller Eifer auf Pirols Brief. Da Alazais selbst ihnen jede Auskunft verweigerte, waren sie in ihrer Neugier völlig schamlos geworden, und als aus der Ferne ein Schreiben eintraf, rissen sie es auf und lasen es gierig. Es umfaßte mehrere Seiten. Lange bevor Alazais überhaupt davon wußte, hatten sie seinen Inhalt mit ihren scharfen, krächzenden Schnäbeln in Fetzen gerissen.

Frau Alazais war die Sabine eines fahrenden Sängers? Frau Alazais war mit einem Bauern und Scharlatan verbandelt, der nicht einmal eine Zunge im Maul hatte? Frau Alazais war die Konkubine eines mittellosen Gassenmusikanten, der seine Erfolge in den Betten leichtgläubiger Hausfrauen erstritten hat-

te? Jedes Klatschweib schauderte von köstlichem Abscheu erfüllt vor dieser Kunde zurück – und reichte den Brief dann der nächsten eifrig ausgestreckten Hand weiter.
Alazais erfuhr als letzte vom Schicksal ihres Gemahls, ihres Nicht-Gemahls, ihrer »Freiheit«. Sie kreischten ihr die Neuigkeiten entgegen. Sie heulten sie in ihre Zelle. Sie kritzelten sie an die Wand über ihrem Bett. Sie spuckten ihr ihren Abscheu ins Gesicht. Sie teilten ihre Kleider unter sich auf und behaupteten, sie habe keinen Anspruch auf die Staffage einer Dame. Die *mère ancille* konfiszierte ihr Kruzifix und die kleine geschnitzte Madonna, nachdem dieser Ausbruch von Hysterie sie soweit aus der Fassung gebracht hatte, daß sie glaubte, er müsse schon seine Berechtigung haben.
»Mit meinem Titel bin ich geboren«, begann Alazais zu erklären, als man sie ersuchte, sich für die Verunreinigung des Konvents zu entschuldigen. »Er kommt von keinem meiner Ehemänner, wenngleich ich mich vor den Augen Gottes immer noch als Ehegattin des Barral Nerra des Étangs betrachte. Nerra ist mein erster und einziger Gemahl.«
»Aber du wirst besessen von einem zweiten und ermutigst einen dritten«, sagte die *mère ancille*.
»Besessen, ja, besessen«, sagte Frau Alazais, aber über die weite, teppichlose Fläche des Steinbodens zwischen den beiden Frauen war sie kaum zu hören. »Wie eine Wahnsinnige von Teufeln besessen ist.«
Die Neuigkeiten, die in Pirols Brief enthalten waren, erreichten Florriac natürlich nur wenige Stunden später als den Konvent. Sie flogen wie Schlamm von einem Karrenrad und bespritzten die gesamte Conté. Sie schwärzten Amaurys Wappen und vernichteten Pirols Hoffnungen auf Wohlstand. Denn mit seinem Brief bewirkte er, wozu Jocelyn der Templer sich nie die Mühe gemacht hatte: Er diffamierte Amaury in seinem eigenen Land.
Wenn dieser Brief nicht gewesen wäre, hätte Amaury heim-

kehren und den Verlust seiner Zunge mit Geschichten von moslemischer Folter erklären können, von heidnischen Grausamkeiten, denen er heldenhaft widerstanden hatte. Selbst die Legaten, die Amaury beauftragt hatten, würden wohl kaum die weite Reise zum Krak Kerak unternehmen, um die Wahrheit herauszufinden.

Und Pirol hätte das alleinige Mundstück des verstümmelten Ritters sein können. Was für Täuschungen hätte er inszenieren, was für Veränderungen bewirken können, hätte er nur diesen Brief nicht geschrieben. So aber sandte die Conté eine Petition an den König selbst und bat ihn, das Lehen in die Hände irgendeines verdienten Ritters zu legen, damit Florriac seine Ehre wiedergewinnen und die Schande, von einem Domestiken regiert worden zu sein, von sich abwaschen könne.

Amaurys angemaßte Ritterschaft, das erfundene Reich Herm, die Bären, die hochrangigen Damen aufgebunden worden waren – das alles war Tagesgespräch unter den Troubadours, der komische Skandal der Stunde und Gegenstand des Tratsches im ganzen Languedoc. Sogar ein Lied wurde geschrieben über den Troubadour mit der abgeschnittenen Zunge, und genußvoll erging man sich in den Versen in all den phallischen Assoziationen, die sich mit der glatten und einschmeichelnden Zunge herstellen ließen.

Der alte Amaury hätte diese Sache vielleicht dreist durchgestanden. Aber den Amaury von früher gab es nicht mehr – nur, daß er nicht starb. Dafür sorgte Pirol.

Es gab also nichts, wohin man hätte heimkehren können. Aber das wußte Pirol nicht, und so drängte er mit wilder und törichter Hast darauf hinzukommen. Und bei all seinem verdrossenen, wenig hilfsbereiten Groll hatte auch Amaury es eilig, die Bequemlichkeiten der Heimat zu erreichen, die Hilfe eines Wundarztes, Rettung vor den Fliegen, die unablässig versuchten, seinen blutigen Mund zu erstürmen.

Und während Alazais sich unterdessen in den Augen ihrer Gefährtinnen von der Dame in einen Mistkäfer verwandelte, wurde sie besser auf dem laufenden gehalten. Sie wußte, daß es nichts gab, wohin sie hätte heimkehren können: keine heimische Burg, kein elterliches Mitgefühl, keinen, der für ihr täglich Brot sorgte.
»Niemand könnte mit einem Manne schlafen, ohne seinen wahren Rang zu erkennen«, erklärten die Frauen im Konvent hinter vorgehaltener Hand. Alazais mußte sich mit dem Straßenmusikanten verschworen haben, um dem armen Barral Nerra Hörner aufzusetzen und das ganze Land zu täuschen.
»Niemand kann mit einem Sünder *schlafen* und ohne Sünde aufstehen. Und er hat sie hier besucht! Hier hat sie es getan! Unter einem heiligen Dach!«
Die *mère ancille* war bestürzt über den Aufruhr in ihrer stillen, angesehenen Klause, und sie fürchtete Kundschaft zu verlieren. Die Ritter, die ihre Frauen in ihre Obhut gaben, würden womöglich ihre Hygiene in Frage stellen, ihre Zuchtaufsicht, wenn sie es zuließ, daß kranke Mischlinge mit ihren Vollblütern verkehrten. Also ließ sie Alazais rufen, um ihr zu sagen, daß sie fortgehen müsse. Aber Alazais kam nicht.
»Eine höchst mutwillige, widerspenstige Frau. Das sehe ich allmählich auch«, sagte die alte Nonne und erhob sich mühselig auf die Beine. Jetzt mußte sie den Ausweisungsbescheid selbst überbringen.

Amaury spähte unter gesenkten Lidern hervor und plante die Vergeltungsmaßnahmen, mit denen er Pirol überziehen würde, nachdem sie nun wieder in seinem eigenen Revier waren. Der Bengel mochte sich einbilden, er habe die Oberhand, aber schon öfter hatten Männer regiert, die schlimmer verkrüppelt waren als durch bloße Stummheit. Ja, der König von Jerusalem selbst hatte Lepra.
Wenn er erst in Florriac wäre, würde er Papier auf jede Fläche

legen, auf der seine Hand zur Ruhe kommen könnte. Und er würde lauter Federkiele am Hut tragen und seine Befehle aufschreiben.

Und Pirols Lohn wäre eine Kerkerzelle in Florriac, irgendeine sonnenlose *oubliette* tief unter der Erde.

Eine Zeitlang erwog Amaury, die verräterische Kreatur mit seinem eigenen Leid zu belohnen – ihm also die Zunge herauszuschneiden. Aber im kühlenden Licht des Nachdenkens kam er zu dem Schluß, daß Pirols Stimme seinen einzigen materiellen Wert darstellte. Deshalb beschloß Amaury statt dessen, ihm die Augen auszustechen. Auf diese Weise würde der Elende immer noch singen und spielen können. Amaury wollte die ganze Welt verstümmeln – kastrieren – schreien hören.

Einstweilen wusch er sich – sooft Wasser zur Verfügung stand, wusch er sich. Man mußte die Erscheinung und die Gewohnheiten eines Herren beibehalten, sagte er sich, wenngleich er früher in Fragen der persönlichen Reinlichkeit nie sonderlich heikel gewesen war. Er wusch sich und wusch sich und wusch sich.

Der Weg nach Florriac rührte sie an einer Ansammlung von heruntergekommenen Hütten, Ställen und Scheunen am Fuße der Befestigungsanlagen vorbei – den überfüllten Behausungen von Familien aus der Burg und denen, die von ihnen abhängig waren. Neben der Schmiede hatte Pirol seine Frau Kadija und die Kinder einquartiert.

Kadija gehörte zu einem anderen Leben. Auf der unwirklichen Heimreise hatte Pirol sich auf die Erwartung eines hehren Lebens verlegt, einer Daseinsebene, die durch Liebe und Reichtum erhöht war. Kadija war nur eine aufgezwungene Notwendigkeit gewesen. Alazais war jetzt der Mittelpunkt seiner Welt. Dennoch mußten Kadija und die Mädchen versorgt werden. Außerdem ... konnten sie ihm einen willkommenen Happen zu essen zubereiten.

Er genoß sogar die Gelegenheit, sich in seinen geborgten Federn zu zeigen und ihnen zu erzählen, daß er ein gemachter Mann war. Gern wollte er, daß die Kinder große Augen machten. Als er abstieg, sah er, wie die Nachbarn an ihre Türen kamen, aber sie hielten Abstand und tuschelten hinter vorgehaltenen Händen. Er schrieb es ihrem Neid auf seine feinen Kleider zu.

Auf den ersten Blick glaubte er, Kadija sei aus dem Haus weggezogen, denn es sah leergeräumt aus, und die Fenster waren kreuzweise mit Brettern vernagelt. Dann aber gewöhnten seine Augen sich an die Düsternis, und er sah sie auf einer mit Seilen verschnürten Reisekiste sitzen; die Mädchen hockten rechts und links von ihr, knabberten Rosinen und warteten, warteten wie die Israeliten in der Nacht, da der Engel des Todes durch die Straßen ging. Sie begrüßte ihn wild.

»Wo bist du gewesen? Endlich. Endlich. Ich hätte nur noch einen Tag gewartet. Ich dachte, sie würden uns hier ausräuchern. Suche uns einen Karren. Du mußt einen Karren besorgen. Sofort. Auf der Stelle. Wir sind hier nicht mehr sicher.«

Die monatelange Reise mit ihrer erschöpfenden, geistlosen Gleichförmigkeit hatte Pirols Denken verlangsamt. Er tappte in der Stube umher und versuchte, sich wieder zurechtzufinden. Während des ganzen Heimwegs hatte er Amaury mit ihren ausgetauschten Rollen geschmäht und verhöhnt. Die Erwiderungen waren nicht zu verstehen gewesen. Jetzt fiel es ihm schwer, selbst Kadijas Worte aufzunehmen. »Schaff mir etwas zu essen heran, Weib. Ich habe Neuigkeiten für dich. Ich habe großartige Neuigkeiten für dich. Wo sind meine kleinen Mädchen? Ich habe Dinge für dich, die du nie im Leben ... Aber ich habe Hunger. Gib mir etwas zu trinken.«

»Dazu ist keine Zeit. Du kannst im nächsten Ort essen und trinken. Hast du Geld von diesem Bastard bekommen? Haben wir noch Geld?«

Ihre Aufregung trieb sie zur Tür, und sie schaute hinaus und sah Amaury. Weder seine Spielmannslivree noch seine Mütze aus Sackleinen noch seine ausgemergelte Erscheinung nach karger Ernährung machte es ihr nur einen Augenblick lang schwer, ihn zu erkennen. »Was will *der* hier? Wieso hast du ihn mitgebracht? Wieso hast du ihm unterwegs nicht die Kehle durchgeschnitten?«

»Ihm die Kehle durchgeschnitten?« Pirol spähte mit trüben Augen hinaus in den Sonnenschein. Amaury, der ungefähr mitbekam, was drinnen geredet wurde, fing an zu lachen – eine Fähigkeit, die durch den Verlust der Zunge, wie er feststellte, nicht beeinträchtigt wurde. Darüber mußte er noch mehr lachen, lange nachdem sein Humor schon gestorben und aus ihm gewichen war.

»Nun? Was ist er denn?« geiferte Kadija. »Einen wie ihn darf jeder umbringen. Gib mir das Messer, und ich tu's. Was ist er? Ein fahrender Sänger bloß, oder? Dagegen gibt's kein Gesetz. Sieh doch, wohin er uns gebracht hat.«

Als Pirol die Wahrheit schließlich dämmerte – daß Amaurys Schande überall bekannt war, daß die Burg, die Conté, überhaupt alles dahin war –, da war dies kein kalter elektrisierender Guß, der seinen Verstand aufweckte. Er wankte durch einen Sumpf von schlaftrunkenen Alpträumen.

Er zerrte Amaury von seinem Maultier und stieß ihn ins Haus. »Hinein da. Versteck dich. Zeige dich nicht. Rühre dich nicht.« Er trieb auch die Packtiere ins Haus, wo sie sich um und um drehten, die Möbel verschoben und im Halbdunkel nach einer Futterkrippe suchten. Pirol packte die Taschen auf sein eigenes Pferd.

Er würde sie alle hierlassen, beschloß er, alle an einem Ort – all die Wirrungen und Fehler und Behinderungen seines Lebens bis jetzt. Alle seine Sünden. Mit seinem ganzen beweglichen Reichtum vor und hinter seinen Schenkeln galoppierte er zum Konvent, hämmerte an die Tür, läutete die Glocke.

Hier war die Mitte der Welt – und sie war es sicher mehr als jene, die er mit einer Katze in Jerusalem geteilt hatte. Hier war das Ziel seiner Pilgerfahrt. Die Schmerzen, die er gelitten hatte, um es zu erreichen, waren geringfügig im Vergleich mit dem Himmel, der vor ihm lag: Seligkeit war sein Lohn.

Alazais würde Juwelen besitzen. Sie mußte Freunde haben. Sie würde stille Zufluchtsorte kennen, abseits vom Lärm der Herde. *Und die Wahrheit wird euch frei machen. Und die Wahrheit wird euch frei machen* ... Das Latein des Evangeliums bewegte seine Lippen wie die magischen Beschwörungen eines Zauberers. Obwohl alles andere für ihn verloren war, war doch nichts verloren, nichts, wenn er durch seine Bemühungen die Liebe Alazais' gewonnen hatte – wenn die Wahrheit für Alazais die Freiheit gebracht hatte. Jetzt würde auch er von den Lügen frei sein, sagte er sich. Eines Tages würde er vielleicht sogar Großherzigkeit gegen Amaury empfinden, denn dieser hatte ihn ja überhaupt erst mit Alazais zusammentreffen lassen.

Eine Handvoll Livrees würden genügen. Irgendein kleines Haus, eine Zeit des Glücks. Die Fundamente zu Füßen der Welt waren fortgerissen worden, und alles stürzte ineinander, aber Pirol würde das Gesicht in Alazais' Schoß bergen und nichts davon sehen. Seine treue Liebe, die er durch Wüste und Dornengestrüpp, durch Monate und Jahre getragen hatte, würde jetzt ihren Lohn erhalten. Daran bestand nicht der Hauch eines Zweifels.

»Ein Bote für Frau Alazais von Florriac!« sagte er zu dem Gesicht hinter dem Gitter. »Ich muß sie persönlich sprechen. Laß mich ein.«

»Hier gibt es niemanden dieses Namens.«

»Doch, doch, es gibt sie. Frau Alazais. Die Gemahlin des ... Alazais eben! Ich weiß, daß sie hier ist. Geh und sag ihr Bescheid, bitte. Es ist sehr wichtig.«

Die Nonne war nervös. Ihr fiel nichts anderes ein, als ihm zu sagen, sie werde »nachsehen«, und zu verschwinden. Als sie nicht zurückkam, umkreiste Pirol die Klostermauern und rief Alazais' Namen. Er hätte auch Verse deklamiert, die er für sie geschrieben hatte, aber seltsamerweise fielen ihm nur solche ein, die Amaury ersonnen hatte, brillante Zeilen aus den alten Zeiten des jungen Herm. Als hätte Pirol mit den Kleidern auch die Erinnerung des Mannes übernommen.

In vergitterten Öffnungen über seinem Kopf erschienen die Silhouetten von Frauen – die grünen Witwen dieses Hauses, die ihre Langeweile in langen, dunklen, staubigen Schleppen hinter sich herschleiften, schauten auf ihn herab. Sie empfanden zu viel Verachtung, um hinunterzurufen, zuviel Neugier, um wegzugehen. Alazais war nicht bei ihnen.

»Alazais! Alazais! Ist sie da? Ich muß mit ihr sprechen!«

»Was ist er? Ein Kunde?« fragte eine Frau laut ihre Nachbarin.

»Ich dachte, es wäre *er*. Er sieht aus wie er.« Die andere Frau schien beinahe enttäuscht zu sein. »Die Haare. Die Kleider.«

»Nein, er kann es nicht sein. Er spricht.«

»Man sollte es ihm lieber sagen, wer immer er sein mag.«

»Alazais! Holt mir Frau Alazais herbei, ja?«

Die *mère ancille* war empört, weil sie Alazais persönlich aus dem Kloster weisen mußte, aber noch mehr empörte es sie, daß sie vor der Zellentür warten mußte. Erbost rüttelte sie an der Türklinke. Sie bildete sich ein, zur Antwort ein mißmutiges Stöhnen zu vernehmen, und trat geschäftig raschelnd ein, mit scharfem Blick und krauser Stirn. Aber es hatte niemand gestöhnt. Nur das Seil knarrte am Holz, während Alazais sich im Wind drehte, der zum Fenster hereinwehte. Sie hatte sich schon am Tag zuvor am Deckenbalken aufgehängt, aber bis jetzt hatte es niemand bemerkt.

»Jemand sollte ihm wohl sagen, daß sie sich aufgehängt hat«, sagte eine Stimme absichtlich laut hinter dem Fenstergitter;

allerdings ließ sich keine der Silhouetten dabei sehen, als sie es sagte. Sie waren alle nicht mehr zu sehen.
Erst als Pirol davonritt, kamen die Hörner und Haken und Halbmonde ihrer Hauben wieder in Sicht im erleuchteten Fenster – wie kabbalistische Symbole am Rande eines vergilbten Pergaments.

Übergang

Ihre Kindheit war voller Strapazen. Die Schwestern wetteiferten miteinander und sagten: »Es war härter für mich als für dich.« Aber frühe Erinnerungen sind immer unzuverlässig. Und die meiste Zeit teilten sie alle miteinander das gleiche zermürbende, bösartige Elend.

Jerusalem stand ihrer Mutter am nächsten, denn sie hatte die Zeit des Zweiten Kreuzzugs erlebt, in der Väter so fern und unvorstellbar waren wie Gott. Das Geld, das ihr Vater ihnen hinterlassen hatte, war ihr tägliches Brot gewesen, und seine Börse hatten sie wie ein Sakrament in einem verhüllten Kasten verwahrt, dem sie sich nur ehrfürchtig und dankbar genähert hatten. Aber das Geld war zu nichts zerronnen, und Pirol war nicht von seinem Abenteuer zurückgekehrt. Andere Männer kamen zurück; Jerusalem sah sie. Als das Geld vollends aufgebraucht war, pflegten Männer ihre Mutter zu besuchen und nachher Opfergeld zu hinterlassen, wo der Geldbeutel gewesen war. Aber ihre Güte schien Kadija zu überwältigen, denn sie war danach immer in Tränen aufgelöst. Jerusalem konnte sich erinnern. Sie konnte sich *fast* an ihre Schwester erinnern – die die Treppe hinuntergefallen und gestorben war. Um sie nach diesem Unfall von der Kellertreppe fernzuhalten, hatte ihre Mutter ihr erzählt, dort unten seien Ungeheuer und wilde Tiere. Dadurch formte sich bei ihr die Überzeugung, ihre tote Schwester sei von den Tieren im Keller gefressen worden.

Jerusalem erinnerte sich auf alle Fälle an die Reise nach Süden in die salzige Camargue. Jemand hatte Geld geschickt, jemand, den ihre Mutter noch mehr fürchtete als die Ungeheuer im Keller. Trotzdem waren sie eilends nach Süden gereist.
Nachdem dieses Geld gekommen war, dehnte ein plötzlicher Reichtum an Essen einen Magen, der den Hunger gewohnt war; ihre Mutter saß dann bang neben ihr und hielt ein Tuch im Schoß umklammert. Dieses Tuch war mit wertlosen Habseligkeiten vollgestopft, darunter eine Strähne vom Haar der Toten (mutmaßlich aus dem Keller gerettet). Auf der Reise hatte ihre Mutter versucht, sie zum Schlafen mit dem Kopf auf dieses Bündel zu betten, aber Jerusalem hatte von der Haarsträhne gewußt und sich dagegen gewehrt.
Natürlich erinnerte Jerusalem sich weit besser als ihre Schwestern an das Leben in Nerras Burg in der Camargue – in jenem Zeitalter der Fülle, von dem nachher mit so tiefem Bedauern gesprochen wurde: vom Verlorenen Paradies.
Weder sie noch eine ihrer später geborenen Schwestern erkannte im ihrem Hausgast jemanden aus jenen frühen Kindheitstagen wieder. Er war aus einer späteren Zeit – etwas, das Vater zusammen mit Ruin und Heimatlosigkeit aus den Wüsten des Orients mitgebracht hatte. Als bloße Kinder hatten sie vor ihm mehr Angst als vor den großen, namenlosen Schrecknissen, die über ihren Eltern schwebten: Hunger, Alter und dergleichen. Nur Ouallada fürchtete sich nicht vor diesem zungenlosen Grinsen, vor diesem Mann, der im Schlaf lauter Worte ohne Konsonanten sprach.
Ouallada – die Jüngste – wurde geboren, als Jerusalem acht Jahre alt war: auf einem flachen Karren im Hagelsturm. Die Steine fielen plötzlich aus einem sonnigen Himmel, und die Mädchen kauerten sich unter den Wagen und lauschten dem Geprassel auf den hölzernen Bohlen. Sie glaubten, ihre Mutter werde dort oben von einem weißen Gott in weißem Zorn gesteinigt. Und als das Prasseln aufhörte, fing Oualladas Weinen

an. Lange Zeit glaubten ihre Schwestern, sie sei mit dem Hagel vom Himmel gefallen.
Sie hatte von allen den größten Vorteil aus der Mischung der Rassen. Von Anfang an war sie schön. Ihr nördlicher Mund war bis an die Grenze südlicher Sinnlichkeit vergrößert. Ihre Haut hatte die Farbe der Elixiere, die ihre Mutter auf den Jahrmärkten verkaufte, und ihr Haar war wie eine Gewitterwolke, wenn sie in Regen übergeht. Und gescheit war sie auch.
Der Vater des Mädchens – dieser melancholische Tyrann, der sie täglich verfluchte, weil sie hungrig und durstig waren –, war nach Oualladas Geburt wie verwandelt. Er war vernarrt in sie. Er nahm der Mutter das Kind fort, wiegte es in seinen Armen, wandte sich ab und flüsterte ihm alles mögliche ins Ohr, so leise, so verstohlen, daß Kadija schließlich hinging, ihm einen Schlag auf den Rücken gab und das Kind zurückverlangte. Seine Haltung gegenüber den anderen änderte sich nicht; wären sie Eulen gewesen, hätte er Mäuse und Heuschrecken herbeigeschleppt und sie Ouallada in den Schlund gestopft, während die andern für sich selbst hätten sorgen können. Er habe Pläne mit Ouallada, sagte er. »Ouallada wird uns alle vor dem Verderben bewahren.« Darüber lachte die Mutter – ein scharfes Kläffen fuhr aus einem Körper herauf, der das Lachen nicht gewohnt war. Es erschreckte sogar Pirol.
Als Ouallada erst drei und vier Jahre alt geworden war, hörten ihre Schwestern auf, sie zu beneiden. Denn ihr Vater fing an, sie zu erziehen, und zwar ohne Rücksicht darauf, ob sie etwas lernen wollte oder nicht. Sich selbst überlassen, wäre Ouallada im hohen Gras umhergetappt und hätte zugeschaut, wie die Schnecken die taufeuchten Halme herunterdrückten. Aber er lehrte sie lesen. Sie wäre lieber auf die Steinmauern geklettert und oben entlangbalanciert – ein furchtloses Kind –, hätte lieber den Fohlen beim Saugen, den Gänsen beim Körnersuchen zugeschaut. Aber er lehrte sie schreiben. Bevor sie ihre Blase in der Gewalt hatte, konnte sie ein Lied singen, das sie einmal

gehört hatte. Sie hatte das absolute Gehör. Das bestätigte Pirol in seinen geheimen Plänen. »Ouallada wird uns alle vor dem Verderben bewahren«, sagte er und schlug seine Frau, wenn sie dann lachte.

Der Aufwand, den er mit ihr trieb, war nicht vergeudet.

Sie lernte alles, was er sie lehren konnte, und wußte nur nicht, wozu. Mit fünf konnte sie Gedichte von Marcabrun aufsagen und »amouröses Getändel« buchstabieren (wenngleich ihr solche Worte nicht mehr sagten als ägyptische Hieroglyphen). Nicht, daß Pirol seine anderen Töchter ganz vernachlässigt hätte. Er veranlaßte Kadija, ihnen beizubringen, wie man tanzte, jonglierte, Purzelbäume schlug und Musik mit dem Mund machte. Ein fahrender Sänger braucht eine gute Truppe. Sie liebten seinen Gesang. Wenn er in einem Gasthof oder auf einem Marktplatz sang, lungerten sie in der Nähe herum und lauschten. Auch wußten sie, wenn sie einen Apfel fallen ließen oder beim Tanz stolperten, würden sie nachher zum Lohn einen Knuff oder einen Peitschenhieb bekommen.

O ja, und er lehrte sie auch, daß die Welt ein böser, verderblicher Ort sei, wo die Reichen und die Mächtigen allesamt ihre Seele dem Teufel verkauft hätten, und wo die Kirchenmänner in ihren großen Steinbauten hockten und nach Sängern Ausschau hielten, die sie verstümmeln könnten. Ein Ort, wo alle anderen Sänger talentlose Galgenvögel seien, wo die Huren breitbeinig wie Spinnen dahingen, um die Männer zu fangen, wo junge Männer hinter jeder Stadtmauer lauerten, um Jungfrauen zu schänden, wo es der natürliche Zustand des Menschen sei, seinen Nachbarn zu hassen, und wo Verdienst nicht belohnt werde. Und wenn sie in seinen Liedern je von Liebe singen hörten, von Herz und Treue und Glück, so brauchten sie nur ihre Eltern anzuschauen, um zu sehen, wie sich die Dichtung vom wirklichen Leben unterschied.

Nach dem Tode Alazais' haßte Pirol seine Frau. Mit ihr verband er seine große Enttäuschung, seinen Ruin. Mit ihr verband er die Notwendigkeit, weiterzuleben und zu arbeiten und sein Dasein zu fristen, während er gar nicht mehr leben wollte. Er warf ihr vor, sie habe ihn wie einen Packesel mit der unerträglichen Last der Töchter gesattelt. Er verband ihre Schwärze mit der Abflußröhre unter einer Festungsmauer, mit Nächten unter freiem Himmel, mit den blattlosen, lichtlosen Wintern seiner größten Armut, mit schmutziger Unterkunft und drohenden Gewittern. Vor allem aber haßte er sie dafür, daß sie nicht Alazais war, und dies war ein Fehler, dessen Berichtigung nicht in ihrer Macht stand.

Sie bemühte sich nach besten Kräften, denn sie verstand, daß Liebe die Berufskrankheit der fahrenden Sänger war; ihr Mann hatte sie einfach bekommen, wie ein Steinhauer irgendwann den Steinhauerhusten bekam. Aber ihre eigene natürliche Zuneigung hatte nicht überlebt, und es wurde ihr schwer, ihn nach der Reise zum Krak Kerak auch nur zu mögen. Sie glaubte, daß ihm auf der Wüstenreise ein Skorpion ins Ohr gekrochen sein müsse, der ihm seine Eier ins Hirn gelegt habe. Nach seiner Heimkehr, nach der Vernichtung von Amaurys Ansehen, nach dem Selbstmord im Konvent war dieses Skorpionsnest ausgeschlüpft. Der Mann sah zwar noch aus wie früher, aber innerlich war er verändert: Seine Gedanken waren voller Gift, und seine Seele war innerlich verrottet. Beim Schlafen in der Nacht mußte sie den Kopf von ihm abwenden. Trotz des verschlissenen Christenglaubens, an den sie sich immer noch klammerte, war es schwer, einen solchen Mann im Laufe der Jahre nicht zu hassen. Wenn er ihre Kinder schlug, sie schwarzen Abschaum nannte, heidnische kleine Dämonen, Egel, die ihm das Blut aussaugten, wenn er sie lehrte, mit langen Messern zu jonglieren, dann wanderten einige dieser Skorpione über das Stroh von seinem Kopf zu ihrem, und sie war dicht davor, Pirol zu hassen. Deshalb ... Aber gut, selbst in dieser kleinlichen Rache lag eine gewisse Ironie.

Auch Ouallada fand Gründe, ihren Vater zu hassen. Sie war zwar sein Liebling in jenen Tagen, aber sie war auch ein unabhängiges, aufmerksames Kind, und sie sah die Welt mit ihren eigenen dunklen, schwarzumwimperten Augen. Sie hatte nichts gegen die strenge Erziehung, nichts dagegen, daß er sie lange nicht zu Bett gehen ließ, nichts gegen die Schmerzen in den zarten Fingerspitzen, wenn sie das Spielen der Saiteninstrumente übte, während Kerze um Kerze zu Tode brannte. Im Gegenteil, die Schar seiner Instrumente war ihre Menagerie: die Laute mit ihrem Schildkrötenpanzer, die Flöte mit ihrem züngelnden Schlangenmaul aus Rohr, die Vogelschwinge der Zither. Als sie sehr klein war, sprach sie mit ihnen, und richtig, sie lohnten ihr diese Freundlichkeit mit der Zeit. Die Saiten bissen ihr immer weniger in die Finger. Nein, Ouallada machte ihrem Vater keinerlei Vorwurf wegen seiner Grausamkeit gegen sie, sondern nur wegen seines barbarischen Umgangs mit stummen Tieren, die weniger Mittel besaßen, sich zu wehren. Wenn Pirol die Einnahmen eines Tages vertrunken hatte und die Fäuste schwingend nach Hause kam, brauchte sie nur ein Lied zu singen oder die Leier zu spielen, um ihn in rührseligem Entzücken schmelzen zu lassen: »Ouallada wird unsere Erlösung sein! Wartet's nur ab!« Aber ihre Mutter hatte kein solches Mittel, um seine Gewalttätigkeit abzuwehren. Auch der Fisch nicht, den er aufriß, um aus seiner Schwimmblase ein Trommelfell zu machen, und nicht das Schaf, dessen Gedärme er als Saiten auf seine Instrumente spannte.

Und auch nicht die arme Kreatur in der Ecke.

Er nannte Amaury seinen »Tanzbären« und benutzte ihn zu allerlei Mummenschanz. Im Frühling kleidete er ihn mit grünen Bändern, bedeckte ihn damit vom roten Scheitel bis zu den sohlenlosen Stiefeln, und ließ ihn dann im Takt eines ländlichen Gassenhauers umherschwanken. Wenn Pirol die Gäste in einer Schenke mit einer Geschichte vom Kreuzzug unterhielt, wurde Amaury in einem Fünfeck von Bänken aufgestellt wie

ein satanisches Opfer. Auf jeder Bank lag ein Hut oder eine Haarperücke. Und Amaury mußte von einer Entwürdigung zur nächsten laufen und den Grimassen schneidenden Sarazenen spielen, die gefangene Jungfer, den feigen Turkomanen, das getreue Schlachtroß, während Pirol allein den Kreuzritter darstellte.
Amaury balancierte Stühle auf dem Kopf, obwohl er doch auch die Laute hätte schlagen können. Wenn betrunkenes Pack sich zusammenrottete, von einer Sonntagspredigt dazu angestachelt, die fahrenden Sänger aus der Stadt zu jagen, dann schickte Pirol seinen Amaury hinaus, um die Schmähungen auf sich zu ziehen, bis der Karren wohlbehalten zum Tor hinausgerumpelt war. Er gab einen guten Sündenbock ab, der Mann ohne Zunge. Davon abgesehen betrachtete Pirol ihn als ziemlich nutzlos und sagte oft, wenn er ihn zu einem guten Preis für eine Bärenhatz verkaufen könnte, dann könnten die Hunde ihn gern haben.
Ouallada hatte immer angenommen, Amaury sei einfältig, bis sie eines Tages sah, daß er mit einem Stück Holzkohle ein paar Verse auf ein Brett von einer zerschlagenen Fischkiste schrieb. Leise trat sie hinter ihn und las über seine Schulter hinweg. Die Verse waren besser als alles, was ihr Vater ihr beigebracht hatte – so erschien es ihr jedenfalls. Zerspalten von Rissen im Holz, mühten sie sich um die Ränder von Astlöchern, so rund und dunkel wie zungenlose Münder. Es war ein schlichtes und ergreifendes Gedicht von einem Lachs, der in den seichten Laichgründen starb, in denen er zur Welt gekommen war.
Als er sie bemerkte, zerbrach er das Holz über dem Knie und warf es ins Feuer. Es verbrannte mit einem so beißenden Fischgeruch, daß es ihr die Tränen in die Augen trieb. Sein Gesicht zeigte Erschrecken, und er wollte offenbar, daß sie geheimhielt, was sie da gesehen hatte. Sie versprach ihm, nichts zu verraten. Und sein Lächeln sah aus, als sei sein Ge-

sicht trotz aller Possen und Schauspielereien aus der Übung, und er schrieb ihr einen galanten Kuß auf den Handrücken. Sein Mund war kein Mund zum Küssen.

Von da an suchte sie seine Gesellschaft und zog sie der ihres Vaters vor.

»Warum bleibst du?« fragte sie ihn. Amaury hielt den Klumpen Bohnenpaste, den er auf drei Fingern zum Munde führen wollte, auf halber Höhe in der Schwebe und zeigte ihn ihr als einzig nötige Erklärung: Essen.

»Warum behandelt Vater ihn so abscheulich?« fragte sie ihre Mutter. Wenn ihr Mann außer Hörweite war, stellte Kadija sich für gewöhnlich auf die Seite ihrer Mädchen, und eigentlich erwartete Ouallada die Antwort: »Ach, du weißt ja, was er ist. Du weißt, wie er ist.«

Aber Kadija sah sie an, und ihr Gesicht war von Gefühlen verzerrt. »*Wir geben ihm zu essen, oder*? Das ist mehr, als andere tun würden.«

Ihre Schwestern waren gewöhnt, in ihm den »Tanzbären« zu sehen, und hatten Angst, er könnte sie in Stücke reißen. Daher war Ouallada Amaurys einzige Freundin. Von ihr kam der Vorschlag, aus dem Do-Re-Mi. ein Alphabet zu machen und sich durch die Musik zu unterhalten. So zupften sie sich mühselig durch so viele Wörter, daß das nächste richtige Lied, das sie spielen mußte, in ihren Ohren wie sinnloses Gestammel klang.

Von da an hätte er ihr alles von sich erzählen können: von seinem Leben, seinem Verbrechen, und wie es kam, daß er keine Zunge mehr hatte. Aber wenn sie ihn fragte, hörte sie nur Geschichten und Gedichte, als hätte sich in den Jahren des erzwungenen Schweigens ein ganzer Vorrat von Ersonnenem aufgestaut. Er erzählte von Rittern und *trobars* und Liebesgerichten, von flehenden Liebhabern und keuschen *domnas,* von klippenumsäumten Inselherzogtümern, von Königshöfen, Wassertjosten und Turnieren. Mit gezupften Musikklängen malte er Bilder von Leben, die von ihr so weit entfernt waren wie die Sterntiere des Himmels. Sie fragte ihn, woher er das alles wisse. Er sei da gewesen, sagte er, und habe alles angesehen. Aber nachdem sie eine Zeitlang mit ihm zusammen gewesen war, konnte sie fast glauben, sie sei auch da gewesen und habe sich alles angesehen, und deshalb war sie unsicher, ob sie seine Antwort wörtlich nehmen sollte oder nicht.

Als Pirol eines Tages hörte, wie Ouallada in Amaurys Gegenwart lachte, nahm er ein Schwert in jede Hand – (wieso mußte eine Familie wie die ihre *zwei* Schwerter besitzen?, hatte sie sich schon öfter gefragt) – und kam auf sie zugestürmt. Amaury stellte sich vor das kleine Mädchen, um es zu schützen. Aber Pirol stieß ihm nur den Griff des einen Schwerts in den Bauch und sagte: »Bring ihr bei, wie man kämpft, wenn du ihr schon die Zeit stehlen mußt.«

Woher sollte Amaury wissen, wie man mit einem Schwert umging? Aber er wußte es. Und auch er schien es für wertvoll zu halten, wenn sie es lernte, wenngleich die richtigen Schwerter viel zu schwer waren, als daß sie sie hätte schwingen können, und er ihr leichte Holzschwerter machen mußte, mit denen sie üben konnte. Nach dem Fechtunterricht fing sie an, in ihrer Phantasie über Amaurys Herkunft zu spekulieren; sie stellte sich vor, wie er in Helm und Rüstung aussah, und tat so, als sei er in Wirklichkeit ein Ritter, der sich nur als Bettler verkleidet hatte.

Im Winter 1171-1172 zerrissen mächtige Stürme die Landschaften Europas wie Teppiche, die man zum Klopfen aufgehängt hatte. Zum Glück hatte Pirol für die Zeit zwischen Weihnachten und Dreikönigsfest eine Anstellung gefunden, und man hatte ihm eine Scheune als Obdach gegeben.

In Anbetracht der täglichen Jagd nach Essen und Unterkunft waren die Vorgänge in der großen Welt kaum von Interesse für eine wandernde Sippschaft von Bettlern. Aber hin und wieder schnappten Pirol und seine Familie doch Fetzen von Klatsch aus der weiten Welt auf. So erfuhren sie beispielsweise während ihres Engagements in der Weihnachtszeit, daß der oberste Erzbischof von England ermordet worden war – angeblich auf Befehl König Heinrichs –, und daß in der Nähe des Mordschauplatzes bereits Wunder geschehen waren. Sie hörten, daß der schurkische Nur ed-Din im Orient gestorben war und irgendein ägyptischer Heerführer die kommende Macht im Lande sei. Und sie hörten von furchtbaren Wundern, von Erdbeben beispielsweise, die in diesem Jahr in Outremer ganze Städte zerstört hatten. Sogar der unbezwingbare Krak des Chevaliers, die Bastion der Tempelritter im Tal von Jericho, war geschüttelt worden wie ein alter Mann, dem schließlich die Zähne herausgefallen waren. Viele der Templer waren dabei zu Tode gekommen.

Bei dieser Neuigkeit schrie der stumme Amaury auf und schlang sich die Arme um die Brust.

Die Geheimnisse der Natur waren in jener Zeit zuvörderst in den Köpfen aller. Stürme aus dem Osten stemmten sich gegen das Herrenhaus, hämmerten gegen die Türen, warfen die Kuhställe und die Schafspferche auf den Feldern um. Es war ein unruhiges, unaufmerksames Publikum, das Pirol mit seinen Weihnachtsliedern und einem Mummenschanz zu locken suchte. Wegen des Wetters war seine Töchterschar starr vor Angst und Kälte. Sein Tanzbär dagegen, der stapfte und drehte sich und wackelte mit dem Kopf in einem improvisierten Tanz zum Weihnachtskanon, geschüttelt von Lachkrämpfen, die beunruhigend auf die Damen wirkten und die Kinder ihre Gesichter verhüllen ließen. Der Gastgeber war nicht erfreut über die Art und Weise, wie sein Fest vonstatten ging.

Später schliefen Pirol und Kadija auf dem Heuboden der Scheune, und die Kinder hatten sich hier und da Nester in den Strohhaufen gemacht. Der Wind, der stöhnend unter den

Wänden hereinwehte, ließ die Dielen vibrieren und die losen Halme auf dem Boden im Kreis herumwirbeln – ein großer rauschender Strudel aus Getreidehalmen.
Ouallada hatte noch nie solches Wetter gesehen, aber fasziniert hörte sie den brodelnden Lärm, der ihre Schwestern veranlaßte, sich immer tiefer in ihre Strohballen zu wühlen. Als sie sah, wie Amaury aufstand und hinausging, zog sie sich einen Jutesack über ihren Kittel und folgte ihm.
Der Sturm hatte seinen Höhepunkt erreicht. Ihr Karren schwankte, sprang und tanzte auf seinen Achsen, wenn der Wind darunter hindurchfegte. Ein Kaninchenstall rollte die Straße entlang und flog von einer Ecke in die nächste, und die gefleckten Tiere darin purzelten umeinander wie Würfel in einem Becher. Die ganze Scheune verzog sich, lehnte sich zur Seite, beulte sich formlos. Das Wasser des Teiches wirbelte als körnige Gischt in die Höhe, als werde es gedroschen.
Amaury stand mitten auf dem Karrenweg, die Füße schräg in die Wagengleise gesetzt. In seinem Hemd fing sich der Wind; es hob sich hin und wieder und entblößte seine nackte Gestalt. Das rote Haar wehte über seinen Kopf in die Höhe. Seine Arme und Hände dirigierten die Musik des Sturms, forderten die Winde zu immer größeren Anstrengungen heraus und beschworen ein Crescendo herauf, welches das Land von seinem steinernen Skelett abschälen würde. *»Mehr! Mehr! Mehr!«* kreischte er mit den harten Rändern seines leeren Mundes. Ein Baum wurde aus der Erde gerissen und bis zu einem benachbarten Hain getragen, den es fällte wie ein Schlachtroß, das in eine Reiterformation einbricht. Ouallada stand still da, aber dann packte sie der Wind und schob und stieß sie voran, so daß sie ein paar Schritte weit laufen mußte, um das Gleichgewicht nicht zu verlieren. So taumelte sie in Amaurys Gesichtsfeld. Frohlockend starrte er sie an, stemmte sich schwankend in den Wind. »A hah i

ehah!« brüllte er durch den Lärm der klappernden, losen Schindeln.
Es war das erste Mal, daß er versuchte, laut mit ihr zu sprechen.
»Das hast du getan?« fragte die Neunjährige, sofort bereit, ihm zu glauben.
»Ja! A hah i ehah! Mei Wih! Mei Rehh!«
»Dein Wind. Dein Regen«, sagte sie.
»Mei Hah!«
»Dein was?« Eine Windbö überfiel sie wie Strauchdiebe und entriß ihnen alle Worte. Sie drückte sich in seinen Windschatten, um zu Atem zu kommen, und er brüllte ihr ins Ohr: *»Mei Hah!«*
Es schneite Moos, das vom Dach gerissen worden war. Die Schindeln klirrten eine nach der andern herab wie Geschirr. Das Dach, von dem sie kamen, war im stürmischen Regen gar nicht zu sehen, aber hier, da und noch weiter hinten krachten sie zu Boden, zerbarsten zu grauen Scherben und schnitten keilförmige Brocken aus der eisharten Erde. Amaury packte Ouallada und zog sie an sich, deckte sie mit Kopf und Schultern, um sie vor den fliegenden Schindeln zu schützen. *»Mei Wuh! Mei Pfor!«* Er flüsterte die Worte, mißgestaltet und abgehackt wie der Stumpf in seinem Mund. Seine Wut. Sein Zorn. Sein Haß. Es war, als sei ihr immer schon klar gewesen, daß dies der Quell der Elemente war.
Jerusalem spähte durch einen jäh klaffenden Riß in der Wand der Scheune hinaus und sah ihre Schwester in der Umarmung des Tanzbären. Er senkte den Kopf über sie und hatte das mächtige Maul aufgerissen. »Vater! Vater! Der Bär frißt Ouallada!« schrie sie.
Ihr Vater schaute durch das Fenster der Tenne hinaus und sah seine Tochter in der Umarmung des halbnackten Amaury von Herm, und die beiden wippten, von Wind und Regen krampfhaft geschüttelt, hin und her. Pirol rutschte die Leiter hinunter,

rannte in den Hof hinaus, hob eine Schindelscherbe auf und stieß sie Amaury ein paar Mal in den Nacken, bis der zu Boden fiel und Ouallada unter sich begrub.
Als er starb, mag er noch gedacht haben, der Wind habe ihn getötet, und er habe doch wenigstens das Kind gerettet.
Der Wind aber ließ unvermittelt nach, zog sich murrend zwischen die trunkenen Bäume zurück und trieb ein paar tote Raben die Straße entlang. Pirol zog das Mädchen unter Amaury hervor und schlug und küßte sie wild wie ein Vater, der vor Schrecken fast den Verstand verloren hat. »Ist das schon öfter vorgekommen?« fragte er immer wieder, aber sie verstand ihn falsch.
»Nein! Nein! Er hat noch nie gesprochen!« Und als er sie ungeduldig schüttelte, offenbarte sie das einzige Geheimnis, das sie je gehabt hatte. »Ich habe einmal gesehen, wie er ein Gedicht schrieb.«
Immer wieder wollte sie sich nach dem schmutzig weißen Haufen umdrehen, den sie aus dem Augenwinkel sehen konnte, aber ihre Mutter und ihr Vater schleiften sie mit vereinten Kräften zurück in die Scheune. Es war sehr kalt, und der Regen fiel jetzt schneller, als der Wind nachgelassen hatte. Zum Glück war auch Ouallada in dem Glauben, daß die Elemente Amaury niedergestreckt hätten: Seine eigene Wut, seine eigene rasende Hilflosigkeit als Poet ohne Zunge hatten diesen Aufstand der Natur entfacht. Er hatte sich selbst totgestochen. Wie ein Skorpion.
Ihre Schwestern hatten alles gesehen, aber sie klärten Ouallada nicht auf. Daß ihr Vater ein Mitglied ihres Haushalts töten konnte, erfüllte sie mit sprachloser Angst um das eigene Leben – dafür sorgte Pirol: »Kein Wort. Wenn jemand euch fragt, so habt ihr nichts gesehen, verstanden? Die Schindeln sind kreuz und quer durch die Luft geflogen. Ihr habt nichts gesehen.«
»Nichts, Vater.«

Es war nur gut, daß Ouallada die Wahrheit nicht erfuhr, denn sonst wäre aus ihrer Abneigung gegen ihren Vater womöglich etwas Schlimmeres geworden. Denn schließlich hatte sie (wie Kadija ihrem Mann oft mühsam klarzumachen versucht hatte) den Bären sehr gern gehabt.

Ob das Fällen der Eiben durch den Sturm die bösen Geister hereingelassen hatte, oder ob sie vom offenen Meer hereingeweht waren – jedenfalls brach mit dem Jahr 1173 der Fluch der Krankheit über Europa herein. In diesem Jahr, so hieß es, husteten sich die Menschen allenthalben die Seele aus dem Leib. Die Krankheit dezimierte auch Pirols Familie. Der Sänger selbst entkam ihr natürlich, denn das Lungenfieber ist der Lohn für Küsse und Zweisamkeit. Beides aber war Pirol fremd geworden. Aber eine nach der andern starben seine Töchter, und wenn eine ihre Seele als feinen, silbrigen Speichel der sie pflegenden Schwester ins Gesicht hustete, kniete Pirol jedesmal nieder und dankte Gott, daß es nicht Ouallada war.

An manchen Tagen schien es, als sei nie wieder Geld zu verdienen. Die Welt hatte sich hinter verschlossene Türen zurückgezogen, um zu sterben. Aber zum Ausgleich dafür erleichterte Gott doch wenigstens die Bürde der Verantwortung, die Pirol zu tragen hatte, und verringerte die Ansprüche an seinen Geldbeutel. Bald brauchte er nur noch eine fünfköpfige Familie zu kleiden und zu ernähren, und dann nur noch vier. Da den Bauern der Sinn nicht mehr nach Tanzen stand, verbrachte er seine Zeit damit, Gedichte und fromme Hymnen an die Jungfrau Maria zu schreiben und Ouallada die verschiedenen Versformen zu lehren.

Einmal sagte sie: »Das weiß ich alles schon, Vater. Amaury hat es mich gelehrt. Amaury konnte wunderbare Verse schreiben.«

Da schlug er sie mit einem Pferdehalfter – dem letzten Gegenstand, der von Raymon de Tirrels Ausrüstung und der Reise zum Krak Kerak noch übrig war. Nach einer Weile reute es ihn, und er sagte mürrisch: »Glaubst du, das könnte ich nicht auch? Glaubst du das? Meine Sachen waren haargenauso gut wie seine. Besser. Meine waren besser. Aber wer will sie haben, he? Zeig mir, wer sie haben will, und ich schreibe dir ein Lied, das so gut ist wie nur irgend etwas, das er machen konnte.«

Dann wurde Kadija krank. Es war erstaunlich, daß sie so lange überlebt hatte, wo doch der Tod jeder ihrer Töchter sie wie eine Brandungswelle überflutet hatte. Endlich wurde der Sog zu stark; sie konnte sich nicht mehr aufrichten, kam nicht mehr auf die Beine. Pirol streckte die Hand nicht aus, um ihr zu helfen, und so ging sie an ihrem Schmerz zugrunde.

Bevor sie starb, winkte sie Pirol zu sich; er sollte sich neben sie setzen, denn sie habe ihm etwas zu sagen. Das sei ungerecht, sagte er zum Priester: Es sei ja schon schlimm genug, sie zu verlieren, ohne daß er dem Tod auch noch ins Gesicht schauen müsse. Der Priester aber blieb unerbittlich; er hatte längst gelernt, lange Wachen am Totenbett sterbender Fremder zu vermeiden.

»Was willst du denn?« fragte Pirol und rutschte mit dem Hintern auf dem dreibeinigen Schemel neben dem Bett hin und her.

»Ich muß dir etwas erzählen«, sagte Kadija.

»All das Theater. Du konntest es noch nie ertragen, verborgen hinter den Kulissen zu bleiben, nicht wahr? Du mußt ja nicht einmal husten. Was soll denn das, den Pfaffen zu rufen? Du bist eine Närrin, Weib. Bist gesund wie ein Pferd.«

»Unsere Pferde sind alle fort«, erinnerte sie ihn. »Tot oder weg. Ich habe etwas, das gesagt werden muß. Ich will es sagen. Ich habe es dem Priester erzählt, aber ich will es dir auch erzählen. Jetzt muß ich ja danach nicht mit dir leben. Danach könnte ich mit dir nicht mehr leben. Schon lange kann man mit dir nicht mehr leben.«

»Wer hat dich denn darum gebeten? Ich habe nie gesagt, du mußt bleiben, oder? Hättest ja verschwinden können.«
»Ich bin deine Frau«, sagte sie, aber sie sah ihm am Gesicht an, daß da eine ganze Heerschar von Alibis und Ausreden aufmarschierte, um diese nackte, schlichte Aussage einzuschränken. Deshalb schränkte sie sie gleich selbst ein.»Ich bin deine Frau. Aber ich habe mit Amaury geschlafen, und er hat mir ein Kind gemacht.«
Pirol schlug gereizt nach den Flöhen an seinem Arm. »Das weiß ich. Erzähle mir etwas Neues. Was soll denn das?«
»Nicht die erste«, sagte sie und strich mit den Fingern über eine mit einem Band zusammengebundene, abgeschnittene Haarsträhne. Das Souvenir hatte inzwischen verschiedene Farbschattierungen, braune und schwarze. »Nicht die erste. Die letzte. Hast du dich nie gefragt, weshalb sie so hübsch war? Oder so gescheit? Unsere Ouallada?« Und als sie »unsere« sagte, schloß sie Pirol damit aus, ein letztes Mal in einem Leben von Ausschließungen. »Ich hatte Mitleid mit ihm, weißt du.« Kadija schloß die Augen und drehte den Kopf weg. »Und außerdem war ich einsam. Du warst so sehr ... *lieblos* geworden. Seltsam. Bei einem Mann, der glaubte, er sei ein Troubadour.«

Zweiter Teil

Die Tochter des Lügners

Gott ließ mich ergründen durch die Liebe
das, was ich koste durch das Wissen.
St. Anselm

Zwanzig

Prinzessin des Harems

Es war schwer zu ertragen. Aber nachdem er sich einmal dazu entschlossen hatte, Kadija nicht zu glauben, konnten ihre Worte ihm nichts mehr anhaben. Und als er allein in der Welt zurückgeblieben war und nur noch Ouallada ihm Gesellschaft leistete, da gab es auch nichts, was die Lüge gehindert hätte. Niemand war mehr da, der sie boshaft hätte untergraben können. Niemand war mehr da, der Ouallada davon ablenkte, sie zu vervollkommnen. Und es sollte die vollkommenste Lüge von allen werden. »Du bist die Tochter der Ida von Bamberg und des Scheichs Obeid ben Zefir der Tuareg. Deine Mutter geriet am Fluß Bathys in Gefangenschaft und wurde in den Harem des Scheichs gebracht, und im Sakra Wadi wurdest du unter Zeltplanen geboren.«

Sie war zwölf Jahre alt. Wenn man einem anderen Mädchen erzählt hätte, sie sei eine Prinzessin, so hätte sie aufgeschrien und gekichert, über ihr Haar gestrichen und die Nase hochgehoben: »Ist das wirklich wahr?«

Aber Ouallada schaute über die Landschaft einer Kindheit zurück, die vom zermürbenden Studium bizarrer, unerklärter Gegenstände geformt war. Sie war bis an die Kiemen vollgestopft mit Literatur, Geschichte, Musik, ritterlicher Etikette – mit allem, was ihr Vater ihr über Leben und Denken und Zerstreuungen des Adels hatte beibringen können. Nie hatte sie Spielen der Phantasie gefrönt, nie hatte man sie zu ihrer Schönheit oder ihren Anstrengungen beglückwünscht. Sie

kannte das heraldische Motto, das über ihrem Kopf wehte; es hieß: »Ouallada wird unser Heil sein. Ihr werdet's schon sehen.«
Deshalb schaute sie ihren Vater mit ihren traurigen, samtigen Augen an und sagte: »Deshalb hast du mir den Namen gegeben.«
»So ist es. Und von jetzt an wirst du Prinzessin Ouallada heißen, deren Mutter sie als Waise zurückließ und deren Vater sie verstieß, da sie trotzte seiner moslemischen Barbarei – da du festhieltest am Glauben deiner Mutter. In der Wüste zurückgelassen, damit sie dort sterbe.«
»Haben die Engel mir Wasser und Feigen gebracht? Wie dem Elias?« fragte sie spöttisch, und ihr Vater stürzte sich auf die scherzhafte Bemerkung und verwob sie mit seiner Erzählung. Noch fünf Jahre lang vervollkommnete er sie in ihrer Rolle, verbot ihr alle Bemerkungen über die wahre Vergangenheit, verwehrte ihr alle Erinnerungen – als wären das die Lügen und seine Version von den Ereignissen wäre das einzig wahre Evangelium. Und als sie siebzehn wurde, war es tatsächlich soweit, daß er seine eigene Geschichte glaubte. Schließlich lebte ja niemand mehr, der ihm widersprochen hätte. »Einst war ich ein Troubadour«, pflegte er zu ihr zu sagen und dabei dunkel anzudeuten, daß neidische Rivalen sich zu seinem Sturz verschworen hatten.
Ouallada sagte nichts, sondern zupfte auf ihrer *guitarre* maurische Klänge, die ihre Mutter ihr als Wiegenlieder gesungen hatte. Ihr Vater, dem diese maurische Authentizität gefiel, beglückwünschte sich selbst. Seine Tochter würde die vollendete Lügnerin abgeben, nicht mehr zu unterscheiden vom echten Artikel. Sie würde Erfolg haben in der Welt.
Amaury hatte es schließlich auch geschafft.

Der Tag des Troubadours hatte seine Mittagsstunde erreicht. Peire Vidal, Chrestien de Troyes, Guirault de Bornelh und

Raimbaut d'Orange erbauten mit ihrem Talent auf groben Fundamenten sagenhafte Schlösser aus Versen, großartige Bauwerke der Dichtung, so bunt bemalt mit den Farben der Ritterlichkeit und der Minne, daß jeder, der aus schlammigem Boden emporgewachsen war, geblendet wurde. Und Frauen gab es auch: Marie de Ventadour und Béatrice de Die. Denn Eleanor von Aquitanien hatte im fränkischen Denken ein Wunder erwirkt und die Frauen über den Status des Viehs und der Sachen erhoben.

Allenthalben waren die Leute dabei, die Vergangenheit zu rekonstruieren; sie führten ihre Herkunft auf die Höfe König Artus' zurück und bevölkerten die Vorgeschichte mit Drachen und Riesen und solchen Vorfahren, die imstande waren, jene zu erschlagen. Sogar die Geschichte Christi hatten sie ausgeschmückt, mit Gralen und Lanzen, mit Schweiß- und Leichentüchern und mit so vielen Splittern vom Wahren Kreuze, daß man daraus eine neue Arche hätte bauen können. Fünf Kirchen gab es, die behaupteten, Seine Vorhaut zu besitzen, und jedes Jahr beschrieben präzisere Reiseberichte, wie Maria und Josef durch die Christenheit gezogen waren.

So erwog auch Pirol, Ouallada mit dem Schwert des Heiligen Petrus zu bewaffnen – das jener im Garten Gethsemane zückte –, aber dann verließ ihn der Mut. Eine solche Lüge konnte sein Glück herausfordern. Statt dessen verlegte er sich auf ein »Gesetz der Liebe«. Da machte es nichts, daß schon eines gefunden war, geschrieben auf eine Pergamentrolle und mit einer goldenen Kette an den Hals eines Einhorns gebunden. Wenn eine Version existierte, konnte es auch andere geben.

Die Lösung erschien ihm in einem Blitz der Inspiration. *Sein* Gesetz der Liebe käme aus dem *Buch des Bekannten Wissens.* Jedermann kannte ungefähr die Geschichte des schurkischen Gerbert, der seine ruchlose Laufbahn damit begonnen hatte, daß er es unternahm, die Bibel logisch zu analysieren (als wäre sie Menschenwerk). Jedermann wußte auch, daß er eigentlich ein Geisterseher war, der mit dem Teufel im Bunde stand. Als der Teufel kam, um sich zu holen, was ihm zustand, floh Gerbert vor ihm ins moslemische Spanien und studierte dort verbotene Wissenschaften. Dann verführte er die Tochter seines sarazenischen Gastgebers und stahl mit ihrer Hilfe *Das Buch des Bekannten Wissens.*

Mit seiner kostbaren Beute flüchtete er sich nach Süden in die Wüsten von Afrika und ließ die Tochter des Sultans dort ohne Wasser und ohne Ritterlichkeit sitzen. Aber im nächsten Tal zog ihn der Teufel, der ihm hartnäckig durch Spanien und übers Meer gefolgt war, zur Rechenschaft. Er formte seinen Zorn zu einem spiralförmigen Trichter aus Staub und schleuderte ihn gegen Gerbert, und der knirschende Sand schliff seinen menschlichen Körper ab und ließ nur Schädel und Gebeine zurück. Er riß ihm die Seele heraus und stopfte sie in ein Skorpionloch, und seinen Verstand warf er in eine Schlangengrube, und dann verdammte er ihn dazu, achtzigtausend Tage lang durch den sengenden Sand zu wandern. Das war die Geschichte, wie jedermann sie kannte.

»Und obwohl er das Buch gern abgelegt hätte« – so ging es in der Version, die Oualladа zu erzählen lernte – »denn es war dick und in schwerstes Leder gebunden, so merkte er doch, daß er es nicht konnte. Er mußte es immerzu bei sich tragen, denn in dem Buch waren alle seine Sünden aufgeführt, und die Liste reichte über hundert Seiten. Wieder und wieder las er sie und fragte die Geier, warum er nicht auf dem Weg des Heils geblieben war.«

In Oualladas Träumen wurde das alles manchmal Wirklichkeit, und wenn sie dann aufwachte, schwebte sie zwischen zwei Leben, dem erdichteten und dem wirklichen. In ihren Alpträumen stieg Gerberts augenloser Schädel mitunter über ein gelbes Kissen aus Sand und richtete einen Blick voller Qual auf sie, der sie mehr erschreckte als die Maden, die sich in seinen hohlen Nasenlöchern ringelten.

»Aber seine Lüsternheit im Leben war so groß gewesen, daß noch nach zweihundert Jahren der Anblick einer Maid von königlicher Geburt, die in der Wüste wandelte, große Begierde in ihm entfachte. Und er verfolgte sie, so schnell es ihm seine schwere Last erlaubte.

Ich floh vor ihm. Zuerst konnte ich ihm leicht entkommen. Aber seine klappernden Füße waren es gewohnt, durch den weichen Sand zu waten, und die meinen waren es nicht. Er war an den Durst gewöhnt und an das Trommeln der Sonne auf dem weißen Tamburin seines haarlosen Schädels. Ich war es nicht. Und schließlich kam er näher, holte mich ein, fiel auf mich wie die Knochen von einem Schafott und hielt mich fest. Aber er hatte nicht das Fleisch, um sein schmutziges Begehren zu vollenden, und so ließ er mich los und rannte heulend davon. Und ich blieb zurück mit meinem Entsetzen und mit zwei Seiten, die ich aus dem Buch gerissen hatte, während wir kämpften. Seitdem wandere ich auf und ab durch die ganze Welt und suche das Land, wo Männer und Frauen ihr Leben nach seinem ›Gesetz der Liebe‹ gestalten, und singe die Lieder, die mein Herz gemacht.« An dieser Stelle pflegte Ouallada dann die beschriebenen Bögen hochzuhalten. Das Pergament hatte ihren Vater seinen letzten Sou gekostet, das Schreiben Stunden angestrengtester Erinnerung, in denen er sich nach Poussarou zurückversetzt hatte, um sich den einen Blick ins Gedächtnis zu rufen, den er auf das Gesetz der Liebe hatte werfen können.

Wenn es soweit war, wippten der Burgherr und seine Gäste für gewöhnlich auf den Vorderkanten der Stühle und beneideten den Verdammten Gerbert, der sich an dieser wunderbaren Schönheit hatte vergehen dürfen, während die Damen das flatternde Pergament anstarrten, als enthalte es die Formel für das Elixier des Lebens.

Und das tat es natürlich auch.

Denn die Liebe war alles. In den letzten Jahren war sie über die Höfe Europas hinweggefegt, machtvoller als das Lungenfieber, und hatte die Landschaft stärker verändert, als die großen Stürme es vermocht hatten. Der rigorose Kodex der Liebe war wie ein vergitterter Schweinekoben, der die Männer jetzt einpferchte und sie daran hinderte, die kleineren, schwächeren Kreaturen, die in ihrem Schatten lebten, zu zerquetschen. Frauen wurden jetzt nicht nur geachtet, sie konnten sogar darauf hoffen, verehrt zu werden, angebetet, gehütet wie kostbare afrikanische Perlen – zumindest in ihrer Jugend.

Pirol pflanzte sie natürlich ins Languedoc – ins Herz des Troubadourlandes, in diesen blutroten Boden, der so gedüngt war mit den Mythen und Legenden von der Liebe, daß sie unweigerlich gedeihen mußte.

Nach ihrer Vorstellungsrede vor dem Gastgeber nahm Ouallada das Messer aus der Hand des Herrn und spießte damit das Pergament an die Tür – hoch oben (denn sie war größer als die meisten), so daß die Damen es nur mit wenigen neuen öligen Fingerabdrücken verschmieren konnten. Berührungen hinterlassen ihre Spuren auf Pergament, und ihr Vater hatte sich große Mühe gemacht, das seine mit den Spuren von zweihundert Jahren zu versehen. Manchmal sah es aus, als habe er sich die Finger bis zum Knochen aufgerieben, als er dieses Pergament präparierte, denn sie waren jetzt weiß und kalt und aufgebraucht. Nur Schwielen schützten sie vor den Drahtsaiten der Leier.

Während die Damen sich gegenseitig mit den Ellenbogen beiseite drängten, trat Ouallada nach vorn, stellte sich auf die Windseite des Kamins (damit der Rauch ihr nicht in die Kehle kam) und sang ohne Begleitung. Sie zog die Hände unter den Mantel und schloß ihn, so daß keine Bewegung ihrer Finger, kein Detail ihrer Kleidung von ihrem Gesicht und ihrem Gesang ablenken konnte. Und sie sang ein Lied, von dem sie sagte, ihre Mutter habe es ihr vorgesungen – ein Klagelied, in dem es um die Liebe ihrer Mutter zu einem weißen Ritter aus dem Abendland ging:

... eh' ich hier gefangen war,
Fing er mich in Netzen wie die Löwin gar golden,
Und wär' ich mit Eisen gebunden an meinen Holden,
So könnte ich davon sagen, wie's ist, mit gierigem Magen
Und offenem Maul die goldenen Fasane zu jagen ...

Sie starrten sie an, bis ihnen die Augen brannten vom treibenden Rauch. Das schwarze Haar wallte über das abschüssige Grau ihres Mantels, und ihre Augen waren flüssig wie schwarzes Öl, das die Erde seufzend hervorbringt. So traurig, groß und trostlos waren diese Augen, die da auf etwas in weiter Ferne gerichtet waren, so daß sich alle umdrehten, um zu sehen, wohin sie da schaute.

Pirol hatte das Lied schreiben wollen. Tatsächlich hatte er sogar eines geschrieben. Aber Ouallada wollte es nicht singen. Er hatte ihr die Kleider gegeben (Comte Raymons Hochzeitsgeschenke, die in der Packtasche eines Maultiers vom Krak Kerak heimgebracht worden waren). Er hatte ihr die Vergangenheit gegeben. Er hatte ihr Ratschläge und Bühnenanweisungen gegeben und ihr gesagt, sie solle sich auf die Windseite des Feuers stellen. Er hatte sogar versucht, ihr die Worte ihres Liedes zu geben. Ouallada hatte genickt, als stimme sie ihm zu.

Aber sie hatte sich im Herzen einen Winkel für sich allein bewahrt. Eine Tür hatte sie vor dem großen Plan, der ihr Leben regierte, verschlossen. Sie würde ihm nicht erlauben, ihren Mund für seine Worte zu benutzen.

Wenn sie also sang, sang sie ihre eigenen Worte. Und wenn die Liebe sich für sie wie etwas Fremdes anhörte, wie etwas, dem sie noch nicht von Angesicht zu Angesicht begegnet war, so war das in Anbetracht der Umstände gut und schön. Es verlieh der Lüge ihres Vaters größere Glaubwürdigkeit.

Der Betrug machte ihr natürlich schreckliche angst – die Aussicht, auf der Stelle entlarvt zu werden. Dennoch kam es ihr nie in den Sinn, sich den Plänen ihres Vaters zu widersetzen. Was wäre die Alternative gewesen? Nichts könnte ihr zustoßen, was grausiger gewesen wäre als Hunger, hilflose Krankheit, Bettelei und Haß und Enttäuschung ihres Vaters auf sich nehmen zu müssen. Für ein Pferd war es besser, den Sprung über eine unüberwindliche Hürde zu wagen und sich dabei das Genick zu brechen, als an einer Karrendeichsel zu schmachten und schließlich totgepeitscht zu werden.

Die Männer glotzten sie an; in ihren offenen Mündern war das unzerkaute Essen zu sehen, und mit gewölbten Händen beschirmten sie ihre Augen vor dem grellen Licht der Kerzen. Die Frauen hörten auf zu plappern; sie schauten durch den Saal herauf und lauschten. Wenn ein Freudenmädchen oder eine Spielmannsfrau durch die Gassen herbeigeirrt wäre, mit roter Jacke und roten Strümpfen, mit tanzenden Füßen und einem Kopf voller Lieder, so hätte sie sich hier einen Beutel Münzen und ein warmes Essen verdienen können. Dieses Mädchen aber, das seine Ankunft auf den Sonnenuntergang zu legen wußte und sie so mit Kerzenschein, Rauch und rotem Gegenlicht verband, war ein exotisches Geschöpf aus einem fremden Land – eine Geschichte, eingehüllt in prachtvolle Kleider und einen Mantel aus Haar. Wenn sie geendet hatte, nahm sie ihre Pergamentbögen herunter und tat, als wolle sie gehen, so daß man sie – natürlich – zum Bleiben drängte. Einem Freudenmädchen mit Guitarre und Wolfshund hätte man ein Bett in der Küche geboten. Ouallada, die Troubadour-Prinzessin, aber führte man ins Troubadoursgemach, wo ein Feuer brannte.

Draußen vor der Mauer kauerte fröstelnd Pirol. Seine Haut war scheinbar durchlässig für die Kälte, die durch ihn hindurchwehte und auf und ab durch die Flöten seiner hohlen Knochen pfiff. Er hatte genug Burgen von dieser Art besucht, um zu wissen, wie sie angelegt war: ein runder, hohler Zahn, der aus dem geschwollenen Zahnfleisch der Landschaft ragte.

Er wußte, wo das Troubadoursgemach liegen würde, wo man nach dem Feuerschein Ausschau halten mußte, der durch die Fensterscharte funkelte.
Morgen, wenn sie unbemerkt hinausschlüpfen könnte, würde sie zu ihm kommen und ihm von ihrem Triumph erzählen – wie sein Lied der Höhepunkt des Abends gewesen war, wer es alles gehört, wer es gepriesen hatte, und wie viele Geschenke es eingebracht hatte. So hatte sie ihren Eintritt in die höfische Welt der Fröhlichen Wissenschaft vollzogen. Sie war in den Kreis der Troubadoure eingebrochen, wie ein Zauberer die Indischen Ringe miteinander verbindet, mit einem schnellen, kühnen Streich. Aber der Magier war Pirol. Der Erfolg war seiner.
Als er sein Frohlocken nicht länger im Zaum halten konnte, begab er sich ins Innere der Kurtine und ging auf den Sockel des Rundturmes zu. Den Blick starr auf den schimmernden Spalt über dem Sockel gerichtet, stapfte er durch Haufen von Mist und Dung geradewegs auf das Funkeln seines Heils zu. Natürlich scheiterte er an den Ausmaßen der Burg, denn je näher er kam, desto breiter wurde der Leib des steinernen Stumpfes, desto höher stiegen die Fensterscharten über seinen Kopf. Es war unmöglich, einen Blick in das Troubadoursgemach zu werfen. Aber vor seinem geistigen Auge sah er es schließlich deutlich genug. Seine Tochter würde in einem See von seidenen Röcken sitzen und sich das Haar bürsten, während der Feuerschein die Geometrie ihres Gesichts noch stärker hervorhob. Rings um ihre Rocksäume, da, wo die Dunkelheit langsam herankroch, saßen all die Tugenden, die ihr zu Gebote standen: Behagen, Reichtum, Bewunderung, Ruhm. Sie würde vornehmes Blut heiraten, vornehme Kinder gebären, den Namen seiner Familie aus Schmutz und Bedeutungslosigkeit erretten.
Natürlich haßte er seinen Namen, denn er hatte ihn von Jocelyn de Foicelles bekommen. Und er haßte Ouallada, denn er

hatte sie von Amaury von Herm bekommen. Aber er hatte ja auch schon längst gelernt, daß der Haß die einzige wirkliche Triebkraft in der Welt war. Er wanderte einfach umher – wie der Tod mit seiner roten Maske –, tanzte zur Musik und verkleidete sich als die Liebe.

Einundzwanzig

La Belle Aude

Und wie es geplant war, so begab es sich auch. Ouallada ging auf in der Welt der Troubadoure und der höfischen Unterhaltung. Glaubte man ihre Geschichte? Die Frauen taten es zum größten Teil; sie hatten noch nichts von der Welt draußen gesehen und wußten nur, daß sie voller Wunder war. Die Herren und Junker sahen keine Notwendigkeit, zwischen Dichtung und Wahrheit zu unterscheiden, denn sie bedienten sich regelmäßig der einen, um die andere geschmeidig zu machen.

Höchstwahrscheinlich nahmen die anderen Troubadoure ihre Geschichte als das, was sie war: eine hübsche Geschichte. Aber deren Bewunderung für Handwerkskunst überwog auch alle Überlegungen zur Wahrheitstreue. Eine gutersonnene Geschichte hatte für sie nichts mit einer Lüge zu tun. Und als sich zeigte, daß Ouallada eine gute Dichterin war und eine ausgezeichnete Stimme hatte, daß sie Zither, Leier, Flöte, Rebec und Gambe spielen konnte, da brachten sie ihren Respekt zum Ausdruck und machten an ihrem Tisch Platz für sie. Sie nannten sie »Prinzessin«, aber im Rang stand sie nicht höher als die vierte Schwester eines Grafen. Bestenfalls.

Pirols Vorstellungen von einer Heirat waren natürlich lächerlich. Spielleute und Sänger mochten sich binden, an wen sie wollten, aber für den Adel gab es Grenzen des Erlaubten. Die Lotosesser in Palästina mochten christliche Fremde heiraten dürfen, aber in ihrer Heimat sprachen die Franken die beiden Worte »Heirat« und »Mohr« niemals in einem Atemzug.

Natürlich forderte ihre Schönheit manches andere Ansinnen heraus. Einige ihrer Gastgeber nahmen sogar an, daß ihnen die Tür zum Troubadoursgemach in der Nacht offenstehen werde. Bei solcher Gelegenheit begriff Ouallada, weshalb ihr Vater gewollt hatte, daß Amaury ihr das Fechten beibrachte. Ihre Besucher kamen selten mit mehr als ihrer Lust auf Exotik bewaffnet. Und auch wenn ihr Anblick, wie sie dastand mit Schwert und Dolch in der Hand, sie noch mehr erregte als ihr offenes, üppiges Haar oder das Heben und Senken der Brust, so zogen sie sich doch rasch zurück. Danach akzeptierten sie sie dann als das, was sie war: etwas, das man am besten zur Unterhaltung der Gäste einsetzte, nicht für ein kurzes, selbstsüchtiges Vergnügen im Dunkeln.

Auch gereichte es einem Mann zur Ehre, wenn er einen durchreisenden Troubadour großzügig behandelte. So erwarb auch Ouallada den Lohn der Vorzüglichkeit: Gewänder und Pferde, Linnen und Silber, Bänder für ihr Haar und Saiten für ihre Leier. Es war genau so, wie ihr Vater gesagt hatte: Geschenke, die gemacht wurden, um den Schenkenden zu zieren. Was Liebespfänder angeht, so waren es überwiegend Roßknechte oder Schreiber, die sie vor ihrer Tür niederlegten, und Spielleute nagelten die Gesellenstücke, die sie geschrieben hatten, an ihren Türstock.

Anfangs war sie etwas Neues unter den Fröhlichen Wissenschaftlern, dann aber, nach ein oder zwei Jahren, ein anerkanntes Wahrzeichen in der jahreszeitlich wechselnden Szene, ein Gesicht, das ihre Kollegen mit einem Lächeln und einem Kopfnicken begrüßten, und man machte ihr Platz auf der Musikerbank. Ouallada ben Zefir war angenommen.

Was sie jetzt brauchte, war ein Patron. Ouallada wußte, was Liebe war; ihr Vater hatte es ihr gesagt. Es war die Besessenheit der Reichen voneinander. Was sie daher brauchte, war jemand, der eine beredte Stimme brauchte; sie mußte sich zum Gefäß für die Leidenschaft eines anderen machen, um diese hin und her zu befördern.

Und so kam sie schließlich zum Hof von Aude, der unvermählten Herrin von Haut-Béziers.

Aude hielt die Schere des Schicksals über ein Dutzend inbrünstige Freier, und das schon seit einem Jahr, ohne ihnen je zu sagen, wer von ihnen den Sieg davontragen werde. Ouallada half, die Klingen dieser Schere zu schärfen.

Aude war die Schönheit ihrer Zeit. Ihre Haut war weiß wie von der Lepra, und ihr Haar war wie die krausen Kupferspäne, die vom Stichel des Graveurs springen. Sie hatte ihren Haaransatz über die gewölbte Kuppel ihrer Stirn nach hinten verlegt und jede Strähne mit einer Pinzette einzeln ausgezupft. Es schien, als fühle La Belle Aude keinen Schmerz – als habe sie wirklich Lepra. Den Schmerz anderer fühlte sie tatsächlich nicht.

Ouallada war hypnotisiert von soviel Schönheit. Sie deutete auf ein von Tugend gesegnetes Leben und verhieß eine Persönlichkeit von gleicher Pracht. Obschon Aude sie aber unter ihren Schutz nahm und sich mit ihr anfreundete, konnte sie keine besonderen geistigen Verdienste bei ihr entdecken; dies jedoch schrieb Ouallada ihrer eigenen Eifersucht zu.

Aude mußte vollkommen sein, denn jeder männliche Troubadour pries kategorisch La Belle Aude. (Der Böse Bischof natürlich nicht.)

Audes Eltern hatten sie nicht nur nach dem nahen Fluß getauft, der sich durch die Landschaft von Roussillon schnitt, sondern auch nach der Verlobten des Helden im *Chanson de Roland.* Und sie hatten sie mit historischen Sagen großgezogen, von Karl dem Großen und von Artus. Aber während ihre Namensvetterin ihre Rolle in der Sage einfach dadurch erfüllt hatte, daß sie bei der Nachricht von Rolands Tod in Ohnmacht gefallen und gestorben war, erfreute Aude d'Haut-Béziers

sich einer robusten Verfassung und eines hochfliegenden Ehrgeizes.
Die Liebe beherrschte ihr Leben in jeder Facette, aber noch hatte sie nicht entschieden, welchen ihrer zahlreichen Freier sie lieben wollte. Anfangs versuchte Ouallada zu erraten, welchen sie vor allen anderen begünstigte. Aber das gab sie bald auf, denn es gab zu viele Hinweise, die in die Irre führten, zu viele Täuschungen, zu viele Ablenkungen. Es war unwahrscheinlich, daß Aude sich tatsächlich einen Liebhaber nehmen würde, bevor sie verheiratet wäre, und doch sprach niemand es aus. Und sie tat, als stehe sie ständig am Rand von *la grande tryste*.
»Was hältst du von Gaston Mauriac?« fragte sie Ouallada. Sie stand auf der Schwelle zur Kammer des Mädchens. »Findest du nicht, er ist so hübsch, wie man es mit braunem Haar nur sein kann?«
»Er ist ganz bezaubernd«, pflichtete Ouallada zurückhaltend bei.
»Ich weiß, was du sagen willst. Er ist zu jung, um ein richtiger Mann zu sein.«
Ouallada hatte gar nichts sagen wollen. Gaston Mauriac forderte nicht zu Tadel heraus, aber er erweckte in ihr auch nicht das Bedürfnis, ihn lebhaft zu verteidigen. Sie hatte nicht das Gefühl, daß sie eine Meinung von ihm haben mußte.
»Wußtest du, daß Auxerre d'Impt einmal an einem einzigen Tag dreißig Lanzen brach? Ich glaube, es müßte sehr leicht sein, einen Mann zu lieben, der an einem Tag dreißig Lanzen gebrochen hat – meinst du nicht auch?«
»Es wäre ein Trost, wenn man dreißig Feinde hätte, nehme ich an«, sagte Ouallada diplomatisch. »Aber ich bezweifle, daß du nur einen einzigen hast.«
»Natürlich war ich immer schon ein *bißchen* in Simon Bobignol verliebt. Wir haben als Kinder zusammen gespielt, weißt du? Ganz wie Bruder und Schwester. Ich könnte dir Geheim-

nisse von ihm erzählen, die nicht einmal seine Mutter ... obwohl ich an manchen Tagen nicht weiß, weshalb ich einen Gedanken an ihn verschwenden soll. An einen so *reizlosen* Jungen. Nicht, wenn es Titanen auf der Welt gibt. Ich meine, bei Bobignol könnte das Herz ja nicht gerade in schmerzhafte Ekstase geraten, oder? Und ich denke, am Ende kommt es auf die *Leidenschaft* an, meinst du nicht auch? Ich werde immer nur dahin gehen, wohin die Leidenschaft mich führt.«

»Und wirst du das mit dem Auge oder mit dem Herzen beurteilen?« fragte Ouallada. Manchmal glaubte sie, daß sie für Aude den Narren ersetzte; sie versorgte sie mit neutralen Kommentaren und ermöglichte ihr damit die Fortführung eines Monologs, der den ganzen Tag dauerte.

»Oh, mit dem Bauch! Mit meinem Bauch!« rief Aude, und sie kam wie ein Eichhörnchen vollends hereingehuscht und setzte sich ihrem Troubadour zu Füßen. Sie schmiegte sich in Oualladas Röcke wie in einen schützenden Hafen und nahm ihr die Zither aus der Hand, um sich ihrer ungeteilten Aufmerksamkeit zu versichern.

»Wenn ich den vollkommenen Mann finde, werde ich mich ihm an Ort und Stelle schenken! Sofort! Würdest du das nicht auch tun? Das habe ich immer gewußt. Keine alberne Kokketterie. Nicht ein Augenblick der Glückseligkeit soll vergeudet werden ... Nicht, daß ich es ihm so sagen könnte, aber das ist ja der süße Widerspruch, nicht wahr?« Sie hob die Hände, legte sie auf Oualladas Unterarme und streichelte sie geistesabwesend, in einen köstlichen, vertrauten Tagtraum versunken. »Es ist ja nicht unrecht, weißt du? Es steht alles hier. Es steht alles hier im *Bréviare* – nun, das weißt du besser als sonst irgend jemand. Ich nehme an, du hast es von vorn bis hinten gelesen. Du hast ja alles von vorn bis hinten gelesen. Du bist viel gescheiter als ich.« Das Buch hing an einer feinen goldenen Kette an ihrem Gürtel, *Le Bréviare d'Amour,* der unentbehrliche Leitfaden für das modische Bewußtsein. »Eine Dame, die mit ihrem wahren Geliebten schläft«, las sie von einer besonders eselsohrigen Seite ab, »ist von allen Sünden geläutert, und die Freuden der Liebe machen den Akt unschuldig, denn er kommt aus einem reinen Herzen.« Immer noch abwesend, zog sie Oualladas Hände herunter, bis sie ihre Brüste bedeckten, und hielt sie so fest, und sie gab sich der geschlechtlichen Erregung hin, die durch die Betrachtung ihres Lieblingsthemas in ihr geweckt wurde. Keiner der Männer, von denen sie gesprochen hatte, besaß auch nur den geringsten Teil ihrer Zuneigung. Wenn der Mann käme, der sie erobern würde, wäre sein Name so machtvoll, daß man ihn nicht aussprechen könnte, ohne die Besinnung zu verlieren, zu kostbar, um ihn mit einer bloßen Freundin wie Ouallada ben Zefir zu teilen. Vorläufig wand sie sich wohlig, wenn sie nur an ihn dachte.

Ouallada störte ihre Patronin nicht in ihrem lächelnden Tagtraum, sondern nutzte die Zeit und versuchte, ein paar Verse zu schreiben. Aude hatte es sich, seit sie eine Troubadour-Schwester erworben hatte, zur Gewohnheit gemacht, ihre Freier mit kleinen ermutigenden Liedern zu bestärken – eine kätzchenhafte Aufforderung zum Spiel. Es waren Lieder, die sich an einen anonymen Liebhaber richteten, durchsetzt mit Andeutungen und Hinweisen, die jeden der Hoffnungsvollen davon überzeugen konnte, daß er die unentdeckte Wahl ihres Herzens sei. So sang Ouallada zum Beispiel:

Meine Schwester, oh, meine Schwester
Ist gefangen in des Jägers Netz.
Ihre Flügel flattern, und ihr Auge ist naß;
Ihre Füße sind verstrickt, Kralle an Kralle, und doch
Möchte sie wohl küssen das güldene Gitter,
Den Käfig, den er seinem Liebling bereitet.
Schwester, oh, meine Schwester, flieg fort!
Sonst wird er dich rupfen, wenn der Morgen naht.

Nicht zum ersten Mal erhaschte sie einen Blick auf das Band, das dieses Dutzend höchst unterschiedlicher Männer fesselte und bannte. Eine Wolke von Sexualität stieg von Aude auf, scharf riechend wie Kampfer, daß es einem schmerzlich zu Kopfe stieg und das vernünftige Denken durcheinanderbrachte. Ouallada ahnte plötzlich etwas Furchterregendes, Urzeitliches, als sähe sie, wie die Erde sich aufwölbte über dem Magma, das darunter wallte. Wohin das in diesem behaglichen, wohnlichen Haushalt gehörte, war ihr ganz und gar nicht klar, aber sie spürte es trotzdem. Es wäre besser, wenn Aude sich recht bald einen Geliebten auswählte, dachte Ouallada; sie spürte, daß der Boden demnächst aufbrechen mußte, wenn der Druck des Magmas nicht ein gefährliches Ausmaß annehmen sollte.

»Möchtest du also, daß ich in einem Lied das Lanzenbrechen preise?« fragte sie. »Oder die Tugenden der Jugend? Oder die Treue von Kindheitsfreunden?«

»Ja, ja. Das alles. Alles das. Und ein bißchen singe auch über Landlosigkeit, denn niemals werde ich einen Mann nur wegen seines Geldes oder seines Standes lieben. Dafür hat man schließlich einen Gemahl.«

Infolgedessen enthielt das Lied, das Ouallada als nächstes für ihre »liebeskranke Schwester« schrieb, kleine Freundlichkeiten und Ermutigungen für jeden Aspiranten in ihrem Gefolge; zwar stellte es ihr Talent zur Sinnesverwirrung auf eine harte Probe, aber sie brachte doch ein Meisterwerk der Vernebelung zustande. Das Lied erzählte, wie ein Schmetterling den Nektar an einem Dutzend Blüten kostete und eine kleine Köstlichkeit auf jeder taufeuchten Blüte fand.

Aude war entzückt. »Sogar der Bischof ist dabei! Selbst den alten Foulque hast du dazu gepflanzt! Ich habe ihn doch erkannt, oder nicht? ›Die purpurköpfige Distel, so dornig und hart‹? Oh, ich glaube, du liebst sie alle ebensosehr wie ich, Prinzessin! Du enthüllst meine Gedanken so klar!«

Ouallada prüfte den Inhalt ihres Herzens und fand nichts als einen kleinen Bodensatz von Haß auf die Freier, einen Groll auf ihre privilegierte Abkunft, aus der sie im Leben so wenig gemacht hatten, weil sie ihre Zeit damit vertändelten, alle hinter demselben Kaninchen herzuschnüffeln.
»Den Bischof kann ich noch ausjäten, wenn du findest, er sei fehl am Platze in diesem Garten.«
Aber Aude sagte nur: »Nein, durchaus nicht, durchaus nicht« – als hege sie insgeheim gewisse zärtliche Gefühle für den jähzornigen alten Teufel.
Der alte Böse Bischof (wie ihn seine Rivalen nannten) war in Wirklichkeit nicht alt – oder doch nur insofern, als er fünfzehn Jahre älter war als die anderen. Ein Bischof war er auch nicht, denn er hatte seinen frommen Orden zugunsten der Verlokkungen des Weltlichen aufgegeben. Dabei war schwer zu sehen, welche Facette des Weltlichen ihn da verlockt haben könnte, fand Ouallada, denn beinahe alles schien ihm verhaßt zu sein.
Er verschmähte die albernen Moden, die von den Kreuzzügen nach Frankreich mitgebracht wurden. In Gedichten attackierte er die Politik der Zeit, die Weltlichkeit der Zeit, die Laster und Vorlieben der Franken und die geheimen Schwächen der populären Helden. Man ertrug ihn ironischerweise gerade deshalb, weil bissige Schmähverse zur Zeit in Mode waren. Außerdem verlieh ihm der Umstand, daß er älter war, den Anschein einer gewissen Weisheit, und er stand in dem Ruf, ein Dämon mit einer Keule zu sein. Obschon er seiner Berufung entsagt hatte und Schwert und Lanze hätte tragen können, führte er sich in dieser und in jeder anderen Hinsicht auf, als wäre er einer der kämpfenden Bischöfe, und beschränkte sich auf die eine Waffe – es sei denn natürlich, man wollte seine scharfe Zunge mitzählen.
Der eine oder andere hatte ihn schon früher einmal um seine Meinung zu seinen Versen befragt und dies bereuen müssen.

Seine Billigung ließ sich nur daran messen, wie weit er sich der Schmähungen enthielt. Er verlieh zwölf Rügen für jedes »hübsch«, knurrte ein Dutzend Mal tadelnd, wenn er nur einmal widerwillig mit dem großen, zottigen Kopf nickte. Ob er immer noch eine Tonsur trug, konnte man nicht erkennen, denn entweder war sein Haaransatz so weit zurückgewichen, daß er sie inzwischen umkränzte, oder es war nur der Haarausfall, der seine mächtige, sonnenverbrannte Schädelwölbung freigelegt hatte. Die Tiefe seiner Stirn wurde weiter verstärkt durch den Umstand, daß seine Brauen zumeist mißbilligend weit herabgezogen waren. Irgendwann war seine Nase gebrochen worden, mutmaßlich durch jemanden, bei dem er mit seinem fortgeschrittenen Kritikertalent Anstoß erregt hatte; die ursprüngliche normannische Geradlinigkeit war nun eingedrückt, was die Nasenflügel ausladender und die Nasenspitze leicht aufwärts gebogen erscheinen ließ. Bei den seltenen Gelegenheiten seines Lächelns verwandelte sich der Gesichtsausdruck über die bloße Belustigung hinaus zu täuschender Offenheit.

Ouallada ben Zefir ließ sich indessen nicht täuschen. Weder suchte sie sein Lob, noch erbat sie überhaupt seine Meinung zu ihrer Arbeit. Man sagte ihm nach, daß sein Haß auf die Frauen noch seinen Haß auf die Zeiten in den Schatten stelle. Einmal jedoch – als nämlich das Schmetterlingsgedicht beim Mahle vorgetragen wurde –, warf Ouallada doch, vom Triumph durchglüht und geschmeichelt vom Beifall ihrer Kollegen, einen kurzen Blick in Foulques Richtung. Er starrte sie mit unangenehmer Strenge an: Ihr war schon öfter aufgefallen, daß seine braunen Augen denen ähnelten, die man auf Abbildungen Gottes sah, wenn dieser die Erde mit richterlichem Licht überflutete und den Menschen festnagelte, wo er gerade ging und stand. Und vielleicht zog sie ausnahmsweise die Brauen einmal kaum merklich hoch, als wolle sie sagen: »Nun, Mönch? Was könntest du dagegen sagen?«

Im selben Augenblick fragte Aude unverblümt: »Und was hält unser Böser Bischof von der Darlegung der Liebe, wie die Prinzessin sie gegeben hat?«
Er warf den Kopf hoch wie eine Kuh, die beim Geräusch des Melkeimers den Kopf aus der Krippe hebt. Aber er wandte den Blick nicht von Oualla da. Und obgleich er seine Worte an Frau Aude richtete, schaute er immer weiter das andere Mädchen an. »Sie beherrscht die Sprache so gut, wie man es bei einer Fremden nur erhoffen kann«, sagte er.
Die übrigen Zuhörer, die an Foulques Schärfe gewöhnt waren, hielten dies für eine klägliche Bosheit. Sie zeigten sich offen enttäuscht, daß er nichts Anstößigeres zu sagen hatte. Sie stöhnten und johlten. Er wartete, bis sie fertig waren.
»Ich beziehe mich weniger auf ihre Herkunft als auf den Umstand, daß sie eine Fremde auf dem Gebiet ihres Gegenstandes ist«, erläuterte er dann. »Sie ist eine Fremde im Lande der Liebe. Wer aber über das Land der Liebe dichten will, sollte es zuvor besucht haben. Das ist die einzige Ansicht, die ihre Bemühungen in mir erwecken.«
Es war, als murmelte er, aber jede Silbe, jeder Konsonant stieg hinauf bis zu den Deckenbalken, lüftete den Sperlingskot in den Mauerecken, durchwehte den Ruß in den oberen Stockwerken. Er hatte die Stimme eines Dichters, kräftig und volltönend. Er hätte nicht niesen können, ohne daß es wie eine rhetorische Unterstreichung geklungen hätte.
Ouallada s Herz wurde klein, es schrumpfte zusammen und weitete sich dann jäh, von Ärger schmerzlich durchströmt. »Wollte ich um meiner selbst willen schreiben«, sagte sie und erhob sich auf die Zehenspitzen, um ihre Stimme über die Köpfe hinweg zu schleudern, »dann hätte Monsieur Foulque wohl Grund, meine Kunst in Frage zu stellen. Ich wollte aber lediglich ein Bild dessen zeichnen, was meine *Schwester* empfindet.«
Er neigte den Kopf, als gestehe er ihr dies zu, und mit ver-

söhnlich erhobenen Händen entgegnete er: »Durchaus, durchaus. Es ist nur so, daß meine gnädige Herrin einen Arzt für ihre Gesundheit beschäftigt, einen Kapellan für ihr Seelenheil, einen Gärtner für das Wohlergehen ihrer Gemüsebeete. Da hat es mich lediglich erstaunt, daß sie eine Blinde dazu ausersehen hat, zu lesen, was in ihr Herz graviert steht. Von der Liebe zu reden, ohne sie erlebt zu haben, das ist, als wollte man von Arkturus erzählen, ohne ihn je gesehen zu haben. Ohne jemals Eis berührt zu haben.«
»Oh, aber freilich, mein Herr«, versetzte Ouallada auf der Stelle und merkte dabei, wie ihre Wangen sich röteten, »wer *dir* begegnet ist, hat die Reise zum Arkturus der Liebe gemacht und weiß, wie schmerzhaft Frostbeulen sein können!«
La Belle Aude lachte mit den andern und schob dann die Lippen zu einem affektierten Schmollmund nach vorn.
»Mein armer lieber Bischof. Komm her. Ich erlaube nicht, daß man sich über dich lustig macht! Wahrhaftig nicht! Du bist bei weitem der gescheiteste Mann hier. Bei weitem. Und ich *weiß,* daß dir die Leidenschaft etwas Vertrautes ist. Ich *weiß* es. Die Prinzessin Ouallada ist neu unter uns. Sie hat dich noch nicht singen hören. Sonst wäre sie nicht so grausam.«
Scherzhaft sagte sie es, und ohne einen Tadel gegen Ouallada damit zu verbinden; es war lediglich ihr Wunsch, daß niemand aus der glücklichen Gesellschaft ihres Hofes ausgeschlossen werde. Wie ein gutes Kind unter lauter Grobianen erlaubte sie nicht, daß einer ihrer Freunde drangsaliert werde.
»Komm her zu mir«, sagte Aude noch einmal gurrend.
Einen Augenblick lang sah es so aus, als wolle Foulque sich nicht von der Stelle rühren, sondern über sein Essen gebeugt sitzen bleiben. Dann aber schwang er erst das eine, dann das andere mächtig bestiefelte Bein über die Bank und stampfte zur Estrade, wo Aude saß und von einem kleinen dreibeinigen Tisch neben ihr kleine Heringshäppchen knabberte. Sie winkte ihn näher, noch näher, und gab ihm zu verstehen, daß sie

ihm etwas ins Ohr flüstern wolle. Ouallada sah, daß er so dicht an ihrem Gesicht die Augen fest geschlossen hielt – vielleicht auch nur so dicht an ihrem Heringsatem? – und daß an seinen Schläfen wundersamerweise Schweißtropfen erschienen. Woher mochten sie rühren? Aus Ärger? Not? Wut? »Warum bleibst du denn hier«, hätte sie ihn gern gefragt, »wenn du uns alle so abscheulich findest?« Und sie konnte sich nicht vorstellen, was Aude ihm da zu sagen haben könnte.

»Natürlich ist er der Gescheiteste unter allen Männern. Er hat absolut überall studiert. Und er ist *originell*«, sagte Aude später am Abend.
»Aber verdauungsfördernd ist er nicht gerade«, sagte Ouallada.
»Ach, findest du nicht?« fragte Aude ehrlich überrascht.
»Ich möchte um nichts in der Welt auf ihn verzichten! In jeder Obstschale sollte doch auch eine Zitrone liegen, meinst du nicht auch? ... Das hat natürlich er gesagt, nicht ich. In jeder Obstschale eine Zitrone. Das Saure unter dem Süßen.«
Nicht zum ersten Mal sah Ouallada sich daran erinnert, wie warm es hier im Zimmer war, verglichen mit der frostigen mondlosen Nacht, die draußen an den Burgmauern nagte, wie hell die Farben, wie weich die Töne waren, verglichen mit der lausigen, zugigen Schwärze da draußen, schleimig von Schmutz und bösen Geistern. Sie mußte auch an die reichen Fleischvorräte denken, die hier in den Kellern hingen wie damals, als Ägypten sich auf sieben magere Jahre vorbereitet hatte. Sie spürte das Dach, das sie vor Blitzschlag, Schnee und Krieg beschützte. »Ja, aber was ist das für eine Zitrone, die sich weigert, zur Süße heranzureifen, wenn sie einmal zu deinem Tisch gebracht worden ist?« Sie hatte den Bischof schmähen wollen, aber als sie es aussprach, klang es schmeichlerisch, und ein katzenhaftes Grinsen erschien auf Audes Gesicht.

In diesem Augenblick ertönte ein tiefes verlegenes Hüsteln draußen vor dem Türvorhang, und Aude ließ Foulque eintreten. Eine winzige Spanne lang sah Ouallada das Gesicht, wie es ausgesehen haben mochte, bevor der Grimm darin Wurzeln geschlagen hatte – die graugesprenkelten Augenbrauen erwartungsvoll hochgezogen, die Augen weit offen, der lächelnde Mund nicht ganz geschlossen. Dann erblickte er sie und taumelte sichtbar zurück, als sei er gegen eine unsichtbare Barriere geprallt. Offensichtlich hatte er erwartet, Aude allein anzutreffen. Er hob den Blick zur Decke, wo er anscheinend einen notdürftigen Quell der Geduld zu finden hoffte, und atmete zweimal tief ein und wieder aus.

»Ah! Foulque! Mein lieber Freund!« Sogleich setzte Aude sich auf die Bettkante und streckte ihm einen Fuß entgegen. »Hilf mir doch bei meinen Schuhen, ja?«

Er blieb stehen und schaute von einer Frau zur anderen.

»Prinzessin, hast du denn keine Fiedel zu stimmen?« fragte er.

»Keine, mein Herr, die ihren Klang bis morgen halten könnte«, sagte sie bockbeinig. Sie warf einen Blick auf Aude, aber auch diese wollte nicht, daß sie ging; im Gegenteil, sie klopfte neben sich auf das Bett und bedeutete Ouallada, sie solle zu ihr kommen und sich einer größeren schwesterlichen Nähe erfreuen.

Während Foulque sich ungewohnt täppisch mit den Schnallen an ihren Schuhen plagte, streichelte Aude ihm übers Haar, befingerte seine Ohren und strich mit den Fingerspitzen an seinem Kiefer entlang.

Nachdem er mit den Schuhen fertig war, ließ sie sich die Ärmel an den Schultern aufschnüren; dann mußte er die Bänder auflösen, die ihren Rock hielten, und den wattierten Ring aufbiegen, der ihre Hüften polsterte – ein bleiches Ding, das aussah wie eine riesige fette Blindschleiche. »Das genügt«, sagte sie plötzlich. »Die Prinzessin kann mir mit dem übrigen helfen.«

Er erhob sich nicht gleich von den Knien, sondern rieb mit den flachen Händen über seine Schenkel und hielt den Kopf dabei so weit vorgebeugt, daß sie beide sein Gesicht nicht sehen konnten.
»Hast du denn überhaupt keine Angst vor ihm?« fragte Ouallada, als er hinausgegangen war.
»Ich? Ich habe vor niemandem Angst!« behauptete Aude mit strahlender Heiterkeit und voller Stolz auf ihren Wagemut.
»Das solltest du aber«, hätte Ouallada am liebsten gesagt.
»Das solltest du.« Aber statt dessen sagte sie: »Mir macht er angst.«

Leider waren so viele Künstler in Haut-Béziers versammelt – lauter bunte Geranien, die sich allesamt auf einem Fensterbrett drängten –, daß zwei, die einander nicht leiden konnten, es dennoch nicht vermeiden konnten, einander täglich zu begegnen. Manchmal entfernte sich einer, um sich auf irgendeine Pilgerfahrt der Liebe zu begeben, um eine Familienangelegenheit zu erledigen oder um mit irgendeiner heldenhaften Tat den Ruhm der Belle Aude zu vergrößern. Dann wieder traf ein anderer ein und hing der Gruppe an wie ein Stück Treibgut, das mit anderen zusammen ein Floß aus schwimmendem Müll bildet, bis die Strömung des Flusses sich ändert. Aber es geschah wenig, was den freundlichen kleinen Haushalt mit seinen jahreszeitlichen Zerstreuungen – Jagd, Kegeln, Schachspiele und Turniere – hätte zerbrechen lassen können. Beim allmählichen Verfall des christlichen Königreichs von Jerusalem, den man aus der Ferne verfolgte, gab es eine Lektion zu lernen – aber nur wie es im griechischen Drama der Fall ist, wo alle wirklichen Ereignisse abseits der Bühne stattfinden, außer Sichtweite, dargebracht von den Mündern der Boten.
Weit aufregender war der Gedanke an einen *assais,* denn mehr als ein Dutzend Herzen waren fixiert auf die Dame des Hau-

ses, und solange sie keinen Hinweis darauf gab, wo ihre Zuneigung sich am Ende niederlassen würde, befanden sich alle diese Herzen in einer planetarischen Kreisbahn; alle Seligkeit war in der Knospe gefangen, alle Tragödie noch unentfaltet.

»Wie die Hunde, wenn eine heiße Hündin in der Nähe ist«, bemerkte Foulque eines Sonntags verdrossen bei sich. Aude war mit ihrem Kleid am Schloß der Kapellentür hängengeblieben, und zehn junge Männer umdrängten sie und übertrafen einander mit mitfühlenden Ratschlägen.

Ouallada hörte ihn. »Warum dann im Zwinger bleiben?« fauchte sie. »Was hat dich denn aus deinem heiligen Orden getrieben, daß du uns mit deinen gar so heiteren Ansichten über die Welt beglückst?«

Er fuhr herum und war erschrocken, daß man ihn gehört hatte. Sie fragte sich, ob ihm Kost und Logis wohl so wertvoll sein mochten, daß er sie nun bitten würde, seine Bemerkung vor niemandem zu wiederholen, aber er schien keineswegs beschämt zu sein. »Das Konzil von Tours hat mich aus dem Orden getrieben, junge Frau«, sagte er. »Ich hatte es satt, mit heißem Eifer der Unwissenheit nachzulaufen. Glaubst du, es macht mich froher, die Dummheit hier unter Laien statt dort unter Mönchen zu sehen?«

»Das mußt du mir schon erklären, Herr. Das Konzil von Tours? Ich glaube, da war ich noch nicht auf der Welt.«

»Es hat das Studium der Rechts- und der Naturwissenschaft verboten – aus Angst, wir könnten ›wie Götter sein, wenn wir alles wissen ...‹ Aber ich nehme an, du betest auch zu Füßen des Heiligen Norbert, wie all die anderen braven und frommen kleinen Fräulein.«

»Ach, der Heilige Norbert. Er ist ein sehr ... tatkräftiger Herr; das mußt du schon zugeben.«

»Und Gott hat ihm zweierlei Gehilfen gesandt, damit sein Werk nur recht blühe: Weiber und Narren. Weiber erblühen in Unwissenheit, und Narren sind auf sie angewiesen. Verzeih

mir, aber ich selbst würde Norbert den Löwen vorwerfen und statt seiner Hugo von Laon seligsprechen. ›Höre alles, und du wirst sehen, daß nichts überflüssig ist.‹«
»Hast du dort studiert? In Laon?«
»Hugo von Laon hat in Saint Victor studiert, in Paris. *Geboren* ist er in Laon, Herrgott noch eins – oder Teufel noch eins, wenn du Sankt Norbert glauben möchtest. Jawohl, ich habe in Saint Victor studiert. Hier und dort. In der Episkopalschule auf der Ile de la Cité. In Montague Sainte-Geneviève. In Chartres.« Er schien die Worte auf der Zunge zu schmecken – Schwelgereien seiner Jugend, Freuden, die durch die neuerdings von der Kirche geübte Unterdrückung der Neuen Gelehrsamkeit abgewürgt worden waren. Vielleicht hatte er gehofft, sie mit der Nennung dieser Orte zu schockieren; andere Männer benutzten vor einer Frau schmutzige Ausdrücke, um sie zu schockieren. Da hatte Foulques Anstößigkeit doch wenigstens Würde.
Ihm war nicht klar, daß er nur Neid erweckte in Oualladas Seele: Sie hatte von der Hand Pirols und des Bären Wissen zu kosten bekommen, und sie hätte ihr Haar dafür gegeben, in Chartres studieren zu dürfen.
»Chartres? Hast du dort Vorlesungen über Plato gehört?«
»Plato. Aristoteles.«
»Und Donatus?«
»Und Priscian.«
»Cicero?«
»Und Boethius.«
»Pythagoras?«
Mit einer Hand über die andere greifend, erkletterten sie um die Wette den Turm des Wissens.
»Euklid.«
»Ptolemäus?«
»Seneca.«
»Peter Lombard?«

»Ja. Sogar die Bibel. Ich muß es zugeben!« Er lachte kurz und widerwillig. »So. Dann hast also auch du den verdammungswürdigen Turm von Babel erklommen, ja, und sie alle gelesen?«

»Jesus, nein, natürlich nicht. Wie könnte ich? Ich bin eine Frau.«

Sein ganzer Sarkasmus war im Handumdrehen wieder da. »Ah, aber jetzt fällt es mir wieder ein. Du hast einen Blick in das *Buch des Bekannten Wissens* geworfen, nicht wahr? Ich vergaß, wie sehr du gegenüber uns allen im Vorteil bist.« Gleichwohl nannte er sie nicht geradeheraus eine Lügnerin. »Ich sehe schon, ich muß dich als Mann ehrenhalber in die Liste meiner Bekanntschaften aufnehmen.«

Und das tat er; sorgsam ergänzte er seine gewaltige geistige Bibliothek mit einem Memorandum, damit er nie wieder den Fehler beginge, sie wie eine Frau zu behandeln.

Als er sich dann umdrehte, zur Kapelle hinüberschaute und sah, wie Gaston Mauriac den Saum von Audes Kleid küßte, unternahm er keinen Versuch, seinen Abscheu zu verbergen. »Weiber sind nichts als Mist und Mondstein«, sagte er.

Da kehrte auch ihr Zorn zurück. »Nun, solltest du dann nicht lieber nach Hause gehen, statt tagtäglich die Pein unserer Nähe zu erleiden?«

»Nach Hause?« fragte er. »Wo ist das? In mein Grab?«

»Also schön – solltest du dich nicht auf die Suche nach einer Dame begeben, die dir zur Abwechslung einmal gefällt? Nach einer Ausnahme von der Regel?« Sie wußte, daß sie hart und unbedacht redete. Aber sie war um eine Biegung des Kapellenweges gegangen, bevor sie merkte, daß er stehengeblieben war. Endlich erschien sein Gesicht – stirnrunzelnd zwar, aber ausnahmsweise vor Ratlosigkeit und nicht vor Zorn. Sie sah sogar einen Hauch von Schmerz.

»Was meinst du damit, ich soll mich auf die Suche machen? Genügt denn diese hier nicht? Glaubst du, ich würde mir diese

Qual ein zweites Mal antun? Weißt du denn etwas, was ich nicht weiß? Bist du mit ihren Geheimnissen vertraut?«

»Wessen? Audes? Ich dachte, sie sei Mist und Mondstein?«

»Ist sie auch! Ist sie auch!« plusterte er sich auf. »Glaubst du, ich sei auch noch mit Blindheit und nicht bloß mit Liebe geschlagen? Aber was tut das schon? Es ist ein Gift. Es ist eine ansteckende Krankheit. Glaubst du, Abscheu sei ein Gegenmittel?«

»Du liebst Aude? Genau wie alle andern?«

Er schlug mit der Faust gegen die Kirchenmauer; der Schlag war so hart, daß eine Kette von Blutstropfen an seiner Handkante entlangquoll. »*Ganz und gar nicht* wie alle andern! Was soll denn das heißen, ›wie alle andern‹? Hast du denn nie meine Verse gehört? Sagen sie dir überhaupt nichts? Bist du taub oder dumm? Weit mehr als alle andern! Feuer und Schwefel! Mehr als alle andern!« Die bloße Lautstärke seines Gebrülls ließ sie zurückweichen, aber das veranlaßte ihn nur, ihr auf dem Weg zu folgen, und seine Konsonanten sprühten ihr feucht ins Gesicht. »Glaubst du, das Alter dämpft es? Glaubst du das? Glaubst du, der Verstand wappnet uns davor? Glaubst du, ein grauer Bart hält es in Schach?«

»Es tut mir leid. Es tut mir leid. Ich bin ja neu hier. Ich wollte nichts dergleichen ...«

»Die Liebe ist ein Wurm in den Eingeweiden ...«

Plötzlich schien ihm einzufallen, mit wem er hier redete, und er verstummte, als habe er sich einen Lappen in den Mund gestopft. »Habe ich nicht gesagt, daß du eine Fremde in diesem Lande bist?« knurrte er.

»Wenn du davon sprichst, klingt es, als sollte ich lieber weit vor der Küste Anker werfen«, sagte sie ruhig und versöhnlich.

Er ließ den Kopf sinken, wie er es am Abend in der Schlafkammer getan hatte – kam zu Atem und nickte dann. »Vorbeisegeln solltest du, solange du noch kannst.«

Er lächelte wehmütig, legte ihr kameradschaftlich den Arm

um die Schultern und zog sie fort vom aufreizend schrillen Gelächter an der Tür der Kapelle.

»Aber die Liebe ist der Mittelpunkt unserer Welt.« Sie sagte es als berufsmäßiger *trobar* zu einem anderen.

Er wischte sich mit dem Tuch seines Ärmels über das Gesicht und atmete durch weitgeblähte Nasenlöcher tief ein. »Ja, ja, meine grüne junge Freundin. Aber nebenan ist die Hölle. Nebenan ist die Hölle.«

Zweiundzwanzig

Das Vogelnetz

Hätte Foulque es je zum Bischof gebracht?« fragte Ouallada ihre Patronin, als sie zusammen im Bett lagen, um sich zu wärmen.
»Himmel, ja. Er wäre ganz sicher Kardinal geworden, wenn er sich nicht in mich verliebt hätte. Nicht, daß er von Geburt her den entsprechenden Rang hätte, weißt du. Er ist ein armer Verwandter. Aber mit wem er verwandt ist! Ein bloßer Kaufmann, der sich praktisch den Rang eines Herzogs gekauft hat – das ist sein Verwandter! Der Onkel hätte auch Foulques Aufstieg in der Kirche bezahlt – so hoch, wie er nur wollte. Es war auch seine Absicht; er wollte jemanden haben, der dem Papst ins Ohr flüstern könnte, zu Gunsten der Familie, weißt du. Aber Foulque hat sich statt dessen in mich verliebt.«
Audes Erinnerungen an Foulques Vergangenheit waren eher selektiv. Sie wußte, daß er keinen Grundbesitz hatte, aber sie wußte nicht, wie seine Familie in den Ruin geraten war. Sein Onkel – derselbe, der ihn als Kind in der Hoffnung, ihn aufsteigen zu sehen, in den Orden gegeben hatte – hatte Burg und Ländereien seines eigenen Bruders annektiert und Foulques Vater enteignet. Woran Aude sich erinnerte, waren Augenblikke wie der, als Foulque sie zum ersten Mal gesehen hatte und gefangen gewesen war wie eine Wespe in einem Becher Met. Sie erinnerte sich nicht mehr, daß er damals auch vor Empörung gekocht hatte – über die Unzulänglichkeiten der Kirche, über ihre rechtliche Immunität, ihren Stolz auf die Unwissen-

heit, ihre mangelnde Bußfertigkeit angesichts ihrer zahllosen Sünden. Foulque war empört darüber, aber Foulque war empört über so vieles, daß Aude von den Einzelheiten nie weiter Notiz genommen hatte. Nur an seine romantische Versklavung konnte sie sich genau erinnern.

»Er hat mich nur beobachtet. Woche um Woche hat er mich beobachtet, vom anderen Ende des Saales aus«, erzählte sie. »Hat nie gelächelt, sich nie verbeugt. Ich schwöre dir, es ist, als könnte der Mann dich durchschauen und deine schlimmsten Sünden sehen ... aber das war natürlich auch einmal sein Amt, nehme ich an ... Und dann plötzlich marschiert er zum Kamin, packt ein Tamburin und schlägt es so hart, daß die Enten eine Woche lang nicht mehr legen, und dann singt er mir vor, daß ich ihn zur Raserei bringe und ihn mit den Ketten der Liebe gefesselt habe. Durchaus beunruhigend, sage ich dir!«

»Aber dir liegt doch sicher nichts an ihm, oder?«

»Nicht?« Aude setzte sich im Bett auf und dachte nach. »Woher soll ich das wissen? Wie kann ich wissen, *wen* ich liebe, solange ich sie nicht alle dem *assais* unterzogen und ihre Liebe bis zum Grunde ausgeforscht habe? ... Wahrscheinlich hast du natürlich recht. Aber noch ist er nicht durchgefallen. Ach, er ist immer noch ein solcher *Mönch.* Ich dachte immer, er würde sein Gelübde halten, ob er im Kloster ist oder nicht – ich bin sicher, er hatte es auch vor. Aber nach und nach gelingt es mir, seinen steifen Nacken zu beugen. Männer sind wie Pferde, findest du nicht auch? Man muß sie brechen, bevor man sie reiten kann ... Und wie soll ich wissen, welcher der Beste ist, solange ich sie nicht alle gebrochen habe? Das ist ein großes Problem ... Du magst meinen Foulque also nicht? Nein, das war wohl auch nicht zu erwarten. Er hat gesagt, du wüßtest nichts über ...«

»Das ist es nicht.«

»Findest du ihn zu alt?«

Ouallada widerstrebte es, einen von Audes Bewunderern zu

schmähen. Aber die Gefühle wallten so machtvoll in ihr auf, daß sie unwillkürlich mit ihrem entscheidenden Einwand herausplatzte. »Mir scheint, daß man bei einem Mann, der sein heiliges Gelübde gebrochen hat, nicht darauf vertrauen kann, daß er ein beständiges Herz hat. In keinerlei Hinsicht.«

Aude fing an zu lachen – ein Lachen von machtvoller Großzügigkeit und überfließender Fülle, und wieder sah Ouallada sich beschämt, denn sie dachte, daß Aude doch in jedermann etwas Gutes finden konnte. »Also, ihr beide seid wirklich äußerst komisch! Genau das findet er nämlich auch! Wenn es noch in seiner Macht stände – ich schwöre, er würde sich selbst verdammen, und zwar mit Haut und Haaren! Obwohl ich mir nicht denken kann, warum. Nicht, solange jeder andere Pfaffe, den ich kenne, sehr viel nachsichtiger mit sich selbst ins Gericht geht. Nein, sein Onkel hat ihn ja in den Orden *gesteckt,* und der Orden hat ihn *gezwungen,* das Gelübde abzulegen. Mich dagegen hat er aus eigenem Antrieb erwählt, und er konnte gar nicht anders, als das Gelübde zwischen den Fingern zerrinnen zu lassen. Ist das nicht etwas völlig anderes? O nein, ich habe keine Zweifel bei Foulque – nicht einen Augenblick lang. Er wird mich lieben bis zum letzten Atemzug, und wahrscheinlich noch eine ganze Weile länger. Soll ich es dir beweisen?«

Es ist nicht allzu sonderbar, daß eine Probe so viel gelten konnte. In einem Land und in einer Zeit, da die Schuld eines Mannes durch die Kampfprobe erwiesen wird, wo man Hexen durch die Feuer- und Wasserprobe erkennen konnte, wo Gottes Vorliebe für diesen oder jenen Ritter sich auf dem Turnierplatz beweisen ließ – konnte eine Dame da ihr Herz auf andere Weise vergeben als dadurch, daß sie die Ernsthaftigkeit ihres Verehrers auf die Probe stellte? Sie hätte es im Bett tun können, aber damit hätte sie auch den belohnt, der es nicht verdient hatte. Sie hätte verlangen können, daß er hinausziehe und sich durch prachtvolle Heldentaten beweise, aber diese Möglichkeit war ziemlich aus der Mode gekommen, nachdem das Gemetzel des Kreuzzugs Tausende verschlungen hatte – eine recht extravagante Prüfung des Herzens. Um wieviel zivilisierter, um wieviel weniger verschwenderisch, was die weibliche Keuschheit angeht, ist da der höfische *assais*. Dabei erweist sich ein Mann ganz so, wie sich ein Apfel erweist: durch Schälen. Und er erweist sich nicht durch das, was er bereit ist zu tun, sondern durch das, was er bereit ist *nicht* zu tun, durch das, worauf er bereitwillig verzichtet. Gold ist weich und einfach, und es offenbart sein Geheimnis in einer einzigen Untersuchung. Der Mensch aber ist ein weit komplexeres Rätsel; ihn zu analysieren erfordert weit mehr Fähigkeiten als bloße Metallurgie.

Aude zeigte sich äußerst bewandert in der Wissenschaft des *assais*. Sie wußte ihre Prüfungen auf jeden einzelnen Mann abzustimmen. Beginnen mochte es jedes Mal auf die gleiche Weise, indem sie ihn herausforderte zu schauen, ohne zu berühren, zu berühren, ohne zu grabschen. Darüber hinaus aber waren ihre leidvollen Prüfungen der Natur eines jeden einzelnen genau angemessen.

Von Gaston Mauriac, der seine Pferde mit solcher Leidenschaft liebte, verlangte sie, daß er ein Jahr lang zu Fuß gehe. Auxerre d'Impt, der die schönste Falkenzucht im ganzen Languedoc besaß, befahl sie, seine Vögel zusammen mit einem Käfig voller Singvögel freizulassen und dann jeden Falken abzuschießen, der es wagte, seine schwachen Geschwister zu bedrohen. (Ein *assais,* bemerkte Foulque säuerlich, der die Falken auf eine härtere Probe stellte als Auxerre.) Simon Bobignol, der in einem gewissen Maße eitel war und eine Garderobe besaß, die prachtvoller war als Audes, hatte sonntags schlichtes Leinen zu tragen. »Sie fürchtet, er könnte sie in der Messe überstrahlen«, sagte Foulque verdrossen. Für ihn war auf den *assais* in Audes Schlafgemach bislang kein weiterer gefolgt. Ob der Mann ungenügende Zurückhaltung gezeigt haben mochte, als er Aude beim Auskleiden geholfen hatte? Ouallada fragte es sich. War es unritterlich, wenn ein Mann vor Verlangen schwitzte?

»Ich glaube, du hast etwas Entscheidendes übersehen«, sagte Ouallada kühl zu ihrem Vater, als er sie das nächste Mal heimlich besuchte.

Wie ein böser Traum schlich er sich eines Tages in ihr Bewußtsein, als sie an Morgan la Fays Quelle saß. (Aude war vom Artus-Kult gefesselt und hatte die ganze Gegend mit neuen Namen versehen.) Pirol war bekümmert. »Wer war da bei dir? Leugne nicht. Ich habe gerade jemanden bei dir gesehen.«

»Das war Gaston Mauriac«, sagte sie ungerührt. Mit rhythmischer Wildheit zupften ihre beiden Hände Grashalme aus und warfen sie ins Wasser. »Er sagt, er liebt mich mit einer *praktischen* Liebe. Sein Herz gehört Aude, aber sein Körper ist mein, wenn ich ihn will. Er sagt, wahrscheinlich wird er sterben, wenn nicht.« Sie zitterte immer noch ein bißchen von dieser Begegnung.

»Du kannst Besseres haben«, sagte Pirol geringschätzig. Ihr Vater war weiß wie eine Made; seine hohlen Wangen waren von Bartstoppeln bedeckt, und seine Ohrläppchen sahen aus wie die Tropfen von schmelzendem Eis. »Er ist ein vierter Sohn. Hat nicht mehr als fünftausend Écus, und die müssen sein Leben lang reichen. Hat er dir etwas geschenkt?«

Sie langte mit einer Hand ins hohe Gras und hob ein holzgeschnitztes Pferd auf; der Reiter wies Einlegearbeiten aus Holz und einem Edelmetall auf. »Er meint es nicht so. Er hat nur Langeweile. Lieber würde er auf die Jagd gehen, aber er hat versprochen, zu Fuß zu gehen, und deshalb hat er Langeweile.«

Pirol machte ein zufriedenes Gesicht. Er kroch näher heran, so

nah, daß sie ihn riechen konnte. Es war ein unreinlicher, ein brauner und gelber Geruch.
»Es gibt etwas, das du mich nicht gelehrt hast, Vater.«
»Dann brauchst du es auch nicht. Deine Mutter, die Hure, hat dir sicher alles beigebracht, was du wissen mußt, um dich auf den Rücken zu legen, wenn du das meinst. Sieh, was es ihr eingebracht hat, und dann meide es.« Er kroch wie ein Krebs um sie herum, die Knie in Höhe der Ohren; sein Hemdzipfel schleifte durch das Gras, wo er zwischen Jacke und Hose heraushing. Es war nicht nötig, daß er so verkommen aussah, fand sie. Er bekam genug Geld von ihr.
»Das habe ich nicht gemeint. Daran finde ich keinen Gefallen. Ich sehe, wie die Tiere auf dem Feld es tun, und ich habe keine Lust dazu.« Er strahlte, als wolle er sich selbst dazu beglückwünschen, daß er ihre nutzlosen weiblichen Eigenschaften so säuberlich amputiert hatte. »Aber du hast mich unvollständig gelassen, Vater. Mehr sage ich nicht.«
»Wieso ›unvollständig‹? Es wird bessere geben als Mauriac. Ich glaube, es ist Zeit weiterzuziehen. Fortzugehen von hier. Diese Aude stellt dich in den Schatten.«
»Du vergißt, daß ich dazu nicht geboren bin. Du vergißt, daß es mir nicht im Blut liegt. Du vergißt, daß ich adlig sein müßte, um es zu begreifen.«
»Um was zu begreifen? Ritterlichkeit, meinst du? Ein *trobar* sein? Die Fröhliche Wissenschaft?« Als er seinen Lachanfall überwunden hatte, spuckte er großspurig in die Quelle. »Du dummes Kind! Adlig? Jeder kann das begreifen, du Blasenhirn. Jeder kann damit durchkommen. Wenn dieser Hund Amaury ...«
»Was ist mit Amaury?«
Aber er verdrehte nur voller Unbehagen die Augen, spuckte noch einmal aus und stopfte sich das Holzpferd unter den Mantel.
Sie wollte dieses Gespräch nicht fortsetzen. Sie wollte ihn los-

werden. Sie wollte frei sein von seinen gierigen Händen, die sie immer wieder nach Geld absuchten. Sie wollte frei sein vom Geruch der Bohnen, die da in diesem Bäuchlein vergoren, das zwischen den Rippen hervorragte wie ein Grabhügel aus einem Wassergraben. Aber es gab doch niemanden sonst, den sie fragen, niemanden sonst, mit dem sie über alles Wirkliche, alles Selbstenthüllende reden konnte. »Ich verstehe nicht, weshalb sie es tun!« platzte sie heraus. »Mir kommt es einfach töricht vor. Wie ein Spiel. Wie eine Bärenhatz. Wie jemand, der sich mit einer Nadel sticht und sehen will, wie oft er es tun kann. *Wozu ist es gut, Papa?* Wofür tun erwachsene Männer so etwas?«

Er heulte es ihr ins Gesicht, erhob sich kaum aus seiner Hokke, um vor ihr zu tanzen wie ein rasender Kobold, und atmete ihr seinen Haß in die Nase. »Für erwachsene Frauen! Dafür tun sie es! Wenn du das nicht siehst, dann weil du noch nicht erwachsen bist. Deine Patronin da, die sieht es. Diese Aude, die sieht es sehr gut. Sie läßt sie alle zappeln wie Fische an der Angel. Du lernst von ihr, Mädchen, und dann trittst du aus ihrem Schatten heraus, hast du mich verstanden? Das hier, das sind kleine Fische. Wir können bessere kriegen.«

Es hatte keinen Sinn, ihn weiter zu fragen. Sie wußte, wenn er erst angefangen hatte, von »wir« und »uns« zu reden, hatte sie ihn an das Land seiner Phantasie verloren, an das Reich, das er dort, Turm um Terrasse, erbaute und in dem sie eines Tages in materieller Glückseligkeit leben würden. Sie stand auf und ließ ihn am Bachrand sitzen. Sie hörte, wie er ihr noch nachrief in diesem brüllenden Flüsterton, den er vervollkommnet hatte, um sie damit insgeheim zu drangsalieren. »Denke nur immer weiter! Halte dich von ihren Schwänzen fern! Wenn du unbedingt wissen mußt, wozu das alles gut sein soll, dann leg dich zu deiner Herrin da! Leg dich zu dieser hübschen Aude!«

Unwillkürlich schüttelte sie sich wie eine Katze, die aus dem Wasser kommt, schüttelte seine Worte von sich ab, bevor sie in sie eindringen konnten. Aber vielleicht hatte er recht, wenn er sagte, sie sei zu jung, um das Ideal der Ritterlichkeit zu verstehen. Sie war schließlich erst ungefähr siebzehn.

Zu ihrer weiteren Bedrückung erfuhr sie bei ihrer Rückkehr in die Burg, daß der barbarische Foulque noch immer zu Audes potentiellen Liebhabern gehörte. Ouallada begegnete ihm im Hof unter dem Bergfried, wo er Goldregen abbrannte, der sich ausgesät hatte, wo die Pferde der Burg zuweilen grasten und sich daran vergiften konnten. Er schwang die Fackel tatkräftig und schwungvoll wie ein Jahrmarktskünstler und bohrte die Flamme tief ins Herz einer jeden dieser hübschen Pflanzen. Er wirkte fast rasend, und seine Augen glänzten so, daß sie schon dachte, er müsse Fieber haben. Sie wollte ihm ausweichen. Aber er war nicht krank. Er war glücklich.

Er war auch glücklich, sie zu sehen. »Prinzessin! Komm mit mir! Rasch! Bitte!« Er befreite seine Füße vom Zwergholundergestrüpp und sprang die Böschung herunter. Das war zumindest etwas Neues, daß er so höflich war. Sie wartete, bis er sie beim Arm gefaßt hatte und sie eilig zum Tor führte. »Aude will es mir nicht sagen, solange du nicht dabei bist. Sie hat einen *assais* für mich.«

»Für dich?«

»Was denn, ist das eine zu große Überraschung? Findest du es allzu unglaublich? Meinst du, ich bin der Herausforderung nicht gewachsen?«

Sie stemmte sich gegen sein Zerren. »Ich frage mich nur, weshalb dir daran gelegen sein kann.«

Aber er sah sie an, als sei sie verrückt, als hätte man diese Freude schon längst und von ferne kommen sehen können. Wie sollte ein Mann etwas so sehr ersehnen, fragte sein Gesicht, wenn er nicht den Wunsch hatte, daß es Wirklichkeit werde?

Aude hatte sich ganz einfach noch eine Weile an den Einzelheiten einer köstlichen Prüfung ergötzt, die den Maßen ihres Opfers auf das genaueste angepaßt war. Indem sie ihm die Einzelheiten vorenthalten hatte, bis ihre Schwester in Liebesdingen dabei wäre, um sich daran zu erfreuen, war sie tatsächlich in derartige Aufregung geraten, daß sie regelrecht über die beiden herfiel, als sie kamen; sie streichelte ihnen die Wangen, nahm sie bei der Hand, strich über Foulques Lammfellwams und liebkoste seinen Bart. Sein Gesicht rötete sich auf eine sehr merkwürdige Weise, und seine hellbraunen Augen blickten mit hellem Trotz über ihren Kopf hinweg, als wollten sie sagen: »Nun? Du dachtest doch, ich hätte keine Chance?« Aber Ouallada begriff, weshalb sie nicht erkannt hatte, daß er glücklich war, als sie ihn draußen getroffen hatte. Man sah es in seinen Augen, aber er hatte nicht ein einziges Mal gelächelt.

Und jetzt schwelgten seine Augen in Audes Anblick, schwärmten über ihre Züge wie Bienen, trunken vom Nektar, den sie dort fanden. Du entlarvst dich, mein lieber Bischof, dachte Ouallada sarkastisch, aber sie brachte nicht den Mut auf, es laut zu sagen. Und mit einer gewissen Faszination schaute sie weiter zu, beobachtete diese Augen, dieses Gesicht. So kurz nach dem Gespräch mit ihrem Vater nahm sich sogar Foulques Antlitz überraschend gut aus mit den geschrumpften holzapfelartigen Wangen, mit diesen unfreundlichen abweisenden Augen, die sich tief in ihre Höhlen schmiegten. Vielleicht erweicht die Liebe noch die Härtesten, dachte Ouallada, und meinen Vater hat sie nur nie erreicht.

»Erinnerst du dich, Schwester, wie der Bischof uns neulich abends aus *Tristan und Iseult* vortrug?«

Gekränkt zog er den Kopf ein. »Muß ich dich jeden Tag bitten, mich nicht so zu nennen?«

Aude löste sich von ihm und rauschte in weitem Bogen durch das Zimmer, alle zehn Finger an die Lippen gedrückt, den Mund ebenfalls fest geschlossen, die Mundwinkel allerdings

in strahlendem Grinsen aufwärts gebogen. »Oho, und bist du denn seit deinem früheren Leben so sehr verändert? Das kann ich mir nicht vorstellen. Ich glaube, dein Herz gehört noch immer ganz und gar der Kirche und überhaupt nicht mir.«
Er zog die Stirn kraus wie einer, der Kopfschmerzen hat.
»Wie das? Wo ich doch die Kirche verlassen habe und gleichwohl hier in deinem Dienst bleibe wie ein Schiff, das auf Grund gelaufen ist?«
»Also wirklich! Denkst du, nur weil du Gedichte über ein Liebespaar aufsagen kannst, glauben wir schon, daß du deine wahre Liebe hinter dir gelassen hast? Du bist doch noch immer verliebt ins Kloster.«
Seine Beschwingtheit verwandelte sich in Verzweiflung.
»Nein, Herrin! Dann könnte ich mich immer noch der Verheißung der Erlösung erfreuen und müßte mich nicht mit gebrochenen Weiberversprechen begnügen. Heute morgen noch hast du mir einen *assais* versprochen.«
»Ach, pah!« Mit fröhlichem Lachen tat sie seine Gewissensqualen ab. »Foulque. Lieber armer Foulque. Immer plagt er sich mit Hölle und Verdammnis.«
»Weil ich in Gedanken immer nur bei dir bin, Herrin.«
»Beweise es.«
Er erschrak, als sei hinter ihm etwas explodiert. Sie hatte ihn nicht necken wollen; er würde wirklich einen *assais* bekommen, und ein *assais* erhob einen *fegnador zum precador.* Er wischte sich mit der Hand über das Gesicht. »Wie soll ich es denn beweisen? Was für eine prachtvolle Marter hast du denn ausgekocht mit deiner Freundin hier, damit ihr euch beide eine halbe Stunde lang auf meine Kosten erheitern könnt?«
»Nun, wenn du nicht willst ...«
»Sag's mir. Und laß mich selbst darüber urteilen.«
Ouallada war plötzlich verlegen. Sie wollte sich zurückziehen, aber Aude wollte davon nichts hören. Sie war viel zu aufgeregt über ihren originellen *assais,* und vielleicht hatte sie

auch ein bißchen Angst vor Foulques körperlicher Wucht, sollte er einen seiner berüchtigten Wutanfälle bekommen. Und infolge ihrer Aufregung verpatzte sie ihren *coup de grâce* mit einem ungeschickten, linkischen »Würde dir ein Rendezvous unter Liebenden gefallen?«

»*Was*?« rief er, und sie zuckte sichtbar zurück.

»Ich habe gefragt, ob du mir bei einem Liebes-Rendezvous aufwarten würdest.«

»Ich würde deine Geheimnisse besser wahren, Schwester, wenn ich weniger davon hörte«, sagte Ouallada nervös und versuchte wieder, sich zu entfernen. Aude hielt sie von hinten fest, umschlang ihre Taille, befingerte ihr Mieder, kratzte mit den Nägeln über den steifleinenen Brustlatz. »Geh nicht. Ich möchte, daß du Zeugin bist, wenn der Bischof mich feige im Stich läßt. Es kann sein, daß ich in meiner Enttäuschung deines Trostes bedarf, Prinzessin.«

»Ich werde dich nicht enttäuschen«, sagte Foulque mit einer Schärfe, die sie verstummen ließ; sie betrachtete ihn mit schräg gelegtem Kopf und lächelte versonnen. Sie war wunderschön: Sie wußte die Schlüsselbeine präzise zu krümmen und ihre Brüste gerade so weit über das Mieder quellen zu lassen, daß das Verlangen den Rand des Erträglichen erreichte. Eine Nuance mehr vom Rosarot der Aureole, und Goten und Wandalen hätten das Land überrannt. »Ich werde dich nicht enttäuschen«, sagte Foulque. »Nenne mir Ort und Zeit.«

»Eine Kirche«, sagte La Belle Aude. »Und die Zeit wird erst kommen, wenn du mir eine Laube darin gebaut hast. Eine kristallene Grotte! Wie die, in der Tristan seine Iseult traf. Mit einem Bett auf dem Hochaltar, wo wir ... nun, wo wir Tristan und Iseult werden können. Eine Kristallgrotte, Bischof Foulque, am Ort des Allerheiligsten. In meiner Landkapelle. Weißt du? Im Wald.«

Er wechselte die Farbe von Purpur zu Weiß, wie einer, der von einem hohen Gebäude auf den Boden stürzt, erst rot ist und dann bleich, nachdem das Blut verströmt ist. »Jesus Christus«, flüsterte er leise, und dann machte er auf dem Absatz kehrt und verließ ohne ein weiteres Wort das Zimmer.

Aude d'Haut-Béziers war verwirrt. Sie hatte etwas anderes erwartet – ein Ja oder ein Nein – und wußte nun nicht, wie sie sein Fortgehen deuten sollte. Sie versuchte ihre Ratlosigkeit mit einem fröhlichen Lachen zu überdecken, aber Ouallada war zu schockiert, um mitzulachen.

»Aude! Du willst, daß er deine eigene Kirche entweiht? Und wenn er es nun tut? Wenn er dir dort deine Laube baut?«

»Ach, pah! Papperlapapp!« Aude tänzelte befangen im Zimmer umher und schnippte mit den Fingern gegen die Enden ihrer silbergoldenen Haarsträhnen. »Niemand außer dem Bischof würde auch nur einen einzigen Gedanken daran verschwenden – ›Entweihung‹, meine ich. Dieser alte Aberglaube! Diese vertrocknete alte Papisterei. Das ist doch nichts als Simonie und Sünde, weißt du. Oh, schäme dich, Ouallada! Wie kannst du nur so altmodisch sein? Hier zu Lande ist es einfach nicht mehr Mode, sich über solche Dinge den Kopf zu zerbrechen! Du liebe Güte, nein! Hugo sagt, die römische Kirche ist einfach eine Kultur, die dem Midi fremd ist. Immer schon!«

»Ist Foulque denn kein Camargais ...?« begann Ouallada, aber Aude hörte nicht mehr zu.

»Wir sind an all diesen trostlosen Aberglauben nicht mehr gebunden! Nicht wir Künstler. Foulque, ja. Aber nicht wir!« Ihr Ton war schrill und spröde, und Ouallada zweifelte nicht mehr daran, daß Aude es selbst als ebenso große Tollkühnheit empfinden mußte wie Foulque, diese Blasphemie im Hause Gottes zu begehen und das Allerheiligste ihrer Kirche zu schänden. Sie war immer noch dabei zu beteuern, wie wenig sie den Zorn Gottes fürchte, als Ouallada sie mit einer anderen Überlegung unterbrach.

»In der Geschichte liebten Tristan und Iseult einander in der Kristallgrotte. Hast du wirklich vor ...?«
»Oh, das wird er nicht tun«, erklärte Aude kategorisch. »Er wird gar keine Laube bauen. Kannst du dir vorstellen, wie Foulque eine Laube baut?« Ihre Kinnmuskeln waren starr vor Nervosität. »Er wird es nicht tun.« Als ihr klar wurde, daß dies bedeuten würde, daß Foulque Gottes Gunst höher schätzte als die ihre, beharrte sie: »Er wird auf die Knie fallen und mich um Vergebung bitten und sagen, er habe zu viel Angst davor, daß der Teufel seine Seele entführen könnte. Und überhaupt ... wenn er es doch tut ...« Aber der Satz blieb unvollendet, weil sie nicht wußte, was sie dann tun würde.
Foulque würde es niemals tun. Da mußte Ouallada zustimmen. Niemand würde so etwas tun. Aber Foulque zu allerletzt. Wie kam sie dazu, so etwas zu sagen? Im ganzen Roussillon gab es keinen, der zynischer oder unbeherrschter gewesen wäre als der Böse Bischof. Die Dummheit hatte ihn aus der Kirche getrieben, und seine Leidenschaft für Aude hatte seine Berufung ersetzt. Trotzdem. Er würde es nicht tun. Niemand würde es tun. Außerdem war die Vorstellung, daß dieser grauschwarze Gewitterkopf aus einer funkelnden Feengrotte hervorgrollen sollte, wirklich allzu absurd.
Es war warm, als sie aus dem Rundturm trat, wärmer als drinnen. Es war, als spieße die Sonne sie ans Mauerwerk.
»Wohin reitest du, Bischof? Willst du fort? Gibst du uns ganz auf?« rief Ouallada der Gestalt nach, die auf das Tor zuritt.
»Ich will zum Markt«, gellte Foulque zurück und riß so heftig am Zügel, daß sein Pferd taumelte.
»Wozu? Um ein Geschenk zu kaufen? Sie wird nicht mit sich handeln lassen, das weißt du.« Ouallada war froh. Es hatte ihr nicht behagt, in Foulque einen echten Mitstreiter im Werben um ihre vorzügliche Freundin zu sehen. Solche Wildheit neben etwas so Zartem. Der Löwe neben der Turteltaube.
»Um verdammte Vogelkäfige zu kaufen«, brüllte er, und die

Schweine im Koben glitschten durch ihren Mist und galoppierten auf und ab. »Blasphemisches Biest«, sagte er laut, aber nicht zu ihr, nicht zu irgend jemandem, der ihn hörte. »Lästerliches Luder.«

Von da an wurde er für alle Höflinge zur Zielscheibe ihrer Späße. Er kam und ging – mit Vogelkäfigen, abgeschnittenen Zweigen, Weidenkörben voll Gras und Eimern voll Wasser. Er baute seine Liebeslaube so, wie sie in *Tristan und Iseult* beschrieben war. Man hätte denken können, er baue eine Belagerungsmaschine, wenn man sah, mit welch verzweifelter Eile er hin und her hetzte, vertieft in seine Arbeit und jenseits aller Rücksicht auf Nahrung, Ruhe oder Gespräch. Wer nicht aus dem Weg ging, wurde beiseite gestoßen, und dabei waren sein Blicke auf irgendeine Phantasieansicht gerichtet, seine Gedanken auf irgendeine Zukunft. Es war heißes Sommerwetter, und er trank, wann immer er einen Becher Wein zu fassen bekam. Auf leeren Magen befeuerte das sowohl seinen Durst als auch seine Besessenheit, wie es bei einem schiffbrüchigen Seemann geschieht, wenn er Meerwasser trinkt. Als Ouallada einmal in einer Tür mit ihm zusammenstieß, packte er sie bei den Oberarmen, hob sie vom Boden und verlangte zu wissen, wo er wohl Nachtigallen finden könne. »Nachtigallen!« schrie er. »Wo hier? Wo singen sie?« Sie mußte ihm die Stelle nennen und den Weg beschreiben, bevor er sie wieder absetzte, und dann hatte sie sich keine zehn Schritte weit in Sicherheit gebracht, als seine Stimme ihr wie ein Dolch in den Rücken fuhr, eine Stimme, die erfüllt war vom Abscheu gegen sich selbst. *»Ich weiß ja nicht einmal, wie das Ungeziefer aussieht!«* Sie kehrte um.

Sein Wams war mit länglichen grünen Lindenblättern übersät, die aussahen wie übertrieben dargestellte Tränenflecken; ein klebriges Harz hielt sie dort fest, dessen Berührung ihm widerwärtig war. Deshalb hielt er die Hände ein Stück weit vor

der Brust gespreizt, als ekle ihn vor seinem Körper, den er doch nicht abwerfen konnte. Er sah, daß sie zurückkam.
»Und was ist ein Zeisig?« fragte er flüsternd. Sie mußte lachen und erbot sich, ihm den Weg zu seinen Nachtigallen und Zeisigen zu zeigen.

Er ließ auch ein Schlagnetz aussehen wie eine Kriegswaffe. Den großen netzumspannten Rahmen in der Faust, näherte er sich der Aufgabe des Vogelfangs wie Orion, der Jäger, der sich anschickte, keulenschwingend auf Scharen von Ungeheuern loszugehen. Sie nahm an, er werde durch die Büsche stapfen und alles Lebendige verscheuchen, so daß kein Vogel auf den Bäumen sitzen bleiben würde. Aber natürlich ist die feine Geschmeidigkeit der Bewegung eine ritterliche Fertigkeit und die Stille eine besondere Kunst des Mönchstums. Infolgedessen hatte er sein Schlagnetz schon bald über einen zappelnden, mausgrauen kleinen Vogel gestülpt, über einen häßlichen stachlig aussehenden Nachtfalter und über etwas dürres Laub.
»Komm her«, befahl er Ouallada. »Ist dies das Ding? Ist es das?« Sein Flüstern hatte die martialische Autorität einer Trompete.
Sie kam näher und dachte dabei, daß sie sich als Prinzessin Ouallada ben Zefir eigentlich unkundig stellen müßte, was die fränkische Fauna und die Praktiken von Wilderern anging. Als Kind hatte sie Vögel gefangen, zum Essen und um sie als Käfigtiere zu verkaufen. So wußte sie zum Beispiel, daß Nachtigallen im Käfig nicht sangen; sie grämten sich nur und starben dann. Sie wußte auch, daß sie ihren Ausritt zur falschen Zeit unternommen hatten; sie hatten sich auf eine lange sommerliche Dämmerung verlassen, während tatsächlich Regenwolken von den Cévennen herunterzogen. Die Bäume fröstelte es. Das Licht schwand.
Er langte in das Netz und nahm den Vogel heraus. Die Motte ergriff die Gelegenheit zur Flucht und flatterte ihr ins Gesicht,

so daß sie Mund und Augen fest zupreßte. »Ist das eine Nachtigall?« fragte er. »Bitte.«
»Ich kann es nicht sehen.«
Er hielt den Vogel behutsam mit nervösen Händen, hielt ihn ihr dicht vors Gesicht. Der Vogel reckte den Hals und füllte seine Hände mit gelbem Exkrement; soviel konnte sie in der Dämmerung erkennen. Trotzdem ließ er nicht los. Seine Finger berührten Oualladas Wange. Seine Augen warteten hoffnungsvoll auf ihre Antwort. Sie glitzerten im Dunkeln, sehr große Augen mit sehr dunklen Wimpern, die das letzte Licht tranken, wie bestimmte Sternbilder das Licht des Himmels um sie herum absorbieren.
»Nein«, log sie. »Das ist eine weibliche Schwarzdrossel.« Die Nachtigall flatterte zwischen ihren Gesichtern empor und davon, dem prasselnden Regen entgegen, der plötzlich herniederrauschte. Foulque ließ die Hände zu Boden sinken und blieb dort hocken; sein Kopf hing herab, und er wischte mit den flachen Händen immer wieder über das Moos, immer wieder und wieder.
»Warum willst du es tun, wenn es dir keine Freude macht?« fragte sie. Obwohl ihre Stimme leise war, raschelte ein Tier unbehaglich im Laubmulch.
»Du hast Andreas gelesen. ›Das Wesen der Liebe ist das Verlangen.‹ Niemand behauptet, es sei behaglich. Man ... akklimatisiert sich nicht.«
»Und läßt sie dich zu wahrer Größe heranwachsen? Deine *ascesis*? Deine Selbstverleugnung? Erklimmst du die Leiter der Vollkommenheit?« Vielleicht könnte dieser Mann ihr geben, was ihr Vater ihr nicht hatte geben können: Einblick in die Gedanken eines wirklichen Troubadours.
Aber er richtete sich sofort auf und lachte laut, kläffte wie ein Wolf, der in eine Falle getreten war. In den Bäumen über ihnen raschelten die Vögel und der Regen. »Die Leiter der Vollkommenheit? *Die Leiter der Vollkommenheit?* Die Schlamm-

lawine, meinst du wohl. Ich sause in einer Schlammlawine der Verdammnis entgegen. Ich habe bei Peter Lombard studiert, erinnerst du dich? ›Das Verlangen ist die Strafe für den Sündenfall.‹ Es ist ein Vorgeschmack der Hölle, der dir Appetit auf Feuer und Schwefel machen soll.« Er überragte sie und schwang sein Netz hin und her, um eine Schar Blätter zu fangen, einen Schwarm Regentropfen.

»Oh, aber Lombard war Theologe. Es ist doch zu erwarten, daß ein Theologe so etwas sagt!« Sie versuchte, fröhliche Geringschätzung in ihre Stimme zu legen.

Er öffnete die Hand und ließ den Griff seines Netzes in einer resignierten Gebärde fahren. »Aber es ist auch *meine* Meinung, Prinzessin. Es ist die Meinung meines Gewissens. Und nur das bedeutet etwas.«

»Aber wenn das Verlangen von Gott gesandt ist, dann kann man ihm doch nicht aus dem Weg gehen!«

Zwischen den Enden der Äste wimmelte es von Fledermäusen. Er beobachtete sie, als wären es lauter Nachtigallen und als müsse er den Rest seines Lebens darauf verwenden, sie aus der Luft zu pflücken. Er lächelte geistesabwesend. »Freilich kann man ihm nicht aus dem Weg gehen, nein. Sonst hätte ich sicher schon eine Möglichkeit gefunden.« Er spähte so angelegentlich in die Höhe, daß er nur blinzelte, wenn der Regen, der ihm über das Gesicht strömte, die Lider überfließen ließ und er nichts mehr sehen konnte.

In Ouallada erwachte plötzlich eine sehr frühe Erinnerung – an ihre Mutter, wie sie ihren glänzend schwarzen Haarschopf kämmte, wie sie kämmte, bis helle Funken ihren Kopf umknisterten, manche blau, manche weiß – ein Lichtkranz aus Funken, ein glitzerndes Verströmen. Als sie Foulque jetzt anschaute, war ihr, als müsse auch er von dieser Kraft erfüllt sein, und wenn sie jetzt die Hand nach ihm ausstrecken und ihn berühren wollte, würde der Schmerz entsprechend stark sein.

»Ich helfe dir, deine Nachtigall zu fangen«, sagte sie, aber als sie aufstehen wollte, trat sie sich auf den Saum und verlor das Gleichgewicht. Er streckte die Hand aus, um sie zu halten. Und sie fühlte, daß sie recht gehabt hatte. Was den Schmerz anging.

Als Kind hatte sie Vögel gefangen, zum Essen und um sie als Käfigtiere zu verkaufen. Aber bisher hatte sie nicht geahnt, was für ein Gefühl es war, wenn das Schlagnetz der Liebe auf jemanden herniederfuhr – wie der Schreck alle Instinkte durcheinanderbrachte und wie sich jeder Gedanke an Flucht im Fadengeflecht verstrickte.

Dreiundzwanzig

Die Kristallgrotte

Sie half ihm, eine Nachtigall für seine Sammlung zu finden. Und einen Zeisig und eine Lerche. Denn auch wenn sie jetzt weniger denn je wollte, daß er bei dem *assais* Erfolg hatte, wußte sie plötzlich, wie er sich fühlte, und sie sah, daß ein Scheitern undenkbar war.

»... Ihre treuen Untertanen waren grüne Linde, Sonnenschein, Schatten, Bach, Blumen, Gras, Blüten, Blätter, schlanke Nachtigall, Drossel, Amsel. Zeisig und Lerche wetteiferten miteinander in fröhlicher Rivalität«, hieß es in der Erzählung. »Ihr Hohes Fest aber war die Liebe ...« Ihr Hohes Fest. Aude gedachte es auf dem Hochaltar in der Waldkirche von Haut-Béziers stattfinden zu lassen, in einer »Kristallgrotte«.

Eine Kristallgrotte? Ouallada konnte sich darunter nichts vorstellen, aber in dieser Frage brauchte Foulque ihre Hilfe nicht. Er wußte, wo er Kristalle fand, in denen sich die Strahlen der untergehenden Sonne, die durchs Fenster hereinschien, brechen konnten. Er wußte, wenn er Nachricht in die Camargue schickte – nach Lattes oder Maguelon –, so würden sich dort in den aufgeschaufelten Salzbergen wunderliche Kristalle finden lassen – Polygone von perfekter Geometrie, hartgeronnene Kuriositäten, die man für wenige Sous kaufen konnte.

Die Drosseln fielen über die Lerche her, die Amsel verklekkerte ihr gelbes Unbehagen überall. Der Kapellan fiel über Foulque her und nannte ihn einen Dämon. Aber Foulque senkte nur den Kopf unter diesen Beschimpfungen und fuhr fort, die Kirche mit Blumen und Blättern auszuschmücken. Er brach ganze Äste von den Bäumen, ohne erst zur Säge zu greifen. Er bestreute den Boden mit Kräutern und zerrieb sie unter dem Vorwand, ihren Duft freizusetzen, wütend unter den Absätzen. Als der Augenblick kam, da er das schwere goldene Kruzifix vom Altar entfernen mußte, hielt er es mit beiden Händen umschlossen und starrte es an wie eine Erinnerung an eine alte Liebe.

Ouallada kniete unbeholfen im Grotteneingang und band Vogelkäfige an eine Stange an der Decke, und sie beobachtete ihn durch ein Loch. Er bewegte die Lippen, aber sie hörte keine Worte. Er betete, aber bestimmt nicht für sich selbst, denn La Belle Aude hatte ihm in einem Zusatz zu seinem *assais* befohlen, in seiner Andacht jedes »ich« und »mir« durch »sie« und »ihr« zu ersetzen.

»Um zu beweisen, daß er mein Heil über das seine stellt«, hatte sie zu Ouallada gesagt, und ihre Stimme hatte schrill geklungen vor ausgelassener Tollkühnheit. Ouallada sah, daß insbesondere diese Sünde ihm den Zustand der Gnade versperrte, denn er war damit außerstande, Buße zu tun. Immerhin tröstete sie sich damit, daß er als Theologe schon irgendeine Möglichkeit zum Dispens gefunden haben dürfte. Niemand würde unter solchen Gefahren auf Erden wandeln; das wäre, als wollte man mit einem Korb voller Feuer eine Brücke aus Eis überqueren. Aus Lattes waren die Kristalle gekommen – große, häßliche Gewächse aus durchscheinendem Salz präsentierten ihre glanzlosen Facetten dem Sonnenlicht, das auf sein Tableau hereinstrahlte. Mit sanften, sorgfältigen Händen breitete er eine gesteppte Decke auf den Hochaltar, und die Kapelle war erfüllt vom Geräusch seines Atems. Ouallada tat, als suche sie geschäftig die besten Blütenzweige aus. Sie hatten einander den Rücken zugewandt. »Es kann nicht unrecht sein«, sagte sie. Sie hatte in ihrer ungeordneten Gelehrsamkeit gewühlt wie ein Dieb in einer Truhe mit Kostbarkeiten. »Wie kann etwas Sünde sein, wenn es zugleich die Wurzel alles Schönen im Leben ist? Das hat irgendwo jemand gesagt. Unschuldige Kinder werden daraus geboren. Aber auch Heldentum. Alles mögliche. Alles aus der körperlichen Liebe.« Sie glaubte es nicht, aber zumindest hatte sie einen Grund gefunden, weshalb er ein reines Gewissen hätte haben können.

Die Singdrossel in dem Käfig, den er hielt, erschrak plötzlich, als spüre sie Gewalt in der Luft. Sie flatterte gegen die Gitterstäbe. »Du redest daher wie die Bauern hier in der Gegend«, fauchte er. »Macht's dir Spaß, dann kann's kein Unrecht sein.«

Sie war entrüstet. Was hatte der Mann nur? *Wollte* er keine Entschuldigung für die Sünde, die er begehen würde? »Vielleicht sind die Bauern gezwungen, so zu denken«, gab sie zurück. »Das Vergnügen begegnet ihnen nicht so oft, daß sie es in Frage stellen könnten. Anders als bei ihren vornehmen Schwestern in den vornehmen Burgen.« Und der Zeisig hüpfte auf seinen Stäben auf und ab, und seine kleinen Krallen scharrten auf dem Rindenboden des Käfigs. Noch immer hatten sie einander den Rücken zugewandt.

»Willst du meine Herrin schlecht machen?«

»Und wenn? Du tust es doch auch. Darf es sonst niemand?«

»Niemand. Nicht, solange er keinen ebenso guten Grund hat wie ich.«

»Dann solltest du mich jetzt wohl fordern. Wie steht's? Schwerter – hier und jetzt – in der Kapelle? Du verstehst dich ja auf Blasphemien, du!«

Keiner von beiden wußte, woher dieser Ausbruch kam.

Was baute er hier eine Laube, wenn sie sich mit einem Heuhaufen zufrieden gegeben hätte? Was beschmutzte er sich die Seele, wenn sie sie zum Waschen nach Jerusalem und wieder zurückgetragen hätte? Sie trug ihre Leidenschaft hinaus in

eine sichere Entfernung, hinaus aus der Kapelle, nach draußen, wo Gott ihre Eifersucht nicht sehen würde.
Aber an der Tür wartete ihr Vater.
Die Kapelle stand inmitten einer Lichtung, auf dem der Burg am nächsten gelegenen Stück flachen Landes. Angesichts der Wellungen und Verwerfungen des wilden roten Bodens hatte man eine halbe Meile bis zum Rundturm zu laufen. Bettler und Pilger trieben sich oft zwischen den Bäumen umher, sammelten sich bei der Kirche und erwarteten dort Audes Mildtätigkeit. Es war ein idealer Ort für Pirol, den Sänger, um auf seine Tochter einzuschwatzen.
»Was ist da drinnen los? Wo hast du dich herumgetrieben? Wieso verbringst du soviel Zeit mit dem da? Ich mag Kirchenmänner nicht. Kirchenmännern ist nicht zu trauen. Zu viele Schlingen in ihren Seelen. Da solltest du dich lieber fernhalten.«
Das aggressive Gesicht ihres Vaters schwankte ihr entgegen wie die Totenschädel, die von den Höllenfeuerpredigern geschwenkt wurden, und das just in dem Augenblick, da sie am wenigsten Lust hatte, an Sünde zu denken.
»Er ist kein Kirchenmann, Vater. Er ist *fegnador* bei Aude. Er kleidet sich nur so.«
»Ich erkenne einen Kirchenmann, wenn ich ihn sehe. Hier oben habe ich ihn gesehen, Tag für Tag. Er schickt die Leute weg, verriegelt die Türen. Was ist er denn – ein Architekt? Er ist ein Kirchenmann. Ich kenne den Blick.«
»Er baut etwas, Vater. In der Kapelle. – Tu das nicht. Wenn ich etwas hätte, würde ich es dir geben. Aber Aude ist im Augenblick so beschäftigt, daß sie nicht an Geschenke denkt. Befingere mich nicht.«
»Du bist mein Junges, und ich kann dich befingern, nicht wahr? Diese Finger haben dich gefüttert. Keine Geschenke? Ich sag's doch. Es ist Zeit, daß wir weiterziehen. Irgendwohin, wo man einen *trobar* besser zu schätzen weiß. Irgendwohin,

wo ihr nicht so viele seid, ihr Sänger. Hier teilen sich zu viele die Ernte. Daran liegt es ... Was baut er denn da? Was baut er? Ich höre Gehämmer.«

»Etwas. Eine Laube. Für Frau Aude.«

»Eine *Laube*? Ein Liebesnest? Gekreuzigter Christus, was für ein lästerlicher Lüstling! Hä? Was für ein Dämonenanbeter ist er denn? Was willst du mit so einem?«

Immer wieder versuchte sie, sich rechts oder links an ihm vorbeizudrücken, aber er hüpfte vor ihr hin und her. Der Pfad von der Kapelle zur Burg zog sich hin wie der Weg zur Erlösung: schmal und steil. Auf der ganzen Strecke würde er an ihr hängen, sie befingern, dieser Egel, dieser Blutsauger. Sie wußte, sie würde sich nicht eine einzige Schmähung gegen Foulque mehr anhören können, ohne etwas zu erwidern; also kehrte sie in die Kirche zurück und schlug die Tür hinter sich zu. Da hinein konnte Pirol ihr nicht folgen.

Foulque war verblüfft, als sie wieder da war.

»Ich bin noch einmal gekommen, um mir einen ersten Eindruck zu verschaffen«, behauptete sie sinnlos. »Um die Sache einmal im ganzen zu sehen.«

Da stand sie: ein Maul, das sich anschickte, den Heiligen Altar zu verschlingen. Ein Bogen von Kristall und Pyrit überspannte eine Kaskade von weißen Blüten, die über die Altartreppe flutete. Efeu umwand jede Säule und auch die Dachbalken, und an den Haken, an denen für gewöhnlich Lampen und Weihrauchfässer hingen, schwangen jetzt Vogelkäfige, deren Insassen auf dem Boden kauerten, stumm wie seekranke Schiffspassagiere, die das zugige Schwanken und die durchdringende Kälte abwartend über sich ergehen ließen. Selbst jetzt, im Sommer, war es kalt in der Kapelle – aber nur dies verhinderte ja, daß die Blüten braun wurden und der Efeu welkte.

»Diese Vögel«, sagte er verzweifelt. »Kein Ton.«

»Hast du sie gefüttert?« fragte Ouallada.

»Gefüttert?«
»Gefüttert.«
»Ich sollte sie füttern, ja? Das hätte ich schon tun sollen, nicht wahr?« Seine Enttäuschung hatte etwas Kindliches. Ouallada suchte Körner zusammen und fütterte die Vögel. Ihr war bewußt, daß sie Foulques Aufmerksamkeit gänzlich verloren hatte. Das unmittelbare Bevorstehen seines zärtlichsten Traumes hatte ihn mit einer undurchdringlichen Hecke umgeben, wie um verzauberte Burgen eine Dornenhecke wuchs. Er war darin gefangen, mitsamt seinen Hoffnungen und Schuldgefühlen und Obsessionen. Ouallada merkte, daß sie dabei zuschaute, wie ihre eigene Tragödie sich entfaltete, ohne daß sie etwas dagegen tun konnte. Ihre Hände waren wie gefesselt, ihr Mund wie versiegelt. Sie wußte, daß er glücklich war – und wenn nicht glücklich, so doch in qualvoller Erwartung des Glücks. Der Zölibat eines ganzen Lebens, der sich hinter einem immer höheren Damm der Zurückhaltung aufgestaut hatte, würde bald eine Bresche finden. Eine Liebe, die über lange, geduldige Jahre hinweg in einer feuchten Zelle destilliert worden war, würde sich erfüllen. Sein Versagen als Mönch würde den einzigen Ausgleich finden, nach dem er je gestrebt hatte.
Die anderen Ritter-*trobars* entledigten sich der Anspannung durch die asketische Liebe bei den Bauernmägden in den Dörfern. Für einen Écu oder ein Stück Tuch bekommt man alles – sogar für Spaß, bei Mädchen nämlich, die glaubten, Vergewaltigung und Unfreundlichkeit wären die einzigen Sünden. Für Foulque gab es keine Bauernmädchen und keine leichte Bauerntheologie. Und er stand im Begriff, eine Todsünde zu begehen.
Dennoch. Ouallada war mit dem Christentum ihrer Mutter aufgewachsen, das diese sich planlos Stück für Stück zusammengesucht hatte, ohne je Unterweisung bekommen zu haben. Man konnte sündigen, hatte Kadija ihr gesagt, und dann

konnte man sich bei Gott entschuldigen, und er machte alles wieder gut.
Also folgte Ouallada dem Bösen Bischof in dieser Nacht hinaus auf die Lichtung, wo er in der Dunkelheit saß und sich ein Meßbuch vors Gesicht hielt, ohne das kleinste Licht zum Lesen zu haben. »Du kannst doch nachher Buße tun, nicht wahr?« sagte sie. »Es schadet doch nichts. Du kannst doch jederzeit Buße tun, oder?«
Es schien ihn nicht zu überraschen, daß sie genau wußte, was er dachte. Aber vielleicht sah er seine Sünden selbst so scharlachrot, daß sie im Dunkeln leuchten mußten. »Nein.« Es füllte den Hof aus, dieses »Nein«. Es hallte hin und her und machte die angebundenen Pferde unruhig. »Nein, das kann ich nicht. Ich habe diese Theologie von meinen Vorfahren erlernt. Der genaueren Betrachtung hat sie nie standgehalten. Es ist ein Erbe, das ich schon mit zehn Jahren abgelehnt habe. Sündige und tue dann Buße – das ist die Art meiner Familie. Das ist die Art der Nerras. Aber ich habe bisher darauf verzichtet. Und ich habe nicht vor, jetzt damit anzufangen.«
»Das verstehe ich nicht«, sagte sie, und damit meinte sie, daß sie über seine Vergangenheit nichts wisse.
»Das kannst du auch nicht«, sagte er in seinem alten, bitteren Ton. »Niemand von *euch* kann das. Ihr spirituellen Bauern. Von euch erwarte ich es auch nicht.«

»Oh, es ist eine schreckliche Geschichte. Ganz schrecklich. Der arme Mann. Das ist ja gerade der Grund, weshalb wir sehr zartfühlend mit ihm umgehen müssen«, sagte Aude am Abend, als Ouallada sie nach Foulques Vergangenheit fragte. »Sein Onkel gab ihn ins Kloster, als er noch klein war – ein sicherer Ort für einen lästigen Erben –, und dann machte er sich daran, Foulques Vater aus dem Haus zu werfen. Seinen eigenen Bruder! Er brannte sein Haus nieder und nagelte ihn mit den Händen an – oder tat sonst etwas Schreckliches: Je-

denfalls konnte der Mann danach nicht mehr schreiben, und dabei heißt es, er sei ein großer Schreiber gewesen. Die Frau warf er in einen eisigen See – zum Spaß, behauptete er, obwohl alle Welt wußte, daß er nur das Kind in ihrem Leib töten wollte, weil er selbst keine ehelichen Nachkommen hatte. Zettelte dann alle möglichen Prozesse an, um das Land seines Bruders an sich zu bringen, und als das überhaupt nicht gelingen wollte, soll er den armen Mann in einen Kerker geworfen und dort gefoltert haben, damit er alles unterschrieb. Seinen eigenen Bruder! Ich meine, du kennst diese Art von Männern ja. Höchst peinlich für jede Familie, aber sehr ... *mächtig*.«
»Du hast doch gesagt, der Bruder konnte nicht mehr schreiben. Wie sollte er dann etwas unterschreiben?«
Ouallada war skeptisch, denn das Ganze hörte sich an wie eine lächerliche Sammlung von Mythen und Lügen.
»Nun, vermutlich findet jeder eine Möglichkeit, etwas zu unterschreiben, wenn er nur nicht in einem Sarg voller Nattern liegen muß – ganz gleich, was man mit seinen Händen gemacht hat! Oder? Aber Foulques Vater ... nun, du siehst die Natur dieser Familie – es heißt, er konnte nicht – wollte nicht – er wollte lieber sterben als unterschreiben ...« Aude verstummte für einen Augenblick und betrachtete die Decke. »Trotzdem bekam sein Bruder das ganze Land, denn Foulque war ja im Kloster und konnte nicht erben. Eigene Kinder hatte er nicht. Zwei Frauen hat er verstoßen, eine davon nur ein Jahr nach der Hochzeit. Oh, es ist eine schlimme Geschichte. Es wundert mich nicht, daß der Bischof ein bißchen ...« Sie sprach nicht zu Ende. Es war viele Monate her, daß sie Foulques Geschichte zuletzt erzählt hatte, und wenn sie sie – selbst aus ihrem eigenen Munde – wiederhörte, wurde sie jedesmal nachdenklich.
»Der arme Mann«, sagte Ouallada, und das Mitleid öffnete ihr Herz wie eine Axt. »Der arme, arme Mann.«
»Nun, aber das ist er ja nicht, oder? In diesem Fall«, sagte

Aude, und der Sinn ihrer Worte war dunkel. »Erzähle mir noch einmal ... von der kristallenen Grotte.«
Zum dritten Mal während der Bauarbeiten, die sich über einen Monat erstreckt hatten, beschrieb Ouallada die Kristallgrotte in allen Einzelheiten.
»Dann ist sie also fertig.«
»Er sagt, nein.«
»Aber es wird alles welk, wenn er es noch liegenläßt.«
»Das habe ich ihm auch gesagt.«
Die kindliche Reinheit ihrer Erscheinung hatte den größten Anteil an Audes spektakulärer Schönheit. Aber eben dieses Kind in ihr war auch unfähig, auf eine Leckerei zu verzichten, etwas Aufregendes hinauszuschieben: die ungezogene Ausschweifung, die kleine, o so kleine, Sünde.
»Morgen werde ich sie mir ansehen.« Pfirsichzarte Röte überzog Brust und Hals und stieg ihr ins Gesicht.
»Ansehen? Du meinst, sie besichtigen?« fragte Ouallada.
Unsichtbare Hände packten sie ohne Vorwarnung und schüttelten sie, daß sie mit den Zähnen klapperte. Sie wurde starr vor Schrecken.
»Ich meine, sie besuchen! Meinen Tristan besuchen in unserer kristallenen Grotte der Liebe ... Prinzessin, willst du mitkommen und uns vorlesen? Aus *Tristan und Iseult*, meine ich? Oder etwas singen? Während wir uns umarmen?«
»Umarmen?«
»Ach, bitte! *Bitte!* Das wird ein so glorreicher Höhepunkt im Minnelied meines Lebens sein – unser aller Leben! Ein Tribut an die Poesie und die Liebe. Nicht wahr? Nicht wahr?«
Was sah sie da voraus? Was stellte sie sich vor, was da geschehen würde in ihrer Kristallgrotte, diese alberne, gelbhaarige Frau mit den kahlgezupften Schläfen, der brauenlosen Stirn und ihrem Chor von *fegnadors*? Einen eisigen, sonnendurchstrahlten Höhepunkt, bei dem sich eine gütige weiße Hand segnend auf ihre Stirn legen würde? Ouallada war in Ställen

aufgewachsen, hatte unter Hecken geschlafen, war in der Abenddämmerung auf den Feldsteinmauern der Wiesen balanciert. Die Bilder in ihrem Kopf setzten sich aus viel erdhafteren Erinnerungen zusammen: ein schneller, schwerfälliger Sprung, Kampf und Widerstreben, die würdelose Durchsetzung von Kraft gegen Schwäche, die wuchtigen Stöße massiger Flanken, das Stampfen der Hufe. Heißer Atem, der kalte Luft zu Dampf werden ließ. Das waren die Bilder, die Ouallada vor Augen traten, wenn Aude von der Kristallgrotte sprach. Und doch dachten sie beide an das gleiche: an Iseult und ihr Stelldichein mit ihrem Geliebten in einer Höhle.

»O Gott, ich dachte ja nie ...«

Aude schaute sie verwundert an, den Kopf schräg gelegt, den Mund in einem zufriedenen Katzenlächeln fest geschlossen. Aber sie war versunken in der Betrachtung ihres Triumphes: In ihrer Phantasie erhob sie ihren *fegnador* mit einem Kuß und einem Treueschwur in den Rang eines anerkannten Geliebten: Sie spitzte sogar schon die Lippen, um den Phantasiekuß zu empfangen.

Ouallada hatte irgendwie angenommen, es werde hungrig bleiben, dieses blasphemische Maul aus Flechtwerk auf dem Altar der Kapelle mit seiner lasziv herabhängenden Zunge aus Blumen! Bis zu diesem Augenblick war es ihr gelungen, sich vorzumachen, daß sie selbst es sein werde, die irgendwoanders, an einem Ort, der für solches Glück geziemend war, den Schmerz und die Kraft, die reine glückselige Süße Foulque Nerras in sich aufnahm.

Aber das war nur ein Wunsch. Als Kind hatte sie sich oft Speise gewünscht, ohne sie zu bekommen; sie hatte sich nach Wärme gesehnt und weiter gefroren, hatte um Milde gebetet und keine gefunden. Warum also sollte der Wunsch nach einem Mann seine Erfüllung mit sich bringen? Und doch erschien es ihr unmöglich, daß man sich etwas so sehr wünschen konnte, ohne es damit auch an sich zu ziehen. Am liebsten hätte sie die Kristallgrotte zerstört, die Vogelkäfige zerschlagen und geschrien: *»Laßt ihn in Ruhe! Laßt ihm seine Seele! Laßt ihn für mich, ihr Bastarde in euren Rundtürmen und Schlössern! Ihr habt mir nie etwas gegeben, als ich eine Bettlerin war. Laßt mir doch wenigstens dies, diesen einen Mann. Oder ist das zuviel verlangt?*

Aber statt zu schreien, schwieg sie. Nur zwei Möglichkeiten blieben ihr: Sie konnte mit zur Kapelle gehen, oder sie konnte es bleibenlassen. Aude wollte eine Zeugin für ihr *jeuc d'amour*, sie konnte sich ein Theater nicht ohne Publikum vorstellen. Eigentlich hätte sie die Etikette der Verschwiegenheit beachten müssen, aber bei einer Frau, die so sehr daran gewöhnt war, bewundert zu werden, war das sicher zuviel verlangt – ihren *plus grand éclat* unbemerkt geschehen zu lassen. Wenn sie allerdings erwartete, daß Ouallada die Kunde verbreitete und die anderen Freier wissen ließ, daß sie abgeschlagen waren, dann hatte sie sich geirrt. Ouallada würde Foulques Rendezvous so gründlich verheimlichen, als hätte er einen Mord begangen und als hinge sein Leben von der Verschwiegenheit seiner Freunde ab.

Aber wie konnte sie von dort fernbleiben, die sie doch all diese Vögel in Gefangenschaft gebracht, die sie all diese Blumen zum Tode verurteilt hatte, als sie sie pflückte? Außerdem war sie gebeten worden zu singen.

Ein Lied! Sie würde ein Lied schreiben. Ein *winileodas* – ein »Lied für einen Freund«, in dem sie ihre Liebe offenbarte, wie sie es schon eher hätte tun sollen. Wenn sie nur schon davon gewußt hätte.

Was würde es nützen, außer daß es ihm den Augenblick seines großen Triumphes verderben würde? Sie schrieb ihr Lied, und dann nahm sie sich vor, es nicht zu singen.

Die Kapelle war von Vogelgesang umgeben. Die Lerchen

reckten sich unter rastlosen Vögeln. Die Sonne, die schräg durch die Bäume schien, malte Streifen auf die Kirche. Und eine große Kuh mit prallem Euter hatte sich auf die Kirchentreppe verirrt. Ouallada sah, daß die Tür bereits offenstand. Die furchtbare Möglichkeit, daß die Kuh sich in die Kirche hineindrängte, vertrieb jeden anderen Gedanken aus Oualladas Kopf. Sie hängte sich die Sackpfeife über die Schulter, rannte auf die Kuh zu und stieß sie gegen die Flanke. Sie bohrte die Finger in die staubige Haut am Hals und zog. Sie drängte sich vor das Tier und drückte ihre Schulter unter seine Nase. »Geh weg! Verschwinde hier! Weg!« Bei ihren Anstrengungen quetschte sie den Balg ihrer Sackpfeife; das atemlose Dröhnen und das friedfertige Rülpsen der wiederkäuenden Kuh hallten durch die heilige Stille und störten die friedvolle Verzückung der Liebenden in der Kapelle.

»Prinzessin, bist du das?« Audes Stimme klang straff gespannt vor Glück, wie eine Saite, die so hoch gestimmt wurde, daß sie von allein vibriert. Eine so kleine zarte Stimme, von einem Dutzend Männern für ihren süßen Klang gepriesen. Aber sie genügte, um die Kuh zu erschrecken, so daß sie sich auf die Wiese flüchtete. Milchtropfen spritzten wie Sperma auf Oualladas Rock.

Der Eingang der Kristallgrotte in der Kapelle war verhüllt wie eine Bärenfalle und mit Ästen verdeckt, um die Leute darin zu verbergen. Ouallada saß daneben in einem Flecken Sonnenlicht, aber das Licht verhinderte nicht, daß es sie fröstelte. Die Pfeifen stöhnten und dröhnten. Sie befingerte die Melodiepfeife und fand doch die Löcher nicht. Die Blase klemmte unter ihrem Arm, und das kurze Holzrohr bebte und sträubte sich leise zappelnd gegen die durchströmende Luft. So angestrengt starrte sie die Milchspritzer an, daß der Stoff ihres Rockes auf ihren Augäpfeln grelle, gezackte Muster hinterließ. Der Geschmack von Blut verriet ihr, daß sie sich in die Wange gebissen hatte.

Dies ist der Schlag, mit dem der Trommler
’s Tamburin
Zerschlägt und Stille noch betäubt,
Und dies der Ton, den laut der Sänger schreit
Und damit seine Kehle bis zum Herzen spaltet.
Dies ist die Dämmerung, da der Singevogel stirbt,
Durchbohrt von Pfeilen blutig rot vom Himmel fällt.
Dies sind die Worte, die die ganze Welt
Mit Leere füllen wie ein brüchiges Gefäß ...

»Brrr!« Ein schrilles, fröhliches, scherzhaftes Geräusch. »Bevor du beginnst, Prinzessin: eine Decke, um der Liebe der Venus willen!«

»... ich liebe, werde ich auch nicht geliebt.«

Es gab keine Decken, aber Mäntel waren da, zwei Mäntel, die aufeinandergehäuft auf den Steinfliesen lagen, die verwirbelten Falten wie Knie übereinandergeschlagen, Braun über Ocker. Ein Rüstungsteil, dessen Zweck nicht klar ersichtlich war – eine Seitenschiene oder eine Halsberge oder so etwas – lag auf dem Boden. Ouallada dachte, daß sie Foulque noch nie in einer Rüstung gesehen hatte.

Aber der Ruf zu einem Stelldichein erforderte sie, diese Uniform der Liebe, den Panzer einer leidenschaftlichen Seele zur Brunftzeit. Ouallada redete sich ein, sie sehne sich danach, Foulque in einer Rüstung zu sehen, und sie bemühte sich, ihr ganzes Herz mit dieser Sehnsucht auszufüllen, denn mehr als alles andere auf der Welt fürchtete sie die Möglichkeit, die Zweige vor dem Eingang zur Höhle beiseite zu biegen und ihn *ohne* seine Rüstung zu erblicken. Ohne Rüstung, ohne Lammfell, ohne das dunkle Wollhemd, das er trug, als wolle er sich damit vor dem Auge Gottes tarnen. Sie war schockiert und entsetzt, beschämt und verlegen, als sie feststellte, daß sie noch andere Bilder in ihrem Herzen hegte als nur die von Foulque in Rüstung.

Sie knüllte beide Mäntel vor sich zusammen – hätte sie sich lieber über den Kopf gezogen, als hinter das Zweiggestrüpp zu schauen und Foulque in den Armen von La Belle Aude zu sehen. »Eure Mäntel, Schwester. Ich lege sie hierher, neben die Tür ...?« Ihre Handfläche liebkoste den braunen Mantel, denn das war sicher seiner, und sie würde ihn vielleicht nie wieder in die Hand bekommen.
Ein Männerstiefel ließ mit sachtem Tritt die Zweige von innen herausfallen, und ihr bot sich der Anblick von Tristan und Iseult, wie sie ihr Liebesglück genossen. Tristans Turnierrüstung lag verstreut umher, als sei hier soeben das Goldene Kalb zertrümmert worden, aber er selbst trug noch immer seine wattierte Unterkleidung, als er nun auf der gesteppten Dekke auf dem Altar ruhte, während die Dame in seinen Armen weißlich nackt war. Sie klammerte sich an ihn, suchte Wärme ebenso wie Befriedigung, und ihre Zehen krümmten und streckten und krümmten und streckten sich. Ihre Nase war ein bißchen rot vor Kälte. Es hatte viele, viele Umarmungen gegeben, denn ihre goldenen Haare lagen überall auf dem wattierten Unterkleid, als sei der Stoff von einem Netz feiner Risse überzogen.
Ouallada muß lange hineingestarrt haben, um so etwas zu sehen. Sie sah auch, wie hingerissen Iseult von dieser ersten Kostprobe der Liebe war, während Tristans Antlitz vor lauter Unbehagen dunkelrot war wie das eines Mannes, dessen Blase zu voll ist. »Ich weiß mir genug eigene Verse, Prinzessin. Geh nur hinaus, wenn's recht ist«, sagte er in ersticktem Flüsterton.
»Wahrhaftig, mein Herr«, sagte Ouallada, aber kein Laut kam aus ihrem Mund. Sie hustete und sagte es noch einmal. »Wahrhaftig, mein Herr. Hätte ich gewußt, daß du es bist, so hätte ich mir niemals angemaßt, mit meinem Lied hierher zu kommen und dich zu behelligen. Niemals.«
Dabei strahlte sie so sehr, daß Gaston Mauriac sich einbildete,

er müsse an diesem Morgen wohl die Herzen gleich zweier Damen erobert haben.

Audes Wunsch, sich in der Kälte zu bedecken, erweckte ein leises Stirnrunzeln bei ihm, und seine Finger trommelten auf der Wölbung seines glänzenden Helms, während Ouallada die Zweige vor dem Grotteneingang ungeschickt wieder zusammenschob. »Mehr Musik, Prinzessin«, rief Aude mit schläfrig sinnlicher Stimme, aber Ouallada hatte keinerlei Skrupel, ihre Sackpfeife unter den Arm zu klemmen und zur Tür zu laufen. Sie hätte auf den Gipfel des Schwarzen Berges laufen können. Sie hätte flußabwärts bis zum Meer laufen können, von Welle zu Welle springend. Sie hätte mit David vor dem Altar des einzigen wahren Gottes tanzen können, um Ihn zu loben und Ihm zu danken. Denn Aude hatte die Kristallgrotte besudelt, wie ein Vogel sein Nest besudelt – *aber nicht mit Foulque!* Sie hatte Gaston Mauriac zu ihrem Tristan gemacht und seinen Körper und seine Seele hier auf dem Altar dem Satan geopfert.

Foulques Seele war unversehrt. Foulques Keuschheit war noch immer irgendwo da draußen in ihrer Rüstung, unverletzt. Foulques Hoffnung lag tot wie die Singvögel in ihren Weidenkäfigen. Gott hatte ihren Foulque heil erhalten; nur sein Herz würde gebrochen sein.

Bei diesem letzten Gedanken fiel dröhnend die Kirchentür hinter ihr ins Schloß, und all die feinen Körner des Glücks rieselten in ihr in die Tiefe. Scharfer harter Sand quoll statt dessen empor. Der Anblick des Mannes, der da über die grasbewachsene Lichtung herankam, erfüllte sie mit Haß auf Frau Aude wie mit einem jähen, siedendheißen Schmerz.

Sie rannte so schnell, daß sie tatsächlich mit Foulque zusammenprallte; seine Hände faßten sie und hoben sie von seinen Füßen. In seiner Rüstung hatte er keinerlei Ähnlichkeit mit Gaston Mauriac. Leder und Eisen waren ineinanderverflochten und formten weniger einen Anzug als vielmehr eine Studie in Sehnen und Knochen, und er trug überhaupt keinen Mantel, weder braun noch ockergelb. Er sah aus wie Luzifer im Kampf mit dem Gedanken an Rebellion; der Ehrgeiz war so groß wie seine Augen, das Grauen zusammengequetscht und gequetscht und gequetscht, bis er es herunterschlucken konnte, so daß er es nicht mehr sah. Er war überlebensgroß in seinem Triumph. Als sie die Arme ausstreckte, um ihm den Weg zu versperren, hätte sie ebensogut versuchen können, einem Fluß den Weg zum Meer zu versperren.

»Geh nicht hinein, Foulque.«

»Geh nicht hinein? Wie meinst du das, ›geh nicht hinein‹?«

»Aude war schon vor dir da.«

»Dann komme ich zu spät. Welch ein Gedanke, zu spät zu kommen ...«

»Sie ist mit jemand anderem da.«

Da zerfiel sein Gesicht – teilte sich in Linien und Schatten, wie Luzifer, der in die Finsternis stürzt. Ins Feuer.

Sie sah, wie die Wut in ihm aufzüngelte, und gerade noch rechtzeitig konnte sie in den Vorraum der Kirche zurückspringen und die Tür zwischen ihnen zuschlagen. Obwohl sie gleich den Riegel vorgeschoben hatte, ließ der Aufprall seiner Schulter gegen die Tür ihre Sohlen über den Steinboden rutschen, und sie biß sich auf die Zunge. »Nicht, Foulque, nicht!« Seine Keule traf die Tür, und Sonnenlicht flog zwischen den Bohlen herein wie Holzsplitter. Als er sah, daß selbst seine Freundin und Verbündete, Prinzessin Ouallada, seiner Forderung nach Öffnung der Tür nicht gehorchen wollte, umkreiste er das Gebäude und hieb mit seiner Keule auf das Mauerwerk ein, so daß drinnen der Putz von der Wand sprang und Oualladas Haar überpuderte.

Da lachten die Liebenden in der kristallenen Grotte. Es war ein schamloses, gedämpftes Lachen. Was hätten sie wohl getan, fragte sich Ouallada, wenn ich die Tür nicht verriegelt hätte?

Aber den beiden war nicht klar, in welcher Gefahr sie schwebten. Aude zumindest ahnte nichts; für sie waren die Schläge gegen die Wand nur eine Bestätigung ihrer Schönheit, ihrer Begehrenswürdigkeit, ihres Anrechts auf die Liebe der ganzen Welt. Genau dies war es, was jeder Chevalier tun sollte, dem sie das Herz zu brechen beliebte: Weinen sollte er, heulen und mit seiner Keule gegen das unbezwingbare Elfenbein ihres Turmes schlagen. Foulques Raserei entsprach lediglich der Etikette.

Das Paar zog es vor, nicht aus seiner Laube hervorzukommen; das Reisig wogte nur ein wenig wie das Gestrüpp einer Biberburg und senkte sich dann still, während Ouallada innen an der Kirchenwand entlangstrich und Foulques Fortkommen an der Außenseite beschattete. »Foulque, nicht! Foulque, sei ruhig! Quäle dich nicht! Verstehst du denn nicht? Hast du all deine Urteilskraft verloren? Es ist doch zum Besten so. Denke nach, Foulque, denke nach! Erinnere dich, wie unrecht ...«

Eine Explosion von Lärm und splitterndem Putz verwandelte ihre Worte in ein unzusammenhängendes Gestammel. Für Foulque draußen war ihr schwaches, unverständliches Quieken nichts als das Gekläff eines Hundes, der auf einen Bären gehetzt wurde, um ihn zu quälen und noch weiter zu reizen. Als sie das Aussätzigenfenster erreichte, wo eine ellenbreite Lücke einen messerscharfen Luftzug hereinließ, schoß Foulques Faust herein und packte sie bei den Röcken, daß sie erschrocken aufschrie. Sein Handrücken war mit feinen schwarzen Haaren überzogen, und das Strahlenmuster der Knochen unter den Knöcheln prägte sich ihr unauslöschlich ins Gedächtnis. Die Hand knüllte die Fäden ihres gewebten Kleides zu Falten, die nie wieder verschwanden – wie die Narben nach einer Verbrennung. Sie packte sein Handgelenk mit beiden Händen und versuchte, ihn so festzuhalten, lange genug, um auf ihn einzureden. »Foulque, hör mir doch zu! Hör zu, Mann! Es ist keine große Sache! Es gibt Schlimmeres auf der

Welt! Hör mir zu! Hör zu! Wenn Aude dich nicht liebt, so heißt das nicht, daß ...«
Sie bückte sich tief, um seine Hand besser halten zu können, und sie sah sein Gesicht durch die Luke, das Gesicht eines Wahnsinnigen, fähig zum Mord, aber nicht zur Vernunft. Ihre Hände wurden in die rauhe Steinöffnung gezogen, hinaus ins Sonnenlicht; sie verschrammte sich die Unterarme und stieß mit dem Gesicht hart gegen die Mauer über dem Fenster. Sie mußte loslassen.
Aber vielleicht war es der Anblick dieser beiden Hände, die da aus der Kirchenmauer ragten wie ein gebrochener Rhododendronzweig, was Foulques Raserei schließlich zum Stehen brachte. Er trat ein kleines Stück zurück – sie sah ihn durch das Aussätzigenfenster – und spürte, wie sich nach dieser gewaltigen körperlichen Anstrengung die Erschöpfung über ihn senkte und ihn ein wenig taumeln ließ.
Wie konnte Aude einem Mann solches Leid zufügen? Einem solchen Mann? Warum wollte sie das tun? Für Ouallada war es völlig unbegreiflich, aber für Foulque anscheinend nicht mehr, denn er sackte unter der Last der Erkenntnis sichtlich zusammen. La Belle Aude hatte sich einen Liebhaber erkoren, und er war es nicht; er war es nie gewesen. Sein Blick wanderte schuldbewußt über die Wand der Kapelle, die unregelmäßig aufgeschlagen war wie eine Zitadelle, die mit Belagerungsmaschinen bestürmt wurde. Er stellte sich vor, was er hätte tun können – wie der geblendete Samson –, solange sein Wutanfall währte. Aber wenn er dankbar war, daß Ouallada ihn daran gehindert hatte, so sagte er nichts davon. Ihre Anwesenheit bei seiner Demütigung genügte, um ihr Gesicht zu einem zu machen, das er fortan nach Möglichkeit meiden würde. Er wandte sich ab und marschierte durch den Wald davon. Seine Keule schleifte er über den Boden, so daß sie ein Floß von Zweigen und Laub und unsäglicher Einsamkeit um sich sammelte.

Als La Belle Aude aus der Kristallgrotte hervorkam, strahlte sie nicht mehr ganz so glücklich wie zuvor. Im Gegenteil, zerzaust sah sie aus und ein bißchen ängstlich. Immer wieder zog sie den Mantel um sich, und ihre Knie waren leicht gekrümmt, als müsse sie ein Zittern unterdrücken. Und sie schaute Gaston Mauriac nicht ein einziges Mal ins Gesicht. Ihr sei sehr kalt, sagte sie. Mauriac hingegen hatte den Gesichtsausdruck des körperlichen Unbehagens verloren und auch das lederne Gemächtfutteral, welches es Rittern in voller Rüstung ermöglichte, während der Schlacht ihre Blase zu entleeren.

Als Ouallada herzugerufen wurde, um Aude beim Ankleiden zu helfen, bemerkte sie, daß ein genaues Abbild von Gastons Steppnähten sich auf ihre Brust gemalt hatte. Es war gerade die Abwesenheit jeglicher Glückseligkeit in Audes Antlitz, was Ouallada zu der Bemerkung reizte: »Ich gratuliere dir, Schwester, zu dieser deiner Stunde der Stunden. Zur Apotheose der Liebe.«

Audes Augen huschten hinter abwehrend halbgeschlossenen Lidern hin und her. Dann formte ihr Mund ein Lächeln. »Was? Ach ja. Glückseligkeit. Vollkommene Glückseligkeit. Die Keusche Umarmung. Die reinste Freude, die Liebende je erhoffen können.« Sie sah nicht die Schrammen an Oualladas Unterarmen, sondern schien selbst ein gewisses Unbehagen zu leiden, das sie veranlaßte, die Knie zusammenzudrücken und ein wenig zu wippen. »Natürlich muß ich dir ein Schweigegelöbnis abnehmen. Keinen eifersüchtigen Klatsch jetzt, Schwester, nur weil du kein Glück erlebst, das dem meinen gleichkommt. Keinen Klatsch. Du darfst den Namen meines Liebhabers nicht verraten.« Nach und nach rettete sie sich wieder in das Vokabular der ritterlichen Liebe und übertünchte alles Unangenehme, das sie eben noch verwirrt hatte. »Oh, wir sind ja so verliebt«, vertraute sie Ouallada an und legte ihr eine Hand aufs Handgelenk. »Ist er nicht prachtvoll? ... Die Keusche Umarmung, vergiß das nicht. Falls du den verdrießlichen alten Bischof siehst.«

Gaston Mauriac, nun wieder mit Helmbusch und Rüstung, betete befangen auf stählernen Knien; er sprach eine Danksagung an den Gott, dessen Altar er soeben zu entweihen geholfen hatte. Widersprüche in beliebiger Menge ließen sich in das Benehmen eines *trobar* pressen – vorausgesetzt, daß genügend schwerwiegende Lyrik den Deckel niederdrücken konnte.

Auch Ouallada schüttelte ein wenig vom Staub des Tages von sich, kroch unter den Trümmern hervor und betrachtete, was in der Finsternis an hellem Licht geblieben war: Foulques Seele war nicht besudelt. Foulques Herz war nicht als akzeptables Geschenk betrachtet worden, so daß er es wahrscheinlich noch hatte. Und Foulques Bewunderung für Aude mußte eines schmerzhaften Todes gestorben sein. War Ouallada also nicht eine glücklichere Frau als noch bei Anbruch des Tages? Nach großen Umwälzungen war man immer ein wenig erschöpft.

Sie war es Foulque schuldig, Aude wegen ihrer monströsen Grausamkeit Vorwürfe zu machen. »Ich kann mir nicht helfen, ich habe Mitleid mit dem armen alten Foulque Nerra«, sagte sie also später beiläufig und voller Angst, sich ihre eigene Liebe anmerken zu lassen.

»Mit dem Bischof? Oh, dem werde ich schon eine angemessene Wiedergutmachung zukommen lassen«, sagte Aude mit hochgezogenen Brauen und rollte ein paar Lappen zu einem Knäuel, um damit gegen eine unerwartet früh und heftig einsetzende Menstruation anzugehen.

»Wiedergutmachung?« Ouallada lachte vor Ungläubigkeit ganz offen. »Wie um alles in der Welt könntest du denn wiedergutmachen ...?«

»Kannst du es dir nicht denken?« fragte Aude mit so heiterer und eleganter Gelassenheit, daß Oualladas Blut sich in der kurzen Spanne, die dem theatralischen Effekt gelassen wurde, in Wasser verwandelte. »Nun, ich habe natürlich vor, ihn zu *heiraten*. Wenn er seinen letzten *assais* besteht.«

Vierundzwanzig

Der Assais

Was immer in der kristallenen Liebesgrotte in Aude gefahren sein mochte – welcher Dämon es auch war, der aus jenem lästerlichen Stelldichein den Nutzen zog –, jedenfalls ging sie als Meisterwerk der Sünde daraus hervor. »Ich habe doch recht, wenn ich vermute, Bischof, daß du der einzige männliche Verwandte bist, den dein Onkel Barral Nerra noch hat. Nicht wahr?«

Der ganze Hof hatte von diesem außergewöhnlichen Gerücht Wind bekommen – daß Aude vorhabe, den Bischof zu heiraten, wenn sich seine Würdigkeit in einer letzten Prüfung erweisen sollte. Niemand glaubte es. Sie brüllten vor Lachen und begegneten solchen Geschichten mit dem Gerücht, daß Gaston Mauriac den Kuß der Anerkennung erhalten habe: Alles in allem eine doch wahrscheinlichere Version.

Seltsamerweise aber schien Mauriac in der Achtung der Dame gesunken zu sein. Unruhig huschte er hin und her und zuckte wie ein Kaninchen mit der Nase, während er sich erfolglos bemühte, ihren Blick auf sich zu lenken. Dennoch glaubte niemand, daß sie in Wirklichkeit vorhatte, den Bösen Bischof zu heiraten – oder doch erst, als sie ihn beim Mittagsmahl vor aller Ohren nach seinem Onkel befragte.

Foulque Nerra hatte eine höchst eigenartige und ungesunde Gesichtsfarbe. Seine Wangen und seine Ohren glühten heiß, sein Mund aber war aschgrau, und das grausträhnige Haar über Ohren und Kragen war wild zerzaust. Seine Hände waren mit Lappen verbunden, denn er hatte Blasen an den Handflächen gehabt, die er sich aufgerissen hatte. Beim Holzhakken vielleicht. Er machte den Eindruck, als sei er zu wütend, um zu sprechen, aber er hatte die Gerüchte vernommen wie jeder andere auch. Daß sie ihn zu heiraten gedenke. Daß sie womöglich die Absicht habe, ihn zu heiraten.

»Er hat keinen Sohn, wenn du das meinst«, brummte er auf seinen Teller. »Aber das bedeutet nicht, daß er mich zu seinem Erben ernennen wird.«

»Hat er denn jemand anderen benannt?« fragte Aude fröhlich, und als er die Achseln zuckte, als sei diese Angelegenheit zu unbedeutend, als daß er darüber nachgedacht habe, da konnte sie ihm sagen: »Ich habe mich erkundigt. Er hat es nicht getan.«

»Er hat zwei Frauen verstoßen. Er kann sich noch eine dritte nehmen«, sagte Foulque, und sein Blick war auf die Wand gegenüber gerichtet und berührte sie nicht. »Und in den Dörfern wimmelt es von seinen Bastarden.«

Die zartfühlenderen unter den Herren bei Tische hätten derlei vor ihrer *domna* ebensowenig erwähnt, wie sie ihr eine tote Ratte auf den Teller gelegt hätten. »O la!« sagten sie und schnalzten mißbilligend mit den Wangen, daß es rasselte. »O *la*!« In Wahrheit aber waren sie kein bißchen schockiert über Foulques Ungezogenheit. Eben deshalb wußten sie ja, daß La Belle Aude ihn niemals heiraten würde.

»Foulque, mein Lieber, komm näher.«

Er zögerte. Ouallada biß sich auf die Unterlippe. Wie sie es sah, war dies für ihn die erste und beste Gelegenheit seit den Ereignissen bei der Kirche, zur Estrade zu kommen und Aude seine Hände um den weißen Hals zu legen, sie zu erdrosseln für das, was sie ihm angetan hatte. Und Ouallada betete zu Gott, er möge es nicht tun, damit sie nicht mitansehen müßte, wie er starb, durchbohrt von einem Dutzend eifriger Schwerter. Und weshalb? Weil er einen Korb bekommen hatte?

Gott war gut. Gott war gütig. Foulque trat vor die Dame, beugte das Knie vor ihrem Stuhl und schloß die Augen. Seine Nasenflügel bebten. Er ertrug sogar, daß ihr Mund sein Ohr berührte, als sie ihm etwas zuflüsterte.

Ein Beben durchlief ihn, als habe er einen Starrkrampf. Ein Saal voller Männer und Frauen erschrak bei diesem Anblick; alle tranken ihren Wein aus, rafften ihr Brot an sich und brachen kleine Bröckchen davon ab, damit man sah, wie sie aßen, damit man sah, wie gleichmütig sie waren. Aber sieh doch, wie sie ihm mit den Händen übers Haar streicht! Sieh doch, wie sie sein Gesicht nach einer Antwort durchforscht! Sieh doch, wie seine Augen sich weiten, ohne etwas zu sehen!

»Gott weiß, daß du Grund genug hast, es zu tun«, sagte Aude. »Ich habe mich erkundigt.«

Er lehnte sich jäh zurück. »Wenn du weißt, daß ich sein Erbe bin, dann weißt du auch, daß beizeiten sowieso alles dir gehört. Du brauchst nur zu warten ...«, sagte er in seinem untauglichen Flüsterton.

»Im Gegenteil. *Dir* wird alles gehören, vorausgesetzt, daß du *nicht* wartest. Das ist schließlich dein *assais.*«

Da fing er an, sie zu verleugnen, wie Petrus Jesum verleugnete, wieder und wieder. »Nein«, sagte er. »Nein, nein, nein, nein.« Halb kletterte, halb fiel er von der Estrade, er rappelte sich hoch, flüchtete rückwärts aus dem Saal, ohne den Blick von ihr zu wenden, ohne zu verstummen: »Nein, nein, nein, nein«, während Aude lächelte, heiter, zuversichtlich, selbstgefällig, und ihm mit ihren Fingerspitzen neckische Kußhände zuwarf.

Ouallada stand auf. Gaston Mauriac protestierte lautstark. Der Lärm in der Halle schwoll zu einem Tosen entzückter Aufregung an. Minne war im Schwange. *Assais* wurden vergeben. Sollte Foulque scheitern, so waren andere schon jetzt dabei zu schwören, daß sie eine bessere Vorstellung geben würden, daß sie tapfer bleiben würden im Angesicht der Herausforderung, so schwer sie auch sein mochte, daß sie sich besser halten würden, als Foulque es getan hatte, der polternd und stammelnd hinausgewankt war. Sie lachten über seine Demütigung. Aber im Innern ihres Herzens fragten sie sich, was wohl diesen Ausdruck auf das Antlitz des Bösen Bischofs gebracht haben mochte. Feigheit gehörte ja kaum zu den Stärken dieses Mannes.

Und dann war er wieder da – bevor noch das Mahl zu Ende war – bevor die Abendmusik begonnen hatte. Er kam nur bis zur Tür, und er erschien so lautlos und hielt sich so gerade und ausdruckslos, daß eine der Frauen nachher erzählte, sie habe ihn für einen Geist gehalten. »Für den Geist des Grauen Bischofs!« lachte sie.

Ouallada hielt ihn nicht für einen Geist, sondern für einen Körper, den der Geist verlassen hatte. Irgendwo draußen in der Dunkelheit hatte er ein Loch gegraben, wie es der Wolf für seine Nachgeburt gräbt, und sein Gewissen, seine Vernunft, seine Skrupel darin verscharrt, bevor er die Erde wieder festklopfte. »Also gut, Herrin«, rief er von der Tür. »Ich werde es tun. Dein Herzenswunsch soll dir erfüllt werden, wenn es mich auch die Hoffnung auf den Himmel kostet.«

»Aber, aber, Bischof«, antwortete sie mit affektiertem Lächeln und streckte ihm die flache Hand entgegen, als reiche sie ihm ein unschätzbares Geschenk. »Und ich dachte, *ich* sei der einzige Himmel, den du begehrst!«

»Wieso kann irgend jemand eine solche Frau begehren?« fragte Ouallada, als Foulque ihr schließlich anvertraute, welches Ansinnen da an ihn gestellt worden war.

»Nicht irgend jemand«, sagte er und wickelte ein loses Stück Zügel zwischen Daumen und Zeigefinger zu einer harten, straffen Rolle. »Aber ich.«

»Es ist verdammungswürdig, Foulque. Es ist verdammungswürdig.«

Er zuckte die Achseln, als wären verdammungswürdige Sün-

den wie Brotlaibe, von denen man sich täglich zwei Stück leisten konnte. »Am besten, ich sorge dafür, daß ich die Zeit, die mir noch bleibt, in Seligkeit verbringe, wie? Die Verdammnis war mir immer schon sicher. Aber solche Hoffnung auf die Seligkeit hatte ich noch nie.« Und es stimmte, er schien ganz neue Kräfte gewonnen zu haben. Die Bilanz seines Lebens war verändert; er packte seine Satteltaschen wie ein Kartograph, der sich anschickt, einen neuen Erdteil zu erkunden.
»Aber hast du denn schon einmal einen Mann getötet?«
Es war eine törichte Frage. Er war ein geistlicher Soldat gewesen, bevor er den Heiligen Orden verließ, und seine Keule mußte Dutzende von Ungläubigen und Landsknechten niedergestreckt haben.
»Bataillone. Aus geringerem Grund und mit weniger Vergnügen.« Er riß so heftig am Zügel, daß sein Pferd hin und her taumelte und die großen Hufe kreuzweise voreinander stellte. »Wenn ich's mir recht überlege, habe ich mit meinem Onkel so manches Hühnchen zu rupfen.«
»Ich komme mit.«
»Du? Wozu?« Der Vorschlag überraschte ihn.
»Um die Stimme des Gewissens in deinem Ohr zu sein.«
»Oh, aber dann kannst du auf einem anderen Baum schlafen.«
»Gut, dann eben um deine Freundin auf der Reise zu sein. Weil ich ... weil du ein Mann bist, der dringend einen Freund braucht. Weil ich ...«
Während Ouallada noch mit dem schrecklichen Eingeständnis ihrer Liebe rang und keine Worte fand, um es auszusprechen, erriet Foulque einen ganz anderen Grund, weshalb sie die Reise mit ihm machen wollte. Seine ganze Kraft war darauf gerichtet, die Launen einer Frau zu befriedigen. Deshalb glaubte er nicht mehr, daß es irgendwo auf der Welt noch einfache Motive gab. »Sie hat dich beauftragt, zuzusehen und einen Bericht zu machen, nicht wahr?« sagte er plötzlich und nickte dabei mit dem großen Kopf, als glaube er Audes Handschrift

zu erkennen. Aude hatte Ouallada als Berichterstatterin mitgeschickt, damit sie die Reise und die Verdienste ihres fahrenden Liebesdieners auf seinem letzten großen Abenteuer schriftlich wiedergab. Die Tatsache, daß das Ziel dieser Reise darin bestand, seinen Onkel Barral zu ermorden und auf diese Weise sein gewaltiges Erbe an sich zu bringen, war weder grausig noch frevelhaft genug, um sie dazu zu bringen, die Hände vor die Augen zu schlagen. Sie wollte keinen Augenblick versäumen, keine Bewegung, keinen bestialische Schauer. »Sie hat dir auf getragen, mir Gesellschaft zu leisten. Nun gut. Wer bin ich, daß ich dich abweise?«
Ouallada ließ ihn in dem Glauben. Es kam nicht darauf an, wie es ihr gelang, bei ihm zu bleiben, solange sie nur da war. Sie verließen Haut-Béziers in Richtung Camargue mit einem Lastgespann von vier Pferden, und hinter ihnen in den Bergen grollte beunruhigend der Donner. Am Abend hatte der Regen sie eingeholt, als sie den Pferden die Vorderbeine zusammenbanden, sich in Planen wickelten und im Gras lagen wie zwei Wurmhaufen. Aus nächster Nähe schauten sie zu, wie der Regen an den Grashalmen herunterrann wie Tränen an Augenwimpern.
Eine Grasnatter, leuchtend wie der grüne Blitz bei Sonnenuntergang, glitt einen Schritt weit vor Oualladas Gesicht vorbei, daß ihr der urzeitliche Schweiß auf Handflächen und Fußsohlen trat. In diesem Augenblick erinnerte sie sich an die Geschichte von Foulques Vater, der von seinem eigenen Bruder in einen Sarg voller Nattern gesteckt worden war, damit er eine Unterschrift leistete, die er nie geleistet hatte. Es war recht, daß ein solcher Onkel sterben sollte. Was sollte daran Sünde sein? Es war Gerechtigkeit und kein Verbrechen, wenn man die Welt von einem solchen Brudermörder befreite. Solchen Trost wisperte die Grasnatter in Oualladas Ohr.
»Ist es wahr, daß dein Onkel deinen Vater ermordet hat, Foulque?«

Er antwortete nicht sofort. Sie glaubte schon, er sei eingeschlafen, kaum daß sein Kopf das Leintuch berührt hatte. Wahrscheinlich erschien es ihr nicht. Die Nacht war unheilvoll kalt.

»Das ist nur ein Gerücht«, sagte er schließlich, und seine Stimme klang ein wenig brüchig, als sei der Regen auf seine Stimmbänder geprasselt. »Bewiesen wurde es nie. Man hat seinen Leichnam nie gefunden. Ich weiß nur, daß unsere Familie Barral immer ein Dorn im Auge war.« Das Rauschen des Regens schien ihn zu Vertraulichkeiten zu ermutigen, die er sonst niemals ausgesprochen hätte. Vielleicht glaubte er, seine Worte würden fortgeschwemmt. »Der Hund hat meine Schwester mit einem Zyprioten verheiratet: Auf der Reise dorthin ertrank sie. Er ließ mich ins Kloster schaffen – aus dem Weg, damit ich nicht erben und keine Nachkommen in die Welt setzen konnte, verstehst du. Und um für diese oder jene blutige Sünde bei Gott Wiedergutmachung zu leisten. Da gab es immer genug, was nach Buße verlangte. Als meine Eltern sich dagegenstellten, leistete er vor der Kirchenkommission einen Meineid. Behauptete, meine Mutter sei eine *perfecta*.«

»Eine was?«

»Eine Katharerin. Eine Ketzerin. Eine Albigenserin. Eine ...«

»Ja, ja. Ich weiß, was Katharer sind.«

»Mein Onkel übernahm ihre Verteidigung und ›handelte‹ eine Buße aus, die darin bestand, daß sie ihren Erstgeborenen Gott und der Kirche überließ, als Anzahlung für die Vergebung ihrer Sünden. Er bekam immer alles, was er wollte, mein Onkel. Niemand konnte ihm je widersprechen ...«

Sie dachte, er sei fertig. Sie drückte die Anklageschriften an ihre Brust, eine über der anderen, und tröstete sich damit, daß dieser Barral den Tod verdient habe.

»... bis auf einmal.«

»Was sagst du, Foulque?«

»Bis auf einmal. Mein Vater hat ihm einmal getrotzt. Nicht am Ende – das meine ich nicht. Das kann ich nicht bezeugen. Aber einmal davor.« (Der Mann rief sich seinen ganzen Groll vor Augen, alle seine Beweggründe für einen Mord.) »Er war dauernd auf irgendwelchen Wallfahrten – nach Compostello – nach Jerusalem – überallhin. Einmal, als er fort war, begann mein Vater ein Haus zu bauen – ein befestigtes Haus. Um nach zahlreichen Übergriffen und Räubereien und Grenzverschiebungen unsere Ländereien zu sichern ... Als Barral zurückkam, brannte er es bis auf die Grundmauern nieder. Und er nagelte meinen Vater an seine eigene Tür. Kreuzigte ihn. Danach konnte er nie wieder ohne Beschwerden laufen. Und schreiben auch nicht. Und mein Vater war ein Dichter. Ein besserer als ich. Ein Dichter, jawohl.«

Ouallada lag sehr still da – als könnte sie ihn mit einer Bewegung darauf aufmerksam machen, daß hier jemand zugegen war, der seinem lauten Denken lauschte. So lagen sie Seite an Seite wie zwei verhüllte Leichname, die ihre Erinnerungen an ein verlorenes Leben austauschten. »Er verdient zu sterben«, sagte sie mit wilder Erleichterung.

»Und gerichtet zu werden«, bestätigte Foulque. »Aber nicht durch mich.«

Sie setzte sich auf, und ihr Haar fiel heraus und blieb draußen am schlammverschmierten Segeltuch kleben. Wasserpfützen, die sich auf der Plane gesammelt hatten, flossen herunter. »Du meinst, du wirst ihn nicht umbringen?« Welches Glück, ihn so etwas sagen zu hören! Nicht, daß der Onkel den Tod nicht verdient hätte, aber er würde sein Leben und seine Seele nicht aufs Spiel setzen, indem er versuchte, ihn hinzurichten.

»Oh, ich werde ihn umbringen«, berichtigte er sie aus seinem Segeltuchkokon. »Ich kann mir nur nicht vormachen, ich sei der Dreschflegel Gottes. Ich weiß, ich weiß. Du wirst sagen, es geschieht im Namen der Liebe, und die Liebe entschuldigt alles. Was für ein Blödsinn. Ich werde in der Hölle dafür bezahlen – ich und meine Königin Macbeth. Ich und meine ... Gemahlin. Aber zumindest werde ich sie bekommen. Zumindest wird sie mein.« Es klang, als rede er von einer Krebsgeschwulst, von etwas, das unwiderruflich mit ihm verbunden war und nicht abgeschnitten werden konnte. Von etwas unendlich Widerwärtigem.

»Dann tu es nicht, um Gottes willen!« schrie sie, und Wind und Regen taten sich zusammen und rissen ihr die Worte von den Lippen, und die Lippen, die sie gesprochen hatten, waren eiskalt. »Um Gottes willen! Dann wirst du es eben nicht tun!«

Er drehte sich um, und die Plane teilte sich, aber man sah nichts als seine Augen. »Um Gottes willen würde ich es ungetan bleibenlassen. Ich tue es nicht um Gottes willen. Ich tue es für sie. Für meine so genannte ›Geliebte‹. Für meine Obsession. Für meine *raison d'être*. Meine *domna*.

Meine *senhora*. Für meinen Gott-der-nicht-im-Himmel-ist ... Ihr Leute – pah. Ihr Troubadours in Samt und Seide. Ihr redet, als wäre die Treue irgendeine große Tugend – eine großartige, erbauliche Geduldsprobe. Aber auch das ist Blödsinn. Einfältige Sophisterei, das ist es. ›Treue‹? Das ist nur ein Symptom der Krankheit – wie Durchfall oder Schweißausbrüche. Ein Mann, der liebt, hält nicht Treue: Sie hält ihn. Sie schlägt ihre Zähne in ihn wie ein Wolfshund, und sie reißt ihm das Fleisch von den Knochen, bevor sie wieder losläßt.«

Ouallada wußte nicht, was sie ihm darauf sagen konnte. Sie wußte nicht, was sie für ihn tun konnte. Wenn er ein Hund gewesen wäre, ihr Hund, ihr einziger geliebter Hund, so hätte sie einen Hammer genommen und ihm den Schädel eingeschlagen, um ihn von seinem Elend zu erlösen. Aber Menschen sind von ihrem Elend nicht so leicht zu trennen. Außerdem konnte sie ihm nicht widersprechen. Sie glaubte, was er sagte. Sonst wäre sie gar nicht dabei gewesen, auf dieser schrecklichen Reise zu Mord und Verdammnis.

Als sie sicher war, daß er schlief, stand sie auf und ging fort – ihr Vater hatte sie gelehrt, ein Pferd davonzuführen, ohne die Leute in der Nähe zu wecken. Am Morgen würde Foulque glauben, sie sei zurück nach Haut-Béziers geritten, allzu schockiert und angewidert, um ihm noch einen Schritt weiter Gesellschaft zu leisten – oder zu sehr durchnäßt, um noch Lust dazu zu haben. In Wirklichkeit aber ritt sie eilends weiter in die Richtung, die sie eingeschlagen hatten. Einen Mond hatte sie nie gebraucht. Niemand braucht einen Mond für den Weg in die Hölle.

»Wo willst du hin? Was ist los? Hast du Béziers verlassen?« kläffte Pirol.
»Jesus, Vater, du hast mich halb zu Tode erschreckt. Ich hielt dich für einen Strauchdieb. Folgst du mir schon die ganze Zeit?«
Pirol beugte sich neben dem Hals seiner Stute nach vorn und zupfte am Mantel seiner Tochter. Seine Fersen stießen unablässig in das staubige Fell hinter seinem Sattel, aber die Stute reagierte nicht; sie konnte ihren Schritt nicht beschleunigen, denn hinter ihr war ein Maultier angebunden, das mit den Instrumenten des Spielmanns behängt war. Pirol spielte sie nicht mehr, aber die Instrumente begleiteten ihn wie lauter Kriegsgerät. »Natürlich folge ich dir! Denkst du, du könntest dich fortschleichen? Willst du weiterreisen? Erzählt mir keiner mehr etwas?«
»Ich will in die Camargue.«
»Da stinkt's. Fliegen. Mücken. Salz«, sagte Pirol. »Da will niemand hin. Wohin denn in der Camargue?«
Sie wollte nicht antworten. Sie wollte ihm gar nichts erzählen. Immer kam er mit seinen Fragen – wie ein Muschelsammler, der ständig auf der Suche nach etwas Wertvollem war. »Nach Arles. In die Nähe von Arles. An einen Ort bei Arles.«
»Was denn – mit diesem Gaunerbischof? Mit diesem Läste-

rer?« Er wollte nach ihren Zügeln greifen, und sie rempelten einander an; Pferd stieß gegen Pferd. Sein Bein wurde bei dem Gedränge schmerzhafter gequetscht als das ihre.

»Sehe ich aus, als wäre ich mit ihm zusammen? Nein – nicht ›mit‹ ihm. Vor ihm.«

Die Ratlosigkeit, die Pirol schon aus der Ferne verspürt hatte, vertiefte sich jetzt, da er in der Nähe war, zu richtiger Angst. Mit ihrer wortkargen Verdrossenheit verbarg seine Tochter ihm etwas, das seinen Interessen in katastrophaler Weise zuwiderlief. Wenn er ihr nicht irgendeine Erklärung abringen könnte, würde sie nach eigenem Gutdünken handeln und etwas tun, das der Plan nicht vorsah.

»Und überhaupt, nenne ihn nicht so. Welches Recht hast du, ihn so zu nennen? Wir haben nie ein besonders frommes Leben geführt, oder? Wenn wir erlitten hätten, was er hat leiden müssen ...«

»Leiden?« Er gab ihr einen solchen Stoß, daß er sie fast vom Pferd geworfen hätte; sie mußte sich an Mähne und Sattel klammern. Aber das störte sie nicht. Es war die Bestätigung, daß sie ihm nichts zu geben, nichts zu sagen brauchte. »Leiden? So ein vollgestopfter, pelzverbrämter Prälat? So ein aus der Kirche ausgetretener Aristokrat, der seine müßigen Tage mit der Liebe zu dieser Frau vertändelt – dieser *Puppe*? Was weiß denn der vom Leiden? Hast du alles vergessen, was deine Mutter und ich durchgemacht haben, um dich dahin zu bringen, wo du jetzt bist?«

»Laß Mutter in Frieden. Sie hätte mich nicht zu einem Scharlatan erzogen, wenn es nach ihr gegangen wäre. Sie hätte mich nicht so etwas werden lassen.«

»Was denn werden? Was denn? Jesus! ... Du bist verliebt, das sehe ich jetzt! Du kannst nichts vor mir verbergen, du Küken. Du liebst diesen Teufelsprälaten, nicht wahr? Gib's nur zu. Du glaubst, du liebst ihn, nicht wahr? Gestehe!«

»Es muß doch schlimmere Sünden geben, die du mir vorwerfen könntest, Vater. Das ist doch kein Verbrechen – Liebe. Keine Blasphemie.«

Aber Pirol richtete sich in den Steigbügeln auf, hämmerte mit der Faust in die Luft, ereiferte sich, warf den Kopf hin und her, bis die Gedanken darin zu einem wortlosen Grauen geronnen waren. »Wenn er dich gehabt hat, bringe ich ihn um! Wenn er dich verbraucht hat, schneide ich dir den Preis dafür aus dem Fell! Wenn er ... Du Närrin! Du undankbare, elende Groschenhure! Wer ist er? Was ist er? Einen Prinzen hättest du haben können, aber nein, du mußt einem mittellosen Mönch nachhecheln, der sich mit dem Teufel verbündet hat!«

Er trieb sein Pferd gegen sie wie ein Schiff, das ein anderes rammt, versuchte, sie unter der Wasserlinie leckzuschlagen, sie in Stücke zu brechen, die so klein waren, daß sie keinen Anstoß mehr erregten, er schlug und stieß nach ihr. Sie hätte davonreiten, ihn abhängen können, denn er war durch sein Packtier behindert. Aber dann würde er ihr nur folgen, sie einholen, ihre Pläne verderben. Als er anfing, Foulque wegen seiner Land- und Bedeutungslosigkeit zu schmähen, sah sie plötzlich eine Gelegenheit, ihn zum Schweigen zu bringen und zu beschwichtigen, ihn vielleicht sogar dazu zu bringen, daß er eine Entschuldigung hervorwürgte und sich verzog, taumelnd ob dieser guten Neuigkeit.

»Wenn du es denn wissen mußt, Vater: Er ist Erbe eines der größten Vermögen im Languedoc. Und er ist jetzt auf dem Weg dorthin. Um seinen Anspruch zu erheben. Sein Onkel ist dem Tode nahe, weißt du. Sehr nahe. *Und ich bin seine beste Freundin.* Gefällt dir das, Vater? Siehst du ihn jetzt in einem anderen Licht? Male ich ihn jetzt in besseren Farben?«

Ihr höhnischer Sarkasmus traf auf ein allzu dickes Fell.

Aber ihr Vater war zum Schweigen gebracht. Schließlich ließ er seine eigenen Worte fallen, gleichmäßig klatschend wie der Dung, den seine Stute fallen ließ. »Was ist das für ein Vermögen? Welches Blut? Wie heißt er denn, dein Mönch?«

Ouallada machte den Rücken gerade und ließ das Phantastische in dem, was sie sagte, sich mit der Wahrheit vermischen, bis sie es beinahe selbst glaubte. »Es ist ein Name, den du am besten im Zusammenhang mit den Grafen von Anjou kennen wirst«, sagte sie hochfahrend. »Obgleich das Vermögen der Familie aus dem Salz kommt. Sein Name ist Foulque Nerra, Vater, und ich gestehe, daß ich ihn liebe, wenngleich du der erste und einzige Mensch bist, der dies erfährt.«
Der Ausdruck im Gesicht ihres Vaters war unvergeßlich. Es war, als sei der Mann hinter dem Gesicht zerfallen. Es war das Gesicht eines Gehängten, wenn der Strick den Fall des Körpers unterbricht, nicht aber den der Seele. Zuerst schien es, als schrumpfe er zusammen, aber dann wurde ihr klar, daß er stehengeblieben war und daß sie sich von ihm entfernte und ihn auf der Straße zurückließ. Ihr war, als hörte sie ihn sagen: »Nimmer«, und sie wunderte sich über die Hochnäsigkeit dieses Mannes – daß selbst das größte Vermögen in der Camargue nicht hinreichte, seine Gier nach Adel zu befriedigen. Sie eilte weiter und sah sich nicht mehr um, denn sie fürchtete, er könne ihr doch noch folgen.

Was er in Wirklichkeit gesagt hatte, war: *»Nerra.«*
Der Name traf ihn wie ein Faustschlag. Er nahm ihm den Atem, als sei er in den quer über die Straße gespannten Strick eines Wegelagerers geritten. Seine Hand griff zu seiner Kehle. Die Schnüre seines Mantels schlangen sich unerträglich stramm um die Schlagadern in seinem Hals: Mit nestelnden Fingern zupfte er an dem Knoten. *»Nerra.«*

»Und ich bin seine beste Freundin.« Das stimmte natürlich nicht. Aber sie würde dafür sorgen, daß es stimmte. Ouallada hatte sich vorgenommen, Foulque einen Dienst zu erweisen, wie ihn nur beste Freunde einander erwiesen. Es hatte ihr fast Spaß gemacht, ihren Vater zu belügen, denn er war es ja, der

sie zur Lügnerin gemacht hatte. Und es war wie bei allen Lügen in ihrem Leben: Wenn sie sie erzählte, wurden sie beinahe Wahrheit. Es hatte ihr Spaß gemacht, aus der Wahrheit eine Lüge zu schneidern. Denn es stimmte ja, daß Barral Nerra bald tot und daß Foulque der Erbe seiner Ländereien und seines Vermögens sein würde, glückselig im Gedanken an die unmittelbar bevorstehende Heirat. Und sie war die Freundin, die ihm dazu verhalf.

Ehe sie zuschaute, wie Foulque seinen eigenen Onkel ermordete und seine Seele der Verdammnis anheimgab, würde *sie* Barral ermorden: ihn ermorden und seinen Tod als Gewinn verbuchen, ihre Seele als guten Preis dafür. Eigentlich ein ausgezeichneter Wechselkurs, wenn man bedachte, aus welch gemeinem Stoff sie gemacht war, und angesichts des geringen Eigenwerts ihrer Seele.

Männer unterzogen die geliebten Frauen keinem *assais,* aber Ouallada war ein Troubadour und verliebt, und sie würde ihre Liebe zu Foulque insgeheim einem *assais* unterziehen. Sie war beinahe sicher, daß sie die Sache zu Ende würde führen können, wenn Gott sie nur grausam genug machen wollte. Wie Barral grausam war. Wie Pirol grausam war, und wie das Schicksal und die Liebe selbst ja grausam waren.

FÜNFUNDZWANZIG

BARRAL IM DUNKELN

Als Barral Nerra vom Tode seiner Frau in einem Konvent bei Florriac gehört hatte, begab er sich auf die weite Wallfahrt nach Arles-sur-Tech. Er nahm eine Gefolgschaft von hundert Begleitern mit. Jeder Pilger bekam nur eine Viertelpinte von dem heiligen Wasser, das die Sarkophage der Heiligen Abdon und Sennen jedes Jahr wunderbarerweise füllte. Aber indem er hundert Begleiter mitnahm und ihre Rationen zusammengießen ließ, brachte Barral genug Wasser mit nach Hause, um seine Bettlaken in Vergebung zu tränken – für den Fall, daß es notwendig sein sollte. Er empfand keine unmittelbare Schuld an ihrem Tod, aber bei einem Selbstmord konnte man niemals vorsichtig genug sein; sie boten einen zu guten Zugang für den Teufel, und ihr Einfluß war zu dauerhaft. Alazais' rastloser Geist hatte ihn mehr als einmal im Traum besucht, und er hielt es nicht für klug, eine dritte Ehe zu wagen, bevor er die entsprechenden Vorkehrungen getroffen hatte.

Als er seinen Bruder getötet hatte, waren natürlich drastischere Bußen erforderlich gewesen. Es hatte selbstverständlich nicht in seiner Absicht gelegen, daß der Narr gestorben war – angesichts seiner lebenslangen Abneigung gegen Schlangen und dergleichen hatte er nur einen Schrecken bekommen sollen. Wie er seinem Beichtvater erzählt hatte: »Es war keine einzige Giftschlange darunter – bloß Egel und Kröten und Blindschleichen und solches Geziefer.« Sein Beichtvater hatte ihm beigepflichtet, daß es weit entfernt von einem Mord sei, wenn man einen Mann in eine Kiste mit Grasschlangen und Fröschen einsperrte. Aber Barral hatte seine Beichtväter nie sonderlich trostreich empfunden. Also war er wieder in Jerusalem gewesen, um sich in der Dornenkapelle geißeln zu lassen und dem Templum Domini ein paar Fresken zu stiften. Sofort hatte er sich viel besser gefühlt.

Leider aber hatte ihn bei seinem Besuch des Heiligen Grabes eine Katze am Bein gekratzt, und die Wunde hatte zu eitern angefangen. Auf der Heimreise, in Tripoli, hatte er das Bein verloren. Im ersten Augenblick hatte er wegen des Maßes dieser Strafe mit Gott gehadert, aber nach genauerem Nachdenken sah der Kaufmann in ihm, daß es *pro rata* doch eine gerechte Einigung war: ein Bein für einen Bruder.

Und wenn sein Bruder jetzt immer noch mit Schlangen bekränzt in seinen Träumen zu ihm kam und Kröten und Krebse am Fußende ins Bett stopfte, blökte Barral ihn entrüstet an, sie seien auseinander, basta, quitt. Nach ungefähr zehn Jahren wurde es leichter, nicht mehr zu schlafen. Barral war durch dieses kleine nächtliche Dilemma zu einem großen Patron der Kunst geworden. Um des Andrangs der Traumgäste, die im Vorzimmer warteten, Herr zu werden, beschäftigte er ein ganzes Heer von Sängern und Freudenmädchen, Huren und Priestern, Puppenspielern, Vorlesern und sprechenden Vögeln.

Daher war es für Ouallada ein Leichtes, Zugang zu den inneren Privatgemächern der Burg Étang-Nerra zu finden. Dort fand sie einen Mann, der durch die schier unerträgliche Last seines eigenen Fleisches ans Bett gefesselt wurde. Winden und Flaschenzüge hätte man gebraucht, um Nerra hochzuheben, und dann hätte sein eines Bein ihn nicht tragen können. Krücken, so vollendet geschnitzt wie die Arkaden von Mirepoix, lehnten an der Wand, ein Wunder der Holzschnitzkunst. Aber Barral verließ niemals sein Bett, um sie zu benutzen. Es

roch so stark nach Urin und Eiter im Schlafgemach, daß Oualada unwillkürlich das Gesicht verzog.
»Das kommt von unten hoch«, sagte der alte Mann im Bett. Sie sah nur seine Stirn und seine Augen hinter dem Berg seines Bauches. »Ich sage ihnen dauernd, sie sollen die Küche sauberhalten, aber es kommt immer wieder zwischen den Balken herauf. Dieser Geruch.« Der Rand seines Mundes war eingefallen wie bei einem verlassenen Kaninchenbau; Bröckchen von seinem Abendessen lagen wie Kot auf der Unterlippe. Seine Augen waren milchig blau und trostlos.
Ouallada hatte von Haut-Béziers eine Fiedel mitgebracht. Sie war klein genug, daß man sie tragen konnte, aber so groß, daß man im Resonanzkörper ein Messer mit schmaler Klinge verbergen konnte. Beim Stimmen verrutschte das Messer; sie sah es durch die Schallöcher in der Holzdecke: Es drehte sich auf seinem Heft wie eine Kompaßnadel. Als es wieder zur Ruhe kam, deutete die Spitze der Klinge auf Barral. Sie fragte sich, wie gut seine lebenswichtigen Organe wohl durch die mächtige Fettschicht geschützt waren, die er am Leibe trug.
Sie hatte vergessen, sich zu überlegen, was sie dem Mann vorsingen könnte, den sie hier ermorden wollte. Aber es war nötig, etwas zu singen. Die Dienerin, die sie hergebracht hatte, war immer noch im Zimmer; sie lief umher und zündete Lampen und Kerzen an. Das Licht jeder einzelnen erhellte die Anwesenheit weiterer – die Aufgabe, sie alle anzuzünden, erschien endlos. Die Stimmen der Priester, die in der nahen Kapelle ihre Gebete anstimmten, machten es noch schwerer, sich ein Lied einfallen zu lassen. So sang sie das eine, das sie dazu gebracht hatte, alle andern zu verachten: das Lied, das sie für Foulque geschrieben hatte:

Dies sind die Worte, die füllen die Welt
Mit Leere, ein Krug, der nichts mehr hält:
Daß du, den ich liebe, mir bist so fern,

Fern wie das Gestern, das kommt nicht zurück,
Fern wie der Morgen, den wir wüßten so gern,
Fern wie Luzifer, der Gott sich entrückt.
Doch wie singende Sphären die Erde umgeben,
Umgibt mein Gesang dich mein ganzes Leben,
deinen Namen will halten ich, wo nicht den Freund ...

Der alte Mann brach in gurgelnd hervorberstenden Husten aus. »Sehr nett. Sehr nett, ganz ohne Zweifel. Du mußt etwas an dir haben. Komm her. Laß dich anschauen. Sehr hübsch. Sehr. So schönes Haar. Habe dunkle Frauen immer gemocht. Nähe. Genau. Da hast du recht. Ganz recht. Dein Lied da. Nun, es nennt die Dinge beim Namen. Wahrhaftig. Wahrhaftig. Nähe. Darauf kommt es an. Sich nicht lange hinten an der Wand herumdrükken. Knickse machen, vom anderen Ende des Zimmers mit zwei Fingern winken. Das ist kein Segen. Nennst du das einen Segen? Näher zu stehen, das wäre ein Segen.« Die Röhren seines Halses waren gelb und weiß wie Kutteln unter den weißen Bartstoppeln. Sein Atem roch jetzt schon wie die Ausdünstungen des Grabes. Auf seiner Brust drückte ihn ein massives goldenes Kruzifix mit Goldbarren an den Armen zu Tode.

»Du bist ein kranker Mann, Barral Nerra«, sagte sie, und seine Hände hielten ihr Haar und ordneten die Strähnen mit dicken Fingern wie eine Stickerin, die Seide auswählt. »Ich? Nicht ich. Ich habe ein ganzes Heer von Pfaffen und Badern aufgestellt, die mich bei guter Gesundheit halten müssen. Ich bin bei guter Gesundheit, bin ich.«

»Ein Heer? Um Meister Tod abzuwehren?«

Er warf ihr einen Blick zu, so bestürzt und vorwurfsvoll, daß seine Augen aus dem Kopf quollen wie Korinthen in ungebakkenem Teig. »Ich bin ein frommer Mann, bin ich! Ich habe keine Angst, vor den Richterstuhl zu treten! Hör doch! Höre, wie diese Pfaffen für mich heulen. Das Haus ist voll von ihnen. Jerusalem auch. Die Normandie.«

Er hielt immer noch ihr Haar umfaßt. Sie bog seine Finger einen nach dem andern auf, um es aus seinem Griff zu befreien, und dabei sagte sie grausam: »Ich bin selbst Sängerin. Und eines weiß ich. Es ist schön und gut, wenn man ihnen sagt, sie sollen singen. Aber niemand kann sagen, für wen sie wirklich singen. Vielleicht lesen sie die Messe im Herzen für sich selbst. Vielleicht für ihre Freunde und Verwandten.«

Sie sah, daß dies im Einklang mit seiner Meinung von den Pfaffen stand, mit seiner Verachtung für sie und seinem Glauben an sie. Er packte das Kissen zu beiden Seiten seines Kopfes und riß so heftig daran, daß es ihm übers Gesicht klappte und eine Naht aufriß. Verklumpte Federn quollen heraus. »Nimm etwas. Du mußt etwas nehmen.« Vielleicht fand er, daß sie dies etwas heiterer stimmen würde. Vielleicht sah er in ihr alle die Beobachter, diese Beobachter hinter den Fenstervorhängen, über dem Baldachin des Bettes, draußen vor der Tür. Beständig fühlte er ihre Augen auf sich, laszive Dämonen, die beobachteten, wie er die Tage seines restlichen Lebens einen nach dem anderen von sich abstreifte, ihn aus ihren Verstecken beobachteten, jederzeit bereit herauszukommen, wenn er schlief, um ihm noch eine oder zwei von seinen Dekken zu stehlen. In seinem Eifer fegte er das Geld von seinem Nachttisch auf den Boden statt in ihre Hand. Da drückte er ihr den Kerzenhalter in die Hand; der Kerzenstumpf steckte noch darin.

Es war ein häßliches, gedrungenes, wertvolles Ding, von Kerzenwachs überkrustet. Sie hielt es schräg in den Händen, und die Kerze wackelte, weil sie zu klein für den Halter war. Sie konnte sich vorstellen, wie es wäre, das flüssige Bienenwachs in seine Augen zu träufeln, ihn zu versiegeln, wie die Bienen ihre Waben versiegeln, während die ekelhafte, madenförmige Königin sich drinnen noch verpuppt. Sie ließ das Kerzenwachs heruntertropfen, tropf, tropf, tropf. Dann schüttelte sie

die Kerze aus dem Halter und klebte sie in die Wachspfütze, die sie auf dem Nachttisch gemacht hatte, so daß sie dastand wie zuvor.
Sie konnte sich vorstellen, wie sie den häßlichen, krugförmigen Halter in sein welkes Maul bohrte, ihn an seinem eigenen obszönen Reichtum ersticken ließ, ihm seine Gier in den Rachen stopfte.
Aber seine Hände umschlossen ihre Hand, falteten sie um das metallene Geschenk. Er zitterte. »So ein hübsches Lied. So eine hübsche Stimme. Du weißt es noch nicht, aber Lieder können durchaus ... *sprechen*, weißt du. Durchaus *sprechen*. Ich selbst war immer schon ein sehr kultivierter Mann, und ich schätze das Beste. Für mich immer nur das Beste. Ich habe diese Dinge studiert.«
Er nahm ihr den Kerzenhalter ab und schob ihn in ihren Ärmel, wo er bleischwer in die unzugängliche Manschette plumpste. Sie würde sich seiner später entledigen müssen, denn sonst würde er sie belasten.
»Ich kenne deine Familie ein bißchen«, sagte sie.
»Familie? Meine? Den Grafen von Anjou meinst du? Ich dachte mir doch, daß du edles Blut in den Adern hast! Ich wußte es! Ich irre mich nie.«
»Nicht den Grafen. Aber deinen Neffen kenne ich. Foulque Nerra. Er ist ein vorzüglicher Gelehrter – und Poet.«
»Meinen Neffen? Meinen Neffen? Habe ich denn einen Neffen? Einen Bastard meinst du da bestimmt.« Ein solcher Wust von Sünden wirbelte im kalten, rauhen Wind der Vergangenheit, daß Barral Nerra keine zehn Jahre zurückblicken konnte, geschweige denn dreißig. Ein kleiner Junge, gegen den Willen seiner Eltern ins Kloster gesperrt. Ein kleiner Junge ins Kloster gesperrt wie ein Trinkgeld, das man Gott beiläufig in die Hand drückt. Mühsam suchte er sich zu erinnern, aber in letzter Zeit hatte er Mäuse im Hirn, die alle seine Erinnerungen auffraßen und an den Körnern knabberten. »Er kann alles ha-

ben. Ist mir gleich. Ich bin kein materiell denkender Mann, weiß Gott. Kein Mann, der Schätze anhäuft, sie in den ... der seine Schätze in den ... Sagtest du ›Poet‹? Wußte gar nicht, daß da noch ein Poet in der Familie ist.«

Plötzlich stand Oualladas Entschluß fest. Während sie vom Schlafgemach die Treppe hinunterging, plante sie alles: Wie sie Foulque abfangen und ihn dazu bringen würde, seinen Onkel auf Versöhnung zu verklagen. Selbst wenn diese Klage abgewiesen würde, war es ja nur eine Frage der Zeit. Barral lag jetzt schon halb im Grab! Wenn er eines natürlichen Todes stürbe, wäre Foulque dann weniger sein Erbe? Würde seine künftige Frau weniger reich sein? Sie brauchte einfach nur auf den Gevatter Tod zu warten. Ein Mord war gar nicht nötig. Nicht von ihrer Hand. Nicht von Foulques.

»Was hast du von ihm bekommen? Was hat er dir geschenkt?« Wie der Schmerz einer alten Wunde war ihr Vater stets unverhofft da, unvorhergesehen, und leise Übelkeit erwachte in ihr. Als sie in die Abendluft hinaustrat, packte er sie hinterrücks beim Mantel.

»Ich dachte, ich hätte dich zum letzten Mal gesehen«, sagte sie und dachte daran, wie er auf der regennassen Straße ganz gegen seine Natur in sich zusammengesackt war, ein Mann, den die Ereignisse endlich doch überwältigt hatten. Mit einer Hand über die andere greifend, zog er sich näher an sie heran, am Stoff ihres Mantels herauf.

»Wo du dich gerade daranmachst, Stroh zu Gold zu spinnen? Komm, komm. Du warst doch bei Nerra. Du mußt doch Geld haben.« Fummelnd ertastete er den Kerzenhalter, und fast hätte er den Kopf in ihren Ärmel geschoben, als er jetzt mit verzweifelt stochernden Armen darin wühlte.

»Sei vorsichtig. Du zerreißt die Nähte!«

»Ich brauche das. Ich brauche das. Gib es her. Was ist es?«

»Ein Ding. Nichts. Du kannst es haben. Nimm es. Hier. Nimm

es.« Der Kerzenleuchter fiel zwischen ihnen zu Boden wie ein Stück Koks aus einem erstorbenen Feuer.
»Du warst also bei ihm? Du hast ihn gesehen. Er lebt noch? Du bist zu ihm hereingekommen?«
»Zu haben ist da genug, wenn du das meinst. Aber du wirst schon selbst für ihn singen müssen, wenn du etwas davon willst. Ich gehe nicht mehr hinein. Aber keine Sorge, er mag Sänger. Sie decken ihm die Stille zu.« Sie wollte nur weg von diesem unverschämten Bettler und zu Foulque, um ihm zu sagen, daß ein Mord nicht nötig war. Es erschien alles so einfach und naheliegend, wenn sie nur diese Behinderung von sich abschütteln könnte, diesen kleingeistigen Mann, dessen Herz immer nur auf Flitter und Kupfermünzen aus war. Deshalb richtete sie den Blick nicht auf Pirol; sie schaute an ihm vorbei in die Nebenstraßen. Sie hörte nicht auf das, was er sagte; ihre Ohren lauschten dem Getrappel der Hufe in den engen Durchgängen. Es war kaum ein Winkel ihres Verstandes frei, in dem sie sich hätte fragen können, wofür ihr Vater all dieses Geld ausgab, daß sein Bedarf daran niemals geringer wurde.
»Du kommst doch eben von ihm. Gerade erst. Was hast du gespielt?«
Vor Hilflosigkeit hätte sie am liebsten geschrien, hätte sich am liebsten den Mantel von den Schultern gestreift, wäre weggelaufen und hätte den Elenden stammelnd in einer Haustür zurückgelassen. »Ein *winileodas* – ein Klagelied. Was tut es zur Sache, was ich gesungen habe? Ihm hat es sehr gut gefallen.«

Sie sollte ihn wenigstens anschauen. Sollte sie. Müßte sie. Er war es, der sie gelehrt hatte. *Winileodas*! Woher hätte sie auch nur die Bedeutung dieses Wortes kennen sollen, wenn er es sie nicht gelehrt hätte? Hatte er nicht Jahre darauf verwandt sicherzustellen, daß sie Erfolg und Bewunderung fand? Zumindest sollte sie ihm ins Gesicht schauen und sehen, wie wichtig es ihm war. Nun, sie verdiente den Lohn der Undankbaren. Mochte er ihr zufallen, wie er wollte. Früher einmal hätte er gesagt, sie sei das wichtigste Projekt in seinem Leben. Aber jetzt ... Plötzlich sah er sie von einem anderen Standpunkt aus – von weiter oben – von den Zinnen sozusagen. Und da sah sie klein aus, geschrumpft – so eben wie der alberne, schmutzige Bastard Amaurys. Die ganze Zeit hatte er sie gehaßt. Hätte sich die Mühe gar nicht machen sollen, sie zu hassen. Zu klein, zu entbehrlich. Dennoch, jetzt sah er, weshalb er all die Jahre hindurch in ihrer Nähe geblieben war – sie mit Ratschlägen und Weisheiten unterstützt hatte und sich dafür mit Glasperlen und Kränkungen hatte abspeisen lassen. Jetzt sah er, warum er dieses »Ding« sieben Jahre lang ausgehalten hatte. Es war zu etwas zu gebrauchen.

»Ich meine, welches Instrument«, sagte er. »Welches Instrument hast du vor ihm gespielt?«
»Nun, dieses hier natürlich. Wenn ich noch ein anderes bei mir hätte, wüßtest du es ja wohl inzwischen, oder?« Sie schlug ihm auf die Hände. »Was denn? Willst du jetzt auch meine Instrumente? Ich dachte nicht, daß du mir auch noch mein Werkzeug nimmst. Aber bitte sehr! Nimm nur! Als nächstes läßt du mich dann ohne Stroh Ziegel machen, du Ägypter! Nur zu, nimm! Alles, wenn du mich nur gehenläßt. Ich bin in solcher Eile, Vater!« Als die Fiedel die Hände wechselte, überbrückte sie für einen Augenblick die Kluft zwischen Meister und Schülerin. »Ich würde bleiben und dir erklären, warum, Papa, aber ich habe es so eilig wie noch niemals in meinem Leben. Es tut mir leid.«
»Dann lauf zu«, sagte er, und sie flog davon wie ein Stein von einem Katapult. Bald war sie nur noch ein Farbtupfer in einer grauen, salzverkrusteten Stadt.
Das Gewirr der Häuser, das um Barrals Burg gewuchert war, hatte weder Sinn noch Verstand. Überall waren Sackgassen,

und Durchgänge wurden von nachträglich irgendwo angebauten Ställen oder vom Kesselvorrat irgendeiner Schmiede versperrt. Aufgewühlt von dem Streit mit ihrem Vater, achtete Ouallada zu wenig darauf, daß sie sich im Durcheinander der Gebäude zurechtfand. Sie verirrte sich heillos. Die Dunkelheit war gegen sie. Sie senkte sich herab wie ein Veto, und es blieb nur noch eines: Sie mußte sich eine Herberge suchen und übernachten. Aber Pirol hatte ihr alles Geld bis auf die letzte Münze abgenommen. Eine feine Prinzessin hatte er aus ihr gemacht. Es blieb ihr nichts anderes übrig, sie mußte den Weg zurück zur Burg suchen und behaupten, man habe sie ausgeraubt. (Das war schließlich die Wahrheit.) Jetzt, da sie darüber nachdachte, fragte sie sich auch, warum Foulque nicht *sie* suchen sollte, statt daß sie sich auf die Suche nach ihm machte. Sie würde zu dem alten Mann zurückkehren, ihm die Nähe borgen, nach der er sich so sehr sehnte, und darauf warten, daß Foulque kam. Auf diese Weise konnte sie im Warmen auf dem Fußboden in Barrals Staatsgemach oder im Troubadourszimmer schlafen.

Als sie sich dem befestigten Torhaus der Burg näherte, war ihr, als rufe einer der Wächter sie an. Es war dunkel, aber er schien ihr zu winken oder auf sie zu zeigen. Sie wandte sich in seine Richtung.

»Ja, das ist sie«, wiederholte der Soldat, und man sah das Weiße in seinen Augen, so angestrengt starrte er sie an. Aus der Wachstube hinter ihm kamen vier Männer gerannt, die Münder voll Brot. An ihren Messerklingen zog das Abendessen Fäden. »Bist du sicher?«

»Ja, ich bin sicher! Ich bin sicher. Um Himmels willen, laßt sie nicht entkommen! Das ist sie! Die Hexe, die es getan hat!«

Sie fielen über sie her wie Mehlsäcke, die von einer Winde fallen. Es verschlug ihr den Atem. Sie fühlte, wie die Kuhfladen auf der Straße unter ihr nachgaben, weich wie Maulwurfshügel. Sie fühlte, wie ihre Messerspitzen Löcher in den kostbaren Stoff ihres Mantels bohrten.

Und da wußte sie, daß sie zu spät gekommen war. Barral Nerra-des-Étangs war bereits ermordet worden. Im Tode taub für den Gesang seiner Mönche, war seine Seele durch ihre verflochtenen betenden Finger gerutscht und fiel senkrecht hinunter in die Hölle.

Oben in seiner Kristallgrotte aus verwirbeltem Wachs und flackernder Flamme lag Barral Nerra mit dem Bauch nach oben wie ein gestrandeter Wal. Sein Kopf hing über die Bettkante, und die Darmsaite einer Fiedel war so stramm um seinen schlaffen Hals geschlungen, daß man sie fast nicht mehr sehen konnte. Man sieht den Tod oft besser im Gesicht als dort, wo er verursacht wurde.

Sechsundzwanzig

Der Prozess

Vor der Gerechtigkeit Gottes, nicht der des Menschen, hatte sie Foulque beschirmen wollen, aber bereit war sie auch dazu. Als man also behauptete, sie habe Barral Nerra erdrosselt, da bestritt sie es nicht. Man behauptete, ihr Singen sei nur der Vorwand für eine Mörderin gewesen, und in gewisser Weise stimmte das ja.

Foulque erschien keine zwei Stunden, nachdem der Leichnam gefunden wurde. Kaum hatte die Burg jäh zu dem Aufschrei Atem geholt, sie sei nun vaterlos, da erschien ein kämpfender Bischof, um ihr zu sagen, sie sei es nicht. Wenn jemand auf den Gedanken kam, daß dieser Tod eine glückliche Fügung für Foulque gewesen sei, so sagte er es nicht. Niemand empfand so viel Zärtlichkeit für Barral, daß er sich gewünscht hätte, der Mann wäre wieder lebendig. Sie musterten Foulque nur kurz und warfen ihm dann ihre Sorgen in den Schoß. Manche erinnerten sich noch daran, wie Barral den Erstgeborenen seines Bruders ins Kloster getan hatte, und als sie erfuhren, daß Foulque eben dieses Kind war, nahmen sie aus irgendeinem Grunde an, daß er noch Geistlicher sei. Und wie Ouallada gab er es nicht zu und bestritt es auch nicht. Er besaß Würde und eine natürliche Autorität sowie eine Stimme, die einen ganzen Saal voll schwatzender Menschen zum Schweigen bringen konnte. Und bei der Nachricht vom Tode seines Onkels legte er eine gewisse Art von religiöser Ekstase an den Tag, die seinen glänzenden Schädel

schweißfeucht werden ließ. Alle waren über die Maßen froh, daß sie die vor ihn führen konnten, die diesen grausigen Mord begangen hatte.
Danach herrschte der reine *mardi gras*. Die ganze kleine Welt der Camargue wollte sich in die Große Halle der Burg drängen. Die hinten standen, schrien, diejenigen, die vorn standen, sollten sich hinsetzen. Wer eine Zeugenaussage machen wollte, schob und drängte sich nach vorn, blökend vor Wichtigtuerei. Manche behaupteten auch nur, sie seien Zeugen, um nach vorn zu gelangen.
Barral wurde auf eine Tischplatte gelegt und hereingetragen, auf daß er stummes Zeugnis ablege von seinem Tod. Eine Gegenbewegung wandte sich wider den allgemeinen Strom, als die Zuschauer vor dem Tisch mit dem Leichnam zurückwichen, um nicht davon berührt zu werden, um kein Unglück für sich heraufzubeschwören. Und dann standen plötzlich alle auf den Zehenspitzen und reckten die Hälse.
»Das ist die Frau, Herr. Das ist die Rasende.«
»Aber das ist ...«
Ouallada und Foulque schauten einander in die Augen, und ganz kurz streifte sie mit den Fingern über ihre Lippen: Schweig still. »Ich kenne diese Frau«, sagte er gleichwohl. »Es ist die Prinzessin Ouallada von Bamberg. Sie ist eine Poetin.«
»Das stimmt! Das stimmt!« Alles beglückwünschte ihn zu diesem Wissen. »So hat sie Zugang zum Gemach deines Onkels gewonnen! Gesungen hat sie für ihn. Man hat gehört, wie sie sang. Und gespielt hat sie auch. Eine Viola.«
»Einen Rebec«, sagte sie. »Aber es stimmt.«
Sie blickten einander an, nicht ohne ein gewisses Widerstreben dagegen, wirklich hinzuschauen.
Foulque mochte Ouallada und war entsetzt darüber, daß er keinerlei Reue in ihrem Gesicht erkennen konnte; er fragte sich, ob ihr heidnisches Blut sie wirklich zu einem völlig an-

deren Tier machte, das einen Mord begehen konnte, ohne es zu bereuen.

Und Ouallada wollte nicht allzu tief einatmen, weil sie befürchtete, sonst den Schwefel an ihm zu riechen. Denn dies war der Mann, den sie vom Rande des Feuerschlundes hatte zurückreißen wollen, und sie war zu spät gekommen. Dies war der Mann, der für La Belle Aude und ihre Liebe einen Mord begangen hatte.

So war ihre Mißdeutung der Ereignisse gegenseitig und vollständig.

Unruhe an der Tür ließ die Menge gegen sie wogen, und sie war genötigt, einen Schritt näher an ihn heranzukommen. »Ist es wahr«, fragte er, »daß du eine Saite von deinem Rebec genommen und damit den Mann Barral Nerra-des-Étangs erdrosselt hast?«

»Daß ich was?«

»Zeig mir deine Hände.«

Ihre Hände sprangen ihm auf die Handflächen; sie beobachtete sie, als wären sie unabhängige Geschöpfe, zitternd und hüpfend in seinen Handflächen. Er schloß seine Finger um ihre Handgelenke. »Er wurde mit einer Darmsaite erdrosselt?« Ihm allein flüsterte sie die Frage zu, gleichgültig gegen die Belange des Gerichts, aber ganz verwandelt von dieser Neuigkeit. Er fühlte, wie diese Veränderung durch ihre Hände strömte.

»Das Instrument wurde ganz in der Nähe gefunden.«

»Dann war es kein ...«

»Und jetzt haben wir ihren Spießgesellen!«

Die Menge stob auseinander, und ein Paar Soldaten stieß Pirol nach vorn und Foulque entgegen, wie man wohl einen Bullenbeißer gegen einen Bären treibt. Er war blutig und zerschunden und sah aus, als habe man ihn aus der Form gezerrt – als seien seine Gliedmaßen verschieden lang. Die roten Stoppeln auf seiner Wange sahen aus wie Rost. Schon hatten sie ermittelt, was er am Abend zuvor getrieben hatte.

Er hatte sein Pferd und sein Packtier verkauft und beim Apotheker Opium erstanden. Er hatte versucht, den Kerzenhalter zu versilbern, der neben Barrals Bett gestanden hatte, bevor er gestorben war, ein häßliches Ding, mit dem getriebenen Wappen der Grafen von Anjou geschmückt. Als man den Mord entdeckt hatte, war der unappetitliche Fremde in der Stadt fast ebenso schnell gefunden wie die Mohrin.
Pirol streckte den Finger aus und deutete auf seine Tochter. Er kniff ein Auge zu und visierte sie an seinem ausgestreckten Arm entlang und über den altersknotigen Knöchel seines Fingers hinweg an. Sein Mund war so sehr verzerrt, daß die Lippen sich nach außen stülpten, als er kreischte: *»Ich hatte es von ihr! Ich hatte es von ihr! Ich habe nichts getan! Ich hatte das Ding von ihr! Fragt sie doch! Sie wird es euch sagen!«*
So deutlich, als habe es jemand zum Fenster hereingerufen, erinnerte Ouallada sich seiner Worte: *»Ouallada wird unser Heil sein. Ihr werdet's schon sehen.«*
»Es ist wahr. Ich habe es ihm gegeben. Ich habe ihm den Leuchter gegeben.« Sie wartete darauf, daß er sich beschämt und bußfertig zeigte. Sie wartete darauf, daß er gestand: »Sie hat mir auch den Rebec gegeben, und ich habe die Saite abgemacht und den alten Mann damit erwürgt.« Aber sie wußte, daß er es nicht sagen würde, denn sie kannte ihren Vater durch und durch und wußte, daß die Wahrheit für ihn ein biegsames Ding war, das sich von einem Augenblick zum anderen ändern konnte. In seinen eigenen Augen war er wahrscheinlich bereits unschuldig.
Foulque ließ Oualladas Hände los und erhob sich von Barral Nerras Stuhl. Als der Trubel sich nicht gleich legen wollte, nahm er einen Kasten mit Schachfiguren auf, der auf dem Boden unter dem Stuhl stand, und schüttelte ihn: Es klapperte ohrenbetäubend, und selbst Oualladas wich vor dem Lärm einen Schritt zurück. »Immerhin hast du gestohlenes Gut in Empfang genommen«, sagte er, »und hast deshalb Blut an den

Händen. Du kannst immer noch der Komplize dieser Frau sein.«
»Nein! Gott ist mein Zeuge! Es liegt alles bei ihr. Ich habe nichts getan. Ich habe nichts getan! Gott soll mich richten!«
»Dann möge Gott über dich richten, wenn du deine Unschuld im Zweikampf bewiesen hast.«
Es ist gleichgültig, dachte Ouallada. Es ist ohne Bedeutung. Foulque hatte nichts getan! Foulque war so, wie sie ihn sich gewünscht hatte: ohne Arg und keines Mordes schuldig. Und mehr noch: Die Ereignisse hatten ihm die Frau, die er liebte, und das Land, das ihm zustand, in die Hände gelegt. Auf nichts anderes kam es an, sagte sie sich, wenngleich ihre Rippen vor Schrecken so starr waren, daß sie nicht atmen konnte, und die Halle sich um sie drehte.
Es war die Wahrheit, wenn sie sagten, sie sei schuldig. Insofern als sie ihren Vater hierher gebracht und ihm gegenüber angedeutet hatte, daß Barrals Tod sie zur Erbin eines Vermögens machen würde, war sie in der Tat schuldig am Tode des alten Mannes. Sie *war* die Komplizin ihres Vaters. Und wenn sie alles leugnete und die ganze Last des Kapitalverbrechens Pirol aufbürdete, würde er vielleicht Dinge über sie hinausposaunen, die Foulque nicht wissen sollte. Die Wahrheit war daher kein großer Verlust; sie würde sich nicht die Mühe machen, sie zu erwähnen.
»Gegen wen soll ich denn kämpfen?« quiekte Pirol. »Mit ihr etwa? Ihr habt sie doch gehört! Sie hat es euch gesagt! Sie hat mir das goldene Ding *geschenkt*! Das hat sie doch gesagt! – – Aber ja, gut, ich werde mit ihr kämpfen. Vor Gott! Und ich werde ihr die Lüge in den Rachen zurückstopfen.«
Staunen regte sich im Saal. Der Mann war offenbar verrückt. Was konnte man aber auch Besseres erwarten von einem, der Opium nahm?
»Gegen eine Frau willst du kämpfen?« fragte Foulque gleichmütig. »Was für ein außergewöhnlicher Einfall.«

»Oh, sie weiß mit Schwert und Dolch schon umzugehen, die da. Hat sie nicht den alten Nerra umgebracht? Hat sie ihn nicht erdrosselt? Sie ist keine Feldmaus, die da.«
Foulque wischte die Unterbrechung mit einem Lidschlag beiseite und wartete mit geschlossenen Augen, bis Pirol fertig war. »Da vor allem mir hier Unrecht geschehen ist, werde *ich* dein Ankläger sein. Du wirst gegen mich kämpfen.«
»Nein!« rief Ouallada.
Was gab es noch für neue Sensationen, die den öden Alltagstrott unterbrechen würden? Ein Herrscher tot, und gleich schlug der nächste sich mit einem Vagabunden! Aufruhr brach los. Ein Büttel lief auf Pirol zu und wollte ihm die Klinge unter die Rippen schieben, um ihn loszuwerden. Pirol flüchtete sich hinter den Tisch mit dem Leichnam. »Was ist denn mit ihr? Sie hat es euch doch gesagt! Sie hat mehr oder weniger zugegeben, daß sie es getan hat! *Sie hat euch doch gesagt, daß ich ihn nicht getötet habe!*«
»Nein. Nein, nein, nein, nein, nein.« Sie sagte es immer wieder, bis das Getöse im Saal sich gelegt hatte. »Nein, nein, nein, nein. Das habe ich nicht gesagt, Spielmann. Ich habe gesagt, ich habe dir den Leuchter gegeben, aber mehr habe ich nicht gesagt. Den Rebec habe ich dir auch gegeben, aber du hast den Mord begangen. Und vor Gott und diesen Leuten werde ich im Zweikampf gegen dich antreten, um es zu beweisen.«
»Warum konntest du das nicht eher sagen?« brüllte Foulque sie an.
»Ich sage es doch jetzt, nicht wahr?«
Das war besser als ein Hunderennen. Mütter schickten ihre Kinder los; sie sollten flugs nach Hause laufen und die Großeltern holen, und Melkschemel sollten sie mitbringen, damit man sitzen könnte.
Foulque schob Ouallada beiseite – soweit das in Anbetracht der Mondgesichter möglich war, die sich rings herandrängten

und glotzten und ihre Kommentare an die hinteren Reihen weitergaben. »Was tust du denn? Was denkst du dir? Sei nicht albern! Du kannst nicht zum Zweikampf antreten! Wieso hast du es nicht schon vorher abgestritten?«
»Er hat recht. Ich kann mit Waffen umgehen.«
»Besser als ich? Du Närrin! *Warum hast du es nicht früher abgestritten?* Wie kann ich dir jetzt noch helfen? Warum zum Teufel bietest du ihm den Zweikampf an?«
Störrisch schürzte sie die Lippen und musterte sein Gesicht wieder und wieder, und sie fand die Furchen, in denen der Zweifel lauerte. »Lieber ich als du«, sagte sie.
Dann fügte sie noch eine rasche Lüge hinzu: »Weil ich weiß, daß er es war, und du weißt es nicht. Man kann nicht kämpfen, um etwas zu beweisen, woran man nur halb glaubt. Aber ich kann guten Glaubens kämpfen. Vor Gott. Glaube mir.« Sie konnte keine zärtliche Geste hinzufügen. Sie konnte ihn nicht küssen, bis die Ratlosigkeit aus seinen Augen verschwand. Denn damit würde sie womöglich andeuten, daß eine Verschwörung zwischen ihr und Foulque bestand, und das hätte seinen Anspruch auf die Ländereien von Étangs-Nerra beschädigen können. Also kniete sie statt dessen nieder und küßte ihm die Hand, wie ein frommes Mädchen vom Lande es wohl tun mochte, um den Segen eines Bischofs zu erbitten. Er schaute nach rechts und links. Gesichter glotzten ihn an und lechzten danach, daß er ihnen einen Tag der Spiele bestätigte. Seine Hand schwebte unentschlossen über ihrem Nacken, hob eine Strähne ihres Haars und befingerte sie. Er war schwarz vor Wut. Das Zeichen, das er in die Luft schrieb, war ein Schnitt eher denn ein Segen, ein knapper Hieb, der sie ihrem Schicksal überantwortete.
»Macht die Zweikämpfer bereit«, sagte er, und die Menge verwandelte sich in einen johlenden, tanzenden Pöbel.
Den Anlaß verlor man in der Aufregung ganz aus dem Blick. Ein Opportunist, der hastig Wetten auf das Ergebnis des

Kampfes annahm, stieß rücklings gegen den Leichentisch, und Barral Nerras Hand rutschte ihm von der Brust. Als sie herunterfiel und der Arm wie ein Pendel hin und her schwang, glitt ein Rubinring vom Finger. Man hätte die Sache so mißdeuten können, daß Barral selbst eine Wette anbot – freilich hätte niemand sie angenommen. Denn Barral wußte Bescheid; er kannte das Ergebnis des Zweikampfes, denn er wußte, welcher der beiden Gefangenen ihn mit einer Saite erdrosselt hatte und welchen Gott deshalb begünstigen würde. Und man wußte, daß Gott bei solchen Entscheidungen über eine kerngesunde Urteilskraft verfügte.

Ein letztes Mal erhob sich Aufregung. »Weg da. Laßt mich los. Was wollt ihr denn? Herr Bischof! Herr Nerra, so hilf mir doch!« Die, die sie »Prinzessin« nannten, versuchte, sich von den Knien zu erheben, wurde aber gewaltsam niedergehalten, und jemand zog ihr den Kopf an der schwarzen Haarmähne in den Nacken. Leute schrien nach einem Rasiermesser.

Der Barbier, der eben damit beschäftigt war, dem Fahrenden Sänger den Kopf zu scheren, schwenkte seine Klinge und versprach zu kommen, sobald es ginge. Foulque befahl, den Leichnam seines Onkels zur Totenlaterne neben dem Kirchhof zu bringen. Dann schlug er den Mantel um sich und verließ die Halle.

Er versuchte, seine Gedanken – Heilmittel gegen die Häßlichkeit – fest auf seine *domna* zu richten, auf seine Belle Aude. Aber in seinem überhitzten Gehirn wollte ihr Bild sich nicht herauskristallisieren; es zerschmolz immer wieder bräunlich. Er bemühte sich, sie aus ihren etlichen vollkommenen Teilen zu konstruieren: himmelblaue Augen, vogelzarte Züge, Kumulusstirn unter einer Corona von blondem ... Doch es wollte sich nicht das liebe Gesicht daraus formen. Alles, was er sah, war dieses dichte schwarze Haar, das herunterfiel wie der Schwanz eines gehäuteten Pferdes oder wie die Mähnen jener hundert Pferde, die einst vor seinen Augen um des bloßen

Spektakels willen in der Grube verbrannt worden waren. Natürlich hätte er nichts tun können, um das Haar zu retten. Es ist eine Vorschrift für die Probe durch Zweikampf, daß die Protagonisten geschoren in die Schranken treten.
Sie hatte zu Recht bezweifelt, daß er von ihrer Unschuld überzeugt war. Seine Beobachtungsgabe hatte ihm verraten, daß die beiden Gefangenen – der Mann und das Mädchen – auf irgendeine Weise miteinander verschworen waren, ungeachtet ihres gegenseitigen Hasses. Gewiß hatte Aude, die ihn in Wahrheit inniger schätzte, als er vermutet hatte, ihre Freundin, die Prinzessin, gebeten, den Mord an seiner statt zu begehen: hatte eine Heidin darum gebeten, die keine Seele besaß, die sie damit in Gefahr bringen könnte. Alles andere ergab überhaupt keinen Sinn.

Pirol sang. Ouallada hörte ihn in der Nachbarzelle des Kerkers singen. Es war ein höchst seltsamer Klang. Gern hätte sie einen *tenson* eröffnet, einen Sängerwettstreit, in dem sie jede zweite Zeile beigetragen hätte, bis er keinen Reim mehr wüßte. Aber es war keine Musik mehr in ihr. An diesen dunklen Ort gebracht, fühlte sie sich wie eine Pflanze im Topf, die alles Nahrhafte aus dem Boden gesaugt hatte und sich nun wieder in Erde verwandelte. Vielleicht hatte die Macht des Gesangs in ihren Haaren gewohnt wie die Kraft Samsons. Vielleicht hatte auch ihre Liebe ihren Sitz dort. Vielleicht konnte sie nun, da man sie in ein geschlechtsloses Ding verwandelt hatte, für ihren *senhor* überhaupt nichts mehr empfinden. Anders als der Mann in der Nachbarzelle. Er sang ein Liebeslied für eine Frau.
»Opium, Vater?« rief sie hinüber. »Was wolltest du mit Opium? Kein Wunder, daß das Geld, das ich dir gegeben habe, nie gereicht hat.«
Das Lied stockte, und dann war es für eine kurze Weile still. »Ich nehme es regelmäßig. Opium ist ein Kissen für Poeten

und Weise. Ich habe diese Praxis von einem hervorragenden Ritter im Orient erlernt.« Die Stimme klang fremdartig. Sie war schon durch das Rufen verzerrt, aber mehr noch durch eine großspurige Kultiviertheit, eine höfische Aussprache, die bis zur Possenhaftigkeit verfeinert war. »Er war ein treuloser Ritter, wohlgemerkt. Keine Beständigkeit in seiner Liebe. Und als Troubadour ist er verblaßt – zu nichts verblaßt.«

Wo immer Pirol sich in seiner Phantasie aufhielt, er war jedenfalls nicht in eine unterirdische Zelle gesperrt, wo er den Verlust seines Haars beweinte. Irgend etwas – sei es Opium, sei es Wahnsinn – hatte seinen Geist befreit und ins Reich der Troubadoure und der schönen Frauen entrückt.

»Warum hast du Barral Nerra ermordet?« rief sie, und er antwortete ohne Zögern. Seine Antwort war für Ouallada ohne Sinn, aber sie war zusammenhängend und wiederum mit der kultivierten Besonnenheit des höfischen Chronisten vorgetragen.

»Oh, es war das Allermindeste, was ich für sie tun konnte – für Alazais. Er hat ja nie bezahlt, weißt du. Der *andere* hat bezahlt; dafür habe ich gesorgt. Dafür hat Gott gesorgt. Aber Barral hat nie bezahlt für das, was er getan hat. Dafür, daß er sie ins Elend stürzte. Dafür, daß er Herm in ihre Nähe ließ. Weißt du das? Er hat sie vor den Augen der Welt *verprügelt*! Wußtest du das?«

»Nein, das wußte ich nicht«, sagte Ouallada, in Dunkelheit versunken.

»Hat sie verprügelt wie einen Straßenköter, obwohl sie Engel hätte vom Himmel herabrufen können, die ihn zertrampelt hätten, wenn sie gewollt hätte.«

»Ich wußte nicht, daß du Barral schon kanntest«, rief Ouallada.

»Gleichwohl hat Gott mich ausgesandt, ein Ende zu machen«, fuhr er fort. Er hörte sie nicht mehr. »Das hat er deutlich gezeigt – deutlicher ging's nicht. Hat es mir vor Augen geführt.

Sie hat mich zu ihm geführt, meine Tochter, der schwarzgefleckte Bastard. Sie hatte sich in den Kopf gesetzt, einen Nerra zu heiraten, mußt du wissen. Sind beide dem Teufel entsprungen. Hätte mir denken können, daß sie sich ineinanderfügen, die beiden, wie sie im Abfluß der Welt kreiseln. Das Schlechte zieht das Schlechte an. Hätte sie ersäufen sollen, als sie geboren wurde, noch am selben Tag. Nun – so habe ich es eben heute gerichtet. Dem Alten ein Ende gemacht. Und jetzt werde ich ihr ein Ende machen. Für dich, Alazais. Für dich, meine Köstliche. Hörst du mich? Hörst du?«
»Ich höre dich, Peter Pirol«, sagte seine Tochter.

Der Kampfplatz wurde mit Zaunstücken aus Reisiggeflecht zusammengezimmert, wie man sie zum vorübergehenden Einpferchen von Schafen verwendete; es hingen noch Wollflocken an den Hürden. Da die Menge bei einer solchen Prüfung vorwärts zu drängen pflegte, neigte so eine Arena zum Schrumpfen.
Die Kombattanten erhielten jeder einen Spieß mit einem Bocksgehörn, eine Holzkeule und eine einzelne Armschiene, wie sie von Bogenschützen am Unterarm getragen wurde. Außer Gott sollte es keinen Schiedsrichter geben, aber Sein Name wurde von allen im Munde geführt. Seine Anwesenheit wurde durch die Geistlichkeit heraufbeschworen, Seine Hilfe von den Kämpfern erfleht, und die Erträge der Wetten ließ man zur sicheren Aufbewahrung in der Kirche.
Daß man den Kombattanten die Haare schor, war ein schlaues Element der Tradition, denn auf diese Weise waren die beiden weniger menschlich, sondern eher tierhaft anzusehen. Oft waren sie dann nicht mehr voneinander zu unterscheiden – diesmal allerdings durchaus, denn einer war ein vergilbter, dürrer Mann, der schon alt wurde, und der andere eine halbblütige junge Frau. Man hatte Männerkleider aufgetrieben, in denen sie kämpfen sollte, aber trotzdem brüllten ihr die Leute man-

che Zote entgegen, als sie auf einem Karren zum Schafspferch gefahren wurde.
Ouallada sah sich nach Foulque um. Es gab etwas, das sie dringender benötigte als alles andere, und nur er konnte es ihr geben. Alle ihre Gedanken waren zusammengeflossen und zu diesem einen Bedürfnis verschmolzen. Brächte er diese Panik zur Ruhe, so wäre auch alles andere beruhigt. Aber sein Gesicht war nirgends zu sehen.
Pirol war – jetzt, da keine Kerkermauern seine Phantasien umgaben – ein Turm ohne Gerüst: Er sah aus, als drohe er einzustürzen. Die teure Opiumsucht, dieses von Höherstehenden geborgte Laster, hatte sich in den Mörtel seiner Verfassung hineingefressen. Er drehte die Hacke in den Händen um und um und schien nicht einmal recht zu wissen, wie er sie halten sollte. Dann brachten sie ihm seine Tochter heraus, damit er sie tötete, und obgleich er sich sagte, sie sei kein großer Verlust, konnte er sich plötzlich nicht mehr erinnern, ob er denn sonst noch etwas zu verlieren hatte. Gestern hatte es einen Goldklumpen gegeben, und dazu einen Berg von Musikinstrumenten. Vor einer Weile war ein Bär da gewesen und ein gemietetes Haus, eine Truhe mit den Hochzeitsgewändern eines anderen Mannes und eine kostspielige Sängerlivree. Wohin war das alles verschwunden? Selbst die hübsche Tochter, die er bestickt und eingerahmt, poliert und gebürstet hatte, damit sie ihn im Alter unterhalte, war jetzt zerschlagen und geschoren und zu jener kahlen, geschlechtslosen Kreatur gemacht worden, die da drüben stand, wie er selbst mit einem Hornspieß und einer Keule bewaffnet.
Wenn dies ein Turnierplatz gewesen wäre, unter einem von Fahnen durchwirkten Himmel, inmitten seidener Schabrakken ... wenn Trompeten geschmettert hätten, wo jetzt Möwen krächzten ... wenn Herolde in Wappenlivree zugegen gewesen wären und Knappen mit Lanzenbündeln, ah! dann hätte er zeigen können, was in ihm steckte. Dann hätte er die Kraft her-

aufbeschwören können, um endlich aus der Schale hervorzubrechen, die sein Leben zur Bedeutungslosigkeit eines Sandkrebses zusammengepreßt hatte.
Sie standen einander so lange gegenüber und schauten sich an, daß die Menge anfing zu johlen und zu schimpfen und zu fordern, daß der Bischof komme und sie zum Kampf treibe. Als Foulque dann kam, war er sogar wie ein Geistlicher gekleidet; das Leder hatte er zugunsten von Kutte und Kapuze abgelegt, sein Gesicht war rasiert, sein Haar zahm in den Nakken gebürstet. Er hatte seinem starken rechten Arm die Autorität der Kirche hinzugefügt.
Ouallada hatte etwas davon haben wollen – das war es, was sie brauchte: irgendein Unterpfand, ein Zeichen seiner Gunst. Seine Feder, sein Messer, seinen Handschuh. Jetzt war nichts an ihm außer der glatten, undurchdringlichen Verkleidung eines Mönchs. Wie konnte sie eine solche Prüfung ohne ein Unterpfand bestehen? So sehr sie sich auch einredete, es sei Aberglaube – der Aberglaube wurzelte doch tief genug, um sie zu lähmen.
Sie fuchtelten mit abgeschnittenen Zweigen unter Foulques Nase herum und flehten ihn an, die Schurken zum Kampf zu zwingen. Aber wie konnten sie kämpfen? Ouallada schaute auf das Gehörn in ihrer Hand und schüttelte den Kopf. Nein. Foulque mußte einschreiten. Sie mußte ihm erzählen, wie es sich in Wahrheit zugetragen hatte, und ihn dazu bringen, daß er die Sache anderswo, auf andere Weise regelte. Müde ging sie auf ihn zu. »Foulque – Herr – wir können das nicht tun. Du mußt wissen, dieser Mann ist mein Va...«
Sein Gesicht füllte sich mit Schrecken. »Hinter dir!« sagte er, und sie fuhr noch rechtzeitig herum, um zu sehen, wie Pirol in vollem Lauf herankam, sein Bocksgehörn weit ausholend auf sie niederfahren ließ und schrie: »*Alazais*!« Sie duckte sich in verzweifeltem Schrecken – das Bockshorn streifte ihren Rükken, aber der Schwung ließ sie beide weiterstolpern, so daß

sie mitsamt dem Zaun gegen Foulque prallten. Reflexhaft taumelnd wehrte er sie ab und mußte dazu die Hände aus den Ärmeln ziehen. In der einen Hand hielt er ein Stück blaues Band. Oualiada hatte es ihm so schnell entrissen, daß nicht einmal die Beutelschneider in der Zuschauermenge von ihrer Fingerfertigkeit etwas bemerkten.
Sie hatte es: ein Teil von ihm! Die Kraft durchflutete sie, als habe sie Blut getrunken. Sie verschränkte ihr Bockshorn schräg mit Pirols und entriß ihm seines, schleuderte es zurück in die Mitte der Arena und rappelte sich auf, als er hinterdrein hastete. Amaury hatte sie gelehrt, daß der Kämpfer verloren war, der es nicht vermochte, stehenzubleiben. So nahm sie jetzt die Haltung eines Schwertfechters ein, die Knie gekrümmt, das Gewicht gleichmäßig verteilend, das Rehgehörn mit beiden Händen vor sich haltend. *Alazais, wahrhaftig!* Wer war Alazais? Oualladas Mutter nicht, soviel stand fest, nicht die umnachtete Frau, die Steine sammelte auf dem winterlichen Feld des gefrorenen Blutes, nicht das schwarze Schaf, das zärtlich seine Herde gefleckter Lämmer behütete, die sich unter einem Sängerkarren um ihre Wärme balgten. Alazais? Wer war Alazais? Zum Teufel mit Alazais, und zum Teufel mit ihm für seine »Alazais«!
»Für Alazais!« Schau sie bloß an, wie sie sich müht, sich an das zu erinnern, was der verdammte Amaury ihr beigebracht hat – um es gegen ihren eigenen Vater zu verwenden – rebellisch und verstockt bis zum Ende. Die ganze Zeit hatte sie Amaury gehört, dem Blute nach und im Herzen. Die ganze Zeit hatte Amaury ihm nur erlaubt, seine Brut zu füttern und zu kleiden und aufzuziehen. Pirols Kinder wären weiß gewesen wie Alazais, golden wie Alazais, und sie hätten nur auf ihn geschaut, wie Alazais es getan hatte. »Für Alazais!«
Sie sah, daß seine Beine schwammig waren, seine Schritte träge. Immer wieder schürfte er mit der Seite seines Schuhs über den unebenen Boden, stolperte dann und mußte sein

Gleichgewicht wiederfinden. Immer wieder signalisierte er seine Absichten mit seinen Grimassen und gab ihr so Zeit, sich seinen Attacken und Streichen durch einen Sprung zu entziehen. Dann berührten seine Finger den Boden, und sein Atem kam und ging gegen den Takt seines Keuchens, vom Schluchzen der blanken Erschöpfung unterbrochen.

Auch sie schrie, um das Dröhnen ihres Herzschlags zu übertönen und die Flüche, die er ihr entgegenschleuderte. Als die Hörner sich ineinanderverhakten und sie Kopf an Kopf miteinander rangen, roch sie den schalen gelben Geruch, der aus ihm hervordrang wie aus schlecht gegerbtem Pergament oder aus ungewaschenen Hosen. Er drängte sie rückwärts, obwohl seine Handgelenke ebenso dünn wie ihre waren und die Haut auf seinen Handrücken spröde. Sein Atem roch nach gelbem Talg, als er ihr ins Gesicht grunzte und in kindischem Singsang blökte: »Ich sang für Gott, jawohl! Im Angesicht des Königs sang ich für Gott. Ich bin sicher vor Teufeln wie dir!«

»Nur die Toten sind sicher vor den Teufeln«, erwiderte sie, und statt ihn zurückzustoßen, zog sie ihn an sich. Eine Hornspitze traf ihn in den Leib, und er schrie auf. Sie ließ ihr Gehörn los, raffte die Keule, die zu ihren Füßen lag, an sich und schlug nach ihm – matte, wirkungslose kleine Stüber, aber doch genug, um ihn taumeln zu lassen. Sie streckte den Fuß vor, um ihm ein Bein zu stellen, und dann ließ sie – die Augen geschlossen, und alle ihre Gedanken wie Brennholz ins Feuer werfend – die Keule auf ihn niederfahren, wieder und wieder und wieder.

Sein Gehörn krümmte sich über seinen Körper, und sie trieb es mit den Spitzen in den Boden und nagelte ihn fest in einen Käfig aus hohlem Knochen. Und Stück für Stück zerschmetterte sie den Käfig zu splittrigen Fragmenten, die sich in den Falten seiner Kleidung festsetzten oder sich wie Krallen in seine Brust bohrten. Ihre Augen waren so fest geschlossen, ihre Anstrengungen so heftig, daß sie vom Ziel abwich: Etliche Schläge trafen seine Beine, seine Hände und auch seine Stiefel. Endlich waren ihre Hände, mit denen sie die Keule umfaßt hielt, so entkräftet, daß die Keule in die Menge flog und den Mann traf, der die Wetten annahm.

Sie bekam nicht genug Luft in die Lunge; ihre Arme und Beine wurden zu Wasser. Bald würde sie seiner Gnade anheimgegeben sein, gefangen in ihrem treulosen weiblichen Körper. Ihre Augen waren voller Wimpern, so fest hatte sie sie zusammengekniffen. Sie spähte umher und suchte nach der zweiten Keule, nach seiner Keule, und sie stolperte über ihren Vater und watete durch Luft, die so dicht war wie Wasser, um sie aufzuheben. Dann stemmte sie sich damit hoch – wer aufrecht auf beiden Beinen steht, ist immer im Vorteil; Amaury hatte das gesagt – und schluchzend und keuchend wankte sie zurück zu ihrem Gegner. Der hörnerne Käfig war zerbrochen, und er kroch auf Händen und Füßen auf die Schafhürden zu.

Manchmal konnte ein Kampf einen halben Tag dauern. Obschon scheinbar Jahre vergangen waren, hatte die müde Hatz kaum eine Stunde gedauert, das Heben einer Keule, die für sie viel zu groß war, das Grunzen und die obszönen Schmähungen und die Schläge nach ihren Beinen, die krallenden Griffe nach ihren Knöcheln. Als sie die Keule nicht mehr heben konnte, trat und stampfte sie und hielt den kahlen Kopf zwischen beiden Händen, als müsse sie den Vorhang ihrer Haare von den Augen fern halten. Dabei waren ihre Augen meist geschlossen, und sie sah nicht ihn, sondern sich selbst, kahlgeschoren und tierhaft, wie sie zurückgekehrt war zum Hundekampf der Bauern, wie es ihrem Geburtsrecht entsprach. Von allem Unrecht, das Pirol ihr je angetan hatte, war dies das Schlimmste: daß er sie zu einem grotesken Anblick in Foulques Augen gemacht hatte. Daß er sie häßlich gemacht hatte.

Am Ende hockte sie rittlings auf Pirol, schlug ihm mit den Fäusten ins Gesicht, schluchzte. »Wo ist mein Haar? Gib mir mein Haar! Gib mir mein Haar zurück!«

»Genug. Genug. Genug.«
Sie hielt das Band mit beiden Fäusten, als könne sie noch einen Tropfen von jener Kraft des Hasses daraus hervorpressen. Aber es kam nichts mehr. Denn in diesem Augenblick begriff sie, was es war: Es war Foulques Geschenk von La Belle Aude – ihre Farbe, ihr Unterpfand, ihr Segen für den Mann, den sie zu heiraten gedachte.
»Warum sie? Warum sie? Warum sie?« fragte sie und hämmerte die Frage mit müden Fäusten fest. »Warum Alazais? Wer ist sie? Was ist Alazais? Warum nicht Kadija? Warum nicht Ouallada? Warum nicht ich? Warum nicht ich? Warum nicht ich? *Warum konntest du nicht mich lieben, deine eigene Tochter*?«
»Genug. Genug. Genug«, sagte das Gesicht unter ihr mit einer Stimme, die klang wie die eines Vogels im Käfig. »Genug! Genug!« Er verhüllte sein Gesicht mit den Armen; er wußte, daß er blind war, aber er brauchte es nicht zur Kenntnis zu nehmen, solange er die Augen bedeckt hielt. Die Menge nahm den Schrei auf. *»Genug! Genug! Genug!«* Die Zäune kippten nach innen.
Ungeduldige Hände stießen Ouallada beiseite, und zwei Männer, deren Gürtel mit Eichhörnchenschwänzen geschmückt waren, packten Pirol unter den Achseln. »Wie heißt du?« fragten sie ihn immer wieder. »Wie heißt du?«
Seine Antwort klang unzusammenhängend. »Pirol.«
»Ist das alles?« fragten sie.
Mit seinem Rufen hatte er das Urteil über sich selbst gesprochen; er wurde fortgeschleppt, das Gesicht zum Himmel gewandt, und nur seine Fersen schleiften über den Boden, fortgeschleppt durch die Menge, die zurückwich, um ihn besser sehen zu können, und sich dann wieder schloß. Man hörte einen einzelnen Aufschrei, nicht sehr weit weg und ganz deutlich.
»Alazais!«

Und dann war er nicht mehr von Interesse, und alle Aufmerksamkeit richtete sich wieder in die Arena.
Einer von Pirols Stiefeln lag im Gras, und ein hellblaues Band hatte sich von seiner Brust gelöst, als man ihn hinausschleifte. Bischof Foulque trat in die Arena und hob das Band auf, und seine Finger ließen es hin und her wandern, von links nach rechts, von rechts nach links. »Die Frau hat sich in der Probe als unschuldig erwiesen!« sagte er ohne feierliche Umstände.
»Nein, nein! Hast du sie denn nicht gehört? Sie ist seine Tochter! *Deine eigene Tochter*, hat sie zu ihm gesagt. Hast du's denn nicht gehört, Bischof? Sie steckten unter einer Decke. Laß sie nicht laufen, die Mohrin! Sie ist eine Teufelin! Ein Dämon! Vielleicht hat er sie mit dem Teufel gezeugt.« Er sah, daß sie sich in ihren Herzen gegen sie entschieden, sie verurteilten, aus Angst, aus Blutgier.
»Richtet einen Scheiterhaufen auf«, sagte er. »Ich will ein wenig von Gott sprechen, und danach könnt ihr sie haben, um sie zu verbrennen.«
Er wandte sich an Ouallada, und der Hermelinpelz im Futter seiner Kapuze schimmerte wie am lebenden Tier. »Dein Vater, Prinzessin? Der Scheich Obeid ben Zefir hat offenbar wenig Glück gehabt seit seinen Eroberungen im Orient?«
Und als sei die Erwähnung dieses Namens ein Stichwort für sein Erscheinen, erhob sich in diesem Augenblick Pirols Kopf auf einer Stange, und man versuchte erfolglos, die Stange in den Boden zu treiben. Sie kippte um und verschwand wieder; die Erde war zu hart und salzig, um solche Frucht zu tragen. Ouallada sah den Kopf nur ganz kurz: lange genug aber, um zu sehen, daß der Mund offenstand und lautlos sang. Ohne Begleitung. Solo. Solus. Allein.

Siebenundzwanzig

In die Hölle entrückt

Eine Hinrichtung ist immer ein Ereignis, eine Unterbrechung in der Eintönigkeit des Alltags, eine Gelegenheit für große Reden und üppig fließende Tränen. Die besten Predigten werden im Schein der Scheiterhaufen gehalten, und sie wenden die Kohlen im Herzen des Zuschauers, bis er brennt vor Dankbarkeit dafür, daß er einem solchen Schicksal entronnen ist. Der Tod wird nah herangebracht – so nah, daß man ihn riechen kann, daß man ihn mit den Mäusen unter den Scheitern rascheln hört, daß man sieht, wie er sich hinter dem Rauch bewegt. Hinrichtungen fördern Festtagskleider zutage, lassen Festtagsprozessionen entstehen. Eine Hinrichtung ist ein prächtiges Spektakel und ein Theaterstück mit orangegelber Kulisse und mit Requisiten aus der Schatztruhe der Kirche – mit Kelch und Pyxis, mit Kruzifix und Reliquiar –, die im prachtvollen Umzug durch die Straßen getragen werden. Selbst die Scheiter und der Gefangene erhalten eine gewisse heilige, prozessionale Bedeutsamkeit.

So kamen alle zur Kirche, um zu hören, wie der neue Herr von Nerra-des-Étangs zu einer verurteilten »Prinzessin« sprach. Hinrichtungen lassen gute Rhetorik hervorkommen – ebenso sicher, wie sie Gedärm und Geschrei hervorlocken und ein heißes, rechtschaffenes Frohlocken im Bauche derer, die dabei zuschauen.

Es entsprach der Tradition, daß die Verurteilten für die Dauer der Predigt im Sockel der Kanzel eingesperrt wurden. So stieß man das kahlrasierte Mädchen, verkrustet vom eigenen Blut und dem ihres Spießgesellen, in den engen dunklen Schrank. Ihre Beine waren an den Knöcheln zusammengebunden, und im Arm hielt sie ein Bündel Feuerholz zur Erinnerung an das bevorstehende Stelldichein mit dem Scheiterhaufen. Dann erklomm der Bischof Nerra seine Kanzel, um zur Buße zu mahnen und auch die Starken zu Tränen zu rühren.

»Männer und Frauen von Étangs-Nerra, ich kenne euch!« rief er, und das Gerangel um die Plätze, die Züchtigung der tobenden Kinder, die gemeinsamen Erinnerungen an die Prüfung, das alles nahm ein jähes Ende. Seine Stimme durchbohrte sie wie das Licht, das wie Zuchtruten durch die Fenster des Gotteshauses auf Sein versammeltes Volk herabfiel. »Glaubt ihr euch sicherer als diese übeltäterische Hure? Nennt ihr euch erlöst? Ich schaue von hier oben hinab und sehe den Teufel, wie er von Rücken zu Rücken springt, klein wie ein Floh, und sich mästet an eurem Blut, und wie er kostet von seinem Vieh, damit er schon weiß, von welchen er sich in der Hölle ernähren wird. Schon hat er gekostet von der Süße der Wollust, vom scharfen Gewürz der Unkeuschheit. Hier sind Früchte für ihn, die schon mit Lügen besteckt sind, deren jede so schwarz ist wie die Nelke, und hier sind Braten, die sich selbst begießen werden, da sie sich drehen am Spieß in der Hölle. Denn sie sind fettgemacht von Völlerei und Wucher.«

Man schlug sich mit den flachen Händen klatschend in den Nacken und tötete doch nur Läuse, nicht aber die schleichende Angst, die sich auf alle legte. »Nennt ihr euch Sünder?« fragte er, als sie sich in den verfilzten Haaren kratzten. »Meine Kinderchen ... es werfen da Sünder ihren Schatten auf die Welt, die euch strahlen lassen in meinen Augen wie ein Meer von Kerzen. Ich war im Lande der Ruchlosigkeit, und ich habe die Kinder des Goldenen Kalbes gesehen, und jetzt bin ich unsagbar glücklich, daß ich meinen Blick auf den weißen Fellen einer sanfteren Herde ruhen lassen kann. Selbst hier, in unserem eigenen Land, gibt es Ketzer, die sich ›rein‹ und ›vollkommen‹ nennen und den Erlöser doch siebenmal am Tag verleugnen. Aber nicht in meiner Herde.«

So warf er sie hin und her zwischen Himmel und Hölle wie einen Pfannkuchen. Wenn sie gerade spürten, wie die Hitze ihre Seelen versengte, stießen sie mit dem Kopf unter den Boden des Himmels, bis ihnen schwindelig wurde.

»Nehmt dieses Weib. Diese Kreatur, die hier zu meinen Füßen eingesperrt ist. Ich *fühle* ihre Ruchlosigkeit. Ich spüre sie dort: eine Made, die sich verpuppen will in der Rinde des Baumes, und ich der Specht, der gesandt ist, sie zu verschlingen.« Der Perlstab brach vom Rande der Kanzel, und er beugte sich hinüber und schlug damit an die häßlichen Schnitzereien des Sockels. Ein schriller Schreckensschrei ertönte drinnen. Davon abgesehen blieb die Gefangene stumm. Sie leugnete nicht lauthals ihre Schuld, ertränkte auch nicht seine Predigt in reuigem Geheul. »Dieses Weib. Diese Mörderin meines Onkels – oh, gießet Kalk auf die Stelle, da ihr die Asche dieses Dämons vergrabt! Denn sie war eine Prinzessin und bewegte sich inmitten von Kupfer und Silber in Schuhen, die zu kostbar waren, um etwas anderes als Teppiche zu betreten. Ein Wesen, das jegliche Mühsal so wenig gewöhnt war, daß die Luft, die sie atmete, mit Mandeln und Zibet gewürzt sein mußte. Wißt ihr, daß man ihren Leib mit der Milch der Ziege salbte und dann kleidete in Damast und Seide? *Sie trug Blumen im Haar.*« Und als er dies sagte, sahen Männer, die den Luxus nie gekostet hatten, sich in den Harem ferner Länder versetzt. »Die Unwissenheit der Heiden war ihre Sache nicht! Ihre Mutter kannte die Gnade der Erlösung, und sie ward gewikkelt in die Bänder der Heiligen Taufe. Nein! Die hier, sie *erwählte* sich den Weg zur Verdammnis, und ihr Ohr ergötzte sich an der Musik des Teufels, wenn sie ihr Lied nach seiner Fiedel stimmte. Ich habe diese Frau beobachtet, wie sie durch die Schwärme der Männer glitt, stumm wie das Neunauge, und wie sie sich in ihr rechtschaffenes Fleisch bohrte und sie zu Verbrechen der Ausschweifung verlockte, zu Handlungen läßlicher Sündhaftigkeit. Sie spukte an dunklen Orten, für die ihre Hautfarbe sie geeignet macht, wie auch die Eidechse sich in ihre Umgebung fügt. Es sind Männer unter euch, welche die Leidenschaft kannten und um ihretwillen sündigten. Aber ich sage euch, die Leidenschaft dieser Frau gilt der Sünde selbst, und ihr Liebhaber ist der Böse!

Und glaubte sie, daß sie den Folgen entgehen würde? Glaubte sie, daß sie beißen, stechen, morden könnte, um dann nur in die Höhe zu springen, die Sonnenstrahlen zu fassen und an ihnen in den Himmel zu klettern? Oh! Ich wünschte, ich könnte ihr diese Möglichkeit verwehren, denn da ich hier stehe, läßt ihr Gestank alle Barmherzigkeit in mir schrumpfen und umwölkt meinen Blick mit Abscheu! Und doch ...

Und doch ist Gottes Liebe offen für jeden, der bereut. Seine Nachsicht ist endlos. Und so muß ich dich ermahnen – Weib – Zügellose – schlängelnde Viper – die du dem Herrn Barral das Leben und seinem Volke die Tränen aus dem Leibe preßt: Bereust du deine Sündhaftigkeit, deine Hinterlist, bereust du den Tag, da du geboren, die Zahl der Tage, da du dem Elend der Welt noch weiteres hinzugefügt? Willst du dich in Demut und Wahrheit hinausstehlen? Willst du diese Menschen anflehen, für deine Seele zu beten, willst du willkommen heißen die Läuterung durch das Feuer, auf daß deine schmutzige Seele saubergeglüht und der Satan zur Tür hinausgewiesen werde? Rede, Sünderin, auf daß man dich am Ende doch noch menschlich finde unter deinem schwarzen Fell! Der Heilige Geist schlägt mit den Flügeln an deine Zelle, Kind!«

Geraume Zeit war das einzige Geräusch, das man in der Kirche hören konnte, das Schlagen der hölzernen Schmuckleiste gegen den Sockel der Kanzel und das Rieseln der Splitter, die Stückchen für Stückchen davon abbrachen. Dann ließ Foulque den Gesang beginnen; er begann mit leisem, rhythmischem

Murmeln, das nur in der vordersten Reihe zu hören war, und ließ es dann durch die Kirche nach hinten fluten, verstärkt durch das Stampfen der Füße und vereinzelte hysterische Schreie: *»Bereue! Bereue! Bereue! Komm heraus! Komm heraus! Bereue! Bereue! Bereue!«* Er hatte sie allesamt in den Stand von Gerichtsdienern erhoben, und die ungewohnte Macht blendete sie.

Genau wie das Phosphor. Sein sengender Blitz bohrte ein schwarzes Loch in jede Netzhaut, und die Pupillen eines jeden Auges schlossen sich vor dem Licht.

Dann quoll eine Rauchfahne aus der kleinen Tür am Fuße der Kanzel hervor – grau, mit Rot durchwoben – und wehte über die Menge; sie tauchte die ersten paar Reihen in beißenden Nebel und reichte dann weiter in die Seitenkapellen und unter das hohe Dach des Kirchenschiffs. Durch die Tränen in ihren brennenden Augen sah es für die Gemeinde so aus, als ob die Engel, die oben die Stichbalken trugen, sich flatternd wanden und hustend in ihre Trompeten stießen.

Alles wandte sich in kopfloser Flucht. Ein Keil aus zusammengedrängten Menschen trieb die Ahnungslosen vor sich her: »Hinaus! Hinaus! Ein Feuer!« Und wenngleich der Gedanke schon vielen sofort in den Sinn gekommen war, brauchte es doch den neuen Bischof, um ihre schlimmsten Befürchtungen zu bestätigen. Er wartete, bis die Flügel des Kirchenportals weit aufgestoßen worden waren, und schrie dann: *»Satan ist gekommen, sie zu holen!«*

Satan in der Kirche? Unmöglich. Hatten denn während der ganzen Predigt Dämonen hier gelauert, die Steinplatten unter ihren Füßen aufgestemmt, sich gewaltsam Zugang verschafft, um seine Beute zu entführen? Das erfüllte sie mit dem Entsetzen, welches Schwimmer empfinden, wenn sie unter sich den Hai dahingleiten sehen. Später beschrieben Leute Dämonen mit grünen Beinen, die sie gesehen hatten, und Ziegen mit blutigen Hörnern. Im Augenblick aber gab es nur den Drang,

davonzukommen, auf den sofort das Verlangen folgte zu sehen, was aus der Frau im Sockel der Kanzel geworden war.
Sie versammelten sich erneut vor dem Portal. Männer schoben die Köpfe hinein. Ihre Frauen zerrten sie zurück, duckten sich dann unter ihren Armen hindurch, schlichen auf den Steinfliesen voran und äugten zu den Balken unter der Decke hinauf, ob da nicht schnatternde Dämonen an ihren Greifschwänzen baumelten. Es stank nach faulen Eiern.
Der Sockel der Kanzel stand offen. Wie die Jünger am Ostermorgen spähten sie hinein, die Hände auf Münder und Nasen gedrückt. Auf dem Boden, wo die Mörderin gehockt hatte, lagen zwei Schenkelknochen und ein verdrehter Fetzen von verkohltem Stoff.
»Jesus. Sie ist in die Hölle geschleppt worden.«
Als ihnen die Erkenntnis dämmerte, daß ihr neuer Herr und Bischof unmittelbar über diesem Feuersbrand gestanden hatte, begannen sie sich von neuem zu bekreuzigen, und eine Matrone, die ihn besonders anziehend gefunden hatte, wagte sich auf der hölzernen Wendeltreppe hinauf zum Kanzelbottich; sie rechnete damit, dort seine qualmenden Überreste zu finden. »Herr? Bischof? Mein Herr? Hochwürden!«
Aber da war keine Spur von ihm. Derselbe Feuersblitz, der die Mörderin in die Hölle geschleudert hatte, schien Foulque Nerra in den Himmel hinaufgeschossen zu haben. Die Matrone sah sich nach einem Häuflein Asche um, das sie als Reliquie hätte verehren können und das ihre Familie vor Unglück bewahren würde.
»Sie war ohne Reue«, sagte eine Stimme aus den hallenden Nischen hinter dem Lettner, und Bischof Foulque trat heraus und vor die Augen der Öffentlichkeit. Gesicht und Hände waren rußgeschwärzt, und sein glänzender Schädel war mit Asche besprenkelt. »Oder war sie stolz und hat mit der Reue zu lange gewartet? Laßt uns daraus lernen, mein vorzügliches braves Volk, und eingedenk sein der Dämonen, die an unserer

Seite lauern und nur darauf warten, uns in ewige Qual zu stürzen.«

Für eine sehr kurze Zeit, während der Schleier zerriß, welcher die Lebenden von den Toten trennt, erfaßte fromme Hingabe die Burggemeinde von Nerra-des-Étangs. Sie ließ die Menschen in den Straßen tanzen und in Zungen reden.
Das würde sich legen. Goldstaub kann nicht ewig schweben. Er sinkt wieder hinab auf das Flußbett. Aber eine Zeitlang waren sie Gottes auserwähltes Volk, das er heimsuchte in Säulen von Feuer und Rauch. Sie lärmten durch die Stadt, beglückwünschten schrill sich selbst: *Ihre* Kirche war es gewesen, die Gott ausersehen hatte, um Sein großes Exempel zu statuieren.
Unterdessen kehrte in der Kirche selbst die Stille wieder ein. Stare ließen die Glockenseile zucken, und der Geruch von Phosphor und Schwefel senkte sich in die Spinnweben, um dort von den Spinnen gefressen zu werden. Foulque Nerra trat an die Kanzel, und indem er Körpermasse mit roher Kraft verband, konnte er das ganze Ding um zwei Fuß zurück zu seinem ursprünglichen Standort verschieben. Danach war es ihm möglich, die kleine Steinplatte anzuheben, die den Zugang zur Krypta verdeckte. »Du kannst jetzt herauskommen.«
Sie kam nicht. Sie konnte nicht. Die Leiter wollte nicht stillstehen, sondern schlug und klapperte gegen den steinernen Rand wie zwei braune Skelettarme, die sich aus dem Grabe strecken. Und ihre Beine waren stofflos.
Foulque stellte sich breitbeinig über die Öffnung, reichte Ouallada eine Hand hinunter und zog sie herauf. Als er sie auf den Kirchenboden stellte, sank sie in die Hocke, umschlang die Knie mit beiden Armen und bibberte ganz grundlos vor Kälte. Das weiche Flattern seiner wollenen Gewänder umwehte sie, als er sorgsam die Kirche von allen Spuren seiner Predigt säuberte. Stück für Stück sammelte er die abgesplit-

terten Holzstücke auf und zählte sie immer wieder in seiner flachen Hand.
»Das war sehr schlau«, sagte sie. »Ich wußte nicht, daß du in der Alchimie ebenso bewandert bist wie im Verseschmieden.«
»Wer, ich? Natürlich. Ich gehöre zur *wissenschaftlichen* Bruderschaft, erinnerst du dich nicht? Deshalb war das Konzil von Tours ja so ... so wenig einverstanden mit mir. Naturwissenschaften kamen in Acht und Bann. Keine Gelegenheit für mich, mein Publikum mit meinen Zauberkunststücken zu unterhalten. Und sieh doch nur, wie gut es ihnen gefällt. Freilich, Charismatiker sind die große Mode unserer Zeit. Ich selbst halte sie ja alle für Jahrmarktsscharlatane.«
Sie verfielen in ein Schweigen, das so dicht war, daß Ouallada daran zu ersticken glaubte.
»Ich habe deinen Onkel nicht ermordet«, sagte sie schließlich.
»Das weiß ich. Ich habe deine Hände gesehen. Die Saite hätte sich hineingegraben, als du sie straffzogst. Ich bedaure, daß du ... all dies ... über dich ergehen lassen mußtest.« Mit unbeholfener Handbewegung wischte er sein von Menschenhand gemachtes Wunder beiseite. »Aber die Blutgier war erwacht. Sie hätten dich auf jeden Fall verbrannt, und vielleicht wären sie danach noch zu dem Schluß gekommen, daß wir Bundesgenossen seien, du und ich. Es war also die reine Selbsterhaltung, wie du siehst.«
Damit wollte er ihr die zermürbende Last der Dankbarkeit für die Lebensrettung erleichtern, aber sie konnte ihn immer noch nicht anschauen. So kauerte sie da und fuhr mit den Fingern über eine erhabene Inschrift in der Bronzeplatte zu ihren Füßen. *Inh toml qi cb ...*
»Es tut mir nur leid, daß ich die Probe nicht verhindern konnte. Du hättest *mich* mit deinem Va... mit dem Mörder kämpfen lassen sollen.«
»Ich habe es dir doch gesagt. Ich wußte, daß er schuldig war und ich unschuldig. Und er hat versucht, mir die Schuld in die

Schuhe zu schieben. Ich hatte also Grund, mit ihm zu kämpfen. Wie dem auch sei. Jetzt kannst du nach Haut-Béziers zurückgehen und ...«

»Ich hätte die Sache besser beurteilen können, wenn ich gewußt hätte, warum dein Vater Barral Nerra umbringen wollte.«

»Mein Vater?«

Er ärgerte sich über sich selbst, weil er die gegenseitige Täuschung hatte fallenlassen, aber andererseits waren Täuschungen ihm lästig wie Wespen, und er fühlte sich stets versucht, sie zu erschlagen. »Ja. Der Scheich Obeid ben Zefir. Er hat offensichtlich schlechte Tage gesehen, seit du als Kind in seinen Zelten lebtest. Ich habe ja gehört, daß das Opium einen Mann auszehrt, aber daß es ihm alle Farbe nimmt ...?«

Ihr Rücken versteifte sich. Sie war kurz davor, sich über diese Anschuldigung zu ärgern. Sie war aus dem Stoff, aus dem ihre Kindheit gemacht war. »Mein Vater kannte Barral anscheinend. In seiner Jugend.«

»Ach ja. Das hatte ich vergessen. Mein Onkel war ein weitgereister Mann.«

»Ich glaube, sie müssen einmal dieselbe Frau geliebt haben.«

»Ah. Die Liebe. Der Teufel für jeden Zweck. Und du – als du sahst, daß das Leben deines Vaters in Gefahr war, da warst du bereit, dein Schweigen zu wahren und die Axt auf dich fallen zu lassen.«

»Oh, aber ich dachte, du ...« Sie brach ab, und zum ersten Mal sah er ihr geradeaus ins Gesicht und zog die Brauen hoch. Sie sprach den Satz nicht zu Ende. Wie hätte sie sagen können: »Ich dachte, du hättest den Mord begangen. Nur für dich würde ich sterben.«

Und so verschwand das Erstaunen aus seinem Gesicht, als er eine andere Deutung für ihr Schweigen fand. »Du dachtest, ich würde dich aus der Klemme holen. Während deinen ... geschätzten Vater niemand herausholen würde.«

Sie nickte. Die Wahrheit erschien um so viel verwickelter als diese schlichte Darstellung der Ereignisse. Für sie hätten ihr mehr Worte zu Gebote stehen müssen.
»Dann erwies er sich einer solchen töchterlichen Geste unwürdig, und du wurdest zur Harpyie und hast ihn zerrissen. Ich schwöre, ein so wildes Wüten habe ich nie gesehen. Dennoch, ich hätte ihn für dich getötet, wenn es nötig gewesen wäre.« In seiner Stimme lag kein Erschrecken; sie klang ein wenig spöttisch, als seien die Possen seiner Mitmenschen nur in ihrer Torheit konsequent. Sie wußte nicht, redete sie mit einem Mann oder einem Mönch.
»Deine Güte hat die Mittel, die ich habe, dir zu danken, längst hinter sich gelassen, Herr. Es ist besser, wenn ich nicht länger hier bleibe; ich könnte sonst deinen Ruf als Wundertäter in Gefahr bringen.«
»Ja. Ja, du hast recht.« Er wirkte plötzlich nervös. Ein paar Schritte weit von ihr entfernt hockte er sich nieder und versuchte, die Stücke der Zierleiste in der richtigen Ordnung zusammenzulegen, so daß die gesplitterten Enden zusammenpaßten. »Am besten kehrst du nach Haut-Béziers zurück und tust die Neuigkeit kund.« Sie schaute ihn ausdruckslos an. »Was? Sie hat dich doch geschickt, oder? Meine *domna*? Damit du mitansiehst, wie die Arbeit getan wird? Was wirst du ihr erzählen? Habe ich dich den Klauen des Satans entrissen, damit du meiner Herrin das Geheimnis meiner Schuld in den Schoß wirfst? Wirst du ihr erzählen, daß ich es nicht war, der Barral tötete?« Er hatte Angst vor ihr. Sie war in der Lage, Aude zu erzählen, daß er nicht der Mörder war. Ouallada hatte es in der Hand zu verkünden, daß er den *assais* nicht bestanden hatte.
»Nach Haut-Béziers zurückkehren? In diesem Zustand? Wie könnte ich das?« Sie meinte nicht nur ihre Arbeiterhose, den kahlgeschorenen Kopf, den Geruch nach Krypta und Blut, der an ihr klebte. Aber er hob nur die Hand vors Gesicht und

winkte kurz ab; Mütze und Mantel würden sich schon finden lassen, meinte er, es sei sicher nicht schwer, Mütze und Mantel zu finden und dann so zu tun, als ob ...

»Ich wäre dir zu unendlichem Dank verpflichtet, Herr«, sagte sie. »Und natürlich werde ich Frau Aude nur erzählen, daß Barral tot ist und du der Herr von Nerra-des-Étangs bist.« Sie schaute ihm ins Gesicht und wartete darauf, daß es sich in einem Lächeln auflöste, aber es blieb versteinert wie zuvor. Er nickte nur zum Zeichen dafür, daß er ihr zu Dank verpflichtet sei.

»Dann gehen wir am besten gleich«, sagte er. »Während die Stadt noch in diesem Aufruhr ist.«

»*Wir*? Du willst mitkommen? Aber du hast hier eine Stellung bezogen! Du kannst nicht fort! Rufe sie her.«

»Sie herrufen?«

»Du hast das große ›Salzfaß der Camargue‹ in deiner Hand, oder? Laß sie herbestellen, damit sie kommt und dich heiratet. Sie wird kommen. Sie hat dir ihr Versprechen gegeben ... Es hat sich wirklich alles sehr glücklich gefügt, findest du nicht auch? Die Sache ist getan, und kein Blut besudelt dein glückliches Geschick. Alles sehr günstig.«

»Sie herbestellen?« Diese Vorstellung war offensichtlich unfaßbar. Weit über alle Plumpheit hinaus unverschämt. Darauf war er nicht vorbereitet: Er mußte lachen. »Sie herbestellen? Ich glaube kaum! Außerdem gibt es noch eine ... äh – Kleinigkeit, die mich daran hindert, hierzubleiben. Oder wenigstens zurückzukommen. Solange ich meinen Prior nicht aufgesucht und meine Angelegenheiten geordnet habe.« Seine großen traurigen Augen blickten kurz und flackernd zu ihr herüber, erfüllt von eingestandener Schuld. »Dir ist, wie ich weiß, bekannt, daß ich als Kirchenmann gewissermaßen ... fehlgetreten bin. Andernfalls würden wir dieses Gespräch ja jetzt kaum führen. Was dir vielleicht etwas weniger unmittelbar in den Sinn kommen dürfte ...« Betreten zupfte er sich an der Nase.

»Seit ein paar Jahren ist es genaugenommen ein Verbrechen, sich als Priester auszugeben. Darauf steht die Todesstrafe – nach dem Gutdünken der Hofgeistlichkeit, möchte ich behaupten. Aber weißt du, es wäre nicht nur – wie soll ich es sagen? – eine gewisse *Verlegenheit* damit verbunden, wenn ich in der Person des ›Bischof Foulque‹ meine Gemahlin herbringen wollte, sondern auch das kleine, aber doch nicht unbeträchtliche Risiko, aufgehängt zu werden. Du siehst, es wäre nicht nur angenehm, sondern auch ratsam, sich für eine kleine Weile zu den Gefilden von Haut-Béziers zu verfügen.«

Als Ouallada und Foulque ins Herz des Languedoc zurückreisten, war es, als gewinne sie ihre Maske von den Zweigen jedes Baumes, an dem sie vorüberkamen, zurück. Kein einziges Mal erwähnte er den Mann, dessen Kopf auf einer Stange vor dem Tor von Étangs-Nerra steckte. Er gab ihr Geld, um sich ein Kleid zu kaufen. Ihr gelang es, eine Wollmütze aufzutreiben, die eng am Kopf anlag, so daß sie im schlimmsten Fall aussah, als sei sie das Opfer einer Krankheit geworden, die ihr das Haar hatte ausfallen lassen.
Was ihn betraf, so verlieh ihr die Rückkehr zu einem Kleid nicht mehr Weiblichkeit, als sie zuvor besessen hatte. Er hatte lediglich einen Kollegen gerettet, einen Mit-Troubadour, und wenngleich diese Güte so gewaltig erscheinen mochte, daß Oualladas Liebe sich jedesmal verdoppelte, wenn sie nur daran dachte, so war es doch nicht mehr, als er für Gaston Mauriac oder für Auxerre d'Impt auch getan hätte.
Je näher sie Haut-Béziers kamen, desto unruhiger und abwesender zeigte er sich im Gedanken an das, was vor ihm lag. Als sein Pferd einmal tatsächlich vom Weg abkam, widerstrebte es ihr zutiefst, ihn zu rufen und es ihm zu sagen; so oft hatte er sich verächtlich über die »Narren, die *per cuda* umherschweifen«, geäußert. Das Pferd entschied die Angelegenheit, indem es einfach stehenblieb. Foulque sah sich genötigt,

abzusteigen und das Tier zur Straße zurückzuführen. Hüstelnd und stirnrunzelnd stieg er wieder auf, aber als sie etwa eine Meile weitergeritten waren, sah er ihren Blick und bemerkte mit betretenem Lächeln: »Über die Freuden der Erwartung läßt sich wohl manches Gute sagen.«

»Über die Reise im Gegensatz zur Ankunft, meinst du?« fragte sie, und er nickte. »Über die Hoffnung im Gegensatz zur Erfüllung?«

»Ah. Aha. Gut. Aber vielleicht heißt das die Theorie doch zu weit treiben.«

Wenn sie wirklich ein Mann gewesen wäre, wie er sie behandelte, hätte sie die Frage, die in ihrem Kopf wütete, auf die plumpste Weise stellen können: »Bist du wirklich noch Jungfrau? In deinem Alter?« Die Hälfte aller Pfaffen in Frankreich hätte das nicht von sich behaupten können, und sie trieben sich trotzdem noch unter dem Mantel der Mutter Kirche herum. Aber aus dem Munde einer Frau (und sie sah sich beharrlich noch immer als eine solche) wäre diese Frage von unerhörter Unschicklichkeit gewesen.

Ebenso wie die Erinnerung daran, daß seine Braut keine Jungfrau war.

Aber das wußte er, oder? War es ihm gleich, solange Aude nicht ihre *Liebe* an Mauriac verschenkt hatte? Die Fragen purzelten ihr durch den Kopf, und auf keine gab es eine Antwort. Was kam es auch darauf an? schloß sie und folgte ihm in seinem Schlepptau, und sie nahm sich vor, die Leinen loszumachen und fortzufahren, sobald sie neu aufgetakelt und seetüchtig wäre. Noch vor der Hochzeit, wenn das möglich war. Bis dahin würde sie ihre Zunge im Zaum halten und ihre eigenen Gedanken unterdrücken.

»Bekümmert es dich denn nicht, daß sie vor dir schon bei Gaston Mauriac gelegen hat?«

Sie platzte damit heraus, so laut und stammelnd, daß er sie mit weit aufgerissenen Augen anstarrte und sich ein paar Mal mit der Hand über den Kopf strich. Er klappte den Mund auf, als wolle er antworten, aber als nichts herauskam, trieb er sein Pferd mit den Fersen zum Galopp und jagte davon. Er ritt geradewegs auf einen grasbewachsenen Hügel zu, der so steil war, daß das Tier sich bockend und kraxelnd nur ein Stück weit den Hang hinaufplagen konnte, bevor es zum Stehen kam und dann auf den Hinterbeinen wieder herunterrutschte. Da hatte Ouallada ihn auch schon wieder eingeholt.

»Ein Bandwurm kann an einem Mann nagen, ohne ihn zu töten, oder?« schrie er sie an. »Das verdaue ich schon. Bin ich es denn nicht wert, daß meine irdische Glückseligkeit wenigstens eine kleine *Beeinträchtigung* erfährt? Du findest, ich verdiene nicht ...« Er ließ den Blick schweifen und betrachtete die vertraute Landschaft des Orb-Tales und den Himmel, der sie mit seiner Hitze wellig verzerrte. »Findest du nicht, daß ich Gottes Freude darüber, daß Er mich geschaffen hat, beeinträchtigt habe? Daß ich Ihm Grund gegeben habe zu bedauern, daß Er mir den Atem des Lebens eingehaucht hat? Hat Er nicht gute Gründe, mein Glück zu beschränken?«

»Nein«, sagte sie unwillkürlich, und dann: »Nein! Da du mich schon fragst. Nein. Was mich angeht – wie du zu den freundlichen Leuten hinter uns sagtest: Gottes Nachsicht ist endlos.«

Wieder gab er seinem Pferd die Sporen, aber zugleich riß er an den Zügeln, so daß das Tier sich in verzweifelter Ratlosigkeit auf die Hinterbeine hob. »Dort habe ich gespielt. Erkennst du eine Satire nicht, wenn sie dir vor Augen kommt?«

»Dann wirst du nie verhungern, denn als Schauspieler wirst du immer Arbeit finden. Da, wo ich saß, klang deine Theologie jedenfalls plausibel genug.« Endlich gelang es ihm, vom Fleck zu kommen und loszugaloppieren, aber zunächst blieb sie noch dicht hinter dem Schwanz seines Pferdes und schrie in den Wind, der hinter ihm wirbelte. *»Dann glaubst du es nicht, Nerra? Daß Gott verzeiht?«*

Er ließ die Worte über die Schulter hinweg zu ihr zurückflie-

gen, erbost darüber, daß sie ihm den Tag seines Triumphes versauert hatte. »Wenn meine Vorfahren mich eines gelehrt haben, dann dies: Es hat keinen Sinn, Gott wie einen königlichen Passierschein zu benutzen, wie einen Paß, der mir erlaubt, mit harten Stiefeln über meinen Nächsten wie auch über mein Gewissen hinwegzustapfen! Der dritte Graf? Du erinnerst dich an meine königliche Vorfahrenschaft? Er hat Städte niedergebrannt und es dann mit einer Buße wieder gerichtet. Barral Nerra? Er hat Männer an ihre Haustür genagelt und ist dann auf eine Wallfahrt gegangen. Etwas habe ich von meinen Ahnen gelernt, nämlich nicht so zu tun, als könne man seine Sünden abstreifen wie ein Krebs seine Schale, um darunter größere wachsen zu lassen. Ich, ich trage meine Sünden bei mir, damit ich desto besser Buch über sie führen kann.«
Sie konnte bei seiner Geschwindigkeit nicht mithalten, und er entfernte sich von ihr, erreichte als erster den Gipfel der Anhöhe und konnte so auch als erster einen Blick auf Haut-Béziers werfen. Da stieß er im Überschwang der Gefühle die geballte Faust hart über sich in die Luft. Er mochte die Leute von Nerra-des-Étangs mit List dazu gebracht haben, daß sie an Wunder glaubten, aber sich selbst hatte er dazu überlistet, an ein noch viel größeres Wunder zu glauben: daß nämlich alles irdische Glück darin bestehe, La Belle Aude zu besitzen, und nun in greifbarer Nähe sei, gleich hinter jenem Felsen dort, dem Felsen der Ehegelübde.

Als das Portal zum Palas sich öffnete und Foulque Nerra seine Satteltaschen und die zusammengerollte Segeltuchplane über die Schwelle wuchtete, da wurde es still in der Halle. Mit scharfer Deutlichkeit spürte er die Blicke und errötete. In der Tür blieb er stehen; halb versperrte er sie, halb hielt er sie auf für Ouallada. »Du berichtest ihr«, sagte er mit leiser Stimme. »Dich hat sie mitgeschickt, damit du mich im Auge behältst. Du berichtest ihr, daß es getan ist.«

Ouallada zwängte sich an ihm vorbei; sie wußte, daß er es niemals bemerken würde, und so strich sie mit den Fingern über das Schaffell seiner Weste. Danach blieb ihr nichts mehr übrig, als auf Aude zuzugehen, die am obersten Tisch saß, um dort zu verkünden: »Der *assais* ist bestanden«, und um dann eine vom Glück gesegnete Ehe zu wünschen.
Als sie näher kam, sah sie, daß Aude sich das Gesicht mit Silberstaub gepudert hatte, so daß es jetzt glitzerte bei jeder Drehung ihres Kopfes und beim unterdrückten Gelächter auf ihren zuckenden Wangen. »Prinzessin! Wo bist du gewesen? So lange warst du fort!« Sie stand auf und reckte ihr Gesicht vor, damit Ouallada es küssen könnte; als sie dann aber sah, daß die Wollmütze kein Haar verbarg, zog sie es vor, einen möglichen Krankheitsherd lieber doch nicht zu küssen. »Meine liebe, liebe Prinzessin! Du warst nicht wohlauf?«
»Ich ...«
Ouallada wandte sich ab und ging durch die Halle zurück; jeder Schritt war eine Prüfung unter den Blicken der Öffentlichkeit. »Sag *du* es«, wisperte sie Foulque unwirsch zu. »Mir kommt es nicht zu. Sag du es.«
Also mühte Foulque sich und sein Gepäck schwerfällig weiter hinein in den Saal und ließ seine ganze Habe hinter der Tür fallen. Eine Dame in einem Samtkleid brach in hemmungsloses Gekicher aus und wurde von ihrer Nachbarin zischend zum Schweigen gebracht. Foulque runzelte die Stirn und straffte sich. Seine aufeinandergetürmten Satteltaschen rutschten herunter und ergossen ihren Inhalt auf den Boden. Die Frau im Samtkleid war nicht mehr zu halten und schnaubte in ihren Becher.
Foulque schritt durch den Saal, und um sich gewaltsam den Weg durch die greifbar dichte Stille zu bahnen, begann er seine formelhafte Anrede schon während des Gehens. »Wie du weißt, Herrin, gab ich mich, da ich mein früheres Leben verließ, dem Schicksal anheim, löste meinem Hengst die Zügel

und ließ mich von ihm tragen, wohin er wollte. Er trug mich hierher, wo ich eine Liebe entdeckte, die mir kostbarer war als der Himmel, und so umwarb ich diese Liebe, wie die Liebe selbst es mir befahl, in Versen und in Liedern. Meine Herrin bekam Mitleid und neigte mir ihr Ohr zu. Sie gab mir *assais,* um meine Liebe auf die Probe zu stellen und sie zu härten – obwohl Gott weiß, daß diese Liebe des Erhärtens nicht bedurfte.« Seine Schritte führten ihn vor den Tisch, hinter dem sie saß, und er stützte sich mit flachen Händen zwischen den Tellern auf. »Und jetzt präsentiere ich mich, Foulque, den Herrn von Nerra-des-Étangs, und begehre ...« Es gab keine Formel für den Heiratsantrag, denn so etwas gehörte nicht zu den Grundsätzen der Troubadoure. »... und begehre zum Lohn deine Gesellschaft für die restlichen Tage meines Lebens.«

Warum mußte sie ihm das antun? dachte Ouallada. Warum ließ sie ihn in Formeln reden, der er doch jedes Klischee verachtete? Warum zwang sie ihn überhaupt zu reden, der er doch viel lieber schwieg? Aber sie redete sich ein, daß es nur natürlich sei, wenn Aude die letzten Augenblicke wirklicher Macht genießen wollte; der Wirkungsbereich einer verheirateten Frau ist schließlich ein Kreis, den ihr Mann für sie auf den Boden zeichnet. Zumindest war Gaston Mauriac nicht da. Und am Ende triumphierte doch Foulque, der seinen *assais* ausgeführt hatte.

In gespieltem Entsetzen schlug Aude beide Hände vor den grinsenden Mund. »O Gott, so hast du es getan! Was für ein Ungeheuer du bist, fürwahr!« Sie sagte es mit empörtem Entzücken, und ein dramatischer Schauder überlief sie. »Alle haben gesagt, du würdest davor zurückscheuen. Aber du hast es getan! So! Welchen Reichtum an Geld und Land mußt du jetzt besitzen! Wir müssen dir alle mit großem Respekt begegnen, nicht wahr? Ich bin sehr glücklich für dich, mein lieber Foulque. Welch ein Unterschied zu vorher!«

»Ich besitze nichts, was du nicht dein nennen dürftest, Herrin.

Was es am meisten wert ist zu besitzen, das hatte ich schon immer – es sei denn, du wolltest einen Mann nach seiner Börse preisen. Und was ich am meisten ersehnte, habe ich hiergelassen, in der Obhut deines Herzens: will sagen, dein Versprechen ...«
»Wie schade, daß du so lange fort warst«, sagte sie, als habe er gar nicht gesprochen.
»Die zwei Wochen, Madame? Mir kam es vor wie eine lange Zeit, doch ...« Er witterte Gefahr. Selbst von der Tür konnte Ouallada es noch sehen. Auf dem Heimweg hatte er immer gewußt, wenn Wölfe neben der Straße liefen. Jetzt hatte er den Kopf leicht in den Nacken gelegt, und seine Nüstern waren starr geweitet.
»Ah, aber es ist so viel geschehen, seit du fortgegangen bist! So interessante Gäste! So wundervolle Debatten! Ich will dich dem Diakon Gislebert vorstellen, der ein *perfectus* ist.«
Foulques Brauen zuckte in die Höhe, als er sich umwandte, um das schäbige Individuum in Jute und grober Wolle anzusprechen, das auf einem Schemel am Ende der Tafel saß. »Ein Vollkommener? Oh, glücklich der Mann, dem man solches zuschreibt, erst recht, wenn es die Wahrheit ist!«
Der Diakon, ein bleicher Mann mit einem geraden, lippenlosen Mund, der aussah wie eine Schwertstreichnarbe, lächelte, ohne die Zähne voneinander zu lösen.
»Ich meine, er ist ein *perfectus* – ein Heiliger! – ein Geistlicher des neuen Glaubens. Oh, welche Fenster er uns geöffnet hat! Wieviel Licht er eingelassen hat!« (Sie wirkte jetzt ganz und gar nicht verzückt, aber es war möglich, daß sie eine echte Gefühlsregung beschrieb, die gekommen und wieder gegangen war. Wie Gaston Mauriac ja auch gekommen und gegangen war.)
Foulque sprach und regte sich nicht mehr. So still war er, daß der Rest des Saales wie ein zappelndes Wurmgewimmel erscheinen wollte.

»Auxerre und ich gerieten ganz und gar und vollständig in Ekstase! Und nicht nur wir – oh, alle! Ich meine, wir fühlten uns bewegt bis auf den Grund unserer Seele! Wirklich! Diakon Gislebert hat uns in den Mund geblasen, mußt du wissen. Um uns den Heiligen Geist einzugeben. Er kann das, weißt du! Er steht in unmittelbarer Verbindung mit ... Nun, das Problem ist, Foulque, du bist eben ein so sehr ... *christlicher* Mann. Ich meine, wie Diakon Gislebert sagt, alle fleischliche Liebe ist Sünde, aber wenn sie schon sein muß, dann am besten zwischen zwei gleichgesinnten Menschen, meinst du nicht auch? Und unverheiratet sollten sie sein. Sonst sind all diese ermüdenden Entsagungen zu geloben ... Und du warst so lange weg. Diakon Gislebert sagt, die Ehe hat sich überlebt – sie ist eine Kruste über materiellem Schmutz. ›Im Himmel gibt es keine Heirat‹, und so weiter.« Gislebert kratzte sich am Kopf, als werde er da ein bißchen falsch zitiert, aber er widersprach ihr nicht. »Deshalb habe ich Auxerre d'Impt als meinen *drut* anerkannt, als meinen liebenden Freund ... Natürlich werden wir auch nicht heiraten, also brauchst du dich nicht verworfen zu fühlen – verschmäht – dergleichen. Du siehst natürlich ein, daß ich mich jetzt auf jeden Fall nicht an einen Papisten binden könnte. Geschweige denn an einen Mörder ...«

Eine Orange traf Foulque ins Kreuz, und der ganze Saal brach in Gelächter aus – ein ohrenbetäubendes Crescendo, ein Babel der zusammenbrechenden Ernsthaftigkeit. Er war die Zielscheibe eines Scherzes! La Belle Aude hatte nie vorgehabt, ihn zu heiraten. Und was für einen Scherz sie da gemacht hatte, einen Scherz auf der Höhe der Zeit! Man mußte die Dame beglückwünschen, mit Lachen und Applaus.

Es erschien unmöglich, daß Foulque wissen könnte, wer die Apfelsine geworfen hatte. Aber als er sein Schwert zog und den Arm beim Umdrehen schwungvoll ausstreckte, da traf er mit der flachen Klinge ausgerechnet diesen Mann im Gesicht und hinterließ einen weißen, blutgesäumten Wimpel auf seiner Wange. Der ganze Saal protestierte gegen Foulques mangelhaften Humor. Auch sah man beglückt, daß der »Böse Bischof« wieder der alte war. Die Gäste lachten und kreischten abwechselnd, als er Speisen und Teller auf der oberen Tafel zerschlug. Erst als er die ganze Tafel von den Holzböcken hob und sie Aude und Auxerre ins Gesicht warf, befürchteten sie, daß doch ernsthafter Schaden angerichtet werden könnte. Die Tischplatte war schwer, und Aude lag eingeklemmt darunter; ihr Gesicht war rund und silbern wie die Teller, die neben ihr lagen, und sie streckte abwehrend die Arme in die Höhe.

»Komm fort von hier, Foulque!« rief Ouallada vom anderen Ende der Halle. »Komm fort von hier, und sei froh. Spar dir die Verletzungen für deine Verse auf, Mann. Du wolltest doch immer ihr Lied im ganzen Lande singen, oder? Wir können Lieder singen, die La Belle Aude im ganzen Languedoc berühmt machen werden. Die berühmteste Hure, die je einen ehrlichen Mann verschmähte. Die dümmste Dirne, die je auf die Erlösung spuckte.«

Unter Audes schrillen Protesten gingen sie hinaus. Audes Kleid war mit Essen beschmiert, und sie zerraufte sich eigenhändig die Haare. »Das werdet ihr nicht tun! Das wird er nicht tun! Er haßt mich doch nicht – oder, Foulque? Du hast doch geschworen, mich immer zu lieben, immer, nicht wahr? Und wie dem auch sei ... ein Wort über mich, und ich werde erzählen, wie du Barral um seines Landes willen ermordet hast!«

Foulque drehte sich noch einmal um und deutete auf sie mit lederner Hand, deren schiere Bedrohlichkeit sie zum Schweigen brachte. »Ah, aber das habe ich nicht getan, mußt du wissen. Ich bin ein Lügner geworden in deinem Dienste, Madame, aber nicht, gottlob, ein Mörder.«

Auch als die Tür sich hinter ihm geschlossen hatte, fuhr Aude in ihrer Tirade fort, halb höhnisch, halb verängstigt, und das Silber wehte schimmernd von ihrem Gesicht wie der Mondstaub vom treulosen Mond. »Nicht ein einziges Lied, hörst du? Bei allen Gesetzen der Liebe, ich verbiete es dir! Eine Schmähung nur, und ich werde wissen, daß du mich überhaupt nie geliebt hast, du betrügerischer Mann! Nicht ein Wort, hört ihr? Alle beide! Kein Wort von euch beiden. So! Jetzt wissen wir wenigstens alle, wo die Hoffnungen der *Prinzessin* liegen!«

Achtundzwanzig

Schiffe der Wüste

Er hörte Audes Spott nicht mehr. Ouallada aber hörte ihn und war froh, daß ihre Liebe für Aude so offensichtlich gewesen war, aber es war unmöglich, daß Foulque es hörte. In seinen Ohren toste der Donner, und vor seinen Augen war alles verschwommen. Der Boden wogte unter seinen Füßen und löste sich zu einer harzigen, gummiartigen Substanz auf, die brodelte und blubberte und ihn mit beißenden Dämpfen von schmelzender Materie zu ersticken drohte.

Ouallada wollte ihn beim Arm nehmen und zu den Pferden ziehen, aber er schüttelte sie mit solcher Wut von sich ab, daß sie noch tagelang die Zerrung in ihren Händen fühlte. »Rühre mich nicht an! Weißt du nicht, daß ich von Satan abstamme? Weißt du nicht, daß ich verwandt bin mit dem Teufel selbst? Ich bin es! Ich weiß es! Ich spüre den sehr gegenwärtigen Beweis genau hier!« Und er schlug sich gegen das Brustbein, als sitze ihm der Teufel wie ein Pflaumenkern in der Luftröhre.

»Das kann ich mir nicht vorstellen. Satan hätte dir so viel Verstand gegeben, daß du dich nicht zweimal von dieser Frau lächerlich hättest machen lassen.« Sie wankte unter dem Gewicht ihres gemeinsamen Gepäcks. »Jetzt steig auf dein Pferd, ja? Laß uns von hier verschwinden.« Das Gelächter hallte noch immer laut aus dem Gebäude; vielleicht stand Auxerre d'Impt jetzt am Fenster und machte seine Kommentare über die letzten Possen, die Audes Hofnarr da draußen trieb.

»Fahr zur Hölle«, sagte Foulque zu Ouallada.

»Damit ich dort deine Vorfahren treffe? Nein danke.« Sie lief zu seinem Pferd, führte es zu ihm, legte ihm den Zügel in die Hand und schnippte ihm die Enden ins Gesicht. »Du hast dich um deine Ländereien zu kümmern ... Hier hast du nichts verloren. Bei diesen *Perfecten.* Bei diesen Katharern. Bei diesen *Zoroastriern.*«

Noch einmal brüllte er auf, und dann fügte er sich wie ein Tier, das im Netz gefangen ist, in die Hilflosigkeit. Als er erst im Sattel saß, stieß er dem Pferd die Fersen in die Flanken und galoppierte, daß es aussah, als wolle er das Tier unter sich stellvertretend für La Belle Aude töten. Ouallada holte ihn ein, als er auf dem Hügelkamm haltmachte, von dem aus man die Stadt Béziers überblickte. Der gepeinigte Atem seines Pferdes grub einen Zwillingskrater in den Boden und wirbelte roten Staub auf, der an den schweißstreifigen Wangen des Tieres klebenblieb. Auch in Foulques Bart saß Schaum, und seine Augen waren blutunterlaufen von der nackten Anstrengung des Hasses. Er blickte starr vor sich hin, ohne das Auf und Ab der grünen ozeanischen Landschaft zu sehen.

Ouallada hielt ein Stück weit vor ihm an. »Was wirst du jetzt tun?« fragte sie.

»Wale fangen vor Bayonne.«

»Mit deinen bloßen Händen, ohne Zweifel. Und wenn du alle Wale ausgerottet hast?« Sie wartete lange, bis er wieder sprach.

»Dann gehe ich zurück. Beantrage die Wiederaufnahme in die *vita apostolica.*«

»Du willst wieder Mönch werden? Ich glaube, da ist mir der Walfang lieber.«

»Ach ja? Warum denn das? Was habe ich denn davon gehabt, daß ich die Kirche verlassen habe?« fragte er, näselnd vor lauter Sarkasmus. »Das sage mir, wenn du es kannst.« Dann wedelte er ihre Torheit mit einer Hand beiseite. »Oh, ich habe nicht vor, wieder ins Kloster zurückzukehren. Die Ereignisse

haben mir dieses friedliche Schlupfloch wohl versperrt, nicht wahr? Aber als kämpfender Bischof ... Ich wage zu behaupten, daß die Braut Christi eine Mitgift wie das Salz von Nerra nicht zurückweisen wird. Bestechung wird mir den Rückweg ebnen. Meine Ländereien sind ein großartiger Preis für Gottes Livree.« Er errötete bei diesen Worten. In Wahrheit war er gar nicht sicher, daß die Kirche ihn wieder aufnehmen würde, aber er wußte auch nicht, ob es wirklich sein Wunsch war, wieder in den braunen Klosterschlamm einzutauchen.
»Tu es nicht«, sagte sie. Es war eine verzweifelte Bitte. Sie wagte nicht, ihm dabei ins Gesicht zu sehen, sondern ließ den Blick auf seinem Pferd ruhen, das jetzt zu frösteln begann, derweil der Schweiß es abkühlte. Vor lauter Mitgefühl fröstelte es sie ebenfalls.
»Ah! Ich verstehe.« Er hustete verlegen. Nichts in der großen Welt hatte ihn an die Etikette des Schenkens und Bittens gewöhnt. »Selbstverständlich werde ich dir alle Besitztümer erstatten, deren du ... im Verlaufe der jüngsten Ereignisse verlustig gegangen bist. Instrumente. Kleider ... Ein Haus irgendwo, vielleicht. Wenn ich meine Ländereien behalten darf, gibt es auch welche in der Normandie, wie ich gehört habe. Dort bist du willkommen. In der Normandie. Ha! Welcher Mann möchte sich wohl gern in der Normandie wiederfinden, um Gottes wi... Ich muß wirklich dafür sorgen, daß ich meine Sprache säubere, bevor ich meinem Prior meine Sünden beichte.«
»Und glaubst du, das wird genügen? Damit er dir die Absolution erteilt? Dafür, daß du dich als Priester ausgegeben hast?«
»Oh, dafür ... Das möchte ich doch meinen. Für die meisten Verbrechen gibt es in diesen nachsichtigen Zeiten eine Buße.« Es klang, als rede er über die Blütezeit von Sodom und Gomorra.
»Was soll das heißen, *dafür*?« brach es wütend aus ihr hervor. »Was hast du denn sonst noch Unrechtes getan? Die Welt ist voller Ungeheuer, aber du bildest dir immer noch ein, du

seiest der schlechteste Mensch, der je geatmet hat!« Sie war entsetzlich sicher, daß die Kirche ihn zurücknehmen würde – ihn umarmen in der hellerleuchteten Haustür, die sie dann vor Ouallada verschließen würde. Er schaute sie erschrocken und verwundert an und begriff nicht, womit er jetzt wieder Anstoß erregt hatte. »Es tut mir leid, Foulque. Kümmere dich nicht um mich ... Darf ich mitkommen?«
»Zu meinem Prior und Beichtvater? Ich glaube nicht ...«
»Nur damit ich auf der Straße einen Begleiter habe, meine ich. Mit meinen Haaren, weißt du ... Bis mein Haar wieder gewachsen ist, bin ich weder Fisch noch Fleisch, und mir graut davor, wieder ›durch die Welt zu wandern‹, wie es heißt, solange ich nicht erkennbare Menschengestalt habe.« Sie bat und drängte, bis er einverstanden war, überschwemmte ihn mit einem Sturzbach von kaum verständlichen Gründen dafür, daß er sie nicht zurücklassen durfte. Nichts davon entsprach der Wahrheit, aber die Wahrheit hatte mit Foulques künftigem Leben auch nichts mehr zu tun.

»Es ist nicht ganz so einfach, mein Sohn«, sagte der Prior der Prämonstratenser in Toulouse.
»Nicht?« sagte Foulque. »Ich habe mich in die dunklen Wälder der Welt hinausgewagt und gefunden, daß sie voll sind von wilden Bestien. Also kehre ich in den Schutz der kirchlichen Festung zurück, weiser und bußfertiger, als ich früher war. Da erscheint es doch nur logisch ...«
»Ah, die Logik«, unterbrach ihn der alte Mann, als sei er mit diesem Gegenstand nicht unmittelbar vertraut. »Sag mir wahrheitsgetreu, Foulque, was denkst du über die englische *lex episcopi*?«
»So wenig wie möglich.« Verstockt runzelte er die Stirn, ein schweres, unverrückbares Möbelstück in der Mitte des runden, kahlen Zimmers, und der Prior schritt um ihn herum, zierlich und blaß und beweglich. Er war ein weißhaariger,

schemenhafter Mann; seine bloßen Arme waren fleischlos, und der locker gewebte Habit ließ den Schatten ähnlich skelетthafter Beine erkennen. Er spulte die Worte aus seinem Innern hervor, spann seine Argumente wie eine jener langbeinigen Spinnen, die ihre Netze in den Fensterecken weben, so fahl, daß man sie vom Licht nicht unterscheiden kann. Und doch war Foulque voller Ehrfurcht vor ihm. Das leise Klirren seiner metallenen Ausrüstung verriet, daß er voller Unbehagen von einem Bein aufs andere trat.

»Oh, komm jetzt, Foulque – du bist hier nicht unter deinen neunmalklugen Sophisten. Betrachte nur die englische Einstellung gegen das Verbrechen. Auf Totschlag steht Verbannung – im allerschlimmsten Falle. Ein Priester verführt ein Mädchen und tötet dann den Vater, als dieser sich beschwert – und was ist seine Strafe? Er muß für den Rest seines Lebens ein kleines Brandzeichen mit sich herumtragen, welches prahlerisch Zeugnis ablegt von seiner Immunität. Keine Verstümmelungen, keine Hinrichtungen ...«

»Am Tag des Jüngsten Gerichts werden sie vor ihren gerechten Richter treten«, sagte Foulque schlecht gelaunt.

»Und deshalb, findest du, ist alles gut in England.«

Nerra rang sichtlich mit der Versuchung, das korrupte englische Episkopalsystem gutzuheißen, doch dann fiel ihm gerade noch rechtzeitig ein, daß es vor allem die Sünde der Lüge war, was ihn in die Arme des Klosters zurückgetrieben hatte. »Du hast natürlich recht, Pater. Aber was willst du damit sagen? Was hat England damit zu tun? Du meinst, ein Geistlicher sollte für seine Verbrechen bezahlen? Du kennst mich doch sicher? Ich bin es zufrieden. Das Brandeisen birgt keinen Schrecken für mich; Gott weiß, daß ich keine Schönheit besitze, die damit zu beeinträchtigen wäre. Und eine Verstümmelung kann mich jederzeit auch in der Schlacht ereilen. Wenn das alles ist, was zwischen mir und der Wiederaufnahme steht ...«

»Du hast recht, Foulque. Ich kenne dich. Du bist ein Mann, der das Leiden nicht nur erträgt, sondern der es geradezu einlädt. Dein Leben lang hast du dich bemüht, für das Leiden anderer Menschen zu büßen, indem du deinen eigenen Geist abtötest.«

»Aber das ist doch Qua... krasser Unfug.«

»Wirklich?«

»Und? Sollen wir nicht alle büßen für das Leiden Christi?« Sein Metall klirrte wie der Rauhreif an einem Schwarzdornbusch.

»Für das Leiden Christi, ja. Aber für das deines irdischen Vaters?«

»Das ist ein verdammter ...« Die beiden Männer schauten einander an und sahen, welch eine Kluft sich aufgetan hatte, seit der empörte junge Philosoph aus seiner Klosterzelle hinausgestürmt war und die Kirche der willkürlichen Unwissenheit bezichtigt hatte.

»Dieser Jähzorn, den du da in dir hast«, sagte der Prior schließlich. »Ich möchte, daß du diese Wildheit in deinem Herzen aufgibst, Foulque Nerra. Daß du sie aufgibst und hinter dir läßt, begraben im Staub irgendeiner nützlichen Sache. Und ich möchte, daß du dann zu mir zurückkommst und mir sagst, ob ich dich von der Sünde der gebrochenen Gelübde und der Amtsanmaßung freisprechen kann.«

»Mein Keuschheitsgelübde habe ich niemals gebrochen, Pater. Außer vielleicht in der Kontemplation. Und wenn ich wieder aufgenommen werde, wird mein ganzes Vermögen der Kirche zufallen.« Aber es war der letzte Versuch eines Besiegten.

»Bitte versuche nicht, mich zu bestechen, mein Herr!« rief der Prior und erfüllte den Raum unversehens mit der Autorität seines Zorns. »Und wenn du auch dein Keuschheitsgelübde vielleicht nicht gebrochen hast, so hast du doch höchst sündhaft gegen die Gebote verstoßen!«

Foulque war zu erschüttert, um etwas zu erwidern, aber seine Lippen formten doch das Wort: »Wodurch?«
»Indem du einer jungen Frau geschworen hast, sie zu lieben und die Liebe zu ihr über deine Liebe zu Gott zu stellen. *Der Herr spricht: Du sollst keine anderen Götter neben mir haben, und du sollst den Herrn, deinen Gott lieben mit deinem ganzen Herzen und mit deiner ganzen Seele und mit allen deinen Kräften!* Bilde dir nicht ein, ›Bischof‹ Foulque, daß die Kirche, nur weil sie derzeit dem Verfolg der Wissenschaften abschwört, nun überhaupt nicht mehr weiß, was draußen in der Welt vor sich geht. Ich habe dich im Auge behalten, junger Mann, ich weiß Bescheid über dein Kommen und Gehen, weiß, wann du aufstehst und wann du sitzen bleibst!«
Es folgte eine weitere langgezogene Pause, in der die Stäubchen, die in den Sonnenstrahlen schwebten, aufgeregt durcheinanderwirbelten und in der wiederhergestellten Stille langsam hinabsanken.
»Was willst du denn von mir? Was soll ich tun? Hast du an eine bestimmte ›Sache‹ gedacht?«
Endlich setzte der Prior sich Foulque gegenüber auf einen Schemel, ordnete die Kutte über den Knien und atmete tief aus, um den Dämon des Zorns von sich zu blasen. »Dir ist bekannt, daß Saladin den Franken einen Waffenstillstand angeboten hat.« Das war ein verblüffender Themenwechsel.
»Ich weiß auch, daß wir ihn abgelehnt haben. Wir haben ihn siebenundsiebzig bei Montsigard verprügelt, und jetzt, da die Templer einen Bund mit den Assassinen eingegangen sind, sind wir besser denn je in der Lage, ihn zu schlagen.«
Der Prior verzog schmerzlich berührt das Gesicht. Die Kirche hielt nichts davon, die wilden Bündnisse der Templer zu billigen, die da ohne Rücksicht auf Papst oder König geschlossen wurden. »Versuche doch einmal zu denken wie ein guter Katholik, Foulque, auch wenn es dir nicht gerade zur zweiten Natur geworden ist ... Aber wie dem auch sei, es gibt noch an-

dere Gründe, weshalb wir den Waffenstillstand zurückgewiesen haben – Gründe, von denen vielleicht nicht einmal du etwas weißt. Man plant zum Beispiel Überfälle auf die Seen von Suez. Einen auf Taima im Hedschas. Und auch Reynaud de Châtillon plant einen.«
»Der Fürst von Antiochia.«
»Nun, der frühere, ja. Jetzt ist er Prinzgemahl der Eschive von Transjordanien. Aber du meinst offenbar den richtigen Mann. Er hat Mekka und Medina ins Auge gefaßt.«
»Zum Teufel!«
»Nein, Foulque, zu Schiff. Und ich hoffe, im Geiste Christi. Er baut jetzt Schiffe im Krak von Moab.«
»Der muß doch dreißig Meilen weit vom Toten Meer entfernt sein!«
Der Prior lachte leise und betupfte sich den Mund mit einem viereckigen Tuch. Es machte ihm offensichtlich Mühe, sein lebhaftes Interesse an der Politik von Outremer zu unterdrükken und sich überdies nicht anmerken zu lassen, wieviel Spaß es ihm machte, selbst Foulque Nerra zu überraschen. »Aber Mekka und Medina liegen ja auch nicht am Toten Meer, wie du dich erinnern wirst. Er will zum *Roten* Meer. Transportiert seine Flotte mit Kamelen. Als ich davon hörte – nein, frage nicht, woher –, dachte ich sofort an dich.«
»An den einzigen Wahnsinnigen, den du außerdem kennst.«
»An den Mann mit der Vorliebe für hoffnungslose Unternehmen.«
»Der Transport einer Flotte hundert Meilen weit durch die Wüste?«
»Siehst du? Die wunderbare Narretei dieses Projekts fängt schon an, dir zu gefallen. Die winzige Wahrscheinlichkeit des Gelingens. Gesteh's nur gleich.«
»Es kann nicht gelingen! Was ist denn, wenn er durchkommt? Wo kann er seinen Stützpunkt einrichten? Wie viele Männer hat er denn?«

Der Prior zuckte die Achseln. »Ich habe dir die Summe meiner Erkenntnisse mitgeteilt. Aber da du bereits unverkennbar für dieses Unternehmen entflammt bist, will ich es dabei belassen, Foulque, und lehne es ab, dich wieder ins Priesteramt eintreten zu lassen. Besuche mich, wenn du zurückkehrst. Falls du zurückkehrst. Ich höre wirklich gern von diesen Dingen.« Er stand auf und wandte sich zur Tür. »Ich werde einen Verwalter über deine Ländereien setzen, bis die Angelegenheit entschieden werden kann.«

»Warte! Pater! Ohne Absolution willst du mich auf eine Kriegswallfahrt schicken? Gut, ich bin einverstanden. Aber du willst mich nicht wieder ins Amt setzen, bevor ich gehe?«

Der Prior schaute ihn – seinen Schützling – mit schlecht verhohlener Zuneigung an, diese dunkle, mannhaftere Seite seiner selbst, die da fern von der singenden Lauterkeit des Klosters die Welt durchstreifte. Er hob die Hand zum Segen. »*Absolvo te,* Foulque Nerra-des-Étangs. Aber viele, viele Jahre lang pflegte ich das täglich zu tun. Und nicht ein einziges Mal habe ich gesehen, daß du deine Schuld beiseite legtest. Nein, nicht ein einziges Mal, mochten auch tausend Engel dir ihre Vergebung mit tausend Posaunen ins Ohr schmettern. Und ich werde dich noch nicht – ich wiederhole: nicht – wieder in das heilige Priesteramt einsetzen. Geh fort. Geh irgendwohin. Tu etwas, damit du dich besser leiden kannst. *Au revoir,* auch wenn wir uns das nächste Mal im Himmel wiedersehen.«

»*Au revoir,* Pater, auch wenn wir uns das nächste Mal im Himmel wiedersehen.«

Ouallada saß draußen im Gras; sie lehnte mit dem Rücken an der Klostermauer und sah zu, wie die Bienen ihre *trobar*-Komplimente von Blume zu Blume trugen und die törichte *trobar*-Runde absolvierten, derweil die lasziven Labia der Feldorchideen ihnen den goldenen Pollen von den Schenkeln

küßten. Foulque war im Kloster verschwunden und hatte sein Pferd mit sich geführt. Wenn er Wiederaufnahme fände, bestände eigentlich keine Notwendigkeit für ihn, noch einmal herauszukommen – es sei denn, er war sich ihrer Gegenwart hinreichend bewußt und erinnerte sich daran, daß sie hier saß und darauf wartete, das Ergebnis zu erfahren.
Als er durch das Tor kam und sein Pferd so schnell hinter sich her zog, daß es den Hals lang streckte und auf den Pflastersteinen ausglitt, da schaute er sie tatsächlich an, als sei sie eine unvorhergesehene Komplikation.
»Man hat mich zur Buße auf eine Kriegswallfahrt geschickt. Nach Jordanien«, erklärte er herrisch. »Ich muß ein paar gute Männer aus den Étangs zusammentrommeln.«
»Darf ich auch mitkommen?«
»Sei nicht albern.«
»Ich kann mit dem Schwert umgehen!«
»Ich habe den Stand deiner Fechtkunst gesehen, wenn du dich erinnerst ... Und bevor du es sagst: Ich brauche keine Musik.«
»Jeder braucht Musik.«
»Dann kann ich mir selbst welche machen.«
»Nicht so gut wie ich, auch wenn du ein besserer Dichter bist.«
»Das Kamel hat kaum ein Ohr für die fränkische Tonleiter, möchte ich meinen.«
»Ich wollte ja nicht für die Kamele singen ... Und spionieren kann ich auch.«
Er verharrte mit einem Fuß im Steigbügel, drehte sich um und schaute sie an. Er hatte ganz vergessen, daß sie eine Mohrin war.
Frech schaute sie zurück. »Nun? Bin ich nicht in Outremer geboren? Es wird Zeit, daß ich dorthin zurückkehre. Warum solltest du nicht die Dienste eines Knappen in Anspruch nehmen? Der sich unter den Feinden hin und her bewegen kann? Eines Läufers? Eines *écurie*?«

»Du sprichst die Sprache?«

Dafür also hatte ihr Vater sie zur Lügnerin abgerichtet. Nicht, damit sie überleben und gedeihen konnte, sondern damit sie sich in fremdländische Dünen stürzen und sich dort in Gesellschaft fremdartiger Tiere und noch fremdartigerer Menschen von den Dünen begraben lassen konnte. Damit sie Foulque Nerra jetzt in die Augen schauen und ohne Skrupel sagen konnte: »Natürlich spreche ich sie.«

»Und wenn dein Haar wieder lang wächst?« grollte er, mürrisch bis zum Schluß.

»Soll es nicht wachsen, wie ich es ihm befehle?« gab sie zurück. »Es ist mein Haar.«

Er stieg auf und ließ sich breitbeinig in den Sattel fallen, wie Männer es immer tun, wenn sie zu einer weiten Reise aufbrechen. Er musterte sie von Kopf bis Fuß und gestand ihr schließlich mit der größten Unfreundlichkeit, die er aufbringen konnte, zu: »Es stimmt, deine Brüste sind nicht der Rede wert. Wenn du mitkommen willst, kann ich dich nicht daran hindern. Aber ich warne dich: Es ist der Plan eines Wahnsinnigen, und der Lohn sind ein paar glorreiche Tage und ein sicherer Tod.«

Sie schaute ihm in die Augen und sagte mit der Überzeugungskraft einer lebenslangen Lügnerin: »Es wird Zeit, daß ich meinesgleichen suche. Ich kann dich ja unterwegs jederzeit verlassen.«

Der Krak von Moab stand weit jenseits des Jordan an den Grenzen der Königreiche von Jerusalem und Transjordanien. Als Ouallada und Foulque mit seinem kleinen Trupp camarguensischer Ritter die alten Länder Gilead und Ammon schließlich erreichten, war die Flotte schon fast vollständig. Ein Dutzend Holzgaleeren lagen stückweise umher, ein Kiel hier, ein Mast dort, und auf weiten Flächen lagerten gebogene Planken, die eines Tages zu Rümpfen zusammengefügt wer-

den würden. Kamelhändler erschienen immer früher am Morgen mit immer längeren Kolonnen von Kamelen. Es hatte sich herumgesprochen, daß Reynaud Tiere kaufte.
Und Reynaud de Châtillon war kein hitzköpfiger Idealist, wie sich herausstellte. Er sprach zwar davon, Mekka und Medina zu überfallen, aber zu seiner Siegesvision gehörte auch die Eroberung von Bab el Mandeb, wodurch er die internationalen Handelsstraßen zwischen Ägypten und Asien in seine Hand bringen würde. Als Kriegsgefangener hatte er siebzehn Jahre Zeit gehabt, seinen Plan zu entwickeln, und wenn es auch ein waghalsiger Plan war, so war es doch nicht völlig unvorstellbar, daß er gelang. Der Lohn des Gelingens aber wäre in materieller Hinsicht unermeßlich. Reynaud war ein geborener Pirat, und er verspürte den Drang, aus seinem kleinen, trockenen Fürstentum auszubrechen und wieder einmal auf Plünderfahrt zu gehen, wo es naß und salzig war.
Es traf ihn hart, daß Foulque von seinem Plan wußte und sich daran beteiligen wollte. Sofort nahm er an, daß Nerra die Hälfte der Beute haben und sich mit Reynaud den Thron am Ufer des Roten Meeres teilen wollte. Aber Reynaud brauchte Leute, und so fand er sich bereit, die Anwesenheit des Mannes in Kauf zu nehmen.
Daß Ouallada noch immer beim Trupp der Franken war, als dieser den Krak von Moab erreichte, verdankte sie großenteils dem Umstand, daß sie sich auf die Kunst des Schweigens verstand. Foulque verlor sie zwar inmitten der Kriegsausrüstung nicht gerade aus den Augen, aber sie bewegte sich doch bald als eine Gestalt in einer Karawane von Gestalten, die allesamt in der aufsteigenden Hitze flirrten, von der gleißenden Sonne zu schwarzer Anonymität geschrumpft.
Anfangs, bevor ihre Verkleidung sich als tauglich erwiesen hatte, fühlte sie sich von ihren Landsleuten weit stärker bedroht als von den Wegelagerern hinter den Felsen oder von den Skorpionen darunter. Sie redeten über Frauen wie über

eine Rasse von unzuverlässigen, krankheitsverseuchten Rindern, und sie hatten nackte Frauen auf ihre Schilde gemalt, »damit sie in Jordanien immer unter ihren Mätressen sein konnten, wie sie es auch in Frankreich gewesen waren«. Sie wurden weinerlich und heulten, wenn sie sang, aber das Weinen war auch eine Form der Entspannung: Es spülte einem den Staub aus den Augen.

In Moab war wenig Zeit zum Rasten, aber darüber war Ouallada froh. Es gab dort Frauen und Bäder. Frauen haben einen schärferen Blick als Männer; sie sind nicht so leicht davon zu überzeugen, daß ein Page ein Mann ist, nur weil er es behauptet. Am Ende aber veranlaßte Ouallada die Frauen – obwohl sie allabendlich sang – nur zu einer einzigen Bemerkung, nämlich zu einem Wort des Bedauerns darüber, daß der Bischof Foulque sich als Päderast erweise. Ein so eindrucksvoller Mann, und so anrührend mit seinen kriegerischen *sirventes*. Wie hätte er die Damen berücken können, wenn er dazu Lust gehabt hätte!

»Wie kommst du darauf, daß er ein Sodomit ist?« schnarrte Reynaud de Châtillon seine Frau Eschive an. »Er liebt eine Erbin im Languedoc. Das hat sein Knappe mir erzählt.«

»Nun, und warum singt er dann nie von ihr? Und warum hält er diesen hübschen schwarzen Knappen immer in seiner Nähe? Es ist doch offenkundig, daß der Junge ihn anschmachtet. Jungen tun das nicht, wenn man sie nicht ermutigt.«

Châtillon, der von all dem nichts bemerkt hatte, prustete durch die von der Gicht verformte Nase – eine Gewohnheit, die er, wie seine Frau behauptete, von den Kamelen abgeguckt hatte. »Tun sie wohl. Es gab sicher ein Dutzend Jungen, die mich im Laufe der Zeit vergötterten. Außerdem hat das nichts zu sagen. Es gibt jede Menge Kämpen, die sich genötigt sehen, Trost zu suchen, wo sie ihn finden können. Das sagt nichts über ihre Art.«

Dennoch behielt er ihn von nun an schärfer im Auge, diesen

Knappen, der immer so süß von einem Frankreich sang, das er, Châtillon, kaum kannte. Und er interessierte sich auch noch mehr für diesen kriegerischen Pfaffen, weil er fürchten mußte, daß der Mann das Unternehmen mit Sünden, die bei Gott allzu großen Anstoß erregten, in Gefahr brachte. Es erwies sich aber, daß Frau Eschives verleumderische Phantasien keinen Funken Wahrheit enthielten. Foulques Spielmann warf ihm zwar von Zeit zu Zeit zärtliche Blicke zu, aber der mürrische alte Bär erwiderte keinen davon.
»Sing uns ein Lied von deiner schönen Dame«, schlug Châtillon boshaft vor.
Aber Foulque sagte nur: »Meine Geliebte ist der Krieg, mein Fürst.« Und dann sang er stattdessen einen *sirventes.*

Die Reise nach Süden war ein gelbes Fieber – gelbe Dünste aus dem Sand, und gelber Schweiß, der unmerklich langsam über die Grate und Dünen des Erdenleibes kroch. Die Kamele, die mit Schiffsteilen beladen waren, sahen aus wie riesige lebendige Kriegsmaschinen, halb Fell, halb Holz, Ungeheuer von seltsamer, exotischer Anatomie mit bugförmigen Brustbeinen über den Köpfen und knochigen Auswüchsen, die sich aus ihren Flanken wölbten. Der sengende Aufwind ließ ihre Beine zu stofflosen brauen Rinnsalen schmelzen, so daß es aussah, als schwebten sie über den Sand, gestrandete Schiffe, die von aufeinanderfolgenden Hitzefluten von einem Ruheplatz zum nächsten getragen wurden.
Châtillon bemühte sich, nachts statt tagsüber zu reisen. Dann waren die Geräusche der Flotte nicht minder beunruhigend, das Knarren von Spanten und Leder, das Klirren von Zaumzeug und das Klingeln der Säcke voll Nägel, Nieten und Zapfen, das sich anhörte wie von einem kostbaren Schatz. Die Flotte war von vorn bis hinten mit Ritterwimpeln geschmückt, die nie im Winde flatterten, sondern immer nur in den Brechungen verstörten Lichtes.

Ein paar schwächere Tiere kenterten; schiere Überfrachtung trieb sie mit den Füßen voran in den Sand. Eines wurde erdrosselt, als die Seile, die seine Last sichern sollten, zwar hielten, der ganze Aufbau aber herunterkippte. Drei galoppierten in panischer Flucht davon und schleiften ihre Führer wie Anker hinter sich her.

Beduinen entstiegen der sandigen Dünung und überfielen diese Erscheinung wandernder Zimmermannserzeugnisse. Diese Wegelagerer sahen nichts, was sie begehrten – nur eine Herde Kamele und ein paar Dutzend Kettenhemdenburnusse. Das Holz, nahmen sie an, bildete eine weitere christliche Lieferung von Wahren Kreuzen; vielleicht auch war Noahs Arche wieder einmal entdeckt worden.

Die Beduinen entlang der Wüstenpfade hatten keine Vision von Politik oder Krieg im großen Maßstab, und sie berichteten nicht weiter, was sie gesehen hatten. Sie fühlten sich der allgemeinen Sache der Araber, von denen sie als Zigeuner verachtet wurden, nicht weiter verbunden. Manche schlossen sich sogar als Führer der Expedition an.

Die hölzernen Wände bleichten aus. Die aufgerollten Segel füllten sich mit Sand und wurden schwerer als dicke Planken. Die scharfen Spitzen der Nägel bohrten Löcher in die Leinensäcke und rieselten hinaus wie Flöckchen von getrocknetem Blut. Wenn Ouallada nachts mit dem Gesicht zum Feuer lag und die Kamele im Sand knieten, träumte sie, sie schlafe in den Ruinen irgendwelcher steinzeitlichen Erdwälle mit eingestürzten Holzpalisaden, und die Palisaden fielen auf sie und zerquetschten ihr die Beine. Und am Morgen trugen ihre Beine wirklich blaue Flecken. Die Blutgefäße zerplatzten unter der Hautoberfläche und dunkelten Tag für Tag zu gelber und violetter Scheckigkeit. Es sah aus, als verwandelten ihre Beine sich in Leder, und ihre Haut war rauh und abgeschürft wie ein Paar Schaftstiefel. Sie sah sich selbst mit Abscheu.

Schlimm genug, daß Foulque sie mit kahlgeschorenem Schä-

del gesehen hatte, ein Tier in der Arena, mit Hörnern bewaffnet. Aber daß er sie jetzt auch noch sah, wie sie verweste, noch ehe ihre Seele aus dem Körper gewichen war, das ließ sie hilflose, vergeudete Tränen weinen – Tränen, die den Durst des Körpers nur verstärkten, Tränen, die ihr über die Wangen rollten und in den offenen Geschwüren an den Mundwinkeln brannten. Vielleicht schrumpften und vertrockneten Frauen sehr viel schneller als Männer unter dem Wüstenhimmel.
Ouallada schwieg und sorgte dafür, daß man ihre Beine nicht sehen konnte. Sie ließ nicht erkennen, daß jeder Schritt ihres Pferdes ihr einen Stoß versetzte, der ihr unzählige Nägel in die Haut trieb. Sie sah die Geschwüre, die rings um Foulques Mund erblühten, als ein bösartiges Unrecht gegen ihn, wie sie auch ihre eigenen als Kränkung gegen ihn empfand, so daß sie Abstand von ihm hielt und er auf dieser, sie auf jener Seite dieser Prozession bizarrer Prunkbarken ritt.
Lange vor der Ankunft in Aqaba hatte das Singen aufgehört. Die Zungen waren zu trocken, die Lippen zu rissig, die Sehnsucht nach Schlaf zu groß. Die Karawane versank in immer tieferes Schweigen. Oft sprach ein Mann vom Ende eines Tages bis zum Ende des nächsten kein einziges Wort, und alle seine Gedanken waren versunken im Ende der Reise. Ouallada übte sich im Jonglieren, wie sie es als Kind getan hatte, aber jetzt tat sie es mit Messern, nicht mit Bällen oder Bechern. Die Klingen durchschnitten die Luft in blinkenden Halbkreisen, die den Mond nachahmten, funkelnd vom Abglanz der Sterne, blutig vom roten Schein der Feuer. Die Kamele beobachteten sie hochnäsig, die Beine unter sich geknickt wie Gelähmte, die aus der Armee entlassen waren. Auch sie selbst rechnete täglich damit, daß ihre Beine an den Hüften abbrechen würden. Sie war ein Baum, der zum Stamm hin abstarb; alle ihre Blätter verdorrten, und der Saft zog sich bis in den innersten Kern zurück.
»O Gott, meine Beine«, sagte Reynaud de Châtillon plötzlich,

und seine Stimme dröhnte über die Wüste hinweg. »Noch einen solchen Tag, und ich werde nie wieder gehen.« Das zustimmende Gemurmel schwoll zu einem gemeinschaftlichen Stöhnen, und fünfzig Männer ließen sich behutsam in den Sattel sinken, voller Dankbarkeit dafür, daß sie mit ihrem Leiden nicht allein waren.

Am nächsten Tag waren sie in der Bucht von Aqaba. Sie standen an einem leeren Strand, wie gelähmt von der blanken Enttäuschung des Erfolgs: Kein gegnerisches Heer lagerte im Dünengras, und auf dem Meer begrüßte keine Segelflotte ihre ausgebleichten wehenden Banner. Strandgut – zerbrochene Fischtöpfe und zerfranste Tauenden – war die einzige Spur von irgendwelchem Leben. Das Meer war scheinbar dickflüssig: Nie brach sich eine Welle, nichts schäumte; das Wasser schmiegte sich um ein paar nackte, fleckige Beine, als die Ritter ihre Kettenburnusse und die weißen Übermäntel hoben, wie Jungfrauen keusch die Röcke lupfen. Möwen stiegen schreiend in die Höhe, ließen sich aber ein Stück weiter unten am Strand wieder nieder.

Die Möwen waren die einzigen Zeugen, die sahen, wie Châtillons Flotte zusammengebaut wurde; sie rochen den Pechgestank beim Kalfatern und hörten den hohlen Trommelklang von zehntausend Nägeln, die eingehämmert wurden. Der Prinzgemahl vom Krak von Moab streifte zwischen den mächtigen Rippen seiner Flotte umher, stieg von Spant zu Spant wie Jonas in seinem Wal. Foulque Nerra-des-Étangs hingegen sorgte dafür, daß Fässer voller Meerwasser durch Kochen vom Salze befreit wurden, damit die Schiffszimmerleute in der Mittagshitze etwas zu trinken bekamen. Dank erntete er nicht dafür, denn der Prozeß der Desalination schmeckte nach Wissenschaft und galt deswegen als gottlos. Viele wollten gar nicht trinken, was er ihnen brachte, und ein Ritter meinte, als Geistlicher sollte er es eigentlich besser wissen.

Sie besetzten die Insel vor der Küste – Jasirat Far'un –, die der eigentlichen Stadt Aqaba gegenüberlag, und von dort aus unternahmen sie eine wilde *razzia* entlang der Küste. Angriffe auf Häfen und Überfälle auf ägyptische Kaufleute, denen man die Schiffe unter den Füßen wegraubte, überraschten einen Feind, der sich nicht erklären konnte, woher dieser Feind gekommen war.

Als sie sich anschickten, Jasirat Far'un zu verlassen, sagte Foulque unvermittelt zu Ouallada: »Du bleibst am besten hier.«

Das Entsetzen, das unablässig in ihr summte wie ein Bienenschwarm, verstärkte sich zu einem Tosen in ihren Ohren. »Bitte, nein!«

Sie wußte nicht, womit sie eine solche Strafe verdient hatte. War sie nicht auf einer spannenbreiten Planke über ein Wasser gegangen, in dem mehr Leben war als in irgendeinem See oder Fluß, den sie jemals gesehen hatte? War sie nicht in See gestochen und hatte gespürt, wie massives Holz unter ihren Füßen knarrend wankte, während sie über phantastischen Königreichen von Seeschlangen und Haifischen dahinfuhr? Hatte sie ihre Seekrankheit nicht verborgen wie eine Hure ihre Schwangerschaft, damit er sie für stärker hielt als die Männer, die sich über die Reling erbrachen? Hatte sie sich deshalb so große Mühe gegeben, mit der weiten, wogenden See vertraut zu erscheinen, um jetzt auf einer Insel ausgesetzt und zurückgelassen zu werden?

Foulque beschuldigte sie nicht unmittelbar, eine Frau zu sein, aber er brummte barsch: »Dir fehlen die Fähigkeiten.« Die Panzerhandschuhe flatterten über seinem Kopf, als wolle er jemandem zum Abschied zuwinken. »Du wärest ein Hindernis. Es ist besser, wenn du hierbleibst und wartest, bis wir zurückkehren.«

»Und werdet ihr das tun? Zurückkehren? Ihr werdet doch gar nicht hierher zurückkehren!« sagte sie.

Sein Kopf steckte in der Halsberge, und so fühlte er sich ohne weitere Entschuldigung fähig zu sagen: »Wahrscheinlich nicht. Châtillon hat vor, von einem Ort zum andern zu marschieren. Zuschlagen und weiterziehen. Ägypten. Hedschas. Weiter nach Medina durch die Wüste Hedschas.«

»Warum sagst du dann, ich soll auf euch warten?«

Er schien in Schwierigkeiten zu geraten. »Auf Nachricht sollst du warten. Ich meinte, auf Nachricht. Freilich, wenn Medina fällt, wirst du deine ... Bekanntschaft mit uns vielleicht erneuern wollen. Dann werden wir alle reich genug sein. Du hast doch gesagt, du würdest uns vielleicht verlassen, wenn du erst unter deinesgleichen bist.«

Sie trat zu ihm und zog an den langen Bahnen der zischelnden Rüstung, bis er auch die letzten Falten über die Schultern gestreift hatte und sein Kopf dicht vor ihrem Gesicht zum Vorschein kam – die unrasierten Wangen, die zerzausten grauen Locken, die dicke violette Ader, die an seiner Kehle pumpte. Er legte sich den breiten Kragen des Kettenpanzers bequemer um den Hals und wandte ihr das Gesicht nicht ganz zu, als er sie anschaute. »Ich wünschte, mein Haar wollte so kräftig wachsen wie das deine«, murmelte er. »Du solltest wieder etwas daran tun.«

»Hast du überhaupt kein Vertrauen in Châtillons Plan?« fragte sie.

Nach einem kurzen Augenblick sagte er: »Gottes Wille geschieht. Aber – nein. Nein, nicht viel.«

Ouallada wandte sich ihren Instrumenten zu, die verstreut umherlagen, ihre Flöten in Töpfen mit Wasser, die ledernen Verbindungsstücke in Öltiegeln wie alte rheumatische Gelenke. »Ich würde mich gern ausruhen«, gab sie zu. »Meine Beine ...«

»Mmmm. Ja.«

»Deine auch?« Sie war überrascht. Er hatte nie etwas davon gesagt, daß ihn die geheimnisvolle Krankheit auch plagte.

Sein weißer Übermantel senkte sich flatternd auf ihn herab wie ein Schneegestöber, das eine Festung verhüllt. »Oh, es ist nichts, was ein bißchen Seeluft nicht heilen wird«, sagte er wegwerfend und hob seine Keule auf. »So. Du bleibst also hier und ruhst dich aus. Passe dich an. Lasse dich nieder. Für eine Weile jedenfalls. Du kannst meinen Anteil von der ägyptischen Beute haben. Es wäre gegen mein Gelübde, sie zu behalten, weißt du«, fügte er hastig hinzu. Es war, als betrachtete er sich bereits wieder als Mönch.

»Ich kann kochen.«

»Was?«

»Oder das Blut mit begeisternder Musik in Wallung bringen.«

»Ich glaube wirklich nicht ...«

»Wo du hingehst, da will ich hingehen.«

Wenn ein anderer Ritter dies gesagt hätte, so hätte er es ohne weiteres verstanden. Ritterliche Kameradschaft war so verbindlich wie Religion. Aber bei einer Frau machte es ihn ratlos.

Sie sah das Unbehagen in seinem Gesicht und verlor den Mut, von Liebe zu sprechen. Sie war einer Eröffnung so nah gekommen, wie sie es wagte. Also erklärte sie ihm mit einer weiteren Lüge, weshalb sie so erpicht darauf war, ihn zu begleiten. »Ich kann nicht hierbleiben. Sie würden mich umbringen, weil ich mit euch zusammen war. Du schaust mich an und siehst Schwarz. Sie aber würden gemischtes Blut sehen. Du vergißt, daß ich diese Leute kenne. Wollen wir jetzt an Bord gehen? Ich bin so gern auf dem Meer.«

Neunundzwanzig

Im Hedschas

Wie Wikinger stürmten sie durch die Häfen an der ägyptischen Küste. Wie Goten verwüsteten und plünderten sie kupferglänzende Basare und marmorne Villen. Der Rauch hinter ihnen roch nach süßen, würzigen Düften, und jeder der Plünderer ließ unterwegs mehr fallen, als er bis dahin je besessen hatte. Die geteerten Bäuche der Schiffe drohten aus den Nähten zu platzen von der unersättlichen Plünderei – es war so viel, daß Châtillons langfristiger Plan dadurch in Gefahr geriet. Dann versteckten sie ihre Beute in unsicheren Zitadellen bei unzuverlässigen Bewachern und zogen weiter in die Wüste Hedschas. Einen Teil ihres Reichtums verwandte Reynaud darauf, die Loyalität von Beduinen zu erkaufen, die ihn führen sollten, denn es gab weder christliche noch heidnische Landkarten, die der endlos sich wandelnden Landschaft einen Sinn gegeben hätten. Nach dem Meer, wo der Wind und die Strömungen sich als ihre Verbündeten gezeigt hatten, war die Wüste nun ihr unerbittlicher Feind. Sie verkürzte ihren Schritt, sie verkürzte ihren Tritt, sie ließ sie stolpern und füllte ihre Kleider mit wertlosem Goldstaub. Von Angesicht zu Angesicht umschmeichelten die Beduinen sie, doch untereinander an ihren eigenen Lagerfeuern redeten sie dann mit leisen Stimmen und lachten kurz und scharf bellend, während ihre Blicke zu den Franken herüberhuschten. Immer wieder handelten sie einen neuen Preis für ihre Begleitung aus, und sie beobachteten genau, wo das Geld hergenommen wurde, als wollten sie es vor den Geiern retten, wenn die Franken erst zu Aas geworden wären.

Châtillons Truppe bot jetzt jedenfalls einen merkwürdigen Anblick. Die erfolgreiche *razzia* hatte einfache Ritter mit Silber und Edelsteinen ausstaffiert, mit funkelndem Zaumzeug und lächerlich zartem Schuhwerk. Ihre Sättel waren kupferbeschlagen, und die Schwänze ihrer Pferde waren mit Bändern verknotet, die aber bald verfilzt und strähnig und gleichförmig mistbraun aussahen. Ihre Kleidung wurde immer ägyptischer; jeder band sich einen Turban um seinen *châpeau de fer,* damit die Sonne ihn nicht zur Weißglut aufheizte. Sogar Foulque trug jetzt die Kefije, damit sein Hirn nicht zu kochen begann, wenngleich seine puritanische Schlichtheit neben soviel augenfälligem Reichtum immer offenkundiger zutage trat. Die einzige Kostbarkeit, die er in den Basaren an der Küste geraubt hatte, waren Musikinstrumente – Syrinx, Rahab und Sedschel –, die er vorgeblich für seinen halbblütigen Spielmann an sich nahm, mit denen er aber auch selbst nicht selten die öden Stunden der endlosen Reise zur Strecke brachte. Die sündhafte Wissenschaft von der Musik besaß noch immer ihre Verlockungen; er hätte es gebeichtet, wenn jemand da gewesen wäre, der ihm die Beichte hätte abnehmen können. So aber sah er sich wider besseren Wissens dazu gedrängt, Vergewaltigern die Sünden zu vergeben, Spielern, Fastenbrechern, Eidbrechern, Sodomiten, Völlern und Sterbenden, lauter Männern, von denen in Wahrheit keiner irgend etwas bereute, außer daß sie Aqaba verlassen hatten, um in den Hedschas zu ziehen.

Ouallada beichtete nicht bei ihm. Er wäre schockiert gewesen. Zwar glaubte sie, daß sie starb, daß sie von den Füßen aufwärts verschwärte, während ihre Beine sich in Leder verwandelten, aber nur ihre christliche Hälfte fühlte sich verdammt. Die andere Hälfte – die afrikanische – erblühte in der afrikanischen Sonne. Man hatte ihr immer gesagt, sie habe mehr Bosheit in sich als weiße Frauen. Sie hatte es damals nicht in Frage gestellt, und jetzt wußte sie, daß es stimmte. Wenn sie jetzt sah, wie Foulque sein Kopftuch abnahm, wollte sie den Schweiß kosten, der an seinem Hals herunterrann. Wenn er in seinem weißen Unterhemd dasaß, die Ärmel bis zum Ellenbogen aufgekrempelt, dann wollte sie die schwarzen Haare an seinen Unterarmen befühlen, sich in den Winkel zwischen seinen Schenkeln schmiegen und den Kopf an das gesteppte Wams legen, das er unter seiner Rüstung trug. Während sie immer geglaubt hatte, ihn wegen der Tugenden seines Charakters zu lieben, stellte sie jetzt fest, daß ihre Phantasie von seiner Nacktheit erfüllt war, von einer unübersehbaren, krassen Lüsternheit, die sie rot werden ließ, wenn er sie nur anschaute, und die bewirkte, daß ein heißes Prickeln sie überlief, wenn er an ihr vorbeikam. Tatsächlich glaubte sie ganz ernsthaft, daß er von einer feurigen Corona umgeben sein müsse, denn sie wußte es, wenn er hinter ihr stand, fühlte es, wenn er nicht da war. Der Zauber erstreckte sich sogar auf seinen Namen, denn wenn sie ihn vernahm, sorgte allein der Klang der Worte schon dafür, daß ihr Herz sich zusammenzog, ihre Pupillen sich weiteten und ihre Finger sich hastig in ihrem schändlichen Haar zu verbergen suchten. Sie konnte sich nichts vormachen: Sie war nicht vom Schlage der *trobars*. Abstinente Leidenschaft brachte ihr keine spirituelle Kraft, keine mystischen Energien, keinen Mut. Während ein ritterlicher Mann durch die Qualen der *ascesis* stärker geworden wäre, fühlte sie sich mit jedem Tag, der verging, erschöpft wie eine Pflanze in Terracotta, die gern wachsen will und spüren muß, daß ihre Wurzeln eingezwängt und erstickt sind. Es war gerade umgekehrt: Wenn sie den Mund auf den seinen hätte drükken können, so hätte sie dort ganz sicher die kräftigende Nahrung trinken können, die sie vor dem Tod in der Wüste bewahren würde.

Es war fast nicht zu glauben, aber sie waren bis auf wenige

Tagesmärsche an Medina herangekommen. Der Erfolg seines Projektes machte Châtillon beinahe hysterisch. Aber auch wenn seine Truppe noch auf freiem Fuße war – noch immer bei Tag eine Staubsäule und bei Nacht eine Säule aus Fackelschein emporsteigen ließ –, wußte doch niemand, wie er die Stadt Medina einzunehmen gedachte, für Gott, für den Ruhm oder wenigstens für einen Tag. Einige der Schiffe waren zerlegt und zu Belagerungsmaschinen neu zusammengebaut worden. Aber sie hatten Châtillons schnelles Vorankommen dermaßen behindert, daß er sie hatte zurücklassen müssen, gestrandet auf den Sanddünen. Auch Männer hatte er zurückgelassen – Verwundete, Hitzekranke und solche, die an der Klugheit eines Angriffs auf Medina gezweifelt hatten.

So eilte Fürst Reynaud der strahlenden Unmöglichkeit seines Ziels entgegen. Die Überraschung sei mehr wert als tausend Belagerungsmaschinen, sagte er. Und nachdem sie sich selbst schon so sehr überrascht hatten, würden sie Medina da nicht noch viel mehr überraschen? Schon wehte ihnen der Duft von Sandelholz und Zimt von der Stadt her entgegen, da schlug Reynaud de Châtillon mit seiner Armee das Lager auf; die Hälfte der Männer sang ein Kyrie, während die andere Hälfte mit einem Gloria dagegensang: Sie schleuderten einander die Musik entgegen wie lauter Beschimpfungen.

Ouallada hatte lange geschlafen. Zumeist kleidete sie sich in aller Frühe an (soweit sich überhaupt jemand an- und auskleidete), um ihre Gestalt mit weiten Gewändern zu verhüllen. Zumeist stand sie vor den Rittern auf, sogar vor Foulque, obwohl dieser von den Rittern als erster aufstand und betete. Aber nicht an diesem Morgen. Sie wachte spät auf, und so blieb sie, in ihre Decke gehüllt, auf dem Boden liegen, bis alle Männer hinter ihren Windschirmen hervorgekrochen und zu ihren Pferden geschlendert waren. Alle außer Foulque. Sie wartete noch ein bißchen länger und schaute hinauf zum kobaltblauen Himmel, während die Hitze des heraufdämmern-

den Tages aus dem Boden zu steigen und vom Baldachin des Himmels herabzuschwellen schien und die unfruchtbaren Hügel zu beiden Seiten erglühen ließ.
Nicht, daß sie vor Foulque ihr Geschlecht hätte verbergen müssen. Aber sie wollte nicht, daß er die Häßlichkeit ihrer Beine gewahrte, die gelbe und purpurne Krampfader-Geologie des Schmerzes, und er sollte auch nicht sehen, welche Mühe es ihr bereitete, die kurzen Stiefel anzuziehen. Außerdem hatte die Lüsternheit dazu geführt, daß sie sich – wie Eva – schämte, unbedeckt zu gehen. Also wartete sie darauf, daß er sich rührte, und betrachtete die Silhouette seines Körpers und seines Gesichts, als wäre sie ihr Horizont. Seine Augen waren offen, aber er stand nicht auf. Er sah nicht, daß sie ihn beobachtete; sein Blick war starr auf den Himmel über ihm gerichtet. Plötzlich kam ihr der Gedanke, er sei tot, und sie fuhr kerzengerade hoch und schrie seinen Namen.
Unvorbereitet und verwirrt, setzte er sich ebenso jäh auf wie sie; er schloß sein offenes Steppwams und sprang auf. Aber ebenso schnell fiel er zur Seite und lag der Länge nach im Sand.
»Foulque!« Sie streifte die Decke ab und stürzte zu ihm, aber er wedelte schon abwinkend mit der Hand vor dem Gesicht.
»Das ist die Hitze. Bin zu schnell aufgestanden.«
Aber seine Beine wollten ihn nicht tragen. »Ein Krampf«, sagte er. »Ein Krampf, weiter nichts.« Aber er rieb sich nicht die Kniekehlen, und als sie es tun wollte und mit den Händen über seine wattierten Hosen strich, da stieß er sie mit einer Wut von sich, die nicht der Keuschheit oder der Großspurigkeit entsprang, sondern einfachem und unverhohlenem Schmerz. »Rühre mich nicht an, um Gottes willen!« Dann erblickte er ihre eigenen Beine, schaute hin, obwohl er sich bemühte, es nicht zu tun. »Du also auch«, sagte er. »Er ist abscheulich, nicht wahr? Dieser Wüstenwurm.«
Sie versuchte, ihm zu helfen und legte sich seinen Arm um die

Schultern, aber er war zu schwer; sie stürzte, und er fiel auf sie. Der Wüstenhimmel zu beiden Seiten seines Kopfes verwandelte sich in blaue Geierschwingen. Châtillon ließ alles zurück, was ihm hinderlich war – ließ seine nutzlosen Kriegsmaschinen gestrandet in der Wüste zurück, wenn sie mehr Beschwernis als Vorteil boten.

Die Windschirme aus Segeltuch knatterten zwischen den Stangen, die man in den sandigen Boden gerammt hatte, und beschützten sie einstweilen vor den Blicken der andern. Aber jederzeit konnten die Trupps der Zeugmeisterei kommen und sie niederreißen. Zuvörderst aber fürchtete Foulque die Schande, entdeckt zu werden: ein Chevalier, der nicht mehr in den Sattel kam. Wieder und wieder befahl er Ouallada, sein Pferd zu holen, es herzuholen, damit er sich hinaufziehen könnte. Aber sie war ganz mit ihrer Dummheit beschäftigt: Sie, die sie ihn Tag und Nacht beobachtet hatte, die sie ihre eigenen Beschwerden verborgen hatte, weil sie befürchtete, er könnte dann weniger von ihr halten. »Ich hab's nicht gesehen! Ich hab's nicht gewußt! Ich hab's nicht geahnt!«

»Das will ich auch nicht hoffen!« Der Mönch in ihm war immer noch entsetzt darüber, daß ihm das ureigene Geschenk des Schmerzes entglitten war. Es war ja etwas, das mit Tapferkeit zu tragen war als Opfer für Gott, etwas, das er niemals hätte sehen lassen dürfen. Er schleppte sich auf die geblähten Planen zu, und seine Kleider füllten sich mit Sand; er umklammerte eine Zeltstange und zog sich auf die Knie. Sein Gesicht war grau und maskenhart, und rasch wurde ihm das Hocken unerträglich, und er stützte sich vorgebeugt auf die Fäuste, hechelnd wie ein Hund. Sie sah, daß sie ihm keine größere Freundlichkeit erweisen konnte als die, ihm das gesteppte Wams über die Schultern zu rollen und erst den einen, dann den anderen Arm in die Ärmel zu schieben. Aber als sie ihm das Kettenhemd holte (das er nachts zur Sicherheit zusammenrollte und zum Schlafen unter den Kopf legte), waren

sie beide gezwungen zuzugeben, daß es mit seinem Gewicht eine unerträgliche Bürde war. Es lag zwischen ihnen, als sie einander zugewandt am Boden knieten, beide auf den wackligen, flatternden Windschirm gestützt. Und Stück für Stück dämmerte ihm die Erkenntnis, daß er die Reise nach Medina höchstens als Passagier würde fortsetzen können.
Unversehens erschien das Gesicht eines *équipeurs* am oberen Rand des Segeltuchs und bat um die Erlaubnis, es einzurollen.
»Laß das jetzt«, sagte Ouallada schroff. »Der Herr Foulque ist krank. Er braucht eine Trage. Sorge dafür.«
Der Jüngling musterte Foulque von oben bis unten und blies ob dieses ungeheuren Ansinnens die Wangen auf. Dann verschwand sein Gesicht. Der Windschirm wippte im weichen Boden hin und her, bis er schließlich so schräg stand, daß die ganze Wüste dahinter gähnte.
Das Heer war angetreten, die Ritter aufgestiegen, die Kamele rülpsten und brüllten. Reynaud de Châtillon, prachtvoll anzusehen in seiner allerneuesten weißen *kefije*, ließ sein Pferd auf Foulque zutänzeln. Er führte Foulques Stute am Zaumzeug. Die große Keule baumelte wie ein schwingendes Pendel am Sattel, und ihr Schatten bewegte sich auf dem ausgebleichten Boden hin und her. »Indisponiert, Monsieur?« erkundigte er sich voller Genugtuung.
»Für ein paar Tage«, antwortete Foulque. »Ich werde euch aber einholen.«
»Das ist wohl am besten«, sagte Châtillon, und wohlgefällig stellte er sich vor, wie der Lorbeer von Medina ein einzelnes Haupt krönte – ungeteilter Triumph. »Ich würde mir nie verzeihen, wenn ich dich mitschleppen und in Lebensgefahr bringen sollte, derweil ich dich doch in Sicherheit zurücklassen könnte, damit du genesen kannst.« Er betonte die Worte mit wohligem Behagen: *Mitschleppen ... Zurücklassen ...* »Ich lasse einen Führer da, der sich um dich kümmern soll.«
»Ich stelle meine Leute natürlich vorübergehend unter deinen

Befehl«, sagte Foulque. »Meinen Spielmann auch – als Chronisten der kommenden Ereignisse.«
Châtillon neigte höflich den Kopf. Dann ließ er den Zügel von Foulques Stute fallen und kehrte an die Spitze seiner Truppe zurück. Er war wieder die einzige Sonne an seinem Himmel, ganz unbelastet von der schwierigen Mathematik, die nötig war, um Glanz und Ruhm durch zwei zu teilen.
Der weiche Boden dämpfte wie Schnee den Lärm des Abmarsches, aber der Staub und der Sand, den Hunderte von Hufen aufwirbelten, war eher wie die Vulkanasche, die auf Pompeji fiel: erstickend, erschreckend und allzu umhüllend, als daß man ihn mit Arm oder Hand noch hätte abwehren können. Die beiden Zurückgelassenen wurden grau davon – an Haaren, Kleidern, Wimpern –, und fest verschlossen sie den Mund vor dem alles durchdringenden Knirschen. Kein einziger der Männer aus der Camargue blieb zurück, um seine Loyalität, seine guten Wünsche, seine Wertschätzung zum Ausdruck zu bringen. Zu sehr hatten sie alle den Kopf voll von Medina.
Aber Ouallada ging nicht mit.
»Man wird mich nicht vermissen«, sagte sie und durchsuchte ihre leeren Kleider nach Skorpionen, bevor sie sich anzog. »Herr Reynaud hat kein gutes Ohr für Musik. Findest du nicht auch?«
Foulque bemühte sich, die Beweggründe für ihr Bleiben zu ermitteln, aber er hatte nicht mehr die Geisteskraft, um Erfolg zu haben. Er beobachtete sie einfach unter gesenkten Lidern, schwer vom Staub, während sie ihre Morgenration Wasser trank – wie die Tropfen, die ihr aus den Mundwinkeln rannen, Furchen in eine Maske aus rötlichem Sand gruben. Er konnte sich nicht mehr erinnern, wie sie ausgesehen hatte, als sie Haut-Béziers verlassen hatten. Aber an ein anderes Gesicht konnte er sich erinnern, silbern überstäubt, sahneweiß von Schminke.
Der Beduine, der als ihr Führer zurückgelassen worden war,

schlug in aller Demut vor, auf dem Weg zurückzukehren, auf dem sie gekommen waren. Ebensogut hätte man jemandem vorschlagen können, durch das Leben zu den Schauplätzen seiner größten Irrtümer zurückzukehren. Nein, sagte Foulque. Gab es denn in der Nähe nirgends einen Ort, wo man Gastlichkeit finden könnte? Keine Beduinensiedlung? Der Führer zeigte sich entzückt: Sein eigener Onkel lagerte in der Nähe. Er würde hingehen und sicherstellen, daß man sie willkommen hieß, und dann würde er zurückkommen. Der Beduine nahm also das Kamel, das Foulques Sammlung von Musikinstrumenten trug, und versprach, vor Einbruch der Nacht zurück zu sein. Sie sahen, wie die Sonne auf dem kupfernen Korpus einer Trommel in Gestalt eines Schiffspollers funkelte, während die Trommel an ihrem Lederriemen auf dem schwankenden Hinterteil des Kamels hin und her, hin und her rollte. Das straffe Trommelfell, fleckig vom Fett aus Oualladas Händen, gaffte sie an wie ein schmutziges Gesicht, das zu ihnen zurückglotzte.

Sie wußten, daß er nicht wiederkommen würde, aber erst als es dunkel wurde, gestanden sie es sich gegenseitig ein. Schließlich fing Ouallada an, die Stangen des Windschirms aus dem Sand zu ziehen und die ganze Konstruktion in ihre Einzelteile zu zerlegen.

»Was machst du da?«

»Eine Schlepptrage«, sagte sie. »Kannst du aus den Sternen die Richtung lesen?«

»Sie sagen, du verdienst Wohlstand und ein langes Leben ... aber im derzeitigen Zustand politischer Ungewißheit sind sie nicht bereit, sich verbindlich zu äußern. Und zu einem Prämonstratenser haben sie überhaupt nichts zu sagen.«

»Zum Teufel mit dir. Ich dachte, du hättest in deinen Tagen des zügellosen Intellektualismus auch Astrologie studiert.«

»Oh, das habe ich. Ich kann dir auch die Namen der Sternbilder aufsagen. Aber um dir zu sagen, wie sie im Verhältnis zu

Bethlehem – oder von mir aus Medina – stehen, bräuchte ich die Hilfe eines unzeitgemäßen Weihnachtssterns. Hat deine Mutter dir denn die Geheimnisse der Wüste nicht offenbart?«
»Nein, nur ihre Brust«, sagte Ouallada gereizt. Sie knotete die Zeltstangen mit den Lederriemen der Steigbügel an Foulques Sattel. Das Pferd wandte den Kopf zu ihr nach hinten, fletschte die Zähne und schwenkte das Hinterteil, so daß der Schlitten, der noch unbefestigt daranhing, ihr gegen die schmerzenden Beine flog, abriß und flach in den aufstäubenden, mondbeschienenen Sand klatschte. Wieder und wieder begann sie von neuem, schluchzend vor Frustration und Verzweiflung, während Foulque keinerlei Anstalten machte, ihr zu helfen, sondern sich in heiterer Gelassenheit gegen ein Kissen aus Sand sinken ließ und den Himmel betrachtete. Eine Flut von Sternen, erstickender noch als der Staub des Heerzuges, rieselte auf die Wüste Hedschas herab.
Erschöpft und verängstigt, wie sie war, nannte sie ihn faul und unritterlich, einen Feigling, der vor seinem Schicksal kapitulierte, einen Mann, der für sein Geschlecht typisch sei. Wie sollte denn sie – eine Prinzessin! – besser als er wissen, wie man eine solche Trage baute? Warum konnte er das nicht tun? Aber nein! Er schonte seine zarthäutigen Händchen, um die Saiten der Syrinx zu zupfen! Nicht weit von hier lag Eden, verschlossen und leer. Als Adam und Eva von dort vertrieben wurden, war es da Eva gewesen, die Spaten und Hacke getragen und einen Schlitten für die Kinder gebaut hatte? Ohne Zweifel. Adam dürfte dagesessen und sich in die Betrachtung des Apfelbutzens vertieft haben.
Als der Tragschlitten schließlich fertig war, kam sie zurück, angespannt bis zu schärfster Übellaunigkeit, und teilte ihm mit, die Kutsche erwarte den Herrn, wenn er nur die Güte haben wolle, sie zu besteigen.
Sie fand ihn mit geschlossenen Augen und weit gespreizten Beinen im Sand, sein Kruzifix in der einen Hand, ein Stück

Band in der andern, die Arme über der Brust gekreuzt. Und sie erkannte, daß sie diesen Mann mit ihrem lärmenden und wenig einfühlsamen Konstruktionsprojekt bei den Vorbereitungen zu seinem Tode gestört hatte. Ohne Beichte war er gestorben, Tausende von Meilen von der Bruderschaft der Heiligen entfernt, die ihn leicht und mühelos auf einer Trage aus Choralgesang zu den freundlichen Sternbildern eines französischen Himmels hätten hinaufschweben lassen. Sie heulte wie ein Wolf. Sie fiel auf die Knie und zupfte an seinen Kleidern. Sie schrie ihm seinen Namen ins Gesicht. Sie schmiegte sich, wie ein Fötus zusammengekrümmt, in das eckige Stück Boden zwischen seinem Ellenbogen und seiner Seite und verharrte dort ganz regungslos in der Hoffnung, den Karren des Todes am Ende noch fassen zu können, ehe er sie allzu weit hinter sich ließ, ganz allein.

Aber kein Sog, der ihr die Seele aus dem Leib zog. Kein Kielwasser, das sie ins Nichts hätte wirbeln lassen. Nur die unehrfürchtigen Geräusche des Pferdes, das mit den Ohren wedelte, brachten sie schließlich dazu, sich wieder aufzurichten und umherzuschauen. Kein anderes Lebewesen rührte sich ringsherum, so weit der Mond sie blicken ließ. Kein Engel der Verdammnis. Kein Vater, der sie drangsalierte. Nicht ein stechender Grashalm. Nicht einmal Gott war da, um sein Mißfallen kundzutun. Da umklammerte sie seine beiden Hände, küßte seinen Mund und legte dann den Kopf auf seine Brust.

Erst nach einiger Zeit hörte sie das ferne Klopfen eines Herzschlags, das durch ihren Kopf hallte wie vorwärts preschende Reiterei. Sie verknotete die Hände in sein schweißfleckiges Wams, hob sogar seine Schultern ein Stückchen vom Boden, so aufgebracht war sie über die ewige Ungerechtigkeit des Lebens. Selbst hier – selbst ganz unten im Kessel der Nacht, in der Asche einer ausgebrannten Landschaft – war kein Frieden zu finden. Noch hier, noch bevor ihr gestattet war, sich hinzulegen und den letzten Schlaf zu schlafen, oblag ihr die Bürde,

Foulque Nerra am Leben zu erhalten oder es doch zu versuchen.

Ohne die Möglichkeit der Navigation erschien es sinnlos, sich von dieser Stelle zu entfernen; in einer feindseligen Wildnis war es hier nicht schlechter als anderswo. Doch dann strahlte Wetterleuchten über den Horizont. Jeder gute Kreuzfahrer, jeder gute Pilger erkannte Gottes Amtsstab, wenn er ihn sah. Ein Blitz. Sie verfluchte dieses Zeichen. Sie verfluchte die ganze elende Unterwürfigkeit des Menschen gegen Zeichen und Symbole. Dann wartete sie auf den nächsten Blitz am Horizont, wandte ihm das Gesicht zu und malte sich einen Pfeil in den Sand, dem sie folgen könnte, wenn der Blitz vergangen wäre.

Sie versuchte, Foulque Nerra zu dem Schlitten zu schleifen, aber er war zu schwer für sie. Also stemmte sie sich gegen die Stute und schob sie mühsam rückwärts, bis die Trage neben ihm lag. Indem sie Sand und Kies unter ihm weg wühlte, gelang es ihr irgendwie, ihn an Bord zu bringen. Die ganze Zeit kochte sie vor Wut; sie verfluchte unbelebte Gegenstände und sah Bosheit im ganzen materiellen Universum.

Nach und nach aber, je mehr die Arbeit und die lähmende Kälte sie auslaugten, erkannte sie, wie nützlich diese Wut gewesen war: eine Rassel, die sie vor dem Antlitz des Todes hatte schütteln können, ein brennender Ast, der die Wölfe der Nacht ferngehalten hatte.

Die nächtliche Wüste war friedvoll. Die Kälte schnitt ihr ins Hirn, bis auch der letzte Gedanke verschwunden war. Sie kauerte oben auf Foulques Pferd und lenkte es zwischen Felsen und Löchern hindurch, die den Tragschlitten hätten umkippen und aus den Steigbügelriemen reißen können. Und sie dichtete Verse, die sich um andere Körper als den ihren drehten, um andere auch als den seinen. Körper, die ihr aus so ferner Vergangenheit in Erinnerung waren, daß sie fast im Mythos versank: aus einer Vergangenheit so fern wie Haut-Béziers.

Kurz nach Tagesanbruch riß der eine Steigbügelriemen, wodurch der andere so sehr belastet wurde, daß der Sattel unter den Bauch der Stute rutschte. Der Tragschlitten kippte um. Ouallada fiel herunter, geriet zwischen die Beine des Pferdes und wurde vom leeren Gewirr aus Stangen und Segeltuchplanen überfahren, als das Tier durchging. Verschwommen drang das Geräusch von etwas Schwerem, das metallisch in die Dunkelheit rollte.
Sie rappelte sich auf und lief zu Foulque; er war heiß und starr wie ein Braten, der vom Spieß gefallen war. Er schlug die Augen auf und sah sie an, aber er nannte sie Aude und sprach Latein: Sein Teufelsblut koche in seinen Adern, und seine Füße verwandelten sich in Hufe. Da wandte sie sich ab und lief dem Pferd nach; die Hoffnung, es aus seiner Not zu retten und zurückzuholen, war größer als in seinem Falle.
Es flüchtete vor ihr her über unebenes Felsengelände, vorangetrieben von den Stangen und Seilen, die hinterdreinklapperten, während der prachtvolle Sattel es sowohl am Laufen als auch am Atmen hinderte. Es führte sie über eine Heidelandschaft von geduckten *had*-Büschen und stachligem Aristida-Gras. Es führte sie über einen Teppich von grünen Koloquintensträuchern, deren Früchte ihre schwarzen Samenkörner verstreuten. Es führte sie zu einem Hain von Zypressen und Akazien.
In der pechschwarzen Scheibe aus Schatten unter den dichten Akazienzweigen waren die Reiter nicht gleich zu erkennen. Sie hätten auch Ziegen oder Gazellen sein können. Als sie sah, daß es Männer waren, hoffte sie immer noch, es möchten Beduinen sein.
Aber lange konnte sie sich nicht täuschen. Sarazenen zu Pferde strafften ihre Zügel, blieben aber stehen und warteten ab, bis Ouallada entweder wegliefe oder näher käme. Sie kam heran. Etwa eine halbe Meile legte sie noch zurück, bevor sie sich im hellen Sonnenschein vor den Akazien und Zypressen

mit dem Gesicht nach unten auf den brüchigen Boden legte. Ein Teil ihrer selbst wartete und lauschte, während sie ihr in ägyptischem Arabisch etwas zuriefen. Sie hoffte darauf, daß ihr Mohrenblut ihr die Sprache vielleicht verständlich machen werde, wie der Heilige Geist die Menschen ja auch in Zungen reden ließ. Sie erkannte den Gruß, den sie ihr zuwarfen, als denjenigen, den auch die Beduinen benutzten, abends und morgens. Hätte sie sich doch nur die richtige Erwiderung einprägen können. Statt dessen mußte sie sich jetzt taub stellen oder einfach nur schweigen, wenn sie wollte, daß diese Leute sie für eine Mohrin hielten. Sie hob den Blick und schaute den vordersten Reiter an, der auf einem kastanbienbraunen Hengst saß.

Er trug eine *sardija* aus silbern schimmernden Panzerschuppen, die bis zu seinen Füßen reichte, an den Hüften aber aufgeschlitzt war, so daß man Strümpfe und Beinkleider sah. In die Schienen seiner Rüstung waren arabische Schriftzeichen getrieben, und auch sein Helm, der *baida*, war mit goldener Schrift verziert, wenngleich der Kettenschleier, der im Kampf vor seinem Gesicht hing, jetzt zurückgeschlagen war und diese Verzierungen zum großen Teil verbarg. Er hob seinen kleinen gewölbten Schild, um seine Augen vor der gleißenden Sonne zu schützen; so leicht und hübsch erschien dieser Schild an seinem Arm, daß er völlig nutzlos wirkte. Eine Scheide aus rotem marokkanischem Leder hing an einer Kordel an seinem Hals, und der abgeflachte Schwertknauf war mit Juwelen besetzt. Ein *tabar*, eine Streitaxt mit halbrunder Klinge, hing an seinem Sattel. Dies war der Scheich Obeid ben Zefir, der aus ihrer Phantasie hervorgekommen war: eine fleischgewordene Fiktion, ein Witz des wirklichen Lebens auf Kosten der Geschichtenerzähler. So hatte sie sich den Vater ihrer erfundenen Kindheit immer vorgestellt. Erst jetzt, in einer Landschaft, in der sie nicht einmal die Namen der Insekten kannte, mit einem Mann konfrontiert, dessen Sprache sie

nicht sprach – erst jetzt ließ sie alle Ansprüche auf den Titel einer Prinzessin fahren. Sie schrumpfte im Sand tatsächlich auf die Maße eines Mistkäfers zusammen.
»Ich überlasse dir mein Leben«, sagte sie, »und vertraue dir an das Leben meines Freundes dort hinten. Nicht um des Preises willen, den er als Geisel erzielen möchte – obgleich Gott weiß, daß er ein hohes Lösegeld einbringen könnte –, sondern als Dichter. Die Welt hat zu wenig Schönheit, um seinen Verlust zu verkraften, und meine Kunst genügt nicht, ihn zu verhindern. Bitte hilf ihm.«
Ein allgemeines erbostes Geplapper war die Antwort auf ihr Französisch. Aber der Offizier auf dem Braunen hob nur seinen Schild noch höher, um seinen Blick auf die Landschaft zu erweitern. Sein Kinn ruhte auf einem mächtigen, buschigen schwarzen Bart, der wie ein Kissen auf der Brust lag, und seine Augen waren so dunkel umrandet, daß sie gemalt aussahen, ikonenhaft – ein Eindruck, der durch die Reglosigkeit seiner Züge noch verstärkt wurde. Die Spitze seiner langen, großen Nase war straff nach unten gekrümmt und überspannte bogengleich seinen Schnurrbart, ganz wie der kurze, hübsche Kopf seines Pferdes vom Zaumzeug dicht an die Brust gezogen wurde. Man sah durch den Bart kaum eine Bewegung seiner Lippen, als er fragte: »Dein Herr ist ein Dichter?«
Sie pries Gott für die Gabe der Zungen. Gern hätte sie gefragt: »Woher kannst du Französisch? Hat Gott dich geschickt? Bist du Christ? Wie ich ein Christ?« Aber sie beschnitt ihre Rede zu einem Muster, so formell und formelhaft wie die Psalmen.
»Das ist er. Für jeden, der Ohren hat, für alle, die ein Herz besitzen«, sagte sie. »Als Geisel wäre er eine Zierde deines Herdes. Wenn du ihn erst kennengelernt hast, wirst du seine Gesellschaft kaum noch missen wollen, auch wenn die Freunde, die nach seiner Rückkehr lechzen, so zahlreich sind wie die Sterne.«
»Und du bist? Sein Knappe? Sein Sohn?«

»Sein Spielmann nur. Der Sänger seiner Lieder.«
Der Araber zog seinen *saif* und betrachtete die zweischneidige Klinge, die so scharf geschliffen war, daß die Schneiden dünn und schartig wie eine angeknabberte Hostie aussahen. Die Zeichen, die er seinem Pferd gab, waren unsichtbar, aber der Hengst tat einen Sprung nach vorn, als wolle er Ouallada niedertrampeln. Sein Schatten überschwemmte sie, kalt wie Wasser. Der Sarazene erprobte die Schärfe seines Säbels an der Luft über ihrem Kopf. Aber wenn sie auch die Fäuste an den Körper zog, schrie oder rannte sie doch nicht: Ihre Beine hätten sie sowieso nicht mehr getragen. »Komm«, sagte er. »Zeige mir den Weg.«
Sie ging hinter seinem Pferd, aber sie deutete in die Richtung und sagte sich, es sei ja kein Verrat, kein wirklicher Verrat, wenn sie den Feind jetzt zu Foulque führte – sie habe ja keine andere Möglichkeit, sagte sie sich. Ein Trupp Reiter folgte ihr, vier Reiter, mit Wurflanzen bewaffnet: vier, wie am Ende der Welt. Die übrigen blieben unter den schattigen Bäumen: das Gemurmel von hundert leisen Stimmen, das Klirren von hundert Zügeln, und noch immer war das Zirpen der Grillen lauter.
»Warum gehst du so?« fragte der Scheich, als Ouallada vorwärts stolperte mit einknickenden Beinen wie ein langbeiniges Insekt. »Du hast die Krankheit der Ungläubigen.«
»Ich wünschte, ich hätte mehr als das gemein mit meinem Meister«, sagte sie.
»Sie hat Reynaud von Châtillon und seine Kumpane behindert, diese Krankheit.« Als sie nicht antwortete, fragte er sie geradeheraus: »Hat Fürst Reynaud deinen Herrn so hoch geschätzt, daß er ihn zum Sterben zurückließ?«
»Solltest du dem Fürsten je begegnen, Herr, so tadle ihn dafür, ich bitte dich.« Ihre Füße traten die schwarzen Samenkörner der Koloquinten in den weichen Boden. Sie zogen über das Aristida-Gras und zwischen den *had*-Büschen hindurch zu Foulque, der hingestreckt auf der Erde lag.

Schon eine so kurze Abwesenheit genügte, um Ouallada bei ihrer Rückkehr erschrecken zu lassen: Ihr war nicht klar gewesen, in welchen Abgrund von Schmutz Châtillons Armee gesunken war. Der Mund war verkrustet, das Gesicht leopardenfleckig von Geschwüren, die Lederstiefel ausgetrocknet, abgeschürft und rissig, alles zerfressen vom Wüstenwind. Foulque hatte sich, als er einmal einen Augenblick bei Bewußtsein gewesen war, bis zu seiner Keule geschleppt, die heruntergefallen war, als der Sattel vom Pferd gerutscht war. Seine Faust hatte sich um die Kette geschlossen, und sein Gesicht lag halbbegraben im Sand. Im Schatten des kastanienbraunen Hengstes war er kaum noch als Mensch zu erkennen. Schon gar nicht als Weltwunder.

»Das ist dein Meister?« fragte der Sarazene zweifelnd.

»Jawohl. Ich wünschte, ich käme ihm als Dichter gleich. Dann könnten meine Worte dich dazu bringen, daß dir sein Leben so kostbar ist wie mir.«

»Und doch hat Reynaud de Châtillon ihn zurückgelassen.«

Die vier Reiter wechselten den Griff an ihren leichten Holzlanzen und machten Speere daraus, die sie in Schulterhöhe hielten. Ouallada lief zu Foulque und deckte ihn mit ihrem Körper.

Wieder fühlte sie, wie das Herzklopfen ihre Gestalt erschütterte, aber diesmal war der Herzschlag ihrer. »Verlange nicht, daß ich gut von diesem Mann spreche. All mein Lob gehört meinem Herrn. Reynaud mußt du schon selbst beurteilen.«

»Und wie soll ich das tun?« fragte Siddi Jusif as-Schafih al-Umdan. »Salah-ed-din Jusif ibn Aijub, der Herrscher von Ägypten, hat die Piraten von Aqaba gestern abend niedergemäht wie der Schnitter das Korn. Möge Allah immer so verfahren.«

Dreissig

Der Feind

»Möge Allah die Kerze des Mitleids in deinem Herzen entzünden, auf daß du verschonest das Leben Foulque Nerras«, sagte sie so formelhart wie im *tenson* der Troubadoure. Er antwortete darauf nicht unmittelbar.
»*Dabbus*«, sagte er und deutete auf die Keule. »Kein Schwert. Dein Herr ist also ein Rabbi – ein heiliger Mann.«
»Ein Priester, ja.«
»Aber auch ein Dichter?«
»Das ist nicht unmöglich«, antwortete sie streitbar.
»Nein, nein! Durchaus nicht!« Scheich Jusif stieg ab, breitete seine voluminösen Gewänder so weit wie möglich aus und tauchte mit dem Kopf in die girlandenhaften Falten der schwarzen Wolle wie ein Vogel, der sich unter den Flügeln putzt. »Da wäre das bemerkenswerte Beispiel des Bischofs von Clermont. Und der Mönch von Puicibot. – Selbst Foulquet von Marseille nach seiner großen Enttäuschung. Hier. Nimm. Iß.« Aus den magischen Tiefen seines Mantels förderte er eine große Orange zutage, die erste, die sie seit Aqaba gesehen hatte.
Hielt er sie für einen Affen, den man mit einem bunten Spielzeug von seinem Herrn weglocken konnte? Sie senkte den Kopf, wollte nicht aufhören, Foulque zu bedecken, wollte keinen Platz machen für die Klinge des *saif*, für den Stich des Säbels durch Nerras wehrlosen Leib. Er warf ihr die Orange zu, und sie rollte dicht neben ihre Schläfe, eine glänzende Kugel

von leuchtender Farbe. »Iß nur. Das wird deinen Beinen helfen. Was dir fehlt, junger Mensch, sind Früchte und grünes Gemüse.«
»Wenn das so ist, soll es meinem Herrn und Meister helfen.« Und sie preßte Foulque die Orange an den Mund, riß sie auf und preßte Foulque triumphierend den Saft zwischen die Lippen. »So! Jetzt hast du ihm Speise gegeben! Er ist dein Gast. Du darfst einem Mann nichts mehr antun, wenn du ihn gespeist hast. Stimmt das nicht? Du darfst nicht gegen die Gastfreundschaft verstoßen. Das ist eure Religion!«
Der Siddi Jusif war erheitert. Sein rundes Kinn hüpfte auf dem Kissen aus schwarzen Locken. »Bitte. Bitte. Ich würde sagen, hier geht es um ein Mindestmaß an Manieren, du junger Mensch, Religion hin, Religion her. Ich habe auch nicht die Absicht, deinen Herrn zu töten. Ich schätze Dichtung sehr.«

Der Siddi Jusif as-Schafih al-Umdan schätzte nicht nur Dichtung, sondern Literatur ganz allgemein sehr – man sah es an der Bemalung seiner Räume mit Sprüchen aus dem Koran, an den vollkommenen Mosaiken seiner Marmorböden, an den spitzenzarten Handschriften und Illuminationen seiner Schreiberinnen. In seinem Palast in Umdan waren achtzig Frauen damit beschäftigt, Manuskripte für seine Bibliothek zu kopieren, eine Schatzkammer mit zweitausend Büchern, allesamt in Ziegenleder gebunden. Der einzige üble Geruch, der gelegentlich bis in Foulques Krankenzimmer drang, kam von den kochenden Kamelhufen, aus denen man den Leim zum Buchbinden herstellte.
»Was ist das für ein Geruch?« fragte Foulque.
Obwohl sie wußte, daß er schon seit einer Weile wach war, hatte sie ihm gestattet zu schweigen, bis er seine Gedanken geordnet und sich an den Raum und daran, daß er noch lebte, gewöhnt hatte. Als Kerkerzelle war dieser Raum merkwürdig

genug, ein luftiger Raum mit einem Himmel aus Kattun, der mit seinem beständigen Flattern das Gefühl vermittelte, man sei in einem Zelt.

»Rosenöl«, sagte sie. »Es soll gut für die Gesundheit sein.«

»Nein, das andere. Da ist noch ein Geruch.«

Sie schnupperte. »Weihrauch, möchte ich meinen. Der Siddi Jusif verkauft Weihrauch – durch den Darb al-Hadsch hinauf bis Damaskus und Bagdad. Und Perlmutt an die Möbelschreiner in Bethlehem. Wenn die Straßen passierbar sind, meine ich. Kann ich dir etwas holen?«

Er antwortete nicht, aber er setzte sich auf, und seine Knöchel färbten sich weiß, als er den Rand seiner Matratze umklammerte. Er sah aus wie ein gebrechlicher alter Raubvogel, der sich beim Aufwachen in einem goldenen Käfig wiederfand.

»Wir sind also nicht in Medina. Ich dachte, vielleicht ... Ich kann mich nicht erinnern ... Wurden wir denn gefangengenommen?«

»Und am Leben erhalten durch die Güte des Siddi Jusif as-Schafih. Der Ort heißt Umdan.«

Er wartete, bis diese Neuigkeit durch den Dunst von Übelkeit, Schmerz und Schlaf gesickert war. »Gibt es Neues von Châtillon?«

»Sein Heer wurde von den Sarazenen ausgelöscht, am selben Tag, als sie uns zurückgelassen hatten. Nicht Reynaud selbst, heißt es jetzt. Aber der Rest. Der ganze Rest.« Sie konzentrierte sich wild darauf, zwei Lederstücke zusammenzunähen, und schaute nicht zu ihm hinüber. »Er ist ein bemerkenswert zivilisierter Mann, dieser hier. Ich bin noch niemandem begegnet, der so war wie er ... Und er hat dich gepflegt wie einen Bruder.« Nach und nach erzählte sie ihm, wie Jusif seinen Arzt mit Arzneien aus Goldstaub und Rosengelee zu ihm geschickt, wie er ihr Quartier mit Orangen, Limonen und Zitronen eingedeckt hatte, mit Scherbet-Getränken und ägyptischem Bier, das er selbst zwar nicht trank, das aber, wie er meinte, einen fränkischen Durst wohl stillen möchte.

Als sie geendet hatte, knurrte Foulque mit mürrischer Widersetzlichkeit: »Nun wollen wir Gottes Feinde nicht *allzu* hochpreisen. Aber ich muß mich bei dir entschuldigen, Prinzessin. Ich muß zugeben, daß ich deine Behauptung, die Sprache dieser Gegend zu verstehen, angezweifelt habe. Ich bitte also um Vergebung. Ich fand immer, du habest eher das Aussehen der spanischen Mohren. Hast du ihn gefragt, welches Lösegeld er verlangt?«

»Er sagte – ich muß versuchen, mich daran zu erinnern, denn es war sehr hübsch formuliert. Er sagte, seine Hoffnung auf Gewinn reiche nur so weit, daß er deine Gesundheit wiederhergestellt sehen und deine Dichtung hören wolle.«

»Sag ihm, lieber singe ich für den Teufel ... und halte dein Gewand geschlossen, Weib. Gott weiß, welches Ende dich an einem Ort wie diesem erwartet, wenn sie dein Geschlecht entdecken.«

Der »Ort«, von dem er mit so ignoranter Abschätzigkeit redete, barg in der Tat einen Harem. Die schleierzarten, zuckrigen Düfte der Frauen, die dort wohnten, durchdrangen sämtliche Korridore, die auf jenes Labyrinth aus filigranem Metall und durchbrochenen Steinfenstern zu führten. Manchmal, wenn die Nachmittagshitze den Palast großenteils verstummen ließ, wehte ein Murmeln wie von den Bienen in einer Akazie aus jenen kühleren Innenräumen – aus dem inneren Säulenwald, der von der Hitze weniger arg geplagt wurde als die äußeren, männlichen Bezirke. Zwei seiner Frauen, sagte Siddi Jusif, seien beachtliche Dichterinnen – besser als viele Männer, hatte er Ouallada erzählt, und sie sangen ihre *maouchahs* mit hoher, klarer Stimme.

»Du solltest sie hören, Foulque!« berichtete sie ihm in den ersten Tagen nach seinem Erwachen, als ihr Gesicht das einzige war, das ihm vor Augen kam. »*Maouchahs.* Kleine Gedichte

voller Reime. ›Stickereien‹ nennen sie sich. Und so klingen sie auch – so viele ineinander verschlungene Fäden. Obwohl man sie nicht versteht ...«
»Aber du verstehst sie doch«, unterbrach Foulque sie gereizt. »Du sprichst die Sprache, während ich ...«
»Nein.«
»Was heißt das, nein?«
»Das heißt, daß der Siddi Jusif Französisch spricht. Er hat Lehrer, die ihn in all diesen Sprachen unterrichten. Italienisch, Griechisch. Ich kann kein ... es behindert dich nicht, daß du diese Sprache nicht kannst. Und er läßt fragen, ob du dich heute abend Zeile für Zeile in einem *tenson* mit ihm messen möchtest.«
Sie hielt den Atem an, als er sich auf sein Lager zurücksinken ließ und mit gerunzelter Stirn unter den Baldachin starrte, auf die Bögen und Sockel mit den Reliefs, die Tiergesichter und Blumen darstellten. Sie waren von köstlicher Schönheit. Ouallada spürte, wie er sich bemühte, diesen Widersinn zu begreifen: wie die moslemische Barbarei mit solcher Schönheit vereinbar war. »Sag ihm, ich werde so weit gehen, daß ich ihm für seine Mühen danke. Aber dichten werde ich nicht mit ihm.«

»Du darfst nicht ganz Arabien am Beduinen messen«, sagte Siddi Jusif an diesem Abend. »Er ist ein Wilder. Ein Visigote. Eine ignorante Stammeslaus. Das Kämpfen interessiert ihn nur um der Beute willen, die es ihm einbringt. Du wirst feststellen, daß der intellektuelle Moslem ihn verachtet. Er – wie sagt man so etwas? – er ist nur seiner eigenen Tasche treu. Man kann ihn kaufen.« Er führte sie durch die Gänge seiner langgestreckten, säulenbestandenen Bibliothek und schlurfte dabei mit den Absätzen seiner tuchenen Schuhe, als wolle er durch unablässiges Kommen und Gehen den Boden polieren. »Hier haben wir das *Buch der Gleichnisse* von Ibn Abi 'Awn, und hier ist Abu Hilal al-'Askaris *Kollektion der Konzepte*. Und dort sind etliche Werke von eurem Marcabrun – leider nur von mir selbst mit Mühe übersetzt. Zur Zeit studiere ich das *Buch der Psalmen* von eurem Heiligen David – daher mein Interesse an der Form des *tenson*. Wenngleich meine Hauptbegabung in Wahrheit in der *casida* liegt. Du kennst sie? Ein einziger Reim von Anfang bis Ende?«

»Ich habe davon gehört«, sagte Foulque. Er wandelte zwischen den Regalen wie ein Mann in einem Traum: ein Mann mit Goldfieber, der sich lebendig in einer Goldmine begraben sieht. Wörter türmten sich millionenfach zur Rechten und zur Linken. Gelehrsamkeit, Debatte, Lyrik, Wissenschaft umstanden ihn wie Belagerungsmaschinen, bereit, seine wacklige Entschlossenheit niederzubrechen. Ouallada sah, daß es ihm angst machte, diesen Blick in die Waffenkammer des Feindes zu werfen. Das christliche Heer hatte den Heiligen Norbert, der gehorsame Einfalt predigte. Der Ungläubige hatte das hier.

»Naturgemäß bewundere ich Arnaud Daniel«, sagte Jusif soeben. »Aber freilich, die *sestina* dreht sich um Geistreicheleien, und die arabische Literatur legt großen Wert auf alles Elaborierte: die zierliche Phrase, die ausgedehnte Metapher ... Wirst du für mich singen heute abend, Herr Foulque Nerra-des-Étangs? Bitte überanstrenge dich nicht, wenn du dich noch gebrechlich fühlst. Du bist sehr krank gewesen – Skorbut, Malaria. Das schüttelt man nicht ab wie eine Halsentzündung. Wie fühlst du dich jetzt?«

Sie wußte genau, wie er sich fühlte. Sie sah es an der Art, wie er sich hielt: die Schultern streitbar gespreizt, die Fäuste unter dem Überwurf geballt, den Kopf all den verschiedenen Bücherrücken entgegengereckt, als suche er das eine, das in einer Sprache betitelt war, die er verstand. Jahrzehntelang hatte Foulque gegen die Kirche gekämpft und seinen gierigen Wissensdrang verteidigt wie ein Bettler seine Schale.

»Ich glaube, das ist unmöglich, Herr«, antwortete er. »Der Zustand der Feindschaft, der zwischen unseren beiden Völkern besteht, verbietet eine solche Verbrüderung.«
»Oh!« rief Jusif aus und pflückte mit beiden Händen Entschuldigungen aus der Luft. »Über deiner Genesung ist so viel Zeit verstrichen, und ich habe es versäumt, dich mit Neuigkeiten zu versorgen. Es ist ein Waffenstillstand vereinbart worden.«
»Ein Waffenstillstand?«
»Allerdings! Allerdings! Du erinnerst dich, daß Salah-ed-din Jusif ibn Aijub vor einiger Zeit die Hand zur Freundschaft ausstreckte, daß eure Herrscher aber es für ratsam hielten, sie zurückzuweisen? Ich möchte annehmen, das ... das Mißgeschick, das Reynaud de Châtillons Armee ereilte, hat sie bewogen, die Angelegenheit noch einmal zu bedenken. Man hat einen Waffenstillstand vereinbart. Daher, mein geehrter Besucher, betrachte dich bitte als mein Gast. Nur dein Bedürfnis nach Ruhe und Genesung hindert dich daran, mein Haus zu verlassen.«
Foulque war hilflos; er wußte nicht, was er sagen sollte. Er erwog die Möglichkeit, daß as-Schafih ihn belog. Er erwog seine eigene Haltung zu einem demütigenden Waffenstillstand. Er erwog die Möglichkeit, seinen Gastgeber als Mitmenschen zu behandeln. Und alle diese Dilemmata standen ihm ins Gesicht geschrieben. »Der König von England hat neun Bücher«, platzte er plötzlich zu jedermanns Überraschung heraus. »Und er macht ein großes Gewese darum. Als Beweis seines Verstandes und seiner Bildung.«
Siddi Jusif zuckte die Achseln und machte mit seinen großen Händen eine Bewegung, die seine ganze Bibliothek als wertlos abtat. »Ein weiser Mann kann aus neun Büchern mehr gewinnen als ein Narr aus zweitausend«, sagte er bescheiden. »Stündlich danke ich Allah dafür, daß er solche Reichtümer in so unwürdige Obhut gegeben hat.«

Die Krankheit hatte nicht nur Foulques Kräfte untergraben,

sondern auch seine Widerstandsfähigkeit gegen Siddi Jusif mit seiner bezaubernden Höflichkeit. Wäre der Mann nur schlau gewesen, so hätte man ihn als Faustus abtun können, als Schwarzkünstler, als Esser-am-Baume-des-Wissens-um-Gott-und-das-Böse. Aber as-Schafih war tief religiös; mitten in der Nacht stand er auf, um zu beten, und den Koran kannte er auswendig.

»Welch eine Verschwendung, zu sehen, wie ein guter Mann sich der Verdammnis anheimgibt«, bemerkte Foulque im Gespräch mit Ouallada. »Wie er im Irrtum verharrt.« Aber er predigte den Heiden nicht, denn der Quell seiner Kräfte sprudelte nicht, und ihm fehlte das kämpferische Verlangen, mit den Mullahs zu streiten und ihre Gebetstürme mit seiner christlichen Keule zu fällen.

Nur einmal, im *tenson*, begann Siddi Jusif Allah zu preisen, und Foulque entgegnete ihm mit dem Lob Gottes. Aber die psalmodische Struktur ließ es bald so aussehen, als priesen sie beide denselben Gott.

»Der Herr ist der Quell aller Wahrheit.«
»Wer davon trinkt, wird ewiges Leben finden.«
»Sein Gesetz soll währen in Ewigkeit.«
»Denn siehe, er ist bei uns bis ans Ende der Zeit.«
»So will ich singen zum Lobe Allahs!«
»Es ist unsere Freude und Pflicht, ihn immer und überall zu loben.«
»Seine Hand ist mächtig zu Lande und an den Gestaden.«
»Wind und Wellen gehorchen ihm.«

Es war Foulque, der hier Einhalt gebot, da ihm der Gedanke, hier Irrtum und Wahrheit miteinander zu verflechten wie den Zopf eines Weibes, allzu blasphemisch erschien.

Aber je mehr Foulque in den Kolonnaden und Peristylen des Palastes von Umdan – und in Jusif selbst – an Bewunderns-

wertem fand, desto tiefer versank er in Nachdenklichkeit. Eines Abends, er hatte dagesessen und mit orientalischen Tonleitern experimentiert, bis jede Note wie in der Wasserfolter in Oualladas Ohr getropft war, legte er die Laute plötzlich beiseite und sagte: »Einige dieser Religionen können sich durchaus glaubhaft darstellen, nicht wahr?« Sie lächelte mitfühlend und nickte. »Kein Wunder, daß meine Herrin Aude diesen Zoroastriern anheimfallen konnte.«
»Was?« Sie taumelte, als habe er sie gestoßen.
»Ich meine, wenn ein Mann von der Statur dieses as-Schafih im Irrtum befangen bleibt, dann ist es doch kein Wunder, daß ein verschlagener Schurke einem törichten jungen Weibe den Kopf verdrehen kann. Zumal wenn es ganz ohne Welterfahrung ist, meine ich – oder? Es ist doch keine Sünde, wenn man in die Irre geführt wird, nicht wahr?«
»Dann hätte auch Eva nicht gesündigt.«
Aber er war zu sehr damit beschäftigt, in seinem Innern eine Tür wieder zu öffnen, die er verschlossen hatte, zu fasziniert von der Entdeckung, daß er den Schlüssel noch in der Tasche hatte. Am nächsten Morgen erzählte er Ouallada, er habe einen Arturischen Traum geträumt, in welchem La Belle Aude von der Falschheit im Turm der Dunkelheit eingesperrt gewesen sei und einen reinen Ritter zu Hilfe gerufen habe. Zwar genierte es ihn, den Traum vollständig wiederzugeben, aber Ouallada konnte seinem Gesicht ablesen, wie es weitergegangen war. Foulques Liebe, die sie erstickt geglaubt hatte, war lodernd wieder aufgeflammt. Wie ein Kind, das auf dem Boden einer Truhe ein altes Spielzeug wiederentdeckt, geriet er in helles Entzücken darüber. Das Gelächter auf seine Kosten war vergessen, und der Verrat ebenfalls. Die Aude in seiner Phantasie war von ruchlosen Ratgebern belagert, die ihr lästerliche Lügen in die hübschen Ohren raunten. Kurz, er fand zu seiner Liebe zu Aude zurück wie ein Mann, der seinen Weg in der Wüste wiederfindet.

»Was meinst du? Was sagst du?« fragte er Ouallada immer wieder, und ein paar Tage lang verdroß er sie damit so sehr, daß all ihre Bewunderung daneben erlosch. In dieser Zeit geschah es, daß sie die Leere fühlte, die er gefühlt hatte. In dieser Zeit begriff sie, was ihm lieber war: eine Brust voller Leidenschaft statt eines Bauchs voller Eis. Recht hatte er. Es war besser zu lieben, als keine Liebe zu fühlen.
»Was meinst du, Prinzessin? Was sagst du?« bedrängte er sie immer wieder.
»Ich meine, daß du in Gefahr bist, etwas zu vergessen«, antwortete sie frostig. »Dein Prior hat dich hierher auf eine Bußwallfahrt geschickt, damit du dir die Wiederaufnahme ins Kloster verdienst. Aber für mich redest du nicht wie ein Mann, der wieder Mönch werden möchte.« Die nackte Wahrheit ließ ihn zusammenzucken, und er machte eine unbestimmte Handbewegung, mit der er weniger auf die kultivierte Umgebung eines arabischen Palastes als auf die endlose Komplexität des Lebens selbst wies. »Es steckt so viel dahinter!« sagte er flehentlich. »So *viel.* Warum bekommen wir einen forschenden Verstand, wenn wir ihn dann nicht benutzen sollen?«
Sie konnte nichts darauf sagen. Von Mutter Kirche wollte sie ihn ebensowenig verschlungen sehen wie von La Belle Aude.
»Nun, das wäre zumindest eine Sache, die uns Christenmänner über die Ungläubigen erhebt!« Er lachte. »Wir wissen die wahren Werte und Vorzüge einer Dame zu schätzen!« Er nahm bei diesen Worten sogar ihre Hand und berührte sie grüßend mit der Stirn. Seine Stirn aber war heiß; fast spürte sie die Verse, die dahinter gärten: keine *sirventes* mehr, sondern Liebeslieder. Und allesamt zum Ruhme Audes.

Jusif as-Schafih war ebenfalls verliebt. Und als Foulque in eine seiner wilden, leidenschaftlichen Versdeklamationen ausbrach und bei seiner Improvisation mit dem Fuß den Takt stampfte, da erhob sich der Siddi von seinem lederbezogenen Sessel, durchquerte mit ausgreifenden Schritten den Raum und umarmte ihn. »Endlich! Mein Bruder Foulque! Vorzüglichster! Ich staune, daß du deine Zunge bis jetzt im Zaume hast halten können, da du doch im Dienst einer solchen Dame stehst!«

Als Foulque aus dieser Umarmung auftauchte, war er gerötet ob der Freisetzung dieser so lange aufgestauten Empfindungen. Noch immer ließ der rasende Rhythmus ihn leise mit dem Kopf nicken, und seine Stiefelspitze klopfte weiter auf den Boden. Er schüttelte sich, als habe er soeben gebeichtet und fühle sich jetzt rein und geläutert.

»Das gefällt mir!« fuhr Jusif fort. »Oh, wie sehr es mir gefällt! Wenngleich ich, um die Wahrheit zu sagen, zu denen gehörte, die ›nein‹ sagten, wenn andere meinten, ›jawohl, sie müssen ein Liebespaar sein, der große Troubadour und sein schöner Spielmann‹.«

Die Farbe wich dramatisch aus Foulques Antlitz, und er schaute sich um, als suche er einen Fluchtweg. Er schluckte hörbar, und als seine Stimme wieder zum Vorschein kam, klang sie rauh und gepreßt. »Wofür haltet ihr mich? So etwas tun wir nicht. Das ist ein arabisches Kunststück.«

Jusif machte ein verdutztes Gesicht. Er war zu Ouallada gegangen, um sie aufstehen zu lassen, damit sie Foulque die Hände reichte. Er packte die beiden jetzt bei den Handgelenken und war so erregt (und so stark), daß er erst nach einer Weile merkte, wie sie sich dagegen sträubten. »Was ist denn?«

Foulque funkelte Ouallada an; seine Augen waren zorngeweitet, und seine Nüstern blähten sich. »Das ist ein *Knabe*!« rief er, und seine Stimme zitterte.

»Ja, aber es ist natürlich *kein* Knabe«, sagte Jusif. »Ah, ich sehe meinen grammatischen Fehler. *Spielfrau* hätte ich sagen müssen. Meine schlechte Grammatik hat bei dir Anstoß erregt. Spielfrau, nicht Spielmann.« Als Foulque nicht einlenkte, sagte Jusif: »Ich bitte dich, Mann. Sag mir nicht, daß du dich durch ihre Kleider hast täuschen lassen. Nein! Das werde ich nicht glauben. Wir haben viele, viele Male darüber gesprochen, meine Geliebte und ich, was wohl Sinn und Zweck dieser Verkleidung sein mag. Es ist ja nicht möglich, daß man damit irgend jemanden zum Narren hält.« Er lachte leise über diesen unwahrscheinlichen Fall, während er Oualladas Umhang öffnete und Diener herbeiwinkte, die ihn von ihren Schultern nahmen und hinausbrachten. Dann begann er die Rundungen ihres Körpers zu verdeutlichen, indem er ihre Bluse mit der Faust auf dem Rücken zusammenraffte.

»Rühre sie nicht an!« donnerte Foulque, packte eine Öllampe und drohte, den Siddi mit brennendem Öl zu überschütten. »Sie ist Prinzessin Ouallada, die Tochter des Scheich Obeid ben Zefir von den Tuareg, und sie steht unter meinem Schutz!«

Trauer schlich sich in Jusifs Augen, wie eine einzelne Wolke über den Himmel kriecht, und er wandte sich ab und ging zu ihrem Stuhl zurück, uneingeschüchtert, aber leicht gekränkt. »Ouallada«, sinnierte er. »Nach der berühmten Tochter des Kalifen von Cordoba? Ah ja, das war einmal eine Frau, die eines Gedichtes würdig war. Frei von den Fesseln aller Konvention, genau wie du. Und ihre eigene Lyrik war exzellent. Meine Geliebte ist auch eine Dichterin, wußtest du das? Ein Vorbild für die meisten Männer. Ein Mond unter den Sternen – das wird weithin anerkannt.« Sein gelassenes Plaudern sollte die Anspannung im Raum mildern, aber jählings gewann seine Neugier die Oberhand, und er war mit wenigen Schritten zu Foulque zurückgekehrt. »Willst du wirklich behaupten, deine Liebe gilt einer anderen Dame als dieser hier? Ich bin erstaunt, das will ich zugeben! Es muß fürwahr eine Dame sein, die ein größeres Feuer in dir entfachen kann als diese ›Prinzessin‹.«

Foulque hatte es die Sprache verschlagen. »Schau«, stammelte er und suchte nach einer liebenswürdigen Art, sich auszudrücken. »Euer Volk ... ihr habt andere ... ihr seht die Damen mit anderen ... Wir Franken ... wir Ehrenmänner wenigstens – wir werden dazu erzogen, sie als ... als ... *unantastbar* anzusehen.« Mit der Wucht eines Steins, der von der Schleuder fliegt, brach es aus ihm hervor. Seine Augen waren geschlossen, seine Fäuste geballt. Nur nach und nach öffnete er sie wieder, um zu sehen, ob ein so fremdartiges Konzept wie das der Unantastbarkeit womöglich doch den Weg ins Herz eines Heiden gefunden haben konnte.

Jusif war wieder zu seinem Sessel gegangen und hatte sich hingesetzt. Versonnen und mit schräg gelegtem Kopf schaute er Ouallada an. »Ah ja«, sagte er mit einer Spur Wehmut. *»Al-hawa al-'udri.* Die keusche Liebe. Eine Tugend, die auch unsere Dichter seit tausend Jahren preisen. Ich selbst, ich gedenke meine Liebe ja zu *heiraten*, aber ich bin auch nur halb Dichter, halb Siddi, und kann mich zu solchen Höhen spiritueller Vortrefflichkeit nicht aufschwingen. Ich hätte mir jedoch denken können, daß du als Mann von Charakter und Bildung dein Herz auf diese Weise verschenkst. Indes – Herr! – mußt du einräumen, daß ›Prinzessin Ouallada‹ der Aufmerksamkeiten eines Liebenden durchaus würdig ist. Ich hoffe deshalb, daß du mir meinen törichten Irrtum nicht verdenken wirst.«

Foulque sackte zusammen wie eine angestochene Schweinsblase. Seine Erleichterung darüber, daß Ouallada weiterhin in Sicherheit war, verblaßte neben dem neuerlichen Verlust einer Illusion. Sein letztes Zerrbild vom sittenlosen, amoralischen Araber war ihm genommen. Der Rest seines Irrglaubens an die Überlegenheit seines Volkes war unter einer tausendjährigen Kultur begraben worden. *»Al-hawa al-'udri«,* murmelte er.

»Aber sag mir, ›Prinzessin Ouallada‹«, sagte Jusif und wählte präzise seinen Weg über die Silben ihres lächerlichen Titels, »folgst du denn dem Beispiel deiner Namensvetterin? Schreibst du selbst auch Liebeslyrik?«

»Ein wenig, Siddi.«

»Und würdest du diese Gesellschaft mit einer Kostprobe beglücken?«

»Ich würde damit weit hinter Herrn Foulque zurückbleiben, wie der Pfeil hinter dem Bolzen der Armbrust zurückbleibt.«

»Und doch hat jedes Heer Platz für den Bogenschützen und den Armbrustmann«, erwiderte er mit lässigem Scharm. »Freilich, ich frage dich unvorbereitet.«

Im Gegenteil. Hätte sie Zeit zum Überlegen gehabt und keine Verkleidung hinter sich lassen müssen, sie hätte niemals ein Lied angestimmt. Etwas Berauschendes in den Komplimenten des Siddi, die Atmosphäre der angekratzten Empfindsamkeiten, die Ahnung, daß diese Gelegenheit sich niemals wieder bieten würde – das alles stachelte sie bis an die Grenze des Törichten an. »Es gibt da etwas von mir, das mir in den Sinn kommt, Siddi. Ein *Winileodas*. Ein Lied für einen Freund.«

Sie nahm Foulques Mantel, stellte sich an die Windseite eines feuerlosen Kamins, hüllte sich in den Mantel und verbarg darunter ihre Hände und jedes andere ablenkende Detail ihrer Gestalt. Dann sang sie das Lied, das sie in der Wüste gedichtet hatte.

Das Schließen meiner Lider entkleidet dich,
Deine Nacktheit überwölkt mich, füllt den Himmel mir,
Mich dürstet nach den Lanzen deines Regens, die durchbohren mich,
Wie Schweiß die Pferdebremse lockt herfür.
Wie Asche trocken ist mein Hals vor lauter Angst vor dir.
Einhörner aufeinanderprallen.

Doch möcht' ertragen ich des Krieges Schlacht,

Denn wunderbarer Schmerz ist solcher Stich,
Ein Wespenstich, der blindes Auge sehen macht;
Du bist der Himmel, und das Land bin ich,
Und zwischen uns die Sonne und der Mond wie die Zitron',
Aus der wir pressen einen Saft, so lieblich feucht,
Auf daß wir küssend trinken segensreichen Lohn,
heilsam wie der, mit dem die Menschheit sich gesegnet deucht'
An jenem Tag, da Gott kam zu uns allen.

Foulque schien gar nicht zuzuhören. Er war offenbar ganz darin vertieft, seine Vorurteile über den Feind zurechtzurükken.

Der Siddi Jusif as-Schafih lauschte gleichfalls nur mit halbem Ohr, denn während sie sang, hatte man ihm einen Brief gebracht – eine militärische Depesche. Er geriet darüber in Unruhe, als sei sein Sessel plötzlich heiß geworden unter ihm, unerträglich heiß. Sein buschiger schwarzer Bart sträubte sich, und sein Mund verschwand völlig, als er erregt die Lippen zusammenpreßte.

»Erzähle mir von Reynaud de Châtillon«, sagte er plötzlich zu Foulque.

Foulque war verdutzt. »Der jüngere Sohn des Grafen Geoffrey de Gien. Ehedem Fürst von Antiochia durch die Ehe mit der ...«

»Hat er Hörner wie ein Widder? Schnattert er wie ein Affe? Ist er ein Tier oder ein Mann oder ein Narr?« Sie starrten ihn an. »Hätte ich ihn doch im Hedschas in Stücke gehackt! Hätte ich ihn in Kamelmist begraben! Der Mann ist ein Ziegenbock. Der Mann bewahrt seinen Verstand unter dem Sattel auf. Der Mann ist ein Frauenschänder.« Ohne es zu merken, drängten Foulque und Ouallada sich in der Mitte des Raumes zusammen, während auf arabisch geflüsterte Bemerkungen zum Inhalt des Briefes den Raum mit erregter Unruhe erfüllten. »Der

Waffenstillstand ist gebrochen. Die Tage der Ruhe sind zunichte.«

»Kann denn ein einzelner so viel bewirken?« fragte Foulque diplomatisch.

»Kann ein einzelner töricht genug sein, die Schwester Salahed-din Jusif ibn Aijubs zu erzürnen? Da sie unbewaffnet auf einer neutralen Straße reist? *Die Schwester des Beherrschers der ganzen Welt?«* Siddi Jusif streckte beide Fäuste in die Höhe und schüttelte sie, und ein monumentales Heulen illustrierte seine Solidarität mit dem Leiden seines Herrschers. In diesem Augenblick fühlten die beiden Franken sich, gänzlich unbewaffnet, wie sie waren, zwei Lämmern auf einem Schlachtfest gleich.

Tatsächlich aber fand Jusif gleich nach seinem Ausbruch die Ruhe wieder. Er hatte seinen Zorn ausgetrieben, so daß dieser jetzt neben ihm stand, ein greifbares Ding im Raum, das aber im gütigen, lebhaften Gesicht ihres Gastgebers nicht zu erkennen war. »Geehrte Dame. Ich habe mich ablenken lassen. Ich habe völlig versäumt, dein vorzügliches Lied zu preisen. Verzeih mir. Bitte singe es noch einmal.«

»Ein andermal, Siddi«, sagte Ouallada nervös. »Ich fürchte, die traurige Nachricht, die du erhalten hast, läßt mir die Stimme brechen.« Mit einem Seitenblick übertrug sie Foulque die Aufgabe, herauszufinden, ob durch Châtillons Frevel ihr Leben nun doch verwirkt war.

»Ich bete zu Gott, es möge nicht in Châtillons Macht stehen, die Freundschaft zwischen uns zu beschädigen«, sagte Foulque.

Der Siddi erhob sich aus seinem Sessel und stürmte ein weiteres Mal durch den Raum, um ihn zu umarmen. »Das hoffe ich auch! Ich hoffe es wirklich, Foulque Nerra-des-Étangs, ich hoffe es. Ihr seid meine Freunde! Ihr seid meine Gäste! Ihr seid eins mit meinem Haushalt. Bitte nehmt diese Versicherung von mir.«

»Und du bist ein Freund des Friedens, Herr.«
»Ich bevorzuge ihn. Ich bevorzuge ihn, das gebe ich zu«, sagte er. »Aber hier kann nichts Gutes herauskommen. Es wird Blutvergießen geben. Das ist höchst bedauerlich. Höchst bedauerlich.« Und Jusif as-Schafih zog sich zurück, um an Saladin zu schreiben und ihn zu fragen, was mit den Gefangenen geschehen solle, die er in seiner Obhut habe. Die Unterhaltung des Tages ging ebenso jäh zu Ende wie das Tageslicht, das in der Nacht zu einer Sternendiaspora zerstob.
Als Foulque und Ouallada über mondbeschienene Fliesen in ihr Quartier zurückkehrten, verdunkelten sich die Kolonnaden, die Jusifs Palast seinen Namen gegeben hatten, zu den Gitterstäben eines Käfigs – eines angenehm luftigen Käfigs wohl, aber eines Käfigs nichtsdestominder. »Ich hoffe um deinetwillen, daß der Waffenstillstand sich noch einmal flicken läßt«, sagte Foulque.
»Und ich hoffe es um deinetwillen.«
»Nein, nein – ich meine, im Lichte deines Liedes.«
»Meines Liedes? Was ist mit meinem Lied?« Ihr Herz stockte, als ihr klar wurde, daß er es also doch gehört hatte. *Deine Nacktheit überwölkt mich.* Was war nur in sie gefahren, ihn derart in Verlegenheit zu bringen? Ihn in Verlegenheit zu bringen mit dem Wissen um eine Leidenschaft, die er doch nicht erwidern konnte?
»Nun, nur dies: Du hast offenbar ein oder zwei Dinge über die wahre Natur der Sehnsucht gelernt, seit ich dich in Haut-Béziers so schmähte.«
»Ein oder zwei Dinge, ja.«
»Und ich bedaure, daß du deine Hoffnungen nicht in einen fruchtbareren Boden pflanzen konntest.«
»So etwas kann man sich nicht aussuchen«, sagte sie. »Mir gefällt der Boden gut genug.«
»Oh, mir auch! Du darfst mich nicht mißverstehen! Er ist ein vorzüglicher Mann. Ich habe meine Vorurteile so weit abge-

legt, daß ich das sagen kann – das heißt, ich hoffe, ich habe sie abgelegt. Ich mag den Mann. Das sage ich mit der Hand auf dem Herzen.«
»Was?«
»Aber in Anbetracht der Umstände ...«
»Was?«
Er sah, wie ihre Züge zerfielen, und kam offensichtlich zu dem Schluß, sie nicht weiter zu entmutigen. »Ich wollte ja nur sagen ... Ich wünsche dir Glück mit deiner Liebe. Wenn as-Schafih sie erwidert, ist es nur ein weiterer Beweis für seinen außergewöhnlich guten Geschmack.«

EINUNDDREISSIG

GOTTESGESCHENKE

Während der Siddi Jusif darauf wartete, daß Saladin ihm sagte, was mit den Gefangenen zu tun sei, behandelte er sie weiterhin wie liebste Freunde und unterhielt sie mit Jagd, Beiz und – heute – Polo.

Die Kurtine des Palastes war aus Ziegeln gemauert, die so alt waren, daß die Israeliten unter Moses sie gebrannt haben konnten; die Brennöfen standen hier und da und überall verstreut wie verlassene Termitenbauten. Und die Mauern waren von Sandstürmen zu grellem, strahlendem Weiß gescheuert worden, durchzogen nur von einem einzelnen Streifen in dekorativem Rot. Wenn sie den Palast aus der Ferne sahen, wie ihn die hitzeflirrende Luft vom Boden erhob, fühlten sich gebildete Männer an Troja erinnert oder an Atlantis.

Foulque war dankbar, daß ihm ein Blick auf Jusifs Festung von außen gestattet wurde. Ihm graute sehr vor jeglicher Einengung, und wenn der Siddi sie unter strengem Arrest gefangengehalten hätte, so hätte er von Anfang an Fluchtgedanken gehegt. Jetzt, da Saladin jeden Augenblick verlangen konnte, daß man ihm ihre Köpfe sandte, begann er sich ernstlich mit solchen Überlegungen zu befassen.

Ohne großen Erfolg. Denn er hatte nicht die leiseste Ahnung, wo sie sich befanden oder wessen Land zwischen Umdan und dem Meer lag.

»Was soll das heißen, du sprichst die Sprache nicht?« hatte er gefragt, als sie es schließlich gestanden hatte.
»Du hattest recht. Ich bin eine spanische Mohrin«, sagte sie mit wankender Würde. »Außerdem ... habe ich gelogen.«
»Warum denn?«
»Eine angeborene Schwäche. Ich habe sie von meinem Vater.«
Nach dem Vortrag des *winileodas* hatte er darauf bestanden, daß sie Kleider trug, damit sie as-Schafih um so besser gefiel. Gleichzeitig ließ as-Schafih Frauenkleider in ihr Quartier bringen und bat sie, sie zu tragen. Foulque hielt es für ein Hoffnungszeichen und beglückwünschte sie. Ouallada hätte viel lieber weiter Männerkleider getragen, denn dann hätte sie mit auf die Jagd und auf die Beiz reiten können, statt sich immer öfter den Damen des Haushalts zugewiesen zu sehen, um sich von ihnen unterhalten zu lassen. Jusif as-Schafih hatte den Eindruck, daß sie in Anbetracht ihres Geschlechts beträchtlich darunter gelitten haben mußte, so lange an der Stikkerei gehindert zu sein. Mehrere Tage, die ihr so lang vorkamen wie der Weiße Nil, vergingen im harzigen Dunst des Harems, bevor Ouallada die Nadel aus der Hand legte, den höflichen, kichernden Spott der geschickten Ehefrauen von sich abschüttelte und aus Foulques Quartier ein paar Musikinstrumente holte. Von da an unterhielt sie die Frauen, statt sich deren Bemühungen, sie zu unterhalten, zu fügen. Sie hatte keinen Zweifel daran, daß es lauter kultivierte und gebildete Frauen waren. Gleichwohl hatte sie nicht die Absicht, so lange in Umdan zu bleiben, daß sie ihre gänzlich unverständliche Sprache hätte erlernen können.
Gern hätte sie in ihren hübschen Kleidern zu Foulques Füßen geschlafen. Unglücklicherweise aber war er der Meinung, daß dies ihren Absichten nur abträglich sein könne: as-Schafih würde sich nicht gern vorstellen, daß sie im Gemach eines anderen Mannes schlief. Als sie eines Tages zurückkam, sah sie

daher ihr Sofa, mit ihren wenigen Habseligkeiten beladen, auf den Gang gestellt. Sie weinte bei dem Gedanken daran, daß sie sich durch ihr eigenes Tun von ihm hatte entfernen lassen. Und daß nichts, überhaupt nichts, daran zu ändern war.
Foulque hatte sich mit seiner ganzen Dichtung wieder dem Minnesang zugewandt. Wie das Wasser in einem Abfluß drehten sich seine Gedanken in immer kleineren Kreisen im unentrinnbaren Sog der Aude d'Haut-Béziers. Ouallada mußte ihm schwören, daß sie, sollte auch Saladin sich als Edelmann erweisen und seine weiblichen Gefangenen verschonen, alle schriftlichen Tribute seines Herzens zu Aude bringen werde. In der Tat mußte deren Produktion ein weiterer Grund dafür gewesen sein, daß er Oualladas Bett vor die Tür gestellt hatte: Er brauchte den Platz. Sie selbst schrieb keine *winileodas* mehr: Sie hatte ihre Liebe über die Schluchten der Welt hinaus geschrien, und das Echo war ein johlendes Gelächter.

Es war ein Akt höchster persönlicher Wertschätzung, daß Siddi Jusif Foulque überhaupt erlaubte, an einem Polospiel teilzunehmen, ganz davon zu schweigen, daß er in einem Wettkampf in seiner eigenen Mannschaft mitspielen durfte. Herausforderer war Jusifs Neffe, der eines Tages mit einem Gefolge von achtzig oder mehr Leuten aufgetaucht war.
Der Siddi selbst spielte nicht mit. Er behauptete, er habe sich den Rücken verletzt, aber vielleicht war es auch nur die höflichste Möglichkeit, eine persönliche Niederlage an der Seite seines unerfahrenen Spielers zu vermeiden. Immerhin wettete man stattliche Tiere in beträchtlicher Zahl auf das Ergebnis – Kamele, Rinder und Pferde. Der Neffe, ein arroganter Knabe von etwa achtzehn Jahren, der sich den schütteren Bart mit Henna färbte, deutete in Foulques Richtung, nachdem er seinen Onkel begrüßt hatte, und machte eine offenkundig unfreundliche Bemerkung auf arabisch.
»Was hat er gesagt?« fragte Ouallada nachher Siddi Jusif, als

sie nebeneinander auf hochbeinigen Stühlen am Rande des markierten Spielfeldes saßen.
»Oh, es war sehr beleidigend, teure Prinzessin«, sagte er. »Kümmere dich nicht weiter darum.«
»Aber es macht nichts. Eine rechte Kränkung auszusprechen, das ist eine Kunst. Das würde der Herr Foulque als erster zugeben.«
»›Grün an Fähigkeiten, aber nicht an Jahren‹«, übersetzte Jusif voller Unbehagen und fügte dann in sorgenvoller Hast hinzu: »Aber wir werden es ihm zeigen, nicht wahr? Dein Freund wird ihm seine Beleidigungen zu fressen geben.«
Der erste Knall, mit dem Schläger gegen Ball traf, hallte unerwartet scharf von den Festungsmauern wider, und Siddi Jusif as-Schafih lehnte sich mit übertrieben zur Schau getragener Unschlüssigkeit zurück. Es hätte sich nicht geziemt, Aufregung oder gar Parteilichkeit zu zeigen. Ouallada selbst unterdrückte den Drang, auf ihren Stuhl zu steigen und zu brüllen; es wäre in ihren Frauenkleidern aber auch schwierig gewesen: leinene Hosen, ein langer, bestickter Kaftan und eine kleine rote, mit Spiegeln benähte Weste.
»Nun, Prinzessin Ouallada ben Zefir von den Tuareg«, sagte er und verweilte bei jeder Silbe, wie um ihren komischen Gehalt zu kosten. »Was kann man mehr tun?«
»Bitte nenne mich nicht so. Ich bin sicher, es ist eine Beleidigung deines Volkes und deiner Intelligenz. Es ist eine alberne Erfindung meines Vaters gewesen. Ich hätte den Namen hier gar nicht benutzt, aber leider hat Herr Foulque ... Ich meine, er kennt mich nur unter diesem Namen.«
Der geschlagene Ball flog so schnell, daß selbst sie ihn nicht im Auge behalten konnte, und die Reihen der Reiter zerschmolzen zu Winkeln, Diagonalen, Sternenstrahlen, ehe sie sich um den Ball herum neu formierten. Die weißen Gewänder der Reiter knatterten im vollen Galopp wie die Segel eines Schiffes.

»Aber glaubt er denn wirklich daran?« Jusifs Ungläubigkeit zeigte sich plötzlich in ihrer ganzen Tiefe. Es war offensichtlich, daß Pirol sie mit der lächerlichsten Zusammenstellung von Namen ausgestattet hatte, auf die er in seiner Ignoranz hatte verfallen können. Dennoch hatte Jusif sie nicht ausgelacht oder sich vor seinem Haushalt über sie lustig gemacht.
»O nein. Er weiß auch, daß es Unsinn bedeutet, aber irgendwie ist es an mir hängengeblieben. Er ist ein Mann von großer Ritterlichkeit, mußt du bedenken. Genau wie du. Er äußert nicht gern seine Zweifel an einer Dame.«
»Unglücklicherweise ist er außerdem dumm, nicht wahr?«
Der Ball war soeben glatt zwischen den Beinen von Foulques Pferd hindurchgeflogen; zwei gegnerische Reiter spielten ihn einander mit unverschämter Zuversicht zu. Ein dritter stürmte schnell von hinten heran; sie prallten zusammen, und Foulque wäre fast aus dem Sattel gehoben worden. Unter ihrem verhüllenden Kaftan knotete Ouallada die Beine umeinander. Foulque riß sein Pferd hinter dem dritten Reiter heftig herum, trieb es geradewegs in das Gedränge, das den Ball umgab, und ließ es zerstieben, wie er feindliche Reiterei hätte zerstieben lassen. Dabei schwang er seinen Schläger wie eine Keule und traf den Ball mit voller Wucht, ehe er aus dem Gewühl wieder hervorkam. Ein zweiter Schläger war unter seinem Sattelgurt hängengeblieben. »Aber nicht blind, wie ich sehe«, sagte Jusif as-Schafih beifällig. »Ich hatte mich schon gewundert. Du nicht?«
Ouallada merkte, daß sie auf der Sprosse ihres Stuhles stand; sie setzte sich wieder und warf einen Blick zur Seite. Jusifs ockerumrandete schwarze Augen bewegten sich mit dem Spiel hin und her. »Was ich tun kann, hat seine Grenzen«, sagte sie. »Überschreite ich sie, schade ich nur meiner Sache.«
»Das geht mir genauso«, sagte er entschuldigend. »Auch meinen Möglichkeiten sind Grenzen gesetzt. Die Kleider zum Beispiel, die du da trägst, sind die Kleider, die meine zweite

Frau an dem Tag trug, an dem ich mir vornahm, sie zu heiraten. Das Band in deinem Haar ist mit den entsprechenden Sprüchen aus der Heiligen Schrift bestickt. Und dennoch ... Und dennoch ...«

»Du bist sehr freundlich. Aber ich fürchte, er kann einen so dunklen Stern unmöglich sehen, solange die Sonne scheint. Du hast Aude d'Haut-Béziers nie gesehen.«

Jusif nickte betrübt. »Ah ja. Die Sonne. Ich fürchte, für Männer wie Foulque ist eine Frau Aude wie eine Tote: Sie kann nie alt werden, sie kann nie geringer werden. Denn sie bleibt, was sie immer war: eine Gestalt aus seiner Phantasie.« Liebevoll tätschelte er ihr die Hand, und sie verspürte in diesem Augenblick größere Tochtergefühle als in den ganzen siebzehn Jahren mit ihrem Vater.

»Du bist ein lieber, guter Mann, Siddi Jusif as-Schafih. Ich kann verstehen, daß mein Freund meinen *winileodas* mißdeuten konnte.«

»Ihn mißdeuten? Aber das ist es, was ich nicht begreife. Wie kann einer ein solches Lied mißdeuten? Wie hättest du es deutlicher machen können?«

»Es ist die Bescheidenheit, vermute ich. Er rechnet nicht damit, daß ein Lied ihn selbst preisen könnte ... Deshalb nahm er an, daß ich dich liebe.«

Zum ersten Mal wandte Siddi Jusif den Blick vom Polofeld und richtete ihn auf sie. Das blutunterlaufene Weiße seiner Augen sah aus, als wolle ihn vor Überraschung gleich der Schlag treffen. Dann fing er an zu lachen, so laut und brüllend, daß die Reiter auf dem Spielfeld heraufschauten und aus dem Tritt gerieten. Ein Schläger ging ins Leere, und zum ersten Mal seit Beginn des Spiels kam der Ball völlig zur Ruhe – eine Sonnenwende in der Hitze des Wettkampfs.

Es war ein Lachen, das Pferde aus dem Gleichgewicht bringen und Reiter aus dem Sattel werfen konnte. Deshalb fand Ouallada ein paar Augenblicke lang nichts Merkwürdiges an

der Art, wie die Tiere taumelten und strauchelten und wie sie ungelenk ausschlugen. Dann aber sprang der hölzerne Ball aus eigener Kraft vom Boden hoch und flog durch die Luft.
Die leuchtende Festungsmauer schien zu niesen, und Mörtelstaub verhüllte wie sprühender Schleim die Gestalten auf den Zinnen. Ein langer Wimpel flatterte langsam von einem betrunkenen Flaggenmast herunter, blieb am Mauerwerk hängen, löste sich, blieb hängen und kam frei, wieder und wieder. Bevor die Fahne noch am Fuße der Mauer angekommen war, hatte die Kuppel eines Minaretts auf dem Festungsgelände zu schwanken begonnen, war umgekippt und krachend zu Boden gefallen, verbeult wie eine Blechwanne. Der Kupferbelag war glatt abgeblättert.
Das Erdbeben begann als Rumoren und dumpfe Ahnung. Es schwoll zu einem trunkenen Tumult der Sinne, derweil das Hirn vor dem Unmöglichen scheute. Denn die Hügel wogten, und der Boden wand sich, und es rissen die senk- und waagerechten Fäden, aus denen die Landschaft gewoben war.
Die Polopferde gingen durch, schreiend vor Entsetzen, die Ohren flach zurückgelegt, die Nüstern weiß schäumend; die Reiter klemmten hilflos in den mächtig gewölbten Sätteln. Reiterlose Pferde kreuzten ihren Weg, wichen immer wieder vor einer Gefahr zurück, deren Ursprung vor ihnen zu liegen schien. Unvermittelt drängten wogende Staubwolken, die unterirdische Dämonen heraufspien, die Tiere aus ihrer Bahn. Das Grün des Wadi-al-Umdan wurde nach und nach verschluckt vom gleichförmigen gelben Nebel, der überall aufstieg wie die Spreu beim Dreschen auf der Tenne.
Menschen rannten in alle Himmelsrichtungen davon – weg von der Festungsmauer oder zu ihr hin, um Verwandte oder Besitz zu retten. Kinder suchten ihre Mütter und wurden von ihren Vätern verfolgt und eingefangen, ehe sie wieder in den Palast laufen konnten. Die Zuschauerstühle, die man für Siddi Jusif, Ouallada und ein paar alte, hochrangige Männer aufge-

stellt hatte, begannen zu schwanken und zu wippen, und dann hoben sie zwei Beine vom Boden und marschierten davon, bis sie aus den Fugen gingen oder umkippten. Bei der ersten Andeutung einer Bewegung sprang Siddi Jusif von seinem Stuhl hoch – und geradewegs vor ein reiterloses Pferd, das ihn niederrannte und kopfüber, kopfunter mit sich riß, bis es selbst strauchelte und fiel. Ouallada dagegen klammerte sich an die Armlehnen ihres Stuhls und blieb sitzen wie die Hexe von Endor in ihrem brennenden Turm. Ein paar Augenblicke herrschte Ruhe, und dann begann die nächste Attacke.

Foulque gab seiner Stute die Zügel und ließ sie laufen, statt am Zaumzeug zu reißen, daß sie stürzte. Aber als das Erdbeben innehielt, um Atem zu holen, manövrierte er sie im Halbkreis zu den Zuschauerplätzen. Unbemerkt von Ouallada ritt er heran und riß sie an sich, aber er bekam sie nicht richtig zu fassen, und seine Hand rutschte immer höher an ihr herauf, bis der Kaftan sich um ihr Gesicht ballte und ihre Füße über den Boden schleiften. Kurz bevor er sie vollends fallen ließ, brachte er sein Pferd zum Stehen und stellte Ouallada vor einem bösartigen reiterlosen Wallach mit irrem Blick auf den Boden. Die doppelten Zügel des Wallachs hingen herab.

»Steig auf! Steig auf!« brüllte Foulque. Seine Kräfte waren so weit wieder hergestellt, daß seine Beine stark genug waren, um seinem taumelnden Pferd Halt zu geben und es senkrecht zu halten, während die Mauern der Welt sich neigten. Der Besitzer des Wallachs kam brüllend auf sie zu gelaufen, die Fäuste drohend erhoben. Foulque schwang den Polohammer und traf ihn mitten ans Kinn, so daß der Mann bewußtlos auf den Rücken fiel, wenngleich seine Hände und Füße durch das Beben des Bodens in Zuckungen versetzt wurden.

Auf dem Meer hatte sie sich so gefühlt, wo aller feste Halt unter den Füßen fehlte, wo sie schwebte über dunklen, übernatürlichen Regionen, stets in Gefahr, in die Tiefe zu sinken. Meerestiefen öffneten sich nicht in der Erde, aber der Boden

zerbrach doch zu Mosaikscherben und senkte sich zu flachen Mulden. Die Festung selbst stöhnte wie ein Lebewesen, und die Konturen ihrer Fassade waren verzerrt wie von einem Schlaganfall. Der hübsche rote Ziegelstreifen verzog sich zu einer grotesken Grimasse.
»Können wir entkommen?« schrie Ouallada hinüber. Aber der Himmel selbst schien sich an den Verwerfungen der Erde zu reiben und erfüllte die Luft mit Getöse. Unter dem Schutz der gallegelben Staubwolken ritt Foulque in nördliche Richtung und zog Oualladas Pferd am gerissenen Zügel hinter sich her. Das Erdbeben hatte es offenkundig werden lassen. Es war seine Christenpflicht zu fliehen.

Wenn sie geblieben wären, so hätte Jusif ein Wort mit Foulque gesprochen – hätte ihn beiseite genommen und ihn auf seinen Irrtum aufmerksam gemacht. Daher war das Erdbeben für Ouallada ein ebenso unumgängliches Zeichen von Gott wie für Foulque. Gib auf, sagte es ihr. Sie unterwarf sich jetzt vorbehaltlos; es tröstete sie der Gedanke, daß Gott sich solche Mühe machte, Seinen Bischof ihrem Zugriff zu entziehen. Mit Ehrfurcht sah sie, daß Engel und Erdbeben mit dieser Aufgabe betraut wurden.
Und doch hatte Foulque nicht vergessen, sie mitzunehmen. Er hatte sie nicht als Gepäckstück betrachtet, das man zurücklassen konnte wie seine Instrumente und seine Keule und die Stapel seiner Lieder.
Sie ritten zehn Meilen, ohne anzuhalten. Bis dahin waren ihre Münder voll von sandigem Staub, der knirschte in ihren Lungen. Das Erdbeben hatte sich verausgabt und erschien schon wie ein Alptraum, dessen man sich nur halb erinnerte. Noch immer sanken Vögel wie Asche vom Himmel, und der Boden wimmelte von Ameisen, die aus ihren Nestern vertrieben worden waren. Aber der Himmel war von friedlichem stetigen Blau, und die Akazienbäume warfen lange und gleichmäßige

Schatten, die in die Richtung wiesen, aus der sie gekommen waren.

»Ist es richtig, daß die Schatten dorthin zeigen?« rief sie – hauptsächlich, um ihn daran zu erinnern, daß sie da war. Es erschien wie der Höhepunkt der Respektlosigkeit, diese Frage zu stellen, aber ritten sie denn nicht nach Westen statt nach Norden? Als das nächste Wadi hinter ihnen lag, wandten sie sich südwärts.

Sein Pferd kam an ihre Seite. »Ich kehre zurück«, sagte er. »Ich weiß nicht, wo ich bin. Ich habe nichts mitgenommen. Kein Wasser. Keinen Mantel für die Nacht. Wenn es dunkel ist, werden wir erfrieren.« Beide Pferde nickten mit den Köpfen, als wollten sie ihm hastig beipflichten. Auf Jusifs Gestüt ausschließlich für das Polospiel gezüchtet, besaßen sie Schnelligkeit, aber kein Durchhaltevermögen. Schon waren sie durstig nach dem Spiel, schon lockte sie der Stall.

»Gut dann. Zurück nach Umdan«, sagte sie, aber innerlich hätte sie ihn am liebsten mit Pferdeäpfeln beworfen und geschrien: »Warum hast du daran nicht vorher gedacht? Sie werden uns in Stücke hacken, wenn wir jetzt zurückkommen!«

Vor ihrem geistigen Auge sah sie, wie Jusif as-Schafih sich aufrappelte, wie ihm klar wurde, daß seine Gefangenen geflohen waren, und er sich verraten fühlte von denen, die er vertrauensvoll behandelt hatte. Sie stellte sich vor, wie die Kränkung in Zorn überging, wie der Zorn ihn zu ihrer Verfolgung trieb. Der Neffe mit seinem Gefolge würde sich voller Jagdlust anschließen. Sie war davon überzeugt, daß bald ein ganzes Heer im vollen Galopp hinter ihnen über den Höhenkamm stürmen würde.

Aber sie straffte sich in ihrem Entschluß, ihn nicht töricht zu nennen, straffte auch ihren Rücken und schloß sich ihm wortlos an. Es genügte, daß er das Bedürfnis verspürt hatte, einen Fluchtversuch zu unternehmen.

»Es war das Erdbeben, weißt du.« Er hatte die *kefije* abgenommen und rieb sich mit der Hand über den Schädel; sein Haar war wieder dunkel vom Schweiß. »Ich habe es als ein Zeichen von Gott aufgefaßt.«

»Aha. Ich verstehe.«

»Die Gelegenheit bot sich, verstehst du? Der Ruf zur Tat.«

»Nun denn – ich nehme an, du hattest recht. Gott gab uns Gelegenheit zur Flucht«, sagte sie friedfertig und befingerte die Mähne ihres Pferdes. Die Wüste ringsumher färbte sich purpurn. Noch immer sah sie Bataillone von Arabern vor sich, die in Wellen über den nahen Horizont fluteten, und ihre Vorstellung war so lebensnah, daß sie den Atem anhielt.

»Aber das ist nicht Bestandteil meiner Theologie! Was habe ich mir nur gedacht? Gott war nicht im Erdbeben! Gott war nicht im Wind oder im Feuer! Gott war in der leisen Stimme *nach* dem Wind und dem Feuer und dem Erdbeben!« Er streckte in verzweifeltem Appell die Hände nach ihr aus wie einer, dem in der Debatte die Argumente ausgingen.

»Foulque, könnten wir darüber nicht anderswo reden?« fragte sie.

»Außerdem glaube ich nicht an einen mit Donnerkeilen bewaffneten Zeus.«

»Nein. Gut. Natürlich nicht.«

»Ich glaube nicht an Zeichen, die über den Himmel geschrieben stehen, an Heilige, die zu Pferde Belagerungen beenden.«

»Ach, wirklich? Man sagt aber doch, daß der Blitz ...«

»Ich glaube nicht, daß Gott sich eigenhändig um deine oder meine Sicherheit kümmert.«

Es war schockierend und ketzerisch, so etwas zu sagen. Es hob das Dach von der Decke und ließ den Regen herein. Ihr Bauernblut rauschte empört. Aber sie sagte: »Das sehe ich ein. Ja, ich glaube, das sehe ich ein. Warum sollte Er?« Sie fühlte sich wie ein Floh am Leibe der Welt und wartete darauf, zerquetscht zu werden, denn als sie dies sagte, glaubte sie es. Gott hatte das Erdbeben nicht geschickt. Ebensowenig würde

Seine Hand sie beschützen, wenn sie sich wieder in Jusif as-Schafihs Gewahrsam begäben. Foulques Christengott saß tausend Meilen weit entfernt eingesperrt in klammen Klosterzellen. Und Foulques eigener Gott lag in seinem Herzen im Sterben, erstickt von den Büchern in Jusifs Bibliothek und von der Aussicht auf einen neuerlichen Kreuzzug.
Ouallada nickte. »Jusif ist ein guter Mann, Foulque. Er mag dich sehr. Du bringst ihn zum Lachen. Vielleicht bewahrt er uns vor Saladins Händen, selbst wenn er den Befehl bekommt, uns auszuliefern. Er hat nicht besonders viel übrig für Saladin, weißt du das? Für den Kurden. Einen Kurden, der Ägypten regiert. Das ärgert ihn. Ich habe ihn so etwas sagen hören.«
Er konnte nicht umhin, die Angst in ihrer Stimme wahrzunehmen, und er streckte die Hand aus und umfaßte ihren Oberarm. »Einen Kurden – absolut. Und ich bin sicher, dein Anblick wird uns beiden Vergebung erwirken. Ebenso wie ich sicher bin, daß Jusif dich niemals an Saladin ausliefern wird. Ich habe ihn gesehen – heute – während des Spiels – seine Hand auf deiner. Komm, ich hätte dich niemals von deinem Geliebten trennen dürfen. Ich bin ein Narr vor allen Narren.«
Sie verfielen in einen flotten Trab. Es waren schließlich nur zehn Meilen, die sie zurückgelegt hatten. Jeder Höhenkamm, den sie erreichten, offenbarte den Blick auf eine neue vertraute, wellige Meile mit Gras und Büschen. Alles sah vertraut aus. So legten sie zwölf, vielleicht fünfzehn Meilen durch vertrautes Gelände zurück, ohne ein einziges Mal ihre eigenen Hufspuren zu kreuzen. Sie erklommen dreizehn Höhenkämme aus Sandstein oder Sand und fanden die Festung von Umdan nicht. Es war, als sei der Palast der Säulen in der Erde versunken, vom Erdbeben zu Sand zertrümmert und fortgeweht mitsamt seinen Reitern und Pferden und heulenden Kindern. Allmählich erkannten sie, daß die Landschaft sich so regelmäßig

wiederholte wie die Bäume in einem Wald, und daß nur ihre Farbe sich veränderte, während die Sonne sank.
»Das Gute ist, daß wir zurückkommen, bevor sie sich die Mühe machen müssen, uns zu suchen«, sagten sie einander immer wieder, aber beide befürchteten allmählich, daß Verfolgung und Verhaftung das einzige sein könnte, was ihnen dazu verhelfen würde, die Festung von Umdan noch einmal wiederzusehen.
Und als das Geräusch schließlich Gehalt bekam, jenes Geräusch, vor dem es Ouallada gegraut hatte, da war es irgendwo vor ihnen, irgendwo außer Sicht. Sie langte zu Foulque hinüber und riß ihm die weiße *kefije* aus den Händen. Aber sie saß kaum hoch genug im Sattel, um deutlich sichtbar das Signal der Kapitulation zu geben. Deshalb warf sie ihm das Tuch wieder zu, damit er es an seinen Polohammer binden und hoch in die Luft halten konnte.
Das Getrommel der Hufe schien tausend Meilen weit weg begonnen zu haben, und das Klirren des Zaumzeugs kam anscheinend aus einer ganz anderen Richtung, so sehr verzerrten die Landschaft und der Abendwind alles. Eine Geisterarmee schien da zu nahen, hörbar, ohne daß man sie je erblickte. Wie groß mochte der Trupp sein, den Jusif ausgesandt hatte, um seine Geiseln wiedereinzufangen? Foulque und Ouallada hatten ihre Pferde voller Unbehagen angehalten, als das Geräusch sie schließlich vollständig zu umgeben schien.
Mit dem Tosen der Brandung erschienen die vordersten Reiter vor ihnen auf dem Höhenkamm. Fünfzig zählte Foulque, bevor die ersten Banner in Sicht kamen – Panzerhandschuhe und Blumen, Wölfe und Zinnen, Lilien und Leoparden und Löwen. Und hoch aufragend und schwankend im Hintergrund, halbverhüllt vom eigenen Staub, rumpelte eine Heerschar von seelenlosen Riesen daher – eine Stadt von hölzernen Bauten, ein Gebirge von Belagerungsmaschinen. Arbalest und Mangonel, Rammbock und Katapult wiegten sich wankend, und auf

einigen hockten noch immer die winzigen Gestalten der Zimmerleute und hämmerten, hämmerten in den unvollendeten Eingeweiden.

»Schau!«

Erst hob er, dann Ouallada die flachen Hände zum Himmel, und beide priesen Gott mit einem Aufschrei. Den Gott mit den Donnerkeilen in der Faust. Den Gott, der Erdbeben sandte, um Seine Diener aus der Gefangenschaft zu befreien. »Wer sagt, daß es uns nicht zugedacht war zu entkommen?« schrie sie entzückt durch den Lärm von Steigbügeln an eisernen Stiefeln. »Das sind Christen!«

Foulque nahm die weißleinene Haube ab, die er unter dem Helm trug, und drückte sie ihr in die Hände.

»Oh! Kann ich denn nicht weiter eine Frau sein?« fragte sie und setzte die Haube nur zögernd auf.

»Sei, was du willst, Prinzessin – wenn du der Ehre fränkischer Soldaten ebensosehr vertraust, wie du as-Schafih vertraut hast.«

Sie versteckte ihr langes, dichtes Haar, verteilte es gleichmäßig unter der Haube, so daß es den Eindruck eines größeren, männlichen Kopfes erweckte. Sie warf die Weste in den Staub, die kurze rote Weste mit den kleinen Spiegeln, die Jusif ihr geschenkt hatte, damit sie die Zuneigung ihres Freundes erwecken könnte. Die übrigen Kleider waren nach den Ereignissen des Tages so zerrissen und verschmutzt, daß es Männer- wie auch Frauenkleider hätten sein können. Und obwohl einer der ersten Männer, die bei ihnen ankamen, sie für ein Beutestück hielt, das dem Feind gestohlen worden war, fragte er nur, ob »in der Gegend viele gute Sklaven zu bekommen« seien.

Zweiunddreissig

Kriegsmaschinen

Leo de Montpellier und seine Männer, bei denen Foulque und Ouallada sich nunmehr befanden, sahen sich nicht gehemmt durch Waffenstillstand und Diplomatie, durch nichtige Kleinigkeiten wie die Frage, ob ihr Land sich offiziell im Krieg befand oder nicht. Sie ließen sich auf ihrem Feldzug im Namen des Herzogs von Poitiers treiben, wohin es sie führte, überfielen Kamelkarawanen, stellten ihre Schwerter zu Stammesfehden zur Verfügung, handelten ein wenig mit Sklaven und anderer verderblicher Ware und brannten Moslemdörfer bis auf die Grundmauern nieder. Der Herzog selbst war nicht bei ihnen, sondern zu Hause in Frankreich, wo er mit großem Eifer für einen Dritten Kreuzzug warb.

Bevor Montpellier aber heimkehrte, war gerade noch genug Zeit, um die Festung von Umdan zu belagern und festzustellen, ob an den Gerüchten von den sagenhaften Schätzen dort etwas Wahres war. Zwar hatte das Erdbeben einigen von ihnen als Mahnung zur Umkehr gedient, aber andere hatten gesagt, Gott habe (in einer Art Vorhuteinsatz) die Mauern von Umdan erschüttert, und nun konnten sie nicht erwarten zu sehen, ob es stimmte.

Das Bauwerk, das am Ende in Sicht kam, war von so heiter gelassenem Weiß und sah so still und undurchdringlich aus, daß Erdbeben, Polospiel, Staub und Schreie – daß all das auch ein Traum gewesen sein konnte. Umdan war, wie es schien, nicht gefallen, als Gott in Sein Widderhorn stieß. Überdies gab es außerhalb seiner Mauern nirgends Wasser.

Eine ausgedehnte Belagerung wäre unmöglich. Leo de Montpellier beschloß, die weißen Mauern unverzüglich zu stürmen. Leo de Montpellier neigte zu entschlossenen Handlungen, wenngleich er seine Meinung häufig kurz danach wieder änderte. Er war die rechte Hand des Herzogs von Poitiers hier in der Wüste, und er säumte nicht, dies auch Foulque Nerra zu verstehen zu geben. Foulque indessen bemerkte nicht minder rasch, daß Leo in Wahrheit Linkshänder war.

Foulque stellte fest, daß Montpelliers Männer ein undisziplinertes Gesindel waren; er nannte sie Hyänen und Krähen und musterte voller Abscheu ihre nachlässige Kleidung und die rudimentäre Hygiene. Ouallada sah keinen Unterschied zwischen ihnen und der Meute von Strauchdieben, die Châtillon gefolgt waren. »Du vergleichst sie mit Jusifs Leuten«, stellte sie fest und sah, wie er beim Essen nur die rechte Hand benutzte und peinlich darauf achtete, Teller und Grütze mit der linken nicht zu berühren. »Du bist ein Araber geworden.«

Aber er hatte vergessen, wo er solche Gewohnheiten erworben hatte. »Sprich für dich selbst. Oder, noch besser, schweig still. Diese Barbaren würden dir die Kehle durchschneiden, wenn sie auf den Gedanken kämen, daß du den Feind so hochachtest.«

»Tust du es denn nicht? Müssen wir wieder dahin zurückkehren, daß wir ihn als gottloses Vieh betrachten? Du und ich, meine ich? Hätte ich alles zurücklassen müssen, was ich in Umdan gelernt habe?«

Die Beziehung zwischen ihnen war angespannt, denn Foulque wollte wieder ein Krieger sein, ein christlicher Krieger mit ungeteilter Loyalität. Er brauchte das. Er konnte es sich nicht leisten, einen neuen Standpunkt zu übernehmen, ja nicht einmal, einen Mittelweg einzuschlagen.

»Sag's ihnen, Foulque! Verhindere, daß sie as-Schafih angreifen«, flehte sie.
»Was soll ich ihnen sagen? Daß der Feind zivilisiert ist? Daß der Papst sich irrt? Daß Châtillon Saladins Schwester wie ein Edelmann hätte behandeln sollen? Oder daß da Bücher drin sind? Und wackere Männer und zärtliche Liebende? Dies ist ein Krieg, Prinzessin. Er ist seit einem Menschenleben im Gange, und er wird noch eines währen ... Oh, du kannst versuchen, ihnen zu erzählen, daß Jusif ein netter Kerl ist. Aber das wird sie nicht aufhalten. Und es wird ihn nicht daran hindern, das Schwert gegen uns zu erheben. Er ist Soldat. Wir sind jetzt alle Soldaten, denn es ist wieder Krieg. Sag ihnen doch, daß du in den Siddi verliebt bist – warum nicht? Sie werden dir dafür entweder die Kehle durchschneiden oder dich dazu benutzen, as-Schafih aus seiner Festung zu holen und ihm die seine durchzuschneiden. Wenn du einen Krieg beenden willst, Madame, dann darfst du dich ihm nicht in den Weg stellen. Entscheide dich für eine Seite und hoffe auf den Sieg.«
»Du glaubst, ich liebe as-Schafih«, sagte sie. »Aber das ist nicht wahr.«
Er schlug ihr so herzhaft auf den Rücken, daß gelber Staub aus allen Falten ihrer Kleidung und des Körpers darunter aufwölkte. »Ein tapferer Bursche! Wohl gesprochen, mein Junge! Das ist es, was du immer im Sinn behalten mußt.« Mehr sagte er nicht, und damit machte er sie darauf aufmerksam, daß fränkische Soldaten neben ihnen vorbeigingen.
Sie versuchte, noch etwas zu sagen. »Du hast mir gerade das Leben gerettet. Dafür danke ich dir.« Aber sie sagte es unbeholfen und gestelzt.
»Sprich nicht davon. Wir sind quitt. Ich könnte mir denken, daß ich dir ein Leben schulde, seit die Krankheit mich im Hedschas niederstreckte.«
»Reiner Eigennutz«, sagte sie.
Er schien einigen Trost daraus zu gewinnen, daß er von seiner

Schuld befreit war. Solche Kleinigkeiten sind wichtig für einen Ritter am Vorabend der Schlacht.

Foulque glaubte, daß er vom Teufel abstamme. Und egal, ob er sich auch bemüht hatte, bemüht von ganzem Herzen und mit all seinem Verstand, mit aller Kraft und mit seiner ganzen strebsamen Seele, sich an Gottes Rock zu klammern und die lange Leiter zur Vollkommenheit emporzuklettern: Wenn er nur einmal den Halt verlöre, bliebe ihm nichts als der tiefe, ununterbrochene Sturz zurück in die Hölle. Keine Sprosse in der Mitte. Und er wurde auch müde, alt und müde – zu müde vielleicht, um den Aufstieg zur Rechtschaffenheit noch einmal in Angriff zu nehmen. Da war es leichter, sein Kettenhemd anzuziehen, seinen *casque de Croisade* mit der gleichmachenden Nasenschiene aufzusetzen und all die Nichtigkeiten der Vernunft und der Philosophie in die fliegenumsummte Latrine zu werfen. Ihm selbst erschien die Verwandlung vollkommen. Am nächsten Morgen roch er sogar einen pechigen Brandgeruch in seinem Zelt. Foulque, der Dämon, hatte seine rechtmäßige Natur zurückbekommen.
Tatsächlich kam der Geruch vom Griechischen Feuer, einer Mischung aus Pech und Rohöl, die in zahlreichen Becken auf den Mauern von Umdan siedete. Einer großen Abteilung von sudanesischen *'abd* oder Söldnersklaven war die Freiheit versprochen worden, wenn sie die Nacht darauf verwandten, den Graben um die Festung aufzufüllen – zumindest auf einer Fläche, die genügte, um die Belagerungsmaschinen auffahren zu lassen. Durch ihre Hautfarbe waren sie nachts nicht zu erkennen. Nur die Brandsätze, die in irdenen Gefäßen über die schimmernde Mauer geschleudert wurden, verbreiteten so viel Licht, daß ihre Körbe mit dem weißen Gestein leuchteten. Kometenschwänzig von phosphoreszierendem Licht waren die Brandbomben, groß wie Weinfässer, die ganze Nacht hindurch mit Donnergetöse herübergeflogen; sie hatten das Lager

der Angreifer beleuchtet und drei Pferde sowie mehrere Dutzend *'abd* getötet. Dennoch war der fünfzig Fuß tiefe Graben in eine flache Senke verwandelt, als der Morgen dämmerte. Zwei Beffrois standen bereit – drei Stockwerke hohe Belagerungstürme, deren oberste Ebene mit einem Dach zum Schutz gegen Pfeile und mit einer Zugbrücke ausgerüstet war, die man auf die Mauerkrone fallen lassen konnte. Foulque begann einen dieser Türme zu erklettern und stieg bis auf die oberste Plattform hinauf.

»Foulque! Was machst du?« schrie Ouallada von unten. Als er nicht antwortete, lief sie mit gesenktem Kopf und alptraumhaft schweren Beinen zu Leo de Montpelliers überaus prunkvollem Zelt.

»Komm rasch! Bitte komm! Foulque Nerra klettert auf den Beffroi!«

Leo de Montpellier zog einen seidenen Wappenmantel über, der zur Schabracke seines Pferdes paßte, stieg auf, deckte seine ganze Gestalt von Kopf bis Fuß mit einem langen Schild, der mit einem hübschen Würfelmuster bemalt war, genau wie sein Sattel und der Schweifriemen; er krönte sich mit einem wattierten Reif aus rotem Filz und verwandte einige Zeit darauf, den Helm auf dieses weiche Polster zu setzen. Dann trabte er hinüber zu dem Beffroi und spähte zum obersten Stockwerk hinauf. »Foulque Nerra-des-Étangs, was zum Teufel *treibst* du da?« rief er, und als er den Mund aufriß, sah man, daß alle seine Zähne bis auf die Schneidezähne durch Zahnarztkunst entfernt worden waren. Leo de Montpellier hielt nichts davon, sich von Schmerzen plagen zu lassen. »Das ist keine Aufgabe für einen Ritter. Kein Ritter braucht vom Pferd zu steigen, wie du weißt. Bitte gib den anderen deines Ranges kein schlechtes Beispiel.«

Der Beffroi setzte sich schaukelnd in Bewegung. Die großen Räder versanken im sandigen Boden, wann immer der Turm zum Stehen kam, und dann waren Dutzende von Männern nötig, die sich gegen die hinteren Achsen stemmten, während die *'abd* vorn an Seilen zerrten, bis er sich schwerfällig wieder in Bewegung setzte. Foulque stand mit gespreizten Beinen oben und umklammerte das Geländer; sein Gesicht auf die Festung gerichtet.

»Er ist kein Ritter, strenggenommen, Herr«, sagte Ouallada entschuldigend. »Er ist Geistlicher.«

»Das ist kein Grund, sich zu benehmen wie ein verdammter Feldwebel! Ich brauche Reiter! Ich habe neulich Reiter verloren! Ich brauche Reiter! Komm da 'runter, Nerra! Komm herunter und such dir ein Pferd!«

Die ungefähr vierzig Fußsoldaten, die sich auf den verschiedenen Plattformen drängten, hatten die ausdruckslosen Gesichter von Männern, die sich über das Fassungsvermögen ihrer Angst hinaus verpflichtet sehen. Als die ledernen Blenden herabgelassen wurden, die sie vor Pfeilen schützen sollten, wurden sie stumm wie Vögel, denen man ein Tuch über den Käfig deckte.

»Kein Ritter? Das wußte ich nicht«, sagte Leo und ließ sein Pferd seitwärts dem Turm ausweichen. Es herrschte inzwischen ein solches Gedränge dort oben, daß Foulque große Mühe hätte, wieder herunterzuklettern, selbst wenn er sich noch überreden ließe. Ouallada beschloß den Turm ebenfalls zu erklimmen und ihm in seiner letzten Torheit Gesellschaft zu leisten. Aber zu ihrem Erstaunen stellte sie fest, daß die Räder – die so groß waren wie sie – bereits so schnell rollten, wie sie nur rennen konnte. Die Männertrupps, die sich über die Achsen beugten, lieferten sich ein Wettrennen gegen ihre Rivalen, ein Wettrennen gegen den anderen Turm, und richteten ihre ganze Aufmerksamkeit auf diesen Wettkampf, um den bevorstehenden Hagel von Pfeilen und Feuer zu vergessen. Im nächsten Augenblick brach Ouallada ihre Jagd ab, als nämlich die erste handgeschleuderte Granate mit Griechischem Feuer wie ein irdenes Ei zu ihren Füßen zerplatzte und ein häßlicher

Phönix ausschlüpfte, der ein Federkleid aus flüssiger Hitze abstreifte.

Im ersten Pfeilregen ließen die Sudanesen ihre Zugseile fallen und zerstoben in alle Himmelsrichtungen; der Turm setzte seine Fahrt aus eigener Schwungkraft fort. Auf dem holprigen Untergrund sprangen die Räder so hart, daß es den schiebenden Männern die Schulterblätter verrenkte, und das Gebrüll ihrer Anstrengung verging in stöhnendem Grunzen.

Als Foulque die Zugbrücke fallen ließ, offenbarte sich vor ihm die Szene, die sie bis dahin verdeckt hatte. Eine Doppelreihe von zwanzig sarazenischen Bogenschützen erwartete den Turm, aber er selbst befand sich volle zehn Fuß hoch über ihren Köpfen und sah – wie man es im Traum kann – die ganze panische Geschäftigkeit aus der Vogelperspektive. Knaben mit Schöpfkellen löffelten eine Suppe aus brennendem Pech in Pflanztöpfe aus Terracotta. Ein wundersames Feuer aus scheinbar unbrennbaren Metallen loderte weißglühend auf der Brüstung der weißen Mauer. Und dahinter offenbarte sich ihm die ganze Zitadelle.

Das Erdbeben hatte sie verwüstet, sie durchgeschüttelt wie eine Schachtel mit Kreiden, die jetzt unbrauchbar waren. Bögen waren eingestürzt, und die Schlußsteine blockierten jeden Durchgang. Der Schutt der schönen Haremsgemächer war in einem Tümpel versunken, der aus gebrochenen Aquädukten und Springbrunnen geflossen war, und der Palast ringsum war seiner Türme und Minarette beraubt worden. Tatsächlich waren die glänzenden Helme der Ritter auf den Mauerkronen die einzigen Kuppeln, die es in dieser Stadt noch gab. Darunter glänzte auch der Helm Jusif as-Schafihs.

Unversehens ragte ein gewaltiger Balken, von Ketten gehalten, über die Mauer – ein mächtiger Klotz aus mehreren Baumstämmen, zusammengekettet und mit tropfenden Lappen umwickelt. Der erste der Belagerungstürme, auf dem Foulque stand, prallte krachend gegen diesen Puffer. Statt über die Mauerkrone zu reichen, kam die Zugbrücke fünf Fuß davor zum Stehen, und zwar mit einem solchen Ruck, daß die Männer im Turm von den Füßen geschleudert wurden. Sie fielen übereinander oder hingen bäuchlings über das Geländer. Der einzige Mann, der neben Foulque auf der obersten Plattform stand, flog glatt über die vordere Brüstung des Turms und fiel an die zwanzig Fuß tief hinunter auf das hölzerne Bollwerk, das sie von der Festungsmauer abhielt. Dort kauerte er auf allen vieren wie eine verängstigte Katze.

Der zweite Beffroi hatte noch Zeit, vor der Mauer anzuhalten und den Zusammenprall mit dem Puffer zu vermeiden, aber die Männer darauf sahen sich einem Hagel von weißglühenden Metallscherben ausgesetzt, die von der Schleuder auf der Mauerbrüstung auf sie herabgeschossen wurden. Die Schleuderkelle aus nassem Leder dampfte und qualmte und drohte wie eine trotzige Faust über den Zinnen der Mauer.

Eigentümlicher Essiggestank überlagerte sogar den Pechdunst, als der zweite Beffroi seine essiggetränkten Filzblenden herabließ, die wie Vorhänge die Turmbesatzung verdeckten. Das Metallschrapnell traf zischend auf den Filz und fiel dann nach unten, wo die Schiebetrupps an den Achsen sich unter ihren Schilden in Deckung brachten. Eines dieser abgelenkten Geschosse aus weißglühendem Eisen fiel auf das Rad und verklemmte es. Nach wenigen Augenblicken hatte es sich durch die Achse gebrannt, und der ganze Belagerungsturm kippte jäh zur Seite und verharrte bewegungsunfähig zehn Schritte vor der Mauer in wilder Schieflage; fast berührte sein oberstes Stockwerk Foulques Turm, und weiter unten rutschten die Männer unter den Filzvorhängen hindurch und fielen oder sprangen zu Boden.

Foulque lag auf dem Bauch; die Wucht des Anpralls hatte ihn stürzen lassen, und jetzt streckte er die Hand zu dem Soldaten hinunter, der sich auf dem Pufferbalken festklammerte. Aber ihre Fingerspitzen erreichten einander nicht. »Spring zum Turm herüber! Spring herüber!« schrie Foulque, aber der Mann kauerte auf allen vieren und war wie gelähmt vor Angst. Er war immer noch da, als die Araberknaben oben auf der Mauer ihre Granaten mit Griechischem Feuer auf die petroleumgetränkten Lappen warfen, mit denen der Pufferbalken umwickelt war. Der Balken und das oberste Stockwerk des Belagerungsturms verschwanden in lodernden Flammen.

Hundert Jahre zuvor, als Fulk Nerra, der Schwarze Graf von Anjou, seine Frau verbrannte, mußten die schnell zu beeindruckenden Zuschauer etwas ganz ähnliches gesehen haben: einen Scheiterhaufen in hellen Flammen, einen Schwall von schwarzem Rauch, der daraus hervorbrach, sich zu Menschengestalt streckte, geflügelt, flüchtend. Die Seele der verbrannten Frau, die zur Hölle zurückflog.

Ouallada sah es. Sie beobachtete, was sie für Foulques Tod hielt, und sie sah die schwarze Rauchgestalt, die hervorbrach, emporsprang und vor dem neidischen Zugriff der Feuerfinger entschwand.

Einen Augenblick später sah sie durch einen Riß im dichten schwarzen Rauch, wie Foulque selbst sprang, so ungenau und unelegant wie eine Schiffsratte, wie er von der Spitze seines brennenden Turms hinüber zum zweiten Turm sprang und sich dort an den Vorhängen aus essiggetränktem Filz festklammerte. Irgendwie fanden seine Stiefel Halt auf dem Holz der trunken gekippten Belagerungsmaschine, und er konnte sich auf die schräge Plattform hinaufziehen. Sein Mantel und seine *kefije* standen in Flammen.

Über den rauchenden Abgrund hinweg, der jetzt von Pfeilen, Schrapnellen und Terracotta-Granaten wimmelte, schaute Jusif as-Schafih zu, wie Foulque den Sprung machte und sich dann in eine Ecke der schräg geneigten Plattform klemmte, um sich den Überwurf abzureißen und den Helm beiseite zu werfen. Dabei spähte er die ganze Zeit zu den Verteidigern auf der Mauer hinüber und suchte as-Schafih auszumachen. Als die Blicke der beiden Männer einander trafen, begrüßten sie einander, Jusif mit einem Salam, Foulque, indem er sich bekreuzigte. Es war eine Bekundung der jeweiligen Loyalität – und frühere Lügen waren damit gestrichen.

»Bei den Barrikaden zur Mittagsstunde, Foulque Nerra-des-Étangs«, rief Jusif as-Schafih, und die Männer an der Schleuder drehten sich um, als sie den Klang seiner Stimme hörten.

»Bei den Barrikaden«, rief Foulque, und die Männer unter ihm, die wie die Eichhörnchen nach dem Blitzschlag an ihrem zerbrochenen Turm hinunterkletterten, spähten inmitten des monumentalen Getöses nach oben, um zu sehen, wer da gesprochen hatte.

Während sie auf seine Rückkehr von der Mauer warteten, beschloß Ouallada ihm zu sagen, daß seine Ahnfrau Melusine kein Dämon gewesen war – nur eine Rauchwolke, eine optische Täuschung, eine unglückselige Frau, die von ihrem Mann geschlachtet worden war. Sie war nicht in die Hölle zurückgeflogen, um von dort aus die Ruchlosigkeit künftiger Generationen des Nerra'schen Blutes zu orchestrieren. Vielleicht bedeutete es Foulque etwas, zu erfahren, daß er keinen Schwefel in den Adern hatte. Aber Chaos und Verwirrung der Schlacht, die Neuigkeit eines Duells bei den Barrikaden und das notwendige Ritual der Totenbestattung – das alles ließ ihr keine Zeit, und am Ende vergaß sie es.

»Ein Duell bei den Barrikaden? Du und der Scheich von Umdan?«

»Ich und der Siddi Jusif, jawohl«, sagte Foulque, den es ärgerte, daß er Leo de Montpellier um Erlaubnis bitten mußte.

»Eigentlich handelt es sich nicht um diese Art von Belagerung, Mann«, sagte Montpellier zweifelnd.

»Um welche Art von Belagerung?«
»Na, die spaßige Art. Mit allerlei Unterhaltungen. Turnieren in den Schranken. All dem Zeug. Ich meine, wir können uns nicht leisten herumzutrödeln, verstehst du? Man kann nicht wissen, wen wir im Rücken haben. Und das Wasser ist knapp. Ihr Troubadoure, ihr glaubt vielleicht, man kann alles unterbrechen, um ein musikalisches Zwischenspiel und einen Waffengang zu veranstalten.«
»Nicht zum Spaß.«
»Wie bitte?«
»Es ist kein Turnier zur Unterhaltung. Es ist ein Kampf um die Stadt.«
»Jesus Christus! Dann sollte *ich* aber gegen ihn kämpfen. Warum geht er eine solche Wette ein? Die wird er niemals einhalten. Du kennst diese Leute nicht so, wie ich sie kenne ... Nein, nein. Ich würde nicht darauf vertrauen, daß er sich an diesen Handel hält. Ich meine, Ritterlichkeit, das bedeutet für die nicht das gleiche wie für uns Christen, weißt du.«
Der Verlust von zwei Belagerungstürmen in einem einzigen vergeblichen Ansturm war für Montpellier ein ganz persönlicher Schmerz. Er hatte das Glück gehabt, bisher noch nie mitansehen zu müssen, wie so eine Maschine in Brand geriet, wie der Turm in der orangegelben Glut schwankte, wie er schwankte und seinen Filz in mächtigen Feuerfetzen abstreifte, während die Skelette der in die Falle geratenen Männer im Aufwind tanzten; wie ihre Schädel zwischen den Sprossen der Leitern klemmten und ihre Waffen zusammengeschweißt am Fuße des Turms lagen. Montpelliers bisherige Eroberungen – Dörfer und kleine Festungen – hatten sich ohne viel Widerstand vergewaltigen und abschlachten lassen.
Seine Feldwebel murrten jetzt, nachdem dieses Unternehmen ins Leere gelaufen war. Sie fingen an. Blicke hinter sich zu werfen, und rechneten damit, ägyptische Truppen aufmar-

schieren zu sehen, die ihrem Glück ein Ende machen würden. Und wie seine Feldwebel verlor auch Montpellier den Schneid. Er war so weit hinaus ins feindliche Gewässer geschwommen, wie er es wagte, und jetzt spürte er den Gezeitenwechsel.

Und da kam nun dieser camarguesische Irre mit seinem schwarzen Knappen und erklärte, er wolle mit Jusif as-Schafih bei den Barrikaden um die Stadt kämpfen. Das schmeckte nach einem David, der sich erbot, gegen Goliath zu kämpfen, und wer hatte schon Lust, sich einem biblischen Gottesgesandten zu widersetzen? Montpellier jedenfalls nicht. Da blieb nur ein kleines Problem ...

»Ich höre, du bist eigentlich ... genaugenommen ... also, zum jetzigen Zeitpunkt – kein Ritter. Stimmt das?«

»Nein, ich bin Geistlicher. Ich meine, ich war ... Ich trage die Keule, ja. Habe nie ein Schwert gehabt.«

»Aber du sagst, du kennst diesen Mann.«

»Ich habe ein Jahr Zeit gehabt, ihn zu studieren. Seine Stärken, seine Schwächen.«

»Dann gibt's anscheinend nur eine Antwort. Hier. Hier. Hier.« Er drückte Foulque seine eigene Ausrüstung in die Arme – Helm, Schwert, Sporen, als solle Foulque ihm die Sachen zu seinem Pferd tragen. Er ließ eine der Sporen fallen, und als Foulque sich bückte, um sie aufzuheben, versetzte Montpellier ihm einen Fausthieb an die Seite des Halses.

»Was zum ...?«

»Schwörst du, Gott und den König zu lieben und ihnen zu dienen?«

»Willst du mich zum Ritter schlagen?« Foulque kam so schnell wieder hoch, daß Montpellier sein Kinn mit einem Ruck nach hinten in Sicherheit bringen mußte.

»Ich finde wirklich, du solltest schwören ...«, begann Leo klagend.

»Ich habe schon geschworen. Zu mehreren Anlässen. Zum

Beispiel habe ich geschworen, in den Heiligen Orden zurückzukehren, wenn ich wieder in Frankreich bin.« Hitzig fügte er hinzu: »Mir wäre es lieber, du wolltest mich nicht in einem Maße ehren, dem ich nicht gerecht werden kann.«
Montpellier schob die Unterlippe spitz nach vorn, daß sie runzlig glänzte. Er war viel jünger als Foulque und empfand einen gewissen Mangel an Präsenz, wenn der Mann sich aufrecht stehend mit ihm in einem Zelt aufhielt. Auch war ihm bewußt, daß er Foulque an den Hals geschlagen hatte, so fest er konnte, um den Eindruck von überlegener Körperkraft zu vermitteln. Und jetzt hielt der Mann sich die Gurgel: Hoffentlich hatte er da nicht Nerras Siegeschancen beeinträchtigt.
»Eine Keule«, sagte er und nahm Foulque die Ausrüstung wieder ab. »Eine Keule, sagst du. Dann müssen wir eine Keule für dich suchen.«
Nicht, daß Montpellier die geringste Absicht hatte, das Ergebnis dieses Unternehmens von Foulques Keule abhängig zu machen. Er befahl seinen Pionieren, mit dem Graben der Tunnel unter der Mauer fortzufahren, und nutzte den Zweikampf als Ablenkung.

»La ilaha illa 'llah«, rief Jusif as-Schafih von ferne und hob grüßend seine kurze Lanze. Als Foulque nicht die gehörige Antwort gab, schrie der Sekundant des Siddi sie wie eine Verhöhnung: »*Allahu akbar*!«
»Christus ist auferstanden«, rief Foulque in Verteidigung seines Glaubens; er packte seine Keule auf halber Höhe unter der Kette und hob sie über den Kopf. Leo de Montpellier hatte kein Gefühl für Zeremonie oder Bedeutung, und so blieb es Ouallada überlassen, zur Antwort zu rufen: »Jawohl, Christus ist auferstanden!«
Die beiden Männer, die nun kämpfen sollten, trieben ihre Pferde in langsamem Schritt voran, bis die Tiere kopfnickend dicht voreinander standen.

»Auferstanden im Dogma vielleicht«, sagte Jusif leise. »Aber in Wirklichkeit?« Er war prachtvoll anzusehen mit seinem getriebenen Gold-*baida*, gekrönt mit einem Wimpel aus weißem Stoff, und in der geflochtenen Rüstung seiner Ahnen. Sein Mantel umhüllte das ganze Pferd, was ihn aussehen ließ wie einen Kentauren. Zwei *parreins* folgten ihm mit Lanzen, an denen Wimpel mit aufgemalten arabischen Schriftzeichen wehten. Überall wehten Wörter an ihm, und jeder Windstoß ließ neue Gebete aus seiner schriftstarrenden Kleidung flattern. Selbst sein Pferd trug Sprüche aus dem Koran rings um die bis zum Boden reichende Schabracke. Er musterte seinen Gegner von Kopf bis Fuß und ließ keinen Zweifel daran, daß er sein Araberpferd erkannte, auf dem Foulque immer noch ritt. »Ich sehe wenig von Christus bei denen, die unter Seinem Zeichen in mein Land kommen.«
»Bitte halte mich nicht für beispielhaft, Siddi al-Umdan. Ich bin allzusehr nach meinen Vorfahren geraten, die von ganz anderem Holze sind. Ich stamme von einem Dämon ab.«
»Wenn das dazu dienen soll, mich zu erschrecken, Herr Nerra-des-Étangs, dann seid ihr ein primitiveres Volk, als ich dachte.«
»Es sollte als Entschuldigung dienen«, erwiderte Foulque aggressiv. »Ich habe über deine Mauer geschaut. Ist dein Verlust sehr groß?«
»Meine Gemahlin. Eine Tochter. Meine Männer waren großenteils im Freien. Wie du weißt.«
»Wenn mein Schmerz Hände hätte, so würde er die Steine aufheben, die auf sie gefallen sind.«
»Ich danke dir. Aber es war Allahs Wille. Ich beuge mich dem Willen Allahs in allen Dingen.«
Beide schwiegen eine Zeitlang, und dann brach es verlegen aus Foulque hervor: »Ich hielt es für ein Zeichen, verstehst du. Das Erdbeben. Deshalb floh ich deine Gastfreundschaft. Ich hielt es für ein Zeichen.«

»Ein Zeichen, das dich auf die Beine bringen sollte, da du so behaglich bei den Hunden gelegen hattest?«
»Das weiß der Himmel. Nein. Zu handeln. Etwas zu tun. Einfach zu handeln. Siehst du, wie arrogant der Mann ist? Liest eine persönliche Nachricht des Allmächtigen an ihn selbst – in einem Erdbeben! Ein Erdbeben eigens für Foulque Nerra, was? Warum nicht für Montpellier dort? Oder für Saladin? Oder für dich, wenn ich's mir recht überlege? Aber siehst du jetzt, daß es mir für den Priesterberuf an Bescheidenheit mangelt, Siddi? Ich glaube nicht, daß ich zu ihm zurückkehren werde.«
»Da teilst du die Meinung Salah-ed-dins, Monsieur, denn er läßt sagen, du sollst zum Ausgleich für die empörende Behandlung seiner Schwester durch meine Klinge sterben.«
Foulque lachte bei sich, aber der Grund für seine Heiterkeit ging niemanden etwas an. Er wandte das Gesicht zum Himmel und kniff im Sonnenlicht die Augen zusammen. »Von allen Verbrechen ausgerechnet dieses. Aber Gottes Wille geschehe. Dein Leben oder meines.«
Die Barrikaden waren ein Gewirr von massivem Holz – ein Gitterwerk aus Bohlen und Stämmen, teils senkrecht in den Boden versenkt, teils diagonal davorgenagelt –, das dazu diente, Reiterangriffe auf das Tor zu verhindern. Die Fläche, die sie umschlossen, war ein Pferch, in dem die Belagerungsarmee und die vor der Festung aufmarschierten Truppen bedeutungslos wurden und der Krieg sich auf eine persönliche Ebene bringen ließ.
»Er ist ein großer Mann, Salah-ed-din«, sagte Jusif überraschend, als er sich schon abwenden wollte. »Er hat eine Vision. Eine Vision von einem vereinigten arabischen Volk. Ohne Rücksicht auf Stämme. Ohne Rücksicht auf Territorien. Schon bald wird er euch Kreuzritter mit einer Handbewegung hinwegwischen.«
»Aber nicht bald genug, um dich noch zu retten«, sagte Foul-

que leise und deutete mit einer kaum merklichen Geste auf die Verwüstungen hinter der Mauer. »Er ist nicht rechtzeitig gekommen, um dir zu helfen.«
»Nein. Nein. Und wenn ich hier siege, auf dem Kampfplatz, so bilde ich mir nicht ein, daß Montpellier sich dem Ergebnis fügen wird. Ich glaube«, sagte Jusif langsam und nachdenklich und schien dabei geradewegs in die Sonne zu blinzeln, »ich glaube, ich werde – so wenig ich sonst für meine Brüder vom israelitischen Glauben übrig habe – gezwungen sein, mir eine Tradition von ihnen auszuborgen. Mich auf die Jüdische Wallfahrt begeben müssen.«
»Was ist das? Was soll das bedeuten?«
»Oh ... Das braucht dich nicht zu kümmern. Es ist eurer Kultur gänzlich unbekannt.« Er wurde plötzlich lebhaft und raffte die silberbeschlagenen Doppelzügel an sich. »Zunächst gedenke ich das Vergnügen zu retten, dessen du mich beraubt hast, als du unser Polofeld so ... unvermittelt verließest. Zunächst werden wir uns hier bei den Barrikaden vergnügen. Du und ich. Hektor und Achilles vor den Mauern von Troja.«
Foulque hielt ihn noch einen Augenblick lang auf, indem er die Arme ausbreitete, als die beiden Pferde Seite an Seite aneinander vorbeigingen. Jusif ließ sich umarmen, ja, er erwiderte die Umarmung mit ungekünstelter Zuneigung. »Du hast meine Hochachtung und meine Dankbarkeit, denn du bist ein großzügiger Gastgeber, Siddi. Wenn ich dich töte, werde ich hernach niemals schlecht von dir sprechen.«
»Ich von dir auch nicht, Foulque Nerra-des-Étangs.«
»Aber töten werde ich dich, wenn ich kann, bevor ich beim Sturm auf die Stadt noch hundert weitere Männer sterben sehe.«
»Ich dich auch«, sagte Jusif. »Meine Not ist nicht minder groß. Aber eines will ich dir noch sagen, damit du nicht stirbst, ohne es zu wissen. Kein Mann sollte sterben, wenn er derlei nicht weiß. Du hast deine Knappin mißdeutet, als du

sagtest, sie liebe mich. Nicht ich bin es, den sie liebt.« Er schwenkte sein Pferd herum und ritt einen vollen Kreisbogen, um den Vorteil zu bekommen, im vollen Galopp auf ein fast stehendes Ziel zuzustürmen. Er zog ein Schwert, in dessen Knauf ein großer Edelstein eingelassen und dessen Griff mit rotem Leder umwickelt war, und die Klinge zerschmolz sogleich im hellen Sonnenlicht. Schon hatte er sich den Vorteil verschafft, von Mittag heranzureiten. »Nicht *ich* war es, dem sie in der Wüste das Leben rettete!« rief er und ließ sein Schwert mit solcher Wucht auf das rote Wappen an Foulques Schild niederfahren, daß es einen blutigen Splitter aus der Fläche riß. Foulques Keule hing noch immer leblos herab. »Nicht *ich* war es, für den sie Männerkleider anzog und ihr Geschlecht verleugnete!« Foulque lehnte sich zur Seite, um dem Schlag auszuweichen, und sein Pferd wandte sich um; es gehorchte dem leisesten Gedanken. Die Taktik war durchaus gebräuchlich: Die Konzentration des Gegners sollte gestört werden. Aber obgleich Foulque verblüfft war, ließen ihn die Reflexe, die er auf den Feldzügen von zwanzig Jahren erworben hatte, nicht im Stich. Als Jusif wendete, tat er es ebenfalls und ritt einen Bogen, der weit genug war, um ihn von links an seinen Gegner herankommen zu lassen, so daß jeder Schwertstreich für Jusif schwierig und gefährlich war, weil er ihn über den Kopf seines Pferdes hinweg führen mußte. Man sah kaum, daß er den Unterarm hob, als die Keule zu kreisen begann, ein Feuerwerksrad aus grauem Licht, ein kreisender Planet, der mit jeder Umrundung seinen Orbit verlagerte: von ganz unten neben dem Knie bis hinauf zur Schulter und dann über seinen Kopf. Der kleine runde Schild, den Jusif über sein Gesicht hob, wurde vom Aufprall verbogen und geknickt. Der Paukenschlag elektrisierte die Franken und ließ sie aufspringen und die Hälse recken, um zu sehen, wie as-Schafih fiel.

Er fiel nicht, sondern packte eine Lanze, als er an seinem *parrein* vorbei kam, und stürmte wieder auf Foulque ein, bevor

dieser sein Pferd herumreißen konnte, um den Angriff aufzufangen. Statt ihm die Flanke zu bieten, gab Foulque seinem Tier die Sporen und flüchtete; Jusif verfolgte ihn bis an die Barrikade. Er schlängelte sich durch das Gitterwerk der Balken und bot der Lanzenspitze kein klares Ziel. Beide Reiter verloren an Schwung, bis ihre Pferde nur noch trabten.
»Bist du blind oder widernatürlich, daß du eine solche Liebe nicht vergelten kannst?« rief Jusif.
»Wenn es sie gäbe, so wollte ich der Dame danken und sie ersuchen, ihre Liebe irgendwohin zu geben, wo sie sicherer ist als in der Obhut der Kirche.«
»Oh, und wenn ihre einzige Rivalin die Kirche wäre, so hätte sie schon vor langer Zeit gesiegt!«
Foulques Schenkel trieben sein Pferd voran, as-Schafih schnurstracks entgegen. Aus der Ferne hatte Ouallada den Eindruck, als schneide seine Keule gewundene Linien in ihr Blickfeld und graviere sein Bild auf ihre Netzhaut. So sehr mischten sich Angst und Verlangen in ihr, daß sie Jusif fast darum beneidete, von der Hand eines solchen Mannes vernichtet zu werden.
»Es ist, wie du sagst. Mein Herz ist anderswo«, sagte Foulque und beschwor in Gedanken Aude herauf, um seine Kampfkraft noch zu stärken.
Aber Jusif schüttelte nur den Kopf und grinste; seine Haltung war fließend und entspannt, und er bog den Kopf seines Pferdes in tänzelnder Dressur abwechselnd nach rechts und nach links. Seine Worte stiegen wie eine weiße Feder aus seinem Helm, strahlend wie ein Springbrunnen. »Das weiß ich wohl. Ja, dein Herz ist ganz damit beschäftigt, dich selbst zu hassen, Foulque Nerra-des-Étangs. Darin kann ich dir niemals gleichkommen.« Sein Pferd setzte sich plötzlich auf die Hinterbeine und machte dann buchstäblich einen Satz nach vorn, und Jusifs Lanze senkte sich, senkte sich in die Waagerechte, während er den Abstand zwischen ihnen beiden verringerte.

Nur indem er die Keule hochriß, um die Lanze aufzufangen, konnte Foulque den Anprall der Spitze abwehren, aber die Männer verhakten sich doch ineinander und wurden beide aus dem Sattel gehoben. Jusifs Lanze brach, aber Foulque wurde die Keule aus der Hand gerissen, und er sah sich waffenlos, als er aufsprang und einem Mann gegenüberstand, der sein Schwert schon halb gezückt hatte. Statt davonzulaufen und die Schneide zwischen den Schulterblättern zu spüren, sprang er auf Jusif zu, packte die weißen Falten des Überwurfs mit beiden Fäusten, hob ihn von den Füßen und schleuderte ihn auf den Rücken. Diese Attacke war weder besonders gewandt noch verdienstvoll, aber durch eine unvorhergesehene Fügung scheute plötzlich das Pferd des Siddi im selben Augenblick vor den gestreiften Splittern der zerbrochenen Lanze; es sprang zurück und traf Jusif mit dem Huf ins Gesicht.
Er kam auf die Knie – fast auf die Beine – aber er konnte nichts sehen, kippte wieder auf eine Hand hinunter und streckte Foulque die andere entgegen. Dann fiel er zu Boden und krümmte sich wie ein Fötus zusammen. Hellrotes Blut glitzerte in seinem Bart. Foulque stürzte sich der Länge nach auf das Schwert, das Jusif entglitten war, umschlang den Griff mit beiden Händen und konnte Jusif die Spitze mit ausgestreckten Armen in den gekrümmten Rücken drücken, aber seine Reichweite genügte nicht mehr, um sie hineinzustoßen.

In diesem Augenblick stieß Montpelliers Ausguck in sein Horn.
Wie ein arabischer *ifrit*, der kam, um einzugreifen, erhob sich eine Sandwolke über den Horizont und ließ den Himmel verschwimmen. *»Reiter!«*
Niemand behauptete, es als erster geschrien zu haben, aber sofort schrien es alle. »Reiter! Reiter!«
»Zu den Waffen!« brüllte Montpellier, obwohl die Männer um ihn herum bereits auseinanderstoben und zu ihren Zelten

rannten. »Wie konnte das passieren? Warum wurde ich nicht gewarnt? Auf die Pferde!« schrie er. »Schlagt die Knappen zu Rittern! *Schlagt die Knappen zu Rittern!* Kein Pferd ohne einen Reiter! Gebt mir mehr Ritter, Herrgott! *Gebt mir mehr Ritter!«*

Ouallada war vor Unsicherheit wie gelähmt, und sie war die einzige, die noch bei Montpellier stand. Er packte sie bei der Schulter. »Hast du kein Pferd, verdammt?«

»Doch, Herr! Sofort, Herr!« Sie lief los, weg von seinen fuchtelnden Armen.

»Wo willst du hin?«

»Mein Pferd holen, Herr!«

»Bevor du meines holst? Hol erst meins! Wo ist mein verfluchter Knappe? Wo ist der Bengel? Ich werde ihm den Hals brechen, dem feigen Racker.«

Überall auf dem unfruchtbaren, freien Gelände – dem einstigen Polofeld – schienen junge Knappen unter dem Gewicht der Ausrüstung ihrer Ritter im Boden zu versinken; sie fielen auf die Knie und hoben die Hände betend zum Himmel. Ouallada war nicht frei von dem Wunsch, ebenfalls auf die Knie zu fallen und Gott um sein Eingreifen zu bitten – es hinaus zu rufen: »Ich bin eine Frau! Ich bin eine Frau! Sag es ihnen, o Herr! Ich bin eine Frau!«

So lag er der Länge nach auf dem Boden, die Arme ganz ausgestreckt, ohne daß er die Klinge noch ein letztes Stück weiter und in Jusifs Flanke stoßen konnte, und ihm war noch gar nicht bewußt, daß die Aufmerksamkeit der Zuschauer sich von ihm ab und in die Wüste hinaus gewandt hatte. Aber dafür hatte er Gelegenheit, sich darüber klar zu werden, daß er im Begriff war, mit einer Waffe zu töten, an der er kein Recht hatte. Er zog die Knie an und warf sich vorwärts, so daß er mit dem Oberkörper auf as-Schafih fiel, und dabei warf er das Schwert so weit weg, daß sie es beide nicht erreichen konn-

ten. Er packte Jusif bei den ledernen Schulterriemen seines Brustpanzers, aber der Mann war schlaff: ein träges, totes, in Lumpen gehülltes Gewicht. »Ergibst du dich? Ergibst du dich?« keuchte Foulque ihm ins Gesicht.
»Genug. Es ist genug«, sagte as-Schafih, und seine Augen rollten in ihren Höhlen nach oben. Aber er wollte damit nicht sagen, daß er seine Niederlage eingestehe, sondern daß er erreicht habe, was nötig war, daß er genug Zeit habe verstreichen lassen, genug Zeit totgeschlagen habe. Gerade so, wie Montpellier seinen Pionieren befohlen hatte weiterzugraben, hatte auch as-Schafih den Zweikampf nur als taktische Ablenkung begriffen.

Als Ouallada nach den Zügeln von Montpelliers Pferd griff, schnappte es mit vorstehenden gelben Zähnen nach ihr und verdrehte die fränkischen Augen. Sie gab ihm einen Tritt vor die Knie; wäre sie groß genug gewesen, hätte sie ihrerseits die Zähne in seinen staubigen Hals geschlagen. Springend und zerrend und fluchend und betend sah sie, wie der Himmel sich mit dem Staub einer herannahenden Armee füllte, wie das Blau sich in Grün verwandelte, in Gelb, in Braun. Der Tag wurde zur Nacht. Und als sie schließlich zu dem ohnmächtig wütenden Montpellier zurückkehrte, wurde sie zum Lohn niedergeschlagen, und als sie auf die Knie hochkam, schlug er sie noch einmal; es war ein furchtbarer Schlag mit einer gepanzerten Faust in den Winkel zwischen Hals und Schulter. »Schwörst du, Gott und dem König zu dienen?« brüllte er sie an. Die Adern schwollen in seinen Schläfen, und der Speichel rann ihm aus den Mundwinkeln, während sein Pferd zwischen ihnen mit dem Kopf auf und ab nickte.
Sie fürchtete, er wolle sie wegen ihrer Hautfarbe totschlagen, und so schwor sie einen Treueschwur, wie ihn inbrünstiger kein reinblütiger Franzose je abgelegt hatte.
»Wie ist dein Familienname?«

Keine Zeit jetzt, ihn mit exotischen Erfindungen zu benebeln. Keine Zeit für »ben Zefir von den Tuareg«. Sie schleuderte ihm einen guten französischen Namen entgegen, den Namen, mit dem ihr Vater gestorben war. »Pirol, Herr. Pirol.«
Natürlich verstand er sie falsch, verwechselte den Singvogel mit etwas viel Prätentiöserem und Eitlerem.
»Dann erhebe dich, Herr von Gloriole, *und klettere auf ein verdammtes Pferd, Herrgott noch mal!*«

»Genug Zeit. Es ist geschehen«, sagte Jusif, und vielleicht weil Foulque auf dem Herzen des Mannes lag, verstand er ihn fast sofort.
»Was ist geschehen, Jusif?« fragte er und kniete über ihm. »Was ist geschehen, du verrückter Heide?«
Jusif drehte den Kopf zur Seite, und seine Augen klärten sich und musterten die Wand aus fliegendem Sand, die aus der Wüste heranstürmte. »Da kommt ein Sandsturm«, sagte er interessiert. »Um unsere Gesichter zu bedecken.« Er betrachtete seinen Gegner kurz. »Ich würde dir raten, deine Augen zu bedecken, Foulque Nerra, wenn sie nicht schon blind wären ... Unsere Rüstungen, sieh nur. Ineinander verheddert. Verstrickt.«
Foulque richtete sich unbeholfen auf den Knien auf und schüttelte die Handschuhe ab, um die Messingschöße seines eigenen Panzers aus den zarten Gliedern von Jusifs Kettenhemd zu flechten. Und während er dies tat, zog der Siddi einen kleinen Dolch aus dem Armloch seines Brustpanzers und schnitt sich dicht unter dem Ohr die Kehle auf. Ein Strahl Blut spritzte hoch, hoch in die Luft und fiel in sehr feinen Tröpfchen von dunkelstem Rot auf Foulques Haar und Arm und Hand.
Nerra lief zum Stadttor, rannte fast. Die Torflügel hingen geschlossen, aber unversperrt, in den Angeln, und er brauchte sich nur mit der Schulter dagegen zu stemmen, um sie zu öffnen. Die Festung von Umdan war eigentümlich still im Ver-

gleich zu dem lärmenden Durcheinander, das Montpelliers Armee erfaßt hatte. Die Männer hatten sich in den kühlen grünen Schatten ihrer Häuser zurückgezogen, um sich auf die »Jüdische Wallfahrt« zu begeben: Sie hatten ihre Frauen und Kinder getötet, bevor sie ihr eigenes Leben den Wechselfällen des Schicksals anheimgaben. Saladins Streitkräfte waren gebunden, so daß keine Truppen zur Rettung entlegener Siedlungen ausgesandt werden konnten. Es waren wichtigere Ereignisse im Gange. So hatten die Leute von Umdan nur noch wählen können, wie sie den Preis entrichten wollten, und sie hatten sich in der Zeitspanne auf die Wallfahrt begeben, die Foulque und Jusif as-Schafih gebraucht hatten, um an den Barrikaden zu kämpfen.

Diese Erkenntnis legte sich auf Foulque, als sei er allein durch die zerstörten Straßen gewandert und habe Kleinkindern und Säuglingen die Kehlen durchschnitten. Er ging zu einem Springbrunnen und setzte sich dort auf die niedrige Mauer. Die Steinsäule in der Mitte war zum Zeichen der Verseuchung schwarz verhangen. Im Wasser schlängelten sich – wie die Blutgefäße in einem Auge – Millionen winziger Würmer, rot wie die Pest. Und auf dem stillen Wasserspiegel schwammen tote Fliegen, als hätten sie sich allzu gierig an den Toten gemästet.

»*Salaam aleikum*«, sagte er zu der ganzen Stadt. »Friede sei mit dir.«

Ouallada hatte es die Sprache verschlagen – nicht die Ehrfurcht oder übermäßiges Entzücken oder wenigstens der Schmerz an ihrem Hals, sondern die blanke Absurdität dieses Erlebnisses. Montpelliers Dummheit machte sie fassungslos. In ihrem Hinterkopf wisperte die Stimme ihres Vaters: »Was ist der Gewinn? Was der Ertrag?« Aber sie konnte ihm darauf nichts antworten. Gewinn? Ertrag? Aus einem irrtümlichen Ritterschlag? Nichts. Sie war ja ebensowenig ein Ritter, wie sie Ouallada ben Zefir von den Tuareg war. Sie war ebensowenig ein Ritter wie eine der Wolken aus wirbelndem Sand, die Montpelliers unwissende Europäer für eine heranrückende Armee gehalten hatten. Sie würde etwas sagen, ihn auf seinen Fehler aufmerksam machen müssen. Aber noch nicht.

Als der Tag zu Ende war, aus dem Himmel geschliffen von einem mächtigen Sturm aus blendendem Sand, mußte Leo de Montpellier bereits der Tatsache ins Auge sehen, daß er vierzig Knappen zum Ritter geschlagen hatte, um gegen einen Sandsturm zu Felde zu ziehen. Der Feind, der ihn in solche Panik gestürzt hatte, war nichts gewesen als eine knirschende Wolke, bewohnt von toten Heuschrecken, Fliegen und den abscheulichen schwarzen Samen der Koloquinten.

Zu Montpelliers weiterem Ärger fanden sie keine besonders wertvollen Schätze hinter den Mauern von Umdan. Denn als Foulque darauf hinwies, daß Reichtum nach arabischen Vorstellungen vielleicht mit einem anderen Maßstab als dem Geld gemessen werde, stand Siddi Jusif as-Schafihs Bibliothek bereits in hellen Flammen, und zweitausend Bücher schwebten in Spiralen als Asche zum Himmel, um dort die Fliegen aufzuklären, die sich mit jedem der schwarzen Partikel zu paaren versuchten.

»Er hat mich zum Ritter geschlagen«, sagte Ouallada, als sie – wenn auch nicht Seite an Seite, so doch auf parallelen Wegen – auf der Kurtine herumwanderten. Die brennenden Gebäude verbreiteten einen beißenden Gestank von enttäuschter Bosheit, derweil die Armee sich immer noch mühte, in den Ruinen den Sieg zu finden. »Montpellier hat mich zum Ritter geschlagen.«

»Hm? Ja, dazu neigt er, der Mann. Die kleinste Krise – und schon schlägt er seine Knappen zum Ritter. Vierzig auf einen Streich.«

»Aber was soll ich tun, Foulque? Soll ich es ihm sagen? Oder soll ich es einfach auf sich beruhen lassen?«
Er war ganz in seine eigenen Gedanken vertieft, und nur einen winzigen Teil seines Verstandes konnte sie dazu bringen, sich mit dieser albernen Situation zu befassen. »Oh, sag's ihm nur, sag's ihm. Er wird ja froh sein, daß es einen Ritter weniger gibt, den er vor dem Herzog von Poitiers rechtfertigen muß.« Er ging an der Brustwehr entlang, das Gesicht der Wüste zugewandt, und seine Hände wischten übereinander, Handfläche gegen Handfläche, immer wieder, fast als wasche er sich. Sein Überwurf dampfte in der Frühsonne, denn er hatte ihn noch einmal im Springbrunnen gewaschen, um Jusifs Blut daraus zu entfernen.
»Komm mit mir, ja? Vielleicht wird er wütend.« In Wirklichkeit hatte sie keine Angst vor Montpellier; sie glaubte nicht, daß es überhaupt noch etwas auf der Welt gab, das ihr Angst hätte machen können. Aber sie wollte Foulque aus diesem schwarzen Morast herausziehen, in dem die Ereignisse ihn versenkt hatten. Sie wollte einbrechen in seine Gedanken, die doch allen Trost auszuschließen schienen.
Plötzlich schaute er stirnrunzelnd zu ihr herüber und fragte: »Liebst du mich?«
Es war keine Zeit zum Lügen. »Ja, Foulque. Schon lange.«
Er nahm die Antwort in sich auf und nickte. »As-Schafih hat so etwas gesagt.« Dann vergrößerte er seine Schritte, so daß er sie bald hinter sich gelassen hatte und allein war auf der Festungsmauer, inmitten der unauslöschlichen Flecken von vergossenem und gelöschtem Griechischen Feuer.

DREIUNDDREISSIG

EINE HEIMGEKEHRTE LIEBE

So war sie genötigt, Montpellier allein mit der Nachricht entgegenzutreten, daß er irrtümlich eine Frau zum Ritter geschlagen habe. Als sie es tat, war das Schiff nur noch wenige Meilen vor dem Hafen von Marseille. Sie betrachtete die Sache inzwischen auch als unwichtig neben dem Umstand, daß Foulque ihre Gesellschaft jetzt mied. Sie hätte vielleicht bis zum Ende nichts gesagt, wenn Leo sie nicht hartnäckig mit »Herr Gloriole« angeredet hätte. Inmitten seiner Reue darüber, daß er vierzig Knappen unnötigerweise zum Ritter geschlagen hatte, brachte er Ouallada verstockt seine besondere Gunst entgegen, denn sie hatte er wenigstens mit eigener Hand geadelt.

Als sie zu ihm kam und sagte, er habe einen Fehler begangen, verwandte er eine ganze Weile darauf, ihr zu widersprechen; er glaubte, sie meine einen Fehler in *allgemeiner*, nicht in spezieller Hinsicht.

»Du mußt wissen, ich bin eine Frau.«

»Du bist was?«

Und sie zog ihre Haube vom Kopf – die inzwischen so verdreckt war, daß Ouallada davon einen Ausschlag an Unterkiefer und Hals bekommen hatte. Ihr schwarzes Haar purzelte hervor und stand in merkwürdigen, schmerzhaften Kringeln vom Kopfe ab, wo sie es nach dem Waschen gleich wieder unter die Leinenhaube gestopft hatte. Es reichte weit über ihre Schultern herunter. »Das beweist gar nichts«, sagte Montpel-

lier, den der Schreck um den Verstand gebracht hatte. »Haare beweisen gar nichts.«
»Aber ich versichere dir, Herr, ich bin eine Frau. Schon von der Wiege an.«
Wut trat an die Stelle der Verblüffung. »Und du läßt zu, daß ich dich zum Ritter schlage? Wo du die ganze Zeit wußtest, daß du eine Frau bist? Läßt dich trotzdem von mir zum Ritter schlagen? Rutebeuf! Komm her, Rutebeuf! Hast du das gehört?«
»Ich werde sicher nicht vermissen, worauf ich von vornherein kein Recht hatte«, sagte sie so sorgfältig, als balanciere sie auf einer hohen Mauer. »Mir ist klar, daß es ein reiner Irrtum war und nichts sonst ...«
»Hast du gehört, was diese ... diese ... *Mohrin* hier sagt, Rutebeuf? Sie sagt, sie ist eine Frau! Sagt, ich habe eine Frau zum Ritter geschlagen!«
»Ich hatte nicht vorgehabt, es dermaßen öffentlich ...«, wandte sie in diskretem Flüsterton ein. Aber kochend vor Wut prustete er die Neuigkeit seinem Stellvertreter und seinem Kaplan entgegen und verlangte, auch sie empört zu sehen.
Der Kaplan war der Meinung, so etwas könne einfach nicht sein. Wie eine Frau nicht Prälat werden könne, so könne sie auch nicht zum Ritter geschlagen werden. Rutebeuf, Leos stellvertretender Befehlshaber, umhäkelte seine Antwort mit Diplomatie, denn er wußte, daß Montpellier auch seine Mißgeschicke nicht gern als unwichtig abgetan sah. »Mir scheint, es handelt sich da um einen rein *administrativen* Irrtum«, erklärte er mit sittsam starren Lippen. »In praktischen Kategorien läßt es sich einfach nicht ratifizieren ... Ich meine, hat sie denn ein Schwert?« Alle drei hatten die Neigung, so zu tun, als wäre sie gar nicht zugegen, sondern stelle ein rein theoretisches Problem dar.
»O ja, ich habe ein Schwert«, sagte Ouallada traurig. Denn Foulque hatte ihr ohne weitere Erklärungen Jusif as-Schafihs

baida und den juwelenbesetzten *saif*, seine Kampfbeute, gebracht.

»Aber gewiß hat sie niemals eine Kampfausbildung genossen!«

»Doch. Wahrhaftig, das habe ich doch. Und ich habe auch schon gekämpft.« Anfangs hatte sie nicht vorgehabt, ihnen das Leben schwer zu machen, aber als die drei angefangen hatten, ihr Leben geringschätzig abzutun, wollten die Erinnerungen, die ihr in den Sinn kamen, sich nicht mehr einfach übergehen lassen. Sie erinnerte sich an das Gehörn und die Keule, mit denen sie ihren Vater getötet hatte. So gut wie getötet hatte. Vielleicht war es der Geist ihres Vaters, der sie hier anstachelte. »Ich habe auch eine ritterliche Ausbildung genossen, Herr. Ich kann bei Tisch das Fleisch tranchieren, und ich habe Latein gelernt, Wappenkunde und Reiterei.«

»Von wem? Von dem, der dich auch gelehrt hat, Herrn Étang-Nerra die Hure zu machen?« fragte der Kaplan, und er krümmte die Fingerspitzen vor dem Bauch und erschauerte theatralisch.

Ein Meer von Rot überflutete sie. »Sieh dich vor, Herr. Als Gottesmann steht es dir schlecht an, eine Maid zu beleidigen, und da ich jetzt auch Ritter bin, entehrst du mit deinen Reden auch die Bruderschaft der Ritter. Ich bin nicht Foulque Nerras Hure, und ich war's auch nie.«

Der Kaplan schnaubte, und Rutebeuf stampfte mit den Füßen aufs Deck, denn er fror. »Nun, eine Maid, die einen Rest von Anstand besitzt, könnte ihre Erziehung dadurch unter Beweis stellen, daß sie den Mantel des Schweigens über eine so würdelose Angelegenheit deckt. Es ziemt sich wohl kaum, sich für einen Mann halten zu lassen, hätte ich meinen mögen.«

»Es war ein Fehler, nichts weiter. Ein törichter Fehler«, blubberte der Kaplan erbost.

»Nicht so hastig, mein Herr!« Montpellier funkelte ihn an.

Er hatte keine Lust, sich erzählen zu lassen, daß er »Fehler« machte. Großen Männern ist es erlaubt, exzentrisch zu sein, aber nicht, Fehler zu machen. Außerdem hatte er gewisse magische Worte ausgesprochen, und jetzt zu erklären, daß diese Worte nichts galten – oder für ungültig erklärt werden konnten –, würde ihre und seine eigene magische Kraft schmälern. »Solche Dinge kann man nicht ungesagt machen; sie werden gesprochen vor dem Auge Gottes und mit einem tiefen Eid belegt.« Und mit dieser rhetorisch großartigen, aber wenig hilfreichen Feststellung verfügte Leo de Montpellier sich in den Bug und nahm den Status einer Galionsfigur ein.

So blieb es dem Kaplan und Rutebeuf überlassen, sich über Oualladas Kopf hinweg Grimassen schneidend anzuschauen und wortlos übereinzukommen, daß hier drastische Maßnahmen erforderlich waren. »Es darf nicht bestehenbleiben«, erklärte Rutebeuf. »Der Schaden muß auf ein Mindestmaß begrenzt werden.«

»Es ist nicht mein Wunsch, Herrn Leo Schaden zuzufügen – und will auch nichts dabei gewinnen, ihr Herren«, sagte Ouallada. »Ich hielt es nur für besser, es ihm zu sagen ...«

»Getötet wird sie nicht; da ist für mich die Grenze«, sagte der Geistliche.

»Oh, das kommt gar nicht in Frage«, pflichtete Rutebeuf ihm bei. »Aber ich könnte mir eine oder zwei Möglichkeiten vorstellen, das Problem zu ... neutralisieren.«

»Zu neutralisieren?«

Greifhaken von den Schleppern aus Marseille legten sich neben ihnen auf den Schiffsrand, eiserne Raubtierklauen. »Überlaß die Sache mir. Es kann getan sein, ehe wir anlegen.«

»Getan sein? Was denn getan sein? Ich hab's doch gesagt. Es ist vergessen. Es ist nichts.« Ouallada bereute ihren Anflug von Eitelkeit.

»Deine Meinung, Fräulein, tut nichts zur Sache. Leider legt

Herr Leo, dein Befehlshaber, durchaus Gewicht auf diesen ... Irrtum. Damit ist dir die Angelegenheit aus den Händen genommen.«

Sie wandte sich ab und flüchtete über das Deck, schlängelte sich zwischen den abgerissenen, ausgelassenen Soldaten hindurch, die nur Augen für das Ufer hatten. Ihr langes Haar peitschte ihnen die Gesichter, streifte sie wie etwas Lebendiges, das sie erschreckte, da es hier so deplaziert und ungewohnt erschien.

Der Sand in ihren Stiefeln verrutschte und formte sich neu zu kleinen kantigen Dünen, die ihre Fußsohlen wund scheuerten. »Neutralisieren«? Wie denn »neutralisieren«? Als sie sich umschaute – wobei sie mit Rittern zusammenprallte, daß sie fluchten –, sah sie, daß der Kaplan auf den Zehenspitzen stand, um sie nicht aus den Augen zu verlieren. Seine Miene war heiter gefaßt. Rutebeuf war nirgends zu sehen.

Sie wollte Foulque suchen und ihn um Hilfe bitten, ihm von ihrer Vorahnung drohender Unannehmlichkeiten berichten. Aber als sie ihn fand, warf er ihr einen dieser gehetzten Blicke voll tiefster Verlegenheit zu. Sie wußte, daß er es nicht erwarten konnte, an Land zu kommen: um Abstand zwischen sie zu bringen ebensosehr, wie um seine Werbung um Aude wiederaufzunehmen. So rollte sie sich – sozusagen – lediglich in seiner Einflußsphäre zusammen und vertraute darauf, daß er, mochte seine Abneigung gegen sie noch so groß sein, doch nicht zulassen werde, daß ihr etwas sehr Schreckliches zustieße.

»Wirst du nach Toulouse zurückgehen? Zurück ins Kloster?« fragte sie.

»Aus Höflichkeit«, antwortete er mit solcher Schärfe, daß sie zweifelte, ob er wußte, was dieses Wort bedeutete.

»Aber nicht, um dich wieder ins Priesteramt aufnehmen zu lassen.« Sie sehnte sich verzweifelt danach, zu erfahren, was er dachte, aber sie wußte noch genausowenig wie an dem Tag, als sie auf den Mauern von Umdan zugesehen hatten, wie die Bibliothek brannte.

»Ich habe in letzter Zeit über den Glauben der Katharer nachgedacht.«

»Was, über die Zoroastrier?« Sie lachte laut.

»Das ist nicht ganz dasselbe. Im Grunde sind sie schließlich Christen.«

»Und was könntest du wohl darüber ›gedacht‹ haben? Wie du sie widerlegen kannst, all diese Ketzer und Scharlatane?«

Er runzelte die Stirn, weil sie so laut war, und schaute sich um; er wollte nicht, daß sie Aufmerksamkeit auf ihn lenkte. Niemand lauschte, aber ein Bengel von sechzehn Jahren in einem grünen Wams spähte vom oberen Deck zu Ouallada herab und schien sie mit kurzsichtigen Augen zu betrachten. Offenbar wußte er nicht, ob ihm gefallen sollte, was er da sah, oder nicht.

»Die Vorstellung des Demiurgen hat ihren Reiz«, sagte Foulque steif. »Und mir ist deutlich geworden, daß diese materielle Welt wohl kaum die Merkmale des endgültigen Gottesplans trägt. Im Gegenteil, die Seele ist ja durch ihre Gelüste an die Erde genagelt.«

»Oh, Nerra! Wer ist es, mit dem du zu reden glaubst? Es ist Ouallada! Ich bin es! ›Herr Gloriole‹ seit jeher! Spare dir deine schönen Reden für deinen Prior. Ich bin nicht beeindruckt. Eigentlich willst du nämlich nur sagen, daß dein Verlangen nach Aude de Haut-Béziers es sogar wert ist, in die Ketzerei zu verfallen! Eigentlich willst du nur sagen, daß deine ... deine *Obsession* dir allzu lieb geworden ist, als daß du sie allein die Ketzerin spielen lassen möchtest!«

Frauen säumten das Ufer: Ehefrauen, Huren, Mütter und Zuschauerinnen, die der Anblick des fremden Segels zufällig angelockt hatte. Fischweiber, Kinder, Markthändlerinnen standen aufgereiht wie Kegel am Wasser. »Die Welt ist voll von Frauen, Foulque! Schau doch! Sieh sie nur an! Das ganze

Land wimmelt von ihnen, Foulque! Warum sie? Warum Aude? Warum eine einzige alberne Frau auf einem einzigen albernen Morgen Land in der ganzen großen Weiberwelt? Warum? Wenn du dich auf dem Jahrmarkt vertändeln willst, warum an sie? Warum nicht an eine von ihnen? Vergnüge dich! Vergleiche! Sieh dich unter den andern um. Sieh, wie sie im Vergleich mit den andern abschneidet. Nicht gut – falls dir mein Wort etwas gilt. Aber sieh selbst! Koste! Wirf deinen Anker nicht einfach an dieser Stelle, nur weil du es immer getan hast! Tu's nicht! Zumindest suche dir eine gute Christin! Vergiß Aude! Sie ist nur eine unter Millionen!«

Der Jüngling auf dem Oberdeck hatte jetzt noch einen Kumpan neben sich, und sie sprachen über Ouallada. Sie musterten auch Foulque, und das erzürnte ihn; halb erhob er sich und fragte sie, was er für sie tun könne. Sie murmelten unbestimmt untereinander und gaben ihm keine Antwort.

»Und hast du eine Bestimmte im Sinn, der ich meine Gunst deiner Meinung nach lieber schenken sollte?« fragte er vielsagend, als er sich wieder hinsetzte.

»Zum Teufel mit dir«, sagte sie und schlug ihm ins Gesicht. »Zum Teufel, zum Teufel, zum Teufel mit dir.«

Das vertrieb seine Verlegenheit ein wenig; an die Abneigung der Frauen war er eher gewöhnt als an ihre Liebe. »Es ist nur so«, sagte er, »daß ich ... zur Zeit ... seit unserem Aufenthalt bei as-Schafih – daß ich ein wenig den Boden unter den Füßen verloren habe. Den Boden der Gewißheiten aus meiner Kindheit. Verstehst du? Mir scheint, daß ein Glaube ebensoviel für sich hat wie ein anderer. Ebensoviel und ebensowenig. Nur Aude ist beständig. Nur meine Liebe zu Aude. Dort habe ich meinen Anker geworfen, wie du sagst. Dort werde ich den Sturm über mich hinwegbrausen lassen. Verstehst du? Daher bin ich genötigt, den Glauben der Katharer mit weniger Galle zu betrachten, als ich es früher getan habe. Verstehst du?«

Seine väterliche Herablassung lastete tonnenschwer auf ihr

und quetschte allen Mut aus ihr heraus. Sie nickte unterwürfig und beschloß, ihn in seine Demütigung rennen zu lassen, in seinen eigenen Untergang, wie manche Hunde sich aus reinem Spaß vor die Räder der Fuhrwerke stürzten.
Der Junge im grünen Wams war plötzlich neben ihnen aufgetaucht. Er wartete höflich, bis Foulque aufhörte zu reden, bevor er seine Hand unter Oualladas Arm schob. »Also gut. Ich bin einverstanden. Ich nehme dich«, sagte er.
Sie musterte ihn von Kopf bis Fuß. Sie war eine Spanne größer als er. »Was heißt, du nimmst mich, Junge?«
»Ich nehme dich zur Frau«, sagte er und hob ihr Bündel auf. Seine Augen glitzerten, als er as-Schafihs edelsteinbesetztes Schwert gewahrte.
»Ach ja?«
»Sofern man mir schriftlich etwas Land zusichert.« Das sagte er nicht zu Ouallada, sondern rief es dem Kaplan auf dem Oberdeck zu. Als sie sich nicht von der Stelle rührte, zerrte er an ihr wie an einem widerspenstigen Maultier – er packte einen Ellenbogen und ein Büschel Haare und schnalzte sogar aufmunternd mit der Zunge.
»Kennst du diesen Burschen?« fragte Foulque.
Sie versuchte, ihr Haar freizubekommen. »Ich habe diese Ehre nicht. Aber ich fürchte, ich muß dich ersuchen, Herr Foulque Étangs-Nerra, ihn davon in Kenntnis zu setzen, daß ich zur Zeit keinen Bedarf an seiner Gesellschaft habe.«
Was eine Komödie zu werden versprochen hatte, verkam plötzlich zu einem unangenehmen Ausmaß an Gewalt. Eine Horde von Jünglingen mit stinkenden Mäulern, deren Kleider nach Seekrankheit rochen, zwängte sich in den Gang und packte Ouallada, wo immer sie sie gerade zu fassen bekamen, und dabei sangen sie die rohe Version eines Hochzeitsliedes. Rutebeuf hatte einen Teil des Gitters hochstellen lassen, mit welchem das Deck verschlossen war, und eine Ladekammer geöffnet, in der man Ouallada jetzt zwischen Schwertfisch-

spießen, Teerbürsten und Hanfseilrollen verstaute. Als das Gitter sich nicht wieder richtig schließen wollte, weil ihr gekrümmter Rücken im Wege war, sprang ihr Bräutigam darauf. »Ich nehme Besitz von dieser Frau!« jaulte er, während der Kaplan sich bemühte, dem Verfahren wieder seinen geordneten und korrekten Gang zu geben. »Und ich mache sie zu meiner ...«

»Oh, bitte laßt es uns einfach hinter uns bringen«, rief Rutebeuf. Seiner Meinung nach erniedrigte diese Sache die ganze ritterliche Ethik fast ebensosehr wie der irrtümliche Ritterschlag für Mohrinnen. »Wir wollen sie einfach verheiraten.«

Foulque bewegte sich unterdessen so langsam wie ein Bär, der aus dem Winterschlaf erwacht; er wühlte in seinen Rollen und Bündeln herum und streifte sich, die Schultern hebend und senkend, seine Lammfellweste über. Dann trat er zu der Meute der jungen Männer und neugierigen Seeleute, die da auf der Luke herumtrampelten oder sie umsprangen. Strähnen von Oualladas Haar wurden von ihren Sohlen zu einer anderen, helleren Farbe gewalkt, wo sie durch das Gitter quollen. Ihr Gesicht war dort unten im Dunkeln nicht zu sehen; ihre Gefängniszelle war so eng, daß sie sich nicht einmal umdrehen und den Himmel sehen konnte. »Ihr braucht einen Vormund, der diese Braut vergeben kann«, erklärte Foulque gewichtig.

Rutebeuf wurde verlegen. »Oh. Ah. Wir dachten, sie wäre deine ... Wir wußten nicht, daß du Elternstatt vertrittst. Wir dachten, sie wäre deine ...«

»Das ist sie ganz sicher nicht«, erwiderte Foulque rabenschwarz.

»Bekomme ich ein Stück Land?« blökte der Bräutigam hoffnungsvoll in Foulques Richtung. Für ein Stück Land und ein Haus und den Titel eines Ritters hätte er jede der Ratten geheiratet, die mit Ouallada und den Teerbürsten die Bilge teilten.

»Ich frage dich im Angesicht dieser Gemeinde: Nimmst du diese Frau ...?«

»Ein Stück Land, sagst du?« Foulque legte dem Bräutigam väterlich die Hand in den Nacken. »Du meinst, abgesehen von dem Land in der Normandie, das ihr bereits gehört, und darüber hinaus? Das habe ich ihr nämlich selbst geschenkt, weißt du. Da wüßte ich gern, in welche Hände das Land meiner Familie da kommt, wenn du der Dame schon die Bürde der Ritterschaft von den Schultern nehmen willst, um sie selbst zu tragen. Hast du denn, beispielsweise, selbst auch Land?«

Der Junge quoll über vor Freude. In seinen Augen funkelten Sterne, und sein Gesicht war gerötet. »Hab einen viertel Anteil am Lehen meines Vaters.«

»Und da wären natürlich noch die sechs Fuß.«

»Sechs Fuß?«

»So lang ist das Stück Land, das jedermann erbt. Wenngleich natürlich auf dem Meer ...« Er brach ab, packte den Knappen am Kragen und am Gürtel und warf ihn über die Reling, daß er strampelnd und sich überschlagend in die Tiefe flog, während die Möwen in seine Schreie einstimmten. Das Wasser nahm ihn gierig in Empfang und schloß den Mund über ihm, bevor es mit schimmernden, schaumgesäumten Lippen einen lasziven Kuß zu seinen Wohltätern heraufwehen ließ. »Die Prinzessin Ouallada ben Obeid steht unter meinem Schutz, ihr Herren, und ich nehme es übel auf, daß sie zur Münze in einem Handel gemacht werden soll. Ist das klar?«

Seine Zuschauer drängten zur Reling und warteten darauf, daß ihr Freund wieder auftauchte. Foulque und der Kaplan musterten einander über der offenen Luke, während Ouallada wieder herauskletterte, mit Teer beschmiert und mit Rattenkot besprenkelt, würgend und schluchzend.

»Die Anomalie muß berichtigt werden«, erklärte der Kaplan von oben herab.

»Aber nicht durch Gefangennahme und Raub, möchte ich meinen.«
Dieses neueste Vergehen seitens der Kirche bestätigte Foulque in dem Weg, den er eingeschlagen hatte. Aber sein Entschluß hatte ohnedies festgestanden. Er war jetzt bereit, das große Schiff des Katholizismus zu verlassen und den Fuß auf die fremden Inseln der Ketzerei zu setzen. Und all das, weil er zu Aude zurückkehren mußte, weil er Aude weiter nachstellen und sie umwerben mußte, weil er glauben mußte, daß er wenigstens einmal, dieses eine Mal in seinem Leben, nicht die falsche Wahl getroffen hatte, als er die Königin seines Herzens krönte.
Ouallada dankte ihm – nicht einmal, sondern ein dutzendmal. Als er ihre Dankbarkeit schließlich nicht einen Augenblick länger ertragen konnte und sie sicher an Land waren, wandte er sich wütend zu ihr um. »Wir sind jetzt restlos quitt, Fräulein. Du hast mir in der Wüste das Leben gerettet. Jetzt hast du deine Jungfernschaft und magst damit tun, was du willst. Möge sie dir Freude bringen und sechzehn Kinder dazu. Und Reichtum und Ansehen und die Wertschätzung der Bauern. Müssen wir denn unsere Bekanntschaft nun noch um einen einzigen infernalischen Tag verlängern?«
Sie zügelte ihr Pferd und ließ ihn davongaloppieren, bis er außer Sicht war. Ihr war, als habe sie die Bilge des Schiffes ausgetrunken, denn sie war bis zum Scheitel voll mit Salzwasser. Es brannte in ihrer Kehle, es stach in ihren Augen, es rieselte ihr über die Wangen, schmutziger als ihre verschmierte Haut. Dreckige Tränen. Verderbliche Tränen. Tränen voller verpaßter Gelegenheiten, Tränen voller Selbstsucht und Eifersucht und Groll, Tränen so heiß wie die Wollust selbst.
»Laß ihn ziehen«, sagte sie sich. »Den Gotteslästerer. Den Narren. Es gibt genauso viele Männer auf der Welt, wie es Frauen gibt. Er ist nur einer von Millionen. Warum diesen einen albernen Mann? Vergleiche doch! Zumindest suche dir ei-

nen guten Christen, um Himmels willen!« Und sie glaubte, was sie sagte, wie er sich von demselben Argument hatte überzeugen lassen. »Laß ihn ziehen. Er soll verdammt sein.« Und bei dem Wort »verdammt« zerbröckelte ihr Gesicht und ließ weitere dreckige, verachtungswürdige Tränen aus der Luke rinnen, die sie doch vernagelt geglaubt hatte.
Sie konnte nirgendwohin. Sie konnte überallhin. Irgendwohin. Frankreich lag ihrem Pferd zu Füßen wie ein erntereifes Feld.

Leider lag auch ihre Ritterschaft vor ihr auf der Straße, ein Schatten, der so unauflöslich an ihr befestigt war, daß ein schneller Ruck nicht genügte, um ihn los zu werden. In diesem Augenblick sagte der Kaplan zwischen zwei Strophen des *Te Deum* im Dom von Marseille zu Rutebeuf, die »Anomalie« müsse »berichtigt« werden.
»Ich werde Spitzel beauftragen festzustellen, wo sie sich niederläßt«, sagte Rutebeuf. »Es dürfte nicht besonders schwierig sein, diese Füchsin zur Strecke zu bringen. Und es wird reichlich Leute geben, die bereit sind, sie für einen Ritterschlag einzufangen.«
»Zumal da sie Land in der Normandie hat«, erinnerte ihn der Kaplan.
»Und einen Arsch wie der Berg Sinai.«
»Davon weiß ich nichts«, sagte der Kaplan spröde.
»Nicht? Was denn – nicht mal, wenn's ein Stück Land in der Normandie dazugibt?« sagte Rutebeuf und versetzte ihm einen Rippenstoß.

Die Kunde von Foulques Großtaten im Hedschas und in Umdan hatten viel von ihrer Bedeutung verloren, als er sie seinem Prior in Toulouse schließlich überbrachte. Zwar stellte der alte Mann lebhafte und treffende Fragen, aber doch mehr aus Höflichkeit denn aus Neugier. Denn sein beständiges Interesse am Kampf um die Sicherung Jerusalems brachte ihm keine Freu-

de mehr. Die scheinbar unverwüstliche Begeisterung des Mannes war von neueren Nachrichten zum Teil vernichtet worden: von den Nachrichten über Saladins Rache.
Salah-ed-din hatte eine Armee von hunderttausend Mann aufgestellt und war damit nach Tiberias am Galiläischen Meer marschiert. Er hatte das bewässerte Tal besetzt und seine Gegner unter der Führung von König Guy von Jerusalem und dem allgegenwärtigen Reynaud de Châtillon auf höheres Gelände getrieben, wo es weder Wasser noch Nahrung gab. Ihre zwölftausend Reiter und zwanzigtausend *enfants* waren halb von Sinnen vor Durst, als sie sich unter einem vom Winde verwitterten Felsvorsprung, der unter dem Namen »Hörner von Hattin« bekannt war, plötzlich Saladins Streitmacht gegenübersahen.
Jusif as-Schafih wurde an diesem Tag gerächt; die Leute von Umdan wurden gerächt, und auch Saladins Schwester. Mit einem Schlag erhielt Reynaud de Châtillon den Lohn für die Piraterien seines ganzen Lebens. (Mit zwei Schlägen, genaugenommen. Als der gefangene König Guy in Saladins Zelt eine Schale mit eisgekühltem Rosenwasser gereicht bekam und sie an Châtillon weitergeben wollte, zog Saladin sein Schwert und schlug Reynaud den Arm ab, statt ihn trinken zu lassen und ihm damit die Möglichkeit zu geben, das Asyl moslemischer Gastfreundschaft in Anspruch zu nehmen. Einen Augenblick später lag auch der Kopf auf dem Boden, und Saladins Zorn war vorbei. »Ein König tötet keinen König«, sagte er beruhigend zu Guy von Jerusalem.)
Bis Foulque, ohne von all dem etwas zu ahnen, nach Hause kam, waren Akkra, Jaffa, Cäsarea, Sidon und Beirut gefallen. Selbst der einst unbezwingbare Krak des Chevaliers war erobert. Die christliche Welt war zusammengeschrumpft wie das Herz eines Mannes in der Trauer des Alters. Zumindest der Prior erlebte das Alter so: ein einwärts gerichtetes Zusammenziehen und ein Schrumpfen des Optimismus. Er vertraute natür-

lich weiter auf Gott und darauf, daß der Himmel am Ende über die Hölle triumphieren werde, aber der Tunnel der Geschichte, die noch vor ihm lag, schien sich gestreckt zu haben, so daß weder er selbst noch sonst jemand, der schon geboren war, lange genug leben würde, um bis zu seinem Ende zu kriechen.
Und so empfand der Prior die andere Neuigkeit, die Foulque ihm brachte, zwar als entsetzlich, aber nicht als unglaublich: seine Entscheidung nämlich, nicht ins Priesteramt zurückzukehren, und sein Entschluß, sich bei den Katharern der Verdammnis anheimzugeben. Es war nur ein weiterer Schmerz, den der Prior Gott zuliebe als Opfer auf sich nehmen mußte – in der Hoffnung, daß der Allmächtige das alles besser verstehen werde.
»Und das ist es, was deine Reise dich gelehrt hat?« fragte Aude strahlend vor Heiterkeit. »Daß die katharischen Lehren wahr sind? Wie lustig! Wie komisch! Ins Heilige Land zu reisen, um zu werden wie wir, die wir nie von hier fortgegangen sind!«
»Ich habe entdeckt, Herrin, daß der einzige Richtstein des Lebens hier liegt, bei dir, in der Liebe zu dir. Alles andere ist ein Kompromiß. Nur du bist das eine wahre Element im Kern meines Wesens.«
Haut-Béziers glich inzwischen dem Felsen der Sirenen aus der Sage: übersät von mißgelaunten Seeleuten, die doch außerstande waren, je von hier fortzugehen. Audes Verehrer lungerten mit hängenden Schultern umher und sahen verlebt und überernährt aus, während zwei kadaverhafte *perfecti* in schwarzen Gewändern unter ihnen umherstreiften und die totale Enthaltsamkeit predigten. Vier große Wandgemälde überzogen jetzt die Mauern im Palas; sie zeigten die Abscheulichkeit des Fleisches, aber auch etliche Köpfe ohne Körper, die mit strahlendem Lächeln Zeugnis ablegten von fleischloser Verzückung. Etwas Helles stellte Gott dar, und dann sah man noch eine riesige Schlange, welche die Erde umschlang und ihren Schwanz im Maul hielt.

Aude bekam Angst, als Foulque zurückkehrte. Es war ja durchaus möglich, daß er zurückgekommen war, um sich für die Scherze zu rächen, die man auf seine Kosten gemacht hatte. Nicht zum ersten Mal bereute sie, daß sie ihr Stelldichein in der Kapelle, in der kristallenen Grotte von Tristan und Iseult, nicht eingehalten hatte. Hätte sie es getan, hätte sie dem Mann die Sprengkraft genommen, und er hätte jetzt keinen Vorwand gehabt, wiederherzukommen und sie auf diese Weise zu behelligen.

Seitdem hatte sie mit vielen Männern geschlafen, und sie empfand noch immer eine perverse Neugier in bezug auf Foulque, der schließlich doch *anders* war als der ganze Rest und der ihr vielleicht eine ganz andere Art von Leidenschaft hätte zeigen können. Sie hatte ihre Gunst verteilt, ohne zu heiraten, denn sie hatte sich von ganzem Herzen der Religion der Katharer angeschlossen (wie sie sich jeder Mode von ganzem Herzen anschloß), und dazu gehörte auch das Verderbte und Schändliche.

Alle geschlechtlichen Beziehungen waren des Körpers, und da der Körper abscheulich war, konnte nicht einmal die Ehe solches Treiben heiligen. Außerdem brauchte ein Mann die Einwilligung seines Weibes, wenn er den äußersten Akt der Hingabe, sein *consolamentum,* vollziehen wollte, und wenn er nicht verheiratet war, gab es kein solches Problem. Infolgedessen war die Ehe in Béziers, Lavaur, Albi und ähnlichen Orten weitgehend ungebräuchlich geworden.

Andererseits nahmen die armen Missionare des Glaubens diesen Glauben ganz wörtlich. Sie schworen tatsächlich allem körperlichen Wohlbehagen ab, sie arbeiteten kostenlos für ihre Nachbarn, und sie ernährten sich von Brot und Wasser. Wie wollten die katholischen Pfaffen, die in ihren behaglichen Klöstern hockten, da noch ihre verstreuten Schäfchen zusammentreiben?

Gleichwohl waren dem, was ein heiligmäßiges Vorbild lehren

konnte, auch Grenzen gesetzt. Selbst unter denen, die vom Katharertum überzeugt waren, bemühten sich nur wenige, den Maßstäben des perfekten Lebens zu entsprechen. Die meisten gefallenen Engel (dafür hielten die Katharer die Menschheit) schoben ihr *consolamentum* hinaus, bis sie auf dem Sterbebett lagen, und entsagten dem Fleische gerade noch rechtzeitig, bevor sie ohnehin hinausfuhren. Und für den Fall des plötzlichen Todes gab es immer noch die *convententia*, die man als eine Art Versicherung im voraus ablegen konnte: eine Absichtserklärung. Sie gewährte im Todesfall zwar nicht ganz die gleiche Erlangung vollkommener Glückseligkeit – nicht die unverzügliche Vereinigung mit Gott –, aber sie genügte doch, um eine Seele auf den richtigen Weg zu bringen dort oben auf der Straße der Sterne.

Für Aude war das reizvolle Element – das mutwillig Neue – im Laufe der Jahre weitgehend verblaßt, denn der Glaube hatte sich allenthalben verbreitet. Der Bischof von Carcassonne war ein Katharer, gewählt von einem Volk von Katharern. Aude war – hätte sie gewagt, einen Gedanken darauf zu verwenden – ein bißchen enttäuscht, daß es eine so alltägliche Sache geworden war, und ein bißchen verärgert, weil dabei keinerlei Rücksicht auf gesellschaftlichen Rang genommen wurde. Sie hatte es ein winziges bißchen satt, daß immer wieder ehemalige Bäckerburschen und hosenlose Heilige ihr Haus heimsuchten, um bei Mahlzeiten, von denen sie nichts aßen, endlose Predigten über die Abscheulichkeit der Weiber zu halten. Es langweilte sie sogar ein wenig, daß das Geplauder der Troubadoure von Diskussionen verdrängt worden war, die sich um Gottes Beziehung zur Harmonie und um die Frage drehten, wie doch die Prinzipien des Universums an der musikalischen Notierung hingen.

Foulques Rückkehr in ihre Welt war wie der Luftzug, der durch eine sich öffnende Tür pfeift und die Streu auf dem Boden aufwirbelt. Ihre Finger schlossen sich fest um den Arm Auxerre d'Impts, und sie fragte: »Was will er hier?«

»Du hast mir einmal gesagt, wenn ich den Glauben der Kredenten übernehme, bin ich an deinem Hofe wieder willkommen«, erklärte Foulque.
Ein zögerndes Zucken ihrer Lippen erblühte zu einem hellstrahlenden Lächeln. Sie lud ihn ein, näher zu kommen. Ihr Antlitz war ganz mit Silber benetzt; dort, wo der Silberstaub dichter lag, formte er in Halbmonden die hohen und tiefen Konturen ganz neu: Ihre Wangen waren hohler, ihre Wangenknochen höher, die Schläfen umklammerten eine schmalere Stirn mit glitzernd mehlweißer Haut. »Kannst du noch singen?«
»Die Kehle hat man mir nicht durchgeschnitten«, sagte er, und mit Schaudern gab sie ihrem Entzücken Ausdruck.
Hinter seinem Rücken musterten angehende, verworfene und derzeitige Liebhaber ihn so bösartig wie Hunde, die man vom Kamin vertrieben hat, aber von Angesicht zu Angesicht mit ihm wetteiferten sie miteinander und suchten sich gegenseitig mit der Extravaganz ihrer Begrüßung in den Schatten zu stellen, und sie präsentierten sich mit panegyrischen Klageliedern über ihre eigenen irdischen Unzulänglichkeiten. Sie seien abscheuliche Sünder, erklärten sie, und Opfer ihrer Fleischlichkeit, beinahe so verhaßt ihren eigenen wie den Augen Gottes. So wollte es die Mode. Unterdessen stand Aude ein kleines Stück hinter Auxerre, und ihre Finger flochten sich vor ihrem Mieder ineinander.
Foulque trachtete nicht danach, sie rhetorisch zu übertreffen. »Ich fürchte, ich habe die Kunst der hübschen Worte in letzter Zeit ein wenig vergessen. Ich zweifle aber nicht daran, daß sie zu mir zurückkehren wird, wenn dein Diakon eine Portion vom Heiligen Geiste in mich hineingehaucht hat. Gott ist schließlich die Harmonie, nicht wahr?«
Die beiden kadaverhaften Diakone näherten sich ihm, der eine begeistert, der andere argwöhnisch; mit ihrem Hyäneninstinkt sahen sie das erste Taumeln des schwächer werdenden Stiers.

Aude verscheuchte sie beide. »Ihr dürft euch nicht um Foulque kümmern«, sagte sie. »Das ist nur seine Art. Wir nannten ihn immer den ›Bösen Bischof‹, aber seht doch! Er hat sogar seine in der Wolle gefärbte Papisterei aufgegeben, um die Tröstungen der Reinheit zu suchen.« Und sie kam aus ihrer Dekkung hervor, nahm Foulque bei der Hand und zog ihn zu einem Stuhl am Kamin.

»Glaubt dieser Fremde denn, die Tröstung ist für ein Klopfen an der Tür zu haben?« fragte der argwöhnische *perfectus.* »Ist er bereit, ein Jahr, vielleicht zwei, zu dienen und das Leben der Katharer zu führen? Weiß er, daß man ihn auch dann vielleicht noch für ungeeignet befinden wird, Sachwalter des Geistes zu sein? Glaubt er, er kann sich mit Kettenhemd und Keule einen Platz in Gottes Gegenwart erkämpfen?«

»Oh, sst, psst. Friedlich jetzt, Diakon Ligaud. Foulque ist der bescheidenste Mann, den ich kenne – stimmt's nicht, mein Lieber? Und der sanfteste.« Sie setzte sich Foulque zu Füßen, streichelte ihm die Hände und wandte ihr Gesicht zu ihm empor. »Außerdem. Foulque strebt ja nicht nach *absoluter* Perfektion – oder? Nicht nach *vollkommener* Perfektion, oder? Wir sind ja nicht alle so mit Heiligkeit gesegnet wie du, Ligaud. Foulque soll seine *convententia* ablegen, jawohl, das soll er! Und dann magst du dir so lange Zeit nehmen, wie du willst, Diakon, um ihm den Unterschied zwischen dem Schlechten Leben und dem Guten Leben beizubringen. Ich meine, da bin ich doch nun selbst schon seit zwei Jahren Kredentin, Foulque, und ich habe immer noch nicht das Gefühl, ich weiß genug, um den letzten Schritt zu unternehmen! Ja, mach ihn zu einem von uns, Ligaud. Tu's nur! Tu's!«

»Und weiß er auch, daß die Berührung des Weibes abscheulich ist?« fragte Diakon Ligaud mit schwerem Sarkasmus und warf einen Blick auf ihre einander umfassenden Hände. Er war gekommen, um die allmonatliche Andacht des *Apparelhamentum* zu feiern, bevor Foulque hier erschienen war –

jetzt wünschte er sich fort von hier, aber das letzte Ritual hinderte ihn daran fortzugehen.

»Das weiß ich allerdings«, sagte Foulque. Der Blick, der zwischen ihnen beiden hin und her ging, veränderte die Beziehung zwischen ihnen vollständig. »Ich bin Foulque Nerrades ... Ich bin Foulque, der ehemals Étangs-Nerra hieß, aber ich habe mich vor kurzem meines Landes entledigt, um damit eine ... eine geistliche Schuld zu bezahlen, sozusagen.«

»Oh!« rief Aude aus und ließ seine Hände los, um eine Geste des übertriebenen Erstaunens zu machen.

Ligaud erklomm die Estrade und gab damit zu erkennen, daß er bereit sei, sich zu verabschieden. Alle Anwesenden wandten sich pflichtschuldig in eine Richtung, als wollten sie ihr Glaubensbekenntnis aufsagen, und für kurze Zeit war es still in der Halle. Dann senkten alle die Köpfe, reichten einander die Hände und machten drei Kniebeugen. Ein ungeordneter Sprechgesang holperte stockend voran, bis schließlich alle miteinander im Einklang waren. »Du guter Christ, gib uns Gottes Segen und den deinen. Bete zum Herrn für uns, daß Gott uns bewahre vor dem Schlechten Tod und uns zum Guten Ende bringe in die Hände getreuer Christen.«

Ligaud winkte seinem Jünger, er solle ihm die Hausbibel von Audes kleinem Seitentisch bringen, und während dies geschah, sagte er: »Gott segne euch; Er bewahre eure Seelen vor dem Schlechten Tod und bringe euch zum Guten Ende.« Dann kam er herunter, um mit dem Friedenskuß Auxerre d'Impt zu segnen; dieser gab den Kuß dem Manne neben ihm weiter, und so wurde er unter allen anwesenden Männern verteilt. Ligaud drückte seinen reinen Kuß auf die Bibel und gab ihn so an Aude d'Haut-Béziers weiter, die das Buch mit sinnlicher Verzückung küßte. Aber statt diesen geschlechtslosen Friedenskuß an die anderen Frauen weiterzureichen, hüpfte sie hinüber zu Foulque und drückte ihm den heiligen Kuß mit boshaftem Kichern mitten auf den Mund.

»Es ist sehr gütig, daß du mich empfängst, Pater«, sagte Oualada und kniete auf dem Grasweg im Kräutergarten der Priorei nieder, um den Ring des Priors zu küssen.

»Bitte steh auf, mein Kind. Wir wollen spazierengehen, wenn es dir recht ist. Das Stehen verursacht mir Rückenschmerzen.«

So spazierten sie ein Stück weit durch eine Luft, die von allerlei Düften so schwer war, daß sie auf ihren Wangenknochen zu lasten und sie zu zerdrücken schien. »Ist Foulque Étangs-Nerra hier gewesen, Pater?«

Er antwortete nicht gleich. »Suchst du ihn denn?«

»Nein. Nein. Ich weiß schon, wo er hingeht. Er hat mir gesagt, wo er hinwollte. Aber vielleicht, sagte er, würde er vorher hierherkommen.« Abwesend brach sie ein Zweiglein Rosmarin ab und begann die nadelförmigen Blätter eines nach dem andern abzupflücken.

»Und wenn er hier war, junge Frau?«

»Ich dachte ...« Sie war ratlos; ihr war schwindlig vom Duft all der Kräuter, und sie spürte, wie ihre Entschlossenheit verebbte. Sie hätte ihre Verkleidung anbehalten sollen, dachte sie jetzt. »Ich dachte, er könnte ... dir sein Herz ausgeschüttet haben. Ich weiß, daß er dich hochschätzt, auch wenn ... auch wenn er sich ... ein bißchen *verändert* hat, als er in der Fremde war.«

»Die Veränderung war freilich sehr groß«, sagte der Prior. Er nahm seinen Strohhut ab und betrachtete die Innenseite mit gründlicher Sorgfalt. »Und was bringt dich auf den Gedanken, daß ich dir offenbaren könnte, was er in der Vertraulichkeit der Beichte sagte?«

Sie stürzte sich auf das Wort, daß er zusammenfuhr. »Er *hat* also gebeichtet? *Hat* er die Beichte abgelegt?«

Der Prior hob den Hut, als wolle er ihn wieder aufsetzen, hielt ihn dann aber vor sein Gesicht. Das Sonnenlicht strahlte durch das lockere Geflecht. »Ich bedaure, aber du zweifelst zu recht.

Er hat den Gebräuchen unseres Glaubens entsagt, Mademoiselle ... verzeih, aber wie, sagtest du, ist dein Name?«
»Gloriole, Pater. Gloriole. Aber er muß doch etwas zu dir gesagt haben! Er muß sich dir doch anvertraut haben! Er wäre nicht hergekommen, nur um Anstoß zu erregen.«
Der Prior Correau hatte offenbar weniger Anstoß genommen, als daß er betrübt war. »Ich gebe mir selbst die Schuld«, bekannte er. »Ich hatte geglaubt, eine Reise dieser Art ... eine so anspruchsvolle Herausforderung ... Nun, ich hatte geglaubt, der Mann werde sich *finden.* Wie Johannes der Täufer in der Wildnis. Und statt dessen ...«
»Statt dessen hat er sich verloren. Legion, von Dämonen überrannt.«
Sie kamen durch den dunklen Schatten einer Pergola, die von Goldregen überrankt wurde, und der alte Mann pflückte die heilsamen Kapseln und sammelte sie in seiner Tasche. Er tat es, ohne nachzudenken; die Kapseln würden in seiner Tasche bleiben, bis er das nächste Mal die Hand hineinsteckte und sich dann fragte, wieso die Tasche voller Goldregenkapseln war. »Du fragst natürlich aus rein akademischem Interesse am Wohlergehen seiner Seele, nehme ich an.«
»Ich frage, weil ich ihn liebe, Pater, wie du sehr wohl bereits vermutest – und wahrscheinlich mißbilligst du es. Aber meine Liebe ist von der unnützen Art. Sie hat keine Krallen, sie kann ihn nicht halten. Ich dachte, deine Krallen reichen tiefer, das ist alles.«
»Friedlich, Kind, friedlich. Rege dich nicht auf.« Er hielt ihr den weiten Flügel seines Ärmels entgegen, damit sie sich die Tränen abwischen könnte. »Du bist im Irrtum, wirklich. Ich glaube, Foulque kann von Glück sagen, daß er von einer so ... mitfühlenden Freundin geliebt wird. Und es hätte mich nicht im mindesten überrascht zu hören, daß seine Zuneigung sich während des Aufenthalts in der Wüste von seinem Beruf ab und anderswohin gewendet hat. Tatsächlich habe ich sehr

darauf gehofft, die infernalische Fessel zu zerreißen, die ihn mit jener ... wenig bemerkenswerten Dame in Haut-Béziers verbindet. Es gibt mehr Wege als nur den Kreuzgang, weißt du, wenn man zum Himmelstor gelangen will. Leider aber irrst du auch, wenn du denkst, ich könnte ihn zurückhalten, wenn er es darauf anlegt, sich selbst zu vernichten.«

Der Riß in ihrem Herzen öffnete sich ein Stückchen weiter.

»Dann ist er also hier gewesen, wie er sagte: aus Höflichkeit.«

»Oh, nicht ganz, mein Kind. Er ist auch gekommen, um seine Ländereien und Liegenschaften der Kirche zu stiften.«

»Der *Kirche*?«

»Ja. Ich sehe schon, du findest es ebenso merkwürdig wie ich. Bei einem Mann, der beschlossen hat, sich einem Ketzerkult anzuschließen. Aber er machte geltend, daß sein Vermögen an die Kirche gefallen wäre, wenn er wieder in den geistlichen Stand eingetreten wäre; daher habe dieses Versprechen bereits bestanden, als er sich auf die Reise gemacht habe. Er könne sein Wort jetzt nicht brechen, und ohnehin brauche er diese weltlichen Güter angesichts seiner neuen, asketischen Religion nicht mehr. Ich habe versucht, ihn davon abzubringen. Aber du mußt auch begreifen, meine liebe Mademoiselle Gloriole, daß ich es meiner Kirche in einem gewissen Maße auch schuldig war, ein solches Vermögen nicht in die Hände der Katharer fallen zu lassen. Also fand ich mich schließlich bereit, das Geschenk anzunehmen. Mir ist klar, daß er es vielleicht noch bereuen wird – ich bete zu Gott, daß er den Tag noch erleben möge, da er es in jeder kläglichen Einzelheit bereut. Aber der Mann hat solche Tiefen der Verzweiflung kennengelernt ... Ich habe es versucht und bin gescheitert, meine liebe Mademoiselle Gloriole.«

»Herr Gloriole«, verbesserte Ouallada ausdrucksleer und verblüffend. »Und wenn *er* es nicht bereut, dieses Geschenk gemacht zu haben, so wird La Belle Aude es sicher so sehr bedauern, daß es für beide reicht.«

»So, das war das«, sagte Aude, als die Tür sich hinter dem ehrwürdigen Diakon Ligaud geschlossen hatte. »Jetzt gestehe mir alles, liebster Foulque – was ist das für ein Unsinn, du hättest dich von deinem Land getrennt? Ich hätte schwören können, du hast all diese Ländereien *mir* versprochen!«

»In der Ehe – natürlich. Aber du hast mich ja schon darauf hingewiesen, daß ihr Kredenten ... daß wir Kredenten das Sakrament der Ehe nicht halten.«

»Oho, das stimmt auch nicht gerade«, sagte Auxerre d'Impt und mischte sich ganz konkret in das Gespräch ein, indem er zwischen die beiden trat und Foulque den Rücken zuwandte. »Es ist einfach nur so, daß ein Mann seiner Frau entsagen muß, wenn er sein *consolamentum* ablegt. Deshalb ist es am besten, wenn er von vornherein gar nicht erst heiratet.«

»Wenn er es doch getan hat, muß seine Frau ihre Erlaubnis geben!« Aude lachte laut, und sie kam um d'Impt herum und schlang Foulques Arm um sich: Sie lehnte es ab, sich von ihm trennen zu lassen. »Und die würde ich natürlich *niemals* geben, wenn ich mit einem meiner lieben Freunde verheiratet wäre! Man hat es mir so oft erklärt, und ich weiß jetzt, daß der Tod die allerwunderbarste Sache ist. Aber du liebe Güte, ich fürchte, ich hasse das Leben einfach nicht so sehr, wie ich sollte. Ist das sehr unartig von mir, Foulque?«

»Für einen *perfectus* wie Ligaud mußt du ein Stachel im Fleische sein«, sagte Foulque.

»Was?« Es war lange her, daß ein Aspirant Dinge zu ihr gesagt hatte, die alles andere als Komplimente waren. Sie brauchte ein paar Augenblicke, um sich wieder daran zu gewöhnen: Foulque konnte manchmal so giftig klingen. Sie war noch immer dabei, sich an ihn heranzutasten, befürchtete immer noch bang, er könnte sich mit jäher Gewalt für den Spott rächen, den sie ihm angetan hatte. »Was kannst du damit meinen, du lieber grober Mann?«

»Ich meine damit, daß du Männer in Versuchung führst, den

Blick vom Himmel zu wenden und statt dessen auf dich zu richten.« Die Röte der Genugtuung überzog Audes Wangen. Seine Zustimmung war fast zu schön, um wahr zu sein, und doch hatte Aude in ihrer egozentrischen Art schon immer halb damit gerechnet, daß er zurückkehren und sich unterwerfen werde, daß er unwiderstehlich von ihr angezogen sei. »Hast du ein Lied für mich?«

»Eintausendundzwanzig, Herrin.«

»Nun, eines wird für heute genügen. Hast du es in der Wüste für mich geschrieben? Ich hörte, du bist über den Jordan gezogen, um die schwarzen Mohren zu erschlagen.«

»Es wurde in der Wüste geschrieben, ja«, gab Foulque zu, »und es war in etwa der gleiche Prozeß, mit dem ein Skorpion sich selbst totsticht.« Und er sang, begleitet von einer mächtigen Baßtrommel, die Füße breitbeinig auf den Boden gesetzt. Es war ein Sprechgesang ohne Melodie, als seien seine Verse eine Aufstachelung zur Gewalt, ein *sirventes,* der die Truppen für einen verlorenen Krieg zusammenrief.

Das Schließen meiner Lider entkleidet dich,
Deine Nacktheit überwölkt mich, füllt den Himmel mir,
Mich dürstet nach den Lanzen meines Regens, die durchs
Blaue bohren sich,
Nach meinem Blitz, der soll durchfahren dich.
Wie Asche trocken ist mein Hals vor lauter Angst vor dir
Und deinen Skorpionen, die in mir ...

Aude war bewegt.

Vor allem bewegten sie mächtige Wogen der Selbstbeglückwünschung, die gegen sie anbrandeten wie der knirschende Sand im Wüstensturm. Dies war eine gesegnete Abwechslung vom philosophischen Dünkel ihrer üblichen Bewunderer. Dies war eine Lektion in Unbeirrbarkeit, von der sie alle nur lernen konnten. Dies war eine Erinnerung an die guten alten Zeiten, als es Katholiken und Katharer in gleicher Zahl gegeben hatte, die sich zuerst und zuvörderst ihr unterworfen hatten. Selbst ihr Körper, dem sie in letzter Zeit spontanes Handeln erlaubte, sagte ihr, man müsse Foulque belohnen, ihn willkommen heißen, ihn wieder aufnehmen in ihr glückliches häusliches Reich.

Sie nahm ihm die Trommel aus der Hand und gab ihm statt dessen den dicken Schopf ihres gelben Haars, und an diesem goldenen Halfter führte sie ihn aus der Großen Halle hinaus und die Treppe zu ihrem Schlafgemach hinauf, und dabei ließ sie zu, daß ihr Atem sich an ihren Stimmbändern verfing und dort kleine, stöhnende Laute unbezähmbaren Verlangens befreite. Als die Anstrengung beim Erklimmen dieser steilen Treppe sie tiefer und schneller atmen ließ, wurde dieses Stöhnen auch für die Männer und Frauen in der Halle dort unten deutlich hörbar.

»Ich glaube wirklich, es wird Zeit, daß du deinen süßen Lohn empfängst«, sagte Aude. »Den Troubadourskuß der Anerkennung.« Sie küßte ihn auf die Stirn, mütterlich, neckend. »Jetzt werde ich deine *perfecta* sein, und du sollst vor mir das Knie beugen ... So ist's besser: Ich habe dich noch nie lachen hören. Liebster Foulque. Die Menschen sollten mehr lachen. Sie lachen hier nicht mehr soviel wie früher. Die Menschen sollten mehr lachen. Einen guten Witz liebe ich so sehr ...«

Er beugte nur einmal das Knie, um nämlich den Saum ihres Kleides zu fassen und es am Schußfaden entlang aufzureißen. Er riß es auf und riß immer weiter, und da der Stoff schräg geschnitten war, zerriß es spiralförmig, immer rundherum um ihren Körper, wie das Horn den Sänger umschlingt.

Später würde sie ihn zwingen, sich für die wollüstige Zerstörung ihres Lieblingsgewandes zu entschuldigen. Im Augenblick war sie berauscht von den Gelüsten ihres eigenen Körpers. Später würde sie ihm zeigen, in wessen Händen die Macht, zu schaffen und zu vernichten, wirklich lag. Im Augenblick genügte es, sich der Anarchie Satans und seiner rebellischen Engel zu unterwerfen, die (behaupteten die Katharer) in die Leiber der Weiber eindrangen, um die fleischliche Welt in ihrem Bann zu halten. Gerade so, wie sie auf dem Totenbett auch noch genügend Zeit haben würde, dem Satan zu widersagen.

Einstweilen überließ sie Foulque die Illusion der Herrschaft und widersetzte sich der Gewalt seines unerfahrenen Eifers nicht. Sie würde noch Zeit genug haben, ihn mit leichter Hand von sich zu schieben, auf einen ehrerbietigen Abstand zu bringen, so daß er leichter zu handhaben wäre.

Vierunddreissig

Perfectus

»Und was gedenkst du jetzt zu tun, mein Kind?« fragte der Prior. »Wirst du ihm nachgehen? Versuchen, ihn von seiner jüngsten Torheit abzubringen?«

Sie schüttelte den Kopf. »Nicht noch einmal. Ich habe seine Geduld bereits zu sehr strapaziert. Wenn du ihn nicht überreden konntest, kann ich ihn nur noch starrsinniger machen. Am Meer – an jenem Meer, meine ich, dort unten – da habe ich gewaltige Würmer gesehen, mit einer Million Beinen, im Strand vergraben. Man konnte ihre Köpfe zutage fördern, wenn man etwas Salz darauf streute, aber wenn man sie packte und herausziehen wollte, dann ließen sie sich lieber entzweireißen, als daß sie ihre Gänge verlassen hätten.«

Prior Correau erkannte Foulque in dieser Beschreibung. »Wohin also wirst du gehen, Mademoiselle?«

»Auf das Land in der Normandie, das er mir geschenkt hat, denke ich. Ich muß ja leben, und von Liebesliedern möchte ich nicht mehr leben. Ich weiß es nicht, aber ich glaube, ich habe zu viel von meinem Herzen verloren, um weiter Liebeslieder zu singen. Vielleicht kannst du mir aber sagen – ist die Normandie sehr groß, Herr? Denn wenn sie nicht klein ist, weiß ich nicht recht, wie ich den Ort finden soll.«

»Ich will dir nichts vormachen. Die Normandie ist recht umfangreich«, sagte der Prior. Die Trauer, die ihn nach Foulques Besuch erfüllt hatte, wurde durch Oualladas Trauer noch vertieft, und er empfand bange Sorge um diese schutzlose Frau,

die tausend Meilen weit in unbekannte Provinzen und eine Ungewisse Zukunft reisen wollte. »Mein Segen und der Segen Gottes werden dich beschützen.«
Sie lächelte ihn an, und nur ihre Augen lächelten nicht. Sie dankte ihm immer wieder, und dann ratterten die Schlüssel des Türhüters im Schloß, und wieder einmal war sie ausgeschlossen von einer Gemeinschaft von Männern, die nicht recht wußten, welche Rolle sie in Gottes großem Plan wirklich spielte.
Draußen, an derselben Stelle, an der sie einst gewartet hatte, als Foulque seine Wiederaufnahme beantragte, standen zwei Jungen und warteten auf sie. Die Wollhose des einen war eingelaufen, und zwischen Hosenbein und Schuh klaffte eine breite Lücke, die dicke, aufgescheuerte Knöchel offenbarte. Das Seewasser hatte sie einlaufen lassen: Ihr künftiger Bräutigam war es nicht gewöhnt, in seiner Hose zu schwimmen.
Ouallada riß wiederum lärmend am Glockenseil, um Zuflucht zu finden, aber der Türhüter war in den Tiefen des Klosters verschwunden. Den Rücken an die Mauer gedrückt, wich sie seitwärts. As-Schafihs edelsteinbesetztes Schwert kratzte mit dem Griff an den Mauersteinen entlang. Sie drehte sich um und rannte auf die Bäume zu, wo sie ihr Pferd angebunden hatte – nur um festzustellen, daß es von den Pferden der beiden flankiert wurde. Ihre Zügel waren mit den anderen verknotet, ihre Steigbügel mit den anderen verschlungen. Während sie laut schreiend und keuchend und plattfüßig trampelnd hinter ihr herrannten, kletterte sie auf das rechte Pferd, zwängte das Bein zwischen die Flanken, die sich aneinander rieben, und beugte sich vor, um die Zügel zu entwirren.
»Du! Halt! Oder wir heiraten dich erst und hängen dich dann wegen Pferdediebstahls!«
Die Pferde rempelten einander an; ihre Flanken waren stachlig vom gesträubten Fell, und sie stießen zusammen wie Boote. Ouallladas Beine wurden so hart gequetscht, daß das Blut

in den Adern toste. Es gelang ihr, das Messer zu ziehen, aber angesichts der wirr verknoteten, ruckenden Riemen durchschnitt sie die falschen. Die Verwirrung der Pferde nahm zu, und as-Schafihs blankes Schwert streifte eine schwitzende Flanke. Das Tier machte mit allen vieren einen senkrechten Satz, krümmte den Rücken und nahm den Kopf zwischen die Vorderbeine. Ouallada wurde nach oben geschleudert, und Kopf und Schultern krachten gegen ein Gitterwerk von Zweigen. Die tückischen abgebrochenen Astenden packten sie bei den Haarsträhnen, und es schien, als müsse sie hängenbleiben wie Absalom, ihren Feinden ausgeliefert auf Gnade oder Ungnade.

Aber auch die beiden mußten sich mit dem Durcheinander der bockenden Pferde am Fuße des Baumes abplagen. Als sie schließlich unter ihr standen und Obszönitäten heraufschrien, hatte sie den Baum bereits halb erstiegen und kletterte immer noch. Als ihr Bräutigam ihr nachklettern wollte, trieb sie ihn mit einem Fußtritt und einmal auch mit abwärts geführten Schlägen mit as-Schafihs Schwert wieder hinunter. Dann saß sie oben in einem Winkel zwischen Ast und Stamm wie eine maurische Dryade, bereit, jedem Unglück zu bringen, der das Holz berührte.

»Und? Glaubst du, du kannst ewig da oben bleiben?« blubberte der Bräutigam in seinem grünen Wams und der eingelaufenen Hose. Mit schiefem Grinsen spähte er zu ihr herauf, und sein stumpfnasiges Gesicht verzerrte sich in einer Mischung aus Wut und Kurzsichtigkeit. »Wir können warten! Ich kann die ganze Nacht warten. Ein ganzes Jahr, wenn du willst! Ich habe den weiten Weg nicht gemacht, um dich auf einem Baum hocken zu lassen, du verfluchte schwarze Krähe! Komm jetzt ’runter. Beim Blute Christi! Solltest dich glücklich schätzen, daß ich dich überhaupt nehmen will!« Zwischen den Salven von Schmähungen redete er murmelnd mit seinem Kumpan. »Verfluchte alte Vettel. Wie alt ist sie wohl, was meinst du?

Wofür will sie sich denn noch aufheben? Glaubst du, sie ist wenigstens getauft? Wird mir die Gurgel durchschneiden, wenn ich schlafe. Höchstwahrscheinlich.«
Erst als das Tageslicht schwand und die Kühle des Abends sie auf den Gedanken brachte, ein Lagerfeuer anzuzünden, kamen sie darauf, daß sie das Feuer ja am Fuße des Baumes anzünden und sie so heruntertreiben könnten. Ouallada wartete ab, bis sie vom Reisigsammeln und Funkenschlagen müde waren, bevor sie sprach – es waren ihre ersten Worte, und sie sprach so laut, daß die beiden Burschen erschraken und ihre kleine Flamme fallen ließen. »Also gut. Ich ergebe mich. Ihr habt gewonnen. Geben wir Rutebeuf, was er will. Ich heirate ... ich werde eine Ehe schließen. Ihr könnt mein Land haben, und viel Freude soll es euch bringen. Es gehört euch. Ihr werdet mir einen Dienst erweisen, das stimmt. Da drüben. In dem Kloster dort. Laßt uns eine Ehe schließen, und zur Hölle mit euch.«

»Haß«, sagte Aude. »Es ist, als ob er mich haßte. Anders kann ich es nicht sagen.« Sie hatte sich eine kleine schwarze Zofe angeschafft, die ihr das Haar kämmte und die Kleider nähte und ihren Monologen lauschte, ohne ein Wort zu verstehen. »Haß. Es ist fast wie Haß«, sagte sie, aber die Zofe verstand das Wort nicht und lächelte nur freundlich, während sie Audes glänzendes gelbes Haar bürstete. »Und Lieder hat er mir auch keine geschrieben.«
Nicht einmal, nachdem sie mit ihm ins Bett gegangen war, hatte er welche geschrieben – und dies war doch eine Krise, die ihren anderen *trobar*-Liebhabern Anlaß zu machtvoll ekstatischen Ergüssen gegeben hatte. »Das Hähnchen ist sich zu sicher, möchte ich meinen«, sagte sie und war auf verzweifelte Weise erfreut über diese Formulierung; gern hätte sie sie beim Abendessen angebracht, aber sie wußte, daß sie es nicht konnte.

Sie hatten den Unterschied bemerkt; sie wußte, daß sie ihn bemerkt hatten. Denn selbst d'Impt und Gautier hatten sich schmollend zurückgezogen. Wenn sie Foulque Nerra jetzt den Rücken zukehrten, dann taten sie es nicht so sehr aus Verachtung als vielmehr wie die Affen von Gibraltar, die ihr Hinterteil zum Zeichen der Unterwerfung darboten. Er hatte erobert, was sie nur erforscht hatten. Er hatte sein Banner aufgepflanzt, wo sie nur ein bißchen gegraben und gejagt hatten. Das würde sich ändern müssen. Irgendwie würde sie ihm den Fuß in den Nacken setzen müssen – die korrekte Ordnung der Planeten wiederherstellen, in der sie selbst als Sonne den Rest beschien. Den ganzen Rest.

Gleichwohl konnte sie Foulque jetzt nicht einfach verschmähen und ihre Anerkennung widerrufen. Dazu war er zu schlau. Er hatte sie gepflügt und seine Saat tief in den Boden gelegt. Vom zerzausten Morgen bis zum Abend, da der Mond wie ein Krummsäbel den christlichen Tag abschnitt, dachte sie an nichts als an seinen Geruch, an sein Gewicht, an sein Hämmern, das Hämmern eines mächtigen Rammbocks, der an Seilen hängend im Takt einer großen Pauke gegen die Mauern des Feindes schwang. Des Feindes, jawohl.

Den ganzen Tag über erinnerte die physikalische Welt sie an ihn: die Landschulter, die den Fluß Aude zur Seite drängte, die Forellen im Fluß, die gegen den Strom schwammen, der wunderbar aufragende Glockenturm der fernen Kirche von Béziers, die Gestalten der Reiter weitab auf der Straße – denn immer hoffte sie, einer von ihnen sei er, stellte sich vor, es sei er, der frühzeitig heimkehrte, nachdem er bei Jean Ligaud die Religion der *perfecti* studiert hatte. Frühzeitig heimkehrte. Ihre Gesellschaft der von Diakonen und Postulanten vorzog.

»Alt ist er, das ist es«, sagte sie zu ihrer Zofe, die nur lächelte und nickte, daß man es bald satt haben konnte. »Schon kann er nicht die ganze Nacht hindurch lieben.« Aber sie wußte, daß das nicht stimmte. Sie wußte, es war nicht Foulque, dessen Spannkraft im Morgengrauen versiegte, sondern sie, deren Appetit sich mit jeder Nacht steigerte, so daß sie sich am Morgen wünschte, es sei gleich wieder Abend. Er kam aus dem Land des Salzes, und je mehr sie von ihm trank, desto größer wurde ihr Durst. Voller Angst dachte sie an die Geschichten von Seeleuten, die auf diese Weise den Verstand verloren hatten.

Es war ein abscheuliches Gefühl, ein Pferd zu reiten, das weder Zügel noch Steigbügel hatte, um ihr Halt und Gewalt zu geben. Sie ärgerte sich über seine unverschämte Macht über sie. Aber was immer sie an Groll gegen ihn empfand, kam offenbar niemals dem seinen gleich. Denn er schien sie zu hassen. Sie fand kein anderes Wort dafür.

Eifersucht war die notwendige Folge. Nicht nur, daß es in ihrer Natur lag, alleinigen Besitz anzustreben – es verhielt sich auch so, wie es die Gesetze der Liebe immer ganz klar gesagt hatten: Wenn die Liebe erst kommt, ist die Eifersucht nicht mehr fern. Sogar Aude (die nicht besonders empfänglich für abstrakte Konzepte war) sah die Ironie in ihrem Dilemma. Nachdem sie Foulque Nerra mit ihrem Spott so weit gebracht hatte, daß er seine Religion aufgab, verspürte sie unversehens Eifersucht auf die Religion, die sie ihm auf gezwungen hatte.

Nach der *convententia* waren die meisten Konvertiten einen Sommer lang von inbrünstiger Frömmigkeit, aber dann sanken sie nach und nach ins alltägliche Geschäft der Sünde zurück. Manche hielten es, da der nächste *perfectus,* dem sie begegneten, sie wieder freisprechen konnte, für ratsam, bis dahin ein paar lohnende Sünden anzusammeln. Aber nicht Foulque. Er stürzte sich in sein Studium mit der gleichen verbissenen Sorgfalt, die er auch für die antiken Philosophen und für die Werke der Heiligen aufgebracht hatte.

Verbittert mißgönnte sie Jean Ligaud und den anderen *perfecti* die Zeit, die er mit ihnen im asketischen Schmutz ihrer Gemeinschaft verbrachte. Wenn er sich von ihrem Bett erhob und sich wusch, hörte sie fast, wie Ligaud zungenschnalzend die Abscheulichkeiten mißbilligte, die sie miteinander getrieben hatten, und sie sah vor sich, wie Foulque diese Vorwürfe mit hängenden Schultern entgegennahm. War es denn möglich, daß er Ligauds Gott mehr liebte als sie? Die bloße Möglichkeit war unerträglich und quälte sie. Und weil es ihr als der Geliebten nicht zukam, gequält zu werden, beschloß sie, alle Rivalität zu vernichten.

Und einen Witz würde sie daraus machen. Zur Überraschung ihrer Zofe lachte Aude plötzlich laut auf, sehr erheitert von der Aussicht auf den Streich, den sie ihrem Liebhaber zu spielen gedachte.

»Wir werden bald sehen, wie sehr er die Sünden des Fleisches haßt«, vertraute sie ihrem Spiegel an, und ihr Abbild grinste sie an, mit weißen Zähnen und einem unwiderstehlichen Mund. Sie sah, daß ein kleiner Bluterguß an ihrer Oberlippe sich zu einem schwärzlichen Fleck verdunkelt hatte, und sie erinnerte sich daran, wie sie an diese Verletzung gekommen war. Sie hatte eines Morgens versucht, ihn daran zu hindern, seine Kleider anzulegen, seinen breiten Ledergürtel zuzuschnallen. Ein Unfall. Ein unbeabsichtigter Zusammenprall zwischen ihrem Mund und dem Ende des Gürtels. Er hatte sich entschuldigt. Aber er hatte den Gürtel nicht wieder geöffnet. Aude legte den Spiegel mit der Vorderseite nach unten auf den Tisch und stand jäh auf. Nicht mehr lange, und sie würde ihn vor sich knien lassen, und er würde seinen Mund dahin pressen, wohin sie ihren gepreßt hatte. Er würde ihren Segen suchen, nicht den Jean Ligauds, und er würde Ligaud Anlaß geben, an seinem kostbaren Schüler zu verzweifeln.

Sie bereitete die Navette mit eigener Hand – eine Delikatesse dieser Gegend, einen zart mit Mandelblüten gewürzten Kuchen. Sie erwählte Eisenhut als Abführmittel, weil er in dieser

Gegend Mönchskappe genannt wurde und weil dieser Name sie erheiterte. Das Leben sollte heiter sein.
Sie tischte Foulque den Kuchen zum Abendessen auf, brachte ihm Wein in einem Silberbecher und mehrere Scheiben von diesem weichen Kuchen, rosig wie ihre Nacktheit. Unglücklicherweise waren die giftigen Blättchen der Mönchskappe in der Backform nach unten gesunken und hatten eine purpurfarbene Schicht gebildet, die fast aussah wie ein Bluterguß; sie befürchtete, er werde es vermeiden, davon zu essen. Aber er aß den Kuchen mit der gleichen geistesabwesenden Beifälligkeit, die er auch bei der Liebe zeigte, und hielt die Linke unters Kinn, um die Krümel aufzufangen. Er schien nicht zu begreifen, was für eine außergewöhnlich offene Liebeserklärung dies für Aude war: daß sie ihm Speise brachte, die sie mit eigener Hand bereitet hatte. Foulques Rivalen schauten in ehrfürchtiger Andacht zu; noch nie hatten sie gesehen, daß die Dame von Haut-Béziers jemandem eine solche Gunst gewährte. Entweder war es das, was sie dachten, vermutete sie, oder sie errieten, welchen Streich sie hier spielte, und beobachteten alles mit dem gleichen entzückten Grausen, das auch in Audes Bauch sang. Sie hatte dafür gesorgt, daß Jean Ligaud in der Burg übernachtete.
Erst als Foulque dasaß und die Krumen in seiner linken Handfläche mit der Zungenspitze aufspießte, kam sie plötzlich auf den Gedanken, daß sie womöglich zuviel Mönchskappe hineingetan hatte. Wie ein Stich fuhr ihr dieser Gedanke noch einmal durch den Leib, als sie an diesem Abend im Bett lag und auf ihren Liebhaber wartete. Er kam nicht und kam nicht. Am Ende kam er so spät, daß sie ihn voller Angst schon in der Tür erwartete, weil sie glaubte, die Wirkung habe allzuschnell eingesetzt. Als er gesund aussah, war sie so erleichtert, daß sie beschloß, den ganzen Plan zu vergessen. Vielleicht war die Mönchskappe doch nicht so wirksam, wie man behauptete.
Die Krämpfe überfielen Foulque kurz vor Mitternacht. Er

kniete gerade rittlings über ihr, und im Licht der Kerzen sah sie, wie er kupfergrün im Gesicht wurde. Sie fühlte, wie seine Haut eiskalt wurde – bis auf den Scheitelpunkt seines Leibes, wo der Kreislauf sich mühte, den Toxinen entgegenzuwirken. Dann überkamen ihn wütende Magenkrämpfe und ein unbezwingbares Erbrechen. Er fiel vom Bett, zog die Knie an den Leib und wand sich, ohne zwischen den Würgekrämpfen zu Atem zu kommen, inmitten ihrer beiseite geworfenen Kleider.
»O Gott, du stirbst«, sagte sie. Etwas so Heftiges hatte sie nicht erwartet, und sie warf eine Bettdecke über ihn, um sich vor diesem Anblick zu schützen. Dann saß sie zusammengekauert mitten auf dem Bett und verschränkte die Arme über dem Kopf. »O Gott, er stirbt!«
»Hole mir ...« Er schaute sie an, und von den Anstrengungen des Würgens waren seine Augen blutunterlaufen. Er streckte eine Hand nach ihr aus und zog sie dann ruckartig wieder zurück. Seine Nase fing an zu bluten, und sie glaubte fester denn je daran, daß er vor ihren Augen verbluten werde. »Ligaud!« brachte er hervor. Dies war das Wort, das sie wieder zur Besinnung brachte. Sie lächelte sogar.
»Ja. Ja. Einen *perfectus*. Ich hole einen *perfectus*.«
Jean Ligaud schickte alle aus dem Zimmer, während er Foulque untersuchte; er hob ihn auf das Bett und drückte dem Mann seine bösartigen Knöchel tief in den Leib, um den vollen Umfang der Erkrankung, wie er behauptete, festzustellen.
»O Christus! O Christus!« stöhnte Nerra. »Muß ich sterben?«
Ligaud rammte ihm die Finger in den Solarplexus. »O ja. Ich bin davon überzeugt, mein Freund. Viel Zeit hast du nicht mehr. Gebe Gott, daß wir noch Zeit für das *consolamentum* haben. Holt ein Neues Testament und ein sauberes weißes Tuch!« rief er den Leuten zu, die sich im Zimmer nebenan versammelt hatten. »Foulque Nerra begehrt die letzte Tröstung!« Dann schritt er um das Bett herum und schleuderte

Foulque die Formeln seines Glaubens entgegen, wie man Holzscheiter auf ein verlöschendes Feuer wirft.
»Mein Bruder. Hast du den Wunsch, dich dem Glauben hinzugeben?«
»Ja! Segne mich!« kreischte Foulque.
»Gott segne dich. Willst du dich Gott und dem Evangelium schenken?«
»Ja!«
Für Foulque, der in der Panik dieses jähen und unerklärlichen Schmerzes versank, schien der Raum ringsum zu schmelzen; das Gesicht des *perfectus* schwamm in einem geschmolzenen Sturzbach von Möbeln, Stoffen und einem zerfallenen Kamin. Durch gähnende Löcher in der Wand stürmte der Nachthimmel zu ihm herein. Jemand brachte ein weißes Tuch und breitete es über den Bettlaken aus – als wäre er schon tot –, und dann legte er ein Buch auf das Tuch, das sich mit den Krämpfen, in denen der Körper sich wand, hob und wieder senkte. Die Eckpfosten des Bettes schwankten wie Schiffsmasten, und Ligauds Hände waren zur Größe von Sternbildern gewachsen.
»... willst du das Geschenk Gottes empfangen und die Heilige Priesterweihe, die der Herr brachte vom Himmlischen Hofe, um sie anzuvertrauen den Aposteln, welche sie an alle guten Menschen weitergaben durch das Heilige Gebet und durch Handauflegen bis zum heutigen Tag?«
»Ja, Jean. Das weißt du doch.«
»Willst du versprechen ...«
In der Banalität der Gelübde lag keine Poesie, keinerlei Trost. Sie regneten auf ihn herab wie scharfkantige Steine. »... niemals ohne Hose und Hemd zu gehen, niemals getrennt zu leben von deinen Brüdern in Christo ...« Selbst Ligaud galoppierte jetzt durch die Liste der luxuriösen weltlichen Neigungen, die einen Menschen an die fleischliche Welt fesselten, denn auch er glaubte, daß die Dämonen, die Foulque

hier peinigten, ihm jeden Augenblick das Leben aus dem Leibe reißen würden. Als er dem Mann die Hände auflegte, war ihm zumute, als ringe er mit Satan selbst im Kampf um die Seele des Foulque Nerra.

Und Nerra glaubte es ebenfalls. Sein Leben lang hatte er sich in seinem Erbe gefangen geglaubt, in einem Körper und einer Natur, die er von der Dämonengemahlin Fulk Nerras III. geerbt hatte. Als das giftige Kraut ihm die Eingeweide zerriß, hielt er sich für ein Schlachtfeld der Engel, der seligen und der gefallenen, und die Mächte des Guten waren hoffnungslos unterlegen. Und so entsagte er schwörend den Ketten seines Körpers, so eifrig und so bereitwillig, wie er sein Besitzrecht an Étangs-Nerra und an den Feldern in der Normandie aufgegeben hatte.

»Widersagst du deinem Weibe?«

»Ich habe kein Weib, verflucht und zur Hölle mit dir!«

Aber in den Blutströmen, die an seinem Trommelfell vorbeirauschten, verschwammen die Schwüre, die Ligaud ihm zuschrie. »Sprich mir nach! Ich gelobe, mich Gott und dem Evangelium zu schenken.«

»... Gott und dem Evangelium zu schenken.«

»... niemals zu lügen oder zu fluchen.«

»... niemals zu lügen – O Gott, was für Schmerzen! – niemals zu lügen oder was?«

»... oder zu fluchen. Niemals wieder ein Weib zu berühren ...«

Draußen im Vorzimmer weinte Frau Aude verzweifelt in den Ärmel ihres Hemdes, das Ohr dem Lärm zugewandt. Sie sehnte sich nach einer tröstenden Umarmung, aber die Männer ihres Gefolges waren allesamt zu sehr gefesselt von den Lauten, die da aus dem Schlafgemach kamen, als daß sie ihr noch ihre volle Aufmerksamkeit hätten schenken können. Der bevorstehende Tod ist von hypnotisierender Faszination. Selbst als sie bei seinem Schwur »*... niemals wieder ein Weib zu berühren ...*« mannhaft auflachte und ein paar Schritte

tanzte, um anzudeuten, daß sie es besser wußte, würdigte sie niemand auch nur eines Blickes.
Endlich zog ein ausgemergelter, bleicher Ligaud den Vorhang zur Seite. Er hatte sein eigenes schwarzes *sadère* abgenommen und es dem frisch getauften Katharer über die Schultern gelegt.
»Er hat endlich Frieden gefunden.«
»Du meinst, er ist tot?« kreischte Aude und drängte sich an ihm vorbei in die Kammer.
»Er schläft. Er schläft«, sagte Ligaud besänftigend.
Im Schlafgemach stank es. Sie schlug sich die Hand vor den Mund, als sie vor dem Bett stand und auf Foulque hinabschaute. Als sie sah, daß sich in der Tür ihre Akolythen drängten – ein paar ehemalige Liebhaber, ein paar zukünftige Liebhaber und ein paar, die sie immer zu enttäuschen gedachte, ohne sich je von ihnen zu trennen –, breitete sie die Arme aus und stellte sich so, daß das Kerzenlicht ihrer Pose schmeichelte. Ein breites Lächeln durchströmte ihr Antlitz. »Und morgen wird er wieder ganz genesen sein! Wieder ganz gesund! Ganz und gar gereinigt von aller Verunreinigung! Ha! ha! ha!« Sie starrten sie verständnislos an. Sogar Auxerre d'Impt schien ihre Liebe zu lustigen Streichen ganz vergessen zu haben. »Ich habe seinen Kuchen mit einem Abführmittel gewürzt – versteht ihr denn nicht?« quiekte sie, überschäumend von Komik. »Denkt doch nur, wie er wüten wird, wenn er erfährt, daß er sein *consolamentum* abgelegt hat, weil er Bauchschmerzen hatte!«
Einer nach dem andern begriff den Witz. Gelächter brandete aus ihnen hervor wie Wasser aus einem Deich, der nacheinander an mehreren Stellen bricht, und schließlich brüllte die ganze Kammer vor Lachen. Bei einem oder zweien drang die Heiterkeit vielleicht nicht bis zu den Augen herauf, aber Aude vermied es, sie anzuschauen, denn sie hatte es darauf abgesehen, Foulque mit lautem Gelächter zu wecken: So hatte sie sich den Ablauf ihres Spaßes gedacht.

Irgendwo im Hellen über den alles ertränkenden Tiefen, in denen Foulque lag, vom Schlaf umhüllt wie vom Leichentuch eines Seemanns, hörte er dieses Gelächter auch. Er hielt es für das Gelächter siegreicher Dämonen, und es wunderte ihn nicht, daß er mitten darin auch Audes Lachen erkannte.

»Ich verstehe das nicht«, rief Ligaud flehentlich; das Gedränge der Leute in der Tür hinderte ihn daran, die Schlafkammer wieder zu betreten, und so mußte er Aude über die Schultern der anderen Männer hinweg seine Fragen zurufen. »Soll das heißen, du wolltest ihn durch Schrecken in den Himmel treiben? Du wolltest ihn so sehr erschrecken, daß er sein Zölibatsgelübde ablegt? Ihr Herren! Ist dies nicht eine bemerkenswerte Frau?«

Audes Miene wurde für einen Augenblick säuerlich, aber dann hob sie die Nase erneut in fröhlichem Trotz. »Ich bedaure, daß ich dich enttäuschen muß, Bruder. Aber ich fürchte, du wirst feststellen, daß es Gelübde gibt, die ein liebender Mann einfach nicht einhalten kann! Ich habe es getan, um Herrn Foulque ein Gefühl für Proportionen zu geben. Er soll das Wichtigste an die erste Stelle setzen, die Letzten Dinge aber an die letzte, wo sie auch hingehören.« (Auf diesen Aphorismus war sie sehr stolz; sie hatte ihn sich ganz allein ausgedacht und für eine passende Gelegenheit aufbewahrt.) »Ich glaube, wir werden feststellen, daß er es in Zukunft mit den Dingen des Himmels nicht mehr ganz so eilig hat und dafür die Menschen auf der Erde ein wenig mehr liebt.« Sie nahm die schwarze Robe auf, mit der Ligaud den nackten Foulque bedeckt hatte, hielt sie mit zwei Fingern hoch und ließ sie zu Boden fallen. Statt dessen legte sie ihm in gespieltem Ritual die beiden Hände auf.

Sie erwartete das Beifallsklatschen, das ihre witzigsten Einfälle sonst immer begrüßte. Aber es kam nicht. Vielleicht hatten die Männer zuviel Angst vor dem Zorn des *perfectus.* Vielleicht auch beneideten sie Foulque zu sehr, denn es gab ja,

so sagte sie sich, keinen einzigen Mann hier, dem eine Nacht voller Qualen nicht willkommen gewesen wäre, wenn sie mit einem solchen Handauflegen belohnt würde.
»Wenn du glaubst, daß Foulque Nerra seine Gelübde brechen wird«, sagte Ligaud gefaßt, »dann ist deine Torheit größer als deine Bosheit. Er ist jetzt ein *perfectus*. Einer der Guten Menschen. Welche Verlockung hättest *du* zu bieten, die sich vergleichen ließe mit der sicheren Hoffnung auf die Vereinigung mit Gott?«
Aude richtete sich in königlicher Empörung auf. »Es gibt kein Gelübde, das so stark ist, daß es unter der Last der Wahren Liebe nicht bräche. Ich fürchte, Bruder Ligaud, das ist etwas, wovon ein Mann deiner Klasse nichts versteht. Dieser Mann hat seine Gelübde um meinetwillen öfter gebrochen als du das Brot. Nur eines wird er halten, nämlich das Gelübde, mich zu lieben, bis er stirbt. Was aber, dank meiner zarten Bäckerkunst, nicht heute nacht geschehen wird. Gute Nacht, Meister Ligaud.«

Sie hatte ganz recht. Was die Wirkung der *navette albigeoise* anging. Als der Morgen kam, war Foulque um zwölf Pfund leichter und so schwach wie ein Greis, aber sein Gedärm hatte sich von der Mönchskappe befreit, und er wußte, daß er nicht sterben würde. Nicht an einem vergifteten Kuchen jedenfalls. Er erhob sich von Audes Bett, ging hinunter zur Quelle von Morgan le Fey und wusch sich von Kopf bis Fuß, und dann legte er das schwarze *sadère* um, das Ligaud ihm gegeben hatte, und verschloß es mit dem *kosti,* dem wollenen Gürtel. Dann holte er sich eine Matte aus seiner eigenen Kammer und trug sie auf das Dach des Hauses von Haut-Béziers. Die Hilfe der Diener wies er zurück, und er ignorierte die Grüße und Bemerkungen der Ritter. Aber als er den Aufstieg hinter sich gebracht hatte, waren alle Kräfte aus ihm gewichen, und er brach unter der Last zusammen. Er mußte sich erst wieder erholen, ehe er unter der Matratze hervorkriechen und sich ein Bett in der prallen Sonne machen konnte.

Beklommene Zofen überbrachten Aude die Kunde, aber sie ging nicht gleich zu ihm. Erst putzte sie sich heraus – fettete, glättete, schminkte und parfümierte, kleidete und schmückte sich für ein Stelldichein auf dem Dache wie zwischen David und Bathseba. Er würde zornig sein. Aber er würde auch schwach sein, zu schwach, um es ihr zu vergelten. Sie würde ihm erklären, er habe eine Züchtigung nötig gehabt, weil er sie vernachlässigt habe. Sie würde ihm versichern, daß es Belohnungen geben werde für die Streiche, die sie ihm gespielt habe, für die Lektion in gutem Benehmen, die sie ihm habe erteilen müssen. Ein bißchen Angst aber lag ihr weiter drückend im Magen – wie die zarteste Andeutung einer Mönchskappenvergiftung. Aber ein bißchen Angst hatte Foulque ihr immer gemacht; das alles gehörte ja zum Reiz dieses Mannes.

Die Zofen hatten ihr nichts von *sadère* und *kosti* gesagt. Ihr Herz tat unerklärlicherweise zwei Schritte zurück, als sie ihn erblickte, auf dem Rücken liegend wie eine Ebenholzfigur auf einem Sarkophag. Mit dem Unterarm beschirmte er seine Augen vor der Sonne.

»Herr! Du hast uns so sehr erschreckt letzte Nacht, Nerra!« rief sie, übermäßig laut, übermäßig munter, und dann setzte sie sich in den Winkel zwischen seinem Arm und seinem Körper. Ruckartig wich er vor der Möglichkeit ihrer Berührung zur Seite. »Was für ein Schlachtfeld du aus meiner Schlafkammer gemacht hast! Mein Gott! Und der *Lärm.* Dieser furchtbare Lärm! So beängstigend.«

Nach langem Schweigen sagte er: »Ich dachte, ich muß sterben.«

»Oh, das weiß ich. Du verlangtest einen *perfectus* und dein *consolamentum* – ich dachte schon, wir hätten unseren absolut letzten Kuß geküßt.« Kokett beugte sie sich über ihn und traf Anstalten, ihn auf den Mund zu küssen. »Du mußt dich fühlen wie Lazarus, der von den Toten auferstand.« Er drehte den Kopf zur Seite.

»Laß es, Herrin. Wie du sagst, ich habe geschworen, nie wieder ein Weib zu berühren.«

Sie kicherte mädchenhaft. »O ja. Das ist Foulque. Das ist Foulque Nerra, wie er Eide schwört und Keuschheit gelobt. Was für Gelübde! Was für Versprechungen! Sich nie wieder ohne Hose niederzulegen – ha! Du hättest deinem Freund da letzte Nacht doch alles versprochen, nicht wahr? Aber vorher hast du *mir* etwas versprochen, erinnerst du dich? Und wen liebst du mehr, Jean Ligaud oder mich? Mit wem würdest du lieber im Bett liegen?« Sie setzte sich rittlings auf ihn und zupfte verspielt an seinem wollenen Gürtel. Sie sah sich selbst vor sich: ein Kätzchen, das unartig war und nun herumtollte.

Er ballte die Fäuste und zog sie weg von ihr, aber er konnte sie nicht von ihrem Platz auf seinen Hüften entfernen, wenn er sie nicht anfassen wollte.

»Es geht nicht um die Wahl zwischen dir und Ligaud. Das Gelübde habe ich im Angesicht Gottes abgelegt.«

Sie schnippte ihm mit den Troddeln ihres Kleides über die Nase. »Oh, aber mit Gott hast du um meinetwillen doch schon öfter gebrochen, oder? Und Gott verzeiht alles, während ich ...«

»Geh herunter von mir, Weib. Zwischen uns ist alles zu Ende.«

Sie beugte sich über ihn, und ihr Gesicht näherte sich dem seinen. »Ach, komm. Das war, als du glaubtest sterben zu müssen. Aber jetzt wirst du leben! Wie möchtest du den Rest deiner Tage verbringen – Brot und Wasser zu dir nehmen und in deiner Hose schlafen? Oder mich lieben, wie es die Götter der Liebe bestimmt haben? Ich verspreche dir, für mich bist du ›perfekt‹ genug, ohne daß du deiner Männlichkeit abschwörst. Ha! ha! Ich kann mir nicht vorstellen, daß mein

Foulque bis ans Ende seiner Tage keine Frau mehr anrühren will – jetzt, da er einmal auf den Geschmack gekommen ist!«
Er zog die Faust in den schwarzen Ärmel seines Gewandes zurück und versetzte ihr einen Hieb, der sie auf den Rücken warf. Als er aufstand, fiel der Gürtel, den sie aufgeknotet hatte, zu Boden; er hob ihn auf und schlang ihn wie eine verknotete Garotte um beide Hände. »Ich sollte dich töten als die Hure, die du bist«, sagte er. »Du kannst dich glücklich schätzen, daß ich geschworen habe, die Hände von dir zu lassen.«
Sie starrte ihn mit halboffenem Mund an, und ihr Gesicht hatte einen kuhhaften Ausdruck der Verblüffung. »Aber du hast geschworen, mich dein Leben lang zu lieben.« Etwas anderes fiel ihr nicht ein.
»Das werde ich auch.« Es klang nicht wie eine Liebeserklärung.
»Und wie willst du das tun? Indem du am Ende der Gasse in einem Graben haust? Mit einem Hemd und einer dreckigen Hose?« Es war offenkundig, daß er den Grund für seine Erkrankung erraten hatte. Da mußte er ja wütend werden, nicht wahr? Aber je länger sie redete, desto mehr glaubte sie, was sie sagte. »Du? Immer in der Gemeinschaft? Du? Dich fernhalten von meinem Bett, wenn du darin liegen könntest? Ligaud die Treue halten, aber nicht mir? Warte eine Woche. Warte einen Monat. Warte ein Jahr. Glaubst du, du kannst für den Rest deines Lebens deine Natur verleugnen? Oder dein Herz?« Sie versuchte, fröhlich und erzürnt zugleich zu klingen, aber sie hörte selbst, daß die Angst sich in ihre Stimme schlich. Er war an den Rand des Daches getreten und schaute zu den Pyrenäen hinaus, weithin über die rollenden Wogen des roten Landes, so faltig wie die Decke auf einem Krankenbett. »Es ist wahr«, sagte er.
Sie ordnete ihr Haar. »Ich weiß, daß es wahr ist.«
»Es ist wahr, daß ich nicht allein sein dürfte. Ich habe es ge-

schworen. Aber wo ich hingehe, kann ich keinen Gefährten mitnehmen.«

»Du gehst wieder fort?« Zum ersten Mal hatte sie wirklich Angst. »Wohin? Wo willst du denn hin? Du wirst nicht fortbleiben. Du bist noch nie fortgeblieben. Wenn du mich liebst ...«

»Du hast recht, Frau Aude. Die Natur regiert in mir. Ich könnte nicht lange im Guten Leben leben, ohne zu scheitern. Die Aussicht auf ein Leben in Gemeinschaft zum Beispiel ... Ich glaube, es würde mich rasend machen. Niemals ohne die Gesellschaft anderer Männer zu sein ...«

Aude tat einen Seufzer der Erleichterung. Ihr Herz schlug wieder gleichmäßiger.

»Ich hätte mich nicht so feige auf das *consolamentum* stürzen dürfen ...«

Sie kam zu ihm, überfließend von sentimentalem – und sexuellem – Tröstungswillen. »Du dachtest, du mußt sterben. Es war ein Irrtum, weiter nichts. Aber ich bin froh, daß du deine Lektion gelernt hast. Ich bin ganz zufrieden, dich in meinem Bett zu haben, auch wenn du *imperfectus* bist ...«

»... aber da ich mich einmal darauf gestürzt habe, werde ich die Endura mit Geduld ertragen.« Mit dem Ausdruck unverhohlenen Abscheus wandte er sich zu ihr um. »Und sei es nur, um deinem Lärm zu entgehen, Weib.«

Sie war nicht sicher, daß sie ihn verstanden hatte.

Sie lehnte es ab, ihn zu verstehen.

Sie suchte d'Impt und fragte ihn – beiläufig, im Plauderton, als habe sie einen Streit zu klären: »Was ist die Endura?«

»Gott«, sagte Auxerre, »hat er etwa vor, die Endura auf sich zu nehmen? Siehst du jetzt, was du angerichtet hast mit deinen albernen Streichen, du dummes Weib?«

»Was ist die Endura?« verlangte sie zu wissen, und wütend stampfte sie mit dem Fuß auf.

»Etwas für diejenigen, die auf dem Sterbebett das *consola-*

mentum vollziehen und dann feststellen, daß sie doch noch weiterleben. Manche ziehen es dann vor, die Reise zu vollenden, auf die sie sich einmal begeben haben, solange das Heil noch garantiert ist. Statt umzukehren und womöglich ein schlimmeres Ende in Kauf zu nehmen.«

»Wie denn? Wie wollen sie ›die Reise vollenden‹? Wie?« fragte sie beharrlich.

»Hast du denn überhaupt nie zugehört, wenn die *perfecti* uns gelehrt haben? Indem sie fasten bis zum Tode natürlich. Bist du *jetzt* zufrieden?«

FÜNFUNDDREISSIG

DIE ENDURA

Sie kochte ihm Fisch und Suppe und Eiertunke, als wäre sein Appetit etwas, das sich zusammen mit dem Rest des Mannes in Versuchung führen ließe. Aber Foulque hatte keinen Appetit, weder auf das Essen noch auf das Leben. Er hatte sich entschlossen, den Guten Tod zu sterben, und sie konnte nichts tun oder sagen, was diesen Entschluß beeinflußt hätte.

»Du verstehst das nicht! Du glaubst, ich hätte einen neuen Liebhaber! Du glaubst, ich wollte dich mit List und Tücke aus meinem Bett vertreiben! Aber das ist nicht wahr!« Audes metallisches Lachen hallte unter der Decke hin und her und kehrte unberührt zu ihr zurück. Es war ein angstvolles Lachen. »Ich gebe es zu! Ich war eifersüchtig. So, jetzt hast du's! Ich habe es ausgesprochen. Ich war eifersüchtig, weil du soviel Zeit mit den *perfecti* zugebracht hast. Ich hatte das Gefühl, du würdest deine Zeit lieber mit ihnen als mit mir verbringen. Dabei müßte es dir schmeicheln, daß es mich überhaupt *kümmerte*, was du mit deiner Zeit anfängst – das müßte es wirklich!« Ihr Bekenntnis fiel auf steinigen Boden und starb.

Auf einen Ellenbogen gestützt lag er da, das Gesicht der Wand zugekehrt, und seine Wange war bereits grau von Bartstoppeln und Hunger. Sie bemühte sich, gewichtig zu klingen, tadelnd. »Ich wollte dir nur zeigen, wie sehr du deine Geliebte vernachlässigst. Daß du andere Dinge wichtiger nimmst als deine Pflichten gegen Venus.« Aber ihre Worte kamen als

Mückengesirr hervor, erfüllt von kindischer Panik. »Oh, um Himmels willen, Foulque! Es ist doch nur ein albernes Gelübde! Du hast dich geirrt, das ist alles! Du mußtest doch nicht sterben. Was immer du also gesagt hast – es ist ohne Bedeutung! Selbstverständlich nicht! Wie könnte es anders sein? Niemand nimmt dich beim Wort! Niemand!«

Was beinahe der Wahrheit entsprach. Nicht einmal Ligaud frohlockte ob der Nachricht von Nerras Endura. Einige Diakone in der Gemeinschaft erklärten, dies werde ein Fanfarenstoß sein, der die Reihen der Seligen erbeben ließe. Aber Ligaud hielt sie insgeheim alle für Narren und rang weiter voller Unbehagen mit seinem christlichen Grauen vor dem Selbstmord.

»Dann sag's ihm! Sag ihm, er soll es nicht tun! Bring ihn zur Besinnung. Auf dich wird er hören!« kreischte das Weib Aude ihn an, und die ganze Zeit streckte sie die Hände aus und wollte sein *sadère* mit ihrer Unverschämtheit besudeln. Ligaud wandte ihr den Rücken zu und stieg aufs Dach hinauf.

»Welches Grauen birgt das Gute Leben für dich, daß du es so eilig hast mit dem Guten Tod?« fragte er Foulque. Er hockte auf dem Dach, und seine Knie berührten fast die ausgemergelten Wangen. »Hast du nicht den Mut, es ein paar Jahre lang zu ertragen, Bruder? Das Leben des Menschen ist früh genug zu Ende, mit Gottes Gnade.«

»Du hast recht, Ligaud. Ich bin zu feige, das Leben auf mich zu nehmen, das ich zu führen geschworen habe. Deshalb nehme ich den leichteren Weg.«

»Das glaube ich dir nicht.«

»Dann brauchst du mir nicht die Beichte abzunehmen.«

Ligaud ließ sich verblüfft auf die Fersen zurücksinken. »Befürchtest du denn, daß die Gelüste deines Körpers dich überwältigen könnten – daß die Versuchung zu sündigen einfach zu groß sein wird? Du mußt mir glauben, Bruder: Das Walten des Herrn ist gütig. Wenn du erst in der Gemeinschaft der *per-*

fecti lebst – frugal wie wir –, dann wird die Flamme erlöschen, das wirst du feststellen. Sie erlischt wirklich.«
Foulque lächelte nur bei sich und schüttelte den Kopf in irgendeinem verborgenen Gedanken, der Ligauds Argumente der Lächerlichkeit preisgab. »Ich hätte gedacht, du würdest frohlocken ob der Errettung eines Schafes, Jean, statt zu versuchen, es wieder zum Pferch hinauszuscheuchen. Ausgerechnet du. Du warst doch Zeuge meines Gelübdes.«
»Ich befreie dich von deinem Gelübde«, rief Ligaud unbedacht und unvermittelt.
»Dazu hat nur Gott die Macht, Bruder, und um offen zu sein: Ich habe es satt, Ihn um Zugeständnisse zu bitten. Ich habe es von Herzen satt, meineidig zu werden.«
Am Fuße der Treppe wartete Aude, um Ligaud mit Vorwürfen zu überhäufen. »Du hast dich nicht genug bemüht. Du willst, daß er im Glauben stirbt! Du glaubst, der Glaube steht über allem!«
»*Ja!* Endlich. Wunderbar. Das Weib hat mich schließlich doch noch verstanden«, sagte Ligaud verdrossen, und als er am Nachmittag zurückkam und Foulque seine heilenden Hände auflegen wollte, da fand er das Tor verschlossen. Seine Anwesenheit in Haut-Béziers war nicht länger willkommen.
Unterdessen entwickelte Audes Panik sich in spiralförmigem Lauf zur Hysterie; sie verfiel abwechselnd in angstvolle Gebete, tollwütige Tiraden und verzweifeltes Flehen, wann immer die Wahrheit vor ihren Augen aufwallte: Foulque Nerra hatte die ehrliche Absicht zu sterben. Überdies stellte sie fest, daß sie zum ersten Mal in ihrem Leben jemanden liebte.
Sie aß wütend, als könne sie den Hunger in seinem Bauch dadurch besiegen, daß sie sich selbst vollstopfte. Wo sie ging und stand, hatte sie Süßigkeiten in der Hand, Kuchen, sauren Fisch, Äpfel. »Du willst mich bestrafen. Du willst, daß mein dummer Streich mir leid tut. Nun, es ist dir gelungen! Ich bin gezüchtigt. Sieh mich an: Ich bin gedemütigt.«

Er blinzelte sie an, sah nur verwischt und verschwommen, ließ aber nicht erkennen, ob es Demut war, was er vor sich sah, oder Eitelkeit.
»Oh, hör auf damit! Hör auf! Hör sofort auf! Du bist weit genug gegangen! Ich weiß nicht, was du von mir hören willst. Was es auch sei, ich sage es! Du hast gewonnen, was immer es für ein dummes Spiel sein mag. Schluß jetzt! Auf der Stelle. Siehst du denn nicht, was ich deinetwegen durchmache?«
Er stöhnte. Nach so langem Schweigen überraschte es sie so sehr, daß sie sich ans Herz griff. Dem Hering, den sie in der Faust hielt, brach an ihrer Brust der Kopf ab und rutschte, eine Fettspur hinterlassend, vorn an ihrem Kleid herunter. »Du, du, du. Bildest du dir ein, die großen Mechanismen der Welt drehen sich nur um dich? Gib dich zufrieden, ja? Du hast mich aufgefordert, aus Liebe zu dir meinen Gott abzulegen. Ich habe getan, was du wolltest. Ich bin Katharer geworden. Ich habe mich deinem Glauben angeschlossen. Ich habe mich in deinen Baum gesetzt und seine Beeren gefressen. Also sag mir bitte nicht, ich hätte meine Pflichten gegen die Liebe nicht erfüllt. Ja, ich bitte dich, sag mir überhaupt nichts mehr über dich. Ich stelle nämlich fest, daß meine Neugier diesbezüglich restlos vergangen ist, Gnädigste.«
Sie stürzte sich auf ihn in einer wilden Mischung aus Jähzorn und Angst, aber sein Körper war bereits so fest in den Klauen des Fastens, daß schon ihre bloße Berührung ihm physischen Schmerz bereitete. Er zuckte zurück vor ihr, gerade wie es ein guter Katharer tun soll, der geschworen hat, nie wieder ein Weib zu berühren, da die Frauen für ihn nichts als die Hülsen der gefallenen Engel Gottes sind.

Die alte Aude in der alten Ordnung der Dinge – sie hätte ihre Tore vor der Prinzessin Ouallada verschlossen, hätte die Hunde auf sie gehetzt oder sie zumindest der strahlenden Demütigung einer beleidigenden Gastlichkeit ausgesetzt. So aber blickte sie von einem Teller Dörrpflaumen mit Speck auf und sah ein Gesicht, das sie nicht gleich einzuordnen wußte. Dann aber dankte sie Gott. Hier war eine letzte potentielle Vermittlerin zwischen ihr und dem sterbenden Mann auf dem Dach.

»Tu etwas, Prinzessin! Geh und sprich mit ihm! Sag ihm, daß ich mich geändert habe! Ich bin bußfertig! Er kann so religiös sein, wie er will, wenn er nur von seinem Trotz abläßt!« Eine Stille, eine Langsamkeit, einen Mangel an Erregung strahlte Ouallada aus, daß es für Aude auf den wogenden Decks der Hysterie herzlos und kalt aussah.

In Wahrheit zog Ouallada sich, während sie die Neuigkeit von Foulques Endura verdaute, in die tiefsten, dunkelsten Höhlen ihres Hirns zurück und war unfähig zu jeglicher Regung an Händen, Körper und Gesicht.

Als sie am Fuße der Leiter standen, überlegte Aude es sich jedoch anders, und in einer letzten Zuckung von Eifersucht entschied sie, daß Ouallada Foulque nicht besuchen dürfe. Schließlich lag er auf *ihrem* Dach.

»Ich bin nur gekommen, um ihm von meiner Heirat zu erzählen«, sagte Ouallada, und da ließ Aude sie vorbei, so sehr getroffen von diesem Wort (oder von der Art, wie es ausgesprochen worden war), daß es ihr für eine Weile gar nicht mehr aus dem Kopf gehen wollte.

»Heirat.« Wenn man bedachte, daß sie mit Foulque hätte verheiratet sein können, wenn sie ihn nicht so lange mit *assais* gequält hätte. Ein Scherz zuviel, folgerte sie. Ein Scherz zuviel. Vielleicht auch zwei, wenn sie an den Kuchen dachte. Und beim Gedanken an den Kuchen stopfte sie sich ein Brioche in den Mund.

Sie spielte mit dem Gedanken, ein Gericht der Liebe einzuberufen und ihm zu befehlen, der Liebe die Aufmerksamkeit zu erweisen, die ein Troubadour ihr schuldete. Es war ein altmodischer Gedanke, aber Foulque war ein altmodischer Troubadour. Er würde vielleicht gehorchen. Das Pflichtgefühl würde ihn bewegen, wo das Mitgefühl es nicht mehr konnte. Wenn Prinzessin Ouallada vom Dach käme, wäre sie vielleicht bereit, ihr hinsichtlich der Etikette eines solchen Verfahrens ein paar Ratschläge zu geben ... Aber dann kam Auxerre d'Impt vom Dach und berichtete, daß Foulque ob dieser Besucherin in ungewöhnliche Aufregung geraten sei. Aude kochte vor Unbehagen.

»Hallo, Foulque«, sagte Ouallada.

Durch Audes Eindringen in seine Trance aus dem Gleichgewicht gebracht, konnte Foulque nicht zu seiner früheren Ruhe zurückfinden. Falten in seiner Robe, Knäuel von Roßhaar in seiner Matratze quälten ihn jetzt so wütend wie die Gitterstäbe eines Bratrostes. D'Impt hatte ihm ein Tuch aufs Gesicht gelegt, damit das Sonnenlicht nicht seine Augen schädigte. Hätte er sich nicht auf der Suche nach einer bequemen Lage hin und her gewälzt, hätte Ouallada meinen können, sie sei zu spät gekommen, und er sei bereits tot.

Aber er sagte: »Du hast also geheiratet. Ich habe dich unten gehört. Deine Stimme hat immer schon weit getragen.«

»Es war Zwang. Nicht das, was ich mir ausgesucht hätte.«

»Und ich war nicht da, um dich zu beschützen.«

»Du warst nicht da. Wie du sagst.« Sie ging zu ihm, setzte sich mit gekreuzten Beinen hin und zog ihm das Tuch von den Augen. Er hob die Hände schützend vors Gesicht. »Was höre ich denn hier? Nerra ist auf dem Weg zur Einheit mit Zoroaster?«

»Ich bin Katharer geworden, ja«, antwortete er in scharfem Ton.

»Ein selbstmörderischer Katharer sogar.«

»Du weißt nicht Bescheid über die Dinge des Glaubens. Ich würde dir das Konzept der Endura erklären, aber es würde dir nichts sagen, denn du kommst als Fremde zur Theologie.«

Als sie überhaupt nicht antwortete, drehte er den Kopf und schaute unter der Hand hervor zu ihr hinüber. Der weiße Leinenkragen ihres Gewandes flatterte im Wind und öffnete und schloß sich an ihrem Hals. Ihr offenes Haar wehte von Luftwirbeln erfaßt wie eine Wolke um ihren Kopf herum. Sie hob keine Hand, um es zu bändigen; ihre Hände lagen reglos auf ihren Fußknöcheln, wo er sie nicht sehen konnte.
»Bitte tu das nicht, Foulque«, sagte sie leise. »Im Namen der Freundschaft, tu es nicht. Ich komme eben aus Toulouse. Ich habe mit Prior Correau gesprochen. Ich bitte dich in seinem Namen. Tu es nicht.«
Er brauchte eine geraume Zeit, um Worte aufzunehmen und seine Antwort zu formulieren. Oft machte er sich die Mühe gar nicht mehr. Aber für Ouallada tat er es. »Leider steht mein Entschluß fest. Er wurde für mich gefaßt. Es ist keine große Sache. Nur eine Frage des Zeitpunktes. Ein bißchen früher statt später, das ist alles. Unterwirf dich nicht den Anstrengungen überflüssiger Argumente. Ich habe sie in der vergangenen Woche alle schon gehört.«
Also argumentierte sie nicht, sondern saß schweigend und sehr aufrecht da, so daß sie über die niedrige Umfriedung vom Dach hinunterschauen konnte. »Das erinnert mich an den Hedschas«, sagte sie nach einer ganzen Weile, »als ich eine Trage für dich baute und dich verfluchte, weil du mir bei der Arbeit nicht halfst. Jetzt verfluche ich dich inniger. Denn jetzt *könntest* du dich retten und tust es nicht. Ein verdammtes Ding, nicht wahr, dieser Wüstenwurm? Verzweiflung nennt man ihn. Ich kenne die Symptome.«
»Wie ich mich erinnere, hast du mich damals auch nicht in Ruhe gelassen. Und du hast mich in die Hände des Feindes ausgeliefert.«
»Während du dich diesmal selbst an sie ausgeliefert hast, mit erhobenen Händen ... Wohlgemerkt, wenn dieses Theater hier dazu gedacht war, deine Geliebte zu demütigen und sie zur

Räson zu bringen, so hast du dein Ziel bereits erreicht. Du kannst die Lektion beenden.«

»Aber das war nicht meine Absicht. Es tut mir leid, wenn die Dame sich gedemütigt fühlt. Wahrlich, ich fürchte, ohne ihren Stolz führt diese Frau ein hartes Dasein. Aber ich vertraue fest darauf, daß sie ihn wiederfindet. Audes Stolz ist eine strapazierfähige Pflanze.«

»Das klingt bitter aus dem Munde eines Liebenden. Armer Foulque. Hat sie dich denn schon wieder verschmäht?«

»Ganz und gar nicht. Ganz und gar nicht.« Er sagte es aus Grausamkeit: um sie davon zu überzeugen, daß er nicht mehr der Mann sei, an den sie sich erinnere. Er hörte, wie sie die Neuigkeit schluckte, als ob Gräten darin steckten. »Wir haben eine hübsche Weile damit verbracht, gegenseitig unseren Appetit zu stillen, bei Tag und bei Nacht. Wenngleich es indiskret ist, wenn ich tratsche, nicht wahr? Du siehst, ich vergesse allmählich die Feinheiten des höfischen Lebens ... Ich muß sagen, du wirkst nicht sehr betrübt über deine aufgezwungene Ehe. Zumindest darüber bin ich froh. Ich selbst, ich würde ja ersticken, wenn ich in den falschen Armen geendet wäre.« Er war entschlossen, die Liebe, von der as-Schafih ihm erzählt hatte, bis auf den letzten überlebenden Rest zu töten. Aber sie versetzte gleichermaßen giftig: »Ach – entsprachen Audes Umarmungen also nicht den Erwartungen?«

Er wandte sein Gesicht zum Himmel. »Ich begebe mich jetzt in die Arme des Erlösers. In den Himmel. Denn das ist der Lohn für den Guten Tod.«

Plötzlich und ohne Vorwarnung schlug sie ihn ins Gesicht. Tatsächlich geschah es aus einem so ungelenken Winkel und in so ungeordneter Hast, daß ihre Hand quer auf seine Nase traf, so daß sie blutete. Sie warf einen kurzen Blick auf das Blut an ihrer Handfläche und sprang dann auf, als müsse sie sich beherrschen, um nicht in schlimmere Gewalttätigkeit zu verfallen. »Jetzt weiß ich, daß du lügst, Foulque Nerra. Um

Gottes willen! Wenn du so viel Wert auf Worte legst, daß du ihretwegen *sterben* willst, dann solltest du sie nicht auf Lügen verwenden – zumal wenn du mit Leuten redest, die es besser wissen. Unterwegs in den Himmel, wahrhaftig! In den Himmel! Seit wann glaubst du denn, daß du in den Himmel kommst? Wo ist denn dein Dämonenblut, das du von deiner Urgroßmama geerbt hast? Wo ist denn diese Sündenlast, die du überallhin mitgeschleppt hast, damit du sie auch ja nicht aus den Augen verlierst?«

»Im Wasser der Taufe habe ich sie von mir geworfen«, sagte er mit dem saftlosen Quengeln des konvertierten Katecheten.

»Das glaubst *du*!«

Auxerre d'Impt, der aus schierer Neugier auf das Dach zurückkehrte, hatte kaum den Kopf durch die Falltür gesteckt, als er ihn auch wieder zurückzog – so gefährlich war dieses Kreuzfeuer.

»Du glaubst, ich weiß nichts über den Katharismus?« schnaubte sie. »Ich weiß genug. Ich weiß zum Beispiel, daß du für das *consolamentum* die Erlaubnis deiner Ehefrau brauchst!« Dieses Argument erschien ihm so töricht, daß er nur die Achseln zuckte. »Und auch wenn du jetzt darum bittest, wirst du sie nicht bekommen!«

Er seufzte angesichts ihres ermüdenden Moralisierens. »Willst du damit sagen, daß Aude und ich vor den Augen Gottes Mann und Frau sind?«

»Das will ich durchaus nicht sagen«, erwiderte sie barsch. »Gott könnte Seine Augen niemals auf eine solche Verirrung richten. Ich meine, was ich gesagt habe. Du bist bereits verheiratet. Ich habe dich geheiratet. Durch einen Stellvertreter. Vor zehn Tagen.«

»Du hast was?«

»Dieser gewinnende Jüngling mit dem grünen Drillichwams und der dazupassenden Gesichtshaut – auf dem Schiff? –, der hat dich vertreten. Ihm ging es schließlich nur um die Mitgift, nicht um mich. Leider mußte ich ihm auch as-Schafihs Schwert und Helm geben; eigentlich hatte ich mich nur von den Ländereien in der Normandie trennen wollen, aber er hatte mich in eine ungünstige Lage gebracht. Du wirst dadurch zum Ritter, wußtest du das? Leo de Montpellier wird mächtig erleichtert sein. Und Rutebeuf auch. Ihm war es gleich, wer der Bräutigam war, solange nur ›die Anomalie berichtigt‹ wurde. Keine weiblichen Ritter, die das Wappen der Ritterschaft mit dem grausigen Rot der Menstruation besudeln ... Dein Prior hat die Ehe geschlossen. Eine hübsche Ironie, findest du nicht auch? Und von bemerkenswerter Barmherzigkeit, wenn man die Zurücksetzung bedenkt, die er von dir soeben erfahren hatte. Ich habe Pater Correau sehr gern. Er hat einen wirklich großzügigen Geist, nicht wahr? Wohlgemerkt, nicht so großzügig, daß er dich nicht mit Haut und Haaren verfluchen wird, wenn du fortfährst mit diesem ...«

»Hör auf. Hör auf. Hör auf.« Er warf den Kopf hin und her, als wären die Worte Steine, die ihm aufs Gesicht fielen. »Was ist denn das? Was für ein Spiel glaubst du hier zu spielen? Verheiratet? Mein Gott, warum denn? Aus welchem Grund? Ich habe doch nichts! Ich habe alles weggegeben! Warum ich? Warum, Weib?«

»Man hat mich genötigt. Lieber dich als einen, den Rutebeuf mir ausgesucht hatte. Du heißt jetzt übrigens Foulque de Gloriole – besser, du kennst deinen eigenen Titel. Der Name beruht auf einem Mißverständnis, aber ich denke, er ist so gut wie jeder andere.«

»Oh, das ist alles ganz prächtig! Ohne mich zu fragen? Ganz prächtig, wirklich!«

»Wieso? Es ist doch schon öfter vorgekommen, daß ein Mann sich einer Frau bemächtigt«, gab sie zurück. »Und aus schlimmeren Beweggründen.«

»Nun, aber ich widersage dir«, stammelte er. »Ich weise dich zurück! Ich verstoße dich!«

»Dazu bräuchtest du die Einwilligung der Kirche, mein Lieber«, sagte Ouallada. »Einen päpstlichen Dispens. Und es könnte sein, daß die Kirche dir im Augenblick ein wenig feindselig gesonnen ist. Dein Prior zum Beispiel – er würde dir zur Zeit wohl nicht im geringsten entgegenkommen. Nur um dich vor der Verdammnis zu bewahren. Er hat dich wirklich sehr gern ... Ich hätte das alles nie erwähnt, mußt du wissen; nur die Nachricht von deiner Erhebung in den Ritterstand hätte ich dir überbracht ... Aber in Anbetracht der Umstände scheint es doch gut, daß ich es getan habe.«
»Ich will nicht Ritter werden! Was nützt mir die Ritterschaft? Und ich will nichts von dir – außer daß du mich in Frieden sterben läßt!«
»Nun, aber ich lasse dich nicht.«
»Was heißt denn das? Was hast du vor?«
Sie hatte sich zu seinen Füßen niedergelassen, stur, verstockt, die Lippen in störrischer Entschlossenheit geschürzt. Er stemmte sich auf den Ellenbogen hoch und spähte sie durch das algendurchzogene grelle Licht seines verfallenden Sehvermögens an. »Ich weigere mich, dich freizugeben, Gemahl. Dein *consolamentum* ist null und nichtig.«
Sie sah, wie der alte, verschlagene Trotz sich in seine Miene schlich. »Dann gehe ich den Weg der Sterne.«
»Indem deine Seele durch schrittweise Läuterung von Stern zu frostigem Stern wandert, bis hinauf zum Himmelstor. O ja, auch dieses Stückchen Theologie ist mir bekannt.«
Über ihnen schwebten die ersten Sterne des Abends in einem grauen Meer von unergründlicher Tiefe. Ihre Vorstellungskraft verzagte am Gestade einer solchen Seereise.
»Und ich sage dir, du bist im Stadium der Ungnade und mußt den langen Weg in deinen Katharerhimmel gehen – du siehst, wie gut ich studiert habe? –, den Weg der Reinkarnation.« Ihre Stimme war eisig und so durchdringend wie die abendlichen Winde, die einander über das Dach hinwegjagten.

»So sei es«, sagte er und ließ sich erschöpft zurücksinken. »Reinkarnation.«

»Das heißt, wenn du stirbst, fährt deine Seele in den nächstbesten Menschen, das nächste Tier – was immer gerade zur Hand ist –, und plagt sich durch so manches Leben der Buße wieder hinauf zur Vollkommenheit.«

Er schwieg.

»Also bleibe ich einfach hier sitzen.«

»Was?«

»Und wenn deine Seele hinausfährt, kann ich sie ergreifen und in mir tragen. Das habe ich im Leben getan; ich kann es auch im Tode. Die Last dürfte mir hinreichend vertraut sein. Gott weiß, ich habe dich in mir getragen meilenweit und jahrelang – Meilen und Jahre genug.«

Eine Schar Enten flog tief über das Dach hinweg; ihr obszön trompetendes Hohnlachen ließ sie beide zusammenfahren. Der dämmrige Himmel füllte sich mit Fledermäusen und Sternen in gleicher Zahl. Das Licht schwand so weit, daß keiner der beiden noch das Gesicht des anderen sehen konnte.

»Es ist bloß schade, daß keiner von uns beiden an all das glaubt«, sagte seine Stimme aus dem Dunkel. »Sei zufrieden«, fuhr er dann fort. »Die Liebe ist nicht von Dauer, weißt du. Ich habe mein Leben auf dem Grundsatz erbaut, daß die Liebe ewig brenne. Wie das Ewige Licht bei der Sakristei, weißt du. Aber es war eine falsche Doktrin. Ich bin hierher zurückgekommen, weil ich ein Gelübde abgelegt hatte. Eine Frau in Ewigkeit zu lieben. Aber ich konnte es nicht halten.«

Ouallada hob die Stirn von den Knien.

»Oh, ich habe meine Pflicht erfüllt. Ich habe meine Rolle gespielt. Sämtliche *assais* vollbracht. Mir selbst eingeredet, die Liebe sei mir nur für eine Weile verborgen: Aber sie werde schon wieder aufflammen. Aber sie ist tot. Ich trage sie mit mir herum wie einen verdorrten Ast. Es ist nicht zu verbergen. Ich dachte, die Liebe ist von Dauer. Aber das ist sie nicht. All die Gelübde, die ich abgelegt – all die Eide, die ich geschworen – all die Lieder, die ich gesungen ... und dennoch wich mein Herz vom Wege ab, schweifte mein Auge umher – und unversehens empfand ich das alles für eine andere Frau. Den gleichen Wahn. Die Besessenheit.«

Sie empfand Schrecken und Empörung in einem Maße, wie sie es nicht mehr für möglich gehalten hatte. Sie hatte seine Aufmerksamkeit auf das große Heer der Frauen in der Welt gelenkt, und er hatte ihren Rat befolgt und eine neue Geliebte gefunden. »Es ist also nicht der Mönch in dir, der sich weigert weiterzuleben. Es ist der enttäuschte Troubadour.«

»Zum Teil«, sagte er. »Nun? Die Liebe. Wenn sie keine Konstante ist, was ist sie dann? Wahnsinn? Eine Vorliebe für das Laster. Nichts sonst. Das ist alles.«

»Ach, schäme dich, mein Herr!« sagte sie bissig. »Wenn du jetzt die Algebra zu Hilfe rufen willst! Wenn die Liebe keine Konstante ist, so ist sie eine Unbekannte. Das ist alles, was die Algebra dir dazu sagen wird. Es erfordert ein ganzes Leben, diesen besonderen Quotienten zu ermitteln. Aber ist es nicht das, was ihr zu tun habt – ihr *trobars*? Ihr ›Finder‹? Forscher, die ein neues Land erkunden? Du und deine neue *domna*, ihr könnt es zusammen finden. Auch wenn Aude eine Sackgasse in diesem Labyrinth gewesen ist – du hast noch lange keinen Grund, die Liebe nach dem Maßstab einer Aude d'Haut-Béziers zu beurteilen!«

Ungeduldig runzelte er die Stirn, aber die Ungeduld richtete sich gegen ihn selbst, nicht gegen sie. »Ich habe durchaus versucht, sie weiter zu lieben, weißt du«, sagte er. »Ich habe getan, was in meiner Macht stand.«

»Das kann ich bezeugen.«

»Sogar nachdem ... nachdem meine Zuneigung vom Wege abgekommen war, kam ich zurück. Ich habe getan, was sie von mir verlangte. Alles, was sie von mir verlangte.«

»Und das von ganzem Herzen, nach allem, was du sagst! Ich

wage zu behaupten, daß du ihr vorausgeeilt bist. Wie ein Hund, der einen Stock von allzuweit herbeischleppt.« Ruckhaft drehte er den Kopf vor soviel Unfreundlichkeit zur Seite. »Nun ja. Wie dem auch sei. Es hat wirklich nichts zu bedeuten. Sie ist eine Travestie, unsere Welt der *trobars.* Ich habe sie erforscht, und ich muß berichten, daß sie auf Selbsttäuschung und Firlefanz beruht. Wenngleich du als Frau und als Troubadour es vermutlich für Blasphemie hältst, wenn ich das sage. Wir haben ein wunderschönes Kunstwerk erbaut, wir *trobars*. Ein großes Phantasietheater. Blattgold auf etwas ziemlich Wertlosem, möchte ich meinen. Auf etwas ziemlich Wertlosem.«

»Oh, ich glaube nicht, daß du da recht hast«, sagte sie, ohne die Stimme zu heben. »Du mußt zugeben, daß ich als lebenslange Betrügerin und Scharlatanin gut dazu geeignet bin, über eine Lüge zu urteilen, wenn ich sie sehe. Und alles in allem würde ich sagen, jawohl, ein Kunstwerk. Es ist ein prachtvolles Kunstwerk. Aber, wie ich es sehe, eher wie die Schicht aus Gold und Silber und Edelsteinen auf dem Wahren Kreuz. Und durchaus gutgemeint. Auch wenn die Sache, die sich darunter verbirgt, in ihrer Natur eine ganz andere Sache ist. Eine ganz andere. Man sagt zum Beispiel, es könne keine Liebe geben zwischen Ehemann und Ehefrau. Und doch bin ich hier, verheiratet mit dir und dennoch erfüllt von ...«

»Wärest du so gut, mir einen Schluck Wasser zu reichen, Ouallada?« unterbrach er sie höflich.

Sie hatte sich etwas darauf zugute gehalten, daß sie stets den Anschein der Gefaßtheit aufrechterhalten könne. Doch als sie jetzt versuchte, das Wasser aus einer weichen Lederflasche in einen metallenen Becher zu gießen, mußte sie feststellen, daß es schluchzend und haltlos über ihre zitternden Hände plätscherte, über den Rand des Bechers, über Foulque. Er richtete sich auf, um zu trinken, und schloß seine Hände dabei um die ihren, um den Becher ruhig zu halten.

»Weißt du, wie die Kaiserin Katharina bewiesen hat, daß das Wahre Kreuz echt ist?« sagte er, ohne ihre Hände loszulassen. »Bevor es vergoldet und mit Edelsteinen verziert wurde, meine ich? Gleich als sie es gefunden hatte?«
»Das muß ich wohl wissen. Wenn ich nur eben ...«
»Sie hat den Leichnam eines Mannes darauf gelegt, und er wurde zum Leben erweckt.«
Mit einer Behendigkeit, die sie nicht vorausahnen konnte, und mit einer Kraft, die sie ihm nicht mehr zugetraut hatte, schlang er beide Arme um sie und zog sie an sich, schmiegte ihren ganzen Körper der Länge nach an seinen.
»Du siehst, diesmal bin ich die Zielscheibe eines göttlichen Scherzes. Gegen meinen Willen verheiratet mit der Frau, die ich heimlich liebte. Ohne mein Zutun. Gegen alle meine Gelübde. Und obwohl ich mich dafür verfluchte, daß ich sie liebte. Ein großartiger Witz Gottes, findest du nicht auch? Hörst du Ihn brüllen vor Lachen?«
»Du hast dein Gelübde gebrochen, Katharer«, sagte sie, als er ihren Mund wieder freigab.
»Ja. Jetzt habe ich jedes Gelübde gebrochen, das ich je abgelegt habe. Ich bin ein Mann aus Wasser. Erwarte von mir keine dauerhafte Beständigkeit.« Es klang nicht bitter, aber sie wußte, daß es das Bitterste war, was er je gesagt hatte. Sein Körper mochte wieder zum Leben erweckt worden sein, aber seine Seele schleifte auf einer zerbrochenen Trage hinterdrein.
»Wie Euripides sagt: ›Deine Zunge nur war's und nicht deine Seele, die schwor.‹ Worte. Das ist die andere Schwäche der Sängerphilosophie: daß Worte als Währung für den ernsthaften Handel der Seele gelten. Sogar Musik ... Nur die Katharer würden versuchen, das Universum zum Trocknen an fünf Notenlinien zu hängen.«
»Also keine Gelübde mehr. Und keine Lieder.«
»Und keine Troubadoure unter unserem Dach, die uns sagen, wo die Liebe gedeihen kann und wo nicht.«

»Dach? Unter welchem Dach? Ich mag durch deine Frechheit zum Ritter geworden sein, aber ein landloser – erinnerst du dich? Die Étangs gehören der Kirche. Die Normandie wurde als Mitgift weggegeben.«

»Ach. Habe ich das nicht gesagt? Dein Prior möchte dir ein *salvetat* geben – an der Loire. Ein Landgut, als Hochzeitsgeschenk. Ich nehme an, er glaubt, daß du Gott dort eher findest als auf dem Schlachtfeld. Oder übrigens auch am Ende einer Endura. Wie Alcuin an Karl den Großen schrieb: ›Die Stimme des Volkes ist die Stimme Gottes.‹«

Er hielt sie auf Armeslänge von sich und betrachtete sie mit staunender Verblüffung. »Woher hast du das alles, Madame? Alcuin? Euripides? Algebra? All die kleine Katharer-Kniffe? Wer hat dich darauf abgerichtet, mich zu untergraben?«

»Niemand.« Sie strich ihm mit den Fingern übers Gesicht, als verwehre ihr die Dunkelheit allzuviel von ihm. »Aber jemand – ich weiß nicht mehr, wer. Warst du es? Es ist wahr, also muß du es gewesen sein – jemand hat einmal zu mir gesagt: ›Höre alles, und du wirst sehen, daß nichts überflüssig ist.‹ Deshalb warst es in Wahrheit wohl von Anfang an du selbst, der dir zum Verhängnis geworden ist.«

»Ich habe nie etwas anderes geglaubt«, sagte er mit einer Spur der alten Bitterkeit. »Nie habe ich etwas anderes geglaubt.«

Sechsunddreissig

Ein neues Leben

Sein Unvermögen, bei der Liebe zu Aude zu bleiben, und sein noch größeres Unvermögen, dieses Unvermögen zu überstehen, lastete bleiern auf den ersten Tagen jener Ehe. Foulque kam wie ein Ertrinkender zu Ouallada, und die Irrtümer seines Lebens strömten in einer alles ertränkenden Flut durch seine Augen. Sie wußte, aus dieser Ehe konnte nichts werden, wenn und solange er die Vergangenheit nicht hinter sich ließ.

»Du wirst ihn nicht halten können, weißt du!« kreischte Aude, und sie riß Ouallada die Satteltaschen aus den Händen und warf sie zu Boden. »Er wird zu mir zurückkehren. Ich brauche nur zu rufen, und er kommt. Du magst dir mit deinen Ränken einen christlichen Familiennamen ergattert haben, aber sein Herz ergatterst du damit nicht! Denn das gehört mir. Immer! Studieren wird dir nicht helfen. Mit Studieren hält man keinen Mann! Ihr könnt ja nicht die ganze Nacht *reden*!« Sie schlug nach Ouallada, kratzte sie mit kleinen Krallenpfoten wie eine Katze, die sich vorgenommen hat, die Möbel zu beschädigen. Ouallada ging um sie herum, duckte sich an ihr vorbei und wandte ihr den Rücken zu, um den bösartigen, schmutzigen Nägeln zu entrinnen. »Glaubst du wirklich, er hält sich an eine Ehe, die durch Täuschung zustande gekommen ist? Einen Mann wie ihn sperrst du nicht ein! Er wird zu mir zurückkommen!« Sie packte eine Schere. »Er wird wiederherkommen! Er war hier glücklich. Wir waren glücklich. Er wird es nicht

hinnehmen, daß du ihn zum Hahnrei machst, du schwarze Hure!«
»Aude, gib es auf.« Das war Auxerre d'Impt. Er kam ungewohnt flink herein und nahm Aude die Schere aus der Hand. »Gib es auf, Frau. Nerra verläßt uns. Er verläßt dich, er verläßt Béziers.«
»Nur weil sie mit ihrer List ...«
»Weil er sie liebt, Weib. Weil er sie liebt. Er liebt sie seit Ägypten.«
»Das ist doch absurd. Warst du denn da? Du weißt ja nichts, du. Was weißt denn du von der Liebe? Du hast im Bett nie getan, was er für mich getan hat.«
»Aber jetzt hast du ihn verloren mit deinen Albernheiten, mit deinen verdammten törichten *assais.* Es werden andere kommen. Laß ihn jetzt in Frieden gehen. Es würde dir nicht gefallen, was er mit dir macht, wenn du seiner Frau etwas antust.«
Die beiden rangen miteinander, und Aude spuckte ihm ins Gesicht und trat mit ihren spitzen kleinen Schuhen nach ihm. Ouallada schlich sich an der Wand entlang davon und blieb dann mit geschlossenen Augen stehen, die Satteltaschen an die Brust gedrückt. Auxerre hielt Aude mit beiden Armen umschlungen und trug sie ans andere Ende des Raumes. »Packe du nur weiter ein, Prinzessin. Madame wird dich nicht weiter stören.«
Ouallada bedauerte, daß sie die Vorzüge dieses Mannes erst so spät gewahrte: seine Loyalität gegen Aude trotz gründlicher Kenntnis ihrer Oberflächlichkeit, ihres Leichtsinns, ihrer törichten und boshaften Natur.
»Sie wird ihn nicht behalten!« kreischte Aude, und ihr Strampeln verwandelte Rock und Unterröcke in einen Schaum aus goldener Spitze, während sie mit den Absätzen gegen seine Knie trommelte. »Er wird zu mir zurückkommen, wenn ich auch nur ...«
»Dann gib dich doch zufrieden, Madame«, sagte Ouallada.

»Laß uns beide abwarten und beten. Der Mann hat sich um ein Landgut zu kümmern. Da alle seine anderen Ländereien nun verloren sind, ist es das Beste, wenn er sein *salvetat* so bald wie möglich aufsucht.«

»Magie! Du wirst Magie benutzen! Sie wird allerlei Liebestränke brauen, Auxerre – du weißt es! Ihresgleichen – sie kann Hexenwerk aller Art betreiben, wenn sie ihn erst von hier fortgebracht hat! Sie ist ihm wie ein Hund bis ans Ende der Welt und zurück gefolgt, nicht wahr?«

»Ich weiß nicht, was für Magie sie dazu brauchen soll, von ihrer Natur abgesehen«, sagte d'Impt.

Ouallada sprang vor und raffte das Bastnetz mit dem Rest ihrer und Foulques Kleider an sich, bevor sie zur Tür rannte. So hatte sie keine Hand frei, um sich die Tränen von den Wangen zu wischen. »Du bist sehr freundlich, Herr. Ich hoffe, daß du recht hast und daß dich der Mann nie wieder plagen wird.«

Während sie mit dem Riegel kämpfte, rief d'Impt ihr nach: »Glaube mir, er liebt dich mit einer Leidenschaft, der zum ersten Mal in seinem Leben selbst er nichts anhaben kann.«

Noch draußen hörte Ouallada, wie Aude unter wütendem Gebrüll gelobte, ein Gericht der Liebe einzuberufen und Foulque Nerra mit dem Stigma des meineidigen Geliebten anzuschwärzen, daß es bekannt werde in ganz Frankreich.

Es würde nichts ausmachen, wenn sie es täte. Das *salvetat*, das Foulque von Prior Correau verliehen bekommen hatte, lag im nördlichsten Ausläufer des Languedoc, weit weg von der blutroten Erde des Troubadour-Reichs. In einer solchen Gegend war wenig Platz für Troubadoure, und es gab nur wenige Küchen, die einen fahrenden Ritter mit dem geziemenden Aufwand bewirten konnten. Wenn es Foulque dort gutgehen sollte, dann nicht wegen seiner *sirventes* oder wegen seines Ansehens am Hof der Liebe.

Ein *salvetat* ist ein Lehensgut, das von Verpflichtungen gegen die Krone frei ist; es wird nicht besteuert und zahlt weder Marktzoll noch Zins: eine Gemeinde, die durch freies Gewerbe zusammengehalten wird. *Salvetats* waren soziale Experimente, so anarchisch, daß sie manchen Angst einjagten, aber auch so erfolgreich, daß sie dem merkantilen Frankreich neues Leben eingehaucht hatten. Foulques Land lag in einer Biegung des Sablois, eines Nebenflusses der Loire, in der Nähe von Ormes.

Man konnte sich nicht aussuchen, wer dort siedelte. Handwerker und ihr Gesinde, Künstler und ihre Familien, Freie und Freigeister wanderten herein wie die Seelen durch das Himmelstor. Sie ließen sich in entlegenen Dörfern nieder, hielten die Augen offen, stellten Fragen und machten sich ein Bild von der Natur des Mannes, der die Herrschaft über dieses Land bekommen hatte. Und als ihnen keine Gerüchte von Fronarbeit zu Ohren kamen, als niemand zum Militärdienst gepreßt wurde, als man nichts hörte von Teufelsanbetung und Ketzerei, da kamen sie schwerfällig über die Grenzen geschlendert, und warfen ihre Weidenkörbe ab, ihre Kinder, gefesselte Schweine und Türpfosten. Viele kamen aus der Sologne, Söhne von Sumpfbewohnern mit der gleichen Vorliebe für das selbstbestimmte Leben wie ihre Eltern, aber mit weniger Appetit auf Fieberdunst und Pesthauch der Sümpfe. Was sie fanden, war unbebautes Land, bewässert von einem gewundenen Fluß, Steinbrüche mit Schiefer und weißem Tuff, Wälder, in denen es wimmelte von Wild, und Apfelbäume, die mangels Hege fruchtlos blieben.

Fruchtlos mangels Hege.

Sie hockten sich auf ihre Fahrhabe, schauten sich um und suchten nach dem Mangel, dem Haken, dem Nachteil, der doch zweifellos mit Gloriole-sur-Sablois verbunden sein mußte. Das alles sah zu gut aus, um wahr zu sein.

Als die beiden in der Herberge zum Schwarzen Eber eintrafen, die innerhalb der Grenzen ihrer neuen Ländereien lag, beschloß Ouallada, ihre endgültige Vertreibung aus diesem Garten Eden zu riskieren.

»Es besteht keine Ehe zwischen uns«, sagte sie, als Foulque die Wolldecken, die der Wirt ihnen gegeben hatte, auf dem Dielenboden der leeren Kammer im oberen Stockwerk ausbreitete. Das Licht aus dem Raum darunter leuchtete in gelben Punkten von einer Wand zur anderen – ein Sternbild aus Lampenlicht, wie der Weg der Sterne bei den Katharern, dachte sie, der so mühselig und einsam war. Foulque starrte sie an. »Es gibt keine Ehe ohne Vollzug«, sagte sie. »Prior Correau hat an diesem Punkt keinen Zweifel gelassen. Ich dachte, du würdest schon eher auf diesen Gedanken kommen. Vielleicht bist du es ja auch.«

»Nein«, sagte er unbestimmt. »Nein. Nein. Ich bin nicht darauf gekommen ... Nein.«

»Ich bereue nicht, daß ich dich in die Irre geführt habe – daß ich dich von Haut-Béziers weggelockt habe. Aber jetzt weißt du es.«

»Ja. Ja, ich weiß es jetzt. Ja.«

»Du hättest meine Freigabe nicht gebraucht, um den Guten Tod zu sterben. Du könntest sagen, ich habe dich belogen.«

Er hatte sich mit gekreuzten Beinen auf die Decken sinken lassen und seine Satteltaschen auf den Schoß gezogen. Mit einem Regen von Kleinigkeiten, die ringsum auf den Boden prasselten, förderte er auch das schwarze Gewand und den wollenen Gürtel eines katharischen *perfectus* zutage. »Soll ich das verbrennen?« fragte er sie.

»Nein. Behalte es. Jeder braucht Erinnerungen.«

»An mein größtes Scheitern?«

Sie kam zu ihm und riß ihm die Sachen erbost aus den Händen. »O nein! Du bedarfst keiner Erinnerung an dein Scheitern. Wenn du sonst nichts in diesen Sachen siehst, dann werde *ich* sie behalten. Als Erinnerung an meinen größten Erfolg.«

Aber er hielt ein Ende des Gürtels fest und zog sie damit aus dem Gleichgewicht, als sie sich entfernen wollte. Mit einer Hand vor die andere greifend zog er sie zu sich heran. »Um dir die Wahrheit zu sagen ...«, begann er unschlüssig.
»Das würde mir gefallen«, sagte sie. »Es wäre etwas Neues für mich.«
»Um dir die Wahrheit zu sagen: Ich denke an wenig anderes als an den Vollzug unserer Ehe. Trotz Aude ...«
Sie zog den Kopf ein, als habe er sie mit etwas beworfen, das sie körperlich verletzen konnte. »Ich weiß, daß ich nicht gerade der goldene Gipfel der Schönheit bin. Ich weiß, daß ich nicht Aude bin.« Sie betrachtete die Oberseite ihres Handgelenks, als könne es ihr offenbaren, weshalb der Segen der weißen Haut nur auf Aude gefallen war. »Aber es gibt Weißbrot und es gibt Schwarzbrot. Und wenn du Hunger hast ...«
»Ich habe mir den Bauch mit Aude vollgestopft«, unterbrach er sie hastig. »Habe mich gemästet an ihr. Da war es dann zu Ende. Das war es, was schließlich zum Ende führte. Es war nichts mehr da. So sehe ich es, wenn ich zurückschaue. Der Anfang vom Ende. Lohnte sich nicht.« Er lächelte schief. »Aber ich denke immer noch.« Unverhofft war sie wiedergeboren für die Macht des Glücks. So. Nach all den Jahren der repressiven Abstinenz hatte er in Aude doch nicht den Zauber gefunden, den er erwartet hatte.
Ouallada hatte vieles von Foulque gelernt. Sie hätte ihm auch jetzt glauben können: daß sie wenig versäumte, wenn sie auf fleischliche Liebe verzichtete. Aber trotz aller jungfräulichen Unwissenheit wußte sie doch, daß er nicht recht hatte. Ob es ihr Instinkt war, der es ihr sagte, ob Mohrenmagie oder ihr unausrottbarer Optimismus, sie wußte, daß er nicht recht hatte. Sie stand auf den Lichtseilen, die sich zwischen den klaffenden Dielen spannten, und hielt ein vollkommenes Gleichgewicht auf ihrer Sternenplattform. »Du hast Angst, wir könnten uns als Freunde niederlegen und als Fremde wieder aufstehen.«

»Nein. O nein.« Aber er war froh, daß sie es so bündig formuliert hatte.
Sie setzte sich zu ihm. »Foulque, mein Lieber. Im Grunde weiß ich es nicht, aber ich kann nicht umhin zu glauben – da es sich doch im Laufe der Jahre als so ... *populär* erwiesen hat –, daß man nicht alles lernen kann, indem man ein einziges Buch liest. Über die Liebe, meine ich. Ich meine, es wäre übereilt, wenn wir uns bei allen unseren Eindrücken auf Aude d'Haut-Béziers verlassen wollten. Sie mag sehr hübsch sein, aber sie ist doch nur *eine* Frau. Und andere, die sie liebten, haben nicht so empfunden wie du.«
Er warf ihr einen Seitenblick zu, bang, zweifelnd. All die kleinen krausen Haare, die sich aus ihrem Zopf befreit hatten und sich vom Haaransatz nach hinten lockten, waren von einer Corona aus Kerzenlicht durchstrahlt, und der Luftzug, der durch die Dielen nach oben wehte, hob und bewegte die Lokken in ihrer Stirn. Daß er ihre Züge nicht erkennen konnte, erfüllte ihn mit der gleichen Frustration, die er verspürt hatte, wenn er bei zu wenig Licht hatte studieren wollen.
»Könnten wir es nicht ...?« begann sie. »Würdest du meinen, es käme der Wissenschaft zu nahe? Zu erforschen ...«
»Was? Es weiter zu erkunden, meinst du?« Er runzelte die Stirn wie ein Philosoph, der mit einer abstrakten Prämisse zu ringen hatte.
»Wir sind schließlich die Entdecker. Die *trobars.* Die Finder.« Sie spielte ihre Rolle gut: tastend und unsicher. Aber er ließ sich nichts vormachen. Er fühlte die Gewißheit, die sie verströmte wie Wärme. Da war kein moralischer Zweifel in ihr, keine Neugier auf die Sünde, keine Scham, kein hitziger Mutwille. Da war nur ein Verlangen, so groß und so bewegend, daß er ebensogut an der Loire selbst hätte sitzen und sich von ihrer dunklen, tiefen, wellenlosen Strömung vom gestrüppgesäumten Rande hätte hinausziehen lassen können. Seine am Ufer vertäute Seele schwang so heftig auf sie zu, daß ihm

ganz schwindlig zumute war. Benommen. Halt fand er nur, indem er ihr beide Hände auf die Schultern legte, die Finger unter die Kragenöffnung schob.

»Das *winileodas* ... dein Lied in der Wüste.«

»Was ist damit?« fragte sie. »Manchmal sind Worte eine Erleichterung. Die zweitbeste, aber eine Erleichterung gleichwohl.«

»Es war so ... geradeheraus. So leidenschaftlich. Könnte sein, daß ein Mann sich so ... entschiedenen Erwartungen nicht gewachsen fühlt.«

»Könnte sein«, sagte sie und schaute nach unten. »Tut er aber offensichtlich nicht.« Seine Hände waren durch ein Netz von Spitze miteinander verbunden wie durch eine Hängematte, und darin ruhten ihre Brüste. »Also keine Lieder mehr.«

»Keine *assais* mehr.«

»Keine *ascesis* mehr.«

»Keine Worte mehr anstelle von Taten.«

Und die Wahrheit, die darin lag, legte sich auf ihre Stimmbänder, denn sie sah sich außerstande zu sprechen; die Gänge ihrer Kehle waren verstopft wie von unvergessenen Tränen, und die weichen Bezirke ihres Körpers waren verstopft wie von unsagbaren Empfindungen, die das Ausdrucksvermögen des gesprochenen Wortes weit, weit hinter sich ließen.

Foulque fand heraus, daß zwischen der Liebe in den Armen Audes und der Liebe in den Armen Oualladas ein so großer Unterschied bestand wie zwischen Krankheit und Gesundheit. Bei Aude hatte jede Begegnung seine Bitterkeit verstärkt, ihn müde gemacht, und jedesmal war die Übelkeit danach ein bißchen größer gewesen und die Neigung ein bißchen kleiner, sich der täglichen Anstrengung des Weiterlebens zu unterziehen. Bei Ouallada stiegen Appetit und Spannkraft mit jedem Tag, während er eine Jugend entdeckte, die ihm nie vergönnt, einen Überschwang, der ihm nie gestattet gewesen war. Es gab keinen Wettstreit zweier Willen, kein gieriges Raffen nach dem größten Anteil der Lust, keine schrille, kindische Ausgelassenheit, kein boshaftes Necken. Keine Vergleiche, die sich widerspiegelten in einem halbabgewandten Gesicht. Er fand heraus, daß Jungfräulichkeit nicht, wie Aude gesagt hatte, eine beiläufige Trivialität war, sondern ein Vertrauensgeschenk, das man vergab, wie ein Student seine Unwissenheit der Obhut eines Mentors anvertraute.

Er schrieb keine Lieder. Wenn die Liebe da ist, wenn sie ausgeschlüpft im Nest hockt, hat man keine Zeit mehr zum Singen, denn dann muß man sie füttern, mit zärtlicher, fleißiger Sorgfalt.

Auch Ouallada schrieb keine mehr. Sie war so eifrig darauf bedacht, die Fesseln der Vergangenheit zu zerschneiden, daß sie, wäre es nach ihr gegangen, die Loire zu einem Ozean vertieft und verbreitert hätte; hinausgewatet wäre sie und hätte die ganze südliche Hälfte Frankreichs ins Meer geschoben, auf daß sie davontreibe mit ihrer Fracht aus blutroter Erde und Sängern, fort über den Horizont aus Katzendarm.

Nachdem er solche paradiesischen Ahnungen in Oualladas Bett gefunden hatte, hing Foulque mit frischen Kräften dem katholischen Glauben an. Nicht länger sehnte er sich nach einem Himmel, der frei war von allem Fleische, nach einer Auferstehung ohne seinen Leib, ohne die Begleitung eines Weibes. Aber obgleich die Alte Kirche ihn mit Vergebung nährte und seinen Troubadourmund mit dem Wein der Kommunion auswusch, sah Ouallada doch, daß sein Rücken sich neuerlich krümmte unter der vertrauten Last der Sünde. Mit seiner alten Theologie hatte er auch die Verbrechen seiner Vorväter wiedergefunden, die Irrtümer seiner Jugend, die Schuld ob der katharischen Nägel, die er in Gottes Hände getrieben hatte. Er war unfähig, Vergebung zu akzeptieren.

Über das *salvetat* von Gloriole sagte er zu seiner Frau: »Dies ist meine Gelegenheit, Wiedergutmachung zu leisten. Dies ist meine Gelegenheit, meine Schulden zu bezahlen.« Wer sah, wie er arbeitete, konnte ermessen, wie groß der Berg der Sünde war, der sich über ihm türmte. Und er mußte abgetragen werden Tag für Tag in rasender Geschäftigkeit: Keine Absolution konnte ihn sprengen.

Er zeichnete Karten, er borgte sich Geld, er fällte Bäume. Er wies Müllern ihre Hügel oder Bezirke zu, Bootsbauern ihr Holz, Steinbrechern ihre Felsen. Er gab Fischnetze und neue Weinstöcke in Auftrag, eine Kirche, einen Kornmarkt, eine neue Brücke über den Fluß. Und der Fluß zerbrach seine Pfähle und Pontons und ließ sie stromabwärts in seine Barken schmettern.

Er baute ganze Dörfer aus Bienenstöcken, beaufsichtigte die Anlage einer kleinen Stadt aus Rohrtürmen, an denen Bohnen ranken würden. Er jagte Rehe und pferchte Kühe ein. Und die wilden Schafe plünderten sein Weideland, und Schweine zerwühlten seine Bohnenfelder.

Ringsherum drängte der Wald heran und beobachtete mit hochfahrender Geringschätzigkeit, wie die kleinen Männer und Frauen da scharrten und wühlten. Die kleinen Männer und Frauen vergalten es ihm, zerfetzten und verbrannten die Wälder, bis die Grenzen von Gloriole aussahen wie häßliche versengte Wunden.

Während Richard Coeur de Lion sich mit prahlerischen Drohungen den Rückzug aus Outremer bahnte und schwor, mit furchtbarem Zorn zurückzukehren, führte Herr Foulque de Gloriole seinen Krieg gegen Hunger und Not an den Ufern des Flusses Sablois.

»Die Stimme Gottes ist die Stimme des Volkes.« Foulque hatte es über die Tür der Kirche schnitzen lassen, obwohl die Leute, die darunter ein und aus gingen, die Meinung äußerten, daß dies Gott, den König und den Papst erzürnen könne. Alle drei. Es bereite ihnen Unbehagen, sagten sie. Aber er ließ es nicht entfernen.

Was Ouallada angeht, so arbeitete auch sie. Sie machte Kerzen, säte Sonnenblumen, flocht Seile, wachste Papier für Fenster, pflegte den Garten und machte Arzneien aus Baldrian und Mohn vom Flußufer. Aber wie ein von Feen gesegnetes Kind aus der Sage ließ sie ihre Arbeit immer liegen, um rechtzeitig vor Foulque zu Hause zu sein, in dem schönen, vierräumigen Haus aus Feuerstein, das Foulque in der Flußbiegung für sie gebaut hatte. Und dann tat sie, als sei sie nirgends gewesen und habe nichts getan. Denn so oft sie ihm auch vorhielt, daß es lächerlich sei, er behandelte sie doch zum ersten Mal so, als wäre sie wirklich eine Prinzessin. Es war, als müßten all die Jahre, die sie im schamlosen Verstoß gegen die ritterliche Etikette verbracht hatten, nun durch Akte von aufmerksamer Ritterlichkeit überschrieben werden, durch lauter Rücksichtnahme auf ihre Bequemlichkeit und ihr Wohlergehen. Aber freilich, Foulque leistete immer für irgend etwas Wiedergutmachung.

Sie wehrte sich dagegen, aber innerlich war sie doch dankbar und erleichtert. Denn nach kurzer Zeit sah sie sich in den Klauen einer schrecklichen Mattigkeit – als hätten all die Gefahren, die Angst und die Strapazen der Reisen sie endlich eingeholt, so daß die Erschöpfung sie überwältigte. Als ihr schließlich jeden Tag übel war, sagte sie Foulque nichts davon, sondern ging in die Kirche und fiel dort auf die Knie, und sie betete darum, daß ihr Leben noch eine Weile verlängert werden möge.

»Trenne uns noch nicht, Herr«, flehte sie. »Aus der Ferne mag es ja so aussehen, als wären wir schon geraume Zeit zusammen, aber wenn du uns aus der Nähe sehen könntest ... Wir haben gerade erst angefangen!«

Auf dem Rückweg zum Haus machte sie Halt, um am Flußufer frische Streu zu sammeln. Die welken Narzissen waren in der Sommersonne zu Stroh verdorrt, und mit einem Paar Armen konnte man sie bündelweise ernten.

In der Nähe spielte eine Frau, bei deren Niederkunft Ouallada geholfen hatte (bei solchen Gelegenheiten kamen die Frauen alle zusammen), mit ihrem Kind in den Blumen; sie kitzelte seinen rosigen Bauch mit den grünen und gelben Euphorbien, in denen es lag. »Sei lieber vorsichtig«, rief die Frau herüber, »wenn du so ungelenk trägst. Es ist nicht das Gewicht, es ist die ungelenke Haltung. Wieviel willst du denn?«

»Soviel wie ich tragen kann, denke ich«, antwortete Ouallada vorsichtig; sie hatte immer noch Mühe, den nasalen Tonfall des Nordens zu verstehen, die *langue d'oil.*

»Au weh! So habe ich auch mal gedacht. Aber jetzt brauche ich das Kraut. Sechse habe ich, und von jetzt an nehme ich das Kraut. Es wächst hier in der Gegend, weißt du. Aber du, du fängst ja erst an, oder, Madame? Höre nicht auf mich. Je mehr wir haben vom Schlage deines Ritters, desto besser wird's uns gefallen. Er ist ein feiner Mann. Hat sieben Knaben verdient – obwohl Gott dir auch ein oder zwei Mädchen schenken soll, zur Gesellschaft, gewissermaßen ... Ich werde dabeisein, keine Angst. Immer vorausgesetzt, dein braver Gemahl findet, daß wir gut genug sind, um durch eure Tür zu treten. Ich und all die andern Frauen. Gerade so, wie ihr es für mich getan habt.«

Ein eifriger Windstoß wehte vom Fluß herauf, pflückte ein paar Strohhalme aus dem Bündel, das Ouallada im Arm hielt, und ließ sie ihr um den Kopf wirbeln. »Wenn ich ein Kind bekomme, meinst du?«

»Wenn du das Kind da bekommst, ja. Bewegt es sich schon?«

Ouallada wandte sich dem glitzernden Fluß zu und ließ sich von der Brise das Gesicht kühlen. Aus ihrem Grasbündel fiel die Mitte heraus und verstreute sich zu ihren Füßen. Den Rest ließ sie über den Fluß hinaus wehen; sie öffnete die Arme weiter und immer weiter und ließ ihr Glück über den Fluß hinaus fließen, daß er weiß wurde davon und vom Narzissenstroh, durchsetzt von geraden Sonnenstrahlen. Das Stroh breitete sich aus, löste sich auf, trieb in dünnen Strähnen stromabwärts. »Ich bekomme ein Kind«, flüsterte sie zu niemandem außer sich selbst. Immerhin kam ein großer Barsch, der mit seiner scharlachroten Rückenflosse so bunt aussah wie ein Troubadour, an die Oberfläche und klappte das Maul auf, staunend oder in stummem Gesang.

Foulques Reaktion auf diese Neuigkeit verstand sie nicht. Sie hatte gedacht, er werde sich freuen – werde fast so glücklich sein wie sie selbst. Aber als sie ihm die Kunde zu Füßen legte, war er wie vom Donner gerührt und fassungslos. Mit wilden, weit aufgerissenen Augen starrte er sie an, und dann ging er aus dem Haus. Zwei Tage kam er nicht zurück. Sie fragte die Frauen, was das bedeuten könnte.

»Vielleicht hat er Angst, daß es schwarz wird wie ein Affe«, sagte eine.

»Vielleicht hat er Angst, daß es ihm deine Liebe wegnimmt. Sie sind von Geburt an eifersüchtig, die Männer«, sagte eine andere.

»Das sind sie«, sagte eine dritte. »Vielleicht denkt er, es ist nicht von ihm – mit Verlaub, Madame.«

»Ausgeschlossen«, sagte eine vierte, zu der ganzen Versammlung gewandt. »Er hält gewaltige Stücke auf sie. Ich schätze, er hat Angst, daß es sie umbringt, wenn es kommt. Das ist es.«

Ouallada gefiel keine dieser Möglichkeiten.

Aber der einfache Grund war, daß er ihr nicht glaubte. Es war, als bedaure er, daß sie in die alte Gewohnheit des Lügens zurückgefallen war, und als bemühe er sich, diesen Fehler in der Hoffnung zu übersehen, daß sie ihn aus eigenem Antrieb korrigiere. Er weigerte sich, auch nur eine Silbe über das Kind zu verlieren, und war nicht bereit, über sein potentielles Leben zu sprechen, wollte weder eine Wiege bauen noch über einen Namen nachdenken. Sie fügte sich dieser harten, entmutigenden Regelung; sie verbarg sogar ihren schwellenden Bauch, so gut sie konnte, ohne zu begreifen, wieso er ihn mit solchem Grausen erfüllte. Im Bett bot sie ihm Liebe an, aber er wandte sich ab von ihr, als sei sie keine passende Gesellschaft, solange sie auf ihrer Lüge beharrte. Am Ende aber waren keine Worte mehr nötig, um ihm, wenn er sie ansah, zu sagen, daß sie schwanger war.

Dann begannen die Wehen, und die Frauen schwärmten zum Haus, ohne daß man sie gerufen hätte, wie die Bienen zu einem zerbrochenen Korb; sie schoben sich zwischen Mann und Frau und drängten ihn beiseite. Erst jetzt kämpfte er sich zu ihr zurück, durch die Klapse und das zornige Gespreize der Frauen. Er umschlang sie mit beiden Armen und küßte panisch ihren Scheitel, ihr Gesicht, die Ohren und den Mund, tat es mit solcher Leidenschaft, daß die Nachbarinnen mit offenen Mündern zurückwichen.

»Schande! Man könnte denken, ihr seid ein Liebespaar und nicht Mann und Frau!«

Da war es wieder: das Gesetz der Liebe. Es flatterte vor seinem Antlitz wie eine feindliche Flagge: *Wahre Liebe kann nicht sein zwischen Ehemann und Ehefrau.* Obwohl hier, wo das Leben aus Steineschleppen, Säen, Ernten und Feiern bestand, niemand danach lebte, schlich es sich herein. Ab und zu wehten Fetzen vom Gesetz der Liebe auch hier vorüber – Andeutungen über ein Märchenland der fahrenden Ritter und der jungfräulichen Geliebten.

Sie warfen ihn hinaus. Seine Ritterwürde nützte ihm nichts. Seine Autorität galt nichts in einem Haus voller Weiber, die sich erlaubten, sich frei auf seinem Besitz zu bewegen. Sie schöpften von seinem Wasser, sie rissen die Laken von seinem Bett. Sie zündeten seine Kerzen an und die Scheiter in seinem Herd. Sie nagelten ein Stück Fischernetz an die Decke, das als Wiege dienen sollte. Sie durchwühlten seine Habe nach einem geeigneten Stück weißen Tuches. Er sah sie krumm wie Hyänen und lachend über der blutigen Aasgestalt seiner Frau, und er flüchtete aus dem Haus, packte eine Axt und lief hinaus, um einen Baum am Waldrand zu überfallen. Einen guten alten Baum. Eine Platane. Der keilförmige Einschnitt vergrößerte sich Stückchen für Stückchen, bis ein Schaudern, ein menschliches Stöhnen erkennen ließ, daß es dem Baum unmöglich war, ihm sein Leben noch einen Augenblick länger vorzuenthalten. Saft bespritzte naß seine Kleider; der Kern des Stammes brach, und die zugehauene Spitze des oberen Teils wippte auf ihn zu, während die Äste fielen. Fast hätte er ihn aufgespießt, dieser spitz behauene Stamm. Er sprang beiseite, aber die Spitze fuhr ihm doch, zerbrochene Holzfasern versprühend, zwischen Körper und Arm, füllte seine Kleider mit Splittern und riß ihm die Weste vom Futter. Als der gefällte Baum zum Fluß hinunterrutschte, fluteten die Zweige über ihn hinweg und bedeckten ihn mit klebrigen grünen Blättern, daß er gefiedert aussah wie ein Vogel. Als er zum Haus zurückkam, glaubten die Nachbarinnen, er habe sich zu einem Mummenschanz verkleidet: ein Waldschrat. Sie hielten es für einen südländischen Ritus, einen Exzeß aus heißen Gegenden; wahrscheinlich war es ein Stammesbrauch aus einem unchristlichen Lande.

»Was hast du mit dir gemacht?« fragte Ouallada aus ihrem großen neuen Bett. »Ich dachte schon, du wärest weggelaufen und hättest mich verlassen; so lange warst du fort.«

»Nur fünf Minuten.«

»Fünf Stunden eher«, sagten die Frauen mitfühlend und schlossen die Tür. Sie wollten Ouallada nicht gern allein lassen und hatten deshalb auf seine Rückkehr gewartet, aber sie hatten ungeduldig gewartet.

Das Kind war in die weißleinene *kefije* gewickelt, die Foulque sich einst um den Helm geschlungen hatte, um sich vor der Wüstensonne zu schützen. Der Knabe sah dadurch dunkler aus, als er war, denn seine Haut war hell – irgendwo zwischen Oualladas Honigfarbe und Foulques sommerlicher Sonnen-

bräune –, sehr viel heller also als die Farbe, die Foulques Gesicht in diesem Augenblick der Erregung durchströmte.
»Willst du ihn halten? Deinen Sohn?« fragte sie.
Im letzten Augenblick zog er die Arme zurück, und fast wäre das Kind zu Boden gefallen. »Nein. Nein. Ich würde ihn schmutzig machen. Ich verschmiere ihn.«
»Ein paar Blätter werden ihm nicht schaden.«
Er schaute an sich herab. »Ich meinte nicht meine Kleider«, sagte er.
»Nimm ihn. Muß ich denn alles tun? Leg ihn in die Wiege, wenn du ihn nicht halten willst.«
Aber als er das Leinenbündel einmal im Arm hielt, konnte nichts ihn dazu bringen, es wieder hinzulegen. Er trug das Kind zum Fenster, zog alles Wachspapier heraus und ließ es auf den Boden fallen und schaute und schaute und schaute.
»Wir werden ihn natürlich Foulque nennen«, sagte Ouallada mit dem selbstgefälligen Wohlbehagen glücklicher Erschöpfung.
»Nein!«
Das Kind fuhr zusammen und spreizte erschrocken die Arme. Foulque stellte sich mit dem Rücken zum Fenster, um die Zugluft fernzuhalten, und stopfte die *kefije* wieder sorgsam um die kleinen Ärmchen. »Nein. Nicht Foulque. Er hat nichts von seinen Vorfahren in sich. Schau ihn an. Er ist vollkommen. Er ist unschuldig. Er ist makellos. Er ist neu. Ihn verbindet nichts mehr mit den schwarzen Grafen. Habe ich nicht genug getan, um seine Verbindung zu diesen Bastarden zu durchtrennen?«
Gern hätte sie gesagt: »Deine Ahnfrau war kein Dämon aus der Hölle. Das ist nur eine Geschichte. Der abergläubische Mythos eines abergläubischen Volkes. Ein Märchen, mit dem man kleine Kinder erschreckt.« Aber sie wußte, daß er nicht nur von der Sage der Nerras sprach. Die Sünde, von der er seinen Sohn erlösen wollte, war seine eigene.

Statt dessen sagte sie also: »Er ist es, was dein Leben neu sein läßt, Foulque.« Und sie sprach erst wieder, als diese Worte angekommen waren.
Sein Blick wandte sich in ihre Richtung, und in seinen Augen lag ein Ausdruck, wie sie ihn in den Augen der Pilger gesehen hatte, die soeben das Wasser am Schrein Abdons und Sennens getrunken hatten, oder bei Pilgern, die aus Jerusalem kamen, wo sie in der Höhle gekniet hatten, in der Christus geboren wurde. Bei Pilgern, die Splitter von Knochen oder Holz an sich gepreßt hatten, Fetzen von Stoff, die Gottes körperlose Heilige als Müll zurückgelassen hatten.
»Das ist er, nicht wahr? Die Erneuerung des Lebens. Davon reden sie doch, nicht wahr? Von der Erneuerung des Lebens. Von der Auferstehung. Schau doch! Schau, Ouallada!« Er zeigte ihr das Kind, als habe sie es vielleicht noch nicht genau betrachtet, er zog die Windel auseinander, spreizte die Finger quer über die kleine Spanne seines Bauches. »*Das* ist die Auferstehung! Nicht die Auferstehung des Körpers am Jüngsten Tag! Nicht diese Reinkarnationsgeschichten – das Umherklettern von Tier zu Tier, pah! *Das hier* ist die Auferstehung!«
»Pst, Foulque! Rasch!« Sie nahm ihm das Kind ab und verhüllte es, wie ihre Mutter ein Kind wohl vor den spähenden Augen bösartiger Götter verborgen hätte. »Ich glaube nicht, daß du so etwas gesagt hast«, stellte sie mit Entschiedenheit fest. »Ich glaube nicht, daß du so etwas sagen wolltest.«
Er beugte sich ihrer Vorsicht. »Nun gut, dann ist es vielleicht alles, was ich an Auferstehung *brauche*!« erklärte er mit seinem dröhnenden Troubadoursflüstern. Sein Lächeln war so strahlend, daß Ouallada nicht umhin konnte zu sehen, was sie getan hatte: daß sie an diesem Tag nicht nur einem, sondern zwei Menschen das Leben geschenkt hatte.

SIEBENUNDDREISSIG

DIE WAHRHEIT SAGEN

Es war kein vorübergehendes Glück. Es lebte und wuchs mit dem Kind, mit Aigret, ihrem Sohn. Es war der Reiz jedes Tages, zu sehen, welche Freude das Kind ihnen bringen würde. Zu Anfang fürchtete Ouallada nur um sein Überleben: Sie schob die Wiege näher an ihr Bett, um sicher zu sein, daß sie ihn atmen hörte, wenn sie nachts aufwachte. Als er laufen konnte, unsicher und hastig, sah sie den Sablois wie eine mächtige Schlange, die sich durch ihren Garten Eden wand und nur auf die Gelegenheit wartete, Aigret zu verschlingen. Der Umstand, daß keine weiteren Kinder kamen, bündelte sowohl ihre Liebe als auch ihre Angst, wie ein Brennglas das Sonnenlicht bündelt.

Vielleicht um sicherzustellen, daß Gott solches Glück nicht beschlagnahmte, faßte Foulque zu Anfang den Entschluß, Aigret zu vollkommener Frömmigkeit zu erziehen. Vielleicht aber ist es auch der Ehrgeiz eines jeden Vaters bei seinem Sohn: den Jungen erfolgreich zu sehen, wo er selbst scheiterte. Wie dem auch sei, Foulque traktierte Aigret mit der Kenntnis und der Befolgung des katholischen Glaubens, kaum daß die Sprache Bedeutung für ihn hatte, er hielt ihn zu regelmäßigem Lobpreis an und zügelte ihn mit dem Gedanken an die Gnade. Und nicht einen Augenblick lang war dies eine freudlose Übung, denn Foulque begriff plötzlich, was Lobpreis war. Ermahnungen zum Lobpreis sprangen ihm aus der Heiligen Schrift entgegen, als wären sie mit roter Tinte geschrie-

ben, während der strafende Zorn Gottes desto mehr vor seinen Augen verschwamm, je weitsichtiger er wurde.
Auf diejenigen, die ihn in seinen späteren Jahren kannten, wirkte Foulque wie ein strahlender weißer Mann, der die äußeren Bezirke seines grünen Universums mit der Regelmäßigkeit und dem energischen Schwung eines Kometen besuchte. Seine Kleider waren immer vollgestopft mit Fisch, den seine Frau für ihn geräuchert hatte, mit Enteneiern für sein Kind, die er im Gras fand, mit Veredelungsbinden und Beuteln voller Saatkörner, mit Listen von Beschlüssen, aber auch mit Kritzeleien von seinem Jungen, die er jedermann zeigte, auch dem Priester im Beichtstuhl. Er war ein Zauberer, und eine nur unvollkommen verhüllte Vergnügtheit umgab seine Person.
Aigret war nicht dazu geschaffen, mit der gleichen Wucht zu explodieren. Er war ein stiller, hübscher, dunkler Junge von breiter Gestalt wie sein Vater, aber er neigte dazu, seine Nahrung in nervöser Aufregung zu verbrennen, und so saß weniger Fleisch an seinen Knochen. Als kleines Kind wusch er sich viel, und als man ihn nach dem Grund fragte, antwortete er, er wolle nicht, daß Gott ihn für einen schmutzigen Jungen halte. Darüber mußte Ouallada weinen, aber sie weinte noch mehr über Foulque: Er war entzückt.
»Du *freust* dich darüber, daß er die Schlechtigkeit eines Menschen nach der Farbe seiner Haut beurteilt?« tobte sie zu seiner Überraschung.
»Natürlich nicht. Natürlich nicht.« Er nahm sie bei den Schultern und küßte sie. »Das ist doch nur kindliches Gerede. Ich freue mich, weil er Gott gefallen will – weil er sich mit den Augen Gottes sieht. Weil er es Ihm recht machen will.«
Sie ließ sich trösten. Aber eine formlose, kaum umrissene Angst erwachte in ihr, die sie ihrer eigenen angeborenen Schlechtigkeit zuschrieb: Sie wollte nicht, daß Aigret ein Heiliger wurde, makellos gut, die Vollkommenheit in Person.

Foulque selbst war nicht gegen Kränkungen durch seinen Sohn gefeit. Denn eines Tages sagte Aigret in einer glutvollen Erklärung kindlicher Leidenschaft für den Vater, den er anbetete: »Wenn du bei den Hörnern von Hattin gewesen wärest, hätte Saladin niemals gesiegt. *Du* hättest dort hinziehen müssen! Ganz sicher hätte Fürst Châtillon gewonnen.«
Ouallada war böse. »Wenn dein Vater dort hingezogen wäre, wäre nur ein weiterer guter Mann getötet oder in die Sklaverei verkauft worden! Hundertfünfzigtausend ...«, begann sie, aber Foulque legte einen Finger an die Lippen. Der Verlust Jerusalems berührte jeden Ritter im Reich. Aber als Aigret beharrlich blieb – »Bedauerst du es nicht? Wünschtest du nicht, du wärest dort gewesen? An Châtillons Seite?« –, da stellte er fest, daß er nicht »ja« sagen konnte. Er konnte den Gedanken an den Mann nicht ertragen: Châtillon, der Vergewaltiger, der Mörder alter Männer, der sich selbst übertroffen hatte, indem er die Sarazenen zum Krieg reizte.
Foulque versuchte, es seinem kleinen Sohn zu erklären, und zugleich wußte er, daß der Junge zu klein war, um es zu verstehen. »Châtillon hat geschworen, Mohammeds Leichnam auszugraben und seine Gebeine in alle Winde zu zerstreuen. So etwas zu hören, ist für einen Moslem ganz schrecklich. In gewisser Weise bedeutete es, daß sie gegen ihn kämpfen *mußten,* obwohl sie sonst ...«
»Das würde ich auch gern tun! Das werde ich tun, wenn ich ein Ritter bin! Ihren stinkigen alten Heiligen ausgraben und überall verstreuen! Wäre das nicht schön, Papa?« Und weil er zu klein war, um es zu verstehen, ließ Foulque die Sache auf sich beruhen und nickte nur. Im Denken eines kleinen Jungen mußte ein heidnisches Skelett wie ein Gegenstand wackeren Hasses erscheinen. Der Sachverhalt war allzu verwickelt. Er wußte, daß er diesen Mythos aus dem Herzen seines Sohnes nicht würde tilgen können: daß sein Vater den Lauf der Geschichte verändert hätte, wäre er bei den Hörnern von Hattin

gewesen. Und vielleicht gab es auch einen Teil seiner selbst, der es gar nicht wollte.

Seine Eltern hätten, wenn sie Aigret anschauten, schon sehen können, daß er bereits ein halber Engel war. Aigrets Gesicht, als er zum Manne reifte, war ein geflügeltes Gesicht: Augenbrauen wie Rabenschwingen, große, leicht abstehende Ohren und flügelförmige Wangen, leicht emporstrebend, als seien sie bereit, einen turbulenten Aufwind aus Worten aufzufangen. Sein schweres schwarzes Haar lag wie zwei Flügel zu beiden Seiten seiner Stirn, und ein Schnurrbart erschien auf seiner Oberlippe, weich wie Daunen und geformt wie ein fliegender Rabe. Und auch seine Augen benutzte er wie ein Raubvogel – wache, bohrende Augen, die flink eine krabbelnde Spinne, eine huschende Maus erfaßten, die flink auch ihr Urteil über Recht und Unrecht fällten. Ouelladas ganze Angst um seine körperliche Unversehrtheit wandelte sich kaum merklich im Laufe der Jahre in die unausgesprochene Befürchtung, Aigret könne sich selbst zu gut für die Welt der Menschen sein.

Sie gaben ihm alles, was sie sich leisten oder ohne Kosten herstellen konnten. Nur Dichtung und Lieder versagten sie ihm, weil Foulque meinte, er dürfe niemals die Vergangenheit kennenlernen, die sie dahin gebracht hatte, wo sie waren. Das Leben des *salvetat* genügte sich selbst, hermetisch abgeschlossen vor der Vergangenheit und so niedrig gebaut, daß es keine Fundamente im Adel oder in der blutroten Erde brauchte. Dennoch betrübte es zumindest Ouallada, daß sie für ihr Kind nicht singen und spielen durfte, und es tat ihr leid, daß er die Stimme seines Vaters niemals singen hören sollte.

Bei all seinem frommen Ehrgeiz bestand nicht die Gefahr, daß Foulque seinen Sohn dem Klosterleben anheimgeben, ihn sozusagen Gott schenken würde. Seine Erinnerungen an dieses Leben waren so unglücklich, daß er es dem lieben Aigret

ebensowenig wünschte wie Gefangenschaft oder Exil. Im Gegenteil, er wollte ihm mit seiner schwungvollen Zauberergeste zeigen, welch große Freuden seiner noch harrten. In Windeseile führte er Aigret auf sie zu, trug ihn auf den Schultern im Galopp zu den Jahrmärkten hinunter und trieb ihn an, sich bei den Erntetänzen auf die hübschen Mädchen zu stürzen. Aigret tanzte wie ein Holzschuhtänzer, die Hände auf den Hüften, den Kopf reglos erhoben; er tanzte und äußerte dann die Ansicht, es sei eine gute Übung für Leber und Nieren, und von den hübschen Mädchen wollte er nichts weiter, als daß sie mit ihm tanzten. Vater und Sohn entdeckten gemeinsam den Geschmack der heimischen Trauben, aber es war der nüchterne Aigret, der Foulque heimwärts steuerte, derweil dieser schwerzüngig Fetzen seiner alten *sirventes* sang, und immer forschender erkundigte Aigret sich danach, wann und wo sein Vater denn solche Lieder gelernt habe.
Und dann, eines Tages in der ersten Woche des neuen Jahrhunderts, kam Ouallada dazu, wie Aigret ein eigenes Gedicht schrieb. Sie war außer sich vor Freude. Sie brandete über sie hinweg, jene Springflut, in der die Liebe zum Kind und die Liebe zum Manne einander in der Ähnlichkeit des Sohnes mit dem Vater überlappen. Sie schlang ihm die Arme um den Kopf – ein Lorbeerkranz des Lobes – und las über seine Schulter hinweg:

O törichter Frevel, Ruchlosigkeit,
Daß Menschen, denen nur kurze Zeit
Das Leben gegeben aus Gottes Händen,
Dieses Geschenk an eine Hure verschwenden
Und ihre Jahre auf Gottes Erden
Nichtigkeiten nennen, die zur Qual ihnen werden,
Aufreißen die Wunden Christi mit Nägeln der
Verachtung,
Ihn stechen mit dem güld'nen Horn der Götzenbetrachtung.

Kredenten und Ketzer, hebt das Haupt und verzagt.
Schaut zu den Bergen, wo der Herrgott wohnt,
Denn die Kirche, die ihr zu verachten wagt,
Schickt eine neue Sintflut, und habt ihr sie vernommen,
Kommt sie so schnell, daß keiner kann flieh'n aus dem Pfuhl,
Kommt in mächtigen Zorn und wäscht euch rein:
Meere aus Worten vom Heiligen Stuhl –
Und Tränen nur bleiben, wo Ketzerei wollte sein.

»Was ist denn das?« fragte sie und ließ ihn jäh wieder los.
»Hast du's nicht gehört, Mama? Der Papst wird diese Häretiker im Midi endlich zermalmen! Er wird sie alle in die Hölle verdammen.«
»Das kann nur Gott«, fuhr sie ihn an. »Du solltest nicht über Dinge schreiben, von denen du nichts verstehst.« Und sie raffte das Papier an sich und zerknüllte es mit angstvoll heißen Wangen, just als Foulque hereinkam.
»Was ist los? Mama, es stimmt doch! Der Papst sagt, Häretiker sind Verräter, und er schickt Prediger aus, die sie lehren sollen, wie sehr sie in die Irre gegangen sind. Sag's ihr, Vater! Sie glaubt mir nicht.«
»Der Papst will sich ein bißchen Land unter den Nagel reißen – das ist es, was der Papst ...«
»Mutter!« Foulques Einwurf klang so wild, so unerbittlich, daß Oualladas Lippen sich noch bewegten, als sie schon verstummt war. »Der Junge hat ganz recht. Es ist ein Krebsgeschwür, das sich weit genug ausgebreitet hat. Fast der ganze Languedoc ist der Ketzerei anheimgefallen. Es wird Zeit zu widersprechen. Nicht, daß die Katharer zuhören werden.«
»Aber Foulque, ich habe ihn dabei angetroffen, wie er dies hier schrieb. Ich weiß nicht, woher er solche wilden Gedanken hat.«
Foulque glättete das zerknüllte Papier, hielt es auf Armeslänge von sich und überflog es mit raschem Blick. Sie sah, wie ein

wenig Farbe aus seinem Gesicht wich – wie wenn ein Geruch plötzlich unangenehme Kindheitserinnerungen aufkommen läßt.

»Ich stimme Aigret zu. Die Katharer sind Verräter. Der neue Papst tut recht daran, sich gegen sie zu stellen.«

»Ja, aber Foulque, es wird doch soviel in Unwissenheit dahergeredet ...«

Er brachte sie mit einem Blick von solcher Tyrannei zum Schweigen, daß sie das Gefühl hatte, er habe ihr den Mund verstopft, so daß all die Worte sich in ihrer Brust stauten.

»Und diese Troubadoure«, sagte der Junge voller Abscheu.

»Was ist mit ihnen? Es gibt auch christliche Troubadoure, weißt du?«

»Ja, aber diese Katharer ... Pater Valerien sagt, es sind lauter Libertine und lose Weiber.« Er hatte keine Ahnung, was diese Worte bedeuteten, aber er sprach sie mit der puritanischen Inbrunst eines kleinen St. Norbert.

Foulque zumindest hatte die Freundlichkeit zu lachen. Laut lachend verließ er die Stube, und Aigret wandte sich neugierig seiner Mutter zu und brannte darauf zu erfahren, warum.

Ouallada indessen hatte ihre gute Laune noch nicht wiedergefunden. »Dein Vater pflegte früher viel unter Dichtern zu verkehren«, sagte sie, und sie hob die häßlichen Verse vom Boden auf und warf sie dem Jungen hin. »Er hat selbst auch einiges geschrieben. Also denke daran, was der häretische Troubadour Miraval sagte, als er seine Frau hinauswarf: *In einem Hause ist nur Platz für einen Dichter!*«

Nachher stellte sie ihren Mann zur Rede, weil er den Jungen in seiner Intoleranz bestärkt habe. Das Leid im Languedoc sei allzu kompliziert für leichtfertige Lösungen. »Der Papst bezeichnet das Land der Katharer als ›verunreinigt‹, und dann konfisziert er es; das weißt du genau!« sagte sie vorwurfsvoll.

»Die Welt des Jungen ist schlicht«, antwortete er beschwichtigend. »In diesem Alter kann er nur zwischen Gut und Böse

unterscheiden. Du irrst dich – wir hätten Unrecht, wollten wir ihn mit kleinlichen Nebenfragen verwirren.«
»Ich will aber nicht, daß er in dem Glauben aufwächst, er hasse eine ganze Gemeinde von Seelen, die von dort bis zum Meer hinunterreicht!«
»Er haßt sie nicht, er bedauert sie«, sagte er und betonte den Unterschied, der in seinem eigenen Herzen bestand und von dem er nur deshalb vermutete, er müsse auch im Herzen seines Sohnes bestehen. »Sicher würdest doch auch du gern wieder eine einige Kirche unter Christus sehen?«
»Aber wieweit wird dieser neue Papst gehen, damit er sie sieht?« fragte sie.
»Er wird geistlichen Beistand und vernünftige Argumente liefern.« Er legte den Arm um sie und beruhigte sie wie ein Kind. »Was denn sonst? Aigret ist elf Jahre alt, Ouallada. Elfjährige sehen die Welt schwarz und weiß; sie sehen Weizen und Spreu, Heilige und Teufel ... Und seine Verse waren doch wirklich nicht übel, meinst du nicht auch?«

Geistlicher Beistand und vernünftige Argumente nahmen ihren Fortgang im Midi und steigerten sich im Eifer. Im Bestreben, es den vorbildhaften *perfecti* gleichzutun, wanderten Zisterziensermönche barfuß durch das blutrote Land und lebten so gut wie die Jünger nach ihren mönchischen Gelübden. Gar manches Schaf ließ sich so aus der Herde der Katharer entführen. Der König von Aragon reiste sogar nach Carcassonne, um bei einer freundschaftlichen Debatte zwischen Katholiken und Katharern den Vorsitz zu führen.
Aber Papst Innozenz hatte im Gegensatz zu Foulque de Gloriole nie sehr viel davon gehalten, durch vernünftige Argumente zu überzeugen. Er hatte schon die ganze Zeit gewußt, daß es mehr erfordern würde als barfüßige Mönche, um das Katharertum zu zertreten.

»Foulque, sag's ihm! Halte ihn auf! Er darf es nicht!«
»Mir wird nichts passieren, Mutter. Willst du mich in Ewigkeit in Windeln wickeln?« rief Aigret gereizt.
Das war ungerecht. Sie hatte ihm seine Satteltaschen gepackt und ihn in den Krieg gegen die Engländer ziehen lassen. Und obwohl es ihr damals so vorgekommen war, als packe sie ihr eigenes Herz, ihre Augen und ihren Verstand zwischen Äpfel und Hosen, hatte sie doch nichts gesagt und nichts getan, um die beiden daran zu hindern, in den Krieg zu ziehen. Aber das hier war etwas anderes.
»Foulque, sprich mit ihm. Laß ihn nicht gehen. Es ist böse. Es ist ein böser Kreuzzug.«
Seit er vom neuen Kreuzzug des Papstes gehört hatte, war Foulque um zehn Jahre gealtert. Ein anhaltendes Stirnrunzeln der Ratlosigkeit saß zwischen seinen Augen, und seine Wangen schienen nicht mehr die Kraft zu haben, seinen Mund am Aufklappen zu hindern. Die ganze Last seines runzligen Kiefers hing schwer herab und zog die Falten an seinen Augen nach unten. Sein Haar war wild und ungekämmt. Nie hatte er geglaubt, daß dies geschehen würde.
Früher hätten ihm Logik und Zynismus gesagt, daß es nicht anders habe kommen können – daß die aus dem Norden die rechtschaffene Gelegenheit ergreifen würden, das Land ihrer südlichen Vettern in ihren Besitz zu bringen. Und doch hatte er es nicht kommen sehen – hatte im Grunde nie geglaubt, daß es kommen würde, dieses Grauen.
In letzter Zeit hatte Aigret sich angewöhnt, zu den Mahlzeiten Bertran de Born vorzulesen – seine Worte über der Kräutersuppe zu deklamieren: »›Keine größere Freude gibt es, als zu sehen, wie Mächtige und Demütige gleichermaßen vor dem Graben ins Gras fallen, nichts Schöneres als den Anblick der Toten, denen die Schäfte seidig bewimpelter Lanzen in den Rippen stecken!‹«
»Darauf läuft es nicht hinaus, mein Sohn«, hatte Foulque über

seinen Löffel hinweg gesagt, aber mehr nicht. Er sah den Vorwurf in den Augen seiner Frau, weil er mehr nicht sagte. Und jetzt war es zu spät dazu.

»Foulquet von Marseille – dieser Eiferer, der alles aufstachelt – war ein Troubadour im Süden, mein Sohn«, sagte er, als Ouallada gerade alle Hoffnung aufgegeben hatte, daß er je wieder sprechen würde.

»Das weiß ich. Das weiß ich. Und?« Aigret hatte sich in einen fanatischen Eifer hineingesteigert. Er würde sich dem Kreuzzug anschließen, und nichts würde ihn aufhalten. Er wunderte sich nur, daß sein Vater keine größere Begeisterung zeigte.

»Foulquet von Marseille wurde abgewiesen von der Frau, die er liebte, und da schlich er sich in ein Kloster, um seine Wunden zu lecken. Und jetzt kommt er wieder hervorgesprungen und ruft zum Religionskrieg auf. Hältst du das für ehrlich? Den Zorn des Papstes als Vorwand zu nehmen, um seine alten Rivalen in der Liebe zu töten?«

Aigret war verdutzt. Das schien ihm doch ein höchst *eigentümlicher* Streit zu sein, der da gegen ein so riesiges und edles Unternehmen vom Zaun gebrochen wurde. »Er ist doch nur einer. Es wird Hunderte von Tausenden geben.«

»Und alle werden sie den Kreuzzug für ihre eigenen Zwecke nutzen!« heulte Ouallada.

»*Ich* nicht.«

Er sagte es mit einer so ätherischen Integrität der Seele – die Augen geschlossen, die langen Wimpern geschwungen wie die Federn am Flügel eines Engel –, daß es Ouallada die Sprache verschlug.

Foulque aber nicht. Er gab dem Jungen eine Kopfnuß und sagte: »Sei nicht so ein verdammter Pinsel, Aigret. Und hab ein wenig Respekt vor deiner Mutter, ja? Hier geht es nicht um bewimpelte Lanzen und tänzelnde Hengste. Hier geht es um einen Völkermord, Junge. Hier geht es darum, Frauen totzuschlagen, wenn sie nicht widerrufen. Hier geht es darum, ihre Kinder zu schlachten, damit das Geschwür sich nicht ausbreitet. Hier geht es darum, dein Pferd über die Leiber alter Männer zu treiben – fränkischer Männer –, die zu dir aufblikken und um Gnade flehen: auf französisch.«

Ouallada ging zu ihrem Sohn und nahm sein Gesicht in beide Hände. »Aigret, Christus hat Wasser mit Essig abgelehnt, als er am Kreuze hing. Glaubst du, Er hat sich so sehr verändert, daß Er jetzt das Blut der Irregeleiteten trinken möchte?«

Aigret schürzte die Lippen mit der Verstocktheit einer spröden Jungfrau vor den Versuchungen eines reichen Liebhabers. Seine Wangen röteten sich. »Es ist meine Pflicht. Ich weiß, was ich weiß.«

Angesichts so unbeirrbarer Bigotterie verlor Foulque seine ganze sorgsam gepflegte Zurückhaltung. »Dann sollst du auch wissen, daß ich aus diesem Volk *geboren* bin, Aigret«, sagte er. »Deine Mutter und ich stammen aus jener Gegend. Wir kennen die Leute dort. Wir waren ... *Hör mir zu, du grünschnabeliger Pedant!* Deine Mutter und ich, wir waren Troubadoure!«

Ouallada trat um ihren Sohn herum und umschlang Foulques Arm mit beiden Händen. Sie hatte sich gewünscht, daß er es sagte – hätte es selbst gesagt, wenn er noch einen Augenblick gezögert hätte, auch wenn dies ihre Ehe irreparabel beschädigt hätte. Sie wäre Foulque nicht dankbarer gewesen, wenn er in den Sablois gesprungen und ihren Sohn vor dem Ertrinken gerettet hätte. Jetzt würde Aigret seine Überzeugungen neu bedenken müssen.

Aigret schaute sie beide an. Sie erwarteten, daß dieses Geständnis – gewiß ebenso schockierend wie die kindliche Entdeckung, daß die Eltern im Bett einander aufspießen – eine Flut von Fragen hervorrufen würde. Aber Aigret nahm diese Neuigkeit in sich auf wie einer, der einen übergroßen Bissen Brot zu bewältigen hat: Er schluckte sie mit unbehaglich verzerrtem Gesicht herunter. Dann sagte er: »Ja. Aber ihr wart

niemals *Katharer.* Wäret ihr es gewesen, würde ich euch genauso hassen wie den Rest. Der Papst sagt, wir müssen sie vom Antlitz der Erde vertilgen, und das gedenke ich zu tun. Die ganze Christenheit steht auf dem Spiel – und das sage nicht ich: Der Papst sagt es. Und ich zumindest gedenke den Teufel in seinem Bau zu bekämpfen.« Sein Kopf schwankte ungelenk auf einem von hochtrabendem Stolz erstarrten Hals, als Aigret die Strecke zwischen seinen Eltern und der Tür zurücklegte; er blieb mit einer Schnalle seiner Satteltaschen am Türriegel hängen, befreite sich und ging in den Hof hinaus. Die Tür schwang hinter ihm hin und her. Der Lichtstrahl, der durch den Spalt bei den Angeln hereinfiel, strich über den Boden wie der Taststock eines Blinden.
»Wenn das so ist, werde ich mitkommen!« rief Foulque. »Gib mir eine halbe Stunde Zeit, damit ich mich von meiner Frau verabschieden kann.«

Die Stadt Béziers war das allererste Ziel des Kreuzzugs gegen die Katharer. (Albigenser nannte man sie nach einiger Zeit, weil das Wort *katharos* »rein« bedeutete und man es deshalb nicht benutzen wollte.) Auf dem Ritt nach Süden, während Brüder, Bruderschaften, Dörfer, städtische Abordnungen und Freischärler die Straßen immer mehr verstopften, erfuhr Aigret von seinen Kreuzfahrerkollegen manch interessante Neuigkeit über die Katharer: Sie sündigten bedenkenlos und erlangten vom nächstbesten *»perfectus«* die Absolution. Sie knieten vor ihren *perfecti* und beteten sie an wie Standbilder. Ihre Priester zeugten mit den Jungfrauen ihrer Gemeinden ganze Stämme von Bastarden – und das nur, indem sie ihnen in den Mund bliesen! Er erfuhr, daß verwitwete Katharer mit Schafen und Schweinen Unzucht trieben und behaupteten, sie seien die Reinkarnation ihrer Ehefrauen. Sie heirateten nicht, weil sie dann desto besser mit jedem *perfectus,* jeder Jungfrau und jedem Schwein unter dem Sternenhimmel schlafen konnten.

Und Foulque widersprach all dem nicht, denn er fürchtete, sich sonst als Eingeweihter oder Sympathisant der Albigenser zu erkennen zu geben. Sie waren die Dämonen der Stunde. Sämtliche Mittel der Macht und der Musik – Geld und Lieder – hatte man zu ihrer Vernichtung aufgefahren. Auf beiden Seiten waren Troubadoure im Dienst und bewarfen sich gegenseitig mit Kränkungen, die ebenso plump und tödlich waren wie die Terracotta-Geschosse mit Griechischem Feuer.
Foulque mußte sich darauf beschränken zu rauchen wie ein alter Vulkan, dessen Trichter verstopft ist, so daß all die brodelnde Hitze unterirdisch festgehalten wird. Es war keine Rede mehr von Liebe in den Liedern, denn die großen Minnesänger hatten ihre Werke in den Dienst Christi gestellt (oder Ahura Masdas, des katharischen Prinzips des Guten). Ihre Landsleute waren jetzt die Drachen, die im Streben nach Ehre erschlagen werden mußten. Die einzige Sehnsucht, die in diesen Troubadouren noch brannte, war die Sehnsucht danach, eine Lanze ins Herz ihrer Vettern zu treiben. *Sirventes* waren allein die Mode.
Für Foulque war es wie eine Reise zurück in die Vergangenheit. Er erkannte Wegmarken wieder, an denen er mit Ouallada vorübergezogen war. Er glaubte sogar die Stellen am Boden wiederzuerkennen, wo er in seinen Drillichmantel gehüllt gelegen und bei sich das Wunder von Oualladas Liebe zu ihm betrachtet hatte, während sie sich eine Armlänge weit von ihm entfernt geduldig nach seiner Berührung sehnte. Soviel vergeudete Zeit. So viele, zu viele *sirventes*. Und zu wenig Liebeslieder. Gar keins, genaugenommen. Keins. Er merkte, daß er gar nicht mehr wußte, weshalb sie die Musik aus ihrem Leben verbannt hatten. Inmitten einer besonders zügellosen Darbietung eines kahlgeschorenen Zeloten wandte er sich jetzt plötzlich seinem Sohn zu. »Ich habe deiner Mutter nie ein Liebeslied geschrieben.« Es war ein abscheuliches Versäumnis, in dessen Licht die Möglichkeit des unmittelbar bevorste-

henden Todes und das Gefühl, nun vielleicht nicht mehr genug Zeit zu haben, übertrieben vergrößert erschienen.
Aigret sah sich an die Herkunft seines Vaters erinnert und fand sie nicht mehr so abscheuerregend wie sonst; er sprang auf und rief: »Mein Vater kann euch Verse machen! Foulque de Gloriole wird euch ein Lied machen – nicht wahr, Papa? Er war ein Troubadour, als er jung war.«
»Foulque Nerra«, sagte Gloriole abwesend. »Damals war ich Foulque Nerra-des-Étangs.« Erkennendes Gemurmel regte sich. Einige hatten den Namen im Zusammenhang mit Versen schon irgendwo gehört. Andere kannten ihn nur als den Namen eines Grafen von Anjou, der die Linie Angevin Plantagenet begründet hatte. »Aber jetzt bin ich Gloriole. Und Gloriole singt nicht.« Erzürnt und verdrossen zupfte er an Aigrets kurzer Jacke. »Heute abend jedenfalls nicht.«
Aigret vergaß Gesang und Rhetorik völlig und setzte sich unvermittelt wieder hin. Sein Vater war voll unschicklicher Überraschungen in letzter Zeit, aber auch voll interessanter Neuigkeiten. »Nerra? Wir heißen Nerra? Warum hast du mir das nie erzählt? Sind wir etwa verwandt mit ...«
»Entfernt. Sehr entfernt. Vettern von Vettern von Vettern. Millionsten Grades. Glaubst du, wir säßen als Apfelpflücker an der Loire, wenn wir Ländereien in Anjou besäßen und dazu eine Conté oder zwei? Ich habe es nicht bedauert, diesen Namen zu verlieren. Gloriole ist besser. Zumindest wurde er im Kampf erworben.« Er lächelte bei der Erinnerung daran. Eines Tages würde er Aigret vielleicht sogar mit diesem Detail seines Erbes bekannt machen – sofern er sich auch dann noch mit seinem Sohn verständigen könnte.
»Aber Nerra! Verwandt mit den Plantagenets!«
»Was denn, sind wir dadurch etwas Besseres? Durch einen Namen? Ein Wort?« sagte Foulque hitzig. »Was ist schon ein Name? Ich habe ihn bereitwillig abgelegt. Er war mir immer eine Last.« Er war nicht bereit – war nie bereit gewesen –, Ai-

gret die Sage von Fulk Nerra und seiner Gemahlin Melusine zu erzählen und ihn mit denselben Alpträumen zu belasten. Früher oder später würde Aigret sie hören. Aber in Ewigkeit konnte man ja nichts geheimhalten – und das war vielleicht auch richtig so. »Wir sind von Hause aus Kaufleute, Aigret. Denke daran, wenn es dir je in den Sinn kommen sollte, dich über die Bäuerlein im *salvetat* erhaben zu fühlen. Genau gesagt sind wir aus Salz – aus camarguesischem Salz. Wie Lots Weib für ihre Torheit!«

Am nächsten Abend erinnerten sich ein paar der Kreuzfahrer an Aigrets Behauptung, sein Vater sei ein ehemaliger Troubadour, und sie bedrängten ihn, ein Lied vorzutragen, einen *sirventes*. »Los doch, Vater. Hast du denn nie *sirventes* geschrieben?«

»Doch. Viele. Viele«, sagte Foulque widerspenstig.

»Dann singe uns jetzt einen! Einen *sirventes* zum Lobpreis des Albigenser-Kreuzzugs!« Und in flehentlichem Flüsterton fügte Aigret hinzu: »Wenn du es nicht aus dem Stegreif kannst, dann singe ihnen einen aus einem anderen Krieg.« Er war bang darauf bedacht, sich vor den anderen Männern nicht in Verlegenheit bringen zu lassen, und hatte Angst, daß sein Vater ihn im Stich lassen könnte.

»Wie das? Glaubst du, alle Kriege sind gleich?« schrie Foulque ihm mit jäh aufblitzender Wut ins Gesicht. Dann stand er auf, um niemanden zu enttäuschen. »Ich werde ein Lied singen. Keinen *sirventes*. Ein Liebeslied. Zum Ruhme meiner Herrin – will sagen, meiner Gemahlin, denn wir leben ja in christlichen Zeiten.« Und er tat es.

Sie kam zu mir auf einem Boot aus Sternenglanz,
Ihr Leib so schmal, die Schenkel Dünen von Sand.
An ihren Brüsten trank ich, umringt von Gittern ganz
Aus schwarzem Haar, und aufzuschließen legt' ich meine Hand

An einen Ort, der längst für mich geöffnet war.
Sie schwor, da sein kein Schmerz, den ich ihr weckte;
Frei war die Straß', kein Maut, kein Wegzoll gar.
Die Wunden, die ich empfing, da ich leckte
Der Tig'rin Milch, sie schmerzen nicht, sie sind ein Narbenkranz:
Sie trug mich fort in einem Boot aus Sternenglanz.

Es war *ex tempore* gedichtet; zumindest fügte es sich aus den ungeformten Gedanken des Tages zusammen – aber er trug es mit der Wildheit eines *sirventes* vor, mit dem schamlosen Gusto eines arabischen Scheichs. Aigret erglühte vor Verlegenheit und wußte nicht, sollte er protestieren oder sich davonschleichen und sich distanzieren von einem so ... einem so ... Aigret wußte kein Wort dafür.
Die anderen Kreuzfahrer waren nicht so heikel. Brüllend und stampfend zollten sie Beifall, und früher als sonst verfügten sie sich zu ihren Schlafdecken, um mit einer Hand zwischen den Beinen zu schlafen und von Frauen zu träumen statt von Ketzern.

In der Woche darauf sangen sie statt dessen Psalmen und Litaneien. Fünftausend Ritter und fünfundzwanzigtausend Fußsoldaten marschierten über fruchtbare Felder, zertrampelten den Weizen, brachen die Köpfe der Sonnenblumen ab und traten das Fallobst in den schweren, weichen Boden. Bohnenstangen und Bindfäden verhedderten sich in ihrer häßlichen Ausrüstung und wurden mitgeschleift, wie Saladin nach seinem Sieg das Wahre Kreuz durch den Staub geschleift hatte. Das gigantische Holzkreuz, das vor der gesegneten Armee Papst Innozenz' hergetragen wurde, war natürlich eine Nachbildung, eine Imitation, aber dafür viel größer als das Original. Als Symbol genommen eigentlich besser. Absolution flutete von ihm herab über die Häupter all dieser Männer –

vierzig Tage Ablaß, Bußbefreiung, Gottes beifällige Ermutigung zu Raub und Vergewaltigung und Mord. Die Luft war geladen von seltsamen Empfindungen.

Wie die fremdartigen Pyrenäen, die die Stadt Béziers wie Wächter überragten, waren auch Aigrets Stimmungen ein ständiger Wechsel von steilen Höhen und Tiefen. Er war so überreizt, daß er zusammenfuhr, als sein Vater ihn berührte.

»Was ist los? Nervös?« fragte Foulque.

»Nein!«

Foulque selbst fühlte keine der düsteren Ahnungen, die zum Vorabend einer Schlacht gehörten. Er wußte, was am nächsten Tag geschehen würde. Er hatte das Grauen schon mitgebracht, es auf jedem Zoll des Weges in sich getragen. Für ihn war der vorrückende Kreuzzug wie ein Gletscher, der jeden Fußbreit seiner Bahn glatthobelte und eine Moräne von steinhartem Schutt vor sich herschob, deren Umfang sich immer wieder verdoppelte wie das aufgehäufte Leid. Der Gletscher brauchte sich nur noch ein kleines Stück weiterzuwälzen, um die Lebewesen auf seinem Weg zu vernichten – hier in Béziers und darüber hinaus, so weit die Voraussicht reichte. Nichts würde stehenbleiben, keine Menschenseele würde überleben. Und doch, das Anathema dieses Kreuzzugs – der Völkermord, den Franken an Franken verübten – bereitete Foulque kaum Kopfzerbrechen, wenn er die Gestalt seines Sohnes in der Bahn des Gletschers stehen sah und wußte, daß der Gletscher sich mit eisiger Vernichtungswut über seinen Frieden, seine Arglosigkeit, seine Unschuld hinwegwälzen würde. Verbrechen würden über ihn hinwegfluten, die er sich niemals würde verzeihen können, und dank seiner eifernden Unschuld würde er sich selbst seiner Menschlichkeit berauben. Wenn er gekonnt hätte, wäre Foulque diesem Heer durch Beerenhecken und über Wiesen vorausgeeilt und hätte jeden Mann, jede Frau und jedes Kind mit seinem eigenen Schwert getötet, bevor Aigret die Stadt Béziers betreten könnte.

Der Junge beugte sich über seine Ausrüstung – spärlich, wie sie war –, polierte seinen Gürtel und preßte seinen Überwurf mit Steinen flach auf den Boden, um die Falten herauszubringen. Dann spuckte er auf seine Stiefel, um sie blank zu putzen – nur, daß er keinen Speichel hatte.
»Warum sie putzen?« fragte Foulque. »Die sind bald genug wieder dreckig. Blut. Fleischfetzen. Ich war gerade drüben in Pater Arnolds großem Zelt.« Er deutete hinüber zum Feldpavillon des päpstlichen Legaten, über dem der Wimpel des Papstes flatterte. »Jemand kam und fragte ihn nach den Christen in der Stadt.« Er wartete, bis Aigrets Gehirn der Vorstellung Einlaß gewährt hatte, daß sich in Béziers auch Christen aufhalten könnten. Halb und halb vielleicht? Ein Drittel? Zwei Drittel?
»Was ist mit ihnen? Sie werden sicher herauskommen. Die Stadt evakuieren.«
»Vielleicht könnten sie auch Lämmerblut auf ihre Schwelle streichen wie die Kinder Israels in der Nacht, als der Engel des Todes umging?«
Aigret schaute seinen Vater abwehrend an. Er traute diesem Tonfall nicht, diesem bitteren, aufgebrachten Sarkasmus, diesem erregten Zucken des Mundes.
»Komm mit«, sagte Foulque plötzlich und packte ihn beim Armloch des ärmellosen Wamses. »Komm mit. Ich weiß einen Ort ganz in der Nähe. Da oben. Wo die Bäume sind, siehst du? Ein Stück dahinter noch.« Fast schleifte er Aigret hinter sich her; seine Faust zitterte, sein Arm war starr, und die Nähte der Weste knackten, als die Fäden unter der Anspannung rissen.
»Was hast du vor, Vater? Glaubst du wirklich, du kannst mich in ein sicheres kleines Schlupfloch schleppen, in dem ich mich während des Kampfes verkrieche? Wo mir nichts geschehen kann? Damit du mich wohlbehalten zu Mutter zurückbringen kannst?«

»Während des Kampfes? Was für ein Kampf? Es wird keinen nennenswerten Kampf geben. Wir sind nicht in Harfleur, du Esel. Nein, nein. Ich bringe dich nicht in Sicherheit, Junge. Ich nicht. Ich bringe dich in eine regelrechte Höhle des Katharertums. Heute abend. Ich dachte mir, du möchtest vielleicht der erste sein, der Blut vergießt. Zu einer historischen Gestalt in den Annalen des Krieges werden. Der erste Held im Kampf für Christus!«

Die Kraft seines Vaters war gewaltig – die Kraft eines Keulenträgers. Aigret hatte nie Anlaß gehabt, diese Kraft zu spüren. Aber dies war ohnehin nicht der Vater, den er kannte; dieser Mann war halb von Sinnen vor Raserei, und Aigret wußte diese Raserei nichts anderem zuzuschreiben als der Kampfeslust, einer Lust, die er selbst schon den ganzen Tag ohne großen Erfolg in sich zu wecken suchte. Seltsam, daß er sie in den Kriegen mit König Johann nie erlebt hatte, diese Manie seines Vaters. Er fügte sich, ebenso fasziniert wie eingeschüchtert, und stieg auf sein Pferd.

Sie ritten durch den purpurnen Abend. Himmel und Felsenpfad und Schatten und Gras und Höhlenöffnungen und Erdraine – alles war von kaiserlichem Purpur in verschiedenen Nuancen überhaucht. Sie ließen das Heer hinter sich zurück und konnten bald von oben darauf hinunterschauen. Fackeln, Kienspäne und Feuer ließen die Gesichter der Kreuzfahrer in heiligem Licht erstrahlen. Nur widerwillig verließ Aigret diesen erregenden Glanz, um stolpernd in die Dunkelheit hinaufzusteigen. Immer wieder fragte er, wohin sie denn gingen – auch als Foulque es ihm schon gesagt hatte: nach Haut-Béziers. Er fragte immer wieder, als müsse es doch mehr als eine Antwort geben.

»Es ist das befestigte Haus der Aude d'Haut-Béziers, einer Katharerin und Sünderin«, rief Foulque schließlich über die Schulter zurück. Er trieb sein Pferd mit solcher Eile den Pfad hinauf, daß Aigret sich fragte, ob seinem Vater der steile Ab-

grund an der einen Seite ganz gleichgültig war. Außerdem wurde er müde, während sein Vater keinerlei Anzeichen der Erschöpfung erkennen ließ.
Gegen zwei Uhr morgens kam die sogenannte »Burg« von Haut-Béziers in Sicht. Mondlicht umgab sie, und das Sternbild des Orion schwebte über einem Türmchen.
»Wollen wir es ganz allein erstürmen?« keuchte Aigret mit verzweifelt ratlosem Blick.
»Nicht nötig. Mein Name ist hier bekannt.« Und richtig, er hielt nur einmal inne, um seinen Überwurf über die Schulter zu schlagen und unter den Mantel zu stopfen, um das Kreuz zu verbergen, und ging dann geradewegs auf das Tor zu. *»Weckt Frau Aude und sagt ihr, Foulque Nerra-des-Étangs ist wieder da!«* rief er.

Sie ließ ihnen ausrichten, daß sie komme, aber dann ließ sie sie eine ganze Weile warten.
Sie warteten in einer Kammer zur Linken der Eingangshalle. Foulque kannte den Weg dorthin. Ein großes Buch lag angekettet auf einem Pult neben den purpurnen Fenstern. Auch das kannte er. Es brannte kein Feuer, und der Mond stand zu hoch, um allzuviel Licht auf die Gegenstände im Raum zu werfen. Dennoch ging Foulque schnurstracks zu dem Buch und blätterte achtlos mit behandschuhten Fingern die wertvollen Seiten um. Dann zog er sein Schwert.
»Was ist? Zieh, Mann. Wir sind hier auf katharischem Boden. In der Höhle des Teufels.« Sein Herz zog sich zusammen, daß es zu brechen drohte, als er sah, wie unbeholfen sein Sohn das Schwert zog. Die Umstände waren ganz anders als das, was er sich vorgestellt hatte. »Worüber wollen wir uns unterhalten, während wir warten? Ah ja, ich kann dir noch zu Ende erzählen, wie Pater Arnold das Problem mit den Christen in Béziers zu überwinden gedenkt. Soll ich? Soll ich es dir erzählen? ›Tötet sie alle‹, hat er gesagt. ›Der Herr kennt die seinen.‹«

Sein Gesicht war so weiß, so hager, daß es war, als sei der Mond im selben Raum mit Aigret, all seine dunklen Orte und Verwerfungen, seine verborgene Seite und seine eisige Kälte. Und was Foulque anging, so sah er seinen Sohn wie vom Berg des Mondes aus – zu weit entfernt, um ihn zu berühren, und zu lieb und teuer, um wegzuschauen. »Ist es das, wozu du hergekommen bist, Aigret? Um Christen zu töten?«

»Ich ...«

»Nein. Deshalb habe ich dich hierhergebracht. Hier gibt es solche Anomalien nicht. Hier gibt es keine Komplikationen. Eine eingefleischte Katharerin, die Frau Aude. Wie ihr ganzer Haushalt.«

»Sind wir dann nicht ... ein bißchen waghalsig? Einfach herzukommen?«

»O nein. Die Gefahr ist nicht sehr groß, denke ich. Ich habe einen Blick in den Stall geworfen, als wir hereinkamen, da steht nur eine Handvoll Pferde. Es scheint, der größte Teil von ›La Belle Audes‹ Gefolge hat Reißaus genommen. Stimmt's?« Er sprach über die Schulter seines Sohnes mit der Frau, die hinter ihm stand, und Aigret fuhr herum und streckte sein Schwert gerade vor sich. Aude schien es gar nicht zu sehen.

»Ich wußte, daß du zu mir zurückkommst«, sagte sie.

Eine Frau, die mitten in der Nacht aus dem Bett geholt wird, hat es sehr schwer, sich von ihrer schönsten Seite zu zeigen, wenn sie nicht noch sehr jung ist. Aude hatte sich indessen alle Mühe gegeben, ihr Haar noch einmal zu einer goldenen Wolke aufzubauschen, ihr Gesicht glatt und ihren Mund fröhlich zu machen und ihrem Geliebten große und strahlende Augen zu präsentieren. Ihr Haar war vom vielen Färben spröde und brüchig geworden und stand wie ein Tiefseeschwamm hinter ihrem Kopf ab. Ihr Gesicht glänzte von Fettschminke wie ein Teller mit geschmolzener Butter, und ihre Augen waren wie schwarze Kleckse – als sei da etwas in den Teller gefallen. Ihr kleines Kinn trug schwer an der Last der Zeit; es hing herab, ein Ring, und noch ein Ring, und ein paar dunkle Haare daran nahmen die Schminke nicht an, so daß sie nun in winzigen Tröpfchen an ihnen klebte, übertrieben sichtbar im Schein der Kerze, die sie dicht vor der Brust hielt. Sie neigte den Kopf und schaute bemüht affektiert durch die Wimpern der Oberlider. Alles in allem führte sie sich in jeder Hinsicht auf, als wäre sie ein Mädchen von zwanzig Jahren. »Wer ist das, den du mir da mitbringst?« fragte sie gurrend, als rede sie mit einer Schoßkatze.

»Das, Aigret, ist Frau Aude d'Haut-Béziers, das Ziel unserer Suche.«

»Du kennst sie, nicht wahr, Vater?«

»O ja, aber das soll dir den Blick auf die Sache nicht vernebeln.«

Aude stieß ein schrilles Taubengurren aus. »›Vater‹! Was ist denn das für eine Überraschung, die du mir da vorenthalten hast? Dieser prächtige Junge ist deiner? Es waren doch gar nicht genug Jahre, um ...«

»Warum hast du mich hergebracht, Vater? Damit ich mir eine Wahnsinnige anschaue?«

»Wahnsinnig?« Foulque musterte Aude mit schräg gelegtem Kopf. »Nun ja, ich wage zu behaupten, daß sich hier genug Angst aufgestaut hat – in dem Wissen, daß der Kreuzzug jeden Tag näher kommt. Wartend. Das reicht, um eine einsame Frau zur Verzweiflung zu bringen. Das Ende, wie es näher und immer näher kommt. Aber was hat das mit allem andern zu tun? Sie ist eine Katharerin. Ich gebe dir mein Wort. Stimmt es nicht, gute Frau?«

»Katharerin? O ja. Ich esse nichts, was geschlechtlicher Zucht entstammt. Nicht mehr. Schon seit Jahren nicht mehr, und ...«

»Willst du sie zwingen zu widerrufen?« Unabsichtlich stieß Aigret mit dem Schwert gegen eine Waschschüssel, und es klapperte so laut, daß Aude verwirrt zusammenschrak.

»Komm, komm. Dazu sind wir nicht hier, mein Sohn. Ich habe dir erzählt, was Pater Arnold gesagt hat. Glaubst du, da unten werden sie fragen, ob einer widerruft? In Béziers?« Er trat hinter Aude, schloß die Tür des Troubadoursgemachs und verriegelte sie. »Du mußt wissen, Aude, mein Sohn hier ist gekommen, um Katharer zu töten.«
»Vater?«
Foulque trat ans Fenster. Bald würde der Morgen dämmern. Der Mond ging schon unter. Man hörte fernes Rauschen – der Fluß vielleicht. Oder das Heer, das gegen Béziers marschierte. »Möchtest du das hier ansehen, Aigret?« Er deutete auf das Buch mit den Versen. »Es ist ein Lied von mir. Ich kann mich erinnern, daß es besonders gut aufgenommen wurde. Die Katharerin hier hat mich gebeten, es für die Nachwelt aufzuschreiben. Soll ich es vorlesen?«
Aigret trat an das Pult und spähte in das Buch; sein Atem ging sehr schnell. Es war noch viel zu dunkel, um die Worte deutlich zu erkennen. »Ich sehe, du hast ... sentimentale Bindungen zu diesem Hause, Vater. Noch aus deiner Zeit als Sänger.«
»O ja«, sagte Foulque. »Ich habe viele Male mit dieser Dame geschlafen.« Er hörte, wie sein Sohn nach Luft schnappte. »Bevor ich verheiratet war, wohlgemerkt. Aber davon darfst du dich nicht aus der Fassung bringen lassen. Diese Bindungen sind zerrissen, das kann ich dir versichern. Außerdem dürfen wir nicht in Einzelfällen denken; ich erinnere mich, daß du es mir so erklärt hast. Sie sind ja allesamt stinkende Aussätzige; hat der Papst das nicht gesagt? Also? Töte sie.«
Audes formloses kleines Kinn klappte herunter, und sie fing an zu schreien – ohne Fülle oder Lautstärke: der kummervolle Vogelschrei eines Wiedehopfs.
»Ich soll sie töten?«
»Töte sie.«
Schutz suchend rannte sie zu Foulque; noch immer vertraute sie auf den sentimentalen Traum, den sie zu lange gehegt hat-

te, um ihn jetzt noch aufzugeben. Er aber packte sie, drehte sie herum und hielt sie an den Oberarmen fest. Er ließ sie nur wieder los, um die Naht ihres Nachtgewands bis zum Nabel hinunter aufzureißen.

»Genaugenommen ist sie eine beträchtliche Hure, die hier. Keine *Gute* Katharerin, wie sie es nennen. Eigentlich überhaupt keine richtige Katharerin, würden die *perfecti* sagen. Andererseits natürlich immer noch mehr als die Christen dort unten in Béziers. Und wir dürfen nicht in Einzelfällen denken; ich erinnere mich, daß du es mir so erklärt hast. Du solltest schnell machen, Aigret. Ich habe dich hergebracht, damit du das erste Blut dieses Krieges vergießt. Also beeile dich, wenn du nicht willst, daß dir dort unten Männer zuvorkommen, die das Werk des Herrn womöglich mit größerem Eifer verrichten.«

Allmählich gewahrte Aigret so etwas wie Spott, und es ärgerte ihn, daß sein Vater annahm, sein Glaube an den Kreuzzug sei nicht durchdacht und reiche nicht unter die Haut. Er faßte den Schwertgriff besser. Natürlich fand er diese hängenden Brüste, diesen eingefallenen Ball des Bauches unter dem Dreieck des Brustkorbs abstoßend, ja, erbärmlich. »Es wäre der Teufel in ihr, den ich zerspalte!« versetzte er.

Urin klatschte in einem Sturzbach an die Stiefel seines Vaters, und die Frau hing schlaff zwischen seinen Keulenträgerfäusten; vor Entsetzen versagten ihr die Beine.

»Dann tu's. Dort unten tun sie es auch. In der Stadt. Mit alten Weibern, schwangeren Frauen, Säuglingen. Natürlich nur um des Teufels willen, der drinsteckt. Ach, du könntest sie natürlich vorher vergewaltigen, wenn du möchtest. Um sicher zu sein, daß alles, was noch rein ist in ihr, auch besudelt wird. Auch das wird es dort unten überreichlich geben ... Aber es ist ja auch so *erregend,* nicht wahr, das Werk des Herrn zu verrichten. Los doch! Laß ein bißchen Schwefel regnen auf Gomorra!« Und er drückte Aude das Knie ins Kreuz und bog Aigret ihre Hüften entgegen.

Der junge Mann bewegte seine Stiefel, als wate er durch Wasser, und fuhr mit der freien Hand durch die Luft, als kämpfe er gegen den Strom der väterlichen Worte. »Du kennst mich besser, Vater! Diesen Vorwurf kannst du mir nicht machen! Du weißt, daß meine Beweggründe rein sind. Du weißt, daß ich hier bin, *weil mein Glaube es befiehlt*!« Mit einem Faustschlag trieb er sich jedes Wort aus der Brust. »Wenn diese Frau eine Katharerin ist – jawohl – dann ist es meine Pflicht, sie zu töten. Da hast du recht. Meine Kirche hat mir diesen Auftrag gegeben, und ich werde ihn ausführen. Tritt beiseite, und ich werde sie töten. Ja, ich werde sie töten. Und ich werde es barmherzig tun – und keine Lust dabei empfinden, falls du das glaubst!«

»Was? Obwohl du damit die Erlösung von deinen Sünden erwirbst?« fragte Foulque mit übertriebener Ungläubigkeit. Er ließ Aude los und trat beiseite. Sie sackte senkrecht zu Boden wie eine Marionette, deren Drähte durchschnitten sind.

Er sah, daß die Lippen seines Sohnes sich im Gebet bewegten und daß die Augen mit jedem Lidschlag länger geschlossen blieben. Er suchte sich zu weiteren Bewegungen zu zwingen, ganz wie ein Mann mit Höhenangst auf einem schmalen Bergpfad.

Draußen vor dem Fenster füllte sich der fliederfarbene Morgenhimmel mit Vögeln. Schwarze Punkte. Vielleicht waren da auch Rauchschleier – vielleicht war es aber auch nur die niedrige Wolke, die morgens in Tälern liegt und auf die Sonnenwärme wartet. Es waren Stadtvögel. Und Windvögel.

Foulque nahm den Mantel ab. Der Überwurf, den er sich zerknüllt über die Schulter gestopft hatte, löste sich, und er zerriß die Schulternähte, um ihn abzustreifen. Dann hockte er sich neben Aude, hüllte sie in den Mantel und entschuldigte sich mit leiser Flüsterstimme. Aigret hörte, wie er sagte: »... einen Scherz kannst du es nennen. Auf deine Kosten diesmal.« Dann ließ er sich auf die Fersen zurücksinken.

»Ich werde dir den Mantel mit Blut bespritzen, Vater«, sagte Aigret unerbittlich. »Geh zur Seite. Wenn das eine Prüfung sein soll, dann wirst du sehen ...«
»Keine Prüfung. Nenne es einen *assais*. Weißt du, was das ist? Wir Troubadoure kennen den Ausdruck gut genug. Einen *assais*. Eine Prüfung für die wahre Tiefe der Liebe eines Mannes.« Foulque schnallte seinen schweren Ledergürtel auf.
»Die Wahre Religion ist das Höchste!« sagte Aigret, und sein Gesicht war eine unversöhnliche Maske, leicht bläulich im Morgenschatten.
»Nein, Aigret. Die Wahrheit ist das Höchste. So habe ich es gelernt. So war es in meiner Jugend. Die Wahrheit, Sohn. Die Wahrheit.« Er trug kein Kettenhemd, keinen Brustpanzer. Er schob die Hand unter Lammfellweste und Hemd und zog – fast, als weide er sich eigenhändig aus – eine lange wollene Kordel hervor. »Das ist ein *kosti*, Aigret. Der Gürtel der Vollkommenheit, wie wir Katharer ihn nannten ... Aber das werden die Hexenjäger dir ja wohl beigebracht haben, nicht wahr? Einer dieser unsagbaren Gegenstände der Ketzerei. *›Kosti‹*. Nur ein Wort. Aber ein Wort des Teufels, nicht wahr?«
Aigret starrte ihn an, als sei sein Brechreiz so stark, daß er nicht mehr schlucken konnte. »Du? Ein Katharer?«
»Was wirst du jetzt tun? Ach ja, ich erinnere mich, was du uns zu Hause gesagt hast. Mich hassen. Wie du alle Katharer haßt. Ist es nicht so? Nun, die Wahrheit, mein Sohn, ist dies: Ich stelle dich vor die Entscheidung. Wenn du Katharer töten willst, mußt du mich als ersten töten.«

NACHSPIEL

Die Frage ist: Ist Liebe oder Haß das Höchste? Manchmal kann es vorkommen, daß ein Mann sein Leben einer Sache weiht und dabei seine besten Kräfte vergeudet, bevor er merkt, daß es nicht aus Liebe zu dem geschah, was ihm am teuersten ist, sondern aus Haß, aus reinem und schlichtem Haß. Sofern Haß rein sein kann.

»Kann Haß rein sein, Aigret? Kannst du mich töten aus Haß auf die Katharer im allgemeinen und deshalb nachher ein besserer Mensch sein? Wenn du es kannst, tu es. Ich wollte immer nur dein Bestes – seit du auf der Welt bist – dein Glück. Du solltest es besser machen als ich. Nun mach es besser.«

»Du bist kein Katharer, Vater. Ich wüßte es, wenn du ein Katharer wärest. Vielleicht warst du es einmal. Vielleicht hast du einmal einen Irrtum begangen. Vielleicht hat diese Frau dich dazu verlockt.«

»Oh, aber bist du sicher? Nur Gott kennt das Herz eines Menschen. Wie kannst du dir der Religion eines Menschen sicher sein? Arnold de Citeaux glaubt nicht, daß man es sein kann. Tötet sie alle, hat er gesagt. ›Der Herr kennt die seinen.‹«

»Ich würde es wissen, wenn du es mir sagtest. Sag mir, daß du ein Katharer bist. Schwöre mir, daß du ein Häretiker bist. Dann weiß ich es.«

Foulque grinste. »Aber das ist absurd, Sohn. Wobei soll ich denn schwören? Bei einem Prinzip, das du für falsch hältst? Bei einem Gott, an den ich vielleicht nicht glaube? Nein, nein.

Schwören hilft da nicht. Das Urteil liegt bei dir. Die Frage ist nur, wie willst du urteilen? Es ist die Wahl zwischen Liebe und Pflicht, könntest du vielleicht sagen. Was ist dir mehr wert: Mutter Kirche und Vaterland? Oder Fleisch und Blut?«
Aigrets Gesicht war schweißnaß. Er war sich so oft mit der Hand durchs Haar gefahren, daß es jetzt zu beiden Seiten seines Kopfes abstand, dieses starke, dichte Haar; es sah aus wie der Kragen einer Krähe. »Ein Ritter würde sagen, daß beides ...«
»Erzähle mir nicht, was ein Ritter sagen würde! Du bist kein Ritter, aber ich. Maße du dir nicht an, mir zu erzählen, was ein Ritter sagen würde!« Foulque schwankte so unberechenbar zwischen Wildheit und Sanftmut, daß sein Sohn unter den wechselnden Attacken körperlich ins Wanken geriet. Seine Schwertspitze bebte. Er ließ sie auf den Boden sinken, aber Foulque packte die Klinge mit bloßen Händen und legte sich die Spitze an den Hals.
»Urteile also. Und wenn du über mich geurteilt hast, urteile über den Rest. Über all die anderen. Gute Katharer. Schlechte Katharer. Zweifelnde Katharer. Zweifelnde Christen. Urteile einmal, und du wirst den Rest deines Lebens auf dem Richterstuhl verbringen und Todesurteile über Heiden und Häretiker sprechen; du wirst deine Nachbarn nach der Vollkommenheit Christi beurteilen, und du wirst urteilen über deine Kinder ... Aber um des lieben Herrn Jesus willen, Aigret: Blicke niemals zurück auf das Gemetzel in deiner Bahn. Versuche nicht, wie ein Römer die Auspizien zu lesen in den Augen des Kindes, das du aufgeschlitzt hast, der Frau, des alten Mannes. Denn dir wird nicht gefallen, was du da liest. Und du wirst den Beweis auch nicht auf ihrem Herzen finden; kein ›Gut‹, kein ›Schlecht‹ wird dort eingeritzt sein, nicht ›Katharer‹, nicht ›Christ‹. Nur der Stempel des Herstellers: Geschaffen nach Gottes Ebenbild. Von Gott. Zu Gottes eigenem Plan.« Blut tröpfelte an seinem Hals herunter und verklebte das grau-

durchzogene Haar auf seiner Brust, als er sich nach vorn gegen die unsicher schwankende Klinge lehnte.
Plötzlich trat Aigret einen Schritt zurück und stieß dann mit dem Schwert zu, daß Aude aufschrie. Er spießte den wollenen *kosti* auf, der neben Foulques Hand auf dem Boden lag, hielt ihn hoch wie die Gedärme eines Huhns und ließ ihn über der Kerzenflamme baumeln. Die Kordel verbrannte zischend, es roch nach Schaf, und Rauch stieg auf wie eine schwarze Schlange.
»Jetzt bist du ein Christ«, sagte Aigret, und seine Mundwinkel sanken tränennaß herab; er ließ das Schwert fallen, und das Klirren wollte und wollte nicht aufhören und hallte endlos durch die leere Burg.
In ihrer Umarmung klammerten sie sich aneinander: der Sohn auf der Suche nach Trost und der Vater, dem sein Kind neu geschenkt war. »Und du bist jetzt ein Kollaborateur. Ein Beschützer der Feinde des Kreuzzugs.« Foulque hielt Aigret mit ausgestreckten Armen vor sich. »Aber ein Mensch nichtsdestominder. Ein guter, ein menschlicher Mann.«

Die Jungfrau unberührt. Die Unschuld bewahrt. So gut wie alles hätte Foulque getan, um zu verhindern, daß sein Sohn am großen Gemetzel von Béziers teilnahm: an einer Freveltat, die einem Manne – das wußte er mit der Intuition seines Nerra-Blutes – bis ans Ende seiner Tage anhängen würde, die ihn tiefer besudeln würde als jeder Dreck und länger an ihm klebenbliebe als der weiche rote Lehm des Languedoc.
Des Schildes seiner Rechtschaffenheit beraubt, sah Aigret hernach mit weit offenen Augen voller Abscheu den Rauch aus den Trümmern der Kirche von Béziers aufsteigen. Alle Alten und Siechen, Frauen und Kinder, hatten sich im Schutze der Kirche zusammengedrängt und die Türen verschlossen. Und sie waren darin verbrannt worden, auf Anweisung des frommen Arnold de Citeaux. Aber Aigret war bei diesem Massaker

nicht dabeigewesen. Er hatte es nicht nötig, dieses Verbrechen vor sich selbst zu rechtfertigen (wie die anderen Kreuzfahrer es tun mußten), um mit der Erinnerung daran weiterzuleben. Er sah es in seiner ganzen Obszönität. Er hatte es nicht nötig, an die reinigende Magie des riesigen Holzkreuzes zu glauben, das die Belagerungstürme vor Carcassonne krönte, denn er hatte sich heimwärts gewandt, bevor die Stadt fiel. Später erfuhr er, wie vierhundert Menschen bei einem frommen *auto da fé* verbrannt waren – eine Demonstration spirituellen Reichtums ganz wie bei Barral Étangs-Nerra, als der in seiner Extravaganz eine ganze Pferdeherde in einer Grube verbrannt hatte.

Mehr hatte Foulque nicht gewollt – nur, daß Gott seinen Sohn durch ein Übermaß an Unschuld davor bewahre, sein Leben mit Sünde zu vergiften. Auf den Knien betete er für die Seelen der Katharer, aber er tat es ohne Verzweiflung, denn er wußte, daß Arnold de Citeaux in gewisser Weise recht hatte. Gott kennt die seinen in der Tat: Katharer, Christen, Sarazenen. Gottes Gnade war groß genug, um viel mehr zu bedecken als nur die Feiertagskreuzfahrer, die jetzt durch das Languedoc wüteten und die rote Erde dunkler färbten. Das war ein ketzerischer Gedanke, und niemand hätte ihn laut ausgesprochen, aber Foulque hatte auch nicht die Absicht, seine Stimme im Leben noch einmal zu erheben: nicht, um *sirventes* zu singen, die seine Feinde zerschmetterten, und nicht, um den Ruhm seiner Dame durch die Welt zu posaunen, nicht, um über verbotene Wissenschaften zu debattieren, und nicht, um einen charismatischen Priester zu spielen. Als das Konzil von Paris im Jahr darauf verbot, Aristoteles zu lesen, fügte Foulque sich fromm genug. Allerdings stimmt es auch, daß unversehens eine bunt zusammengewürfelte Sammlung gewisser Instrumente an der Wand seines Speisezimmers erschien, als das Konzil von Avignon den Bischöfen verbot, zu den Mahlzeiten Musik zu hören, und daß er und

Ouallada sie herunternahmen und darauf spielten, wenn das Essen abgeräumt war.
Foulque rechnete nicht damit, daß er Aigrets Unschuld noch lange werde bewahren können. (Was auch nicht zu erwarten war, denn nur wenige Väter wünschen sich einen Heiligen zum Sohn.) Die Welt war zu schlecht, und die Zeiten waren zu abscheulich, als daß das außergewöhnlich Gute lange gegen den Strom hätte schwimmen können. Aber zum Ausgleich dafür wiederum konnte er infolge ihrer beider Bekanntschaft mit dem Scheitern und der Unvollkommenheit im Alter ein höheres Maß an Kameradschaft mit ihm genießen.
Als sie aus Béziers zurückkamen, sagte Ouallada, Aigret habe lediglich gelernt, der menschlichen Gattung zu vergeben, während Foulque gelernt habe, sich selbst zu vergeben, und das sei ein weit größeres Wunder. Und sie schrieb die Worte des Heiligen Anselm auf das erste Blatt des Familienevangeliums:

Gott lasse mich durch die Liebe ergründen,
Was ich koste durch das Wissen.

Foulque sah, wie sie es schrieb, und ihm wurde klar, daß sie diese Worte von ihm zuerst gehört hatte. Wie viele Jahre seitdem vergangen waren. Und all die Zeit hindurch hatte sie die Worte mit sich herumgetragen, sie gehegt und von ihnen gelebt, und sie hatte sich durch seine Festungsmauern gekämpft, um ihn in Besitz zu nehmen und ihn zu lehren, was sie bedeuteten.
Man sagte, es lebe eine Liebe in jenem Steinhaus am Ufer des Sablois, die es wert sei, in den Annalen der Troubadoure verzeichnet zu werden – wären die Liebenden keusch oder unvermählt gewesen oder Sänger oder Dichter – wären die Troubadoure nicht mit dem Ende der Katharerkriege ausgestorben – hätten Lieder und Gedichte weiterleben dürfen in einer Welt, die der Ordnung anheimgegeben war.

Das *salvetat* von Gloriole-sur-Sablois war in gewisser Weise ein ähnliches Stück Unschuld, das auch nicht von Dauer sein konnte, ein Fleckchen Eden inmitten von Wäldern und Disteln. Es erlebte Hungersnöte und Festgelage. Seine Hausfrauen kochten Suppe aus Gras und Brot aus Bucheckern. Aber in anderen Jahren aß man auch Hirschbraten, und fast jeden Winter gab es gesalzenen Speck. Die Zufriedenheit lockte Neuankömmlinge an, und Gloriole-sur-Sablois wuchs und veränderte sich. Das kleine Haus aus Feuerstein in der Biegung des Flusses verfiel, als Generation auf Generation sich ein größeres Heim erbaute, um mehr Eindruck zu machen. Als einer der Landherren es hundert Jahre später abreißen ließ, um Platz für eine Festung zu schaffen, und braunen Schiefer brach, um ihn drei Stockwerke hoch aufzutürmen, da maßen die Bauleute, die das Fundament anlegten, den Fetzen eines schwarzen Gewandes, das sie aus dem festgestampften Lehmboden gruben, keinerlei Bedeutung bei. Am Ufer des Sablois hatte kein Mensch je einen Katharer in seinem schwarzen *sadère* gesehen; die Zeichen und Symbole dieses altmodischen Kultes waren in Vergessenheit geraten wie die hunderttausend Kredenten, die ebenso spurlos verschwunden waren wie die Kinder von Hameln, die von einem Zauberer entführt wurden.

»Ich wußte, daß du niemals wirklich ein Katharer warst«, sagte Aigret, als er zusah, wie sein Vater das *sadère* im Schein des Winterfeuers im weichen Boden der Wohnstube vergrub. Draußen floß der Fluß vorüber wie das Kontinuum der Zeit; nur kleine Stromschnellen und Wirbel drehten sich hin und wieder noch einmal um wie die Fische, die ihre Luftbläschen verschluckten.

»Es ist nicht das erste Mal, daß man sich im Interesse der Wahrheit einer Lüge bediente«, sagte Foulque, und seine Frau, die ihm half, die Erde festzudrücken, legte ihre Hand auf die seine und drückte auch sie, so daß nachher ihrer beider Fingerabdrücke übereinander im Boden zurückblieben.

»Wieso verbrennst du es nicht?« fragte Aigret. »Wieso vergräbst du es hier, unter unseren Füßen?«

»Ich habe das Feuer als Mittel der Reinigung nie geschätzt«, sagte Foulque.

»Seit Béziers, meinst du.«

»Oh, länger, viel länger. Seit ich hörte, wie meine Ahnfrau von ihrem Gemahl verbrannt wurde und irgendein Dummkopf verbreitete, ihr geflügelter Geist sei in die Hölle zurückgekehrt, aus der er gekommen sei.«

»Eine alberne Geschichte«, sagte Aigret.

»Genau. Außerdem«, sagte Foulque, »sollte man immer auf seinen Irrtümern bauen. Und ich gedenke hier Großes zu bauen.«

Im Jahre 1194 wird am zweiten Weihnachtstag auf dem Marktplatz von Jesi ein Kind geboren: Friedrich, der Sohn des Kaisers Heinrich und seiner Frau Konstanze. Wild und ungebändigt wächst der Junge in den Gassen von Palermo auf, regiert später als Friedenskaiser das Römisch-Deutsche Reich und stirbt 1250 nach einem erfülltem Leben – und jahrelanger Auseinandersetzung mit dem Papst.

Im Jahre 1284 verkündet ein würdiger alter Mann mit schneeweißem Haar auf dem Marktplatz von Köln: »Ich bin Friedrich der Staufer. Ich bin nicht, wie ihr glaubt, vor vielen Jahren gestorben, sondern nach einer langen Pilgerfahrt aus dem Heiligen Land zurückgekehrt, um Frieden zu bringen.« Die Zuhörer sind erstaunt, welche Einzelheiten aus dem Leben des Kaisers der Unbekannte kennt. Der Mann kann kein Betrüger sein! Aber wer ist er dann?

ISBN 3-404-14431-7

BASTEI LÜBBE

Im Jahre 818 wird Johanna als Tochter eines in der Sachsenmission tätigen englischen Priesters und dessen Frau in Deutschland geboren. Früh verliert sie beide Eltern und sucht Zuflucht in einem Frauenkloster. Dort lernt sie den Mönch Frumentius kennen, der sie dazu überredet, ihm als Mann verkleidet in sein Kloster Fulda zu folgen. Sie werden jedoch bald entdeckt, und Johanna begibt sich nach Italien. Als »Pater Johannes« gelingt ihr am päpstlichen Hof ein spektakulärer Aufstieg, an dessen Ende die Papstkrönung steht. Doch als sich die junge Frau in einen Mönch aus ihrem Gefolge verliebt, nimmt das Schicksal seinen Lauf ...

ISBN 3-404-14446-5

BASTEI
LÜBBE